Vor allem muss man hier die Vorsicht einhalten, die die Ärzte anwenden, indem sie den Puls immer nur so abnehmen, dass sie sicher sind, nicht den eigenen statt den des Patienten wahrzunehmen.

Vigilius Haufniensis (Kopenhagen, 1844)

GESTÄNDNIS DES AUTORS

The uncertain glory of an April day ... Jeder, der sich für Shakespeare begeistert, kennt diese Worte – und sollte ich meinen Roman in einer einzigen Zeile zusammenfassen, so wäre es diese.

Es gibt einen Moment im Leben, da ist es, als erwache man aus einem Traum. Man ist nicht länger jung. Es war abzusehen, dass man nicht ewig jung bleiben würde; und was war das überhaupt – jung sein? *Ma jeunesse ne fut qu'un ténébreux orage,* sagt Baudelaire: »Meine Jugend war nur ein düsteres Gewitter«; und vielleicht gilt das für jede Jugend, früher, heute und in künftigen Zeiten. Ein düsteres Gewitter, durchzuckt von glänzenden Blitzen – flüchtigem Glanz – ein Apriltag ...

In diesen stürmischen, schwierigen Jahren sind wir von einem dunklen Eifer getrieben; wir suchen, bewusst oder unbewusst, nach einem Glanz, einem Ruhm, den wir nicht definieren könnten. Wir suchen ihn in vielen Dingen, vor allem in der Liebe – und im Krieg, wenn dieser unseren Weg kreuzt, wie das bei meiner Generation der Fall war.

Der Durst nach diesem Glanz macht sich in bestimmten Augenblicken des Lebens besonders schmerzhaft bemerkbar, und je größer der Durst, desto flüchtiger – und damit meine ich, desto rätselhafter – ist der Glanz, nach dem wir dürsten. Mein Roman versucht gerade dies: einige dieser Augenblicke in einigen seiner Figuren zu erhaschen. Mit welchem Ergebnis? Das müssen andere als ich beurteilen.

Aber ich weiß, dass man dem, der viel liebt, viel verzeiht. Früher verehrten die Menschen den heiligen Dismas und die heilige Maria Magdalena; sie waren nicht so neunmalklug wie heute und versuchten nicht, die Leidenschaft, die tief in uns allen schlummert, unter Doktorarbeiten und abstrakten Aussagen und Theorien zu verstecken.

Wir sind Sünder, die nach Glanz dürsten. Denn der Glanz ist unsere Bestimmung.   Barcelona, Dezember 1956

ERSTER TEIL

Was seht Ihr? Ich sehe, sagte Andrenio, dass die
gleichen Bürgerkriege wie vor nunmehr
zweihundert Jahren ...

Gracián, Criticón

I

Cito uolat, aeterne pungit.

Castel de Olivo, 19. Juni
Ich erfreue mich bester Gesundheit, bin aber wehleidig wie ein kränkelndes Kind.

Ich will Dir nicht erzählen, wie sehr ich unter dem Dienst in einer Division gelitten habe, die mir verhasst war. Schließlich habe ich es geschafft, mich versetzen zu lassen, komme voller Vorfreude hier an ... und wieder bricht alles über mich herein.

Eigentlich hatte ich gehofft, Juli Soleràs hier zu finden. Man hatte mir gesagt, er sei im Feldlazarett, ob verwundet oder krank, weiß ich nicht; doch jetzt hat sich herausgestellt, dass er bereits entlassen wurde. Unter all den vielen Gesichtern, die seit Kriegsbeginn wie in einem wirren Fiebertraum vor meinen Augen vorübergezogen sind, habe ich nicht ein bekanntes entdeckt.

Der Oberstleutnant der Ersten Brigade hat mich scharf über den Grund für meine Verspätung befragt. Das ist verständlich, wenn man bedenkt, wie viele Tage zwischen dem Einberufungsbefehl und meinem Eintreffen bei der Brigade liegen, aber er hat sich mit der schlichten Erklärung »Angina« zufriedengegeben. Und doch hat mich diese erste Begegnung gekränkt. Hatte ich etwa erwartet, mit offenen Armen empfangen zu werden? Wir wissen nichts von den anderen und wollen nichts von ihnen wissen; gleichzeitig erwarten wir, dass die anderen tief in uns hineinblicken. Unser Verlangen, verstanden zu werden, ist nur mit unserer Unlust vergleichbar, die anderen zu verstehen.

Denn, das will ich Dir nicht verhehlen, die Leute hier um mich herum sind mir zutiefst gleichgültig. Wenn sie mir wenigstens unsympathisch wären!

Genau genommen hatte der Oberstleutnant allen Grund, mir zu

misstrauen. Ein Leutnant, der sich von einer Kampfeinheit in eine andere, neu gebildete Einheit versetzen lässt, sodass er für Wochen, vielleicht Monate weit weg von der Front ist, könnte für böses Gerede sorgen. In diesen regulären Brigaden kann niemand sich vorstellen, was für eine Hölle jene improvisierten sind, welche aus Männern bestehen, die aus den Straf- und Irrenanstalten entkommen sind und von erleuchteten Spinnern angeführt werden. Das weiß nur, wer es wie ich elf Monate lang erlebt hat.

Ich komme mir vor wie eines jener Maultiere, die von Wunden und vom Zaumzeug verursachten Druckstellen übersät sind, die Maultiere der Zigeuner, deren ungeheure Schicksalsergebenheit in gewisser Weise an die Schwermut des Abendhimmels erinnert. Tag um Tag ziehen sie das fahrende Volk auf endlosen Wegen, ohne die Hoffnung, jemals Gerechtigkeit zu erlangen. Wer würde einem Maultier schon Gerechtigkeit widerfahren lassen? Die Nachwelt?

Das Leben reibt uns auf wie das Geschirr die Haut des Maultiers. Manchmal frage ich mich voller Entsetzen, ob die Wunden, die das Leben uns schlägt, nicht bis ans Ende unseres Lebens schwären werden – oder darüber hinaus. Diese elf Monate in der Hölle …

Wie es scheint, werde ich dem Vierten Bataillon zugeteilt, das noch völlig neu aufgestellt werden muss. So lange werde ich in diesem trostlosen Kaff meine Zeit totschlagen müssen; und ich habe Dir so viel zu berichten! In den Briefen an Dich kann ich mich aussprechen, auch wenn sie Dich nie erreichen werden. Gib's zu, unsere Familie hat Dich ebenso angewidert wie mich, und Du bist aus demselben Grund dem Orden von Sant Joan de Déu beigetreten, aus dem ich Anarchist geworden bin. In dieser Hinsicht hatte unser Onkel recht.

20. Juni

Als ich heute aufgestanden bin, erschien mir das Leben wieder lebenswert, und das einzig und allein, weil ich ein Eckchen für mich alleine habe. Ich bin auf dem Dachboden eines Bauernhauses einquartiert, dessen Galerie auf den Obstgarten hinausgeht. Durch den Garten fließt glitzernd der Parral. Ich wohne direkt unter dem Dach; vom Bett aus sehe ich die rötlichen, krummen Dachbalken – aus Pinie oder Wacholder –

und die Schilfmatten; durch die Schilfmatten hindurch lassen sich die Dachziegel erahnen. Der Boden ist nicht gefliest und bebt, wenn man darüber geht. An den Wänden haben sich viele der anderen Offiziere verewigt, die im Laufe dieses Kriegsjahres vor mir hier einquartiert waren. *Hir giebts hübsche Medchen* steht mit Bleistift auf das Kopfteil des Bettes gekritzelt. Eine tiefschürfende Betrachtung; ich hatte noch keine Zeit, mich zu vergewissern, ob sie ebenso wahr wie tiefschürfend ist. Daneben gibt es zahlreiche weitere Inschriften, alle bezogen auf die weibliche Dorfbevölkerung, aber weitaus weniger lapidar. Einige von ihnen sind mit Zeichnungen versehen, die so schematisch sind, dass sie an Einsatzpläne erinnern.

Nichts von Bedeutung also. Jeden Morgen dringt die Junisonne durch die Galerie bis in den hintersten Winkel meiner Schlafkammer und verwandelt alles; mit der Sonne strömen die Düfte des Gartens nach gemähtem Süßklee, frischem Mist und anderem, schwer zu Bestimmendem herein. Mein Dachboden besitzt sein eigenes Aroma; in besseren Zeiten hat er als Kaninchenstall gedient. Mich stört der immer noch in der Luft hängende Gestank nicht, im Gegenteil: Mir leistet er Gesellschaft.

21. Juni

Heute bin ich nach Parral del Río spaziert, wo ich, wie man mir sagte, Juli Soleràs finden könne.

Der Ort ist vom Krieg zerstört und völlig verlassen. Unweit davon liegt eine durch einen Schützengraben und mehrere Maschinengewehrnester aus Stahlbeton gesicherte Stellung, die Soleràs' Kompanie beherbergt. Aber er war nicht da; stattdessen nahm mich ein Leutnant in Empfang, der als Kompaniehauptmann fungiert: ein Kerl Ende vierzig mit protzigen Jagdstiefeln und schleppendem Gang, der ständig eine s-förmige Pfeife im Mund hat. Seine pechschwarzen, mandelförmigen Augen mustern einen mit ungeheurer Durchtriebenheit, während ihr Besitzer in aller Unschuld seine Pfeife schmaucht, als ob nichts wäre.

»Bist du ein Freund von ihm?«

»Wir kennen uns seit vielen Jahren. Wir haben zusammen die Oberschule besucht und dann studiert.«

»Ich lege großen Wert auf Bildung, musst du wissen« – seine S-Laute zischen eigenartig, vermutlich trägt er ein Gebiss – »und habe was übrig für studierte Männer. Deshalb bin ich Hausmeister an der Naturwissenschaftlichen Fakultät geworden; die Wissenschaft hat mich schon immer interessiert. Ich war fünfunddreißig und damit zu alt, um weiter in der Fremdenlegion zu dienen. Das ist was für die Jungen, die sich von Mutters Rockzipfel lösen wollen. Was mich betrifft, tut es mir immer noch leid, dass ich nicht mehr dabei bin … in Afrika gibt's Mädchen, die hinterlassen eine bleibende Erinnerung … aber man soll bescheiden sein und nicht immer von sich selbst reden. Offen gesagt: Afrika ist ein Schweinestall, die kennen dort weder Sauberkeit noch Bildung! Da ist ein Lehrstuhl als Hausmeister besser, das kannst du mir glauben.«

Ungelogen: Er sagt tatsächlich »Lehrstuhl«, mit stolzgeschwellter Brust und ohne mit der Wimper zu zucken. Das Wort zischt wunderbar zwischen seinen falschen Zähnen hervor, mit einem Laut, wie ihn der Schnabel eines sprachbegabten Wasservogels hervorbringen könnte. Anscheinend fühlte er sich, kaum dass er den Lehrstuhl als Hausmeister innehatte, bemüßigt, eine »Landpartie« (wie er es nannte) bis zum letzten Dorf des Vall d'Aran zu unternehmen, um eine erste Liebe zu finden – und die Soutane an den Nagel zu hängen, denn dieses mustergültige Leben hatte natürlich im Priesterseminar seinen Anfang genommen. Vor nunmehr sieben Jahren hatte der gute Mann also festen Schrittes den Weg der Bildung und des heiligen Bunds der Ehe eingeschlagen. Aber ich war ja nach Parral del Río gekommen, um Neues von Soleràs zu hören, und nicht, um alles über das Leben und die Heldentaten des Leutnant Picó zu erfahren.

»Soleràs? Das ist eine lange Geschichte. Nicht, dass er degradiert worden wäre, aber er ist ein so merkwürdiger Kerl, dass man ihn mit keiner offiziellen Aufgabe betrauen kann. Also lasse ich ihn die Buchhaltung der Kompanie erledigen.«

»Die Buchhaltung?«

»Komm mit mir zum Bad, dann erzähle ich dir unterwegs das Geheimnis. Du würdest es früher oder später sowieso von den anderen erfahren; in der gesamten Brigade ist nicht einer, der die Geschichte von *Rolands Hörnern* nicht kennt.«

Während wir sprachen, gingen wir zum Parral hinunter, der zwischen drei, vier Reihen jahrhundertealter Pappeln dahinfließt. Oberstleutnant Picó, der, wie wir bereits wissen, auf Sauberkeit ebenso großen Wert legt wie auf Bildung, hat dort mit lehmgefüllten Säcken eine Staumauer errichten lassen. Das Wasser sammelt sich in einem recht großen, etwa zwei Armlängen tiefen Becken. Das ist, um Picó wörtlich zu zitieren, die Badeanstalt. Etwa zwei Dutzend Soldaten lagen splitterfasernackt in der Sonne; bei unserer Ankunft sprangen sie auf und standen stramm, je vier Mann hintereinander, ein überraschender und – offen gestanden – grotesker Anblick. Picó ließ mit ernster Miene durchzählen. Einer fehlte, und auf die Frage, warum, hieß es: »Im Sanitätszelt der Brigade zur Magenspülung.« (Diese Maschinengewehr-Kompanie gehört keinem Bataillon an und muss deshalb zum Brigadearzt.)

»Weggetreten!« Bei diesem Ruf des Oberstleutnants stürzten sich die zwei Dutzend Männer im Adamskostüm ohne Feigenblatt gleichzeitig ins Becken.

»Wenn ich nicht unerbittlich hinterher wäre, würden sich viele von ihnen nicht ein Mal in ihrem ganzen versauten Leben baden. Ich könnte dir die Kandidaten auswendig aufzählen. Immer runter mit den Sachen« – er war schon dabei, sich auszuziehen – »hier gibt's keine Lendenschurze, ganz im Gegenteil; glaub mir, wenn wir unsere Schamteile nicht hätten, wäre das noch viel peinlicher. Ich will den Filzläusen und den Schmuddelromanen den Garaus machen, den beiden Plagen des Krieges, wie schon Napoleon sagte.«

Als wir im Gras in der Sonne lagen, erzählte er mir Soleràs' Geschichte:

»Ein äußerst gebildeter junger Mann – deshalb wollte ich ihn in meiner Kompanie haben –, aber er stinkt wie ein Fuchs. Ich kann mich nicht erinnern, dass er auch nur ein einziges Mal gebadet hätte, seit er bei mir ist. Drohungen fruchten bei ihm nicht, und man weiß nie, mit welcher Ausrede er einem kommt. Er hatte das Kommando über ein Nest, das etwas abseits von den anderen lag, und weil er ein Schlamper ist, hatte er keine Glöckchen an den Stacheldraht gehängt. In einer nebligen Nacht haben die anderen den Stacheldraht mit einer Gartenschere durchtrennt und im Morgengrauen einen Überraschungsangriff gestartet. Die Soldaten sind in panischer Angst auseinandergestoben, und Soleràs ist allein zurückgeblieben. Du musst wissen, er ist kurzsichtig, aber wild wie ein Tiger, wenn's ans Schießen geht. Er hat sich also an eines der Maschinengewehre gesetzt und Faschisten abgeknallt, dass es eine Freude war.«

»Er ganz allein?«

»Mit seinem Helfer und den beiden MG-Schützen. Die verstreuten Soldaten kommen nach und nach zurück, die Lage beruhigt sich, und ich bin gerade dabei, ein Schreiben aufzusetzen, um seine Beförderung zum Leutnant vorzuschlagen. Und jetzt halt dich fest: Es kommt ein zweiter Angriff, die Soldaten halten stand – und diesmal ist es Soleràs, der sie im Stich lässt!«

»Wie meinst du das?«

»Nach stundenlanger Suche haben sie ihn schließlich versteckt in einer Höhle gefunden, wo er in einem pornographisches Büchlein las. Als er sie sah, hat er es schnell weggesteckt.«

»Und woher weiß man dann, dass es pornographisch war?«

»Wegen des Heiligen. Der Heiligenfigur auf dem Umschlag. Es ist ein Buch mit Heiligen. Außerdem kennt es jeder Soldat in dieser Brigade: *Los cuernos de Roldán – Rolands Hörner*. Manche kennen es sogar auswendig! Du kannst dir ja vorstellen … Wir hätten ihn erschießen lassen müssen … aber wer hätte das schon übers Herz gebracht? Ihn erst befördern und dann an die Wand stellen. Einen so gebildeten jungen Mann …«

Von Parral del Río bis Castel de Olivo sind es acht Kilometer flussab; ein wunderschöner Spaziergang immer am Wasser entlang. Ich genoss die Stille und Einsamkeit. Als ich noch etwa eine Viertelstunde von den Dorfwiesen entfernt war, die den Ort umgeben, ließ ich mich unter einem riesigen Nussbaum nieder, dem vielleicht größten, den ich je gesehen habe, und machte mich über die frischen Walnüsse her. Sie sind noch nicht ganz reif, und meine Finger färbten sich gelb und verströmten einen bitteren, leicht medizinischen Geruch. Das war es, was mir Vergnügen bereitete: an den Fingern und im Mund die ganze medizinische Bitterkeit der Natur zu spüren.

Es war schon spät am Nachmittag. Verborgen im üppigen Laub des Nussbaums sang ein Pirol; manchmal sah ich ihn leuchtendgelb aufblitzen. Den Kopf aus dem Wasser gestreckt, übte eine Kröte behutsam die einzige Note ihrer Flöte; eine Meeresbrise ließ die Federbüschel des Schilfs wogen, und Venus am Horizont war wie die gläserne Träne, die die barocken Schmerzensmadonnen auf den Wangen tragen. Aber wer auf der Suche nach dem Verlorenen Paradies des Barock nach Castel de Olivo käme, würde enttäuscht. Die Landschaften Niederaragoniens sind schmerzerfüllt, aber nicht wirklich barock, und für mich, der ich nie zuvor hier gewesen bin, ganz und gar neuartig. Entgegen landläufiger Meinung sind sie so ganz anders als die Landschaften Kastiliens, wo ich den Großteil der letzten elf Monate verbracht habe. In den ersten Tagen habe ich mich in ihnen verloren, bis ich verstanden habe, dass sie nicht dem Raum angehören, sondern der Zeit, dass sie nicht Landschaften sind, sondern vielmehr Augenblicke. Man muss sie zu betrachten wissen, wie man einen Augenblick betrachtet, wie man dem flüchtigen Augenblick direkt ins Angesicht schaut.

Nachdem man einmal ihr Geheimnis entdeckt hat, möchte man sie gegen keine andere Landschaft auf der Welt eintauschen.

Soleràs hat seltsame Anwandlungen. Die Geschichte von der Höhle und *Los cuernos de Roldán* hat mich nicht überrascht, sogar eher enttäuscht, denn ich hatte etwas Verrückteres erwartet.

Im letzten Jahr der Oberschule sah er schon aus wie ein Mann unbestimmten Alters. Ich glaube, er hatte Schwierigkeiten mit seiner Familie; unter anderem aufgrund dieser Gemeinsamkeit fühlten wir uns zueinander hingezogen. Aber wer war eigentlich seine Familie? Das blieb ein Rätsel. Möglicherweise niemand außer einer alten Tante; jedenfalls mied er das Thema stets. Soweit ich mich erinnern kann, hat er nie irgendeinen anderen Verwandten erwähnt. Die Tante war eine betagte Jungfer, die Visionen hatte: Ihr erschien die heilige Philomena und sprach zu ihr (übrigens auf Spanisch). Ich weiß nicht einmal genau, wo er wohnte; ich habe den Eindruck, dass er sich schämte. Aber wofür? Die Tante muss reich gewesen sein, denn zum erfolgreichen Schulabschluss spendierte sie ihm eine wunderbare Reise mit allen Schikanen: Deutschland, Russland, Ungarn und Bulgarien. Die Länder hatte er ausgesucht – nichts von wegen England, Frankreich oder Italien! Er wollte Länder kennenlernen, die sonst niemand bereist, und mit den Büchern hielt er es genauso: Schopenhauer, Nietzsche, Kirkegart (ich weiß nicht, ob er sich so schreibt), von denen ich bezweifle, dass außer ihm jemals jemand die Geduld aufgebracht hat, sie sich anzutun.

Nur: Wieso schämte ausgerechnet er, der eine Schwäche für verschrobene Leute hatte, sich für seine Tante? Er war derjenige, der mich in die Geheimnisse des Spiritismus, der Theosophie, der Freud'schen Lehre, des Existentialismus, des Surrealismus und des Anarchismus einführte; Theorien, von denen 1928, vor fast zehn Jahren, als wir aus der Schule kamen, einige ganz neu waren. Über den Marxismus sagte er mir immer, der sei die Mühe nicht wert, nur nervtötend und durch und durch ordinär: »Zu wenig Phantasie«, erklärte er. »Trau niemals jemandem, der keine Phantasie hat: Der wird dir immer den letzten Nerv rauben.« Hingegen war er höchst interessiert an sexuellen Perversionen; er kannte Leute, die unter den verschiedensten Manien litten, und immer, wenn er eine neue entdeckte, packte ihn die Begeisterung des Sammlers, der ein bislang unbekanntes Exemplar entdeckt.

Da die von Visionen heimgesuchte Tante andererseits nicht knauserte, konnte er maßlos rauchen und trinken, eine weitere Tatsache, die ihm in unseren sechzehnjährigen Augen ein gewisses Ansehen verlieh. Um sich wichtig zu tun, wollte er uns sogar weismachen, dass er regelmäßig Lasterhöhlen besuche und Morphium spritze; aber es war zu deutlich, dass das nur Hochstapelei war.

Durch ihn lernte ich auch Trinis Familie kennen: Vater und Mutter Volksschullehrer, ein Bruder, der Chemie studierte, allesamt Anarchisten. Sie lebten in einer dunklen, schäbigen Wohnung im Carrer de l'Hospital. Das kleine Wohnzimmer war mit einer schrecklich deprimierenden, ochsenblutroten Tapete ausgekleidet; es gab vier Wiener Schaukelstühle und einen kleinen, schwarzen Tisch mit weißer Marmorplatte, und waren mehr als vier Personen im Raum, musste einer auf dem Sofa Platz nehmen, das zugleich als Trinis Bett diente, da die Wohnung winzig war. Am meisten beeindruckten mich die gerahmten Drucke an den Wänden, vor allem eine Allegorie der föderalen Republik mit einem Foto von Pi i Margall mit einer phrygischen Mütze zwischen zwei vollbusigen Matronen: *Helvetia* stand unter der einen, *America* unter der anderen. Sie stammten aus der Zeit von Trinis Großvater, der zeitlebens Föderalist gewesen war. Einen Ort wie diesen hatte ich noch nie zuvor gesehen, und weil alles neu für mich war, gefiel es mir. Ich glaube, auch Soleràs hatte nur deshalb Spaß daran.

Dienstag, 22. Juni

Da ich zuletzt von Drucken sprach: Der Druck, der bei der Bauersfrau im Wohnzimmer hängt, bei der ich einquartiert bin, hat mich gepackt. Es ist ein Stahlstich, vermutlich vom Anfang des letzten Jahrhunderts, der eine Mater Dolorosa darstellt – eben eine jener barocken Schmerzensmadonnen mit einer großen Träne auf jeder Wange und sieben Dolchen, die ihr Herz durchbohren.

»Sie betrachten das Bild so oft«, hat die Bauersfrau zu mir gesagt, als sie mir das Mittagessen auftischte. Obwohl schon in den Vierzigern, ist sie blond, drall und frisch; sie hat viele Jahre in Barcelona als Dienstmädchen gearbeitet und spricht besser Katalanisch als viele von uns.»Haben Sie noch nie eine Muttergottes mit diesen sieben Dolchen gesehen? Es ist die Jungfrau von Olivel, die hier in der Gegend sehr verehrt wird. Die Menschen haben großes Vertrauen in sie als Schutzheilige bei Eheproblemen und Familienstreitigkeiten …«

Seufzend warf sie einen raschen Blick auf sie.

»Wir alle, die Frauen hier, tragen diese Dolche in unseren Herzen. Was wir hier führen, ist kein Leben. Arme Jungfrau von Olivel! Nicht einmal sie hat man verschont, wo soll das bloß alles enden! Ich wäre auch am liebsten weit fort.«

»Gefällt es Ihnen hier nicht?«

»Was soll ich sagen? Es geht doch nichts über Barcelona. Ich vermisse meine Zeiten als Dienstmädchen, als ich sonntags nachmittags mit anderen jungen Leuten ausgegangen bin; und all die lustigen Lieder … Kennen Sie noch das Lied vom Katzenbrunnen und Marieta mit dem kecken Blick?«

Sie stimmte das Lied an, ich fiel ein, und zusammen schmetterten wir:

Vom Katzenbrunnen herunter
Kam ein Mädchen, kam ein Mädchen …

Aber als wir mit diesem frivolen Liedchen fertig waren, standen ihr Tränen in den Augen.

»Hier sind Sie doch aber Ihre eigene Herrin«, sagte ich.

»Über ein paar Krumen Erde. Ich wäre viel lieber in Barcelona, hier ist alles schmutzig und trist. Das werden Sie schon noch feststellen. Und ich bin nicht die Einzige, die so denkt, oh nein; bei uns allen, die wir in Barcelona gedient haben, ist es das Gleiche. Wir sind vier. Können Sie sich vorstellen, dass wir miteinander Katalanisch reden? Dann haben wir das Gefühl, es ist wieder wie früher, und wir sind wieder jung.«

»Ich finde, Sie übertreiben.«

»Bah, wenn Sie erst einmal gesehen haben, dass die Frauen hier in den Dörfern im Stehen essen, weil nur die Männer am Tisch sitzen dürfen, und dass sie keinen Wein trinken dürfen, wenn ein Mann dabei ist, selbst wenn es der eigene Ehemann ist …«

»Meinen Sie das ernst?«

»Und ob! Fragen Sie Ihre Kameraden, die schon seit Monaten hier sind! Was war das anfangs für ein Skandal, als sie darauf gewartet haben, dass die Frauen Platz nehmen, bevor sie anfingen zu essen! Wenn man eine Frau auffordert, sich zu einem an den Tisch zu setzen, heißt das, man hält sie für eine …«

»Gut, dass Sie mich vorgewarnt haben. Andere Länder, andere Sitten.«

»Ja, aber das Schlimmste ist der Dreck. Eine Frau, die sich badet, wird scheel angesehen, denn hier baden nur die sündigen Frauen. Es gab hier mal eine, das ist schon Jahre her, die war so alt wie ich oder ein bisschen älter und hatte auch in Barcelona gedient. Sie war zum Dorffest hergekommen, um für ein paar Tage ihre Eltern zu besuchen. Es war August, es war heiß, und sie war von der Zugfahrt voller Ruß. Da kam ihr der Waschzuber in der Küche wie gerufen. Was hat sie da angerichtet! Ihre Mutter überraschte sie, wie sie im Waschzuber saß, nahm einen Stock und schlug – zack! – den Zuber mitten entzwei. Der Vater – er wird *Cagorcio* genannt, der Hosenscheißer, was für ein Spitzname! –, der gerade Mittagsschlaf hält, hört den Lärm, steht von seinem Strohsack auf, und was glauben Sie, was er tut? Er verflucht seine Tochter und wirft sie hinaus.«

»Donnerwetter, darüber wird man ihm im Dorf aber ordentlich die Leviten gelesen haben!«

»Im Dorf? Wollen Sie wissen, was man da gesagt hat? ›Teufel auch, der Cagorcio, das ist ein ganzer Kerl, der traut sich was …‹«

»Und was ist aus diesem Musterbeispiel väterlicher Liebe geworden?«

»Er hat sich freiwillig gemeldet – für die andere Seite.«

»Und das Mädchen?«

»Das ist eine lange Geschichte, und was bringt's, sie zu erzählen? Zuerst ist sie nach Barcelona zurückgegangen, dorthin, wo sie gedient hat. Und danach … Es hat viel Gerede gegeben, aber in Castel de Olivo haben wir sie nie wieder gesehen. Sie lebt in einem anderen Dorf: eben in Olivel de la Virgen.« Sie zeigte auf die Mater Dolorosa. Ich hatte den Eindruck, dass sie mir irgendein wichtiges Detail über Cagorcios Tochter verschwieg, aber was geht mich letztlich diese wüste Geschichte an?

Vermutlich hat die Frau gar nicht mal so unrecht. Ich habe kürzlich ein ungewöhnliches Schauspiel beobachtet: Die jungen Mädchen des Dorfes haben unter sengender Sonne ein Süßkleefeld gemäht, verschwitzt und mit weit geöffneten Miedern. Zuerst dachte ich, das läge vielleicht am Krieg, daran, dass es keine Männer gibt, aber nein: Noch hat keine Einberufung stattgefunden, und von den Dorfburschen sind nur die Freiwilligen im Krieg, sehr wenige und alle, wie Cagorcio, auf der Gegenseite. Du musst wissen, dass wir hier nicht Republikaner genannt werden, sondern Katalanen, »los catalanes«; ihre Sympathie oder Antipathie gründet also nicht darauf, was man in Barcelona denkt (vorausgesetzt, in Barcelona wird überhaupt etwas Vernünftiges gedacht), sondern auf der Sympathie oder Antipathie, die sie Katalonien entgegenbringen. Uns Neuankömmlinge hat das überrascht, aber so ist es. Nun gut, die Frauen mähen also, weil die Frauen immer schon gemäht haben; meine Hauswirtin hat mir aber darüber hinaus erzählt, dass es die Frauen sind, die Korn dreschen, Wein lesen und Mist karren. Diese Mädchen wären eine Augenweide, würden sie nicht von der harten Arbeit unter glühender Sonne vorzeitig welken; und dann der

Schmutz … Mit zwanzig sehen sie schon aus wie alte Frauen. Viele von ihnen sind blond und blauäugig; man sieht, dass es hier viele Vertreter der sogenannten »nordischen Rasse« gibt.

Und Soleràs scheint ebenso vom Erdboden verschluckt wie Cagorcios Tochter. Wenn man bedenkt, dass ich mich in diese Brigade habe versetzen lassen, um ihn zu sehen, in der Nähe eines Freundes zu sein! Allmählich fürchte ich, dass er mich meidet; oder wie erklärt es sich sonst, dass ich ihn nirgends finde?

Mittwoch, 23.
Er hat mich in meinem Quartier besucht. Endlich!

Mager, fahl, bartstoppelig, kurzsichtig: Soleràs, wie man ihn kennt. Ich bin aufgesprungen, um ihn zu umarmen; aber er hat mich nur misstrauisch gemustert und dann gemurmelt:

»Mach bloß keine Umstände.«

Ich habe ihm gesagt, dass ich mich hierher habe versetzen lassen, um in seiner Nähe zu sein.

»Ach was, bald wirst du mich genauso über haben wie die anderen. Hier gibt es keinen, der mich erträgt, angefangen vom Kommandanten der Brigade bis hin zur letzten Laus im Schützengraben.«

Seine Stimme klingt wie immer, ein tiefer Bass, der manchmal – vor allem, wenn er sein Gegenüber auf den Arm nehmen will – einen salbungsvollen Tonfall annimmt.

»Für mich bist du mein bester Freund.«

»Genau darum bin ich gekommen: Um dir zu sagen, dass wir uns besser nicht sehen sollten, dass es idiotisch wäre, wenn wir uns sehen. Ich habe erfahren, dass du mich gesucht hast. Das ist idiotisch, vollkommen idiotisch.«

»Und warum ist das idiotisch?«

»Eben darum, weil ich dein bester Freund bin.«

Er lachte bei seinen Worten, dieses abgehackte Lachen, das typisch für ihn ist und an das Gackern eines Huhns erinnert.

»Du willst erreichen, dass ich böse auf dich bin, Juli«, sagte ich, etwas überfordert von seinem rätselhaften Verhalten. »Ich verstehe nicht, warum dir so viel daran liegt; ist das eine neue Marotte von dir?«

»Armer Lluís, wenn du wüsstest … Ich bin Brigadier. Weißt du, was das ist, ein Brigadier? Nein, das weißt du nicht. Ich habe es selbst nicht gewusst, bevor ich einer geworden bin; wir sind noch so grün, was militärische Begriffe betrifft, obwohl wir schon seit elf Monaten bis zum Hals drinstecken! Ein Brigadier ist … Wie soll ich es erklären? So etwas Ähnliches wie ein Ladenschwengel. Und dazu sind wir in den Krieg gezogen? Ich zähle die Kichererbsen.«

»Das weiß ich alles schon. Ziemlich merkwürdig, zugegebenermaßen.«

»Hat Picó dir das erzählt? Ein praktisch veranlagter Mann, dieser Picó! Wenn du wüsstest, wie sie mich anwidern, diese praktisch veranlagten Männer … Sie sind die Herren der Welt, und die Welt kann mich mal kreuzweise. Mmm … Praktisch veranlagte Männer! Haben keinerlei Verständnis dafür, dass man geht, wenn einem der Sinn danach steht! Was sollte ich dort noch, wenn das Ganze für mich völlig uninteressant geworden war? Lesen wir etwa den gleichen Roman zwei Mal? Eine Empfindung stumpft ab, wenn man sie wieder und wieder erlebt. Wiederholungen sind ermüdend. Natürlich gibt es Ausnahmen; rühmliche Ausnahmen. Es ist wie in der Grammatik: Vor e und i schreibt man immer g, außer bei rühmlichen Ausnahmen wie Jehova, Jesus und Jeremias.«

»Du findest dich selbst wohl sehr witzig, wie immer.«

»Als ich zwölf war, hat meine Tante mich einen Sommer lang mit nach La Godella genommen, auf ein Landgut, das ihr gehört. Dort gibt es eine Höhle mit Stalaktiten, und sie wollte, dass ich mich dafür begeistere. Natürlich pflegte ich damals schon die hohe Kunst der Heuchelei, und so habe ich ihr gegenüber meine schrankenlose Bewunderung für die Stalaktiten zum Ausdruck gebracht und eine ebenso schrankenlose Bewunderung für die Stalagmiten. In Wahrheit aber liebte ich die Zuggleise: Die betrachtete ich stundenlang! Und ich konnte der Versuchung nicht widerstehen, obwohl ich demütig anerkennen muss, dass es sehr verdienstvoll gewesen wäre, ihr zu widerstehen. Ich grub ein Loch zwischen zwei Schwellen, nicht besonders tief, gerade so, dass mein Kopf nicht über die Schwellen hinausragte, wenn ich mich hineinkauerte. Du hast es wohl schon verstanden: Es ging darum, dort drin zu hocken, während der Express über mich hinwegbrauste (der, weil er in La Godella nicht hält, an dieser Stelle mit voller Geschwindigkeit fuhr). Was für ein Gefühl, einen Express über sich hinwegrasen zu spüren! Einige Jahre später entdeckte ich dasselbe Kunststück in den *Brüdern Karamasow*, sodass man mich des Plagiats bezichtigen könnte; aber ich schwöre dir, dass ich mit zwölf Dostojewski noch nicht gelesen hatte. Stattdessen zwang mich die Tante, Bossuets *Trauerreden* zu lesen, ob ich wollte oder nicht. Aber diese Sache mit dem Express ist sowieso ziemlich weit verbreitet. Ich habe so viele kennengelernt, die das im gleichen Alter wie ich gemacht haben, in den Jahren der Unschuld! So viele … Es ist wirklich schwierig, etwas wahrhaft Neues zu finden, etwas, das nicht schon Tausende und Abertausende vor dir ausprobiert haben! Ich fühlte, wie der ganze Express über mich hinwegraste; das war ein Gefühl, verstehst du?; auch wenn ich dir ganz offen sagen muss, dass mir das Wichtigste fehlte. Das Wichtigste bei einem Gefühl, weißt du, ist es in fremden Augen zu lesen. Das ist eine unserer größten Schwächen: Dass unsere Gefühle, um wahrhaft zu sein, einen Komplizen brauchen. Ich habe Nati vorgeschlagen mitzugehen. Habe ich dir eigentlich jemals von ihr erzählt? Sie war zwölf wie ich – aber was für eine Zwölfjährige! Sommersprossig, brünett, mit glatter Haut und einem Duft nach warmem Heu … und diesem angriffslustigen Blick, den die Unschuld hervorbringt, wenn sie mit reiner Lebensfreude gepaart ist. Sie war die Tochter der Pächter meiner Tante, in La Godella geboren und aufgewachsen; ich glaube, sie war noch nie aus dem Ort hinausgekommen. Ich konnte sie überreden, mir zuzusehen, wie ich mich in die Grube kauerte und der Express über mich hinwegfuhr – aber mitmachen? Die bloße Vorstellung jagte ihr Todesangst ein. ›Nun ja‹, sagte ich zu ihr, ›genau darum geht es ja: Todesangst auszustehen.‹ Wenn ich dir erklären könnte, wie köstlich die Angst ist! Aber was hat man davon, wenn man sie ganz allein durchlebt? Doch da war nichts zu machen, sie wollte nicht; und dabei duftete sie nach frisch gemähtem Gras … und diese Augen … Solange es solche Augen auf der Welt gibt, wird die Menschheit nicht müde, wieder und wieder zu tun, was Adam und Eva schon am ersten Tag getrieben haben. Wie ich bereits sagte: rühmliche Ausnahmen, Dinge, die es wert sind, *in saecula saeculorum* wiederholt zu werden bis zum

Ende der Welt. Allerdings bin ich mir keineswegs sicher, dass der Krieg dazu gehört; die erste Schlacht hat vielleicht noch den Reiz des Neuen, die zweite ist ganz passabel, aber wenn du erst ein paar hinter dir hast … Manche Details sind von einer derart bedauerlichen Obszönität, dass sie dir, wenn du sie öfter erlebst, den letzten Nerv rauben.«

»Wovon sprichst du?«

»Meinen Burschen hat es erwischt, als er mir gerade einen Kaffee mit Schuss bringen wollte; in solchen Augenblicken brauche ich eine ganze Kanne Kaffee mit viel Rum. Der gesamte Kaffee lief aus, und mit dem Kaffee das Blut dieses Trottels. Er ist ein armer Kerl aus La Pobla de Lillet; seine Familie hat eine Meierei an der Plaça del Pi, wo sie Kuhmilch verkauft. Und nun war er getroffen. Das ist doch ganz hübsch, nicht wahr? Eine Kriegsverletzung, erworben an der Front, mitten im Einsatz; heldenhaft, ruhmreich verwundet! Später kann man das im Hinterland der Frau seines besten Freundes erzählen (der beste Freund ist der, der die heißeste Frau hat): ›Ich wurde in der und der Schlacht verwundet, als ich gerade die Fahne vorantrug …‹ Im Hinterland kannst du ruhig erzählen, dass du die Fahne vorangetragen hast, weil diese Idioten immer noch glauben, dass man das im Krieg so macht. Du könntest ihnen sogar erzählen, du wärst auf einem Pferd dahingeprescht und hättest ein Schwert geschwungen, denn sie glauben alles – oder tun zumindest so, solange sie nur den Krieg nicht aus der Nähe sehen müssen. Aber den armen Palaudàries hat eine Gewehrkugel in die Arschbacke getroffen – und erklär das mal der Frau deines besten Freundes! Selbst wenn du es vornehm umschreiben würdest, ›am verlängerten Rücken‹ oder so, würdest du dich immer noch lächerlich machen. Und was geht mich das an? Absolut nichts! In solchen Situationen mache ich mich lieber aus dem Staub. Ich kann kein Blut sehen, davon wird mir speiübel. Zwei Soldaten haben ihm die Hose heruntergezogen und versucht, die Blutung mit einem Bündel Kräuter zu stoppen, während er laut das Vaterunser betete und nach seiner Mutter schrie. Nach seiner Mutter! Wie sollte die denn kommen, wo sie doch wahrscheinlich gerade an der Plaça del Pi Milch verkaufte? Um es noch mal zu sagen: Die Kugel hat ihn am Arsch erwischt, nur eine Fleischwunde; aber das Blut ist so heftig hervorgesprudelt, dass ich dachte, ich müsste mich übergeben. Da sind mir doch die Mumien tausend Mal lieber! Die sind so vertrocknet, dass absolut nichts an ihnen an so etwas Ekelhaftes wie Blut erinnert. Die Mumien sind ein großartiger Anblick; ich empfehle dir einen Ausflug zum Kloster von Olivel de la Virgen …«

»Mir hat man erzählt, sie hätten dich in einer Höhle versteckt gefunden.«

»Ach ja, mit einem Schundroman, nicht wahr? Ich merke schon, mein Ruf ist bis zu dir gedrungen. Na ja, nicht jeder, der zur Legende werden will, wird es auch. Nimm nur mal Palaudàries – der wird nie zur Legende werden, so sehr er sich auch bemüht, so sehr sie ihm auch den Allerwertesten durchsieben.«

»Also stimmt die Geschichte mit dem Buch gar nicht?«

»Es wäre die erste Legende, die nicht der Wahrheit entspricht. Ich hatte das Buch am Tag zuvor angefangen und wollte wissen, wie es ausgeht. Manche Romane haben ja ein überraschendes Ende. Wenn du willst, leihe ich es dir.«

»Danke, kein Interesse.«

»Du weißt nicht, was du verpasst. In dieser Brigade ist es das Evangelium! Es gibt nicht einen, der den *gehörnten Roland* nicht kennt. Seine Lektüre hat mir vieles klargemacht, und du würdest auch einiges verstehen. Vielleicht würdest du sogar das Eine oder Andere über dich verstehen, etwas, was du verstehen solltest.«

»Was sollte ich verstehen?«

Bei dieser Frage musterte er mich eindringlich aus seinen kurzsichtigen Augen (seine Eitelkeit verbietet es ihm, eine Brille zu tragen) und stieß einen Seufzer aus.

»Manchmal frage ich mich«, brummte er, »ob auf dieser Welt alle außer mir verrückt sind. Was verstehen? Was ist denn das für eine Frage? Irgendwas verstehen! Alles! Verstehen!«

»Und was hat man davon, wenn man versteht?«

»Ich sehe schon … ich sehe schon, dass du ganz und gar nichts ausprobiert hast. Und dabei gibt es so vieles, was auszuprobieren sich lohnt! Zum Beispiel, im Gras zu liegen, wenn möglich, an einem Spätnachmittag während der Hundstage, wenn das von der Tageshitze erwärmte Gras duftet wie die Achselhöhle eines Bauernmädchens. Daliegen und in den Himmel schauen an einem Nachmittag Anfang August, wenn der Skorpion seinen endlos langen Schweif über den Horizont zieht.« Seine Stimme wurde leiser und voller und nahm einen salbungsvollen Ton an. »Skorpion! Das ist, im Vertrauen gesagt, meine Lieblingskonstellation; dieser giftgefüllte Schwanz, der sich dem Universum entgegenreckt ... Das ist es, was uns Menschen fehlt: der Stachel eines Skorpions, mit dem man das ganze Universum vergiften kann.

Sieh mich nicht so an; du weißt, dass ich recht habe und dass es für die ganze Familie wahrhaft befriedigend wäre, einen solchen Giftstachel zu besitzen. Mit Familie meine ich das Menschengeschlecht. Aber da wir nun einmal keinen haben, bleibt uns nichts anderes übrig, als dazuliegen, den Himmel zu betrachten und ihn dann ... mit der ganzen Kraft unserer Wut senkrecht anzuspucken! Aber die Spucke kommt zurück und trifft dich mitten ins Gesicht. Newton würde sagen, das Gesetz der Schwerkraft sei dafür verantwortlich. Newton in seiner Besessenheit konnte nichts anderes sehen, er verstand es nicht. Verstehen bedeutet: von seiner eigenen Spucke, dem ohnmächtigen Speichel, mitten zwischen die Augen getroffen werden, ohne zu blinzeln; die gesamte kalte Wut unserer ungeheuren Machtlosigkeit spüren.«

»Eine Schweinerei, um es mal deutlich zu sagen.«

»Wenn du so willst, ist alles eine Schweinerei: obszön und makaber. Hör mal, Lluís, bildest du dir etwa ein, du wärest auf eine andere Weise zur Welt gekommen als die anderen? Und würdest nicht so enden wie wir alle, nämlich in einer ungeheuren Schweinerei? Du bist doch alt genug, um Bescheid zu wissen: Unsere Ankunft ist obszön, unser Abgang makaber. Die Ankunft ist gratis, beim Abgang wird dir das Fell über die Ohren gezogen. Glaub mir: Es lohnt sich, mit geballtem Zorn ordentlich auszuspucken, solange wir noch Zeit dazu haben. Wenn er nicht wusste, wie man es besser macht, oder es nicht besser machen konnte, wieso hat er sich dann überhaupt eingemischt?«

»Wen meinst du?«

Er sah mich verblüfft an, wie überrascht von meiner Begriffsstutzigkeit.

»Du musst es selbst am besten wissen ... Schließlich bist du alt genug. Ganz offenbar willst du einfach nicht verstehen. Vielleicht fühlst du dich wohl auf dieser Welt, heimelig und geborgen; vielleicht hast du nie das Gefühl gehabt, ein Fremder auf Erden zu sein. Vielleicht lebst du dein Leben wie all die anderen Dummköpfe; vielleicht bin ich der Einzige, der sein Leben lebt wie das eines Unbekannten, ein Leben, das nicht für mich maßgeschneidert ist, ein Leben, das mir fremd ist.«

»Juli, dieses Gefühl, von dem du sprichst, habe ich auch manchmal, und ich glaube überhaupt nicht, dass es ungewöhnlich ist; es ist viel weiter verbreitet, als du denkst. Wir leben unser Leben nicht; es ist das Leben, das uns lebt. Und das Leben … Besser, man zerbricht sich nicht den Kopf darüber, denn was bringt das schon? Das Leben ist so schön! Es ist ein unergründliches Geheimnis? Und wenn schon, das Geheimnisvolle an ihm macht das Schöne noch reizvoller, wie wir alle wissen. Genau wie die Traurigkeit. Eine traurige, geheimnisvolle Schönheit, ist das nicht faszinierend? Ich schleppe auch meine Traurigkeit mit mir herum, Juli, und versuche, allein damit fertig zu werden.«

Einen Moment lang herrschte Stille zwischen uns, dann stieß er sein gackerndes Lachen aus.

»Ich nehme an, Picó hat dich mit zu seiner ›Badeanstalt‹ genommen, wie er es nennt, um dich zu säubern. Er ist so stolz darauf. Ein praktisch veranlagter Mensch, das lässt sich nicht leugnen. Und seine Hühneraugen sind in vielerlei Hinsicht bemerkenswert.«

Ich muss gestehen, dass die Hühneraugen des Oberstleutnants der MG-Staffel mich in der Tat beeindruckt hatten: Er hatte sechs oder sieben an jedem Fuß, riesig und völlig verhärtet.

»Warum lässt er sie nicht entfernen?«

»Uff! Du kennst ihn nicht. Einmal hat Cruells es versucht. Dieser Cruells ist ein Sanitätsfähnrich hier in der Brigade, bestimmt wirst du ihm irgendwann einmal begegnen. Der wollte Picó die Hühneraugen mit einer neuen Rasierklinge herausschneiden. ›Verschwinde! Hau ab!‹, hat der gebrüllt. ›Da behalte ich doch lieber meine Hühneraugen!‹ Es war nichts zu machen; wir hätten uns alle zusammentun müssen, und einem Mann die Hühneraugen zu schneiden, der um sich tritt …«

»Ich dachte, er sei tapfer.«

»Das will ich gar nicht leugnen. Einmal hat uns ein Siebeneinhalber-Bataillon bombardiert; die Kanoniere hatten die Parallaxen und die

Quadratwurzeln so fein säuberlich berechnet, dass die Granaten mitten in unseren Schützengräben krepierten. Es war Picó, der es so ausdrückte: ›Eine fein säuberliche Angelegenheit.‹ In Wirklichkeit war es ziemlich lästig, und wir hatten damals einen blutjungen Fähnrich namens Vilaró, der frisch von der Front kam; Picó ließ ihn nicht einen Moment lang aus den Augen, denn hätte der Fähnrich gekniffen, wären die Soldaten in alle Richtungen davongelaufen, und man konnte es Vilaró ansehen, dass ihm mulmig zumute war. Ständig blickte er sich um. Da nahm Picó sein Gebiss aus dem Mund (in entscheidenden Augenblicken tut er das immer), legte es in ein Wasserglas und stieg auf die Brustwehr. Ohne sein Gebiss sieht er aus wie Voltaire. Er lief auf den Sandsäcken auf und ab, mit seinem merkwürdigen Gang, der aussieht, als hätte er neue Schuhe, die ihm die Hühneraugen verursachen; das Wasserglas mit dem Gebiss hatte er auf einem der Säcke abgestellt, und eine Maschinengewehrsalve ließ es in tausend Stücke zerspringen. Die Soldaten lachten einander heimlich zu und zwinkerten in Richtung Vilaró, bis dieser es bemerkte: ›Ihr traut mir das wohl nicht zu, was?‹ Er sprang auf die Brustwehr, und eine Maschinengewehrsalve riss ihm den Kopf weg, als er gerade weiterreden wollte. Vielleicht haben wir nichts verpasst, vielleicht wollte er bloß ›Scheiße!‹ sagen wie viele andere Helden. Wenn du Picó so richtig zur Weißglut treiben willst, bring die Geschichte aufs Tapet; er weiß, dass er moralisch gesehen diesen Unglücklichen auf dem Gewissen hat.«

»Na hör mal! Wie hätte er denn ahnen sollen ...«

»Das war vorherzusehen. Picó hat ein unverschämtes Glück, und das weiß er und nutzt es hemmungslos aus; dem armen Vilaró stand ins Gesicht geschrieben, dass es ihm gerade umgekehrt erging: Man sah ihm auf einen Kilometer Entfernung an, dass er ein echter Pechvogel war.«

»Hör auf, dummes Zeug zu reden, und lass die Toten ruhen.«

»Die Toten ruhen lassen! Das hätten sie wohl gern! Ich rate dir, mal einen Ausflug zum Kloster von Olivel zu machen ... Was das Gebiss betrifft: Das ist ziemlich weit weg vom Schützengraben wieder aufgetaucht; zum Glück war es unversehrt. Ich kann dir sagen, ich finde Picós Gebiss viel makabrer als die Mumien des Klosters. Deine Dachkammer ist übrigens äußerst bemerkenswert; ich würde gerne hier wohnen. Du hast aber auch immer ein Glück – immer hast du das, was ich gerne hätte. Ich wäre gerne in einer anarchistischen Brigade gelandet, die aus entflohenen Insassen einer Irrenanstalt besteht, wie du sagst. Dagegen ist unsere Brigade schrecklich gewöhnlich. Ordnung, Sauberkeit und Bildung! Du hingegen … Eine Dachkammer wie diese, mit diesem Duft nach Karnickelstall …«

Er nahm die Wandkritzeleien in Augenschein.

»Hm, nicht schlecht, aber sie könnten besser sein, der Mangel an Phantasie in dieser Brigade treibt mich zur Verzweiflung. Wenn du aus Castel abrückst, werde ich diese Dachkammer für mich reklamieren.«

Olivel de la Virgen, 4. Juli, Sonntag
Nun sind wir in diesem Dorf angelangt, dem Ort, an dem wir das vierte Bataillon der Brigade zusammenstellen sollen.

Diesem Vorhaben stand nur ein kleines Hindernis entgegen: Wir mussten das Dorf zuerst von den Anarchisten zurückerobern. Und wer waren wir, diejenigen, die Olivel von den Anarchisten zurückerobern sollten? Auf dem Papier das vierte Bataillon; in Wirklichkeit aber, da die Rekruten noch nicht eingetroffen waren: Kommandant Rosich (der beschwipst war) mit seinem Ford samt Chauffeur, der Militärarzt Doktor Puig und sein Sanitätshelfer, ein etwa zwanzigjähriger Fähnrich, von dem ich vermute, dass er Cruells heißt, weil Soleràs mir, glaube ich, in Castel de Olivo von ihm erzählt hat; vier Artillerieleutnants, darunter einer, der auf den Namen Gallart hört und im bürgerlichen Leben Kellner war; und zu guter Letzt ein halbes Dutzend Infanteriefähnriche, zu denen zu zählen ich die Ehre habe. Alles in allem »elf Leute und ein Chauffeur«, eine Bemerkung, die Doktor Puig einmal hat fallen lassen und die zu einem geflügelten Wort geworden ist.

Wir sind mit dem Wagen des Kommandanten hierhergefahren, einem großartigen Ford; wer nicht hineinpasste, stellte sich aufs Trittbrett. Einer der Fähnriche nahm auf dem Dach Platz, ein Maschinengewehr zwischen den Beinen. Über den Kühler hatten wir die Fahne gespannt. Von Castel de Olivo aus ist die Straße kaum mehr als ein Karrenweg, ungefähr zwölf Kilometer immer in Richtung Norden. Über die Wasserläufe brachten wir den Ford auf ein paar Planken, die wir zu diesem Zweck mitgenommen hatten und jedes Mal auslegten und wieder einsammelten. Der Offizier mit dem Maschinengewehr schien sich köstlich zu amüsieren, er sang, lachte und fluchte. Er ist klein und mager. Plötzlich sah er mich an und schrie:

»He du! Was warst du früher mal von Beruf?«

»Meinst du mich? Ich bin Magister der Jurisprudenz, habe aber in anderen Berufen gearbeitet.«

»Was ist ein Magister der Jurisprudenz?«

»Etwas Ähnliches wie ein Anwalt.«

»Anwalt! Da brat mir einer einen Storch. Fast so wie ich.«

»Sag bloß, du bist Klagevertreter!«

»Nein. Marktschreier.«

Inzwischen waren wir in Sichtweite des Dorfangers angelangt und hielten es für klüger, den Ford stehen zu lassen, auszuschwärmen und uns, Pistole im Anschlag, im Schutz der Scheunen anzuschleichen, für den Fall, dass die Anarchisten Widerstand leisteten. Später erfuhren wir, dass sie schon am Tag zuvor Reißaus genommen hatten, sobald bekannt geworden war, dass Militär im Anmarsch sei. Statt ihrer erwartete uns das ganze Dorf, Männer, Frauen und Kinder, heilfroh über unsere Ankunft. Die Mädchen steckten uns Rosen in die Gewehrläufe. Als Held dazustehen ist angenehm, wenn man so wenig dafür tun muss – und warum auch nicht? Kommandant Rosich hatte leuchtende Augen. Ein Mann mittleren Alters umarmte ihn. Wie sich herausstellte, war es der Bürgermeister, den die Anarchisten seines Amtes enthoben hatten. Er hatte sich in den Wäldern versteckt und eine wahre Odyssee hinter sich. Der Kommandant setzte ihn *ipso facto* wieder in sein Amt ein. Dafür gab es Applaus und Hurrarufe von den Männern, Tränen von den alten Weibern, noch mehr Rosen in die Gewehrläufe. Der Kommandant konnte der Versuchung nicht widerstehen und hielt die Rede, vor der wir uns schon gefürchtet hatten (eine seiner Schwächen).

Die Alten tupften sich mit den Zipfeln ihrer schwarzen Schürzen die Augen, während die Kinder, ein ganzer Fliegenschwarm, näher kamen, um unsere Epauletten und unsere nagelneuen Gewehre zu bewundern.

Wenn mich nicht alles täuscht, ist dies das Dorf, von dem Soleràs mir berichtet hat – und zwar in höchst mysteriösen Andeutungen. Meine Zimmerwirtin in Castel hat mir auch schon davon erzählt. Sie hat etwas von einer Schmerzensmadonna gesagt, Soleràs irgendetwas von Mumien und einem Kloster. Vielleicht werde ich es irgendwann zum Zeitvertreib einmal besuchen; soll heißen, wenn es wirklich existiert. Unser Aufenthalt hier ist so öde. Das Dorf ist, wie alle hier in der Gegend, ein elendes Nest. Es besteht, Häuser und Ställe zusammengerechnet, aus zweihundertachtzig Gebäuden und hat mehr als einhundert Weiden mit den dazugehörigen Scheuern, dazu eine Backsteinkirche und eine Burg auf dem Hügel oberhalb des Dorfes. Die Jahrhunderte haben die Backsteine schwarz gefärbt. Die Fliegen machen uns das Leben zur Hölle, vor allem um die Mittagszeit. Es gibt hier sehr viel mehr von ihnen als in Castel, und das will etwas heißen. Angesichts der vielen Misthaufen in den Ställen, die sie hier *fiemo* nennen, ist das allerdings auch kein Wunder.

Vor meiner Abreise aus Castel habe ich noch versucht, Soleràs zu erreichen, um ihm Adieu zu sagen, aber ein Soldat aus der Intendantur hat mir erzählt, dass er zum Transportkorps der Brigade versetzt worden ist und dass er ihn an diesem Morgen gesehen hat, wie er in einen Lastwagen stieg. Er hätte sich ruhig von mir verabschieden können. Ach, was soll's, wahrscheinlich sollte ich mir um ihn gar nicht so viele Gedanken machen.

Das Schlimme ist, dass er mir fehlt; die Gespräche mit ihm regen mich manchmal auf, aber sie sind immer interessant. Ich erinnere mich an etwas Seltsames, was er mir in Castel de Olivo gesagt hat: »Wenn die Eunuchen zusehen, wie übel wir einander mitspielen, können sie sich uns zu Recht überlegen fühlen; das gleiche gilt für Skeptiker wie dich.« Ich fand es unverschämt, dass er mich mit einem Eunuchen verglich, und trotzdem … Wie sehr gehen mir im Vergleich dazu unsere Offiziere auf die Nerven, allen voran der Kommandant und der Arzt, die den lieben langen Tag durch die Weinkeller ziehen und von den Fässern kosten, um sie dann als »geprüft« zu kennzeichnen!

8. Juli
Wir verbringen die Wartezeit auf die Rekruten nach wie vor mit Nichtstun. Unsere zukünftigen Kompanien haben wir schon eingeteilt: Ich gehöre zur vierten unter Leutnant Gallart, dem ehemaligen Kellner.

Das Dorf könnte trostloser nicht sein; man sieht es erst, wenn man schon dort ist. Der Gemeindebezirk ist sehr groß, meistenteils Weiden und Ödland. Der Ort verdankt seinen Namen den ausgedehnten Olivenhainen. Das Kloster, so habe ich mir sagen lassen, liegt ein ganzes Stück entfernt flussabwärts. Ich unternehme lange Spaziergänge; manchmal setze ich mich unter einen Olivenbaum und bleibe so still sitzen, dass sich die Raben wenige Schritte von mir entfernt niederlassen, als ob ich gar nicht da wäre. Es gibt sie zu Hunderten, und sie leisten mir Gesellschaft. Hinten am Horizont wird der Bezirk von einer Bergkette aus nacktem Fels begrenzt. Manchmal hängt eine Wolke darüber; Fels und Wolke, Beständigkeit und Flüchtigkeit. Die Wolke zieht weiter, aber wie erglänzt ihre ständig wechselnde Form im Sonnenuntergang! Der Fels bleibt immer gleich. Was in unserem Leben ist Fels, was Wolke? Und welches von beiden zählt mehr? Welcher Teil in uns bleibt unverändert? Und ist es wirklich so gewiss, dass er schwerer wiegt als der andere, der uns von einem Augenblick zum anderen entschwindet? Oder sind wir ganz und gar geisterhafte Gestalten, Wolken, die nicht mehr erhoffen können, als einen Augenblick des Glanzes zu erleben, einen einzigen Augenblick, bevor wir vergehen?

Alles in uns sträubt sich heftig gegen diese Vorstellung. »Ich fühle und erfahre, dass ich ewig bin«, sagt Spinoza. Dieses Zitat kenne ich von Soleràs – wer außer ihm wäre schon in der Lage, sich durch Spinoza zu quälen? Und die Unermesslichkeit unseres Verlangens, wie erklärt man dieses Mysterium? Wie erklären wir uns diese ungeheure Sehnsucht, wenn wir nicht wissen, wonach wir uns sehnen, was wir begehren?

Für alles gibt es eine Erklärung, man muss sie nur finden. Wie zum Beispiel diese Unmenge an Raben, die meine Neugier erregt hat. Bei einem meiner ziellosen Streifzüge hat es mich in ein Rund aus mondkahlen Bergen verschlagen. Ein einzigartiger Ort: fast wie ein Mondkrater, breit, tief und rätselhaft. Die Sonne stand schon tief, ihr schräg einfallendes Licht verlieh allem ein unirdisches Aussehen. Es gab weder Baum noch Strauch, nur Stein – und das Spiel aus Licht und Schatten war so hart wie im leeren Raum zwischen zwei Planeten. Es war faszinierend. Ich trat an den Rand des Kraters, um hineinzusehen: Ein Haufen Knochen enthüllte mir das Geheimnis. Es handelt sich um den

Schindanger – *buitrera* nennen sie ihn hier, den »Geierplatz«. In dieser Gegend gibt es mehr Viehzüchter als Ackerbauern; sie halten Schafe und Ziegen. Und an diesem Ort werden die Tiere abgeladen, die an Krankheiten verendet sind. Wenn ein Maultier kränkelt und der Tierarzt sagt, dass es nicht mehr zu retten ist, wartet man nicht darauf, dass es stirbt; der Kadaver wäre zu schwer zu transportieren. Sie treiben das Tier mit Stockhieben bis an den Rand der *buitrera* und stoßen es hinab. Das Maultier stürzt in die Tiefe und bricht sich dabei mit etwas Glück das Genick; manchmal stirbt es aber natürlich auch erst nach ein paar Tagen. Den Raben und Geiern kommt die Aufgabe zu, den Schindanger sauber zu halten, und man muss sagen, sie erledigen diese Aufgabe ausgezeichnet: Man kann sich nichts Saubereres vorstellen als diese elfenbeinfarbenen, sauber abgenagten Gerippe. *Ossa arida:* Ich weiß nicht mehr, welcher Prophet eine große, von Knochen übersäte Wüste beschreibt. Natürlich redet er von menschlichen Knochen, aber was ist schon der Unterschied? Dieser Schindanger hat etwas tief in mir angerührt; die Dürre der Knochen hat einen unbestimmten Durst in mir geweckt, und ich musste wieder an etwas denken, was Soleràs einmal gesagt hat: »Ein unstillbarer Durst, ein Tropfen Wasser, um ihn zu stillen, damit ist schon alles gesagt; das unendlich Große und das unendlich Kleine. Ich weiß nicht, ob du schon mal von den Atomen gehört hast ...«

»Entschuldige«, unterbrach ich ihn missmutig, »komm mir nicht damit. Atome sind Mist.«

Die Nacktheit dieser Knochen hat mich verstehen lassen, von welchem »unstillbaren Durst« Soleràs sprach. Ich muss leben, sagte ich zu mir selbst, ich muss dafür sorgen, dass ich lebe, bevor meine Knochen in die tiefe Grube des Schindangers geworfen werden, der auf uns wartet; ich muss leben, aber wie macht man das: leben? Leben! Ein Jahr lang Krieg, ein Jahr, ohne zu wissen, was eine Frau ist, und das, wo uns so wenige Jahre gegeben sind! Ich habe sicher schon mehr als ein Drittel der mir zugemessenen Zeit verbraucht ... An einem Tag, es war später Nachmittag, fand ich mich an einer Wegkreuzung wieder, die um diese Zeit ganz besonders verlassen wirkte, ich meine, deutlich spürbar verlassen, wie eine Einöde. Am Himmel stand eine Wolke, strahlend und so still, dass mir angst wurde. Schönheit ist beängstigend; zum Glück begegnet sie uns nur selten. Bei einer Abenddämmerung wie dieser – die ich so eindrucksvoll nur in Aragonien erlebt habe – fühlt man sich dem Universum so einsam gegenüber stehen wie ein Angeklagter einem unerbittlichen Gericht. Wessen sind wir angeklagt? Unserer Kleinheit, Schäbigkeit, Hässlichkeit; die Unendlichkeit verurteilt und erdrückt uns … Ich war so in meine Gedanken versunken, dass ich ihre Schritte nicht hörte, und wurde mir ihrer Anwesenheit erst bewusst, als mich eine tiefe, abwesende Stimme aus meiner Versunkenheit riss:

»Einen schönen guten Tag!«

Es war eine Frau, die ein Kind auf den Armen trug und ein anderes am Rockzipfel hängen hatte. Eine hochgewachsene, gutaussehende Frau in Trauerkleidung; sie ging vorbei, ohne mich anzusehen. Eine Art schmerzhafter Aura umgab sie, während sie langsam in entgegengesetzter Richtung davonging. Wer war sie? Im Dorf habe ich sie noch nie gesehen. Erst als sie hinter einer Wegbiegung verschwunden war, fiel mir auf, dass sie mich auf Katalanisch gegrüßt hatte. Eine Katalanin in diesem Dorf? Mysteriös; fast glaube ich, einer Halluzination aufgesessen zu sein.

15. Juli

Nach und nach treffen die Rekruten ein. Jetzt bin ich damit beschäftigt, diese armen Kerle auszubilden. Ich bin öfter im Dorf und lerne allmählich die Häuser und ihre Bewohner kennen.

Wer die Schmerzensmadonna von Olivel ist, habe ich noch nicht in Erfahrung bringen können. Ich meine die Erscheinung von neulich. Eine Halluzination? Alles ist möglich.

Da das Dorf in einer Talsenke liegt, ist die Burg das Einzige, was man aus der Ferne sieht. Die Häuser des Orts bemerkt man erst, wenn man schon angekommen ist; abends sieht man die alten Frauen vor den Türen auf den Ecksteinen sitzen und die frische Abendluft genießen. Sie erinnern an Krähen, denn sie sind allesamt schwarz gekleidet und schwatzen unablässig. Auf den ersten Eindruck wirkt das Dorf schäbig und schmutzig.

Der Kommandant verlangt von uns, dass wir den Rekruten Vorträge halten, und zwar nicht jeder Offizier seiner Abteilung, sondern dem gesamten Bataillon.

Als Versammlungsort nutzen wir den großen Saal der Burg. So hatte ich die Gelegenheit, sie einmal von innen zu sehen: ein großer, verfallener Kasten. Das Haus ist riesig, und der Kommandant hat auf einem Podium einen Tisch aufstellen lassen; dort thront er dann, während der jeweilige Offizier stehend seinen Vortrag hält.

Kommandant Rosich ist klein und fett, von fahlbrauner Gesichtsfarbe und mit tiefschwarzen, lebendigen, sentimentalen Augen. Er wäre ein feiner Kerl, wenn er nicht der »Trinkerei« verfallen wäre (»Geschäftemacherei und Trinkerei«, wie er zu sagen pflegt). Ich habe meinen ersten Vortrag schon gehalten: *Maschinengewehre dürfen nur in flachem Terrain verwendet werden.* Während ich über das Thema dozierte: die Vorteile heftigen Kreuzfeuers usw., bemerkte ich, wie seine kleinen Augen aufleuchteten wie Glut, wenn man in sie hineinbläst. Ich war gerade dabei, auf einer improvisierten Tafel mit Kreide die trigonometrischen Prinzipien einer gekrümmten MG-Schussbahn zu erläutern, als er aufsprang und mich mit tränenfeuchten Augen vor versammelter Mannschaft umarmte:

»Solche Berechnungen sind der Ruhm des Bataillons!«

Offen gestanden sind mir die Gründe für diesen Gefühlsausbruch völlig schleierhaft, aber ich hatte schon immer eine Schwäche für sentimentale Menschen. Deshalb habe ich auch meinen Frieden mit Ponsetti gemacht, dem »Marktschreier«: Es hat sich herausgestellt, dass er ein Scharlatan ist. Er ist ein Herz und eine Seele mit Hauptmann Gallart, an dem von Natur aus alles gewaltig ist: Er ist groß und dick, rotgesichtig, gefräßig und enthusiastisch. In meiner Leidenschaft für Traditionen hege ich großen Respekt für dieses Paar, den Großen Dicken und den Kleinen Dünnen, die in ihrer Sentimentalität und Schnapsseligkeit dem anderen Paar – dem Kommandanten und dem Arzt – in nichts nachstehen.

Unweit des Dorfes in Richtung Norden habe ich einen großen Pinienhain entdeckt. Dort zirpen in der größten Tageshitze unzählige Zikaden; die Pinien sind hoch und schlank, durch ihre lichten Kronen fällt die Sonne ungehindert hindurch und erhitzt die Erde. Die Luft ist erfüllt vom herben, anregenden Harzduft. Ich strecke mich auf dem weichen, warmen Bett aus Piniennadeln aus und überlasse mich ganz und gar dieser Traurigkeit, die mich in Wellen überkommt. Armer Soleràs, der denkt, er sei der Einzige. Wann, wann habe ich mein Leben gelebt?

Donnerstag, 5. August
Die theoretische und praktische Ausbildung der Rekruten nimmt nur wenig Zeit in Anspruch, sodass ich außer an den Tagen, an denen ich Wachdienst leisten muss, weiterhin viel Freizeit habe. Ponsetti ist mittlerweile auch bei der vierten Kompanie; er und Gallart rühren sich nicht aus dem Dorf fort, genauer gesagt, aus der Taverne, wo es eine rothaarige Kellnerin namens Melitona gibt, die ihnen die Köpfe verdreht hat. Kommandant Rosich und Doktor Puig sind an den meisten Tagen besoffen. Auch die übrigen Leutnants und Unterleutnants rühren sich nicht aus dem Dorf fort und steigen den Mädchen hinterher – denen, die uns am Tag unserer Ankunft Rosen in die Gewehrläufe gesteckt haben.

Bleibt Sanitätsfähnrich Cruells. Es hat sich herausgestellt, dass er ein Anhänger Baudelaires ist. Er kennt viele Gedichte von ihm auswendig, meidet den Wein und die Frauen – und schmutzige Wörter: ein seltener Vogel! Ab und zu begleitet er mich auf meinen Spaziergängen, nicht oft, weil er viel zu tun hat. Vierhundert Rekruten sind eine ganze Menge, und was der eine nicht hat, hat der andere – normalerweise Geschlechtskrankheiten. Er ist der Jüngste im Bataillon (gerade erst zwanzig geworden), und wenn er mit mir spazieren geht, hat er immer eine Art tragbares Teleskop dabei oder vielleicht eher so etwas wie ein Fernrohr, wie es Kapitäne im letzten Jahrhundert benutzten. Ausgezogen ist es gut fünf bis sechs Spannen lang. Er hat mir erzählt, dass seine Tante es ihm zu seinem zwölften Geburtstag geschenkt hat und dass es ihn den ganzen Krieg hindurch begleitet hat. Ineinandergeschoben nimmt es wenig Platz ein – es besteht aus einzelnen Ringen, die sich ineinander schieben lassen, und ist viel besser als mein Offiziersfeldstecher. Da wir unsere Spaziergänge immer bis spät in die Nacht ausdehnen, ließ er mich einmal mit seinem Fernrohr einen Blick auf Jupiter werfen: Man konnte ganz deutlich die vier »galiläischen Satelliten« in der Nähe des Planeten erkennen wie vier Erbsen neben einer Pflaume, drei links und einer rechts. Am nächsten Tag war der rechte verschwunden, am Tag darauf waren nur noch zwei zu sehen. Dann waren wieder alle vier sichtbar, zwei rechts und zwei links. Er erklärte mir, wie es dazu kam, dass sie verschwanden und wieder auftauchten, und auch alles über die Phasen der Venus, die man mit seinem Seefernrohr ebenfalls erkennen kann, und noch vieles andere mehr; er versteht ebenso viel von Astronomie, wie ich wenig davon verstehe.

Im Pinienhain hielten wir unsere Mittagsruhe. Weit hinten zwischen den Pinienstämmen schimmert die Burg hindurch. Glaub nicht, dass es sich dabei um eine Ritterburg mit Türmen und Zinnen handelt: Es ist bloß ein quadratischer Kasten aus schwarzen Ziegelsteinen. Das Dorf in seiner Senke ist von hier aus nicht zu sehen. Unvermittelt fragte ich Cruells:

»Was hast du eigentlich vor dem Krieg gemacht?«

Schläfrig blinzelte er mich durch seine dicken Brillengläser an, die ihm das Aussehen eines geschäftigen, gutmütigen Kauzes verleihen. Er schien zu zögern:

»Ich sag's dir, aber du darfst es den anderen nicht weitererzählen. Ich war im Priesterseminar.«

»Im Priesterseminar?«

Darauf wäre ich nie gekommen, aber jetzt erschien es mir auf einmal völlig einleuchtend. Warum auch sollte Cruells kein Seminarist sein? Besser gesagt: Was hätte er anderes sein sollen?

»Und was hast du nach dem Krieg vor?«

»Zu Ende studieren.«

Ein paar Tage später erlebten wir mit Cruells eine Überraschung. Nachts stellen wir natürlich eine mehrere Mann starke Wache unter dem Befehl des diensthabenden Offiziers auf, die durch die Straßen des Dorfs patrouilliert. Ich hatte in dieser Nacht keinen Wachdienst, aber ein Fähnrich der zweiten Kompanie, der mir alles ganz genau berichtet hat. Es muss gegen ein Uhr morgens gewesen sein, das Dorf schlief tief und fest, der Mond schien nicht, und nichts war zu hören als der regelmäßige Ruf einer Eule in der Weide am Brunnen, als die Patrouille bei den Wiesen vor dem Dorf einen Mann ausmachte, einen Soldaten, der mit einer Waffe auf sie zielte, die auf die Entfernung wie ein Fünfzigermörser aussah. Natürlich schlugen sie sofort Alarm, denn es hätte ja ein Faschist oder ein Anarchist sein können, gefolgt von anderen in einem Überraschungsangriff. Gott sei dank war der wachhabende Fähnrich besonnen genug, seine Männer davon abzuhalten, ihre Mauser abzufeuern. Es war Cruells mit seinem Teleskop. Er hatte die Augen geschlossen, war im Tiefschlaf und spazierte – schlafend, mit geschlossenen Augen – durch die Gegend, sein Fernrohr am Gesicht, als wollte er hindurchschauen. Später erfuhren wir von ihm, dass er schon früher geschlafwandelt war, allerdings Jahre zuvor. Wir fragten Doktor Puig, ob das mit dem Schlafwandeln schlimm sei; er zuckte mit den Schultern und sagte, das sei nichts weiter und man wisse sehr wenig darüber. Manchmal komme es nur einmal vor und danach nie wieder, und am häufigsten sei es in der Pubertät zu beobachten (»Machen wir uns nichts vor, mit seinen zwanzig Jahren ist Cruells noch ein halbes Kind«) und »es lohne sich wirklich nicht, sich darüber den Kopf zu zerbrechen, weil in jeder ordentlichen Brigade zuverlässigen Statistiken zufolge auf jeden Schlafwandler 463 Tripperfälle kommen.«

An den Tagen, an denen Cruells Sanitätsdienst hat – was meistens der Fall ist – ziehe ich alleine los. Inzwischen besitze ich ein Pferd, was mir einsamem Flaneur sehr entgegenkommt. Ein Mann, der allein zu Fuß unterwegs ist, wirkt wie ein Spinner; zu Pferd wird er allgemein geachtet. Außerdem komme ich mit dem Pferd, oder besser gesagt, der Stute, denn das ist mein Pferd, weiter herum: zum Beispiel bis zum Kloster.

Aber ich sollte besser der Reihe nach erzählen.

Zuallererst: Ich habe meine Halluzination ausfindig gemacht. Das habe ich diesen Vorträgen über Theorie und Praxis zu verdanken.

Es hat sich herausgestellt, dass der Burgherr, den die Leute hier *Carlà* nennen, von den Anarchisten umgebracht wurde. Das ist ja nicht weiter verwunderlich; das Gegenteil wäre seltsam gewesen. Allerdings lebte er mit einer Frau zusammen. Wäre es seine Ehefrau gewesen, dann hätten sie sie mit ihm zusammen getötet, ohne mit der Wimper zu zucken. Aber hier handelte es sich um einen Fall freier Liebe. Also haben sie sie nicht nur verschont, sondern ihr großen Respekt erwiesen und sie zur Herrin über die Burg und die Bauernhöfe ernannt. Und so lebt sie mit zwei Kindern weiterhin in der Burg. Die alten Vetteln im Dorf nennen sie verächtlich »die Carlana« und sind sich sicher, dass, sobald der Krieg aus ist, ein paar entfernte Cousins des Verstorbenen, seine einzig bekannten legitimen Angehörigen, ihr die Burg und die Ländereien wieder wegnehmen werden.

»Ihr und ihren Bankerten.«

Sie lebt sehr zurückgezogen und meidet die Gesellschaft. Als der Kommandant sie bat, den Saal benutzen zu dürfen, hat sie sofort zugestimmt; aber wenn wir unsere Vorträge halten, zieht sie sich mit ihren Kindern zurück.

Ich erfuhr, dass im Stall eine ungenutzte Stute stand, das Reittier des Verstorbenen. Niemand reitet sie, weil weder im Bataillon noch im Dorf irgendjemand Interesse am Reiten hat. Also kam ich auf die Idee, die Burgherrin darum zu bitten; sie nutzte das Tier nicht (die Anarchisten hatten vergeblich versucht, es vor den Pflug zu spannen), und mir kam es für meine einsamen Ausflüge sehr gelegen. Sie empfing mich stehend in dem Saal, in dem wir unsere Vorträge halten.

Hier, ohne den Zauber jenes Abends, ist sie eine etwa fünfunddreißigjährige Frau, ernst, distanziert und höflich. Sie hat eine samtweiche Altstimme, die manchmal in ein fast unmerkliches Tremolo verfällt. Ich sagte ihr, wie sehr mich überrasche, dass sie so gut Katalanisch spreche.

»Wundern Sie sich nicht. Ich habe viele Jahre in Barcelona gelebt. Als ich hinging, war ich fünfzehn. Mit ihm und seiner Mutter habe ich nichts anderes geredet. Seine Mutter kam aus Barcelona.«

Ich war so verblüfft darüber, dass sie sich mit der Mutter des Carlà gut verstanden hatte, dass ich es für besser hielt, das Thema zu wechseln:

»Ich weiß, dass es hier irgendwo in der Gemeinde, etwa fünfzehn Kilometer flussabwärts, ein Kloster gibt.«

»Das Kloster von Olivel vom Mercedarier-Orden. Die Muttergottes von Olivel wird in dieser Gegend sehr verehrt. Viele Frauen sind nach ihr benannt, wie ich.«

»Also heißen Sie wohl Maria d'Olivel.«

»Maria d'Olivel ist der vollständige Name, so wie er im Taufregister steht. Aber wir sagen hier Olivela.«

Ich fand sie distanziert, beinahe abwesend; manchmal erschien sie mir unwirklich wie an jenem Abend, als sie mir an einer einsamen Wegkreuzung entgegengekommen war. Diese Frau hat »ein gewisses Etwas«, das ist nicht zu übersehen; etwas Tragisches, würde ich sagen. Andererseits: Warum sollte sie nach allem, was ihr widerfahren ist, nichts Tragisches an sich haben? Ich habe gehört, sie stamme aus einfachen Verhältnissen; durch ihre Liebschaft hat sie sich ihrer Familie und ihrer Klasse entfremdet, ist auf- und zugleich abgestiegen; diese Kretins von Anarchisten haben den Carlà vor ihren Augen und den Augen ihrer Kinder ermordet … Aber das ist es nicht, das Tragische scheint mehr aus ihrem Wesen zu resultieren als den Geschehnissen. Ich versuchte mir vorzustellen, wie einsam sie sein muss. Natürlich hat sie noch ihre Kinder, aber welche Gesellschaft können Kinder einem schon bieten?

»Mein erster Ausflug mit Bellota soll zum Kloster gehen.«

»Gehen Sie da nicht hin.« Zum ersten Mal sah sie mich direkt an. »Die Anarchisten haben alles geplündert, nachdem sie die Mönche umgebracht hatten. Die Muttergottes ist nicht mehr da. Es ist schauerlich dort. Da gibt es diese Ausgegrabenen …« Das Tremolo in ihrer Stimme wurde hörbar wie die Schwingung der tiefsten Cellosaite.

Durch das Fenster sah ich den Stallknecht – den einzigen Bediensteten, der noch bei ihr geblieben ist – Bellota am Burgtor satteln. Es ist ein feines, falbes Tier mit kleinem Kopf und kräftiger Kruppe. Es schien froh zu sein, einmal aus dem Stall heraus zu dürfen.

»Die Ausgegrabenen?«

»Tote Mönche, die aus den Grabnischen gezerrt wurden … Das waren die Anarchisten. Wussten Sie, dass sie sogar die Tagelöhner erschossen haben? Ein paar arme Teufel, die Ärmsten des Dorfes, die die Mönche eher aus Barmherzigkeit beschäftigt haben. Sie trugen Holzpantinen, die Armen; und die haben sie als Faschisten an die Wand gestellt, bloß weil sie für die Mönche gearbeitet haben …«

Mir fiel wieder meine Unterhaltung mit Soleràs ein. Damals hatte ich seinen Worten keine Beachtung geschenkt; sie waren mir wie ein Schwall von absurden, zusammenhanglosen Bemerkungen erschienen, gewürzt mit seinem ätzenden Spott. »Diese Schwachköpfe« – damit hatte er Picó, den Kommandanten und die ganze Brigade gemeint – »diese Schwachköpfe wissen die wenigen originellen Dinge in diesem Land nicht zu schätzen. Sobald sie in ein Dorf einrücken, stellen sie die Ordnung wieder her. Wie gewöhnlich! Man sollte regelmäßig Ausflüge in die Dörfer unternehmen, in denen die ›Unsrigen‹ noch nicht angekommen sind, wo immer noch Anarchie herrscht. Dort kann ich frei atmen! Es gibt da ein Kloster …« Er führte die Fingerspitzen an den Mund wie zu einem *boccato di cardinale.* »Ich habe dort lange Stunden in reiner Kontemplation verbracht, und glaub mir, es lohnt sich. Vor allem eine Mumie links von mir hat so einen verschmitzten Gesichtsausdruck … In wessen Namen will man uns eigentlich verbieten, die Toten wieder auszugraben, wenn uns der Sinn danach steht? In wessen Namen? Wahrscheinlich waren diejenigen, die die Toten ausgegraben haben, Idioten, aber das ist nicht die entscheidende Frage; oder vielleicht doch, vielleicht geht es eben darum, ein kompletter Idiot zu werden. Das schafft nicht jeder! Die Intelligenz ist ein Relikt aus dem achtzehnten Jahrhundert und damit Geschichte, die Zukunft gehört den Dummen!«

»Ich sehe schon«, antwortete ich ihm spöttisch, »du bereitest dich darauf vor, in der Zukunft zu herrschen.«

»Warum auch nicht? Andererseits: Was ist schlimmer daran, Mercedarier-Mönche auszugraben als ägyptische Pharaonen? Warum sollten wir diejenigen, die Tutanchamun ausgegraben haben, mehr Respekt entgegenbringen? Alle, die ausgraben, wer auch immer sie sein mögen, suchen dasselbe: Sie wollen sehen, was für ein Gesicht ein Toter zieht, der schon eine gewisse Praxis im Totsein hat, der schon einige Zeit daliegt – ganz gleich, ob ein paar Dutzend oder ein paar tausend Jahre. Unsere Zeit, eine dumme und außergewöhnliche Zeit, hat den Schleier zerreißen wollen, der über Tod und Geburt, dem Obszönen und dem Makabren liegt; wenn du das noch nicht verstanden hast, hast du nichts von unserer Zeit verstanden.«

Und ich hatte erwidert: »Glaubst du, dass unsere Zeit so wichtig ist, dass wir uns die Mühe machen sollten, sie zu verstehen?«

»Kennen Sie Juli Soleràs?«

Es war eine dumme Frage, nur gestellt, um irgendwas zu sagen. Genauso gut hätte ich sagen können, dass es ein wunderschöner Tag war; woher sollte sie ihn kennen? Aber mit dieser Frau stolpere ich offenbar von einer Überraschung zur nächsten, und eben diese Überraschung sah ich ihr jetzt ins Gesicht geschrieben:

»Ja«, sagte sie nach kurzem Zögern. »Warum fragen Sie mich das? Hat er Ihnen von mir erzählt?«

»Oh nein, ich habe das bloß so gefragt. Er hat einmal nebenbei ein Kloster voller Mumien erwähnt, deshalb ist er mir gerade in den Sinn gekommen. Er ist ein ziemlich verrückter Knabe; wussten Sie, dass er eine Tante hat, die Visionen hat? Ich nehme an, Sie haben schon von der heiligen Philomena gehört. Aber das interessiert Sie natürlich alles nicht. Kam er wirklich hierher, solange die Anarchisten noch hier waren?«

»Ich hatte den Eindruck, dass er und die Anarchisten gute Freunde seien. Darf ich Sie um einen Gefallen bitten? Bitte erwähnen Sie diese Person in meiner Gegenwart nie wieder.«

Armer Soleràs, anscheinend hat er wirklich ein Talent, sich unbeliebt zu machen. Die Leute verzeihen ihm sein wirres Gerede voller Sprünge und Halbsätze nicht. Die Einzigen, die ihn ertragen, sind Trini und ich, weil er uns amüsiert. Wir kennen ihn schon so lange! Seit der Oberschule. Später dann, als Trini und ich zusammenlebten, kam er fast jeden Nachmittag zum Tee bei uns vorbei; selbst als wir beim Militär waren (Trini und ich zogen zusammen, bevor ich mit der Grundausbildung begann), kam er noch, weil wir zur gleichen Zeit als Fähnriche der Reserve dienten. Er hätte den Militärdienst gar nicht machen müssen, denn man hatte ihn, wie er uns erzählte, aufgrund seiner Kurzsichtigkeit ausgemustert, aber hatte um eine Revision der Diagnose gebeten. Wenn man bedenkt, wie viele Leute alles nur Erdenkliche anstellen, um ausgemustert zu werden! Er hingegen setzte Himmel und Hölle in Bewegung, um zur Armee zu dürfen. Als wir dann in der Kaserne waren – wir hatten das Glück, einem Regiment zugeteilt zu werden, das in Barcelona stationiert war –, bestand sein größtes Vergnügen darin, über die Mauer zu klettern und sich herumzutreiben, vor allem, wenn er Wachdienst hatte. Bei uns zu Hause setzte er sich immer in denselben Sessel. Für uns war er wie ein seltsamer, vertrauter Vogel, dem man seine Streiche verzeiht, weil er einem Gesellschaft leistet.

Warum war er hierher gekommen, wo er Gefahr lief, von den Anarchisten erschossen zu werden? Übte er sich im Dummheiten machen? »Das Jahr 1917 markiert den Beginn eines neuen Zeitalters, des Zeitalters der Dummen; selig sind die Dummen, denn sie werden die Welt beherrschen …« lautete eine seiner »Lieblingsprophezeiungen«, denn, überflüssig zu sagen, Prophezeiungen sind eine seiner Schwächen.

Der Fluss durchquert den Gemeindebezirk von Südwesten nach Nordosten. Er hat ein tiefes, enges Tal mit beinahe lotrechten Wänden gegraben, das ich seit jenem Tag mit Bellota bis in den hintersten Winkel erforscht habe. Nachdem er die Obstgärten von Olivel bewässert hat, füllt er die Kanäle einiger alter Getreidemühlen, von denen eine noch in Betrieb ist. Bei meinen Spaziergängen bin ich nie weiter gekommen als bis zu dieser Mühle, die auf halbem Wege zum Kloster liegt. Dort lebt der Müller, ein Mann um die fünfzig, mit einer Frau – seiner angetrauten Ehefrau –, die zahnlos ist und schwarzgrau wie das Mehl, das sie mahlen. Sie haben fünf oder sechs Kinder. An jedem Arbeitstag mahlen sie drei *Quarteras* Mehl, und das heißt nicht, pro Tag: Je nachdem, wie viel Wasser der Fluss führt, dauert es manchmal einen ganzen Tag, bis sich der Mühlkanal neu gefüllt hat, und bis es so weit ist, müssen sie pausieren. Ich schaue ihnen gerne beim Mahlen zu, denn ich habe noch nie eine so alte Mühle in Betrieb gesehen. Sie öffnen die Schleuse; langsam beginnt sich das Mühlrad zu drehen; der Mahltrichter (den sie hier *Lorenza* nennen) hat fast senkrechte Wände; das Korn rutscht langsam hindurch und wird zu grobem Mehl gemahlen. Daraus backen die Frauen von Olivel dann ein köstliches, dunkles Brot. Zu diesem Zweck gibt es im Dorf drei öffentliche Backhäuser, und am Backtag nimmt man schon von Weitem ihren heißen Duft wahr, den Duft nach verbrannten Pinienzweigen und frisch gebackenem Brot, der einem das Wasser im Mund zusammenlaufen lässt.

Der Müller nutzt die Tage, an denen er unfreiwillig pausieren muss, um mit einem Frettchen auf Jagd zu gehen. Er klagt, dass es nicht viel zu jagen gäbe: Das Einzige, was es im Überfluss gibt, sind Hasen, aber auf die ist ihm der Appetit vergangen, nachdem er einmal einen gesehen hat, der an einem Kadaver nagte. An die Fischotter, die ihn wegen ihrer kostbaren Pelze interessieren, wagt sein Frettchen sich nicht heran, und das, obwohl es sogar Füchse angreift: Es überrascht sie, wenn sie in ihrem Bau schlafen (der hier *cado* genannt wird), springt ihnen auf den Rücken und durchtrennt ihnen mit einem Biss die Halsschlagader. Es ist ein äußerst wendiges Männchen mit nadelspitzen Zähnen; er muss es in einem Käfig transportieren und höllisch aufpassen, denn bei der geringsten Unachtsamkeit würde es ihm glatt den Finger durchtrennen. Der Mann erzählte mir ebenfalls vom Kloster, von einem großen Wald aus Pinien und Wacholder, der unweit des Klosters am linken Flussufer anfängt und sich nach seiner Aussage viele Kilometer weit nach Norden erstreckt, in eine Richtung, in der es weit und breit kein Dorf gibt. Durch diesen Wald sind einige der Mönche entkommen, nicht mehr als zwei oder drei. Der Fluss mündet, nachdem er die Ländereien des Klosters durchflossen hat, in einen See – genauer gesagt, in ein großes Sumpfgebiet namens Cambronera, wo man im Winter Enten und andere Zugvögel jagen kann.

Ich nutzte den Mühlkanal zum Schwimmen, zum großen Erstaunen des Müllers, der Müllerin und der fünf oder sechs Müllerlein: Dass jemand kopfüber ins Wasser springt wie die Enten, hatten sie noch nie gesehen. Sie haben ein paar Hausenten: kleine Entlein mit weißem Gefieder und gelben Füßen und Schnäbeln, die ein großes Gezeter anheben, sobald ich ins Wasser springe. Nachdem ich etwa eine halbe Stunde lang geschwommen war, streckte ich mich auf der Wiese aus, um mich zu sonnen. Manchmal sah ich die Geier über mich hinwegfliegen. Sie mussten von weit her kommen, von den kahlen Bergen im Süden – der Sierra de Alcubierre – oder vielleicht von noch viel weiter her, von Gebirgen weit südlich von hier, die man durch meinen Feldstecher im bläulichen Nebel gerade noch ausmachen kann. Mit Cruells' Teleskop kann man erkennen, dass sie von dichten Wäldern bedeckt sind. Was die Geier betrifft, so habe ich mehr als ein Mal ein Pärchen unglaublich hoch am Himmel fliegen sehen (anhand der Vergrößerungszahl an meinem Feldstecher und einer groben Schätzung ihrer Größe – das ausgewachsene Weibchen, das größer ist als das Männchen, hat eine Flügelspannweite von zweieinhalb Metern – habe ich die Höhe erahnen können); ich habe sie den ganzen Himmel von einem Ende zum anderen durchqueren sehen, ohne dass sie auch nur einmal ihre Flügel regten. Ich kann es mir nur so erklären, dass sie Höhenwinde nutzen, die man hier unten am Boden nicht spürt. Andere Male beschrieben sie konzentrische Kreise um die Sonne wie riesige Motten, die von dieser reglosen Flamme angezogen werden. Natürlich kreisen sie nicht um die Sonne;

was interessiert sie schon die Sonne? Sie kreisen über den Schindangern, von denen jedes Dorf einen hat.

Die Wege am Flussufer sind gut zum Reiten. Bellota liebt es, über den weichen, sandigen Grund zu galoppieren. Der Weg zum Kloster führt an manchen Stellen durch das Flussbett; dann stieben von den Pferdehufen winzige Wassertröpfchen auf und bilden einen Regenbogen. Am Nachmittag, wenn ein leichter Wind aufkommt, hört man im Gezweig der Pappeln, in den Jasminbüschchen und den wilden Heckenkirschen unzählige Vögel zwitschern: Amseln, Stieglitze, Pirole – was weiß ich. Weit hinten in den Wäldern sagt der Kuckuck die Stunden an.

Bei meinem ersten Ausritt zum Kloster kam ich klatschnass dort an. Bellota ist ein braves Tier; ihre großen, feuchten Augen sind freundlich und geheimnisvoll; ihre Mähne schimmert schwarz, ebenso ihr Schweif, der fast bis zum Boden reicht, weil sich niemand die Mühe macht, ihn zu stutzen. Aber wenn sie auch ein sanftes Naturell hat, ist sie zugleich nervös und launisch. Solange sie auf sandigem Boden lief, war alles bestens: Nach den langen Monaten im Stall liebte sie es, drauflos zu galoppieren. Aber da, wo der Weg ins Flussbett überging, ging sie auf einmal in die Knie, um sich im kühlen Wasser zu wälzen. Wie ich danach aussah, kannst Du Dir ja vorstellen.

Die Müllersleute beachteten mich kaum, so sehr nahm mein Pferd ihre Aufmerksamkeit in Anspruch:

»Jesses, wenn das nicht die Bellota ist!«, rief die Müllerin aus und bekreuzigte sich.

»Sie kennen sie?«

»Als ob ich sie selbst geboren hätte! Das ist das Pferd vom toten Carlà, Gott hab ihn selig. Das ganze Dorf kennt es.«

Und so fingen sie an, von ihr zu erzählen, was sie bisher noch nie getan hatten: Vom Pferd kam das Gespräch allmählich auf seine Besitzerin. Anfangs schien die Müllerin Hemmungen zu haben, mir freiheraus zu sagen, was sie von ihr hielt, obwohl ich an ihren Auslassungen und Halbsätzen klar erkannte, dass sie allerhand über sie wusste und dachte. Von Neugier geplagt, versuchte ich, ihr ihre Meinung zu entlocken.

»Das Miststück«, murmelte sie mit zahnlosem Mund. »Wär sie mal besser in Barcelona geblieben, bei ihresgleichen. Hier können wir solche Drecksweiber nicht gebrauchen.«

»Was hat sie in Barcelona gemacht?«

»Na, Dienstmädchen war sie. Sie hat bei der alten Carlana gearbeitet, als die noch gelebt hat. Jung war sie, als sie mit ihnen weggegangen ist, keine fünfzehn.«

Ein Dienstmädchen also: Das erklärt auch, warum sie sich mit der Mutter des Carlà gut verstanden hatte. Die Erklärung war so einfach, und ich war nicht darauf gekommen.

»Und bevor sie nach Barcelona ging, war sie wie die anderen Mädchen hier?«

»Ach wo, die war immer für sich allein und trübsinnig wie eine alte Eule. Wenn Sie mich fragen, war die nicht wie wir. Wir sind alle Kinder unserer Eltern, aber die tat immer so wie eine Dame, irgendwo hatte sie wahrscheinlich vornehmes Blut her, wer weiß, von wo. Wenn man einen Pfirsichbaum veredelt, bringt er faustgroße Früchte.«

»Sei still, Weib«, sagte der Müller, der, wie mir scheint, den Hass seiner Frau auf die Carlana nicht teilt. »Manche Geheimnisse weiß bloß der liebe Gott allein. Als Olivela hier weggegangen ist, war sie fast noch ein Kind. Was sind schon fünfzehn Jahre? Das Schlimme war der Herr, Gott hab ihn selig, jetzt, wo er tot ist: Der hat sie heimlich entehrt.«

»Entehrt, hach je, die Arme!«, rief sie aus und äffte dabei seinen mitleidigen Tonfall nach. »Wann hätte die schon gewusst, was Ehre ist? Wir Mädchen hier heiraten aus Ehre, aus Anstand und um was zu essen zu haben. Aber sie hat sich klammheimlich in der Burg eingenistet, wie Eulen das halt tun. Dieses Drecksweib hat es geschickt angestellt, dass sie am Ende die Herrin war. So musste sie nie Heu ernten oder Wein lesen oder Mist schaufeln oder sonst was. Sie lebt wie eine Dame, Herr Leutnant, wie eine vornehme Dame: Morgens bringt sie ihren Kindern eine Brühe und den Hühnern Mais, nachmittags spaziert sie ein bisschen in ihrem Garten rum und vor dem Einschlafen nimmt sie ein schönes, heißes Bad mit duftender Seife, die Sau …«

»Halt endlich dein Maul, Weib!«, unterbrach sie ihr Mann abermals, »der Leutnant hier, Don Luisico, badet auch gern. Du verärgerst ihn noch mit deinem Geschwätz, verdammt.«

Ich fand das Gespräch von Minute zu Minute spannender, und nicht etwa, weil es so pittoresk war (was ja untrennbar mit dem Schmutzigen einhergeht); also versuchte ich, mehr aus ihr herauszubekommen, ich zog ihr, wie man so schön sagt, die Würmer aus der Nase:

»Wann kam sie aus Barcelona zurück?«

»Na, sobald die alte Carlana selig tot war«, kam der Müller seiner Frau zuvor. »Da wusste im Dorf aber noch keiner, was passiert war.«

»An die zehn Jahre ist das jetzt her«, fügte sie hinzu. »Mit dickem Bauch ist sie gekommen, so haben wir von ihrer Schande erfahren. Sie hat das Kind dann in der Burg bekommen und zwei oder drei Jahre später noch eins.«

»Und der Carlà hat mit ihr zusammengelebt?«

»Nein, nein, der hat in seinem Haus in Barcelona gewohnt, aber er ist oft gekommen.«

»Unser Carlà war Rechtsanwalt«, erklärte der Müller, »und hatte seine Arbeit in Barcelona.«

»Und sein Liebchen in Olivel«, fügte sie hinzu.

»Warum hat er sie nicht geheiratet?«

»Na, also hören Sie mal, Don Luisico!« Die Müllerin lachte laut auf. »Seit wann heiraten Carlans und Rechtsanwälte denn solche Drecksschlampen?«

Dieser Schlammwurf war mir dann doch zu viel, und ich beendete das Gespräch mit dem Vorwand, dass ich noch weiter zum Kloster wolle.

Das Kloster gleicht einem dieser halb bäuerlichen, halb herrschaftlichen Gutshöfe, die für dieses Land so typisch sind, und tatsächlich lebten die Mönche von der Landwirtschaft: Ein großes, quadratisches Gebäude im nördlichen Winkel eines mit Wein und Olivenbäumen bewachsenen, kleinen Tals, das ringsum von kahlen Bergen umgeben ist. Einer von ihnen ist der Kalvarienberg: Man erkennt ihn leicht an der Doppelreihe von Zypressen, die sich bis zum Gipfel erstreckt. Das Tal ist ruhig, abgelegen, wie in sich selbst eingeschlossen, in seinen Duft nach Thymian. Die Entfernung zwischen Dorf und Kloster legt Bellota im Galopp in einer halben bis Dreiviertelstunde zurück; seit jenem ersten Mal habe ich diese Reise oft gemacht.

Jetzt werde ich Dir berichten, was es drinnen zu sehen gibt. Durch das große Eingangsportal, das auf eine Esplanade hinausgeht, gelangt man direkt in den hohen, weitläufigen Kirchenraum, in dem stehend an die tausend Menschen Platz hätten. Am ersten Tag überschritt ich die Schwelle nur zögernd; irgendetwas lag schwer auf dieser Stille. Der Morgen war warm und trocken; ich hatte das Pferd an eine einsame Ulme an der Esplanade gebunden. Ich trat ein. Das erste, was mir auffiel, war die angenehme Kühle. Ich war geblendet von der grausamen Sonne des Juli in Aragonien, die mir während des schnellen Ritts in die Augen gestochen hatte. Im kühlen Halbdunkel des kellerartigen Gewölbes konnte man kaum etwas erkennen. Doch nach und nach gewöhnten sich meine Augen an das Dämmerlicht, und ich erkannte die vom Feuer geschwärzten Überreste des Altars, wild durcheinandergeworfene Bücherstapel, den einen oder anderen umgeworfenen und zerbeulten Kerzenständer, künstliche Blumen, einen Weihrauchschwenker in einer Ecke, einen Buchständer in einer anderen. Ganz am Ende des Raumes, also direkt vor dem Altar, erspähte ich etwas, was ich für Mönche gehalten hätte, wären sie nicht völlig reglos gewesen.

Es sind mehrere Mumien, aus den Grabnischen gezerrt, die einem nun leer aus der Mauer hinter dem Altar entgegengähnen. Sie sind so angeordnet, dass sie eine seltsame Szenerie bilden. Zwei stehen vor dem Altar wie ein Brautpaar; die eine ist mit einem weißen Schleier und einem Kranz aus Kunstblumen geschmückt. Damit sie nicht umfallen, hat man sie aneinandergelehnt. Eine dritte Mumie lehnt direkt am Altar, den beiden anderen zugewandt, als wäre sie der Pfarrer, der sie traut.

Die übrigen, vierzehn insgesamt, bilden, an die Wände gelehnt, die Hochzeitsgesellschaft. Eine ist umgekippt und liegt auf dem Boden. Eine andere hat einen verschmitzten Gesichtsausdruck, der so unpassend ist, dass es einen schaudert.

Wahrscheinlich handelt es sich um Mönche aus dem Kloster, und sie scheinen alt zu sein. An ihrer Haut hängen noch die Überreste ihrer Kutten. Sie sind vollkommen vertrocknet, wie aus Pergament, was sich aus der geringen Luftfeuchtigkeit in dieser Gegend und der Beschaffenheit der Grabnischen erklären lässt (hohe, tief in die dicke Wand eingelassene Hohlräume). Was für einen seltsamen Anblick sie boten, so reglos und verdorrt! Meine Furcht war verflogen. Warum sollte ich mich auch fürchten, wenn hinter mir die Tür weit offen stand und draußen der strahlende Glanz der Sommermittagssonne herrschte?

Keine Furcht also, sondern ein Gefühl intensiver Fremdheit: Diese Dinger waren schlicht unbegreiflich. Eine Mumie überfordert unser Vorstellungsvermögen. Undenkbar, dass wir eines Tages selbst so etwas werden: ein Ding. Ein Ding, das man von hier nach dort schleppen kann, steif und leer. Von was entleert? Von der Seele, würdest Du sagen; aber was ist das?

Und doch muss die Seele etwas sein, wenn ihr Entweichen einen so entscheidenden Unterschied macht. Was habe ich mit einer Mumie gemeinsam? Materiell betrachtet alles und dennoch nichts.

Und woher diese Idee, sie zu gruppieren wie zu einer Hochzeit? Das Obszöne und das Makabre: Der Mumie, die den Bräutigam darstellen soll, haben sie auf groteske Weise eine Kerze (vielleicht die Osterkerze?) angesteckt … Ich würde gerne mal einen von denen kennenlernen, die die Mumien ausgegraben haben, und ihn zur Rede stellen; vielleicht würde das gar nichts bringen, wahrscheinlich haben sie selbst keine Ahnung, welche Symbolik sie getrieben hat. Und wir? Was wissen wir über unsere Instinkte? Die Fortpflanzung unserer Spezies … Wen hat das je interessiert? Wer denkt schon daran, während er damit zugange ist? Bah, niemand verschwendet auch nur einen Gedanken daran, dabei ist sie es, die uns antreibt. Die Sexualität und der Tod, das Obszöne und das Makabre, zwei Abgründe, vor denen uns schwindelt; und es ist, als würde mir das Makabre hier in diesem Dorf auflauern: der *Geierplatz* einerseits und das Kloster andererseits. Angesichts der Mumien verspürte ich wieder diesen unbestimmten Durst, den ich schon auf dem Schindanger verspürt hatte.

Leben, endlich einmal leben, einen Schluck vom Leben trinken, bevor man in völlige Reglosigkeit verfällt!

Olivel, 7. August
Von der Kirche aus führt eine kleine Steintreppe mit ausgetretenen Stufen ins obere Stockwerk, wo die Mönchszellen liegen. Im Vorraum am oberen Ende der Treppe, der sehr groß ist, liegen riesige Gesangbücher

mit Pergamentseiten und hölzernen, eisenbeschlagenen Buchdeckeln über den ganzen Boden verstreut. Es gibt mehrere verlassen wirkende Harmonien (die Kirche besaß keine Orgel) und unzählige Bücherstapel – die meisten Bücher sind aus dem 18. Jahrhundert. Ich habe eine unversehrte englische Originalausgabe von Cooks Reisen mit Stahldrucken nach den Zeichnungen des Malers gefunden, der Cook begleitet hat. Das ist gar keine so üble Lektüre für die langen Stunden, in denen ich im Dorf Wachdienst leisten muss.

In einer der Zellen lag ein vierbändiges Traktat über Blumenzucht, ebenfalls aus dem achtzehnten Jahrhundert und mit Stahlstichen versehen. Die Stiche waren mit Aquarellfarben handkoloriert und zeigten ganz genau und sehr lebendig die Farben jeder Art. Die Granatapfelblüte ist glänzend rot – und ich musste an die Carlana denken. Warum? Was für ein Glänzen? Das Glänzen der Sünde und der Tragödie? Meine Güte, was für ein Melodram. *The uncertain glory of an April day?* Merkwürdig: Als ich erzählte, dass ich vorhätte, das Kloster zu besuchen, war sie zusammengezuckt. »Gehen Sie nicht hin … Die Muttergottes ist nicht mehr da … Es ist schauerlich dort.«

Auch sie muss vor Jahren furchteinflößend gewesen sein; wenn die Schönheit ein gewisses Maß übersteigt, erregt sie Furcht, und sie hat dieses Maß bestimmt um einiges überschritten, denn das tut sie immer noch. Sie erregt immer noch Furcht. Attraktive Frauen gibt es viele, aber schöne sind so selten! Vielleicht werde ich für den Rest meines Lebens keine mehr sehen, die mich so sehr an die Nacht von Michelangelo erinnert. Ihr gegenüber habe ich dieses unangenehme Gefühl, das kleine Männer empfinden müssen, wenn sie mit einer hochgewachsenen Frau sprechen; dabei bin ich größer als sie, ich habe mich heimlich davon überzeugt. Ich überrage sie um mehr als eine Spanne.

Piaceme il sonno, e più l'esser di sasso …

Warum denke ich so viel an diese Frau? Weil ich mich in diesem gottverdammten Kaff zu Tode langweile. Wie alt mag sie sein? Zehn Jahre älter als ich? Sie sieht verlebter aus, als es ihrem Alter entspräche, aber das ist nach allem, was sie durchgemacht hat, ja auch nur natürlich. Das ist nicht weiter verwunderlich; verwunderlich ist, dass dieses beginnende, melancholisch angehauchte Welken ihr steht.

In einer anderen Zelle war in eine Vertiefung in der Wand ein Schränkchen eingelassen, das nach außen aufgeht, sich aber von innen öffnen lässt. Ich hörte ein leises Summen wie von Weizen, wenn er durch ein Sieb geschüttet wird, mal von ferne und mal direkt neben mir, fast an meinem Ohr. Schließlich bin ich darauf verfallen, die Deckplatte des Schränkchens anzuheben, die nicht mehr als eine Handbreit in der Länge und in der Breite misst und aus wurmzerfressenem Holz besteht; und da entdeckte ich das Geheimnis: Diese Höhlung wurde eigens als Bienenstock geschaffen. Die Tierchen arbeiten unbeirrt weiter, unberührt von unseren Schicksalsschlägen. Das Schränkchen ist voller Honig! Jetzt, da ich weiß, dass das Summen von den Bienen stammt, empfinde ich es in der Stille der langen Stunden, die ich im Kloster verbringe, als tröstlich.

In der Zelle nebenan erwartete mich eine weitere Überraschung: Über eine schmale Wendeltreppe, die ebenfalls in die dicke Außenwand eingelassen ist, gelangt man in eine kleine Bodenkammer, und dort oben befindet sich ein Taubenschlag.

Auch die Tauben leben weiter, als ob nichts wäre; ein paar der Weibchen brüten. Sie sind scheu geworden; beim Klang meiner Schritte flatterten die Männchen auf; die Weibchen starrten mich verängstigt an, ohne sich von den Nestern zu rühren.

Später erforschte ich dann den Keller. Es gibt einen weitläufigen Weinkeller, denn das Kloster lebte hauptsächlich vom Weinanbau. Der Müller hat mir erzählt, dass die Anarchisten zuerst den Keller plünderten und sich am Macabeu und dem Claret, den beiden von den Mönchen produzierten Weinsorten, einen ordentlichen Rausch antranken. Aber es war wohl ein gemäßigter Rausch: Die Fässer im Keller waren unversehrt und noch fast voll. Sie haben mich mehr beeindruckt als die Grabnischen. Eines der Fässer war riesig; es war eines von denen, die wir in Katalonien *vaixells* nennen, »Schiffe«, weil so viele Tonnen hineinpassen wie in eine Barkasse. Es ist aus Eichenholz, und die Vorderseite muss schon sehr alt sein. Sie zeigt ein Wappen und die Jahreszahl 1585.

Ich wünschte, ich könnte mir ausmalen, was in jener dramatischen, warmen Julinacht letztes Jahr passiert ist. Eine Orgie aus Wein, Blut und Mumien, aufgeheizt von der Sommerschwüle. Ob Frauen dabei waren? Der Müller sagt nein. Aber die Sache mit der Osterkerze … Das erscheint mir typisch weiblich, wie der Scherz eines Frauenzimmers.

Doch der Müller bleibt bei seiner Aussage: Es waren sieben Fremde, und diese sieben bildeten das Komitee. Sie hatten ein halbes Dutzend armer Teufel aus dem Dorf mit sich geschleppt, die ihnen helfen sollten. Die haben dann auf Befehl der anderen die Mumien hervorgeholt. »Sechs arme Teufel … jeder im Dorf weiß, wer sie waren.«

»Und trotzdem leben sie noch hier?«

»Ja, aber melden Sie sie nicht; sie haben nichts weiter getan, als die Toten hervorzuholen.«

Der Müller hat sie von der Mühle aus zum Kloster hin und wieder zurückgehen sehen, denn wer vom Dorf zum Kloster will, muss wegen des Bachlaufs an der Mühle vorbei; es war keine Frau bei ihnen. Mehr noch – und das macht mich wirklich neugierig: Er sagt, sie hätten nichts weiter getan, als die Toten vor den Grabnischen abzulegen. Als ich ihm von der Hochzeitsszene erzähle, ist er höchst erstaunt:

»So waren sie vorher nicht angeordnet, Herr Leutnant, das schwör ich Ihnen. So nicht!«

»Erinnern Sie sich genau?«

»Als ich das letzte Mal dort war, vor vier Monaten oder so, da waren sie nicht so, wie Sie gesagt haben, Don Luisico, sondern so, wie ich gesagt habe; sie lagen an der Wand aufgereiht. Ich schwör's Ihnen, Herr Leutnant!«

Und die Osterkerze? Er sah mich verdutzt an. Er wusste nicht, wovon ich rede. Als er verstand, lachte er auf:

»Meine Güte, welcher Wüstling hat denn das gemacht? Aber die Männer waren es nicht, das schwöre ich Ihnen, Herr Leutnant. Ich sage Ihnen, wer sie sind, aber bitte melden Sie sie nicht. Einer ist Pachorro, der hat einen Buckel und lebt bei der Quelle; der andere, Restituto, ist nicht ganz richtig im Kopf …«

Ich werde wohl mit allen sechs reden müssen, um Licht in die Sache zu bringen.

Bei einem meiner ersten Besuche (ich reite jeden Tag, das Kloster zieht mich auf schreckliche Weise an) ließ mich ein Geräusch, das von den Zellen herab drang, auf der Schwelle des Eingangsportals innehalten. Ein wildes, fröhliches Durcheinander von Flöten, Geigen und Kontrabass, vermischt mit Kinderstimmen und Kinderlachen und Schritten, so leicht, als würden sie schweben. Was war das? Langsam schlich ich hinauf; hätte ich dort oben eine Schar von Cherubim angetroffen, hätte mich das auch nicht weiter verwundert. Es waren aber ein paar kleine Hirtenjungen aus der Gegend, sieben bis zehn Jahre alt, die ihre Ziegen in den Klosterstall gesperrt hatten, um hier heraufzukommen und auf den Harmonien zu spielen. Mein Erscheinen löste eine Panik aus. Sie flohen so grazil, mit ihren großen Strohhüten und den bis kurz übers Knie reichenden Samthosen, dass ich lange Zeit wie verzaubert dastand.

Normalerweise bringe ich mir etwas zu essen mit, um nicht zur Mittagszeit nach Olivel zurückkehren zu müssen; so habe ich Muße, die Bücherstapel methodisch und in aller Ruhe durchzugehen. Die meisten sind theologische Werke, viele von ihnen in Latein, aber es sind auch welche darunter, die für mich interessanter sind; so fand ich zum Beispiel das *Criticón*, übrigens in einer Erstausgabe, das mir später geholfen hat, mir in den langen Stunden des nächtlichen Wachdienstes die Zeit zu vertreiben. Wenn ich Hunger bekomme, steige ich in den Weinkeller hinunter. Er ist tief und düster, man muss sich über eine abgetretene Steintreppe hinuntertasten. Während man im Dunkeln mit dem Fuß Stufe um Stufe ertastet, strömt einem von unten ein frischer, nach Wein duftender Hauch entgegen. Bei den Fässern angekommen, zünde ich einen Gaskocher an, den ich dort bereitgestellt habe, und esse. Ich glaube, oben, wo die Anwesenheit der Mumien in der Luft liegt, könnte ich nicht essen; die Kühle des Kellers und der Weingeruch hingegen regen meinen Appetit an. Die flackernde Flamme des Gaskochers wirft die Schatten der Fässer an die grob gekalkten Felsblöcke, die mit dichten Spinnweben bedeckt sind, einige vielleicht schon hundert Jahre alt. Der Claret, kalt, sehr trocken und aromatisch, schmeckt leicht nach Feuerstein und Schwefel (letzterer kommt bestimmt daher, dass die Mönche das Innere der Fässer mit geschwefeltem Flachs oder Stroh ausräucherten, bevor sie neuen Wein hineinfüllten, wie es bei guten Winzern üblich ist), der Macabeu ist eher voll und im Abgang samtig. Nach dem Essen blase ich den Kocher aus und verlasse den Keller auf dem gleichen Weg, auf dem ich gekommen bin. Wieder muss ich das Kirchenschiff durchqueren, um zu den Zellen zu gelangen, wo die meisten Bücherstapel lagern.

An einem der vielen Nachmittage hatte ich länger in den herrenlosen Büchern geblättert als sonst; gerade hatte ich eine Ausgabe Elzevirs von Petrarcas Sonetten und eine *Summa Theologica* aus dem siebzehnten Jahrhundert mit eindrucksvollen Vignetten entdeckt. Ich war in sie vertieft, als mich ein gewaltiger Donner aus meiner Versunkenheit riss. Ich hob den Blick zum Fenster; der Himmel verdunkelte sich so rasch, als würde ein Kulissenschieber die Lichter zwischen den Wolkenkulissen auslöschen. Dann ertönte ein zweiter Donner über dem Kloster, diesmal gebrochen und hallend, der klang, als wäre der Blitz direkt in den glockenlosen Kirchturm gefahren.

Die Landschaft war in ein seltsames, aschfahles Licht getaucht. Im Kloster war es finster; Blitz und Donner folgten unablässig aufeinander. Die Blitze schienen das Innere der Kirche stärker zu erleuchten als die Landschaft; das mag dadurch zu erklären sein, dass die Gegenstände im Inneren meinen Augen näher waren, aber in diesem Augenblick jagte der Effekt mir Angst ein. So ist es manchmal auch in Nächten mit trockenen Gewittern, den schlimmsten von allen: Dann scheint die Erde heller als der Himmel; dieser ist erdrückend schwarz, während dicht über dem Boden ein Lichtstreifen zu schimmern scheint. Der Schrecken, den uns dieses Phänomen einjagt, mag daher rühren, dass wir in solchen Momenten spüren, wie finster das All ist, das uns umgibt, die äußere Finsternis.

Dann brach ein Sommersturzregen los, und das Wasser erleichterte mich; ein trockenes Gewitter ist sehr bedrückend. Der Regen prasselte auf das große Dach des Klosters und ließ es dröhnen wie eine leere Blechschachtel.

Ich musste unbedingt zurück ins Dorf; aber um hinauszugelangen, musste ich zuerst das Kirchenschiff durchqueren. Ich hielt meinen Blick fest auf das helle Rechteck des offenen Portals gerichtet. Ich war schon in der Mitte des Raumes angelangt, als sich die beiden Türflügel langsam in den Angeln zu drehen begannen und sich mit einem Ächzen schlossen, das im Gewölbe widerhallte. Aus der Dunkelheit war Tintenschwärze geworden – vollkommene Finsternis – und ich war eingeschlossen. Allein mit den Mumien.

Weißt Du, was ich getan habe? Ich habe mich bekreuzigt und das Vaterunser gebetet; nichts lässt uns so schnell das Knie beugen wie Furcht. Die Tür war durch einen Windstoß zugefallen und ließ sich problemlos öffnen. Draußen goss es in Strömen. Ich rannte zur Ulme: Bellota war nicht mehr da. Ein Stück vom Zaum, das noch am Baum hing, sagte alles: Vom Donner verschreckt, hatte das Tier sich losgerissen und war davongerannt.

Innerhalb von Sekunden war ich durchweicht, als wäre ich in einen Teich gefallen. Was nun? Zurück ins Kloster und die Nacht in einer der Zellen verbringen? Auf keinen Fall: Meine Angst war stärker als alles andere. Ohne Pferd zurück ins Dorf zu gelangen, war ein völlig unsinniger Gedanke; aber ich konnte versuchen, wenigstens die Mühle zu erreichen.

Ich war schon ein ganzes Stück vom Kloster entfernt, als ich bemerkte, dass der Parral nicht das kleine Bächlein war, das ich kannte, sondern ein reißender, stetig ansteigender Strom. Im Bachbett konnte man nicht mehr gehen. Ich musste hinausklettern und würde wohl die Nacht im Freien verbringen müssen. Am oberen Ende der Böschung angekommen, erspähte ich ein kleines Licht – wie im Märchen! Ich kämpfte mich durchs Unterholz und den Wasservorhang, der mich blind machte, bis ich schließlich bei dem geheimnisvollen Licht angekommen war – und den Müller, die Müllerin und die fünf, sechs Müllerlein entdeckte.

Sie hatten aus Ästen, die sie mit dem Beil von den Wacholderbüschen abgeschlagen hatten, einen kleinen Unterschlupf gebaut und mit Rosmarin- und Mastixzweigen abgedeckt. Die Frau weinte, die Kinder drängten sich an sie, und während mich die Großen aus ihren ernsten schwarzen Augen ansahen, schliefen die Kleinen. Der Müller machte mir Platz.

»Don Luisico, da sehen Sie, in was für ein böses Unglück wir geraten sind.«

»Herrje, die Mühle!«, jammerte sie. »Ach, meine armen Hühner, wo sie doch schöne Eierchen gelegt haben! Und wir hatten ihnen ein so schönes Gehege gebaut und man konnte eine so gute Brühe aus ihnen machen!«

Sie starrte ins Innere des Unterschlupfs, als könnte sie dort im Dunkeln die Überreste der Mühle ausmachen.

»Es gibt noch eine Mühle in der Gemeinde, flussaufwärts vom Dorf aus gesehen, die wird schon seit Jahren nicht mehr genutzt. Wenn sie uns die verpachten würden, ohne dass wir bis nach den ersten Mahlgängen Pacht zahlen müssten …«

»Wem gehört die Mühle denn?«

»Dem seligen Carlà hat sie gehört. Wenn Sie sich mit der Carlana gut stehen … ich mein, mit Olivela …«

»Nicht dass Sie denken, Herr Leutnant«, sagte sie und hörte auf zu weinen, »dass ich ihr Böses will; und wenn ich mal was Schlechtes über sie gesagt habe, so ist das keine böse Absicht gewesen.«

Das wollte ich zu ihren Gunsten glauben.

Sobald der Tag anbrach, machten wir uns auf den traurigen Heimweg über den verschlammten Pfad. In Olivel trafen wir alle Einwohner, Männer wie Frauen, auf der Straße; die Frauen schrien und klagten, die Männer schwiegen.

Der Sturzregen hatte alle Gemüsegärten weggeschwemmt. Hanf- und Maisernte sind verloren. Die letzte Hoffnung dieser armen Leute ist der Safran, der auf den Trockenfeldern der Gemeinde wächst, oberhalb des Talkessels, und dessen Ernte in guten Jahren am meisten einbringt.

Tante Olegària – die alte Frau, bei der ich einquartiert bin – hatte sich schon große Sorgen um mich gemacht. Von dieser verlotterten Alten habe ich Dir noch gar nicht erzählt. Die Mahlzeiten, die sie mir zubereitet, sind völlig ungenießbar, dabei meint sie es gut mit mir, denn das Gleiche würde sie auch für ihren Enkel kochen. Von dem werde ich Dir ein anderes Mal berichten.

Es war ein Brief von Trini gekommen. »Dein Sohn verlangt von Tag zu Tag unersättlicher nach Märchen. Er will immer noch eines, immer ein neues. Papa hat mir mehr erzählt, beschwert er sich, und dann sagt er noch: Die von Papa waren auch schöner. Jetzt habe ich angefangen, ihm Märchen von Stiefmüttern zu erzählen, die liebt er ganz besonders. Beim Zuhören reißt er die Augen auf, und es fällt ihm schwer zu verstehen, welche Rolle die Papas in diesen Geschichten spielen. Und was hat der Papa von dem Kind gemacht? Um ihn zu beruhigen, sage ich ihm, dass die Stiefmutter ihn auch verhauen hat …«

Tante Olegària weiß genauso gut über meinen Jungen Bescheid wie ich. Sie ist Analphabetin – wie alle Frauen im Dorf –, aber am Umschlag erkennt sie ganz genau, wann ein Brief von Trini ist.

Natürlich denkt sie, dass wir verheiratet sind, und es besteht keinerlei Anlass, sie aufzuklären, das wäre für sie zu kompliziert. Sie wartet, bis ich den Brief gelesen habe, dann fragt sie mich, was es Neues von Ramonet gibt; sie interessiert sich für ihn und fragt mich nach ihm aus, als würde sie ihn kennen.

Sie ist sehr alt und lebt mit ihrer einzigen Tochter zusammen, die Witwe ist und aussieht, als hätte sie die Fünfzig schon überschritten. Die Mahlzeiten, die sie mir zubereitet, würden eine eigene Schilderung verdienen; sie sind grauenhaft. Einmal wollte sie mich sonntags mit einem Hühnchen überraschen. In dieser Gegend ist die Kunst des Bratens noch unbekannt. Sie legen das Huhn in eine Kasserolle, tauchen es in Öl ein und lassen es kochen. Beim ersten Bissen war ich von dem Geschmack nach Öl so überrascht, dass ich das Gesicht verzog.

»Ist das Huhn nicht gar? Oder finden Sie es nicht ölig genug?«

Sie hat mir erzählt, dass man mich im Dorf schon für tot hielt, als das Pferd allein und mit zerrissenem Zaumzeug auftauchte.

»Wo ist Bellota überhaupt?«

»Na, oben in der Burg, Don Luisico, machen Sie sich um die mal keine Sorgen! Die findet von ganz allein zur Futterkrippe, wenn sie was braucht. Tiere sind auch Menschen.«

Ohne dass es ihr bewusst war, hatte sie sich selbst definiert! Sie ist so tierisch und so menschlich, die Tante Olegària!

Olivel de la Virgen, Sonntag, 8. August
Der Parral fließt wieder in seinem Bett, fröhlich und verspielt, als wäre er nie über die Stränge geschlagen. Auf den Trockenfeldern gedeiht der Safran wie seit Jahren nicht mehr, und die Bauern hoffen darauf, dass er den Verlust der Hanf- und Maiserträge wettmacht.

Im Bataillon gibt es eine Neuigkeit: Wir haben eine MG-Kompanie.

Gestern ging ich über die Straße, als ich einen gut vierzigjährigen, unter-setzten Offizier mit Jagdstiefeln und einer gewaltigen, s-förmigen Pfeife im Mund erspähte. Seine schräggeschnittenen Augen mit dem lebhaf-ten, schlauen Blick erinnerten mich an jemanden, aber ich kam nicht darauf, an wen.

»Ich bin Picó. Kennst du mich nicht mehr? Wir haben zusammen ge-badet ...«

»Und was bringt dich nach Olivel?«

»Wir sind eurem Bataillon zugeteilt worden.« Er zog an der Pfeife und kniff die Augen zusammen. »Weißt du was von Soleràs?«

»Ich habe ihn nicht wiedergesehen.«

»Ein gebildeter Bursche, aber der dreckigste der ganzen Brigade. Bei einigen Operationen haben wir im Freien übernachtet, und das, obwohl es Januar war. Um uns gegenseitig zu wärmen, haben wir zu dritt oder zu viert aneinandergedrängt geschlafen und über den Haufen die De-cken von allen gebreitet. Die Offiziere haben natürlich einen eigenen Haufen gebildet; man muss aufpassen, dass man sich mit der Truppe nicht allzu gemein macht. Und stell dir vor: Mit ihm habe ich es nicht ausgehalten. Er stank wie ein Ziegenbock! ›Hör mal, Junge, nimm's mir nicht übel, aber es wäre mir lieber, wenn du nicht bei uns schläfst.‹ Also musste er alleine schlafen, und das, wie ich ja schon sagte, im Freien und bei sechs oder sieben Grad unter Null. Weißt Du, was er gemacht hat? Er hat sich im Dung der Kompaniemaultiere eingegraben. In der Nacht hat es zwei Spannen hoch geschneit. ›Der Soleràs‹, haben wir ge-sagt, ›wird uns erfroren sein, so ganz allein und nur mit einer Decke.‹ Und am nächsten Morgen erzählte er uns, er hätte die ganze Nacht ge-schwitzt.«

»Das stimmt sicherlich. Unter einem Haufen Mist, noch dazu mit zwei Handbreit Schnee obendrauf, liegst du wärmer als unter vier Feder-decken! Das war gar keine schlechte Idee.«

»Was soll ich dir sagen ... Ich würde mir eher Frostbeulen holen. Bil-dung ist ja schön und gut, aber ohne Sauberkeit ...«

Heute habe ich der Carlana meinen Pflichtbesuch abgestattet, um mich für das Malheur mit dem Pferd zu entschuldigen. Ich habe ihr von den Müllersleuten erzählt:

»Ich habe absolut nichts dagegen, ihnen die Mühle von Albernes zu verpachten. Schließlich muss ich ihnen helfen.«

Ich schreibe in meinem Schlafzimmer, besser gesagt, im Schlafraum von Tante Olegàrias Enkel. Er ist mir schon ans Herz gewachsen, der Raum, meine ich, den Enkel kenne ich nicht. Es ist ein quadratischer Raum mit weiß gekalkten Wänden und acht rötlichen, krummen Deckenbalken – sie sind aus Wacholder –, die immer noch einen deutlich wahrnehmbaren Harzduft verströmen. Ein Fenster Richtung Westen, durch das ich auf den Dorfplatz hinausblicke. Das Bett ist aus hellrot gestrichenem Eisen; ein Rohrstuhl und ein Pinienholztischchen bilden gemeinsam mit dem Bett das gesamte Mobiliar. Für die Sauberkeit, wie Picó sagen würde, gibt es ein Waschbecken, soll heißen, eine Schüssel auf einem eisernen Dreifuß. Tante Olegària achtet darauf, dass es mir nie an einem sauberen Handtuch und einem Stück Bittermandelseife fehlt, deren Duft den ganzen Raum erfüllt. Du siehst, ich habe mich seit Castel de Olivo deutlich verbessert! Ich schreibe im Licht eines Kerzenstummels, während durch das offene Fenster das Zirpen der Grillen hereindringt. Die Luft ist warm, und langsam werde ich schläfrig. Jetzt höre ich die Stimmen von Gallart und Ponsetti, die gerade den Dorfplatz überqueren; sicher gehen sie in die Taverne zu Melitona. Während sie sich dort bis spät in die Nacht herumtreiben, werde ich schon im Bett liegen – wo es nachts am gemütlichsten ist. Die Matratze hat in der Mitte eine Kuhle; anfangs hat mich das so sehr gestört, dass ich nicht schlafen konnte. Jetzt habe ich mich so sehr daran gewöhnt, dass ich sie vermissen würde. Die Kuhle ist mir vertraut geworden, sie leistet mir Gesellschaft, wie wahrscheinlich schon Tante Olegàrias Enkel, der sie jetzt gerade sicher vermisst …

Müdigkeit umhüllt mich, und ich denke an mein Gespräch mit der Carlana, als wäre es nur ein Traum.

»Kennen Sie die Müllersleute schon lange?«

»Schon mein ganzes Leben. Wir kommen aus dem gleichen Dorf.«

»Klar, aus Olivel.«

»Nicht aus Olivel. Aus Castel de Olivo.«

»Sie stammen gar nicht aus Olivel?«

»Santiaga und ich sind Cousinen ersten Grades. Vor ein paar Jahren, als ihr Mann auf der Suche nach einer Mühle war, hat er Enric schon um unsere Mühle gebeten. Aber Enric wusste, dass sie mich überall im Dorf schlechtmachte, deshalb hat er sie ihr nicht verpachtet. Ich bin nicht nachtragend, und ich muss meiner Cousine doch helfen.«

Seltsam, dass die Müllerin mir gegenüber gar nicht erwähnt hat, dass sie verwandt sind. Schämt sie sich dafür? Oder glaubt sie es nicht? »Die tat immer so vornehm, irgendwo hatte sie wahrscheinlich vornehmes Blut her.« Das ist natürlich nur eine Vermutung, und Vermutungen können uns sonst wohin führen …

»Der Mühlgraben in Albernes führt doppelt so viel Wasser wie der hier. Wir nutzen ihn, um den Garten zu bewässern. Wenn sie wollen, kann ich ihnen zusammen mit der Mühle den Gemüsegarten verpachten, und mit beidem zusammen müssten sie eigentlich über die Runden kommen.«

Im Grunde genommen interessierte mich das, was sie sagte, nicht sonderlich; es war, als spräche sie über lange zurückliegende Dinge, Santiaga, die Mühle von Albernes … Es waren nicht ihre Worte, sondern ihre Stimme, auf die ich lauschte. Schon so manche Nacht bin ich aufgeschreckt, weil ich glaubte, zwischen zwei Träumen diese warme Stimme zu hören, schwer wie ein Parfüm, tief und zurückhaltend wie ein Versprechen …

Olivel, 10. August
Gestern habe ich den ganzen Tag in Castel de Olivo zugebracht. Die Brigade hatte mich angefordert, um ein Ermittlungsverfahren einzuleiten: eine verzwickte und im Grunde unbedeutende Angelegenheit. Wenn Du wüsstest, wie ich diese Ermittlungsverfahren hasse … Ich habe alles Mögliche versucht, es einzustellen.

Mitternacht war schon vorbei, als ich wieder in Olivel ankam; ich war zu Fuß gegangen, weil Bellota mir den Regenguss immer noch verübelt und sich nicht aus dem Stall fortrührt, wo sie schön warm unter einer Rupfendecke steht. Der kürzeste Weg von Castel de Olivo führte durch ein breites, karges Tal, an dessen Ende ein Brackwassersumpf liegt. Darin hausen Hunderte, vielleicht Tausende Frösche der verschiedensten Arten, große, mittlere und kleine. Jeder quakte in einem anderen

Ton, klar und deutlich: ein verzauberter Klang wie von Glasglocken. In der mondlosen Nacht funkelte jeder einzelne Stern deutlich erkennbar, rein und klar wie das Quaken. Ich war seit anderthalb Stunden unterwegs und hatte ungefähr noch einmal die gleiche Strecke vor mir, als ich mich an dieser Stelle niederließ. Für eine lange Zeit hielt mich die Verwunschenheit der Einöde, der Frösche und der Nacht gebannt. Der Schütze zielte mit seinem Bogen aus Sternen mitten in das Herz der Milchstraße hinein, dorthin, wo sie dichtgedrängt ist wie eine Wolke aus Diamantenstaub. Von Zeit zu Zeit überlief mich ein Schauer, ob von der nächtlichen Brise oder aus Angst, weiß ich nicht, und ich dachte an sie und ihre Stimme und sagte mir: »Sie ist die weiblichste Frau, die ich je kennengelernt habe.«

Dass die Welt so schön ist und wir ihr den Rücken kehren, um unsere eigenen schäbigen Höllen zu erschaffen … Armer Soleràs! »Die Hölle, die ich mir für meinen persönlichen Gebrauch erschaffe, ist ganz besonders mickrig«, hatte er mir gesagt, »und dort ist für niemanden sonst Platz.« Warum meidet er mich, mich, den einzigen Menschen in der Brigade, der ihn mag?

Ich war ihm in Castel de Olivo begegnet, als ich meine ehemalige Hauswirtin besuchte.

»Sie hier? Stellen Sie sich vor, auf dem Dachboden wohnt jetzt Ihr Freund.«

»Soleràs?«

Es war kurz nach zwei, und man sagte mir, dass er seinen Mittagsschlaf halte. Ich schlich hinauf, um ihn zu überraschen. Der Dachboden lag still und verströmte den mir vertrauten Karnickelgestank, und die Bogenfenster waren geschlossen. Soleràs wälzte sich im Bett hin und her; ich war von draußen noch so geblendet, dass ich ihn nicht sah, aber ich hörte seine volle, spöttische Bassstimme:

»Was hast du denn hier verloren?«

Ich erzählte ihm in wenigen Worten, dass ich herbeordert worden war, um ein Ermittlungsverfahren einzuleiten; »wozu man genauso gut dich hätte beordern können«, fügte ich hinzu, »da du ja auch Jurist bist.«

»Wenn ich gewusst hätte, dass du heute nach Castel kommst, wäre ich nach Montforte gegangen.«

»Na, danke schön. Wir haben uns seit fast zwei Monaten nicht mehr gesehen.«

»Wenn du klarsichtiger wärest, hättest du keine Lust mehr, mich zu sehen.«

»Wie klarsichtiger?«

»Wir beide sollten uns eigentlich nicht leiden können, Lluís.«

»Warum sollte ich dich nicht leiden können? Wegen deiner angeblichen Perversionen? Ich kenne dich schon zu lange. Du gibst dich gerne als Zyniker, das weiß ich nur allzu gut, aber es lässt mich völlig kalt. Deine Laster existieren bloß in deiner Phantasie. Du bist ein Heuchler des Lasters; von denen gibt es mehr als von denen, die Tugend heucheln. Diese ganze Morphiumgeschichte war ein Riesenschwindel; ich nehme an, in Wirklichkeit hast du Lindenblütentee getrunken.«

»Ich bin nicht gewillt, mich beleidigen zu lassen«, fauchte er.

»Manchmal glaube ich sogar, dass deine Tante gar keine Visionen hatte.«

»Bezweifelst du etwa die Existenz der heiligen Philomena?«

»Ihre Existenz ist eine Sache ...«

»Sein oder Nichtsein, *that is the question*. Weißt du, man kann sich seine Tanten nicht aussuchen; andererseits hat eigentlich jeder die Tante, die er verdient. Und die Unschuldigen Kinder?«

»Welche Unschuldigen Kinder?«

»Zweifelst du deren Existenz etwa auch an?« Seine Bassstimme wurde eindringlicher. »Verneinst du die Existenz der *Llufa*, diese Papierfiguren, die sich die Kinder am Tag der Unschuldigen Kinder gegenseitig an den Rücken heften? Wie viele Menschen gibt es, die eine *Llufa* anhängen haben, ohne es zu bemerken; bedeutende Persönlichkeiten, große Männer, erhabene Männer ...« Er stieß ein unangenehmes Lachen aus. »Sie merken es nicht, sie merken es nie; sie vergessen, dass sie eine Rückseite haben, denn sie sind ja so erhaben! Sie glauben nicht einmal, dass es die *Llufas* gibt. Sie sind nämlich Skeptiker, musst du wissen, und Skeptiker sind verpflichtet, an nichts zu glauben. Aber sie glauben an sich selbst, an ihre eigene Wichtigkeit; Satan, der Sinn für Humor hat, hat ihnen die *Llufa* angehängt. Eine kleine, tragbare Hölle, die dort hängt, wo sie sie nicht sehen können. Und damit meine ich nicht nur die schwarzen

Skeptiker; es gibt auch rote Skeptiker, die sind noch großartiger. Sie sind so engelsgleich, diese Lilien der Unschuld, dass sie nicht an die Hölle glauben! Das trifft vor allem für gewisse Damen zu; Damen aus den besten Familien, was glaubst du denn, phantastische Damen, die zu den Vorträgen des heiligen Vinzenz von Paul gehen. Sie glauben nicht daran – und tragen sie doch mit sich herum! Eine kleine, tragbare Hölle, eine *Llufa*. Auf sie, die hochgeborenen Damen, habe ich ein besonderes Auge. Sie achten sehr auf ihr Gesicht, dabei ist das Interessanteste an ihnen keineswegs ihr Gesicht, sondern das genaue Gegenteil.«

»Wie wär's, wenn du aufhören würdest, solchen Blödsinn zu reden?«

Er musterte mich spöttisch:

»Ich nehme an, du hast schon von den Osterkerzen gehört.«

»Osterkerzen?«

Er deutete auf die Wand, die mit den Figuren und den albernen Sprüchen. Ich hatte die Fensterläden aufgestoßen, um Licht und Luft hereinzulassen.

»Angenommen, du hast recht, und meine Laster sind nur eingebildet«, sagte er, während ich die Wand in Augenschein nahm: Da gab es neue Zeichnungen, von denen ich sicher war, dass sie noch nicht da gewesen waren, als ich hier schlief. »Du könntest noch ein anderes Adjektiv anfügen: einsam. Was für eine Kombination von Adjektiven! Eine gute Kombination von Adjektiven ist schon was wert. Nehmen wir also an, dass ich in aller Heimlichkeit Lindenblütentee trank …«

Ja, einige der Zeichnungen waren zweifellos neu; eine war besonders bemerkenswert. Sie zeigte eine Art Prozession, ob von Männern oder Frauen, war nicht zu erkennen, da ihr anonymer Schöpfer sie sehr grob gezeichnet hatte. Das Bemerkenswerte daran war, dass jede der Figuren eine große Kerze trug, eine brennende Kerze, von der dunkles Wachs tropfte, und auf dem Rücken eine *Llufa*.

»Ich weiß nicht, ob dir schon mal aufgefallen ist, dass die Osterkerze am Karsamstag entzündet und an Himmelfahrt wieder gelöscht wird. Dann bleibt sie aus bis zum darauffolgenden Jahr. Wir alle leben in der Hoffnung, dass sie jedes Jahr am Karsamstag neu entzündet wird; am Karsamstag, also zu Frühlingsanfang. Aber es wird einmal ein Jahr kommen, in dem die Osterkerze nicht entzündet wird. In einem Jahr wird der Frühling nicht zurückkehren. Hast du dir nie überlegt, dass der April, der Monat des flüchtigen Glanzes, uns durch die Finger gleitet? Und flüchtig oder nicht, es ist der einzige Glanz. Aber zurück zu den Osterkerzen ...«

»Lass mich in Ruhe mit den Osterkerzen. Ich bin nicht gläubig, aber ich respektiere alles, was heilig ist.«

»Da geht es dir genau umgekehrt wie mir. Ich bin gläubig. Wäre ich es nicht, wie könnte ich dann Spaß daran haben, mich darüber lustig zu machen? Könnte ich bloß aufhören zu glauben! Wie ich euch beneide, diejenigen, die ihr nicht glaubt oder euch einbildet, nicht zu glauben! Du zum Beispiel bist ein wahrer Glückspilz. Wenn der Glaube dir lästig sein könnte, verschwindet er; wenn du ihn brauchst, taucht er wieder auf. Leugne es nicht: So funktioniert das bei dir. Ein unverbesserlicher Mechanismus! Bei mir hingegen funktioniert das umgekehrt: Mein Glaube steht mir im Weg, wenn ich ihn am wenigstens gebrauchen kann, und wenn ich ihn rufe, kommt er nicht.«

»Glaubst du, dass du mich damit beeindrucken kannst? Es stimmt, dass manche von uns, die keinen Glauben besitzen, sich wünschen, ihn zu haben, aber das Gegenteil ... glauben und sich wünschen, nicht zu glauben ... Das wäre doch absurd.«

»Genau. Das Absurde hält uns fest in seinen Klauen, und über allem steht der Reiz des Bösen. Uns ist so wenig Zeit gegeben, um all das Böse zu tun, das wir gerne tun würden! Wir würden noch viel mehr Böses tun, aber nun ja, uns fehlt die Zeit dazu. Andererseits: Glaubst du, es ist so leicht, Böses zu tun, wie manche denken? Nicht irgendein Böses, sondern das Böse, das man will. Denn sieh mal, etwas Böses tun, was einen gar nicht interessiert, an dem man keinen Spaß hat ... Das Böse am Bösen ist eben das: dass du tun kannst, was dich nicht interessiert; und in der Zwischenzeit verrinnt dein Leben. Der April rinnt uns durch die Finger, glaube mir, und dieser dreckige Krieg hat ihn uns mitten entzweigerissen. Und er kann noch lange dauern, lang genug, um uns alle fertigzumachen. Ihr habt keine Phantasie; ihr glaubt, der Krieg ist wie ein Sommerplatzregen, der dich völlig durchweicht, und danach gibt's Thymiansuppe, die gute, dampfende Suppe zu Hause, nachdem du Hemd und Strümpfe gewechselt hast. Man wird euch ein hübsches

Thymiansüppchen einbrocken! Was danach kommt, ist die Übelkeit, oder hast du am Ende noch nicht davon gehört? Klingt dir der Name wirklich nicht vertraut?«

All das sagte er, ohne sich von der Pritsche zu erheben. Er streckte den Arm aus und nahm den Krug von dem löcherigen Rohrstuhl, der ihm als Nachttisch diente.

»Willst du einen Schluck? Es ist Kognak. Ich schwör's, es ist kein Zuckerrohrschnaps, sondern Kognak. Und was noch schöner ist: faschistischer Kognak! Original aus Andalusien! Eine Flasche, die es überlebt hat …«

Er nahm einen tiefen Schluck, wischte sich die Lippen ab und fing wieder an zu schwadronieren:

»Du hast mir aber noch gar nicht gesagt, was du von der Osterkerze im Kloster von Olivel hältst. In Olivel gibt es außer den Mumien noch eine weitere Attraktion, aber ich nehme an, die hast du auch schon entdeckt.«

»Wovon redest du?«

»Von der Carlana. Lass dir die nicht durch die Lappen gehen. Sie ist in vielerlei Hinsicht bemerkenswert. Was ist los?«

»Nichts ist los, sei kein Idiot.«

»Jeder weiß, dass die Carlana …«

»Dass die Carlana was?«

»Dass sie dir das Pferd überlässt, Mann. Mir hat sie es nicht überlassen.«

»Spionierst du mir jetzt etwa hinterher?«

»Du wirst schon merken, dass man in der Brigade immer erfährt, was die Freunde so treiben. Ich weiß, dass du sie jeden Tag besteigst – reg dich nicht auf, ich meine die Stute – und zum Kloster reitest. Ich weiß sogar, dass du dich darauf verlegt hast, alte Bücher und andere kostbare Gegenstände zu retten, die sich wegschleppen lassen. Und um dich zu beruhigen, kann ich dir sagen, dass alle das gut finden; der Kommandant deines Bataillons hat es dem Brigadekommandanten erzählt und dabei deine Bildung über den grünen Klee gelobt. In dieser Brigade sind alle ganz verrückt nach Bildung und Sauberkeit; das ist nicht wie bei der Plattfußbrigade. Also glaubt die ganze Brigade geschlossen daran, dass du als gebildeter Mensch dieses ›historische Gebäude‹ ein bisschen auf Vordermann bringen kannst – dass es sich um ein ›historisches Gebäude‹ handelt, weiß jeder in der Brigade –, um es den Ordensbrüdern von den Mercedariern im geordnetem Zustand zu übergeben, wenn die Umstände das erlauben. Die Umstände, verstehst du, was ich meine?«

»Klar und deutlich, du könntest es mir ohne Umschweife sagen. Deine Anspielungen gehen mir auf die Nerven.«

»Es gibt so viele Dinge, die einem auf die Nerven gehen und die man trotzdem ertragen muss … Nimm zum Beispiel die Religion. Wenn wir schon gerade von Mönchen und Klöstern reden, passt die Religion doch hier bestens. Warum geht uns die Religion so auf die Nerven? Eine falsche Religion würde uns nicht wütend machen, sondern eher erheitern. Was uns wütend macht, ist, dass die Religionen in einer Wunde herumstochern – und zwar in der Wunde, die am meisten schmerzt. Denn, da mach dir mal nichts vor, sie haben uns durchschaut, und das macht uns wütend. Und wir alle sind begierig danach, das Gleiche zu tun, aber wir können es nicht; der April rinnt uns durch die Finger. Sie erschaffen und zerstören nach Gutdünken, ohne uns nach unserer Meinung zu fragen. Wer? Warum? ›Junger Mann, steck deine Nase nicht in Angelegenheiten, die dich nichts angehen.‹ Nun gut; aber wenn man schon das Wer und das Warum vor uns verbirgt, könnte man dann nicht auch wenigstens das Wie vor uns verbergen? La Godella ist ein wunderschönes Gut, die Sommerhitze trifft dort auf die wildesten Träume, heimliche, vom Salzduft erfüllte Begegnungen. Es liegt direkt am Meer. Meine Tante hatte mir natürlich verboten, ans Meer zu gehen; ich musste heimlich baden, und zwar nicht am Strand – den kann man vom Haus aus sehen –, sondern in einer abgelegenen Bucht, wo ich ganz nackt baden konnte: Meine Tante hatte mir keinen Badeanzug kaufen wollen.

Und ausgerechnet in dieser Bucht habe ich … Ich war zwölf und hörte ihre Stimmen, noch bevor ich dort war; zwei Stimmen, eine weibliche und eine männliche, Ausländer. Ich fand Ausländer schon immer aufregend. Also versteckte ich mich zwischen Schilf und Meerfenchel, um sie zu beobachten. Er war ganz blond und gebräunt, man sah, dass er viel in der Sonne gelegen hatte: Groß war er und breitschultrig und hatte eine dieser Matten auf der Brust, die das Hemd abstehen lassen,

Haar, das wie Gold auf seiner schokoladenbraunen Haut schimmerte. Er lachte hemmungslos, sodass man sein prächtiges Gebiss sehen konnte, weiße, tadellose Zähne, wie nur echte Barbaren sie haben. Weißt du, ich war zwar erst zwölf, hatte aber schon Probleme mit den Zähnen ... Sie waren aus einem Motorboot gestiegen, das sie im Sand der Bucht vertäut hatten. Weil sie Ausländer waren, verstand ich kein Wort von dem, was sie redeten, und genau darum, weil die Ausländer so reden, dass ich sie nicht verstehe, und sie mich darum schon immer interessiert haben, blieb ich in meinem Versteck, um sie zu beobachten. Mir stieg der Geruch des von der Augustsonne erhitzten Fenchels in die Nase, und die beiden lachten und redeten miteinander; ich wollte wissen, was Ausländer so trieben: Leute, die so merkwürdig reden, tun sicherlich auch merkwürdige Dinge, dachte ich. Sie schien um einiges älter zu sein als er; eine dieser reifen, wohlgenährten Nordeuropäerinnen, die aus einem harten und zugleich nachgiebigen Material gemacht zu sein scheinen, wie aus massivem Kautschuk. Sie kamen jeden Morgen mit dem Boot in die Bucht gefahren, den ganzen Sommer lang; von La Godella aus hörte ich in der Ferne das Dröhnen des Motors und rannte zu meinem Versteck. Eines Tages fand ich auf halbem Wege einen toten Esel, den die Zigeuner dort zurückgelassen hatten. Von diesem Augenblick an interessierte mich der Esel mehr als die Ausländer. Am ersten Tag stank er nicht, ich würde sogar sagen, er lag ganz anständig da; nur ein bestimmter Zug um sein Maul, ein spöttischer Zug, wie voller Anspielungen, ließ erkennen, dass er Böses im Schilde führte. Tatsächlich hatte er sich vorgenommen – wie die späteren Ereignisse bewiesen –, einen erstklassigen Gestank zu verbreiten. Am nächsten Tag war er so aufgedunsen, dass ich ihn kaum wiedererkannte; einen Moment lang hatte ich sogar den Metzger des Dorfes in Verdacht, ihn so aufgeblasen zu haben. Der Metzger blies nämlich die Zicklein auf, bevor er sie schlachtete, weil sie sich so angeblich leichter abziehen ließen. Dieser Metzger hieß übrigens Pancràs, falls du das nicht wissen solltest, und er blähte die Zicklein auf, indem er ihnen mit einem Stück Rohr ins Hinterteil hineinblies. Neugierig geworden durch die außerordentliche Aufgeblähtheit meines Esels, piekte ich ihn mit einem Stück Seeschilf, das ein nadelspitzes Ende hatte; als ich das Schilf wieder herauszog, pfiff es aus dem

Löchlein wie aus einem speichelfeuchten Mund, und der Esel fiel langsam in sich zusammen wie ein Autoreifen. Die Luft war erfüllt von seinen Ausdünstungen … und ich rannte davon. Es war nicht auszuhalten.
Ich floh in mein Versteck in der Bucht. Die Ausländer waren schon da,
und er mit seinem Barbarengebiss lachte hemmungsloser denn je; und
ich übergab mich. Ich übergab mich wie ein Gott, der sein Werk bereut.
Du glaubst mir nicht, du hast mir nie geglaubt und meinst, ich würde
mir das alles nur ausdenken. Du denkst, wie so viele andere, dass wir
nur auf der Welt sind, um Lindenblütentee zu trinken. Aber nein, ich
habe mir das nicht ausgedacht: Ich habe mich übergeben. Nur zu gerne
hätte ich Nati mitgenommen: ›Dort in der Bucht, weißt du, … da sind
Ausländer, die ganz merkwürdig reden, sodass man sie nicht verstehen
kann, und da gibt es auch einen toten Esel … Die Ausländer machen
noch viel seltsamere Dinge, und der Esel bläst sich auf und sackt wieder
in sich zusammen.‹ Sie wollte nicht mitkommen; die Geschichte mit
dem Esel und den Ausländern machte ihr noch mehr Angst als das mit
den Eisenbahngleisen. Ich schwöre dir, ich habe mir das alles nicht ausgedacht, Mann, ich schwöre es von ganzem Herzen! Ich ging jeden Tag
hin und wartete auf das Schauspiel der Verwesung, aber nichts geschah.
Ende September kamen die Ausländer dann nicht mehr, und der Esel
hatte sich immer noch nicht entschieden. Neugierig stieß ich ihn mit
einem Stock an: unter der pergamentartigen Haut tummelte sich ein
ganzes Rattennest. Sie hatten ein Loch in seinem Bauch genagt und ihn
von innen her aufgefressen, sein Fell und seine Form dabei aber intakt
gelassen. Dieser Respekt vor den Formen, den man überall in der Natur
antrifft, ist schon eine seltsame Sache; das Bedürfnis, die Form zu wahren, sich in einer einsamen Bucht zu verstecken. Du glaubst mir nicht,
willst mir nicht glauben, willst mir nicht misstrauen. Glaub bloß nicht,
das wäre angenehm, so wenig Misstrauen zu erregen … schon mit zwölf
Zahnschmerzen zu haben … Sie erschaffen und zerstören uns, blasen
uns auf und lassen die Luft wieder ab, und nichts zieht einen Jungen so
sehr in den Bann wie dieses doppelte Mysterium: wie sie uns machen
und wieder zerstören. Aber sie fragen uns nicht nach unserer Meinung.
›Steckt eure Nase nicht in Angelegenheiten, die euch nichts angehen.‹«
»Bist du fertig?«

»Für den Augenblick ja. Ich war beflügelt, Lluís, und musste es ausnutzen, dass du hier warst, um mir zuzuhören. Ich habe schon ein paar Mal versucht, mit mir selbst zu reden; laut, meine ich, aber das deprimiert einen nur. Du glaubst über meine Laster Bescheid zu wissen, Lluís, aber sie sind weniger eingebildet, als du glaubst, und nicht so einsam. Die Einsamkeit ist nicht meine Stärke, oh nein. Ich brauche Komplizen, verstehst du? Wenn ich laut vor mich hin rede, deprimiert mich das; ich brauche die Kameradschaft von einem, der mir zuhört. Das ist wie mit der Liebe, die, wie wir alle wissen, ein Verbrechen ist; das Unangenehmste an ihr aber ist, dass wir sie nicht ohne einen Komplizen ausüben können.«

»Du redest völligen Blödsinn.«

»Das ist nicht von mir, der Erste, der das gesagt hat, war Baudelaire, dein bewunderter Baudelaire! Aber weißt du eigentlich, dass manche jetzt sogar sagen, dass das Universum sich aufbläht und in sich zusammenfällt wie ein Schlauch? Jawohl, das Universum! Und warum siehst du mich jetzt so an? Es bläst sich auf, fällt in sich zusammen … und so weiter in alle Ewigkeit. Doch sprechen wir lieber über Dinge, die uns unmittelbar angehen: Ich weiß nicht, ob du schon gehört hast, dass mehrere Dosen Kondensmilch verschwunden sind … von der Marke *El Pagès*, um genau zu sein.«

»Aus dem Vorrat der Intendantur? Das Ermittlungsverfahren, dessentwegen ich hier bin, drehte sich genau darum. Ich habe es aus Mangel an Beweisen eingestellt; außerdem mag ich mich nicht zum Richter aufschwingen.«

Er musterte mich mit leicht spöttischer Neugier, mit dem starren Blick des brillenlosen Kurzsichtigen, dann lachte er sein gackerndes Lachen:

»Was für ein Zufall! Die Welt ist doch ein Kuhdorf. Du solltest nämlich wissen, dass ich höchstpersönlich es bin, der die Dosen der Marke *El Pagès* klaut. Zu schade, dass du dein Ermittlungsverfahren schon eingestellt hast! Ich klaue sie den Frontsoldaten, um sie den Nutten im Hinterland zu bringen. Seit man mich dem Transportkorps zugeteilt hat, fahre ich ziemlich oft mit dem Lastwagen hinter die Front. Wenn du wüsstest, was sie dir im Austausch für eine Dose Milch alles geben!

Manche von ihnen haben Kinder … Es ist so traurig, wenn ein kleines Kind sterben muss, weil es an einer Dose Milch der Marke *El Pagès* fehlt … Die Stillzeit ist nämlich eine heikle Zeit, musst du wissen, selbst wenn es sich um Bankerte handelt, Kinder ohne Vater. Vielleicht ist es ja noch nicht zu spät, die Ermittlungen wieder aufzunehmen und mich zu verurteilen. Höchstrichterliches Urteil: Schließlich sind wir eine Armee im Krieg. Eine Erschießung würde diese nervtötende Langeweile durchbrechen, die gesamte Brigade würde es dir danken.«

Natürlich glaubte ich ihm kein Wort; er sagt so etwas nur, um Bewunderung und Schrecken zu erregen. Das kenne ich nur allzu gut.

»Du bist ebenso unfähig, eine Dose der Marke *El Pagès* zu klauen, wie die Luft aus einem toten Esel herauszulassen, indem du ihn mit einem Stück Schilfrohr anpiekst, oder irgendeine andere der Dummheiten zu begehen, die du mir gerade geschildert hast.«

»Wie du willst, Lluís; selber schuld. Du lässt dir die einmalige Gelegenheit entgehen, deinen ›besten Freund‹ loszuwerden. Kaum zu glauben, dass du es nicht verstehst. Vielleicht solltest du mal *Los cuernos de Roldán* lesen, dann würdest du es besser verstehen. Oder den Eintrag über Fahrräder in der *Enciclopèdia Espasa*. Was für ein großartiges Buch! Eines der besten Bücher, die je geschrieben wurden; das jedenfalls hat noch nie jemand in Frage gestellt und wird es auch nie tun.«

Als ich in Olivel ankam, schlief alles; hinter den Fenstern war es dunkel. Die Straßen waren verlassen, aber auf dem Platz traf ich Hauptmann Gallart mit seinem ewigen Begleiter Ponsetti.

Keine Ahnung, was die beiden im Schilde führten, ob sie auf der Suche nach einem Mädchen oder einem Weinkeller waren – oder beidem. Ihr Anblick und die Fahne, die sie verströmten, ließ keinen Zweifel daran, dass sie noch mehr Schnaps intus hatten als sonst.

»Verkannt! Jawoll, das sind wir«, deklamierte der Marktschreier mit der gleichen redseligen Begeisterung, als würde er mitten auf dem Carrer de Pelayo in Barcelona die Vorzüge eines Füllfederhalters oder Regenschirms anpreisen. »Jawoll, verkannt!«, wiederholte Gallart, »und wir brauchen unbedingt eine neue Gitarre.«

»Die von der Plattfußbrigade … «, nuschelte Ponsetti. Das Einzige, was ich verstand, war, dass ihnen ihre Gitarre abhandengekommen war

und sie die Plattfußbrigade im Verdacht hatten, sie gestohlen zu haben –
unsere Nachbarbrigade und Rivalen; außerdem glaubte ich zu verstehen, dies allerdings weniger deutlich, dass es im Bataillon irgendeine
große Neuigkeit gab, die zu begießen sich lohnte.

II

Tante Olegària erwartete mich schon. Sie hatte nicht zu Bett gehen wollen, damit mein Abendessen nicht kalt würde, denn die guten Leute hier, die wirklich scheußliche Dinge zu sich nehmen, finden den Gedanken, kalt essen zu müssen, unerträglich. Ich schimpfte mit ihr, sagte ihr, dass es letztendlich gar nicht wichtig war, wenn man kein warmes Abendessen bekam und manchmal sogar gar keines; dass das vielleicht der Gesundheit sogar zuträglich sei und ihrer jedenfalls ganz bestimmt abträglich, wenn sie bis in den frühen Morgen hinein wach bliebe.

Sie betrachtete mich kopfschüttelnd, nicht im Mindesten überzeugt: »Ich muss halt immer an unseren Jungen denken, der auch in diesem Krieg ist, so wie Sie.«

Es war natürlich nicht das erste Mal, dass sie ihren Enkel erwähnte. Ich weiß schon einiges über ihn, und die unerschütterliche Überzeugung der Alten kenne ich auch schon ganz genau:

»Wenn wir einen Soldaten bei uns beherbergen, denke ich immer, so wie ich den behandle, werden sie auch unseren Jungen behandeln.«

Aber ich war immer davon ausgegangen, dass er in irgendeiner republikanischen Einheit diente.

An diesem Morgen jedoch, als ich das Abendessen zu mir nahm, das sie mir aufgewärmt hatte, und als sie neben mir stand und mir beim Essen zusah, fragte ich sie näher über ihren Enkel aus, unter anderem, in welcher Einheit er diente. Die arme Frau wusste es nicht, brachte Regimenter und Bataillone durcheinander, aber mir fiel auf, dass sie von Regimentern sprach, die es auf unserer Seite ja nicht gibt. Schließlich verstand ich, dass er in einer feindlichen Einheit diente. Sie kann uns nicht richtig unterscheiden, denkt, dass *wir alle das Gleiche sind*, und wer weiß – vielleicht hat sie ja recht.

Ihr Enkel heißt Antonio López Fernández. Sie hat mir Fotos von ihm gezeigt: in Uniform oder Sonntagsstaat, denn diese Leute würden eher sterben, als sich in Alltagskleidung ablichten zu lassen. Unser Antonio López Fernández sieht auf den Fotos grimmig aus, sein herausfordernder Blick passt nicht zu dem gezwungenen Lächeln. Tante Olegària hat die vergrößerten und retuschierten Abzüge (man sieht, dass Augenbrauen und Haare mit dem Kohlestift nachgezogen sind) in ihrem Schlafzimmer in vergoldeten Rahmen hängen. Eines verdient besondere Erwähnung: Es ist das unvermeidliche Erstkommunionsfoto, das Antonio López Fernández in Matrosenuniform zeigt; neben ihm steht ein etwa gleichaltriges Mädchen – sie dürfte zehn bis zwölf sein – in einer Art Brautkleid. Aber wie eine Braut aus dem letzten Jahrhundert, unglaublich provinziell und altbacken.

»Tante Olegària, ich wusste ja gar nicht, dass Sie eine Enkelin haben.«

»Das ist nicht meine Enkelin, das ist meine Schwester.«

»Ihre Schwester? Und die ist genauso alt wie Ihr Enkel?«

»Bei ihrer Erstkommunion ja, da war sie so alt wie er. Aber bald darauf ist die Arme dann gestorben… Das ist jetzt an die sechzig Jahre her. Sie wissen doch, dass eine Zeitlang eine Frau hier gewohnt hat, bei mir einquartiert war wie jetzt Sie. Eine echte Dame, Don Luisico, sie war nämlich Dorfschullehrerin. Und diese Dame hat mir dann, als sie in ein anderes Dorf versetzt worden ist, diesen Rahmen geschenkt, aber da war noch kein Bild drinnen; und ich habe zu dem Fotografen gesagt, der jedes Jahr zur Erstkommunion gekommen ist: Könnten Sie mir nicht meinen Enkel und meine selige Schwester zusammensetzen, alle beide auf ein Bild, sodass ich diesen prächtigen Rahmen nutzen kann? Zwanzig *Duros* hat der Fotograf dafür genommen, um sie so zusammenzufügen, dass man die Naht nicht sieht. Und so habe ich alle beide zusammen, fast so, als würden sie hier vor mir stehen. Schön, nicht wahr? Nicht zu glauben, wie diese Fotografen so schöne Bilder hinkriegen, und das für zwanzig *Duros* …«

Ich fand, sie hatte das Geld zum Fenster hinausgeworfen, aber was sollte ich ihr sagen? Andererseits ist sie nicht die Einzige im Dorf, die lächerliche Fotos besitzt. Der Bürgermeister (der, den Rosich wieder ins Amt eingesetzt hat) hat im heimischen Wohnzimmer eine Röntgenaufnahme seines Magens hängen, die gemacht wurde, als man ihm einen Tumor entfernte. Der Tumor erwies sich als gutartig, aber auf dem Röntgenbild sieht er so widerwärtig aus wie ein Krebsgeschwür. Der Mann hat das Bild eingerahmt und ist stolz wie ein Schneekönig darauf. Er erzählt jedem, der es hören will, dass »das Bild ihn gut und gerne dreißig Napoleones« gekostet hat. Hier könnte man nun tiefschürfend philosophieren: Und wenn der Bürgermeister recht hat? Was ist besser an einem Foto unseres Gesichts als einem unseres Magens?

Heute war ich in der Burg. Bellota geht es besser, sie hat schon wieder Hunger, wie der Stallknecht mir gesagt hat, und ich habe ihr die Decke abgenommen, die zu warm war. Zum ersten Mal hat mich die Burgherrin nicht im großen Saal empfangen, sondern in dem Flügel, in dem sie wohnt. Da das Haus riesig und sie ohne Dienstmädchen ist, hat sie sich auf wenige kleine, gut geschnittene Räume beschränkt, das Notwendigste. Ich war furchtbar neugierig, diesen Teil des Gebäudes kennenzulernen, den sie bisher so eifersüchtig vor uns gehütet hatte.

Die Räume haben große, freundliche Fenster, die nach Süden aufs Dorf hinausgehen. Man sieht die Dächer aller Häuser in einem zarten Grau, stellenweise mit rostroten Flechten überzogen; aus dem Dächermeer ragt der Kirchturm aus schwarzen Ziegeln auf. Wenn man sich reckt, sieht man, dass der Burgberg steil abfällt; an der Steilwand nisten zahllose Schwalben und Mauersegler. Ich habe bis zu fünfzig Nester gezählt. Der Lehm, aus dem sie gemacht sind, hat Patina angesetzt; es heißt, die Schwalben würden, soweit möglich, die Nester vom Vorjahr wieder nutzen und nur die eine oder andere Ausbesserungsarbeit leisten, und es ist nicht ausgeschlossen, dass manche von ihnen so alt sind wie die Hausdächer.

Dieser Teil der Burg widersprach allen meinen Erwartungen. Nicht, dass ich den schrillen, gedankenlosen Luxus erwartet hätte, den man mit der Vorstellung eines »zur Herrin aufgestiegenen Dienstmädchens« verbindet, denn dieser Gedanke ist mir bei ihr noch nie gekommen; dennoch hat mich die extreme Schlichtheit überrascht.

Die Einrichtung erinnert an ein Kloster. Der kleine Salon, in dem sie mich empfing, dient zugleich als Esszimmer, von ihm aus gelangt man in das große Schlafzimmer, in dem keine anderen Möbel stehen als ein

Eisenbett, zwei Rohrstühle und ein Waschtisch in isabellinischem Stil. Das konnte ich erkennen, weil die Tür weit offen stand. Neben dem Salon-Esszimmer liegt wohl auf der einen Seite die Küche – die Tür war geschlossen – und auf der anderen Seite das Kinderzimmer. Die Wände sind einfach weiß gekalkt, der Boden ist aus gewöhnlichen, rostfarbenen Fliesen.

Sie bot mir einen hochlehnigen Stuhl an; zwischen ihr und mir stand ein runder, eher kleiner Nussholztisch, der vermutlich als Esstisch dient. Natürlich sprachen wir über die Müllersleute, sie waren der Grund meines Besuchs.

»Gestern waren sie da; wir sind uns schon einig geworden. Morgen ziehen sie in Albernes ein.«

»Wollen wir hoffen, dass Santiaga nicht weiter übles Gerede über Sie verbreitet.«

»Die Arme ist hier vor mir in Tränen ausgebrochen. Sie ist kein schlechter Mensch, nur dumm. Und hier auf dem Land geschieht mehr Schlimmes aus Dummheit als aus Bosheit.«

Ich berichtete ihr von den Gerüchten, die im Bataillon die Runde machen:

»Vielleicht werden wir aus Olivel abgezogen. Seit Kriegsbeginn bin ich nicht so lange an einem Ort gewesen.«

»Sie Armer, man kann verstehen, dass Sie sich nach ein wenig Ruhe sehnen; aber Olivel ist so klein, so schmutzig, so abgeschieden, so elend ...«

Wir schwiegen. Sie sah zum offenen Fenster hinüber. Die Schreie der geschäftig hin und her flitzenden Schwalben drangen zu uns herein. Sie schaute in die Ferne mit jenem verlorenen Blick, den wir haben, wenn wir nichts ansehen, dann lachte sie plötzlich auf und wiederholte: »So abgeschieden, so elend.«

Ihr Lachen tat mir weh, und ich unterbrach sie fast zornig:

»Ja, Olivel ist traurig. Und Sie sind es auch. Aber vielleicht ist es gerade diese Traurigkeit, die mich so anzieht.

Jetzt kann ich es ja sagen: In den ersten Tagen habe ich es kaum in Olivel ausgehalten; heute würde ich seine kargen Wiesen und kahlen Berge gegen keinen anderen Ort der Welt eintauschen. Es gibt nichts, was sich mit dieser getragenen, ruhigen, dem Himmel zugewandten Traurigkeit vergleichen ließe; mit diesen weiten Einöden, die nur ganz selten einmal von einer Einsiedelei auf einem Hügel aus gelbem Lehm unterbrochen werden, umgeben von ein paar Zypressen ...«

»Wie kann Ihnen eine solche Gegend gefallen?«

»Genauso, wie einem ein trauriges Lied gefällt oder ein Novemberabend oder eine sehr entfernte Erinnerung ... oder eine Frau mit viel Vergangenheit.«

Sie lachte nicht mehr, sah mich aber mit einer leicht spöttischen Neugier an:

»Wir Frauen vom Land zerbrechen uns über solche Dinge nicht den Kopf. Uns beschäftigen die Fragen des Alltags: Ob das Schwein schön fett wird, ob die Hühner legen und im Garten die Tomaten reifen, ob das Pökelfleisch bis zum Schlachttag im nächsten Jahr reicht ... Warum sollte man an etwas anderes denken? Die Vergangenheit ... Sobald man sich von Erinnerungen und traurigen Ereignissen hinreißen lässt, wird man niedergeschlagen. Die Vergangenheit ist so seltsam, wenn man in sie eintaucht! Damals war ich dort und dort, habe das und das getan, wie kann das sein? Wohin geht im Laufe der Jahre das, was wir gesagt, getan und gedacht haben? Ich habe in Barcelona viel erlebt, und ich kann Sie verstehen; Sie merken ja, ich weiß, wovon Sie reden. Aber glauben Sie mir: Eine Frau mit Vergangenheit ist wie eine verschossene Patrone; und wenn sie das Ziel verfehlt hat, bleibt ihr nur, sich in Geduld zu wappnen. Wenn eine Frau eine Vergangenheit hat, ist sie unweigerlich alt. Ich bin alt, und mein Leben ist gescheitert: Das ist alles. Und suchen Sie nicht nach himmlischen Klängen oder Novemberabenden; machen Sie sich keine Illusionen.«

Die spätsommerliche Morgensonne fiel schräg durch das Fenster und ließ das blinde Glas eines prächtigen Wandspiegels aufleuchten. Der zurückgeworfene Lichtstrahl schimmerte, wenn sie ihren Kopf bewegte, auf ihrem flachsbraunen Haar, das sie zu einem kurzen, dicken Zopf geflochten trägt. Während wir sprachen, flickte sie ein paar Kinderhosen, sicher die ihres jüngsten Sohnes; morgens sind die Kinder nie bei ihr, sondern laufen draußen herum. Ich stand auf, um zu gehen; ich hätte gerne noch etwas gesagt, weil ich das Gefühl hatte, ihre letzten Sätze nicht unerwidert lassen zu können; aber ich fand die richtigen Worte nicht.

»Gott weiß«, murmelte ich, »dass keine andere Frau …«

Und ich weiß nicht, was ich sonst noch sagte, wenn ich wirklich etwas sagte.

»Danke, Sie sind sehr freundlich«, erwiderte sie unbefangen, ohne den Blick von der Arbeit zu heben. »Sie sind in Barcelona groß geworden, wo man Frauen meines Alters gegenüber aufmerksamer ist. Ich weiß, wie es dort zugeht. Und auch wenn man weiß, dass es nur Schmeichelei ist, ist man doch immer dankbar für ein freundliches Wort.«

»Glauben Sie wirklich, dass ich das nur sage, um Ihnen zu schmeicheln?«, rief ich leidenschaftlich, obwohl ich nicht mehr wusste, was ich gesagt hatte. Sie hob den Blick und sah mich misstrauisch an:

»Aus Schmeichelei, natürlich. Warum sollten Sie es sonst sagen?«

Sie betrachtete mich durchdringend, als wolle sie meine Absichten erraten. Ich verstand, dass ich nicht weiter beharren durfte; außerdem war ich in diesem Moment von ihren Augen abgelenkt. Erst jetzt stellte ich fest, dass sie nicht schwarz waren, wie ich bisher aus unerfindlichen Gründen angenommen hatte; aus der Nähe betrachtet sind sie schattengrau und leuchtend, als sprühten sie Funken.

»Sie sind sehr jung.« Sie sprach langsam und deutlich, sicher, weil sie merkte, wie verwirrt ich war, und sah dabei aus dem Fenster. Ihre Stimme war wieder ernst und abwesend wie an jenem Abend, als wir uns an der Wegkreuzung begegnet waren. »Sie sind sehr jung; ich könnte Ihre Mutter sein.«

»Reden Sie keinen Unsinn. Ich habe einen vierjährigen Sohn und werde bald dreißig.«

Die Lüge ging mir ganz automatisch und mühelos über die Lippen; immerhin bin ich schon seit einigen Monaten fünfundzwanzig; ist es da übertrieben zu sagen, dass ich bald dreißig werde?

»Und wie alt schätzen Sie mich?«

Sie zögerte kurz, dann sagte sie leise, noch bevor ich antworten konnte:

»Ich bin schon über vierzig.«

Wieder überkam mich dieses unangenehme Gefühl, ein kleiner Mann zu sein, der mit einer großen Frau spricht; sie wandte sich wieder ihrer Nadel und dem Flickzeug zu.

»Sie sind ein wohlerzogener junger Mann und wissen, was sich einer Frau gegenüber gehört; schade, dass Sie in diesen Käffern so selten Gelegenheit haben, es zu zeigen. Es gibt hier Leute, die Ihnen das übel nehmen würden.«

»Bitte sprechen Sie nicht weiter in diesem Ton mit mir, das tut mir weh. Ich glaube, Sie verwechseln mich mit jemandem.«

»Mit jemandem? Wer sollte das sein?«

»Niemand bestimmtes. Ich meine überhaupt niemanden. Ich bin kein wohlerzogener junger Mann, sondern das genaue Gegenteil; ich bin seit einem Jahr an der Kriegsfront unterwegs. Nehmen Sie es mir meinetwegen übel, aber ich … Olivela …«

»Männer sind seltsame Geschöpfe. Wieso verstehen Sie nicht? Was wollen Sie von mir? Bevor Sie hierherkamen, habe ich friedlich in diesem Kasten gelebt, eine Ruine in einer Ruine. Die Anarchisten haben das besser erkannt als Sie, sie haben mich *la vieja del caseruco* – die Alte aus der Bruchbude – genannt. Und ich habe es ihnen nicht verübelt; so haben sie mich in meinem Winkel in Ruhe gelassen. Sie haben mich respektiert.«

»Es täte mir sehr leid, wenn Sie glaubten, dass ich Sie nicht respektiere.«

»So habe ich das nicht gemeint.« Und zum ersten Mal glaubte ich in ihrem Tonfall und in den leuchtenden Augen, die sie von der Arbeit hob, um mich erneut anzusehen, etwas wie Zärtlichkeit oder Dankbarkeit zu lesen.

»Das täte mir sehr leid, Olivela, glauben Sie mir. Und es tut mir leid, dass Sie im Plural von mir sprechen, als wäre ich in Ihren Augen nicht mehr als ein x-beliebiger Angehöriger meines Bataillons, einer der vielen, die heute in diesem Dorf einquartiert sind, ohne zu wissen, wohin es sie morgen verschlagen wird.«

»So habe ich das nicht gemeint. Ich habe nicht das Bataillon gemeint, sondern Soleràs.«

»Soleràs? Sie haben mich einmal gebeten, ihn nicht zu erwähnen.«

»Ja, besser, wir reden nicht über ihn. Das ist wirklich besser.«

Es entstand eine angespannte Stille.

»Also reden wir nicht über ihn«, brach ich schließlich die Stille und nutzte den Moment, um einen diskreten Rückzug einzuleiten: »Für heute ist es genug. Und bedenken Sie, dass Sie in mir einen guten Freund haben, der jederzeit zu Ihrer Verfügung steht.«

Dieser banale Satz, dahingesagt, weil mir nicht Besseres einfiel, hatte eine völlig unerwartete Wirkung. Sie betrachtete mich schweigend, als hätten meine Worte sie auf eine Idee gebracht.

»Stehen Sie wirklich zu meiner Verfügung? Wenn ich Sie zum Beispiel um etwas bitten würde, das Sie für mich tun könnten, wenn Sie mir einen kleinen Dienst erweisen könnten, der mir sehr wichtig wäre …«

»Zweifeln Sie nicht daran; für Sie würde ich …«

»Tatsächlich«, unterbrach sie mich, »sind Sie die Herren über dieses Dorf, da Olivel im Frontgebiet liegt und somit unter die Militärgerichtsbarkeit fällt. Wenn Sie wollten, könnten Sie mir die Burg und die Ländereien und die Mühle von Albernes und das Pferd nehmen, sogar die wenigen Möbel, die ich besitze; oder Sie könnten genau das Gegenteil tun. Der kleine Gefallen, um den ich Sie bitten werde (nicht jetzt, sondern irgendwann später einmal), wird für Sie leicht zu erfüllen sein, immerhin sind Sie Rechtsanwalt. Wir reden ein anderes Mal darüber.«

»Und warum nicht jetzt?«

»Weil ich den Eindruck habe, dass Sie gerade jetzt zu aufgewühlt sind; sehen Sie nur, wie Ihre Hände zittern.«

Wieder betrachtete sie mich aus ihren schattengrauen Augen. Was sie wohl von mir will?, dachte ich, und plötzlich kam mir in den Sinn, dass sie sich das Gleiche über mich fragen konnte, aber da hatte sie schon wieder das Kleidungsstück aufgenommen, das achtlos auf ihrem Schoß lag, und sah mich nicht mehr an. Sie fädelte den Faden in die Nadel, biss ihn ab und machte sich flink an die Arbeit. Erst jetzt fiel mir auf, dass die Räume vom klaren Geruch nach sauberer Wäsche erfüllt waren, nach sorgfältig gestärktem und gebügeltem und mit Lavendel in einer alten Zedern- oder Nussbaumtruhe verstautem Leinen; dann, als ich die Wendeltreppe hinunterstieg, dem einzigen Teil der Burg aus behauenen Quadern, wurde dieser Duft nach Weißwäsche und Hochzeitstruhe von der frischen Luft verdrängt, die aus dem Erdgeschoss den Geruch nach Weinkeller, Stroh und Pinien- und Wacholderbaumscheiten herbeitrug. Heute hat mir Tante Olegària zum Mittagessen *Mortajo* zubereitet, das typischste Gericht dieser Gegend. Natürlich schmeckt es grauenhaft, aber man muss so tun, als würde einem göttliche Ambrosia kredenzt.

Das Essen besteht aus einem Schafsmagen, der mit den Kutteln des unglückseligen Tieres gefüllt und dann wieder zugenäht wird, um ihn stundenlang kochen zu lassen. Wenn dann beim Servieren die Naht geöffnet wird, steigt eine Dampfwolke auf wie von einer Lokomotive und bringt einen Gestank nach warmen Innereien mit sich, der selbst dem größten Leckermaul die Sinne schwinden ließe. Man braucht nicht zu erwähnen, dass die Dampfwolke ganze Bataillons und Brigaden von Fliegen anzieht.

11. August

Ich kam von einem meiner Ausritte zum Kloster zurück. Als ich an einem Haus am Dorfrand vorbeiritt, hörte ich jemanden Geige spielen. Irgendetwas von Chopin, aber hat Chopin jemals Geigensoli geschrieben? Jedenfalls war das Stück meisterlich gespielt, mit unendlicher Zartheit. Der Abend brach an, und die Musik schien mit dem Glanz, den Gerüchen und den köstlichen Qualen dieses Spätnachmittags zu verschmelzen. Die Hundstage gehen zu Ende; jedes Jahr, wenn die Sommerhitze stirbt, stirbt etwas in uns. Dieser Regenguss war ihr Todesstoß; seither habe ich schon manche Nacht mit einer Decke schlafen müssen. Aber wer zum Teufel spielte die Geige?

Ich habe es den Sanitäter gefragt, und der hat mich verdutzt angesehen:

»Ja, weißt du das denn nicht? Es ist der Arzt.«

»Gibt es hier im Dorf einen Arzt?«

»Nein, Mann, der Stabsarzt, Doktor Puig. Lebst du hinter dem Mond? Er spielt Geige wie ein Engel.«

»Dieser Säufer? Ich dachte, den interessieren nur die Weinfässer.«

»Da täuschst du dich. Er ist ein sehr empfindsamer Mann.«

»Gleich wirst du mir noch einreden wollen, dass er trinkt, um zu vergessen.«

»Und warum auch nicht? Es gibt Phrasen, die nur deshalb so abgedroschen klingen, weil sie der Wahrheit entsprechen.«

»Pah … Und der Kommandant?«

»Ist ein feiner Kerl.«

»Das stellt ja keiner in Abrede, Cruells; was ich wissen wollte, war, ob der auch trinkt, um zu vergessen.«

»Darauf kannst du Gift nehmen; alle, die trinken, tun das, um zu vergessen.«

»Um was zu vergessen?«

»Daran erinnern sie sich normalerweise nicht.«

Er sagte das völlig ernst. Seine dicken Brillengläser ließen ihn mehr denn je wie eine Eule aussehen, während er versuchte, mir einzureden, dass der Arzt, der Kommandant, Gallart und Ponsetti, die »Buddelliebhaber« (wie der Kommandant sie nennt), nur trinken, um im Wein das Gefühl von Leere zu ersäufen, »der erste Schritt hin zur Religion«.

»Und diesen Schritt«, erwiderte ich, »geht man dann also deiner Aussage nach im Zickzack.«

»Mir scheint«, beharrte er, »dass du die Leere nicht fühlst, dass du sie noch nie gefühlt hast.«

»Du meinst also, ich sollte mich betrinken?«

»Vergiss es.«

Ich habe einen Brief von Trini erhalten; einen Brief, der mir wieder das Gespräch mit Cruells in den Sinn gebracht hat. »Ich bin sicher, eines Tages wirst Du es verstehen; bis jetzt bist Du vor dem Glück geflohen, als würde es Dir Angst einjagen …« »Wenn Du willst, können wir noch einmal von vorne anfangen, trotz allem, trotz der Trennung, trotz der schlechten Zeiten, die ich Deinetwegen durchmache …« »Du hast noch gar nicht bemerkt, dass es mich überhaupt gibt. Ich will nicht behaupten, dass Du mich nicht liebst, aber Du lebst, als würde ich nicht existieren. Verzeih mir, dass ich Dir das so sage, aber manchmal kann ich einfach nicht mehr, und dann muss ich das alles loswerden. Du leidest nicht unter dem Gefühl, allein auf der Welt zu sein, oder zumindest ist Dir bisher noch nicht bewusst geworden, dass Du leidest, aber ich halte das nicht aus. Seit einem Monat hast Du mir nicht eine Zeile geschrieben …«

Ein Monat … Das kann schon stimmen.

Ramon, ich habe den dumpfen Verdacht, dass ich ein kompletter Idiot bin. Ein viel größerer Idiot als der Stabsarzt, der kann wenigstens Geige spielen. Selbst Soleràs nimmt sich neben mir aus wie ein Heiliger. Du weißt nichts über mein Leben, seit Du weggegangen bist. Dass selbst die Tatsache, dass ein Mann ins Kloster von Sant Joan de Déu eintritt, einem anderen wehtun kann! Du hast mich in diesem Haus so allein zurückgelassen … Erinnerst Du Dich noch an das Ehebett, in dem wir zusammen geschlafen haben, als wir klein waren? Manchmal bin ich erschrocken aufgewacht, und um die Angst vor der Dunkelheit zu vertreiben, habe ich mich an den Zipfel Deines Nachthemds geklammert. Wenn Du wüsstest, wie oft ich Deinen Nachthemdzipfel schon vermisst habe! Du hast mir Geschichten über Papà erzählt; Du hattest ihn noch kennengelernt, kanntest die Umstände seines Todes in Afrika, ohne Gesten und große Sätze, ganz einfach, wie jemand, der sein bescheidenes Tagewerk verrichtet. Ist Dir nie in den Sinn gekommen, dass Du mich mit Deinem Weggang allein und verloren mitten im Wald zurückgelassen hast? Seit damals hat mir niemals wieder jemand anders von Papà erzählt als in Andeutungen, beiläufig fallengelassenen Sätzen, und das hat mir wehgetan. Und Julieta hat mir Angst gemacht mit ihren Augen, die mich aufzusaugen schienen, und ihrem Mund wie ein Saugnapf, den ich eines Abends plötzlich im Garten auf meinem spürte. Manchmal spielten wir noch dort, mit Julieta, Josep Maria und ein paar Jungen und Mädchen aus der Schule. Unser Cousin Josep Maria, der arme *Fatty* mit der schrillen Stimme, hat, glaube ich, nie bemerkt, wie die Luft im Garten am Abend schwer wurde; und zu seinen Gunsten nehme ich an, dass er es nicht wahrnahm, weil eine von denen, die die Luft schwer machten, Julieta war, seine Schwester. Ich konnte Julieta nicht ausstehen; ich konnte sie schon damals nicht ausstehen, als wir vierzehn waren, denn sie erschien mir auf eine Weise schamlos, die mir auf die Nerven ging. Und dann dieser Kuss auf den Mund, mit dem ich nicht gerechnet hatte … Merkwürdig, wie etwas so Unbedeutendes wie ein Kuss uns in dem Moment, in dem wir aufhören, Kinder zu sein, so verstören kann! Mir enthüllte er einen Aspekt des Lebens, der mich bis heute anwidert: die weibliche Sinnlichkeit.

Eine sinnliche Frau ist für mich ein Ungeheuer.

Das alles scheint schon tausend Jahre zurückzuliegen, dabei ist es erst zehn oder zwölf Jahre her! Wie kommt es, dass wir uns in so kurzer Zeit so sehr verändern? Trini hingegen scheint mir jenen verwirrenden Verwandlungsprozess nie durchlebt zu haben, es war, als wäre sie vom Mädchen zur Frau geworden, ohne es zu bemerken. Die Sekte, der ihre Familie angehörte, gab ein Blättchen heraus, *La barrinada*, vielleicht die einzige anarchistische Zeitung auf Katalanisch. Ich brachte es über mich, für die Zeitung zu schreiben und sie sogar mit Soleràs und Trini auf der Straße zu verkaufen, doch niemals, sie zu lesen. Hingegen habe ich es nie versäumt, sie Woche für Woche per Post an unseren Onkel zu schicken, denn schließlich war das der Grund, oder der wesentliche, warum ich Anarchist geworden war: um ihn zu ärgern. Eines Tages nach dem Mittagessen, wir saßen noch bei Tisch, bat er mich, ihn abends in seinem Büro aufzusuchen.

Wahrscheinlich erinnerst auch Du Dich noch allzu gut an die trostlosen, schwarzen Lesersessel und die Dantebüste auf dem Aktenschrank. Der Onkel war noch im Gespräch mit dem Buchhalter; ich musste lange in einem der Sessel warten und versuchte zu erraten, was Dante mit der Herstellung von Suppennudeln gemeinsam haben könnte. Dann ging der Buchhalter. Der Onkel hob endlich den Kopf und sah mich halb mitleidig, halb spöttisch an. Er zog eine Zeitung aus der Westentasche; natürlich handelte es sich um die letzte Ausgabe von *La barrinada*, die einen langen Artikel von mir enthielt.

»Glaubst du, dass du mir damit schlaflose Nächte bereitest? Ich vermute mal, als du über das ›Schwein‹ geschrieben hast, ›das immer fetter wird‹, hast du dabei an mich gedacht. Eines Tages wird es dir peinlich sein, dass du wie ein dummer, kleiner Junge deinen vollen Namen unter diesen Schwachsinn gesetzt hast. Hast du schon einmal darüber nachgedacht, dass ich als dein Vormund dich in eine Besserungsanstalt einweisen lassen könnte?«

Dieses Wort erschien mir von Ruhmesglanz umgeben zu sein: Ich würde in Trinis Augen zum Märtyrer werden! Onkel Eusebi redete weiter; mittlerweile habe ich verstanden, dass er das mit der »Besserungsanstalt« nur sagte, um mir Bange zu machen, aber damals nahm ich es ihm ab. Häufig unterbrach er sich, um Papiere, Zahlen und Telegramme zu studieren, die seine Angestellten ihm brachten:

»Nächste Woche ist Aktionärsversammlung, und ich muss noch die Bilanz fertigstellen und den Bericht schreiben …«

Dann trat der nächste Angestellte mit einem Telegramm ein, er warf einen Blick darauf und legte es auf den Tisch.

»Noch ein Telegramm aus Madrid. Nun gut, reden wir über dich. Ich weiß, dass du lange, einsame Spaziergänge mit einer kleinen Anarchistin unternimmst. Freie Liebe? Nicht schlecht. Das heißt, es wäre nicht schlecht, wenn du kein Schwachkopf wärest. Woher ich das weiß? Du wirst vielleicht verstehen, dass ich dich, da ich nun mal dein Vormund bin, von einem Mann meines Vertrauens überwachen lasse. Ich wäre verantwortlich für alles, was passieren könnte, und du hast vielleicht noch nicht verstanden, dass die freie Liebe sehr amüsant sein könnte, wenn sie keine Folgen nach sich zöge. Ein Schwachkopf, jawohl. Diese Kleine …«

Mit der Schere öffnete er einen Brief, der in diesem Moment eingetroffen war.

»Pah, mein Verwalter aus Caracas. Du wirst schon sehen, dass sie dir mehr freie Liebe einschenken, als dir recht ist, wenn du nicht aufpasst. Nun gut, geliebter Neffe, ich habe nicht viel Zeit, mich mit dir abzugeben; ich will, dass die Aktionäre mir ihre Zustimmung geben, das Geschäft zu erweitern. Es läuft nämlich gut, musst du wissen, aber ich muss einen ordentlichen Bericht schreiben, die Worte gut abwägen, die Zahlen überprüfen …« Er zündete sich eine Zigarre an, lehnte sich im Sessel zurück und kniff seine ausdruckslosen Geschäftsmänneraugen zusammen. »Ich habe also nicht viel Zeit für dich. Umso bedauerlicher, dass du mich zwingst, diese Zeit mit dummen Geschichten zu vergeuden, wenn hier«, und er wies mit einer vagen Handbewegung auf die Briefe und Telegramme, »mehrere hunderttausend *Duros* auf dem Spiel stehen. Ich will mich kurz fassen: Eigentlich hatte ich vor, dich in ein Pensionat einzusperren, um dir die Ehekatastrophe zu ersparen, in der die freie Liebe meistens endet, aber ich habe mit Pater Gallifa gesprochen, und er ist dagegen. Er sagt, wenn ich dich einsperre, mache ich alles noch schlimmer; er glaubt«, – und hier lachte Onkel Eusebi, als fände er die Vorstellung höchst unterhaltsam – »dass du ein besserer Christ bist als wir alle, einschließlich seiner Person.«

Pater Gallifa! Den alten Jesuiten hatte ich völlig vergessen. Erinnerst Du Dich noch an die »Reden«, die er uns jeden Sonntag nach der Messe in der katholischen Jugendgruppe zu halten pflegte, Ramon? An diese schrecklich langweiligen »Reden«? Der Arme. Offen gestanden war ich enttäuscht; jetzt würde ich doch nicht zum Märtyrer werden, es würde keine Besserungsanstalt geben. Aber Pater Gallifas Worte hatten mich doch beeindruckt. Von Onkel Eusebis Büro aus ging ich direkt zu ihm, schließlich lag das Kloster im Carrer del Casp fast um die Ecke. Er empfing mich in seiner Zelle, die wie immer vom Mief nach schlecht gelüftetem Kabuff erfüllt war, den Du den »Geruch der Heiligkeit« nanntest, als Du Dir noch Scherze dieser Art erlaubtest. Das Tischchen, der Rohrstuhl, das Bett mit dem Metallrahmen, klein wie ein Kinderbett – alles sah noch genau so aus wie damals, wenn Du und ich ihn besuchen gingen. Er nahm auf dem Bett Platz, bot mir den Stuhl an, und ich fand ihn seit meinem letzten Besuch sehr gealtert.

»Ich bin nicht gekommen, um mir eine Predigt anzuhören«, sagte ich, »sondern um mich bei Ihnen zu bedanken.«

»Dein Dank interessiert mich nicht, den kannst du behalten. Ich bitte dich nur darum, mir kurz zuzuhören, nicht lange, ich weiß, dass du mich immer für einen lästigen, alten Schwätzer gehalten hast.«

Der Minderwertigkeitskomplex, der in seinen Worten mitschwang, entwaffnete mich. Er sah aus wie ein armer Onkel, der seinen reichen, bedeutenden Neffen anpumpt.

»Vielleicht bist du noch nie auf den Gedanken gekommen, dass auch ich ein klein wenig anarchistisch bin.« Er lächelte, als hätte er einen Witz gemacht. »Die sozialen Enzykliken der Päpste …«

»Pater Gallifa«, unterbrach ich ihn, »wenn Sie wüssten, wie sehr mir diese ganzen Geschichten zum Hals heraushängen: die Industrielle Revolution, das Proletariat, der Mehrwert, die Planwirtschaft …«

»Aber bist du denn kein Anarchist?«

»Was weiß ich! Was heißt das überhaupt: Anarchist sein? Wenn man wissen könnte, was man ist, was man will; und wenn ich Ihnen jetzt sage, dass mich das Ganze nicht die Bohne interessiert … Der Anarchismus! Wenn ich Ihnen sagen würde, dass das Ganze aus einem Scherz von Soleràs heraus entstanden ist, der sich eigentlich nur amüsieren will, nichts weiter …«

Der Ausdruck in Pater Gallifas müden, geröteten Augen wechselte von Überraschung zu Verwunderung und schließlich zu Trauer:

»Armer Lluís … Aber wenn du schon mal hier bist, aus welchem Grund auch immer (und wer ist dieser Soleràs? Ein Freund von dir?), solltest du die Gelegenheit nutzen, diese Probleme grundlegend zu analysieren, sie ernst zu nehmen. Du machst mir Angst, Lluís, nicht weil du Anarchist bist, sondern weil du nicht genügend Anarchist bist. Ich meine damit, dass du dem Ganzen nicht mit Glauben begegnest; der Glaube hilft einem über vieles hinweg. Der Anarchismus hat viel Gutes, wenn man sich das Richtige herauspickt. Du …«

Ich lachte laut auf; dieser Lobpreis der Anarchie aus dem Mund eines Jesuiten erschien mir dann doch zu absurd. Er lächelte vage, und einen Moment lang war sein Blick wie der eines Blinden, genau wie der des blinden Mannes, der immer vor der Kirche von Betlem um Almosen bettelte.

»Dein Onkel hat mir von einer kleinen Studentin erzählt, mit der du stundenlange Spaziergänge unternimmst. Ich weiß nicht mehr über sie, als er mir berichtet hat, nämlich dass sie eine Anarchistin ist und die falschen Ideen hat. Weißt du, was ich dir dazu sage? Liebe sie, aber mit ganzer Seele; liebe sie, so sehr du kannst. Wenn du sonst schon an nichts glauben kannst, glaub wenigstens an den Anarchismus. Das Entscheidende ist zu glauben und zu lieben; wenn du an etwas glaubst, wenn du von ganzem Herzen liebst, dann wirst du Schritt für Schritt den richtigen Weg finden.«

Wieder sah er mich aus diesen traurigen, müden, flehenden Augen an:

»Lluís, bist du sicher, dass du sie liebst und nicht verlassen wirst?«

Als ich wieder auf der Straße stand, schämte ich mich einzig und allein dafür, geweint zu haben. Ich dachte an Trinis Familie, an die Gruppe von *La barrinada:* Zum Glück werden sie es nie erfahren. Und Trini? Der würde ich kein Wort über dieses alberne Gespräch erzählen!

Am Tag darauf gingen wir im Parc de la Ciutadella spazieren. Unweit der Reiterstatue von General Prim setzten wir uns auf eine Bank unter den Linden, die schon alle Blätter verloren hatten. Der Park war feucht, kalt und menschenleer; sein Geruch nach modrigem Laub verströmte eine Woge von Melancholie. Ich fühlte mich alt: Bald würde ich zwanzig werden.

»Ich mache, was ich will. Sie haben klein beigeben müssen.«

Aber eine kleine spöttische Stimme in meinem Inneren sagte: und Pater Gallifa? Ich erzählte Trini, dass der Jesuit auf meiner Seite stand, ohne das näher auszuführen; aber nach und nach kam alles heraus, als spräche ich mit mir selbst. Wahrscheinlich, weil sie mir so aufmerksam zuhörte; sie war damals sechzehn Jahre alt. Und dann rutschte mir das heraus, was ich ihr eigentlich hatte verschweigen wollen: dass ich am Ende des Gesprächs geweint hatte.

»Du siehst, ich war ein Feigling; schlimmer noch, ich war lächerlich.«

Trini schwieg. Und da erzählte ich von Dir, Ramon; denn wenn sie überhaupt jemals von Jesuiten hatte reden hören – und Du kannst Dir ja vorstellen, in welchem Tonfall –, so hatte sie bislang noch nie den Namen Sant Joan de Déu gehört. Sie sagte kein Wort, lauschte mir nur gedankenverloren. Ich hatte ihr noch nie von Dir erzählt. Unverzeihlich, nicht wahr? Wenn Du ihre Augen gesehen hättest, Ramon – es sind keine schönen Augen, oh nein, runde, blassgrüne Augen, Hausfrauenaugen; aber sie sehen einen mit dieser kindlichen Gläubigkeit an, bereit, dir alles abzunehmen, solange es gut, edel, großherzig ist …

III

Sechs Stiere kamen herausgelaufen,
und alle sechs waren böse;
und das ist der Grund,
warum die Klöster brannten.

Volksmund, 1835

13. August

Hauptmann Picó hat eine »Republik« ins Leben gerufen, soll heißen, eine Gruppe von Offizieren, die gemeinsam kochen. Es ist bereits die zweite, die in Olivel gegründet wurde. Die erste haben der Kommandant und der Arzt vor ein paar Tagen mit Unterstützung von Hauptmann Gallart und dem Marktschreier aus der Taufe gehoben.

Der große Picó hat sich den Antialkoholismus auf die Fahnen geschrieben, und da er Pfeife raucht, ist die Pfeife zum Symbol der neuen Bruderschaft geworden, gegen die Buddel, die unsere Kontrahenten zum Wahrzeichen erkoren haben. Der frühere Hausmeister hat in der MG-Kompanie einen Koch aus dem Hotel Colón aufgetrieben, der wie zahllose verkannte Genies auf den Namen Pepet hört und schweigsam und würdevoll ist. Die arme Tante Olegària könnte einem komischen Vogel wie ihm auch nicht annähernd das Wasser reichen, also habe ich dafür gesorgt, in die »Pfeifenrepublik« aufgenommen zu werden. Der Sanitäter, wen wundert's, hat sich unserer Sache begeistert angeschlossen, und mit ihm die zwei Fähnriche aus der MG-Kompanie. Wir hätten eine ebenso ideale Republik sein können wie die Platons, wäre nicht im letzten Augenblick ein Störenfried aufgetaucht. Und wie alle Störenfriede hielten wir ihn in den ersten Tagen für eine echte Perle.

Dieser neue Held des katalanischen Heeres war vor ein paar Wochen in Olivel eingetroffen. Wir dachten, er sei gekommen, um die Nachrichteneinheit des Bataillons zu gründen, denn darum hatte der Kommandant immer wieder bei der Brigade gebeten: Wir brauchten einen Nachrichtenleutnant. Der Kommandant, wie üblich in einer völlig anderen Sphäre schwebend, machte sich nicht die Mühe, seine Papiere anzusehen; er begnügte sich mit der Auskunft, dass der Mann Rebull hieß. Rebull präsentierte sich in Hemdsärmeln, ohne Rangabzeichen und mit einer Pfeife zwischen den schneeweißen Zähnen, die aussahen wie aus der Zahnpastawerbung. Sein Hemd war untadelig, das Gebiss eindrucksvoll. Das Beste an ihm aber war, dass er schon bei seiner Ankunft vom Nimbus der Bildung umgeben war, der jedem Offizier der Nachrichtentruppe unweigerlich anhängt. »Ein echter Mann von Welt«, wie der Kommandant sagte.

Was Picó betraf, war der schlau genug, den Mund zu halten, hatte aber schon alle Strippen gezogen, um zu verhindern, dass eine so außergewöhnliche Perle die Truppen der »Buddelrepublik« verstärkte. Mittlerweile würden wir ihr den Neuzugang mit Kusshand überlassen. Es hat sich herausgestellt, dass er ein Poet ist; er trägt uns Verse aus eigener Produktion vor, und man soll uns hängen, wenn wir auch nur ein Wort davon verstehen. Beim Mittagessen sagt er uns, dass wir alle Banausen sind, dass Baudelaire überholt ist und wir keinerlei »weibliche Erfahrung« haben. Außerdem behauptet er, wir verstünden nichts vom Pfeiferauchen, und doziert endlos darüber. Das Schlimmste von allem ist aber, dass er nie im Leben Nachrichtendienstoffizier gewesen ist – er ist Politkommissar!

Als wir das endlich herausfanden, herrschte allgemeine Empörung.

Nicht, dass er Kommunist wäre; bei ihm reicht es nicht einmal zum Sozialisten. Nicht das war es, was uns empörte, sondern die Androhung neuer, endloser politischer Vorträge, neuer Kurse in Erziehung zu republikanischer Gesinnung, neuer Belehrungen über staatsbürgerliche Rechte und Pflichten, und tatsächlich dauerte es nicht lange, bis er das ganze Bataillon, Kommandant, Offiziere, Vorgesetzte und Gemeine, im großen Saal der Burg zusammentrommelte, um uns einen langen, besserwisserischen Vortrag über Faschismus und Republikanismus zu halten. Er war mitten in seiner Rede, und wir dösten schon alle vor uns hin, als der Kommandant plötzlich aufstand und mit verzerrtem Gesicht und fuchtelnden Armen ausrief:

»Sie sind die Bösen und wir die Guten, damit ist schon alles gesagt! Das wissen wir bereits, du musst es uns nicht extra noch erklären, denn wir können es langsam nicht mehr hören. Also halt die Klappe und erledige deine Aufgabe als Nachrichtenoffizier, wenn du nicht willst, dass wir dir das Leben zur Hölle machen. Und wenn du nichts davon verstehst, lern es gefälligst!«

Und es gibt eine weitere Neuigkeit aus dem Bataillon, die für mich noch viel interessanter ist: Es hat sich herausgestellt, dass Cruells Pater Gallifa ebenfalls kennt, den »Doktor Gallifa«, wie er ihn nennt. Eigentlich ist nichts Besonderes dabei, dass wir ihn unabhängig voneinander kennen, aber uns beiden erscheint es wie eine wundersame Fügung. Er hat mir Dinge erzählt, von denen ich bisher nichts wusste: dass Pater Gallifa aufgrund der die gegen die Gesellschaft Jesu erlassenen Gesetze den Konvent verlassen und Zuflucht bei einem seiner Brüder suchen musste, einem Rentier aus der Hochebene von Vic oder aus Les Guilleries, der in einer alten Wohnung im Carrer Riera del Pi in Barcelona wohnt. Er erzählte mir, er wohne dort mit einem uralten Priester zusammen und unterrichte am Priesterseminar; und weil Cruells ihn als Lehrer kennengelernt hatte, nannte er ihn immer »Doktor«. Dieses »Doktor Gallifa« klingt in meinen Ohren so seltsam! Ich kann ihn mir auch gar nicht so recht außerhalb seiner Zelle vorstellen. Seit Cruells weiß, dass ich ihn kenne, redet er immer von ihm:

»Er ist wirklich ein hochinteressanter Mann«, beteuert er und ist verwundert darüber, dass ich seine Sonntagspredigten bei der Katholischen Jugend langweilig fand.

Die Tage und Wochen dehnen sich mir ins Unendliche, und ich versuche, mich mit den Klatschgeschichten zu zerstreuen, die im Bataillon umlaufen, aber manchmal fühle ich mich abwesend, in einem Zustand der Leere, als hätte mir jemand einen Schlag versetzt und ich würde in halber Bewusstlosigkeit vor mich hin dämmern. Unablässig muss ich an den Brief der Carlana denken. Diese Frau ist beunruhigend: Wieso schickt sie mir einen Brief per Post, wo wir doch praktisch Tür an Tür wohnen? Der Briefträger des Bataillons hat ihn mir gebracht; abgestempelt war er in Mora de Albullones – einem Ort, von dem ich nicht mal weiß, wo er liegt. Wer hatte ihn dort eingeworfen? Er trug weder Datum noch Unterschrift und war so vage formuliert, dass ich so gut wie nichts verstand. Sie schickte mir eine Liste der ermordeten Mönche: »Von diesen hier weiß man mit Sicherheit, dass sie ermordet wurden, weil ihre Leichen gefunden wurden.« Und sie erinnert mich an den berühmten

Gefallen, um den sie mich gebeten hatte: »Für Sie wäre das ganz einfach.«
Ganz einfach ... Ich weiß ja noch nicht einmal genau, worum es geht.
Ich reite weiterhin fast täglich zum Kloster; wühle mich durch die Bücherstapel, suche Dokumente in der Sakristei und in den Zellen. Es ist,
als würde man eine Stecknadel im Heuhaufen suchen. Ein so großes
Kloster, das geplündert, ausgeraubt, angezündet und dann verlassen
wurde und monatelang für alle offen stand ... Das Schlimmste ist, dass
sie mir verboten hat, sie zu besuchen, bis ich dieses Papier gefunden
habe. »Versuchen Sie nicht, mich zu sehen, ich werde Sie nicht empfangen.« Das Verbot reizt mich so sehr, dass ich sogar die Scham davor verloren habe, mich lächerlich zu machen: Ich habe ihr geschrieben – was
weiß ich, was ich ihr geschrieben habe! Es war ein Rausch. Und warum
auch nicht? Ist es das, was wir Leidenschaft nennen? Auf jeden Fall ist
es etwas, was ich bisher noch nie empfunden habe. Ich weiß nicht, wie
viel eine solche Empfindung taugt, und es ist mir auch gleichgültig. Ich
weiß nur, dass es ein so glühendes Verlangen ist, dass ich, wenn ich mit
ihr die schlimmsten Qualen durchleiden müsste, sie genau so und noch
mehr begehren würde ...

Als ich einmal in der Sakristei war, überkam mich ein Gefühl, als ob
die Luft dick und still wäre wie abgestandenes Wasser; ich fühlte mich
der Welt entrückt, als würde ich tatsächlich in einer Luft schweben, die
kompakt war wie Wasser. Die Sakristei duftet nach gutem Holz, nach
altem Zedernholz; es ist ein trockener, leicht bitterer Geruch; ein Geruch ... nach ihr. Sie hat schon ein paar weiße Haare, vielleicht vier; ich
habe vier gezählt. Als ich nah an sie herantrat, habe ich den Zedern-
duft ihres Haares wahrgenommen, dazu die vier feinen, überraschen-
den, schamlosen Haare, die schimmerten wie die Netze, die die Spinnen
in der Nacht weben und die wir morgens entdecken, weil die Tautrop-
fen in ihnen funkeln, die die Sonne noch nicht hinweggeschmolzen
hat. Ganz fein, ganz zart, aber die morgendlichen Spinnweben sind
so zerbrechlich. Diese vier Haare hingegen ... Sie hatte mir den Rücken zugewandt, um ein Wäschestück vom Tisch zu nehmen, und ich
war versucht, sie auf den Hals zu küssen, unterhalb des Ohres. Ich habe
es dann doch nicht getan, und nun bereue ich, es nicht getan zu haben; mit meinen Lippen hätte ich an dieser Stelle den Rhythmus ihres

pulsierenden Bluts gespürt, sicher ist ihr Blut von einem warmen, üppigen Rot. Sie hätte sich rasch umgedreht, und in ihren Augen hätte ich eine ungeheure Überraschung gelesen – wahrscheinlich eine gespielte Überraschung, denn sie weiß ja schon, dass ich eines Tages diesen ungehörigen Schritt tun werde ... Der Duft in der Sakristei kommt natürlich von dem großen Schrank, der wie zu erwarten aus Zedernholz und nun vollkommen leer ist, in dem aber früher wohl die Messgegenstände und Messgewänder aufbewahrt wurden. Die Sakristei führt direkt auf den Hauptalter an der rechten Seite des Schiffs. Bei meiner Suche nach diesem geheimnisvollen Dokument hatte ich diesen gewaltigen Schrank schon durchstöbert; und als ich mich abwandte, halb schwindelig vom Geruch nach Zeder und Weihrauch, fiel mein Blick auf das Brautpaar. Durch die schmale Tür der Sakristei konnte ich nur die beiden erkennen.

Und so soll sie eines Tages einmal aussehen? Das warme, üppige Rot ihres Blutes, wie die Blüte eines Granatapfelbaums, der Duft ihres Haars nach Zeder und Weihrauch – all das sollte in dieser unbegreiflichen Starre enden? Wie von einer fremden Kraft getrieben, verließ ich die Sakristei und fand mich vor dem verschmitzten Gesicht wieder, das nach oben blickt wie jemand, der ein groteskes Geheimnis kennt, aber unschuldig tut. Seltsam, anscheinend schlossen sie in diesem Kloster den Toten nicht die Augen, sie blicken dich an und sehen dich nicht ... Und das verschmitzte Gesicht mit den verzerrten Zügen stand reglos vor mir, und da musste ich an Soleràs denken und an Dinge, die er mir erzählt hatte und die mir in dem Moment völlig wirr erschienen waren, aber nun einen Sinn ergaben. Denn zwischen meinen Durst und den verbotenen Quell schob sich die Mumie; nicht diese Mumie, sondern meine, die Mumie, die ich einmal sein werde. Und die Mumie, die sie sein wird. Eine dumpfe Wut stieg in mir auf gegen dieses zynische Gesicht, und mein Mund füllte sich mit Speichel ...

14. August
Picó hat gerade herausgefunden, dass Rebull nicht nur Politkommissar statt Nachrichtenoffizier ist – nein, er kommt überdies noch aus der Plattfußbrigade. Dort war er Kompaniekommissar. Jetzt haben sie ihn

zum Bataillonskommissar befördert und zu uns abgeschoben. Inzwischen ist auch klar, welche Partei er vertritt: den *Partit Republicà d'Esquerra Federal Nacionalista de l'Empordà*. So unglaublich es auch scheinen mag (und was erscheint uns nach all dem, was wir in letzter Zeit gesehen haben, noch unglaublich?): Unter den Hunderten von Parteien, die nur dazu da sind, uns das Leben schwer zu machen, gibt es tatsächlich eine, die genau so heißt: Partei der Föderalistischen Nationalistischen Republikanischen Linken der Region Empordà. Was die Plattfußbrigade betrifft, wäre es vielleicht an der Zeit, Dir zu erklären, wer diese berühmte Brigade ist, über die unsere Soldaten so viel reden. Es ist die zweite Brigade der Division (unsere ist die erste), und es heißt – da ich nicht dabei war, würde ich für diese Information allerdings nicht die Hand ins Feuer legen –, dass sich der Hauptmann dieser Brigade weigerte, an den letzten Operationen zu beteiligen, »da«, wie es in seinem Kommuniqué hieß, »die Mehrzahl der Rekruten dieser Brigade trotz Musterung an Plattfüßen leidet und somit keine langen Märsche absolvieren kann.« Zur Zeit deckt diese Brigade den Frontabschnitt, der von uns aus gesehen im Süden liegt; zwischen ihnen und uns herrscht, wie ich mittlerweile herausgefunden habe, seit Kriegsbeginn eine Rivalität, die zum Großteil auf politische Differenzen zurückzuführen ist: Sie sind radikaler als wir.

Seit wir einen Politkommissar haben, besteht der Kommandant, um ihn zu ärgern, darauf, »im Kloster die Ordnung herzustellen«.

»Unsere Brigade kämpft für Sauberkeit und Bildung, ganz im Gegensatz zur Plattfußbrigade« – ein Seitenblick hin zum Kommissar. »Eines Tages werden wir die geheiligten Mumien« – das sagt er tatsächlich genau so – »im Rahmen einer feierlichen Zeremonie wieder in ihre Nischen zurücksetzen, denn Trauerfeiern gehören nun mal zu einer halbwegs anständigen Bildung. Wir sollten uns schon jetzt Gedanken darum machen, welcher Trauermarsch der geeignetste wäre. Außerdem sollten möglichst diejenigen, die die Toten aus den Gräbern geholt hatten, sie auch wieder hineinlegen, als angemessene Wiedergutmachung den Toten gegenüber, die, auch wenn sie tot sind, unseren gebührenden Respekt verdienen.«

Rebull muss natürlich als Politkommissar so tun, als wäre er von der

Idee restlos begeistert. Was den Trauermarsch betrifft, so hat dieser sich inzwischen als die entscheidende Frage erwiesen. Dazu muss man wissen, dass die Frage überhaupt erst aufgekommen ist, weil wir im Bataillon eine Musikkapelle haben. Über Begleitwaffen verfügen wir zwar immer noch nicht, aber eine Kapelle haben wir. Die Diskussion um den Trauermarsch ist der Grund dafür, dass die Zeremonie bislang noch nicht stattgefunden hat. Es hat sich herausgestellt, dass Picó in seinen guten alten Zeiten bei der Fremdenlegion ein paar Wochen lang Trompeter bei der Militärkapelle war. Was nicht bedeutet, dass er Noten lesen könnte, davon hat er keine Ahnung; aber er konnte nach dem Gehör »Åses Tod« aus *Peer Gynt* spielen, was ihn mit berechtigtem Stolz erfüllt. Oft summt er es uns bei Tisch vor, um jedweden Zweifel an seinem vergangenen musikalischen Ruhm zu zerstreuen. Der Kommandant hingegen als begeisterter Wagnerianer ist für Siegfrieds Trauermarsch. In der Frage wurde Doktor Puig zum Schiedsrichter bestimmt: Der nimmt die Sache nicht ernst und wäscht seine Hände in Unschuld. Er sagt, wenn es schon sein muss, dann doch lieber Verdi als Wagner. »Der hatte wenigstens mehr Sinn für Humor.« An den Tagen, an denen die Kapelle probt, schließt er sich im Sanitätsraum ein und macht die Fensterläden zu, um sie nicht hören zu müssen. Dort spielt er dann auf der Geige den Trauermarsch von Chopin.

16. August

Da gestern in Olivel Dorffest war, haben wir den Kommandanten und den Arzt zum Mittagessen in unsere Republik eingeladen. Sie erschienen um Punkt eins und zwinkerten einander zu. Was hatten sie im Sinn? Picó ließ sie während des gesamten Mittagessens nicht aus den Augen, während er unablässig das Pedal betätigte. Der große Picó hat nämlich etwas erfunden, um die Fliegen zu vertreiben: »ein praktisch begabter Mann«, wie Soleràs schon sagte. Seine Erfindung besteht aus einem papiernen Fächer, der so groß ist wie der ganze Tisch und von der Decke herabhängt; ein Rahmen aus vier Schilfrohren verleiht ihm die nötige Stabilität. Über eine kleine Rolle läuft eine Schnur, die am anderen Ende an einem Pedal festgebunden ist. Picó, der am Tischende wie ein Patriarch thront, tritt das Pedal, und der Fächer setzt sich in Bewegung und vertreibt die Fliegenschwärme. Vor dieser genialen Erfindung fielen sie uns dutzendweise in die Suppe.

Allgemeines Geplauder. Der Doktor erzählt uns, dass er am Tag zuvor nach Castel de Olivo musste, wo der Sanitätsdienst der Brigade einberufen worden war.

»Der Sanitätshauptmann hatte ein Rundschreiben der Militärführung erhalten. Sehr beunruhigend. Stellt euch vor: In einer Einheit unserer Division, und zwar ausgerechnet in der Plattfußbrigade ...«

Seitenblick hin zum Politkommissar, Augenzwinkern hin zum Kommandanten, Hüsteln.

»Nun, werter Herr Doktor«, sagt der Kommandant, »was wolltest du uns gerade von der zu trauriger Berühmtheit gelangten Plattfußbrigade berichten?«

»*Mictionis cerulea* ... eine äußerst seltene Krankheit! Bislang ist nur ein einziger Fall bekannt; aber was für ein Fall! Ein höchst komplizierter Fall. Der Kranke spürte nichts, es ging ihm prächtig, ›niemand hätte von ihm ein solches Verhalten erwartet‹, um mit Dostojewski zu sprechen. Eines Morgens vor zwei Tagen bemerkt er beim Aufstehen, dass seine Uniform ihm zu eng ist, er versucht, sie anzuziehen, und es gelingt ihm nicht, denn er ist über Nacht angeschwollen! Er bekommt die Hose nicht zu; es fehlt eine gute Spanne, damit die Knöpfe am Hosenstall (und ich sage Hosenstall, meine Herren, weil das Teil nun mal so heißt) in die entsprechenden Löcher passen ... Darf man denn in dieser Brigade nicht vom Hosenstall reden? Und sein Urin ... tja, also, sein Urin ist blau: blau, hört ihr, was ich sage?, das ist das Symptom, an dem man die Krankheit unfehlbar erkennt: der blaue Urin. Wenige Stunden später stirbt er unter entsetzlichen Schmerzen ...«

»Schreckliche Symptome!«, rief der Kommandant aus. »Aber was kann man von der Plattfußbrigade schon anderes erwarten? Ich habe schon immer vermutet, dass sie verpestet ist. Was hältst du davon, Rebull? Du bist doch Politkommissar, da hast du bestimmt Hegels Gesamtwerk gelesen.«

»Hegel ist längst überholt«, behauptete der Kommissar, und damit war das Gespräch über die tödliche *Mictionis cerulea* vorläufig beendet und wandte sich dem Einfluss Hegels auf das *Kapital* von Marx zu, eine heikle philosophische Frage, die uns, wie Du Dir vorstellen kannst, brennend interessierte.

Heute ist Rebull, wie nicht anders zu erwarten, im Morgengrauen im Pyjama im Sanitätsraum erschienen; bleich, völlig aufgelöst und in Angstschweiß gebadet.

»Der Arme«, hat Cruells zu mir gesagt, »er tat mir leid. Ich habe ihn zu seinem Schlafraum gebracht. In seinem Wasserglas auf dem Nachttisch fanden sich Spuren von Cärulein, einer harmlosen Substanz, die den Urin blau färbt. Es war zu erkennen, dass die Naht seiner Hose aufgetrennt und neu zusammengenäht worden war, ziemlich schlampig übrigens …«

17. August

Eines Abends war ich wieder an der Wegkreuzung, wo ich ihr das erste Mal begegnet bin; obwohl das keine zwei Monate her ist, kommt es mir vor wie eine Ewigkeit. Zwei Monate können so abgrundtief sein wie zwei Jahrtausende; dieser Abend vor zwei Monaten scheint mir so fern wie der erste Abend der Welt, und der Eindruck ihrer Erscheinung ist tief in meiner Vergangenheit versunken wie meine fernsten Erinnerungen.

Ich blieb dort, bis die Nacht hereingebrochen war. Ein Nachtvogel – vielleicht ein Ziegenmelker – flog so dicht über der Erde, als glitte er zu Boden statt zu fliegen; er landete mitten auf dem Weg, als wollte er auf mich warten, und als ich näher kam, flog er plötzlich wieder auf, lautlos wie ein Nachtfalter. Die Tageshitze schwand rasch; mit der Abendbrise drang der herbe Geruch nach Wäldern an meine Nase, der mich an ihr Haar erinnert. Solange es noch nicht völlig dunkel war, hatte ich mich gefühlt wie ein schmerzhaft gespannter Bogen. Ich hatte Migräne. Aber je dichter die Dunkelheit wurde, desto mehr war mir, als würde eine Last von mir genommen, als erschlaffte die Sehne des Bogens.

Nach dem Abendessen streifte ich durch die Straßen, um die Abendkühle zu genießen. Unter dem Fenster des Gasthofs stand Gallart mit einer Gitarre. Wo er die wohl her hatte?

»Melitona, soll ich dir ein romantisches Lied aus meiner Heimat darbringen?«

Und mit unendlicher Melancholie hob er an zu singen:

Wir wollen Brot mit Öl,
Öl mit Brot wollen wir.

18. August

Ich bin zur Mühle von Albernes geritten, um zu sehen, wie es den guten Leuten dort ergeht. Die Mühle gleicht mehr einer Burg als die Burg selbst; die Mauern des Mühlkanals sind aus Kalksteinquadern, die die Sonne der letzten fünf Jahrhunderte golden gefärbt hat (und ich sage fünf Jahrhunderte, weil das Jahr der Erbauung über der Tür steht); auch das Mühlhaus, das direkt am Kanal steht, ist aus Quadern errichtet; die einzigen Öffnungen darin sind eine rundbogige Tür und ein dreiflügeliges Fenster. Vor dem Haus erstreckt sich ein ziemlich großer Gemüsegarten mit einem Brunnen, der von dichtem Weinlaub völlig überwuchert ist. Das Wasser fließt durch ein mit Grünspan überzogenes Kupferrohr in ein Becken aus rötlichem, grob behauenem Jaspis, dessen Kanten rund gescheuert sind von den zahllosen Tiermäulern, die hier getrunken haben, und den zahllosen Wasserkrügen, die hier abgestellt wurden. Ich habe mir sagen lassen, dass bis zur Abschaffung der Herrschaftsgesetze durch das Parlament von Cádiz alle Bauern, die zur Burg gehörten, ihr Korn in dieser Mühle mahlen lassen mussten.

Die Müllersleute waren sichtlich erfreut, mich zu sehen, und erzählten mir, die »Siñora« sei oben »an der Mühlschleuse«. Damit, sie hier anzutreffen, hatte ich nun gar nicht gerechnet. Ich wagte nicht, zu ihr hinaufzugehen.

»Die Siñora wird's Ihnen aber übel nehmen, wenn Sie nicht hochgehen, um ihr guten Tag zu sagen.«

Offenbar war es ihnen sehr wichtig, mit der »Siñora« gut zu stehen und dafür zu sorgen, dass ich ebenfalls gut mit ihr stand! Natürlich konnten sie nicht wissen, dass sie mir verboten hatte, sie zu sehen, und ich konnte es ihnen nicht sagen. Sie zeigten mir den steilen Pfad, der vom Gemüsegarten hinauf zum oberen Teil hinter dem Mühlkanal führt.

Der Ort ist hübsch und gepflegt wie ein Garten; im Schleusenbecken spiegelt sich vorne eine große Trauerweide und weiter hinten, halb die Böschung hinauf, ein Wacholderhain. Die Jungen schwammen; sie saß auf einem großen Stein im Schatten der Trauerweide und sah ihnen zu.

Sie bemerkte mich nicht, weil sie mir den Rücken zuwandte; sie nutzte die Zeit, um ein Kleidungsstück zu flicken, und war halb über ihre Arbeit gebeugt. Die beiden Kleinen kreischten ausgelassen und spritzten einander nass; ihre von Tropfen übersäten kleinen Körper schimmerten wie Messing, und die Sonnenstrahlen, die zwischen den Ästen der Trauerweide hindurchfielen, ließen die spritzenden Wassertropfen aufleuchten.

Ich schlich mich lautlos über das weiche Gras an den Rändern der Bewässerungskanäle an, durch die leise glucksend das Wasser lief.

»Guten Tag. Ich habe nicht damit gerechnet, Sie in Albernes anzutreffen.«

Erschrocken fuhr sie herum.

»Sie?«

Ihre schattigen Augen schienen mir sagen zu wollen: So früh hatte ich Sie nicht erwartet.

»Haben Sie mir die Urkunde mitgebracht?«, fragte sie mich leise, als ich mich neben sie setzte, offensichtlich darauf bedacht, dass die Jungen sie nicht hörten. Die Urkunde? Ich konnte keinen klaren Gedanken fassen; dieser Geruch nach nächtlichem Wald, diese blitzenden Augen …

»Antworten Sie mir nicht?«

»Wie bitte?«, fragte ich wie ein Idiot.

Die Urkunde? Welche Urkunde? Von ihr ging ein Geruch nach Wald und Nacht aus, und ihre Augen blendeten mich …

»Ich habe alle Winkel durchforstet«, mühsam riss ich mich zusammen, »und nichts gefunden, was dieser Urkunde auch nur im Entferntesten ähnelt. Es tut mir leid, das können Sie mir glauben. Könnten Sie mir nicht ein bisschen genauere Angaben machen? Sie können sich nicht vorstellen, welche Unmengen von Büchern und Papieren dort wild durcheinander liegen.«

Ihr stählerner Blick wechselte von Überraschung zu Staunen, von Staunen zu Spott und von da zu einer Mischung aus Mitleid und Verachtung. Dann sagte sie mit einem resignierten Seufzer:

»Ich sehe schon, auf Sie kann ich nicht zählen.«

»Aber Sie haben mir auch überhaupt nicht gesagt, wo sich dieses Dokument befinden könnte.« Wieder einmal hatte ich das unangenehme Gefühl, mit einer größeren Frau zu reden.

»Wenn Sie sich nicht die Mühe machen zu verstehen ... Wie soll ich Ihnen Verständnis entgegenbringen, wenn Sie keines für mich haben?«

Ihre spöttischen Augen blitzten mich an; ein vages Versprechen lag in ihnen, eine obskure Komplizenschaft. Mir schwirrte der Kopf.

»Ich verstehe Sie. Langsam fange ich an, Sie zu verstehen. Sie sind aus Eis, und eben weil Sie aus Eis sind ...«

»Bis hierher und nicht weiter. Im Augenblick interessiert mich nur die Urkunde. Von ihr hängt die Zukunft meiner Kinder ab. Jetzt gehen Sie, wir haben uns bereits alles gesagt, was zu sagen war. Sie sind ein höflicher, ritterlicher junger Mann; in dieser Hinsicht vertraue ich Ihnen vollkommen. Sie würden niemals eine arme Frau hintergehen.«

Eine arme Frau? Sie ist alles, nur das nicht! Ich schreibe Dir von meinem Schlafzimmer aus – dem Schlafzimmer von Tante Olegàrias Enkel, diesem Antonio López Fernández, den ich nicht kenne und vielleicht nie kennenlernen werde. Die untergehende Sonne schickt einen letzten Strahl weinroten Lichts durch das Fenster; er fällt auf ihren Brief. Einen Brief auf liniertem Papier, wie es Dienstmädchen benutzen; ihre Handschrift verrät, dass sie das Schreiben wenig gewohnt ist, die Buchstaben sind groß, unregelmäßig, sorgfältig gemalt, einer neben dem anderen. Aber es ist auf keinen Fall der Brief einer armen Frau! In der Stille entströmt ihren Rechtschreibfehlern auf meinem Tisch der frische, reine Duft nach frischgemähtem Gras.

IV

Eppur si muove.

19. August

Manchmal lässt unsere Aufmerksamkeit uns auf unerklärliche Weise im Stich. Ein Beispiel: Wie kann es sein, dass ich all die vielen Male, die ich in der Zelle mit den Bienen war, den Satz nicht bemerkt habe, den jemand dort mit Kohle an die Wand geschrieben hat? Und doch steht dort in riesigen Lettern: *Eppur si muove.*

Eppur si muove. Haben das die Anarchisten geschrieben, um zu zeigen, dass sie das Andenken an Galileo rächen? Ich bezweifle, dass die Anarchisten vom Komitee von Olivel de la Virgen jemals von Galileo gehört oder überhaupt eine Ahnung von Astronomie haben. Aber wer hätte sich sonst die Mühe gemacht, dieses gelehrte Zitat an die Wand zu kritzeln? Ich bin ratlos.

Das Erstaunlichste an diesem Fall ist aber: Auf dem Boden, direkt unter der Inschrift, lag ein Foliant, den ich ebenfalls nie zuvor bemerkt hatte, und das, obwohl er eigentlich nicht zu übersehen war, weil er allein, weit weg von den Bücherstapeln lag. Die hölzernen Buchdeckel sind mit Pergament überzogen und mit Eisen beschlagen. Auf dem Buchrücken stand in gotischen Buchstaben von Hand geschrieben: *Libro de obitos.* Es ist das Sterberegister der Mönche von 1605 bis zum Vorabend der Katastrophe; tatsächlich war am 17. Juli 1936 noch einer von ihnen eines natürlichen Todes gestorben. Glückliche vergangene Zeiten, als Mönche noch eines natürlichen Todes starben!

Wie habe ich einen dermaßen dicken Folianten übersehen können?

Nach dem letzten Eintrag (etwa ab der Mitte des Buches) sind die Seiten leer, und ich wäre nie auf den Gedanken gekommen weiterzublättern, hätte am Ende des Buches nicht ein Lesezeichen aus roter Pappe gesteckt. Ich schlug das Buch an dieser Stelle auf und fand einen neuen

Eintrag: »Verzeichnis der Ehen, die zwischen Brautleuten mit Erlaubnis der Kirchenoberen und Wissen der Gemeindepfarrer aus tiefer Frömmigkeit in der Kirche des Klosters der Gnadenjungfrau von Olivel geschlossen werden. Anno Domini 1613.«

Mein Herz schlug wie ein Schmiedehammer auf einen Amboss. Plötzlich verstand ich Folgendes:

Die Muttergottes von Olivel – das hatte mir schon meine Zimmerwirtin in Castel de Olivo erzählt – wird in dieser Gegend sehr verehrt und gilt als Schutzpatronin glücklicher Ehen. Sie ist also so etwas wie eine verkleinerte Ausgabe unserer Muttergottes von Montserrat. Sowohl aus Frömmigkeit als auch wegen dieses Wunderglaubens baten manche Paare um Erlaubnis, hier zu heiraten statt in der Pfarrkirche der Braut, wie es nach kanonischem Recht üblich ist. Die Mönche führten ein Register dieser Eheschließungen. Es sind nicht viele: siebenundfünfzig seit der ersten im Jahr 1613.

20. August

Einladung zum Mittagessen in der »Buddelrepublik«. Gegen Ende, als die anderen beim Kaffee waren, nahm mich der Kommandant mit in sein Schlafzimmer.

»Hör zu, Lluís«, und er legte den Finger an die Lippen, zum Zeichen, dass er mir ein großes Geheimnis anvertraute; bei ihm ein untrügliches Zeichen für einen beginnenden Rausch. »Ich muss dir Geheimnisse aus meinem Leben anvertrauen, schreckliche Geheimnisse! Wenn die von der Plattfußbrigade …«

Er wankte zur Tür, schloss sie sorgfältig und sah dann unter das Bett und jeden einzelnen Stuhl, ob sich dort vielleicht ein Spion der feindlichen Brigade verbarg; dann, nachdem er sich vergewissert hatte, dass dem nicht so war, streckte er sich auf seiner Matratze aus. Dabei ließ er den jungen Kauz, den er in der Nacht zuvor aus einem Olivenhain »geangelt« hatte, wie er das nannte, nicht aus der Hand.

»Ein Kauz aus eigener Ernte, weißt du?, und er fängt Unmengen an Fliegen. Ich weiß noch nicht, ob ich ihn durchbringe. Die da draußen« – und er wedelte mit der Hand zum Esszimmer hinüber – »sind ein Haufen Trunkenbolde; sie flattern von Rausch zu Rausch wie der

Schmetterling von Blüte zu Blüte. Gleich wirst du hören, wie sie den Kaffee ausspucken. Sag's keinem«, und wieder legte er den Finger an die Lippen, »aber ich habe ihnen Salz in die Zuckerdose gefüllt.«

»Kommandant, ich kenne fürchterlichere Geheimnisse als die Ihrigen.«

»Fürchterlicher? Wo sind sie? Unter dem Bett?«

»Weit gefehlt. Im Kloster von Olivel.«

»Die Mumien.« Er sah mich mit schreckgeweiteten Augen an.

»Es sind keine Mumien, Kommandant; zum Glück sind sie lebendig und erfreuen sich bester Gesundheit. Zwei reizende Kinder.«

»Ich mag keine Geschichten über Mumien, Lluís.«

Es war schwierig, ihn dorthin zu bringen, wo ich ihn haben wollte. Ich dachte, wenn ich ihn nur aufs Pferd setzen könnte, würde beim Reiten an der frischen Luft sein Rausch zumindest teilweise verfliegen; es kam mir gelegen, dass er betrunken war, aber allzu sehr durfte er es nicht sein.

»Kommandant, von Ihnen hängt es ab, ob diese beiden armen Kinder einen Vater haben oder nicht. Denken Sie doch an Marieta ... ohne Vater ...«

Jetzt starrte er mich mit seinen pechschwarzen Augen an, die sich rasch mit Tränen füllten.

»Marieta will nicht, dass ihr Papà getötet wird, nein, das will sie gar nicht!«

»Dann ziehen Sie Ihre Stiefel an, Kommandant. Lassen Sie uns keine Zeit verlieren.«

Schließlich zog ich sie ihm an; er ließ mich gewähren, sanft wie ein Lamm, ohne sein Käuzchen loszulassen. Drüben im Essensraum spuckten sie Kaffee aus, würgten und lachten sich halb tot dabei; von unserem Aufbruch bekamen sie nichts mit.

Das Pferd des Kommandanten, das er beinahe nie reitet, läuft so leicht wie Bellota; wir legten den Weg in gestrecktem Galopp zurück. An der Sakristei angekommen, setzte er sich auf die Erde, weil er sich nicht aufrecht halten konnte.

»Ich werde mit der Musikkapelle einen ordentlichen Trauermarsch einüben; mit den Toten treibt man keine Scherze. Was bildet Picó sich eigentlich ein? Ich bin der Kommandant, nicht er.«

»Da haben Sie vollkommen recht, aber hören Sie …«

Er stieß einen gewaltigen, langgezogenen, hallenden Rotweinrülpser aus, der über mehrere Tonlagen reichte. Danach schien er nüchterner zu sein, als hätte dieser riesige Rülpser sein Hirn geklärt.

»Ich bin ja für Wagner, weißt du; am liebsten mag ich richtig düstere Trauermärsche, die versetzen mich in die passende Stimmung. Meine Güte, sind diese Mumien schaurig.«

Jetzt oder nie.

»Kommandant, in diesem Schrank liegt das Sterbe- und Eheregister, und dort habe ich einen wichtigen Eintrag gefunden. Ich bitte Sie, ihn sich aufmerksam anzusehen, denn davon hängt das Glück zweier unschuldiger Kinder ab.«

Das Ganze nahm ihn mehr mit, als ich gedacht hätte: Er las den letzten Eintrag des Registers wieder und wieder, und Tränen, groß wie Kichererbsen, kullerten ihm über die Wangen.

»Wenn man bedenkt, dass die alten Vetteln in Olivel, diese Krähen, sie Bankerte nennen … Warum hat die Carlana nichts davon gesagt?«

»Aus Angst, dass man ihr nicht glauben würde, und auch deshalb, weil es eine rein kirchliche Trauung war. Bedenken Sie, Kommandant, dass bis vor kurzem die Anarchisten hier waren; und wir genießen auch keinen besonders guten Ruf. Schließlich gelten wir nicht gerade als Jesuiten.«

»Demnächst werde ich das gesamte Bataillon den Rosenkranz beten lassen. Was bilden die sich eigentlich ein?«

»Ja, Kommandant, wir alle wissen, was Sie für die Ordnung und die Bildung tun, aber trotzdem setzt man uns einen Politkommissar vor die Nase – noch dazu einen aus der Plattfußbrigade! Damit ist unser guter Ruf in Nullkommanichts zerstört.«

»Den werden wir schon noch vergraulen, Lluís, du wirst schon sehen. Verlass dich nur auf mich! Ich werde euch diesen Kommissar vom Hals schaffen. Ich bin euer Vater, verdammt noch mal!, und Kommandant des Bataillons! Ich passe auf euch auf. Du musst nämlich wissen, dass ich es war, der ihm die Naht seiner Hose aufgetrennt und enger genäht hat, während er schlief. Der Arzt wollte mir dabei helfen, aber er war zu besoffen und schaffte es nicht, die Nadel einzufädeln, auch wenn er die

Augen zusammenkniff, als wäre er blind. Also musste ich diese heikle Aufgabe feinster Näharbeit erledigen.«

»Während wir darauf warten, dass der Kommissar aus dem Bataillon verschwindet – was eine Weile dauern wird, weil er eine echte Nervensäge ist –, sollten wir diesen Akt der Gerechtigkeit zu Ende bringen. Warum die Carlana nichts gesagt hat? Bedenken Sie, dass sowohl der Pater, der die Trauung vollzogen hat, als auch die anderen vier Mönche gleich am Tag darauf ermordet wurden, und vielleicht weiß sie gar nicht, dass der Pater vor seiner Ermordung die Trauung ins Eheregister eingetragen hat. Das Einzige, was sie weiß, ist, dass keiner der Mönche mehr am Leben ist.«

»Aber einige sind durch den Wald entkommen, sagen die Leute.«

»Ja, Kommandant; und ich hatte auch gehofft, dass einer von denen, die den Eintrag unterzeichnet haben, darunter sein könnte. Aber sie sind alle mausetot, das habe ich nachgeprüft. Die Dorfbewohner haben die Leichen identifiziert.«

»Aber selbst wenn die überlebenden Mönche den Eintrag nicht unterschrieben haben, könnten sie bestätigen, dass die Ehe geschlossen wurde.«

»Die Trauung fand erst statt, als die Überlebenden schon geflohen waren. Und was diejenigen betrifft, die zu diesem Zeitpunkt noch im Kloster waren: Bedenken Sie, Kommandant, dass die Anarchisten sogar die Tagelöhner erschossen haben. Es waren vier oder fünf Männer, die ärmsten der Gemeinde, denen die Mönche aus reiner Barmherzigkeit Arbeit gegeben hatten. Sie waren so arm, dass sie Holzpantinen trugen …«

Meine Worte rüttelten ihn auf; seine Augen glänzten unternehmungslustig.

»Woher weißt du das? Warst du etwa dabei?«

»Die Carlana hat es mir erzählt. Von ihr kenne ich alle Einzelheiten. Das Anarchistenkomitee hatte den Dorfpfarrer umgebracht, und der Carlà fürchtete zu Recht, dass ihm das gleiche Schicksal drohte. Er erwog zu fliehen, aber da er wusste, dass sein Leben in Gefahr war, falls die Flucht scheitern sollte, drückte ihn sein Gewissen, und er beschloss, vor seiner Flucht noch die Mutter seiner Kinder zu heiraten. In Olivel war das unmöglich, da der Pfarrer schon ermordet worden war;

also blieb nur noch das Kloster. Die sieben Mitglieder des Komitees kamen nicht von hier und wussten deshalb noch nichts vom Kloster, die Dorfbewohner hielten den Mund, weil sie die Mönche mochten. Noch in derselben Nacht sattelte der Carlà Bellota, setzte die Carlana hinter sich aufs Pferd und ritt heimlich hierher. Die jüngeren Mönche waren schon geflohen, der Prior und die vier übrigen bereiteten ihre Flucht vor. Die Trauung fand aufgrund der Umstände *in articulo mortis* statt. Ebenso heimlich, wie sie gekommen waren, ritten sie wieder nach Olivel zurück, und der Carlà machte sich bereit zu fliehen, nachdem er die Carlana bei der Burg abgesetzt hatte, als die sieben Anarchisten auftauchten ...«

Der Kommandant lauschte gespannt meinem Bericht.

»Und so weiß natürlich niemand außer ihr etwas davon. Alle sind tot ... Was soll man in einem solchen Fall tun? Du bist Rechtsanwalt, Lluís, du kennst alle Kniffe; sag mir, was ich tun soll. Wir müssen etwas tun, was richtig Eindruck macht, den Leuten zeigen, dass wir keine Jesuitenfresser sind wie die Plattfußbrigade. Ob du's glaubst oder nicht: Zu Hause in Barcelona habe ich tatsächlich über dem Bett einen päpstlichen Segen *in articulo mortis* hängen.«

»Als Erstes sollten wir die Zeugen vernehmen.«

»Zeugen? Hast du nicht gesagt, die wären alle tot und mumifiziert?«

»Bleiben noch diejenigen, die sie ausgegraben haben, die könnten etwas wissen. Denen müssen wir die Würmer aus der Nase ziehen.«

Zurück in der Kommandantur hielt er mir den Wisch hin, mit dem er mich mit der Untersuchung betraute. Ich habe die sechs Kerle aufgesucht; sechs arme Teufel, die alles bezeugen würden, nur damit wir sie nicht erschießen. Immer denken sie, wir wollten sie erschießen. Nacheinander fanden sie sich in der Kommandantur ein wie geprügelte Hunde. Der Bericht wurde schnell länger. Sie setzten sich hin, um ihn zu unterschreiben, setzten eindrucksvolle, endlose Schnörkel darunter. Ich glaube nicht, dass sie verstanden haben, worum es ging. Sie waren zu glücklich darüber zu hören, dass wir sie nicht erschießen würden, als dass sie noch irgendetwas anderes hätten wissen wollen.

Restituto, der einen Sparren locker hat, kam in die Matratze seines Ehebetts eingewickelt; seine Frau hatte sie ihm mit Schnüren um den

Leib gebunden, sodass nur der Kopf und die Füße herausschauten. Ganz Olivel stand am Fenster, um ihn zu sehen.

»Was zum Teufel ist denn in dich gefahren, Restituto?«

»Verdammt, das ist, um die Kugeln abzufangen!«

Als ich bei Tante Olegària ankam, war es schon sehr spät. Sie kann nicht zu Bett gehen, bis ich zu Hause bin, auch wenn sie mir jetzt kein Abendessen mehr kocht. Sie saß auf einem Hocker am Feuer, denn die Nächte sind jetzt schon kühl. Arme Hundstage, auch ihr Glanz ist flüchtig ... ich habe mich neben sie gesetzt, wie ich das vor der Gründung der »Pfeifenrepublik« immer beim Frühstück getan habe. Die arme Alte hatte mir in den ersten Tagen zum Frühstück so aberwitzige Dinge kredenzt wie Thunfisch in Essig oder Hering mit Spanischem Pfeffer, wo ich doch nach dem Aufstehen nicht mehr zu mir nehmen kann als ein Stück in Milchkaffee getunktes geröstetes Brot. Für sie ist Milch etwas, was man Kranken zu trinken gibt – und was das geröstete Brot betrifft: »Herr im Himmel, das schöne Brot!«, rief sie aus und bekreuzigte sich voller Entsetzen, wenn sie sah, wie ich die auf die Gabel gespießte Brotscheibe ans Feuer hielt.

Etwas so Heiliges wie Brot zu rösten – das war ein Sakrileg. Auch den Kaffee musste ich mir selber machen; sie wusste gar nicht, was das ist, und als ich sie einmal kosten ließ, spuckte sie ihn aus, als wäre es Gift.

»Tante Olegària, was wissen Sie eigentlich über die Burgherrin?«

»Sie ist keine Herrin, Don Luisico. Das ganze Dorf weiß, was sie ist.«

»Das Dorf könnte sich irren.«

»Wie sollte sich denn das ganze Dorf irren? Sie kommt aus Castel, von den Hosenscheißern, so wurde schon ihre Mutter genannt.«

»Ich weiß, Tante Olegària, Santiaga hat es mir erzählt. Und auch sonst hätte ich erraten, dass die Tochter des Hosenscheißers und die Carlana ein und dieselbe Person sind. Manche Dinge sind einfach nicht zu übersehen, sie springen einem förmlich ins Auge. Arme Carlana ...«

»Ach was, arme Carlana! Wenn Sie die verstorbene Carlana kennengelernt hätten, Gott hab sie selig – die war eine echte Dame, und wenn sie nach Olivel kam, liefen wir alle aus den Häusern, um sie zu begrüßen, da, wo früher das Wegkreuz stand. Sie kam ganz vornehm in ihrem Karren angefahren, der von einem Maultier gezogen wurde, ich sehe es noch vor mir wie heute, das war über und über mit Glöckchen behängt und wurde nur mit Johannisbrot gefüttert und lebte besser als der Papst. Gott hab die Arme selig.«

»Wen? Die Herrin oder das Maultier?«

»Sie ist gestorben, ohne zu ahnen, dass sie einmal Enkel von ihrem Dienstmädchen haben würde; die alte Carlana, meine ich, und es kommt mir vor, als wäre es gestern gewesen, dass es im Dorf hieß: ›Die Siñora hat der Schlag getroffen.‹ Danach hat sie nicht mehr lange gelebt, die Arme, und kam nicht mehr aus dem Rollstuhl heraus; und während sie sich nicht regen konnte, hat ihr Sohn ihr Schande gemacht, ohne dass sie es mitbekam. Und im Sommer nach ihrem Tod ist dieses Flittchen hier aufgetaucht; sie war schwanger, das haben wir ihr alle angesehen. Alle Frauen haben sich das Maul zerrissen über ihren dicken Bauch.«

»Das kann ich mir lebhaft vorstellen.«

»Die Burschen im Dorf haben ihr diese Schande sehr übel genommen und früh am Morgen das Burgtor beschmiert.«

»Was meinen Sie damit? Womit beschmiert?«

»Na, womit wohl?«

»Wie scheußlich!« Wenn ich daran denke, dass Trini und Ramonet in den Augen dieser Leute ebenfalls …»Meine Güte! Diese Tiere!«

»Der Carlà ist fuchsteufelswild geworden, als er es gesehen hat. Die Burschen, die die Tür beschmiert hatten, mussten sie auch wieder sauber wischen. Und weil er ihnen Arbeit gibt, mussten sie ihm gehorchen.«

»Gut gemacht. Diese Schweine …«

»Ein Schwein ist, wer schamlose Dinge treibt; in der Dörfern hier in der Gegend sind wir zum Glück noch gute Christen.«

»Aber da sind doch die Kinder, Tante Olegària, und die können nichts dafür. Sie sind unschuldig.«

»Unschuldig? Nein, die sind nicht unschuldig, das sind Bankerte.«

Da erübrigt sich jede Diskussion. Logik ist nicht ihre Stärke. Also habe ich versucht, sie auf einem anderen Weg für mich zu gewinnen:

»Tante Olegària, Sie lieben doch Ihren Enkel.«

»Jesus, wieso sollte ich ihn nicht lieben?«

»Und wenn Ihr Schwiegersohn nun Ihre Tochter vor seinem Tod unter besonderen Umständen geheiratet hätte und diese Hochzeit geheim geblieben wäre, dann wäre Ihr Enkel ein Bankert, wie das die Leute hier nennen, und dürfte nicht Antonio López Fernández heißen, sondern nur Antonio Fernández.«

Ihre Triefaugen sahen mich verständnislos an. Wie könnte denn ihr Enkel ein Bankert sein? Wie könnte er nicht López heißen? Es gibt gewisse Dinge, die … Damit war ihre Vorstellungskraft eindeutig überfordert.

Im Herd erlosch nach und nach das Feuer, und in seinem Schein sah Tante Olegària, die mit offenem Mund da saß, wie eine Hexe aus. Sie betrachtete mich verwundert, fast empört, während ich ihr meine Version der Geschichte schilderte. Es ist schon sehr spät, und ich kann beruhigt schlafen gehen, denn jetzt wird meine Version, nachdem Tante Olegària sie erfahren hat, durchs ganze Dorf gehen wie ein Lauffeuer. Der Nachtwind weht durch das offene Fenster herein und trägt mir das Zirpen der Grillen und die Gerüche der sterbenden Hundstage zu.

21. August

Im Bataillon gibt es eine Neuigkeit. Der Kommandant hat vom Brigadeführer den Befehl erhalten, bis morgen das Bataillon aufgestellt zu haben, ohne Wenn und Aber. Er wird kommen und Musterung halten. Nervosität, Unruhe, Panik; wir haben den ganzen Tag exerziert. Die Disziplin der Rekruten lässt viel zu wünschen übrig, und die Schuld dafür liegt allein bei uns: Wir haben mit den »Pfeifen« und den »Buddeln« und ähnlichen Dummheiten elendiglich viel Zeit vertrödelt. Noch heute sind trotz der Panik Gallart und Rebull aneinandergerasselt: Sie haben einander auf übelste Weise beschimpft und beleidigt, und das alles wegen Melitona, dem rothaarigen Schankmädchen. Picó hat dazwischengehen müssen:

»Und was zum Teufel findet ihr an ihr, dass ihr euch dermaßen gehen lasst?«

»Mann o Mann«, hat sich der dicke Gallart, rot und schwitzend, verteidigt, »hast du nicht bemerkt, wie sie ihr Hinterteil wiegt, wenn sie in der Taverne auf und ab geht? Ihr Hintern ist größer als ein Trog, so groß wie die größte Trommel in der Brigade!«

»Wenn dem so ist«, hat Picó philosophisch befunden, »dann erteile ich euch hiermit die Erlaubnis, euch in aller Seelenruhe die Schädel einzuschlagen.«

Jede Kompanie hat für sich alleine exerziert; unsere draußen auf den Heuwiesen. Aber wie sollen wir den Soldaten an einem einzigen Tag beibringen, was wir ihnen in den ganzen letzten Wochen beizubringen versäumt haben?

Es ist spät, und ich bin todmüde. Über all der Aufregung wurde im Bataillon gar nicht über das gesprochen, was im Dorf die Nachricht des Tages ist. Tante Olegària hat zu mir gesagt:

»Wenn ich dran denke, dass die Jungen sie mit Steinen beworfen haben und wir Alten gesagt haben: ›Das geschieht ihnen ganz recht, weil sie Bankerte sind!‹ Und jetzt stellt sich raus, dass sie gar keine Bankerte sind, die Armen ...«

22. August

Ein triumphaler Tag. Der Brigadeführer hat Kommandant Rosich gratuliert:

»Ich beglückwünsche Sie, ich beglückwünsche die Hauptleute und Offiziere, ich beglückwünsche die Gefreiten und die ganze Truppe; dieses Bataillon ist bereit für die Schlacht. Unsere Brigade kann stolz auf Sie sein, und eine gewisse Nachbarbrigade kann neidisch sein ...«

Die Musterung fand auf der Esplanade vor dem Kloster statt, dem einzigen Ort in der ganzen Gemeinde, an dem ein ganzes Bataillon aufmarschieren kann. Und unser Kommandant wollte tatsächlich die Gelegenheit nutzen, um die Mönche würdevoll bestatten zu lassen; wann hätte es je wieder einen dermaßen feierlichen Anlass gegeben wie heute, da das ganze Bataillon aufmarschiert und der Brigadeführer mit seinen Generalstab anwesend war? Sämtliche Bewohner von Olivel hatten sich auf den umliegenden Hügeln versammelt; der Kalvarienberg glich einem Ameisenhaufen. Der Bürgermeister trug seinen Festtagsstaat und machte ordentlich was her: schwarzes Seidenband, auf dem Kopf ein schwarzes Tuch, ebenfalls aus Seide, neue Hanfschuhe mit Bändern, den Amtsstab mit Bommeln geschmückt. Es herrschte strahlendes Wetter.

Der Brigadeführer ist ein großer, dicker, etwa sechzigjähriger Oberstleutnant, ein höflicher, umgänglicher Mann mit einer Besonderheit: Er hat schon als junger Mann aufgrund einer Krankheit sein Haar verloren (die ganze Brigade könnte Dir die Krankengeschichte erzählen) und trägt darum eine Perücke und malt sich die Augenbrauen an. Das verleiht ihm das Aussehen einer japanischen Puppe; einer überdimensionalen Puppe natürlich. Und stell Dir vor: Die Tatsache, dass er eine so »riesengroße« Krankheit hatte, verleiht ihm in den Augen der gesamten Brigade – Offiziere, Gefreite und Gemeine – ein ungeheures Prestige. »Ein ganzer Mann!« »Ein Kerl von Schrot und Korn!« Sein Wagen glänzte am Klostertor; neben ihm nahm sich der Wagen unseres Kommandanten, der treue Ford, wie ein armer Verwandter aus. Damit die beiden Wagen überhaupt dort vorfahren konnten, hatte das gesamte Bataillon den Weg mit Hacken und Schaufeln geebnet, bis er überall so breit war wie ein Karrenweg.

So viel Leben unter der Sonne auf der Esplanade, und da drinnen völlige Reglosigkeit ... Das Bataillon rückte zum Schlag der Trommeln und Schall der Trompeten vor. Ich betrachtete meine Kameraden: Wer ihnen das wohl beigebracht hat?, dachte ich.

Das Hornsignal »Achtung!« ertönte. Beim Klang des Horns standen die Rekruten stramm. Träge Stille unter den Zivilisten. Die sechs armen Kerle, die das anarchistische Komitee rekrutiert hatte, saßen, ebenfalls im Sonntagsstaat, hinter dem Bürgermeister. Sie starrten die mit Tressen und Abzeichen behängte japanische Puppe an wie ein Seebarsch, der sich fragt, wie es kommt, dass er aus dem Wasser gezogen wurde. Die japanische Puppe gähnte unablässig und führte dabei mit eleganter Nonchalance ihr Taschentuch zum Mund. Nun war der Augenblick gekommen, dem Mysterium zurückzugeben, was dem Mysterium gehört, von Neuem den Schleier auszubreiten, der über das Makabre gebreitet werden muss, als wäre es obszön.

Vor dem Bataillon und dem Volk (»*coram exercitu populoque*«, sagte der Marktschreier, der offenbar ebenfalls das Priesterseminar besucht hat) legten die sechs Seebarsche die Mumien in die Nischen zurück. Die Bataillonskapelle spielte *Åses Tod*, die Eingeweihten warfen verstohlene Blicke zu Picó hinüber, der seelenruhig an seiner Pfeife zog. Er ist kein Mann, den der Sieg eitel macht.

Die japanische Puppe gähnte fleißig weiter, während die sechs Seebarsche unter Anleitung eines Maurers die Nischen verschlossen. Das
dauerte allerdings viel zu lange, und alles, was lange dauert, ist ermüdend. Als endlich der letzte Stein gesetzt war und die Leute anfingen,
sich zu zerstreuen, glaubte Rebull als Politkommissar noch eine Rede
halten zu müssen.

»Von nun an wird über diesen Toten für immer der Geist schweben,
soll heißen, die Bildung; denn Sauberkeit und Bildung sind untrennbar mit der liberalen, sozialen und föderalen, nicht aber mit der klerika-
len Republik verbunden. Nein, Freunde; nein, Brüder, nein, Genossen;
nein, Kameraden, lasst euch nicht täuschen: Wir sind nicht klerikal, sondern liberal, radikal und föderal … Wir sind die Speerspitze der sozialen
Idee …«

Niemand hörte ihm zu; die Dorfbewohner verstehen kaum Katalanisch, und uns hängen diese Litaneien schon zum Hals heraus. Oder,
wie unser Kommandant einmal gesagt hat: »Diese Kommissare sollten
endlich einmal aufhören, uns auf die Nerven zu gehen, und uns in Frieden Krieg führen lassen.«

Die Brigade wird eine Wache am Eingang aufstellen, bis das Kloster
seinem Besitzer, dem Mercedarier-Orden, zurückgegeben ist. Der Oberstleutnant sagte leise, aber sorgsam darauf bedacht, dass die Offiziere ihn
hörten, zum Kommandanten: »Die Plattfüße wären zu einer so konzer-
tierten Aktion niemals in der Lage gewesen; sie haben keine Ahnung
von Sauberkeit oder Bildung …«

Alle lachten geschmeichelt, während er uns zuzwinkerte und den
Kommandanten umarmte, bevor er in seinen Wagen stieg. Als der los-
fuhr, applaudierten Truppen und Zivilisten unisono. Wir alle sind uns
einig, dass unser Oberstleutnant ein mächtig feiner Kerl ist.

»Kein Wunder, schließlich ist er aus Manlleu«, sagt Gallart, der versichert, das aus zuverlässiger Quelle zu wissen.

Als wir dann in der Abgeschiedenheit unserer Republik beim Abendessen beisammensaßen, lüftete Picó das Geheimnis um den Trauermarsch:

»Das Bataillon ist wie eine Ehe; er ist der Kommandant, aber ich habe
die Hosen an.«

23. August

Der Erfolg übertrifft meine kühnsten Erwartungen: Der Bürgermeister und der Friedensrichter schwören, sie hätten es längst gewusst, der Carlà selbst hätte es ihnen erzählt. Der Kommandant tut so, als wäre alles sein Verdienst, und erzählt immer neue Geschichten. Dazu kam die öffentliche Verlautbarung des Bürgermeisters und des Friedensrichters, kurz darauf gefolgt von der der Stadträte und des Amtsdieners. Der Gemeindesekretär war der Einzige, der sich widerborstig zeigte; anscheinend ist er ein Anhänger fortschrittlicher Ideen und strikt gegen kirchliche Trauungen, erst recht, wenn sie *in articulo mortis* geschlossen werden, aber der Kommandant hat ihn beiseitegenommen, und nach dem Gespräch hat er die Aussage der anderen bestätigt.

Ich hatte ein großes Interesse daran, die einhellige Aussage aller führenden Männer der Gemeinde zu haben, Sekretär und Amtsdiener eingeschlossen, denn so, wie der Wind zur Zeit weht, lief eine rein kirchliche Trauung Gefahr, rechtlich nicht anerkannt zu werden. Nun ist alles geregelt, alles ist bedacht; wir haben die kirchliche Trauung und die zivile Trauung.

Die größte Überraschung hielt Tante Olegària für mich bereit: Sie behauptete, es auch schon längst gewusst zu haben – schon vor mir, meine ich! Mir schwirrte der Kopf, und ich fragte sie, woher sie es denn erfahren habe. »Na, weil alle im Dorf es sagen«, war ihre Antwort. Am Ende werde ich es noch selber glauben; heißt es nicht *Vox populi, vox Dei*?

Ich bin zur Burg hinaufgegangen. Sie hat mich in dem kleinen Salon empfangen, der als Esszimmer dient, und kaum dass ich eingetreten war, bemerkte ich es schon; es gab eine Kleinigkeit, die neu war: Unter dem Spiegel hing ein Foto im Miniaturformat. Ein etwa fünfundvierzig- bis fünfzigjähriger Mann, gewöhnliches, fettes Gesicht, kleine Äuglein, halb unschuldig, halb gerissen, unter dichten Brauen. Er sah aus wie der Krämer von nebenan, dessen Geschäfte glänzend laufen.

»Mein seliger Gatte.«

Das Wort »Gatte« sprach sie mit großer Selbstverständlichkeit aus. Sie trug ein Mieder aus schwarzem Samt, das ich noch nie an ihr gesehen hatte; auf der Brust prangte ein diamantengeschmücktes Medaillon aus emailliertem Gold.

»Das hat er mir vor ein paar Jahren zum Namenstag geschenkt. Ich habe nie gewagt, es zu tragen: Die Diamanten sind echt.«

»Es steht Ihnen ausgezeichnet.«

In ihren Augen las ich Dankbarkeit. Die Tür zum Schlafzimmer der Kinder stand offen; ich hatte es nie zuvor gesehen. Es ist ein freundliches Zimmer mit strahlend weißen Wänden; die Deckenbalken sind unbehandelt, aus rötlichem Holz, vielleicht Wacholder. An der Wand steht eine Truhe, eine Hochzeitstruhe aus ebenfalls unbehandeltem Pinienholz, ganz schlicht, ohne Schnitzereien oder Verzierungen; dieser Stil ist typisch für diese Gegend, wo Hochzeitstruhen noch gang und gäbe sind. Zu beiden Seiten der Truhe stand jeweils ein Rohrstuhl. Die beiden hellrot gestrichenen kleinen Eisenbetten stehen in einem Alkoven, durch einen schlichten Rundbogen vom Rest des Zimmers getrennt; die Bettbezüge sind aus rot-weiß gestreifter Baumwolle, genau wie der Vorhang, der vor dem Rundbogen hängt. Zwischen den beiden Betten steht genau so ein Waschbecken, wie ich es bei Tante Olegària habe. Ein Geruch nach Lavendel, nach Bittermandelseife, nach leinenen Betttüchern, die mit Quitten oder Äpfeln gelagert wurden, schlug mir durch diese offene Tür entgegen; alles war sehr einfach, hell, freundlich.

»Ich bin Ihnen unendlich dankbar. Dank Ihnen haben meine Kinder einen Namen und eine gesicherte Zukunft. Sie haben ein gutes Werk getan.«

Ich betrachtete die beiden kleinen Betten und dachte: Mir ist noch gar nicht in den Sinn gekommen, dass ich es für die Kinder getan habe.

»Es war mir eine Freude, Ihnen diesen Gefallen erweisen zu können. Jetzt können die Leute Sie ›Senyora Carlana‹ nennen.«

»Das ist mir völlig egal. Mir ging es um die Kinder.«

»Ich habe es nicht für sie getan, ich wäre ein Heuchler, würde ich das behaupten. Sie wissen sehr wohl …«

»Ich bin Ihnen außerordentlich dankbar«, schnitt sie mir das Wort ab. Ihre Stimme war ein Flüstern; sie senkte den Kopf und sah mich von unten herauf an, die Augen schattiger und funkelnder denn je. Was wollte sie mir mit diesem Blick sagen? Ich nahm ihren Anblick schweigend in mich auf, ohne zu wagen, in dieses Niemandsland zwischen uns beiden vorzudringen. Ja, wir waren wie zwei Feinde durch ein Stück

Niemandsland voneinander getrennt, und die Stille wurde immer angespannter. Plötzlich hob sie den Kopf, um aus dem Fenster zu sehen, das wie immer weit offen stand. Die Schwalben schossen hin und her; ihr Gezwitscher drang nicht vor bis in dieses Niemandsland, es gehörte der Welt draußen an.

»Ich möchte Sie etwas fragen, Don Lluís.«

Dieses unerwartete »Don« schmerzte mich.

»Ich nenne Sie auch nicht Donya Olivela!«

»Und das ist auch gut so: Das stünde mir nicht an. Mit dem ›Don‹ muss man geboren werden. Ihnen steht es ins Gesicht geschrieben; Sie gehören der Herrenklasse an. Nein, versuchen Sie nicht, es abzustreiten. Man sieht es: Es lässt sich nicht leugnen, das weiß ich aus Erfahrung. Ich wollte Sie fragen, ob ich noch etwas tun muss, um das Erbe meiner Kinder zu sichern.«

»Man müsste alles von einem Notar beglaubigen lassen und zum nächsten Amtsgericht bringen, um die gesetzliche Erbfolge zu regeln. Das nächste Amtsgericht liegt zweihundert Meter hinter der Frontlinie. Was den Notar betrifft: Wer weiß, wo sich der nächste findet!«

Wieder lag Stille über dem Raum. Ich sah sie an; sie sah mit leerem Blick an mir vorbei, wie in Gedanken versunken, die sie nicht richtig ausdrücken konnte. Sie atmete tief, und bei jedem Atemzug hob sich ihre Brust, als ob sie die gesamte Luft von Olivel einatmete, diese Luft, die für sie mit Erinnerungen durchtränkt war. Manchmal drang von einem der drei Gemeinschaftsöfen der Duft nach Brot herein, durchdrungen von anderen Gerüchen wie dem nach Stroh, kühlen Kellergewölben, Schafen, Basilikum (kein Fenster in Olivel, und sei es auch noch so klein, in dem nicht ein Topf mit Basilikum stünde, um die Fliegen abzuhalten). Jeder Geruch musste in ihr eine Woge flüchtiger Gefühle wecken wie Scharen von Herbstvögeln, die aufflattern, wenn man an ihnen vorbeigeht, bereit zur Reise nach Süden. Ich schwieg, wartete auf das Zauberwort, das mir ihr Inneres öffnen würde, das für mich so verschlossen, so verboten, so schwindelerregend war. Aber auch sie schwieg, das Zauberwort wurde mir verweigert.

»Olivela … Sie haben mir versprochen, meinen Brief zu lesen, wenn ich die Urkunde für Sie fände.«

Sie schrak aus ihrer Versunkenheit auf, wie jemand, der geschlafen hat und unversehens geweckt wird, und sah mich überrascht an:

»Ja … Glauben Sie nicht, ich hätte das vergessen. Ich habe den Brief gelesen und danke Ihnen selbstverständlich für Ihre Freundlichkeit.«

Das *selbstverständlich* war ein Skalpell, das mein Herz mit eisiger Klinge durchschnitt.

»Sie sind sehr freundlich«, sagte sie und sah wieder aus dem Fenster, »ich weiß nicht, wie ich Ihnen für alles danken soll, was Sie getan haben. Es wäre mir furchtbar unangenehm, wenn Sie mich für undankbar hielten!«

»Sie müssen mir nicht danken. Ich bin nicht freundlich. Was ich …«

»Ich bitte Sie um zwei Tage, um alles in Ruhe zu überdenken. Sicher werden Sie verstehen, dass ich so aufgewühlt war, dass ich an nichts anderes als an meine Kinder denken konnte. Versetzen Sie sich in meine Lage. Die Zukunft meiner Kinder stand auf dem Spiel. Als Santiaga mir die Nachricht brachte, bin ich in Ohnmacht gefallen. Ich bin noch nie zuvor in meinem Leben ohnmächtig geworden, und ganz gewiss wird es mir nie wieder passieren. Sie können sich nicht vorstellen, wie sehr es an den Nerven zerrt, auf eine solche Nachricht zu warten, eine Nachricht, von der alles für einen abhängt! Nein. Das können Sie sich nicht vorstellen. In Ihrem Brief erzählen Sie mir ein paar sehr persönliche Dinge; Dinge, die – wie soll ich sagen? – ich niemals jemandem anvertrauen würde. Ich hoffe, Sie nehmen es mir nicht übel, wenn ich Ihnen sage, dass mir solche Geständnisse unangenehm waren? Das alles geht mich nichts an. Glauben Sie mir, solche Dinge erzählt man einfach nicht.«

»Ihnen würde ich alles anvertrauen, selbst meine traurigsten Geheimnisse; ich wünschte, Sie würden verstehen, wie viel Sie mir …«

»Reden Sie nicht weiter!« Ihr stählerner Blick war befehlender als ihre Worte. »Hören Sie auf mit diesen Flausen, und hören Sie mir zu. Da Sie mir nun einmal in diesem Brief einige so heikle Einzelheiten geschildert haben, werde ich es Ihnen gleichtun. Vielleicht verstehen Sie mich dann ein bisschen besser. Nein, bilden Sie sich nichts ein. Sie verstehen mich ganz und gar nicht. Sie halten mich für etwas, was ich nicht bin, das fühle ich seit dem ersten Tag. Ich bin in Castel de Olivo geboren; mein Vater ist ein Bauer ohne Land, einer der ärmsten der ganzen Gemeinde. Ich habe ihn schon lange nicht mehr gesehen, seit vielen Jahren, und habe auch gar keine Lust dazu. Außerdem wohnt er schon gar nicht mehr in Castel; er befindet sich in feindlichem Territorium.«

»Ich kenne die Geschichte. Man hat sie mir in Castel erzählt, als ich nicht im Entferntesten ahnen konnte, dass ich Sie eines Tages kennenlernen könnte, dass Sie eines Tages ...«

»Sie wissen, dass mein Vater der ›Hosenscheißer‹ genannt wird?«

»Das weiß ich ganz genau. Ich weiß alles.«

»Eine lächerliche Geschichte, nicht wahr? Tragödien sind immer lächerlich. Es ist nicht die Armut – was schert es mich, dass mein Vater arm ist? Ich schäme mich auch nicht für seinen Spitznamen, und das, obwohl ich allen Grund dazu hätte, finden Sie nicht? Ich habe mich nie bemüht, ihn zu verleugnen. Nein. Es ist etwas anderes. Die Grobheit, das Unverständnis ... Es ist leicht gesagt, dass man sich nun mal damit abfinden muss, Kind seiner Eltern zu sein; sehr leicht, wenn man, wie Sie, ein Don Lluís de Brocà i de Ruscalleda ist.«

»Das stimmt nicht«, und ich konnte mir ein amüsiertes, trauriges Lächeln nicht verkneifen, »ich bin kein de Ruscalleda, ganz im Gegenteil: ›Ruscalleda Hijo, feinste Suppennudeln‹. Wenn ich Ihnen sagen würde ... Aber das wäre eine zu lange Geschichte. Sie machen sich ein falsches Bild von meiner Familie! Ich bin Waise, habe meinen Vater und meine Mutter nie kennengelernt. Und unter meinem Onkel habe ich viel von dem erlitten, von dem Sie gesprochen haben: Grobheit, Unverständnis ...«

»Wie Sie meinen. Aber das ist nicht dasselbe. Ich kenne Ihren Onkel nicht, aber ich bin sicher, dass er ein gepflegter Mensch ist, nicht flucht und nicht trinkt. Obwohl ich mich manchmal frage, ob man nicht besoffen sein kann, ohne getrunken zu haben; denn mein Vater trinkt nicht, das kann ich Ihnen versichern. Diesen Milderungsgrund kann er nicht für sich in Anspruch nehmen. Er war nicht betrunken. Nun gut, lassen wir das, Tragödien sind immer lächerlich; deswegen meiden die Leute sie, so gut es geht. Sie sind Magister der Jurisprudenz, Infanteriefähnrich und vielleicht noch anderes, was in diesem Bericht nicht steht; und Ihre Frau hat ebenfalls studiert, bestimmt spielt sie Klavier ...

Klavier! Können Sie sich vorstellen, dass ich manchmal träume, ich würde Klavier spielen? Natürlich kann ich nicht einmal Noten lesen. Bei der Senyora Carlana habe ich Lesen und Schreiben gelernt; es wird mir schwerfallen zu lernen, sie meine Schwiegermutter zu nennen. Als die gute Frau starb, ahnte sie nicht im Mindesten, dass sie das eines Tages sein würde … Sie war sehr gut zu mir: Sie hat mir Nähen, Sticken, Lesen, Schreiben, Kochen beigebracht, sogar Sprechen. Denn ich habe diese Mischung aus Spanisch und Katalanisch gesprochen, die hier in den Dörfern üblich ist.«

Sie lebte auf, ihre Augen leuchteten, wie ich es bisher noch nicht an ihr gesehen hatte. Der Hauch der Vergangenheit schien eine unter der Asche verborgene Glut anzufachen:

»Die Senyora spielte ausgezeichnet Klavier; fremdartige Melodien, die ganz anders klangen als alles, was ich kannte. Ich hörte ihr gerne zu. Ich saß in meiner Kammer, flickte oder bügelte, und sie spielte im Salon. Manchmal sagte sie mir, wie die Lieder hießen; seltsame Namen waren das … Für mich war es, als kämen sie aus einer anderen Welt. Wie gerne würde ich sie wieder einmal hören! Schrecklich gerne! Aber in diesen Dörfern … Stellen Sie sich vor, einmal habe ich sie gebeten, es mir beizubringen. Sie hat mich nicht ausgeschimpft; sie war sehr freundlich. ›Olivela, wozu würde es dir denn nützen, Klavier spielen zu können? Das ist nichts für dich. Du lern, was für dich nützlich ist und gib dich damit zufrieden.‹ Sie hatte recht. Wozu sollte ein Dienstmädchen Klavier spielen können? Und sie konnte nicht ahnen, dass ich jemals etwas anderes sein würde. Arme Donya Gaietana, sie war ein herzensguter Mensch. Hätte sie das geahnt, sie wäre vor Kummer gestorben. Die Arme wurde langsam alt, aber kein bisschen bösartig. Einmal hat sie mir im Sommer eine Woche freigegeben, damit ich zum Dorffest nach Castel de Olivo fahren könnte. Da war ich fünfzehn und hatte meine Eltern seit zwei Jahren nicht mehr gesehen. Ich habe mich so gefreut, nach Hause zu kommen. Ich liebte meine Eltern, oder glauben Sie mir nicht?«

»Jeder liebt seine Eltern, solange nicht erwiesen ist, dass sie es nicht verdienen. Ich zum Beispiel liebe meine Eltern abgöttisch, was mich aber andererseits nicht daran hindert, mich manchmal zu fragen, ob das wohl genauso wäre, wenn ich sie kennengelernt hätte.«

»Wissen Sie, wie es ist, wenn man voller Freude in seinem Elternhaus ankommt und dann … Ach, was soll's, Tragödien sind immer lächerlich. Ich will nicht das Opfer spielen. Die Leute haben mich beschimpft und beleidigt; als ich nach Olivel kam, haben sie mir sogar die Tür mit …«

»Ich weiß.«

»Glauben Sie mir, dass es mir lieber ist, wenn sie mich verabscheuen? Mitleid widert mich an. Es ist ein feiges Verhalten, das die Menschen erfunden haben, um ihre Verachtung zum Ausdruck zu bringen und sich dabei noch gut zu fühlen. Mir ist es lieber, sie spucken mir ins Gesicht und beschmieren mir die Türen …«

Ich war überrascht, sie so aufgeregt zu sehen, sie, die sonst immer so beherrscht war.

»Sie sind noch sehr jung; wenn Sie erst einmal so alt sind wie ich, werden Sie wissen, dass unser täglich Brot in dieser Welt die Einsamkeit ist, rettungslose Einsamkeit.« Ihre wunderbare Altstimme, in der ihre Erregung mitschwang, hatte ihr tiefstes Tremolo. »Und man muss sich ihr stellen, sie so nehmen, wie sie kommt. Bitte hören Sie mir zu; unterbrechen Sie mich jetzt nicht. Ich weiß schon, dass Sie mich nicht verstehen werden, aber das ist egal. Warum sollten Sie mich auch verstehen? Darauf kommt es gar nicht an, ich werde es Ihnen trotzdem sagen. Ich habe den Eindruck, dass Sie sich ein Phantasiebild von mir geschaffen haben, und ich muss Ihnen sagen, dass das uns Frauen unangenehm ist. Es gefällt uns nicht, wenn man uns für Engel hält; das ist eine gar zu unbequeme Verkleidung.«

»Ich halte Sie nicht gerade für einen Engel.«

»Dann also für eine Verführerin? Das ist noch schlimmer. Da werden Sie eine noch größere Enttäuschung erleben.«

»Weder Engel noch Verführerin.«

»Ein Dienstmädchen?« In ihren Augen stand unverhohlener Spott.

»Die es durch äußerst riskante Methoden zur Carlana von Olivel gebracht hat.«

Sie wandte den Blick ab; die Stille wurde drückend und zog sich in die Länge. Ich hatte ins Schwarze getroffen, und ihre offene Wunde zu finden, erfüllte mich mit tiefer Genugtuung. Vielleicht ist die Leidenschaft ein Mysterium der Grausamkeit. Nichts ist der Freude vergleichbar, sein Idol leiden zu sehen, um sich für die Verehrung zu rächen, die es in uns hervorruft!

Sie sah in die Ferne, dann hob sie an, stockend und mit einer Stimme, als spräche sie zu sich selbst:

»Was blieb mir denn anderes übrig, um aus dem tiefen Brunnen herauszukommen? Ich musste zurück nach Barcelona, wo hätte ich sonst hingehen sollen? Die Senyora war sehr verständnisvoll, unter der Bedingung, dass ich Abstand wahrte. Sie hat mich aufgenommen und getröstet. Enric war zwanzig Jahre älter als ich, ein Unterschied, der mir damals riesig erschien. Anfangs verstand ich seine Andeutungen nicht, die Worte, die er mir auf dem Flur zuflüsterte. Man muss dazu sagen, dass er damals noch älter wirkte, weil er sehr dick war und seine vorzeitige Glatze ihm etwas Ehrwürdiges verlieh; außerdem war er schüchtern, der Arme. Die Senyora sagte immer dasselbe, wenn sie über meine Lage sprach: ›Wenn deine Eltern dich nicht wollen, Olivela – bei uns bist du willkommen. Wir sind zum Glück eine christliche Familie, eine traditionelle Familie.‹ Arme Senyora! Im Grunde genommen war sie naiver als ich. Sonntagnachmittags gab sie mir frei, unter der Bedingung, dass ich die Zeit in einem Nonnenkloster im Carrer Consell de Cent verbrachte. Ich sehe es noch heute vor mir: Es war das Kloster der Hausangestellten. Allerdings muss man sagen, dass die Nonnen sehr gut zu mir waren; sie hätten mich mit Kusshand als Novizin genommen. Ich hätte dort in dem Kloster Nonne werden können, es war gemütlich, nett, sauber, groß. Die Äbtissin liebte mich sehr. Eine Zeitlang war ich hin- und hergerissen. Ich war mir nicht ganz sicher, was besser für mich wäre. Wäre der junge Herr, ich meine Enric, jung und hübsch gewesen, wäre ich wohl Nonne geworden.«

»Ich bin mir nicht sicher, ob ich Sie richtig verstanden habe. Haben Sie es nicht falsch herum gesagt?«

»Falsch herum? Wieso falsch herum?« Sie sah mich an, verwundert über meine Frage. »Wäre Enric jung und hübsch gewesen, hätte ich nicht darauf hoffen können, mehr zu sein als ein flüchtiges, unbedeutendes Abenteuer, eines von denen, die man nicht einmal seinen Freunden erzählt, weil sie es nicht wert sind. Zum Glück aber war er dick und kahl, ein ganzes Stück kleiner als ich und vor allem so alt wie mein

Vater. Er war so alt wie mein Vater, aber er war nicht mein Vater, das ist ein gewaltiger Unterschied!«

»Welcher Unterschied?«

Sie sah mich an, als würde ihr plötzlich bewusst, dass sie nicht allein war, dass ich ihr zuhörte. Nach einer Pause fuhr sie fort:

»Ich will, dass Sie die Wahrheit erfahren. Ich will nicht, dass Sie sich einbilden, ich würde meinen Vater verabscheuen, weil er arm war.« – Sie geriet wieder in Aufregung. »Ich habe es noch nie jemandem erzählt, Sie sind der Erste und der Letzte. Es würde mich so sehr schmerzen, wenn Sie, ausgerechnet Sie … Es hat mich nie geschert, was andere über mich denken könnten; aber Sie sind nicht wie die anderen. Was Sie gesagt haben, hat mir wehgetan. Schlagen Sie sich das aus dem Kopf, ich bin keine schlechte Frau.« Jetzt war sie außer sich, es sah aus, als würde sie jeden Augenblick in Tränen ausbrechen. »Ich bin ein unglückliches Geschöpf, glauben Sie mir.«

»Ich glaube Ihnen.«

Erneute Stille. Sie versuchte sichtbar, sich zusammenzureißen, und ich dachte: Und wenn sie wirklich keine schlechte Frau ist? Was heißt das schon, ›eine schlechte Frau‹? Eine Frau, die uns den Kopf verdreht. Und wenn sie nichts dafür kann?

»Sie haben natürlich die Geschichte gehört, wie ich im Waschzuber saß; eine vollkommen lächerliche Geschichte. Und Sie haben sie geglaubt, wie alle Welt. Wie Donya Gaietana, wie sogar Enric … Es ist so leicht, eine Geschichte unbesehen zu glauben, die so lächerlich ist, so dumm! Mein Vater hat mich nicht hinausgeworfen; ich war diejenige, die gegangen ist. Und zwar ohne mich abzutrocknen, denn es stimmt, dass ich im Waschzuber gebadet habe. Ich bin in dem davongelaufen, was ich gerade am Leibe trug. Hauptsache weg! Mein Vater, so leid es mir tut, das sagen zu müssen, sieht immer drein wie ein Stück Vieh, aber normalerweise sieht er aus wie – wie soll ich sagen? – wie ein zahmes Rindvieh. Den Gesichtsausdruck, den er in diesem Augenblick trug, hatte ich noch nie gesehen; und dieses Gesicht möchte ich um nichts in der Welt jemals wiedersehen. Alles, nur nicht das! Und so habe ich einen grässlichen Schrei ausgestoßen und habe im Aufspringen den Waschzuber umgekippt.«

Wieder senkte sich Stille über uns, diesmal eine drückendere. Ich blickte zu Boden.

»Wenn Sie wüssten, wie mich manchmal die Erinnerung an seinen nach Knoblauch stinkenden Atem überkommt …«

Etwas veränderte sich, die Altstimme klang wieder wie immer: »Enric hingegen hat mir keine Angst eingejagt, im Gegenteil. Er sah so wehrlos aus … Vielleicht hat er mich ein klein wenig angeekelt, weil er einen offenen Ausschlag hatte; er hatte es in seiner Jugend ziemlich wüst getrieben. Er konnte mir Sicherheit und ein ruhiges Leben bieten. Versetzen Sie sich an meine Stelle. Ist es nicht normal, dass ich meine Berechnungen anstellte? Ich dachte, wenn ich nur genügend Einfluss über ihn erlangen könnte (und mir war klar, dass das leicht sein würde), könnte ich ihn eines Tages, nach dem Tod der Carlana, dazu bringen, mich zu heiraten. Doch da täuschte ich mich. ›Bist du übergeschnappt? Wie kannst du von mir verlangen, die Tochter des Hosenscheißers zu heiraten?‹ ›In Barcelona‹, beharrte ich, ›weiß keiner was davon.‹ ›Irgendwann kommt alles ans Licht.‹ Und dabei blieb er. Mir blieb nichts anderes übrig, als alles auf eine Karte zu setzen, vor allem, weil ich schon über dreißig war. Ich durfte nicht noch mehr Jahre vergeuden, ich hatte schon zu viel Zeit verloren!«

Wieder klang sie, als spräche sie nur zu sich, als hätte sie meine Anwesenheit vergessen.

»Ich habe alles darauf angelegt, seine Vorsichtsmaßnahmen zu hintertreiben. Mein Gott, wie lächerlich sind doch diese Vorsichtsmaßnahmen; wie erbärmlich ist das alles! Und wenn man bedenkt, dass die Männer dafür so viel dummes Zeug reden und manchmal auch tun … Obwohl: So viele Dummheiten begehen sie gar nicht, sie denken vorher zu viel darüber nach. Als ich mir dann ganz sicher war, schwanger zu sein, bat ich ihn beim Allerheiligsten darum, sich zu seinem Kind zu bekennen; ich war sehr siegesgewiss. Aber noch immer täuschte ich mich. ›Willst du mich wirklich zum Gespött von ganz Barcelona machen? Verheiratet mit dem Dienstmädchen!‹«

Ich warf einen Blick auf den Krämer ohne Schulden und Schuldner, auf sein ruhiges, bauernschlaues Gesicht, das zu sagen schien: »Heute wird nicht angeschrieben, morgen ja.« Das war also Don Enrique de Alfoz y Penyarrostra, Carlà von Olivel und Offizier des aragonesischen Heeres, wie in den Urkunden vermerkt war, die ich hatte studieren müssen.

»Sie müssen sehr unter diesem Mann gelitten haben.«

»Gelitten?« Wieder sah sie mich verwundert an; ihre Altstimme klang fern, verschleiert, das Tremolo verhallte wie in der Ferne oder in der Dämmerung, wie ihr »Einen schönen guten Tag« damals an der Wegkreuzung. »Ich bitte Sie, mich nicht zu fragen, was ich für ihn empfunden habe. Sind die Männer immer so versessen darauf, Geheimnisse dieser Art zu erfahren? Wenn Sie wüssten, wie lästig mir diese Fragen sind … Geben Sie sich mit dem zufrieden, was ich Ihnen erzählt habe, eigentlich habe ich schon zu viel gesagt. Bedenken Sie, dass Sie nun mein größtes Geheimnis in allen Einzelheiten kennen; das Geheimnis zwischen Ihnen und mir, unser Geheimnis – das meine Kinder nie erfahren werden!«

Ihr Blick wurde verschwörerisch, unergründlich, leicht mokant.

»Olivela …« Ich trat dicht an sie heran, sah die vier weißen Haare, diese hauchzarten Spinnweben. »Ich wünschte, zwischen uns gäbe es nicht nur ein einzelnes Geheimnis, sondern alle nur denkbaren Geheimnisse; die Geheimnisse des Lebens und des Todes …«

Der leicht mokante Blick war verschwunden und hatte einem völlig anderen Blick Platz gemacht, dem hellsichtigsten, den ich je an ihr gesehen hatte; es war, als blicke sie bis ins Innerste meiner Seele. Ich trat noch dichter an sie heran, spürte ihren Atem; aber es war schon vorbei, ihr Blick war wie immer.

»Nein …«, sagte die ferne Stimme. »Das wäre zu schön. Manche Dinge wären so schön, wenn sie nicht so schlecht wären …«

»Wir könnten unglaublich glücklich sein, wenn wir uns nur dem reißenden Strom überlassen würden … Ein solcher Augenblick verändert ein ganzes Leben!« Ich wusste nicht mehr, was ich redete. »Warum die Zeit mit Überlegungen vergeuden, die nur dazu gut sind, das einzig Wichtige zu zerstören? Wir sind aneinander gebunden, stürzen wir uns gemeinsam ins Verderben, nichts anderes zählt außer dieser Stunde der Verrücktheit!«

»Ich bitte Sie«, und tatsächlich klang sie entsetzt, als müsse sie mich um Gnade bitten, »beruhigen Sie sich. Verstehen Sie nicht, dass Sie sich an mir vergehen? Verstehen Sie nicht, in welch irrwitzige Versuchung Sie mich führen? Mich hat noch nie jemand geliebt, und jetzt kommen Sie daher und reden mit mir, wie noch nie jemand mit mir geredet hat; jetzt, als ich mich schon alt und erledigt fühlte, für immer ins Eck verbannt ... Als ich von dieser Welt schon nichts mehr erwartete!«

»Gesegnet sei der Krieg, der uns zusammengeführt hat.« Ich war drauf und dran, mich zu vergessen, aber sie hielt mich zurück. Und wieder vollzog sie eine beunruhigende Wandlung und sagte, nun völlig unbefangen:

»Kommen Sie übermorgen wieder, dann reden wir weiter.«

Sie streckte mir die Hände entgegen, als hätten wir über Belanglosigkeiten geredet, über das Wetter oder über Geschäfte; nur ein feuchter, dankbarer Glanz ganz tief in ihren Augen verlieh ihrer Geste und ihren Worten eine tiefere Bedeutung.

Sie hat etwas Hochherrschaftliches an sich, versteht es, ihren Willen durchzusetzen, ohne dass man es merkt, *comme allant de soi*. Es liegt ihr im Blut. Santiagas Vermutung ... Wäre es nicht nach dieser dummen Geschichte mit dem Waschzuber unendlich besser, wenn Santiaga mit ihrer Vermutung richtigläge?

24. August
Hartnäckig halten sich Gerüchte über bevorstehende große Operationen; das Bataillon wird aus Olivel abgezogen, wahrscheinlich für immer. Von meinem Schlafzimmer aus höre ich Hauptmann Gallart mit dröhnender Stimme auf dem Dorfplatz singen; der Marktschreier begleitet ihn auf der verstimmten Gitarre. Das Lied ist klagend, eintönig, enervierend; scharf und sentimental wie zähflüssiger, zuckeriger Schnaps – ein Eindruck, der durch den südamerikanischen Akzent, den Gallart für passend hält, noch verstärkt wird:

Ich liebte ein Mädchen aus Olivel,
aber sie liebte mich nicht.

Natürlich ist Melitona gemeint.

25. August

Früh am Morgen ist der Marschbefehl gekommen. Ziel unbekannt; wir werden es erfahren, wenn wir dort sind.

Ich bin zur Burg hinaufgegangen. Sie saß auf einem Schemel am Fenster und bestickte ein Kissen.

»Übermorgen rücken wir ab.«

»Ach, Sie Armen, wieder einmal geht es hinaus in die weite Welt ...«

Sie lächelte und hielt mir einen Brief hin. »Hier ist Ihr Brief. Ich gebe ihn Ihnen zurück, damit Sie ihn verbrennen; ich weiß, dass Sie ihn morgen bereuen würden, wenn Sie fürchten müssten, dass ich ihn vielleicht aufbewahre.«

Ich verstand sie nicht, wusste nicht, wovon sie redete: ein Brief? Ein Brief von mir? Was für ein Brief? Plötzlich fiel es mir wieder ein. Und ich verstand.

Ich verstand, was in dieser Geste lag, mit der sie ihn mir zurückgab.

»Aber ... Wissen Sie, was das bedeutet, dass wir abziehen? Wissen Sie, dass wir uns vielleicht nie wiedersehen werden?«

»Ich wünsche Ihnen alles Gute.«

»Nie wieder ... Wissen Sie, was nie wieder bedeutet?«

»Bitte schweigen Sie.«

»Für Sie habe ich ...«

»Schweigen Sie oder sprechen Sie leiser; die Kinder schlafen noch.«

»Ich könnte ins Zuchthaus kommen ... und ich habe einen Sohn! Oder ist Ihnen die Schwere des Vergehens, zu dem Sie mich angestiftet haben, nicht bewusst?«

»Das ist mir vollkommen bewusst. Beruhigen Sie sich. Ich bin Ihnen unendlich dankbar und werde es für den Rest meines Lebens sein.«

»Was schert mich Ihre Dankbarkeit?«

Mir zitterten die Hände, ich muss einen absolut lächerlichen Anblick geboten haben. Wenn ich wenigstens wie vor ein paar Tagen eine offene Wunde fände, damit sie diese aufreizende Gelassenheit verlor ... Ich sah, wie sich vor meinen Füßen der Abgrund an Lächerlichkeit auftat, der zwischen einem vor Leidenschaft besinnungslosen Mann und einer eisigen Frau steht; ich sah den Abgrund und tat den Schritt: Plötzlich fand ich mich auf Knien neben ihr wieder.

»Beruhigen Sie sich; Sie sind sehr aufgeregt und wissen nicht, was Sie tun. Wenn jetzt die Kinder hereinkämen ...«

Wie von Sinnen küsste ich ihre Hände:

»Ich weiß sehr wohl, was ich tue. Wir sind frei, Sie sind Witwe ...«

»Und Sie kein Witwer.«

»Ich bin nicht verheiratet, das habe ich Ihnen in dem Brief geschrieben.«

»Sie reden wirr, wissen nicht, was Sie sagen. Später, wenn Ihre Erregung sich gelegt hat, wird es Ihnen leid tun. Würden Sie wirklich Ihre Frau verlassen, um ... mich zu heiraten?«

Das Stickkissen lag auf ihren Knien; ihr Lachen ließ es erzittern. Wo nahm sie dieses Lachen her? Ich fühlte mich wie der unglückseligste aller Trottel.

»Sie lieben Ihre Frau, ganz gleich, was Sie sagen. Alle Männer lieben ihre Frauen, auch wenn sie sich etwas anderes einreden. Sogar Enric hat mich auf seine Weise geliebt; er hat sich entsetzlich mit mir gelangweilt, aber er hätte ohne mich nicht leben können.«

»Vergleichen Sie mich nicht mit ihm. Ich habe nichts mit ihm gemeinsam!«

»Glauben Sie? Und warum heiraten Sie dann nicht Trini? Warum bekennen Sie sich nicht zu Ihrem Sohn? Ihr Männer seid doch alle gleich! Wir Frauen sind ganz unterschiedlich!«

»Und welcher Typ Frau sind Sie? Der Typ, der alles aus Berechnung tut, ohne das geringste Gefühl!«

»Stehen Sie endlich auf, sehen Sie nicht, dass die Kinder jeden Augenblick aufwachen können? Wenn Sie sich in einem Spiegel sehen könnten, wären Sie entsetzt! Sie machen sich einfach lächerlich.«

»Und warum sollte man sich ab und an im Leben nicht auch mal lächerlich machen?«

»Wenn Sie nicht aufstehen, werde ich es tun. Es gefällt mir nicht, dass ein so wohlerzogener junger Mann sich aufführt wie ein Flegel.«

Es ist einfach, vor einer Frau auf die Knie zu fallen, die einem den Kopf verdreht hat; das Schwierige ist, danach wieder aufzustehen.

»Jetzt setzen Sie sich hin und hören Sie zu.« Ich gehorchte wie eine Marionette. »Denken Sie mal an meine Situation, versetzen Sie sich in meine Lage. Wie können Sie von mir erwarten, dass ich jetzt Ihnen zuliebe alles aufgebe, was ich mir so mühsam erarbeitet habe? Für mich ist jetzt wichtig, dass man nicht mehr über mich redet, dass man mich in meinem Bau in Frieden lässt und die Leute mich vergessen. Sie haben mir einen großen Gefallen erwiesen; bitte machen Sie jetzt nicht wegen eines flüchtigen Gefühlsüberschwanges Ihr eigenes Werk zunichte. Verstehen Sie denn nicht? Wissen Sie nicht mehr, wie ich Sie einmal daran erinnert habe, dass ich Ihre Mutter sein könnte? Selbst wenn Sie ein sechzigjähriger Witwer wären und noch dazu sechs oder sieben Kinder aus Ihrer ersten Ehe hätten, könnte ich Ihnen nicht glauben, dass Sie es ernst meinen, dass Sie klar im Kopf sind. Geben Sie doch zu, dass Ihnen bis eben dieser Wahnsinn nicht in den Sinn gekommen ist und dass es Ihnen peinlich sein wird, wenn Sie später daran zurückdenken.«

»Sie sind eiskalt; Sie haben vom ersten Moment an gespürt, welchen Eindruck Sie auf mich machten und wie Sie das ausnutzen könnten. Sie sind unfähig zu lieben!«

»Ich liebe meine Kinder. Wen soll ich denn sonst lieben? Sämtliche Offiziere der katalanischen Armee, die durch Olivel ziehen?«

»Wer denkt jetzt schon an die Armee oder an Katalonien? Bin ich denn in Ihren Augen nichts weiter als das: ein durchziehender Offizier, einer von vielen?«

»Nein. Sie sind nicht einer von vielen, einer wie die anderen.« Jetzt lag in ihrem Blick wieder Dankbarkeit, er erglänzte wieder unter einer zitternden Nässe, die sich aber nicht zu einer Träne verdichtete. »Ich wusste es vom ersten Augenblick an … Lluís. Aber es fällt Ihnen so schwer, mich zu verstehen! Glauben Sie mir, außer meinen Kindern habe ich nie jemanden so sehr geliebt wie Sie.«

»Das ist gelogen.«

»Glauben Sie mir … Lluís. Warum wollen Sie mir nicht glauben, warum vertrauen Sie mir nicht wenigstens ein bisschen? Warum fällt es Ihnen so schwer, mich zu verstehen? Ein so intelligenter und höflicher junger Mann … Dabei ist mein Fall doch so einfach! Ich bin glücklich hier in der Burg, auch wenn Sie sich das nicht vorstellen können.«

»Sie sind …«

»Seien Sie still und hören Sie zu. Ich bin glücklich. Sie würden mich nur unglücklich machen. Und ich bin schon so unglücklich gewesen! Warum sollte ich wieder unglücklich sein wollen? Ich bin nicht gerne unglücklich; und ich sage das, weil ich glaube, dass es Leute gibt, die gerne unglücklich sind. Ich sehe am Unglück zu sehr die lächerliche Seite. Und Sie auch, machen Sie sich nichts vor. Sie können Tragödien auch nichts abgewinnen und haben ebenfalls Angst, sich lächerlich zu machen. Ja, Sie.«

»Wie können Sie sagen, dass Sie glücklich sind?«

»Und warum sollte ich es nicht sein? Ich liebe diese Burg. Sie haben gesagt, ich sei unfähig zu lieben. Nun gut, und was, wenn ich Ihnen sagte, dass ich diese Burg aus ganzer Seele liebe? Diesen Geruch nach großem Landhaus« – ihr Blick war wieder derselbe wie immer, distanziert und gelassen – »dieser Geruch nach Wohlstand, nach Schränken voller leinener Bettwäsche« – ihr Blick wanderte wieder zum Fenster hinaus, sie sprach, als träume sie – »dieser Duft nach vornehmem Haus, nach großen Sälen mit hohen Decken, nach gutem Holz und Leinenwäsche … Sie wissen natürlich nicht, wie es ist, wenn es überall ranzig und abgestanden riecht. Wenn Sie diesen Geruch jemals wahrgenommen haben, dann nur im Vorübergehen, für ein paar Stunden oder Tage, nicht ein Leben lang! Und ein großer, alter Nussholzschrank voller sauberer, trockener, gestärkter, ordentlich gebügelter und säuberlich aufgestapelter Wäsche duftet so gut … der Duft nach Lavendel und warmem Brot … Der Winter hier ist so lang … Der Wind heult unablässig, das Wasser gefriert in den Waschbecken in den Schlafzimmern. Und wenn man dann keinen Weinkeller hat, keine Speisekammer, keinen Kornspeicher und keinen Stapel Feuerholz am Burgtor, hoch wie ein Berg, keine großen Schränke voller Weißwäsche für den Winter … Hier ist es nämlich nicht wie in Barcelona; hier wird nicht alle drei, vier Tage oder einmal pro Woche Wäsche gewaschen. Hier wird die Wäsche im Fluss gewaschen, und das geht im Winter nicht. Deshalb waschen wir zwei Mal im Jahr, zu Frühjahrsanfang und zu Herbstanfang. Wir laden die Wäsche auf ein, zwei Karren und fahren sie zum Fluss, wo die Frauen aus dem Dorf, die extra dafür angestellt wurden, alles waschen. Eine oder zwei Wochen lang tun sie nichts anderes. Und Sie können sich ja sicher vorstellen, wie viel Weißwäsche in einem anständigen Haushalt vorhanden sein muss, wenn das so gemacht wird! Schließlich müssen wir alle zwei, drei Tage die Wäsche wechseln, die gebrauchte Wäsche stapeln wir auf dem Dachboden bis zum großen Waschtag. Wissen Sie, wir stellen hier die Lauge noch auf die altmodische Art aus Herdasche her. Das alles können Sie sich nicht vorstellen: das Heulen des Windes, glauben Sie mir, dieses Heulen wie von einem wilden Tier, das einem das Herz zusammenzieht …«

»Aber in Barcelona …«

»In einer Wohnung in Barcelona würde ich mich genauso eingesperrt fühlen wie im Haus meines Vaters. Wie lang war mir immer die Zeit in Barcelona von dem Augenblick an, in dem die Senyora sagte, ich müsse die Koffer packen! Ich sehnte mich nur danach, zur Burg zurückzukehren. Diese Burg … ich liebe sie so sehr, viel mehr, als wenn ich hier geboren wäre – ich liebe sie, als wäre ich hier gestorben! Ich würde mich so einsam fühlen, würde sie mir nicht Gesellschaft leisten … Das sind merkwürdige Empfindungen, die man nicht erklären kann, weil sie keinen Namen haben. Die gewaltigen Säle dieser Burg und ihre ausgedehnten Ländereien … Nichts liebe ich so sehr, wie über die Ländereien zu wandern, wieder und wieder, vor allem am Nachmittag. Oft nehme ich die Kinder mit. Am Abend unserer ersten Begegnung, von dem Sie so oft reden, kam ich mit den Kindern vom Gut Coma Fonda – wundern Sie sich nicht über diesen Namen, viele Ländereien und Parzellen in dieser Gegend tragen katalanische Namen. Können Sie sich vorstellen, dass man eine Stunde braucht, um Coma Fonda von einem Ende zum anderen zu durchqueren? Und Coma Fonda ist nur eines der Güter dieser Burg … Oft nehme ich die Kinder mit, aber ich versichere Ihnen, dass ich noch lieber alleine unterwegs bin, so wie früher … lange bevor … Sie müssten einmal hören, wie der Wind von Anfang Dezember bis Anfang April hier durchs Dorf heult, um Gefühle zu verstehen, die so merkwürdig sind wie meine. So merkwürdige Empfindungen … Als könnte ich mich an Dinge erinnern, die noch vor meiner Geburt geschehen sind …«

Was für eine großartige Schauspielerin sie abgeben würde, dachte ich, was für eine große Komödiantin! Vom ersten Augenblick an hat sie mir etwas vorgespielt – und das so natürlich! So natürlich, dass nicht mal sie selbst merkt, dass sie spielt. Das liegt vor allem an ihrer Stimme. Dieser Alt! Im Liceu würde man ihr frenetisch applaudieren!

»Es tut gut, einmal mit jemandem über diese merkwürdigen Dinge reden zu können«, fuhr sie fort, »und schon allein darum, weil Sie der Einzige sind, mit dem ich darüber reden kann, bin ich Ihnen dankbar und gewogen. Wie könnten Sie da einer von vielen sein, einer wie die anderen? Dass ich mit Ihnen darüber reden kann, dass ich all das, was so schwer zu erklären ist, einmal loswerden kann ... Es gibt Orte hier rund um Olivel, an denen ich mich fühle, als hätte ich dort viele einsame, glückliche Stunden verlebt – aber wann? Als ich das erste Mal nach Olivel kam, war ich acht; wir Mädchen aus Castel wurden für die Weinlese, zur Oliven- und Safranernte eingestellt. Wenn die Arbeit getan war, setzte ich mich von den anderen ab und streifte allein durch die Ländereien der Burg; um diese Tageszeit, am frühen Abend, steigt von der Erde ein Duft auf wie die Melodien, die die Senyora spielte, ein Duft wie aus einer anderen Welt; und diesen Duft des frühen Abends kannte ich aus längst vergangenen Zeiten, aber von wann? Von wann, mein Gott? Erinnerungen ... An was erinnert man sich? Was heißt das überhaupt: sich erinnern? Die Erinnerungen an mein Leben interessieren mich herzlich wenig; das Leben einer Landarbeiterin, einer Hausangestellten, einer Geliebten in einem Dorf, in dem ihr eines Tages die Haustüren beschmiert wurden ... Aber diese anderen Erinnerungen, diese andere Vergangenheit ... Wie können Sie von mir verlangen, die Burg zu verlassen? Ich habe so viele Geschichten über diese Burg gehört, es heißt, sie sei so alt ... Wenn ich mit den anderen Tagelöhnerinnen von Castel kam, sah ich schon von Weitem ihre Silhouette gegen den Horizont – immer war ich die Erste, die sie sah! –, und sie zog mich magisch an. Könnten Sie nur verstehen ... Ich hätte lieben können, auch wenn Sie das nicht glauben wollen. Wenn ich so mit Ihnen rede, wie ich es jetzt tue, merke ich, wie sehr ich hätte lieben können, Lluís, mit welcher Kraft, glauben Sie mir. Glauben Sie mir, Lluís, ich hätte Enric lieben können, aber er hasste diese Burg und diese Ländereien. Er fühlte sich hier überhaupt nicht wohl; wenn wir hier waren, dachte er immer nur an Barcelona. Nach Donya Gaietanas Tod sprach er sogar davon, sie zu verkaufen: ›Die Ländereien werfen nichts ab; ich könnte das Kapital in ein Geschäft stecken, das etwas einbringt.‹ Enric hatte keinerlei geschäftliches Geschick, in Barcelona schlug er nur die Zeit tot. Manchmal trieb er sich am Hafen herum, um sich die einlaufenden Dampfschiffe anzusehen, oder er ging zur Getreidebörse und beobachtete die Händler, wie sie um die Preise für Weizen oder Gerste feilschten; oder er hörte auf der Plaça Reial den Bauernfängern zu. Stundenlang hockte er im Café del Liceu; dort hatte er einen Mann aus Reus kennengelernt, der eine Strumpfwirkerei eröffnen wollte und einen Geldgeber suchte. Dass er nicht zuletzt alles verkauft hat, um in Barcelona eine Strumpffabrik aufzumachen, liegt nur daran, dass er so unbeständig war, der Arme, und so willenlos … Außerdem war er schüchtern. Stellen Sie sich nur vor: Hier in Olivel saß er stundenlang im Weinkeller, ganz allein im Dunkeln; Stunde um Stunde in der Dunkelheit, ohne irgendwas zu tun. Er hasste die Burg und die Ländereien. Und ich hätte ihn geliebt, ja, glauben Sie mir, ich hätte ihn geliebt, wenn er sich als Erbe dieser Ländereien gefühlt hätte, als Besitzer dieser Burg, als Herr dieses Dorfes. Ich hätte sogar verstanden, dass er mich nicht heiraten will; ich hätte es ihm verziehen. Ein Burgherr aus Olivel … Aber er hat sich darüber lustig gemacht: ›In Barcelona weiß keiner, was das sein soll, ein Carlà, das kann man nicht mal auf die Visitenkarten drucken. Wenn man versucht, es zu erklären, macht man sich nur lächerlich. Ein Fabrikant hingegen …‹ Er sagte auch, das alles, Burgen und Carlans, sei doch längst Geschichte – aber warum hat er mich dann nicht geheiratet? Was hat ihn davon abgehalten? Wenn er nicht der Carlà war … Und er hat sich ganz und gar nicht so verhalten wie ein Burgherr! Er tat nichts von dem, was alle Carlans seit Menschengedenken getan haben. Kaum war Donya Gaietana unter der Erde, da schickte er alle Armen, die in der Burg lebten, nach Saragossa ins Armenhaus. Sie wissen natürlich nicht, wovon ich rede: Früher mussten die Armen aus dem Gemeindebezirk von Olivel nicht ins Armenhaus, weil sie hier in der Burg aufgenommen und von den Burgherren versorgt wurden. Es gibt hier immer noch die ›Armenküche‹, wo sie zu Mittag und zu Abend aßen; aber seit Donya Gaietana tot ist, bleibt der Herd dort kalt. Er hat sogar das ›Dorffass‹ entfernen lassen, ein großes Fass voller Wein, das am Burgtor unter dem Treppenbogen stand und von dem jeder trinken konnte, der wollte; denn damals wurden die Burgtore nie geschlossen und standen Tag und Nacht offen. Im Dorf hat man natürlich mich für alle diese Neuerungen verantwortlich gemacht. Schließlich gibt es in einem Dorf wie Olivel, wo jeder sein Haus und sein Stück Land hat, kaum Arme! Den Dorftrottel vielleicht oder eine kinderlose Witwe ... Es hat so wenig gekostet, sie zu unterhalten! Warum musste man sie ins Armenhaus schicken, weit weg von ihrem Dorf, von allem, was ihnen im Leben etwas bedeutet? ›Das sind alles alte Geschichten‹, sagte er immer; aber wenn das alles alte Geschichten waren, was hielt ihn dann davon ab, mich zu heiraten?«

Zum ersten Mal sah ich Hass in ihren Augen, und dieser Hass ließ jedes andere Gefühl verblassen, so wie Rot jede andere Farbe verblassen lässt.

»Die Burg ... Ich könnte Ihnen so viele merkwürdige Geschichten erzählen! Enric dagegen schien keinerlei Erinnerungen zu haben. Eines Abends kam Enriquet – er muss damals vier oder fünf gewesen sein – mit einem jungen Käuzchen herunter vom Dachboden. ›Setz es zurück in seine Höhle‹, sagte ich zu ihm, ›dann wirst du dort eine Münze finden.‹ Ich wusste nichts von der Münze, ich wusste nicht einmal, wo das Nest des Käuzchens war. Es war eine Goldunze: die erste, die ich jemals gesehen habe. Ich könnte Ihnen so merkwürdige Geschichten erzählen ... Es war ein Kopf mit einer Perücke darauf. Und eines Nachts ... Aber warum soll ich Ihnen das erzählen? Was könnten Sie schon damit anfangen? Ich liebe diese Burg; die Vorstellung, dass meine Kinder hier geboren und aufgewachsen sind, macht mich ungeheuer froh. Was zählt es da noch, was ich durchgemacht habe, um das zu erreichen? Ich wüsste gern, ob diese Unzen mit den Perücken darauf sehr alt sind. Stammen sie aus der Zeit unserer Großeltern? Oder sind sie noch älter? Aus der Zeit der Großeltern unserer Großeltern? Das muss viele Jahre her sein, mein Gott, so viele Jahre! Das kann man sich gar nicht vorstellen. Und das tröstet mich. Mich tröstet die Vorstellung, dass die Großeltern der Großeltern schon hier lebten und die Enkel der Enkel noch hier leben werden. Man selbst ist so wenig! Die Kinder, die Enkel, die Urenkel ... Das ist schon viel mehr. Es darf doch nicht alles mit dem Tod enden! Mein Gott, ich hoffe, dass nicht alles mit dem Tod endet, denn man selbst ist ja so wenig! Meine Kinder, Enkel und Urenkel ...

Sie werden schon hier geboren und aufgewachsen sein und für sie wird die Burg voller Erinnerungen sein! Jeden Abend, wenn ich die Jungen zu Bett gebracht habe, gehe ich durchs ganze Haus; nicht etwa, weil ich Angst vor Einbrechern hätte, die gibt es hier in der Gegend nicht. Ich tue es einfach so, weil es mir Spaß macht. Alles gibt mir das Gefühl, nicht allein zu sein: das Hufstampfen des Pferdes im Stall, das Grunzen des Schweins, ein Mäuslein, das über den Dachboden huscht, sogar ein Holzwurm, der die Deckenbalken zernagt. Ich liebe es, die Geckos an den Wänden zu beobachten, und ebenso sehr liebe ich es zu wissen, dass in irgendeinem Loch oben unter dem Dach Käuzchen hausen und dass unter dem Dachvorsprung die Schwalben und Mauersegler zahllose Nester gebaut haben ... So viel Leben, das einem das Gefühl gibt, nicht allein zu sein! Ein Haus wie dieses ist wie eine steinerne Fregatte, auf der wir uns alle eingeschifft haben, Menschen wie Tiere; wir alle segeln auf dieser großen Fregatte, die sich nicht von der Stelle zu rühren scheint und doch durch das Meer der Zeit fährt. Wenn Sie wüssten, wie traurig mich die Wohnung in Barcelona gestimmt hat, so eng, so tot, so leer, ohne Schwalbennester, ohne Käuzchenhöhlen, ohne Weinkeller und Dachboden! Einmal hat mich jemand in Barcelona gefragt, ob ich mich in so einem riesigen, abgelegenen Haus nicht vor nächtlichen Gespenstern fürchtete. Gespenster? Glauben Sie mir: Wenn ich auf meinen nächtlichen Runden durchs ganze Haus einem begegnete, würde es mir vorkommen wie ein Bruder. Als ich nach dem Tod der alten Carlana hier einzog, habe ich auf dem Dachboden eine Wiege gefunden. Sie hatte die Form eines Sargs, aber das Kopfteil war sehr hoch. Solche Wiegen werden hier in der Gegend in den Häusern der Armen immer noch benutzt; sie sind aus Pinienholz, aber bei ihnen ist das Kopfteil nicht höher als die Seitenteile. Diese Wiege hingegen war aus wunderschönem, glänzendem Holz – und wie sie duftete! Und in das Kopfteil war das Wahrzeichen dieses Hauses eingeschnitzt, ein Olivenbaum mit einem Kreuz darüber. Enric erzählte mir, das sei die Wiege seines Großvaters gewesen. Ich habe sie heruntergeholt, damit Enriquet darin schlafen konnte, und habe dafür die moderne Wiege aus Messingstangen auf den Boden verbannt. Die andere gefiel mir, weil in ihr vor langer Zeit die Söhne dieses Hauses geschlafen hatten und weil sie aussah wie die

Wiegen der armen Leute dieser Gegend, außer dass das Holz duftete und das Wahrzeichen des Hauses darin eingeschnitzt war. Und sie gefiel mir, weil sie aussah wie ein Sarg ... In dieser Burg geboren werden und in dieser Burg sterben, Wurzeln in dieser Erde schlagen, so tief wie die Wurzeln der Olivenbäume! Ich wünsche mir, dass Enriquet so fest mit dieser Erde verwurzelt ist, dass es ihm niemals in den Sinn kommt, die Burg zu verkaufen. Um nichts in der Welt würde ich wollen, dass er irgendein dahergelaufenes Mädchen heiratet; es soll eine von seiner Stellung sein, eine aus einem Hause mit einem Wahrzeichen über der Tür. In Castel gibt es so eine Familie, die Familie der Baroness, die haben eine Tochter in seinem Alter. Zurzeit sind sie weit weg, im Ausland. Die Baroness ist Witwe; in den letzten Jahren ist es ihr schlecht ergangen und sie musste viele ihrer Ländereien verpfänden. Aber was für eine vornehme Familie das ist! Genauso alt wie unsere ... Wenn sie nicht fast alles verpfändet hätten, würde ich vielleicht nicht einmal daran denken, ich würde es nicht wagen, daran zu denken. Um nichts in der Welt würde ich wollen, dass Enriquet die Erstbeste heiratet! Er gehört zu diesem Haus, dieser Burg, diesen Ländereien ...«

»Die Burg und die Ländereien, das ist es, was Sie wollten. Das und nichts weiter. Sie ...«

»Wenn ich so wäre, wie Sie denken, würde ich Ihnen nicht alles Gute wünschen.«

»Wie meinen Sie das?«

»Sie kennen mein Geheimnis. Übermorgen werden Sie von hier fortgehen, und viele von Ihnen werden nie mehr zurückkommen, weder nach Olivel noch sonst wohin. Und einer von den vielen könnten Sie sein. Dann könnte ich mich fühlen wie von einer Last befreit. Aber ich versichere Ihnen, dass genau das Gegenteil der Fall ist; ich schwöre bei Gott, dass ich Ihnen alles Gute wünsche. Glauben Sie mir: Lieben Sie Ihre Frau, heiraten Sie sie so bald wie möglich. Verstehen Sie nicht, in was für einer misslichen Lage sich eine ledige Mutter befindet? Und da sagen Sie, Sie hätten nichts mit Enric gemeinsam!«

»Auch wenn Sie noch so sehr darauf beharren, die beiden Fälle haben nichts gemeinsam. Trini und ich haben aus rein ideologischen Gründen nicht geheiratet.«

»Nennen Sie es, wie Sie wollen; alles sind ideologische Gründe, wenn Sie so wollen. Das Ergebnis ist das gleiche, glauben Sie mir. Ich mag Sie sehr und möchte um nichts in der Welt der Grund dafür sein, dass Sie eine Dummheit begehen. Das könnte ich mir nie verzeihen! Heiraten Sie Trini und lassen Sie diese Dummheiten, die keinerlei praktischen Nutzen haben!«

Keinerlei praktischen Nutzen! Die Kälte dieser Worte hat mich zutiefst getroffen; und da saß sie nun vor mir, mit dem Stickkissen zwischen den Knien; gleichgültig, überwältigend und monströs wie das Leben selbst. Ich musste an eine Szene denken, die ich vor nicht allzu langer Zeit am Dorfrand in einem abgeernteten Feld beobachtet hatte. Ich hatte mich unter einem Olivenbaum ausgestreckt und versuchte, in dieser Hitze im Freien meinen Mittagsschlaf zu halten. Zwischen den Getreidestoppeln kroch eine Gottesanbeterin auf mich zu. Sie gehörte zu jener riesigen Spezies, die gewöhnlich nach den Hundstagen zu beobachten sind, war fingerlang und von einem ausgesprochen eleganten Graugrün. Sie bewegte ihren kleinen Kopf, grazil wie ein stilisiertes Herz über dem kurzen, schmalen Brustkorb, der im Kontrast zu ihrem gewaltigen Unterleib stand, dann kroch sie ein Stückchen näher, verharrte und sah sich um, als hätte etwas ihre Aufmerksamkeit erregt: eine zweite, kleinere Gottesanbeterin, die sich scheinbar furchtsam näherte. Ich verstand, worum es ging: Die erste Gottesanbeterin war das Weibchen, die zweite das Männchen; ich erinnerte mich, vor Jahren einmal etwas darüber gelesen zu haben. Das Männchen breitete bebend die Flügel aus und bestieg das Weibchen, es umklammerte es mit seinen Vorderbeinen. Ich beobachtete das Ganze mit jener Mischung aus Neugier und Abscheu, die das Mysterium sich erneuernden Lebens stets in uns weckt. Die Sache wollte kein Ende nehmen, schon über eine Stunde war vergangen, und noch immer saß der Pygmäe auf der Riesin. Ein kaum merkliches Zittern durchlief ihn; er schien in Ekstase. Ich hatte meine Pfeife angezündet und sah auf die Uhr, um zu überprüfen, wie lange die Zeremonie dauern würde. Dabei kam mir einer von Soleràs' wirren Aussprüchen in den Sinn: »Die Liebe ist erhaben für den, der sie macht, und obszön für den, der dabei zusieht.« Eine weitere Viertelstunde verging, dann eine halbe; das Zittern nahm kein Ende. Als ich des Zusehens müde war, unternahm ich einen Spaziergang durch die Umgebung. Zwei Stunden später kehrte ich zu meinem Beobachtungspunkt zurück: Das Paar war immer noch da. Das Männchen saß noch immer ekstatisch auf ihr, hatte aber keinen Kopf mehr: Sie hatte ihren grazilen Kopf nach hinten gedreht und fraß ihn Stück für Stück auf, und es war unmöglich festzustellen, ob sein letztes Zittern der Lust oder dem Schrecken oder beidem zugleich entsprang.

Plötzlich sah mich die Carlana an; in ihrem Blick stand dieses bebende, feuchte Licht, dieser Mondstrahl in den Tiefen einer unterseeischen Landschaft, der ihre Augen manchmal so anders aussehen lässt.

»Sie täuschen sich, wenn Sie denken, ich sei ein Ungeheuer, kalt und undankbar«, sagte sie, als hätte sie meine Gedanken gelesen. »Es kommt Ihnen nicht in den Sinn, was für ein trauriges Bild ich von Ihnen haben müsste, wenn ich so leichtfertig über Sie urteilen würde wie Sie über mich, wenn ich mich so wenig bemühen würde, Sie zu verstehen, wie Sie es tun. Wenn ich denken müsste, dass Sie das alles nicht für meine Kinder getan haben – oder meinetwegen für mich, aber aus Großzügigkeit –, sondern einzig und allein, um mich … Mein Gott, für wie schäbig müsste ich Sie dann halten! Verstehen Sie denn nicht? Da möchte ich doch lieber glauben, dass Sie einfach nur verwirrt sind, dass Sie nicht wissen, was Sie sagen, dass Sie mir niemals diesen Brief geschrieben haben, dass bestimmte Worte nie gefallen sind. Ich möchte lieber glauben, dass Sie gehandelt haben, um mir zu helfen, um den Namen und die Zukunft meiner Kinder zu sichern. Und ich würde Sie gerne dafür entlohnen, verstehen Sie denn nicht?, weil ich alles andere als undankbar bin, glauben Sie mir. Sie haben einen Sohn. Wenn ich für ihn etwas Ähnliches tun könnte wie das, was Sie für meine Kinder getan haben …«

»Ich sage es Ihnen noch einmal: Ihr Fall hat mit dem meinen nichts zu tun. Es treibt mich zur Verzweiflung, dass Sie das so hartnäckig behaupten. Ich habe meinen Sohn anerkannt, habe ihn in meinem Testament bedacht. Alles ist in bester Ordnung, alles ist geklärt. Also vergleichen Sie mich nicht mit ihm – das deprimiert mich.«

Ich sah zu dem bauernschlauen Krämer an der Wand hinüber.

»Das Leben nimmt so viele Wendungen! Wer weiß, ob nicht eines Tages … Falls Sie mich jemals brauchen sollten, zögern Sie keine Sekunde.

Ich stehe in Ihrer Schuld. Wann immer es nötig sein sollte, werde ich mich entsprechend revanchieren.«

Das Licht bebte stärker, wurde feuchter; einen Moment lang sah es aus, als könne es zu einer Träne gerinnen. Doch dann war ihr Blick wieder wie immer, distanziert und stählern.

V

... la griffe effroyable de Dieu.

Sierra Calva, 28. August

Wieder führen wir ein Vagabundendasein, marschieren bei Nacht und verstecken uns bei Tag. Aus dem Unterstand dringt die Stimme meines Hauptmanns, tief und schnapsgetränkt:

Ich liebte ein Mädchen aus Olivel,
aber sie liebte mich nicht.

Olivel de la Virgen ist passé, eines von vielen Dörfern, die in einer Vergangenheit versunken sind, die mir vorkommt wie ein wüster Traum. Wo sind die Rosen, die die Mädchen uns am Tag unserer Ankunft in die Gewehre steckten? Diese dunkelroten Rosen – »von der Farbe des Gewands des Ecce Homo ...« Sie hatten sich alle herausgeputzt, der Bürgermeister und der gesamte Ortsvorstand, und baten uns, nicht fortzugehen; sie hatten Angst, wenn wir gingen, kämen die Anarchisten zurück. Vergeblich versuchte der Kommandant ihnen begreiflich zu machen, dass die Entscheidung abzurücken oder zu bleiben nicht bei uns lag.

»Gefällt es Ihnen denn nicht in Olivel?«, fragten sie wieder und wieder.

Und Tante Olegària? Aus den roten Triefaugen kullerten Tränen, groß wie Kichererbsen. Gallart war dabei; später, als die letzten Dorfwiesen hinter uns zurückblieben, gestand er mir:

»Ich musste schlucken.«

Wir haben Stellung auf dem Kamm dieses Gebirgszugs bezogen, der kahl ist wie meine Handfläche. Vor uns erstreckt sich eine steppenartige Ebene. Mit meinem Feldstecher kann ich die Zickzacklinien der feindlichen Schützengräben erkennen. Hinter ihnen liegt La Pobla de Ladrón.

Die Hauptschlacht hat vierzehn Kilometer östlich von uns begonnen. Zwei Divisionen greifen die Ortschaft Xilte an, die zuvor keiner kannte, die jetzt aber wichtig ist, weil sie eine in unser Gebiet vorgeschobene feindliche Ausbuchtung darstellt. La Pobla de Ladrón ist der Flaschenhals dieser Ausbuchtung, deshalb müssen wir das Dorf erobern. Die Division soll es in die Zange nehmen: unsere Brigade von links, die Plattfußbrigade von rechts.

Allmählich wird es hell. Als ich es am wenigsten erwarte, steigt hinter den feindlichen Schützengräben, zwischen ihnen und den ersten Häusern von La Pobla, lautlos eine Kette kleiner Wolken auf. Ich stelle den Fernstecher scharf. In diesem Augenblick erblüht eine zweite Kette, lautlos und unerwartet wie die erste, doch diesmal diesseits der Schützengräben, zwischen ihnen und den Stacheldrahtverhauen. Jetzt, mit fünfzehn Sekunden Verzögerung, dringt das erste Dröhnen der Detonationen an mein Ohr. Etwa fünf Kilometer, schätze ich; in Wirklichkeit ist die Entfernung geringer, wahrscheinlich habe ich weder Anfang noch Ende genau registriert. Zum Teufel mit der Genauigkeit, schließlich bin ich kein Artillerieoffizier. Eine dritte Salve lässt weiße Pilze in den Schützengräben selbst aufsteigen, eine Linie, die genau ihrem Zickzackkurs folgt. »Erstklassige Arbeit«, würde Picó sagen, der den Schützen und der Trigonometrie schrankenlose Bewunderung zollt. Jetzt, da unsere Geschosse ins Schwarze getroffen haben, bombardieren sie den Feind so unablässig, dass der Widerhall jeder Salve mit dem der nachfolgenden verschmilzt. Ich wusste nicht, dass unser Angriff auf La Pobla heute beginnen würde; es ist der dichteste Beschuss unserer Artillerie, den ich bisher erlebt habe. Wenn sie in diesem Rhythmus eine Stunde lang weiterschießen – vorausgesetzt, die Geschütze machen das mit –, wird da unten keiner am Leben bleiben.

Der erste Sonnenstrahl fällt schräg auf den Schützengraben und erlaubt mir einen ungewöhnlich genauen Blick durch den Feldstecher.

Der Feind verlässt die Gräben. Es sind Soldaten der Guardia Civil: Ab und zu blitzt der Lack ihrer Dreispitze in der Sonne auf. Die großartige Guardia Civil mit ihren unvermeidlichen Dreispitzen! Aber was tun sie da? Sie klettern aus den Schützengräben, wo die Geschütze ununterbrochen donnern, kriechen aus ihrem Bau, fliehen aber nicht nach

La Pobla, sondern laufen in die Gegenrichtung. Sie springen über die Brustwehr und kauern sich vor den Stacheldraht. Wie sie da so still in regelmäßigem Abstand voneinander vor den Schützengräben liegen, könnte man sie fast für lethargische Kaimane an einem Flussufer halten. Man müsste die Schützen informieren, sie vergeuden Munition in nutzlosen Salven, bombardieren einen leeren Schützengraben. Sie müssten ihre Schussbahn korrigieren, kürzer schießen; ein paar Meter weiter in unsere Richtung, und der Gegner würde in alle Richtungen versprengt. Die gottverdammten Dreispitze haben mich so abgelenkt, dass ich vergessen habe, den Beobachtungsposten anzurufen, und jetzt ist es zu spät; unsere Infanterie kriecht schon auf den Stacheldraht zu, die Schützen müssen das Feuer einstellen. Die Männer von der Guardia ziehen sich geschlossen in die Schützengräben zurück; jetzt höre ich ihre metallische Insektenstimme, das Tick-Tack der Maschinengewehre, und unsere Soldaten fallen zwischen den Stacheldrahtverhauen.

Ich will nicht zusehen, also kehre ich in den Unterstand zurück.

Ich sitze am Feuer, während ich Dir schreibe. Auf diesen kahlen Höhenzügen ist es morgens kühl. Neben mir blubbert die Feldsuppe, die unser Frühstück sein wird, leise vor sich hin. Mit den Republiken der Offiziere ist Schluss; vom Brigadeführer bis hin zum letzten Rekruten essen wir alle dasselbe. Gesegnet sei die Armeesuppe, die uns alle gleich macht!

Sierra Calva, 31. August
Zurzeit bildet die vierte Kompanie die Reserve, während die anderen La Pobla de Ladrón angreifen. Gestern hat der Feind endlich die Schützengräben aufgegeben, die von unseren Geschossen zerfetzt worden waren, und hat sich in den Häusern der Ortschaft verschanzt.

Wir mussten sie mit Artillerie und Flugzeugen daraus vertreiben; wenn ich jetzt durch meinen Feldstecher schaue, sehe ich nichts weiter als vereinzelte Wände; durch die unförmigen Löcher, die einmal Fenster waren, kann man die Leere im Inneren erkennen. Nichts regt sich darin; sie erinnern mich an die Mumien von Olivel.

Schon wird es Nacht; bis vor kurzem habe ich noch das hartnäckige Hämmern eines Spechts im Pinienhain gehört, danach herrschte tiefe

Stille. Jetzt vernimmt man nur von Zeit zu Zeit einen vereinzelten Mör-
serschuss; und die Grillen.

Anscheinend nehmen in diesem Augenblick die von der Plattfußbrigade die letzten Stellungen von La Pobla de Ladrón ein, das der Feind
bereits geräumt hat. Ehre, wem Ehre gebührt: Die Plattfußbrigade hat
Großes geleistet. Aber wehe, man sagt das bei uns.

Sierra Calva, 1. September
Wir bilden weiterhin die Reserve. Die anderen Kompanien kämpfen
hinter La Pobla in Richtung Nordosten; der Feind hat einen erbitterten
Gegenangriff gestartet. Von der Entfernung gedämpft, erinnert das Konzert der Mörser und Maschinengewehre an das Blubbern eines Topfes,
der lange auf großer Flamme kocht.

Jeden Abend treffen wir drei Fähnriche uns im Unterstand des Hauptmanns, der in der Mitte unserer etwa drei Kilometer langen Stellung
liegt, um uns Geschichten zu erzählen; Gallart hat einen unerschöpflichen Vorrat davon. Seine Stärke sind Geschichten über Mädchen, die
ihn abgewiesen haben, einschließlich Melitona; wenn man ihm Glauben schenken darf, ist er sein Leben lang ein unverstandener Liebhaber
gewesen, ein tragischer Fall unerwiderter Liebe, vergleichbar vielleicht
nur mit den großen Dichtern der Romantik; aber selbst die drama-
tischsten Fälle unglücklicher Liebe, die er bisher erlebt hat, so sagt er,
verblassen gegenüber dem, was er von Melitona erleiden musste:

»Sie hat mir so oft eine Ohrfeige verpasst, dass mir der Kopf dröhnte.
Das Mädchen hat eine harte Hand! Wo die hinhaut, wächst kein Gras
mehr!«

Auch sein Duell mit Kommissar Rebull ist eine echte Räuberpistole,
obwohl sie letztendlich ohne Blutvergießen ausging. Könnte man das
nur von allen Abenteuergeschichten behaupten!

Die mondlosen Nächte auf dem kahlen Gebirgskamm sind wunderbar. In der trockenen Luft dieser Wüstenei sehen die Sterne aus wie helle Augen, die uns mit seltener Klarsicht mustern. Ich kenne die Sternzeichen und vertreibe mir die Zeit damit, den Weg zu verfolgen, den die
Planeten von einer Nacht zur nächsten in ihnen zurückgelegt haben;
Cruells war derjenige, der mir ein paar Grundkenntnisse vermittelt hat,

anfangs verstand ich gar nichts davon. Wenn ich dann kurz vor Tagesanbruch allein in meinen Unterstand zurückkehre, ist es dieser seltsame Friede, der mich am meisten beeindruckt. Die Menschen haben schon vor einiger Zeit aufgehört, sich gegenseitig umzubringen; man hört nur das kaum merkliche Pfeifen des Nachtwinds und das Lachen eines Waldkauzes; aus der Ferne scheint er sich über unsere traurigen Siege lustig zu machen.

Sierra Calva, 2. September
Ich hatte einen Traum – ich, der ich niemals träume.

Ich befand mich in einer Art altem, zerfallenem Tempel; er war sehr groß und lag an einem Kliff; jemand kam durch die Dunkelheit in seinem Inneren auf mich zu, und man hörte das Rauschen des Meeres wie den gleichmäßigen Atem eines schlafenden, wilden Tiers. Der, der da näher kam, trug eine Art Soutane, und obwohl er die Augen offen hatte, konnte er nicht sehen; er hatte ein ausziehbares Fernrohr dabei und blickte hindurch, nahm aber nichts wahr; er war Schlafwandler. Überall standen riesige Koffer und Kisten, Kontrabässe, Klaviere und Mumien herum. Der Schlafwandler mit dem Teleskop wandelte durch alles hindurch, ohne einmal anzustoßen, obwohl er nichts sah; unter den Mumien befanden sich Soleràs und andere bekannte Gesichter; es waren auch einige darunter, von denen ich jetzt nicht mehr weiß, wer sie sind, die mir aber im Traum seltsam vertraut erschienen. Wie still waren diese Mumien, so still wie die Koffer und Kisten; die Stille der großen Koffer war beunruhigend, weil man nicht wusste, was sie in ihrem Inneren bargen. Sie sahen mich vorübergehen, ohne mich anzusehen oder sich zu rühren, versuchten aber alle verzweifelt, mir etwas zu sagen, und zwar alle das Gleiche. Sie schafften es nicht; sie konnten nicht reden. Ganz hinten schimmerte ein Hauptaltar, der Schlafwandler ging auf ihn zu und betrachtete durch das Teleskop das Bild auf dem Altar. Es schien eine Muttergottes zu sein; vielleicht eine Schmerzensmadonna? Ihr Körper war durchbohrt, aber nicht von Dolchen, sondern von Bajonetten. In steife Seide gehüllt, wirkte sie wie eine weitere Mumie, so still und fahl; und der Schlafwandler ging auf sie zu, erreichte sie aber nie. Seine Soutane wuchs und wuchs, nun zog er sie hinter sich her wie eine gewaltige schwarze Schleppe; und ich verspürte ein unbestimmtes Entsetzen und wollte beten, aber die Stimme blieb mir im Halse stecken; auch ich war eine stimmlose Mumie, verloren zwischen den anderen, den Koffern und den Kisten. Meine Stimme kam nicht heraus, es war, als ob eine Hand mich würgte; und die Augen des Bildes glitzerten im Dunkeln wie die einer Katze. Jetzt senkte sich die Decke dieses tempelartigen Gebäudes herab; es war wie eine Höhle oder ein Tunnel, und alles war voller Spinnweben und Fledermäuse, die in dichten Trauben herabhingen. Da machte der Schlafwandler eine seltsame Handbewegung, als wollte er mit dem Teleskop (oder war es gar kein Teleskop mehr, sondern eine Eisenstange?) jemandem einen Schlag versetzen, der sich dort im Finstern rührte – ein harter, schrecklicher Schlag auf den Schädel desjenigen, der sich bewegte und in den Schatten lauerte ...

Mitten im Traum bin ich aufgeschreckt. Zwischen zwei Träumen ist man hellsichtig, wie es angeblich die Sterbenden sind. Man treibt zwischen Wirklichkeit und Jenseits und sieht völlig klar. Jetzt ist mein Traum mir vollkommen unverständlich; ich erinnere mich nur noch, dass er faszinierend, bedrückend, warm, düster war – und von einer tiefen Bedeutung erfüllt.

Sierra Calva, 3. September

Als die Nacht hereinbrach, unternahm ich meine ausgedehnte, drei Kilometer lange Runde um das Gelände herum, das die vierte Kompanie belegt; ich hatte Wachdienst. An einem der Sandsackwälle erahnte ich im Halbdunkel die Gestalt eines hochgewachsenen, dürren Mannes, der mir den Rücken zuwandte. Seine Kleidung erregte meine Aufmerksamkeit, weil sie so ganz anders war als das, was wir tragen: Samthosen und hohe, auf Hochglanz polierte Lederstiefel mit versilberten Sporen. Er trug ein Hemd, doch war es nicht khakifarben, sondern himmelblau. Ein himmelblaues Hemd hier? Ich habe in diesem langen Kriegsjahr alle möglichen merkwürdigen Kleidungsstücke gesehen; aber ein himmelblaues Hemd überraschte mich dann doch.

Der Unbekannte lehnte am Wall und betrachtete wie von einem Balkon aus die Ebene, die sich zu Füßen der Sierra Calva erstreckt und bereits im Schatten lag. Er schien in seine Träume versunken. Noch war in der Ferne das von Artillerie, Handgranaten und Maschinengewehren verursachte Blubbern des Kessels zu vernehmen, von Zeit zu Zeit unterbrochen vom tieferen Ton einer Mörsergranate; und das alles in diesem *morendo*, in das die Schlacht am frühen Abend allmählich versinkt, als wäre sie schläfrig.

Als ich ihn mit »Wer da?« ansprach, drehte er sich um: Es war Soleràs. Ich nahm ihn auf einen Schluck Kognak mit in den Unterstand, denn es war kalt; ich war sehr erstaunt, ihn um diese Zeit hier zu treffen. Und wir haben geredet – bis kurz vor Tagesanbruch. Wir haben uns die ganze Nacht unterhalten.

Er hat mir so viel erzählt … Er sagt, dass er genug hat von der Transporteinheit, von der Intendantur, von den Kichererbsen: »Wenn du wüsstest, welche Unmengen von Kichererbsen ihr armen Schweine in dieser Brigade in euch hineinschlingt …« Er will bei der Division beantragen, dass man ihn als einfachen Soldaten in die nächstbeste Grenadierkompanie steckt, »selbst wenn es die Plattfußbrigade ist. Solange sie mich nur nicht in deine Brigade stecken. Unter deinem Befehl? Niemals! Andererseits: Was schert es mich eigentlich? Vielleicht wäre das überhaupt die beste Idee: als gemeiner Soldat eben unter deinem Kommando!«

»Und darf man erfahren, was dich nach Sierra Calva verschlagen hat?«

»Ich bin hierhergekommen, um zuzusehen. Von hier aus hat man einen himmlischen Blick auf die Schlacht: die feindlichen Positionen und die eigenen, die Truppenbewegungen, die Schussbahn der Fünfachtziger-Mörser – wie auf einem Stich aus dem achtzehnten Jahrhundert, während die armen Kerle, die an der Schlacht beteiligt sind, nichts davon mitbekommen. Sie sehen den Wald vor lauter Bäumen nicht und haben überdies genug eigene Sorgen.«

»Und diese ausgefallene Uniform?«

»Ach, das ist ein Witz. Ich bin oft mit dem Lastwagen der Intendantur unterwegs im Hinterland, ich glaube, das weißt du schon; und wenn du dort eine glänzende Uniform vorzuweisen hast und von ein paar Schlachten erzählen kannst, giltst du schon als Held. Dass ich Kichererbsen zähle, behalte ich natürlich für mich – wer zwingt mich, es zu erzählen? Mit ein paar Dosen Kondensmilch *El Pagès* hingegen …«

»Du bist völlig überkandidelt.«

Schweigen. Wir hockten im hinteren Teil des Unterstands am Feuer; ich hatte die Öllampe angezündet. Im trüben Licht traten aus der Dunkelheit die krummen Balken hervor, die das Dach aus Zweigen und gestampfter Erde tragen. Auf diesem Dach huschen in der Nacht die Feldmäuse herum, angezogen von den Brotkrumen und anderen Essensresten. Durch die Ritzen drang der kalte Wind. Dann und wann ließ ein Mäuslein ein bisschen Erde auf uns herabrieseln; der Docht der Öllampe blakte.

»Überkandidelt? Und warum nicht?«, sagte er und leckte sich den Kognak von den Lippen. »Die Frauen sagen mir jedenfalls immer, ›ich wäre nicht so wie die anderen‹. Und sie vertrauen mir ihre Geheimnisse an; sie halten mich für einen reinen Menschen.« Er lachte mit diesem unangenehmen, an eine Henne erinnernden Gackern und musterte mich durchdringend. »Wenn ich bedenke, dass meiner Tante mir nichts, dir nichts die heilige Philomena höchstpersönlich erscheint …«

»Du bist verrückter denn je, Juli. Wieso redest du so viel dummes Zeug?«

»Du bist ein Naivling. Du kannst es einfach nicht lassen, mich zu bewundern; und mir, das sage ich dir ganz offen, ist deine Bewunderung völlig schnurz. Du und ich, wir sollten uns nicht länger sehen, Lluís, warum fällt es dir so schwer, das zu verstehen?«

»Diesmal bist du doch gekommen, um mich zu sehen.«

»Ja, das ist wahr: Diesmal war ich es. Dafür muss es einen gewichtigen Grund geben, glaub mir. Ohne einen gewichtigen Grund hätte ich das höchstwahrscheinlich nicht getan. Suchen wir also nach diesem Grund. Warum bin ich gekommen? Es ist so schwer, einen Grund zu erläutern, wenn er wirklich gewichtig ist! Denn mach dir nichts vor: Wir haben keine Ahnung von dem, was uns wirklich antreibt. Vielleicht bin ich genau deshalb gekommen, weil ich nicht hätte kommen sollen; genau deshalb, weil wir uns nicht sehen sollten. Wenn man den Kriminalromanen Glauben schenken darf – und das sind die einzigen Bücher, die ich in letzter Zeit lese, weil ich *Los cuernos de Roldán* schon in- und auswendig kenne – kehren die Täter von Zeit zu Zeit wie magisch angezogen an den Ort ihrer Verbrechen zurück; es fällt ihnen schwer, sich von der

Leiche ihres Opfers zu trennen. Vielleicht bist du ja eine Leiche und weißt es nicht; vielleicht bin ich …«

»Ich – eine Leiche? Eins lass dir gesagt sein: Deine Unverschämtheiten will ich mir nicht länger anhören.«

»Und ich verlange gar nicht von dir, dass du sie duldest. Ich bin nicht gekommen, um von dir zu verlangen, dass du dir irgendetwas gefallen lässt, ich würde eher das Gegenteil von dir verlangen. Etwas Unangenehmes steht zwischen uns, Lluís, sieh das doch ein. Etwas Unangenehmes. Du bist keine Leiche, überhaupt nicht, aber mit dir kann ich über Leichen reden; du gehörst zu den wenigen Leuten, mit denen man offen reden kann. Über das Makabre kann man nicht reden, genauso wenig wir über das Obszöne. Anfang und Ende: Darüber zu reden ist ganz und gar verboten! Mit dir hingegen kann ich über diese Dinge so selbstverständlich reden wie über das Wetter; du gehörst zu den wenigen Menschen, die das anhören und – warum es leugnen – sogar verstehen können. Aber zurück zu dem, was ich dir gesagt habe. Was hältst du von den Frauen, die sich verkaufen, oder besser gesagt sich vermieten? Zu einem wahrhaft modischen Preis, das kann man nicht anders sagen; so modisch wie einige von ihnen! Einige von ihnen würden dir für eine Dose von der Marke *El Pagès* bis ans Ende der Welt folgen. Aber sie sind so schrecklich passiv … Es ist, als würde man mit einer Mumie schlafen, findest du nicht? Manchmal wache ich mitten in der Nacht auf und denke erschrocken: Ich liege Arm in Arm mit einer Mumie bis in alle Ewigkeit … Wir können die Existenz des Himmels leugnen, wir können uns sogar über ihn lustig machen, als wäre er nichts weiter als Sonntagstheater, aufgeführt von einer Laientruppe aus höheren Töchtern; die Hölle hingegen kann keiner in Zweifel ziehen. Sie folgt uns überallhin, wie Scheiße, die an unseren Schuhsohlen klebt.«

»Theologie ist nicht meine Stärke«, entgegnete ich ihm, »aber ich denke mir, wenn es ein Leben nach dem Tod gibt, herrscht dort strenge Gerechtigkeit. Wenn alle es so machten wie du, wenn wir alle mit dieser krankhaften Lust am Zynismus in unseren traurigsten Wunden bohrten, glaubst du nicht, dass wir dann alle so neurotisch würden wie du? Schlag dir aus dem Kopf, dass du perverser bist als alle anderen; verstehst du nicht, dass es völlig verrückt ist, darauf stolz zu sein? Wir sind alle aus

Schlamm gemacht, Juli, wir alle stecken in einem Meer aus Schlamm, das uns bedeckt. Ich habe Dinge getan, die … Ich bin sicher, so tief bist du noch nicht gesunken! Das Entscheidende ist, dass man sich bemüht, nicht bis über beide Augen im Schlamm zu versinken. Wenigstens unsere Augen sollten aus dem Schlamm heraussehen! Wenigstens die Augen! Damit man immer noch die Sterne sehen kann …«

»Du bist heute aber sehr beseelt«, unterbrach er mich spöttisch mit seiner Opernbassstimme und schenkte sich noch einmal aus dem Krug ein. »Aber was weißt du schon von den Sternen? Lässt Cruells sie dich durch sein Teleskop betrachten? Ach was, das ist dummes Zeug … Cruells ist nichts weiter als ein Schlafwandler, und wenn er weiter seine Zeit damit vergeudet, die Sterne zu betrachten, wird er es nie bis zum Bischof bringen. Andererseits: Was gäben die Sterne dafür, wie wir zu sein! Zurück zu dem, was ich dir sagen wollte. Bei dir täuschen die Frauen sich nicht; sie sehen auf den ersten Blick, dass du ein Mann wie alle anderen bist. Ich hingegen … ›Mit Ihnen kann ich reden, als wären Sie mein Bruder …‹ Dumme Gänse! Wann hätte man jemals mit seinem Bruder reden können?«

Draußen war der Lärm der fernen Schlacht nach und nach erstorben; die Nacht war öde, mondlos, leer. Er trank Kognak in kleinen Schlucken, betrachtete von Zeit zu Zeit die Aluminiumtasse mit seinen kurzsichtigen, brillenlosen Augen, als wäre sie ein seltsames, kleines Tier.

»Und wie sie es lieben, sich einem anzuvertrauen! Wenn sie einmal damit anfangen, hören sie gar nicht mehr auf, sie sind so unverstanden, die Armen! Sie sehnen sich so sehr nach ein bisschen Verständnis … Wenn du nicht aufpasst, hören sie gar nicht mehr auf mit ihren langweiligen Geschichten!«

Ich lauschte schweigend seinem wirren Monolog und versuchte zu erraten, worauf er hinauslief.

»Offenbar besitze ich die Gabe, sie zu verstehen. Du hingegen, weil du sie nicht verstehst, kommst direkt zur Sache. Du vergeudest keine Zeit damit, sie zu verstehen: Du gehst ran. Und das Merkwürdigste daran ist, dass wir beide die gleichen Frauen mögen.«

»Hör mal, Juli, vielleicht hörst du endlich einmal auf damit, diesen Stuss zu reden. Die gleichen Frauen?«

»Zieh nicht so eine Unschuldsmiene, damit siehst du aus wie unser Wirtschaftsprof. Du selbst hast es doch eben gerade noch angedeutet: ›Ich habe Dinge getan, die …‹ Ich weiß genau, was du getan hast.«

»Was meinst du damit?«

»Dein letztes Abenteuer.«

»Was für ein Abenteuer?«

»Na, die Carlana. Und wenn wir schon mal dabei sind, kann ich dich gleich beglückwünschen: Was für ein Weib! Sensationell … Das muss man mit Baudelaires Versen sagen:

Ce qu'il faut à ce cœur profond comme un abîme
C'est vous, lady Macbeth, âme puissante au crime …«

»Zwischen ihr und mir war nichts, verstanden? Diese Phantasien hast du wohl aus deinen Romanen, die …«

»Die was?«

»Die von Nutten handeln.«

Er musterte mich mit seinem kurzsichtigen, aber zugleich so scharfsinnigen und spöttischen Blick, dass ich errötete. Und dann sagte er, sehr langsam, mit seiner tiefsten Bassstimme, ohne mich aus den Augen zu lassen:

»Eppur si muove.«

Am liebsten wäre ich im Erdboden versunken. Meine Hände zitterten, ich fühlte, wie mein Gesicht brannte. Er hatte den Blick von mir abgewandt und nahm einen langen Schluck direkt aus dem Krug.

»Sag direkt heraus, was du denkst«, brachte ich hervor. »Ich fürchte, du denkst etwas Unverschämtes.«

»Das kannst du selbst beurteilen. Mir kannst du nicht weismachen, dass du Heiratsurkunden ausstellst … ohne irgendetwas dafür zu verlangen. Gib doch zu, dass dir dieses Dokument wie gelegen kam! Und jetzt sag noch, ich sei kein wahrer Freund, ich sei nicht großzügig, ich eilte nicht einem Freund zu Hilfe, der aus einem großen Schlamassel nicht mehr herausfindet … und all das mit absoluter Diskretion. Gib zu, dass dir bisher noch nicht in den Sinn gekommen ist, ich hätte es gewesen sein können. Ich hätte dir die Urkunde verkaufen können: Angebot und Nachfrage; erinnerst du dich noch an unseren Wirtschaftsprof? Ein kompletter Idiot, unfähig auch nur zu ahnen, dass es mehr gibt als Angebot und Nachfrage. Aber ich bin auch ein Idiot, auch wenn man mir noch keinen Lehrstuhl für Besserwisser angeboten hat; wenn man bedenkt, dass Kirchenrecht meine Stärke war, vor allem die Eheschließungen *in articulo mortis* … Das habe ich so fleißig gelernt! Mich hat die Verbindung dieser beiden Ideen schon immer fasziniert: Hochzeitsnacht und Tod, das Obszöne und das Makabre … Da hätte die Idee der Hochzeit *in extremis* ja eigentlich von mir kommen müssen. Aber nein, es war ihre Idee. Als ich sie kennenlernte, hatte sie sich das alles schon fein ausgedacht. Nicht, dass sie Kirchenrecht studiert hätte; aber sie ist schlau wie ein Fuchs. Einmal habe ich sogar vermutet …« Er sah mich an, als sei er nicht sicher, ob er es aussprechen solle. »Und warum auch nicht? Er war zweifelsohne ein Armleuchter; und wenn wir schon mal dabei sind, Vermutungen anzustellen …«

»Ich verstehe nicht, was du sagen willst.«

»Der Carlà wurde als letzter von allen getötet. Warum hätten sie ihn sich zum Nachtisch aufheben sollen? Er war ein völlig farbloser Zeitgenosse, ein kompletter Hohlkopf, um es deutlich zu sagen, unfähig zu irgendwelchen Ideen. Weißt du, ich glaube, er hatte nicht mal das Format zum Carlisten. Warum hätten die Anarchisten ihn hassen sollen? Die aberwitzige Idee, ihn umzubringen, hätte ihnen jemand nahelegen können …«

»Nahelegen?«

»Die Carlana, das hast du doch am eigenen Leib erfahren, hat die Gabe, einem etwas zu suggerieren, einen zu becircen …«

»Das glaube ich nie im Leben!«, rief ich aus und musste an die Gottesanbeterin und ihr Männchen denken.

»Um so schlimmer für dich. Dir erscheint sie weniger romanhaft, als sie ist. Wie ich bereits sagte: Du verstehst die Frauen nicht. *Âme puissante au crime* … Ganz außerordentlich romanhaft. Was für ein Pech für dich … Denn es ist doch so: Gott gibt denen Bohnen, die keine Zähne zum Beißen haben.«

»Wenn du sie so gut verstanden hast, warum hast du dann nicht die Urkunde für sie gefälscht?«

»Die Idee hatte, wie so viele gute Ideen, einen kleinen Haken: Sie war nicht durchführbar. Du vergisst, dass Olivel zu dieser Zeit in der anarchistischen Zone lag; wenn ich mich dort hinschlich, dann immer heimlich und ohne Uniform. Völlig inkognito sozusagen. Eine kirchliche Hochzeit *in articulo mortis* auf anarchistischem Gebiet war schwer zu bewerkstelligen; wie sollte ich das Anarchistenkomitee (denk dran: der Bürgermeister und die Ortsräte hatten sich aus dem Staub gemacht) dazu bewegen, die Unterschriften der Mönche und die Gültigkeit des Dokuments anzuerkennen? Nachdem die Carlana mich auf die Idee gebracht hatte – ich wiederhole: Sie besitzt die wundersame Gabe, anderen zu suggerieren, was sie tun sollen, ohne dass es aussieht, als wäre der Vorschlag von ihr gekommen –, machte sie einen Rückzieher. Sie zögerte: ›Nein, auf keinen Fall. Das wäre eine Fälschung.‹ Sie tat, als hätte ich das Ganze vorgeschlagen, denn sie hatte verstanden, dass das nicht machbar war, solange das Komitee in Olivel war. Gewissensbisse haben wir immer dann, wenn wir keinen Vorteil davon hätten, auf sie zu verzichten. Bei unserer letzten Begegnung gab sie sich geradezu erhaben: ›Sie haben ein falsches Bild von mir. Ich habe keinerlei Interesse daran, Urkunden zu fälschen, und Ihr Ansinnen interessiert mich schon gar nicht.‹«

»Was für ein Ansinnen?«

»Was meinst du wohl, was ich ihr vorgeschlagen habe? Das Gleiche wie du. Nur mit dem kleinen Unterschied, dass sie bei dir ja gesagt hat. Uff …« Seufzer und Pause. »Erinnerst du dich nicht mehr ans Strafrecht? Ein sittenwidriger Antrag … Sie ekelt sich schnell, ich weiß nicht, ob dir das aufgefallen ist. Eine durch und durch saubere Frau, soll heißen, ohne jedes Gefühl. Denn Gefühle sind immer mehr oder weniger schmutzig, wie du zugeben musst. Und ich flößte ihr Ekel ein, gewaltigen Ekel. Ich las es in ihren Augen: eine Mischung aus Angst und Ekel. Ekel zu erregen ist schwerer, als du denkst. Es ist so anstrengend, ein Gespräch aufrechtzuerhalten und es dahin zu lenken, wo du willst, ohne dass der andere es abbricht! Eines Tages fragte ich sie, welche abartigen sexuellen Praktiken der Verstorbene ausübte; es wäre zu seltsam, wenn ein Verstorbener wie er nicht irgendwelchen Perversionen frönte …«

»Juli, du bist ein Kretin.«

»Danke. Vielleicht ist dir noch nicht aufgefallen, dass ich dich wegen Urkundenfälschung anzeigen könnte; das würde dich unweigerlich für ein paar Jahre ins Zuchthaus bringen.«

»Tu, was du für richtig hältst. Aber denk an die Kinder; du würdest sie wieder zu Bankerten machen.«

»Du hast das alles für sie getan, nicht wahr? Für zwei arme, kleine Halbwaisen. Wie edel von dir, Lluís, gratuliere.«

»Sei kein Idiot und sag ganz offen: Wärst du imstande, mich zu verpfeifen?«

»Ich habe dich schon verpfiffen.«

Stille. Meine Hand, die zitterte, ging wie von selbst zu meiner hinteren Hosentasche, aber dann fiel mir ein, dass meine Pistole nicht geladen war (ich trage sie immer ungeladen bei mir). Er schenkte sich in aller Seelenruhe Kognak vom Krug in die Tasse.

»Ich habe dich verpfiffen, Lluís; aber nicht beim Richter, sondern bei deiner Frau. Ich habe ihr geschrieben und ihr haarklein deine großartigen Abenteuer mit der romanhaftesten Frau weit und breit geschildert.«

»Du bist ein Idiot. Was soll Trini damit anfangen?«

»Vielleicht bist du der Idiot. Sie soll also nichts damit anfangen? Glaubst du, du kannst eine Frau alleine lassen, bloß weil es deine ist, und sie soll sehen, wie sie zurechtkommt? Anschließend beschweren sie sich dann, die Armen, dass ihr Mann sie nicht versteht; sie beschweren sich, und zu Recht, dass er sie betrogen hat.«

Ich riss ihm den Krug aus der Hand und warf ihn ihm ins Gesicht. Der Kognak lief ihm über die Wangen auf das himmelblaue Hemd. Er wischte ihn seelenruhig mit dem Taschentuch ab und sagte:

»Du glaubst, ich sei unerträglich, dabei bist du derjenige, der unerträglich ist. Mit dir kann man aber auch über nichts reden!«

La Pobla de Ladrón, 19. September
Zwei Wochen wie im Fiebertraum, arme Schlafwandler, die wir alle sind …

Die vierte Kompanie wurde aus der Reserve geholt, weil der Gegenangriff zu heftig wurde. Wir haben zahlreiche Verluste erlitten.

Jetzt gönnt man uns eine kleine Ruhepause hier in La Pobla, wo wir von Granaten und Mörsergeschossen und sogar verirrten MG-Patronen bedroht sind. Die Flieger kommen zwei, drei Mal am Tag, um ihre Scheiße über uns abzuladen; wir haben einen kleinen Wachtrupp auf dem Kirchturm stationiert, der uns warnt, und die Männer rufen das genauso: »Sie kommen wieder, um ihre Scheiße abzuladen!« Sie warnen uns nämlich erst, wenn sie die Bomben aus den Flugzeugen fallen sehen; würden sie jedes Mal Alarm schlagen, wenn eine Schwadron über uns hinwegfliegt, könnten wir uns gar nicht mehr aus unserem Loch trauen.

Das Loch ist der Keller des einzigen Hauses, das noch steht, ein Gebäude aus Quadersteinen, vielleicht aus dem fünfzehnten Jahrhundert. Ein unterirdischer Keller mit einem steinernen Bogengewölbe; das Bombardement hallt in ihm wider wie die Stimme eines Propheten in den Katakomben, und der Staub, den es die Wendeltreppe herabbläst, lässt uns husten.

Von La Pobla ist wenig mehr übrig geblieben als dieses Haus und die Ruinen der Kirche; der Rest ist ein Schutthaufen. Die Hauptstraße ist voller Pergamente und alter Schriften; eine Fliegerbombe ist im Pfarrarchiv krepiert und hat sie in alle Winde zerstreut. Nicht immer, wenn Alarm gegeben wird, gehe ich ins Loch hinunter, denn mit der Zeit wird man es müde; manchmal sehe ich lieber den Flugzeugen zu, wie sie ihre Last abwerfen. Sie sehen aus wie Insekten, die im Flug ihre länglichen Eier legen. Manchmal vertreibe ich mir die Zeit damit, Handschriften zu studieren; seltsam, wie im fünfzehnten und frühen sechzehnten Jahrhundert die Handschriften in dieser Gegend noch in einer Mischung aus Katalanisch und Aragonesisch abgefasst wurden.

Die letzten zwei Wochen habe ich verlebt, als stünde ich unter einer starken Dosis Kokain. Ich war seltsam glücklich. Jetzt weiß ich, dass wir La Pobla zurückerobert haben und der Feind mit einer Gegenoffensive geantwortet hat; hier war kein Lebewesen außer Flöhen mehr zu finden. Die aber in unglaublichen Mengen! Wir kratzen uns unablässig.

Könnte ich Dir zusammenhängend erklären, was ich in diesen letzten vierzehn Tagen getan habe? Nein. Der Kampf hinterlässt keine Erinnerung. Man sagt und tut Dinge, als würden sie einem diktiert. Ich erinnere mich dunkel daran, dass ich mich bewegte – sonst nichts.

Ich erinnere mich an eine weite Fläche; war es ein abgeerntetes Feld oder Brachland? Der Feind hatte seine MGs so platziert, als hätte er meinem Vortrag in Olivel gelauscht: Das Feuer kreuzte sich auf Bauchhöhe. Unmöglich durchzukommen. Und der Befehl lautete durchzukommen – und zwar völlig ungeschützt: Wir hatten keine Panzer.

Gallart, der an der Spitze der Kompanie stand, fiel als Erster, kurz darauf der Marktschreier. Ich erinnere mich an ein paar im Wind wogende Lavendelbüschel; von Zeit zu Zeit platzte eines in der Mitte auf wie von einer unsichtbaren Sichel zerteilt. Die Rekruten weinten; sie sahen zum ersten Mal das Gesicht des Krieges. Dann fiel der zweite Offizier, ein gewisser Miralles, und plötzlich war nur noch ich übrig, um die drei Sektionen zu befehligen. Von der Kompanie hatte weniger als die Hälfte überlebt, und wir zogen uns in einen Hain aus Pinien und Wacholder zurück.

Zwischen den Pinien fielen Fünfundsiebziger- und Mörsergranaten, aber im Vergleich zum offenen Feld erschien es uns wie eine Oase der Ruhe. Allerdings war da das Problem mit den Verwundeten. Wir hörten sie schreien; ein paar von ihnen versuchten zu schreien, aber ihre Stimmen brachen mit einem Glucksen, wie das Krähen eines Hahns, dem die Kehle durchgeschnitten wird. Unsere Verbindung zum Bataillon war abgebrochen. Hinter dem Hain lag wieder Brachland, freies, baumloses Feld, das ebenfalls von den MGs bestrichen wurde. Den Rekruten wurde bewusst, dass wir die Verwundeten sich selbst überlassen mussten, es war nicht daran zu denken, sie zu bergen! Wir würden mehr Männer verlieren, als wir retten könnten. Ich wusste nicht, was ich tun sollte. Wie sollten wir den Kommandanten über unsere Lage informieren?

Da sah ich über das Brachland hinter uns einen Offizier mit ein paar Soldaten vordringen. Sie krochen auf allen vieren, um nicht getroffen zu werden, aber auch, um etwas auf dem Boden zu verlegen. Es war Rebull, der Politkommissar; er brachte uns ein Telefonkabel.

Wer weiß, wie der Kommandant es geschafft hatte, ihn zum Nachrichtenoffizier zu machen! Kaum zu glauben, aber zu dem Zeitpunkt, als das Bataillon in den Kampf geschickt wurde, hatte die Armee uns noch keinen Nachrichtenoffizier geschickt. Und nun sahen wir, wie Rebull, so gut er konnte, den nicht vorhandenen Offizier ersetzte; er kroch einfach unter den durch die Luft pfeifenden MG-Salven hindurch, die summten wie ganze Mückenschwärme. Er schwitzte vor Angst. Mir kamen die dummen Streiche in den Sinn, die wir ihm in Olivel gespielt hatten; nun hätte ich beinahe geweint, als ich sah, wie er sich abmühte. Ich konnte nicht anders, ich musste ihn umarmen. Er sah mich verwundert an, die Pfeife zwischen den Zähnen, als fände er meinen Gefühlsausbruch unpassend und peinlich. Dann streckte er mir den Feldapparat hin; am anderen Ende der Leitung war Kommandant Rosich.

»Zu Ihren Diensten, Kommandant. Hauptmann Gallart ist gefallen, und wir fürchten, die anderen beiden Leutnants ebenfalls. Wir hören ihre Stimmen nicht mehr. Ich habe den Befehl über die Kompanie übernommen.«

»Rühr dich nicht aus dem Hain fort. Ich schicke dir zwei Fünfundachtziger-Mörser, um diese gottverdammten MGs auszuschalten.«

»Da sind die Verwundeten, Kommandant; sie verbluten auf dem offenen Feld.«

»Unternimm nichts, bevor die Mörser nicht da sind. Das wäre das Ende der vierten Kompanie, der einzigen, die wir noch haben! Die Mörser sind gleich da. Erinnerst du dich noch an meinen kleinen Kauz? Der ist auch tot …«

Ein paar Tage lang überlebten wir verborgen in dem Hain. Trotz der Mörser machten die MGs jedes Mal Jagd auf uns, sobald wir auszubrechen versuchten. Schließlich waren unser Proviant und unser Wasser aufgebraucht.

An den letzten, verzweifelten Ausbruch erinnere ich mich wie an eine Halluzination.

Die Rekruten folgten mir wie gebannt. Mir war nichts bewusst außer: vorwärts! Die MGs hörten sich an, als wäre ich in Onkel Eusebis Büro und seine vier Sekretärinnen würden gleichzeitig auf ihren Schreibmaschinen klappern. Das Geräusch kam logischerweise von vorn, doch plötzlich vernahm ich es auch von hinten. Waren wir ins Kreuzfeuer geraten? Doch es klang anders, nicht wie Schreibmaschinen, sondern wie der Ruf eines Rebhuhns. Es waren eindeutig andere Geräte, ein anderes Modell. Es waren die Unsrigen.

Und dann drang abgerissen, vom Wind herbeigetragen und wieder verweht, ein Teil der Hymne zu uns herüber, deren holperige Reime Picó höchstpersönlich verfasst hat und die er uns immer singen lässt:

Die MGs klingen,
sie läuten die Totenglocken
für die Faschisten.

Die beiden Mörser feuerten ununterbrochen. Wir lagen unter der kurvenförmigen Bahn, die ihre Geschosse beschrieben, und man muss sagen, sie arbeiteten gut; sie fielen wie Blei in die MG-Nester der Faschos – wer hat bloß dieses Wort erfunden? An der Front nennen wir sie nur so! Und meine Rekruten folgten mir; einige fielen, doch die übrigen achteten nicht mehr darauf. Sie schritten voran wie in Ekstase ... Was ist das jetzt? Na, was soll es schon anderes sein als der Stacheldraht? Wie sind wir so schnell hierhergekommen?

Die Mörser hatten einige der Pfähle zerfetzt, und mit unseren Gewehrläufen versuchten wir, die Breschen zu erweitern. Rasch, sonst bleibt keiner mehr übrig, um davon zu berichten. Schon sind wir zwischen Stacheldraht und Schützengraben. Noch hundert Schritte, und wir sind da! Hundert Schritte den Hang hinauf; ich muss verhindern, dass sie losrennen, wenn wir lebend ankommen wollen.

»Sie ergeben sich!«, höre ich zu meiner Linken rufen. Oben auf der Brustwehr sehe ich einen großen, spindeldürren Mann stehen, in Lumpen, mit einem zwei Wochen alten Bart und staubbedeckt. Ein Vagabund, denke ich. Was hat ein Vagabund auf der Brustwehr zu suchen?

Etwas blinkt am linken Ärmel seines zerrissenen Hemds. Der Mann ist Fähnrich. Er breitet die Arme aus, wie um uns in sie zu schließen.

»Feuer einstellen! Sie ergeben sich!«, höre ich rauhe Stimmen rufen: Es sind meine Männer.

Zu schade, dass ein solcher Moment schneller erlebt als erzählt ist. Wir alle sind Brüder!

Feuer einstellen! Wir bringen uns nicht mehr gegenseitig um! Solche Bestien sind wir nicht! Wie schön ist dieser Moment ... Sind wir schon im Himmel? Vielleicht sind wir alle schon tot, und dieser zerlumpte Faschist ist ein Engel, der uns willkommen heißt?

Der zerlumpte Engel zwinkert den Seinen zu, die versteckt im Schützengraben kauern. Das sehe ich durch meinen Feldstecher. Und er macht ihnen mit der Rechten heimlich Zeichen wie ein Dirigent. Welche Sinfonie will er sie spielen lassen? Sicherlich etwas zu unseren Ehren. *Åses Tod*? Ich verstehe ihn, als könnte ich in seinem Inneren lesen: Haltet die Handgranaten bereit, und wenn sie kommen, um uns zu umarmen …

Es ist der alte Trick, den wir selbst bei ähnlichen Gelegenheiten schon angewandt haben. Meine Männer werfen ihre Gewehre fort, um mit offenen Armen weiterzulaufen, von Begeisterung erfasst; plötzlich fällt mir wieder ein, dass es Rekruten sind, die diese abgedroschenen Tricks nicht kennen.

»Das ist eine Falle!« Aber sie hören mich nicht. Schreie und Durcheinander; sie laufen wie hypnotisiert auf diese Umarmung zu, mit der man sie willkommen heißt. Mein Gott, dass die Sehnsucht, sich zu verbrüdern, in uns so groß ist – und dass wir sie benutzen, um uns gegenseitig umso sicherer abzuschlachten …

»Ihr Dummköpfe!«, rufe ich wieder, aber meine Stimme geht in dem ungeheuren Lärm unter. Meine Hand gleitet wie von selbst zu meiner hinteren Hosentasche, und ich finde die Pistole in meiner Hand wieder, als wäre ich damit geboren. Ich ziele ganz ruhig; hinter dem glänzenden Punkt meines Visiers winkt der Mann auf der Brustwehr mit den Armen. Ich drücke langsam ab, genießerisch; der Hahn gibt ein lächerliches kleines Klicken von sich. Mir fällt ein, dass die Pistole nicht geladen ist.

Ein paar Schritte von mir entfernt liegt ein toter Soldat; ich erinnere mich dunkel, dass er Esplugues hieß und aus Arbeca kam. Ich nehme mir sein Gewehr. Vielleicht hieß er auch Arbeca und kam aus Esplugues, aber egal, darauf kommt es jetzt nicht an. Ich spüre einen gewaltigen Rückstoß; der zerlumpte Engel kippt vornüber wie eine Marionette.

Endlich haben meine Männer verstanden; jetzt haben sie alles verstanden! Sie gehen zum Angriff über, es ist ein Hauen und Stechen. Sie schlitzen allen mit den Macheten die Bäuche auf, selbst denen, die auf die Knie fallen und um Gnade flehen. Meine Schreie verhallen ungehört:

»Was macht ihr da, ihr Tiere! Lasst sie in Ruhe! Genug gemordet!«

Jetzt sind wenigstens endlich alle tot, sie können niemanden mehr umbringen. Unsere Münder sind verkrustet, was ist der Durst für eine Qual! Picó schafft es, eines seiner Maultiere mit einem Fass Wasser zu uns herüberzuschicken. Wir trinken wie Wassersüchtige. Das Wasser ist warm und schlammig und erscheint uns wie das Köstlichste, das wir jemals getrunken haben.

Was für eine seltsame Stille, nachdem wir unseren Durst gelöscht haben! Wir wagen es nicht, einander anzusehen, es ist, als teilten wir von nun an ein beschämendes Geheimnis miteinander. Können wir uns nach dem, was geschehen ist, je wieder in die Augen sehen?

Und dann kommen andere Tage, andere Schlachten, andere Schützengräben. Es stellte sich heraus, dass der Feind, im Gegensatz zu uns, drei Reihen unterschiedlich tiefer Schützengräben angelegt hatte; wie demoralisierend war es, nachdem wir einen eingenommen hatten, festzustellen, dass gut hundert Meter dahinter der nächste lag. Alles, was wir getan hatten, war umsonst gewesen, wir mussten wieder von vorne anfangen.

Ich erinnere mich an einen Wald, der von drei Seiten brannte; ein Flugzeug hatte Phosphorbomben darauf abgeworfen. Wir kamen nicht hinaus; der Wald war eine flammende Insel inmitten eines Meers aus umherschwirrenden MG-Geschossen. Wir aßen halb verkohltes Brot. Der bittere Geruch des Waldes klebt an mir, ich rieche ihn noch oft – und höre die Lieder der Rekruten, traurig und obszön.

Wir schliefen mehr schlecht als recht in kleinen Kuhlen, die jeder für sich mit seiner Machete aushob. Was für ruhige Nächte! Das Gesicht dem Himmel zugewandt, hörte ich ab und an das Schwirren einer verirrten Kugel – und sah über mir das Kreuz des Schwans, das Cruells mir gezeigt hat, sodass ich es jederzeit wiedererkenne. Wenn ich das Sternenkreuz betrachtete, dachte ich an Dich, Ramon, und ich dachte an Trini und unseren Sohn, und ich schlief ein, während ich das Vaterunser betete. Wie sehr trösteten mich die vier Punkte dieses Kreuzes, die vom Grunde der Unendlichkeit her leuchteten! Wir sind alle so hilflos. Mein Gott! Wie sehr bedürfen wir des Trostes!

21. September

Eine Sache macht mir Sorgen: Ich habe die Taschen des toten Fähnrichs durchwühlt, wie es uns aufgetragen wurde; und ich kann Dir sagen, es ist der unangenehmste Teil meines Dienstes. Aber man muss es tun: Man weiß nie, was man in den Papieren eines feindlichen Offiziers so findet. Dieser hier hatte nichts dabei außer ein paar Briefen; Briefe eines Mädchens, in denen von einer Heirat nach Kriegsende die Rede war. Vier Briefe, die er in einem der Umschläge verwahrt hatte. Ohne diesen Umschlag, den einzigen, der erhalten geblieben ist, wäre ich jetzt nicht so fassungslos. Der Tote hieß nämlich Antonio López Fernández.

Tante Olegària hat nie erwähnt, dass ihr Enkel Fähnrich sei, aber diesen Rang könnte er erst kürzlich erworben haben, und da sie nur in großen Abständen über das Internationale Rote Kreuz Nachrichten von ihm erhielt ...

Ich ziehe es vor zu glauben, dass es sich um einen Zufall handelt; der Name ist so geläufig! Das Schlimmste habe ich Dir noch gar nicht erzählt: Am nächsten Tag, als wir die Toten einsammelten, um sie in ein Massengrab zu werfen, fand ich ihn verstümmelt. Jemand hatte ihm die Hose mit einem Messer zerfetzt ... Wie gerne würde ich den Feigling ausfindig machen, der das getan hat, und ihn vor der versammelten Kompanie erschießen lassen.

22. September

Die Geschichte lässt mir keine Ruhe. Der Krieg hat hässliche Seiten. Wenn man jemanden töten würde, den man hasst! Aber vielleicht ist es besser so; wir alle müssen früher oder später sterben, auch ohne Krieg. Also ist das Schlimme am Krieg nicht, dass wir uns gegenseitig umbringen, sondern der Hass, mit dem wir es tun. Lasst uns einander töten, denn das ist unsere Pflicht, aber ohne Hass. Soleràs hat es einmal so gesagt: Lass uns einander umbringen wie wahre Brüder.

Ich bin mir nicht sicher, was ich tun soll: dem Mädchen schreiben? Ihr Name und ihre Anschrift stehen auf der Rückseite des Umschlags: Irene Natalia Royo Jalón. Seltsam: Die Initialen dieses Mädchens würden, wenn man bedenkt, dass auf Lateinisch nicht zwischen I und J unterschieden wird, INRI ergeben.

Was sollte ich ihr schreiben? »Sehr geehrtes Fräulein, ich habe die Freude, Ihnen mitzuteilen, dass ich soeben Ihren Verlobten getötet habe …« Es ist absurd. Besser, ich denke nicht mehr daran. Überdies wäre es so kompliziert, ihr den Brief zukommen zu lassen! Über das Internationale Rote Kreuz natürlich oder über eine diplomatische Vertretung. »Sehr geehrtes Fräulein, mir obliegt die traurige Pflicht, Ihnen mitzuteilen, dass Ihr Verlobter Antonio López Fernández den Heldentod gestorben ist. Er stand aufrecht auf der Brustwehr, als wir sie erstürmten …« Ich könnte verschweigen, dass ich es war. »Wir haben ihn mit allen Ehren bestattet, wie es ein so tapferer Feind verdiente …« Und die Verstümmelung? Still! Wenn ich den Idioten finden könnte … Es gibt einen Soldaten, einen gewissen Pàmies, der ganz danach aussieht: dummdreister Blick, ein Gebaren wie ein geprügelter Hund, ein verschmitztes Gesicht wie das der Mumie im Kloster; aber ich kann einen Mann ja nicht einfach erschießen lassen, bloß weil mir sein Gesicht nicht gefällt!

Ich kann ihn nicht erschießen lassen; Mumien pflegt man nicht zu erschießen. Gerade eben ist der Fourier gekommen, um mir zu sagen, dass es gleich Essen gibt: Die Männer standen schon Schlange vor dem großen, rußgeschwärzten Aluminiumkessel, alle zerlumpt und zerzaust, alle schwarz wie der Kessel, ganz zu schweigen von den zwei Wochen alten Stoppelbärten. Zum Glück kann keiner von uns sein eigenes Gesicht sehen; und die Vorstellung, wie wir stinken müssen, ist erschreckend, gut, dass wir uns selbst nicht riechen. Aber wenigstens glänzen unsere Augen, unsere Augen können noch alles sehen und betrachten; und sie träumen … Sie träumen vom Leben, dem warmen, mächtigen, unverstümmelten Leben, das nach dem Krieg auf uns wartet, das immer auf uns wartet; unsere Träume überdauern all das Elend, trotz allem. »In Zweierreihen aufstellen!« Mechanisch haben sie meiner befehlenden Stimme gehorcht. Jeder hat einen Aluminiumteller in der Hand, einen Teller, der nie gespült wird (es kostet uns schon zu viel Mühe, genügend Trinkwasser aufzutreiben), und der allem, was man darauf lädt, einen ranzigen Geschmack verleiht. Ich inspizierte sie, ging an jedem einzelnen vorbei, sah ihm in die Augen, las seine Träume: vielleicht eine Frau oder ein Kind, vielleicht ein Bauernhof mit Scheune in Vallès oder auf der Hochebene von Urgell, vielleicht eine kleine Wohnung in einem Kleineleuteviertel von Barcelona, in Gràcia oder Barceloneta, vielleicht ein Kuss, den es nie gegeben hat und der die Welt aus den Angeln gehoben hätte … Und schließlich waren da die Augen ohne Träume, die Mumienaugen; die Augen des Durchtriebenen, der an nichts glaubt. Wie damals füllte sich mein Mund mit Speichel, wie damals; aber diesmal traf die Spucke lautlos mitten in dieses Gesicht und glitt langsam durch die Bartstoppeln daran herunter wie eine fette Raupe. Pàmies blinzelte nicht; die Augen der anderen waren von ihren eigenen Träumen erfüllt; vom Kessel stieg der Dampf senkrecht auf wie der Rauch bei Abels Opfer und verbreitete einen durchdringenden Gestank nach Wolle: das ewige Hammelfleisch, das uns die Intendantur auftischt. Allmächtiger Gott, warum nur hast Du Kains Samen auf dieser Erde überleben lassen?

Ich kann mir beim besten Willen nicht vorstellen, dass der tote Fähnrich Tante Olegàrias Enkel sein soll. Sie hat nie etwas von einer Verlobten gesagt. Natürlich ist es möglich, dass er diese Irene in der faschistischen Zone kennengelernt hat, nachdem er dort hindurchgezogen ist; das Mädchen stammt aus einer weit entfernten Gegend. Aus den vier Briefen lässt sich nicht viel entnehmen: Dass es dem Mädchen an Bildung fehlt, wie Picó sagen würde, und wenig mehr. Vor allem das »deine libste Freundin« ist absolut authentisch. Aber das ist ein so weit verbreitetes Übel … Hat unsere Cousine Julieta mir nicht einmal geschrieben »Libster Lluís, ich biete dich an«?

Falguera de los Cabezos, Samstag, 9. Oktober
Das Gebiet, das wir unter schweren Verlusten eingenommen hatten, war eine kahle Ebene, grau wie Tonerde und von gleichfalls kahlen Hügeln umgeben. Ihre Gipfel hatten geometrische Formen, Pyramiden und abgeschnittene Kegel; bei Sonnenaufgang und Sonnenuntergang warf das schräge Licht spitze, scharfe Schatten; alles in allem erinnerte es mich an den Schindanger von Olivel. Das Ganze hatte seinen eigenen Zauber: Die Geometrie ist rein, Mineral ist sauber, nur das Leben ist schmutzig. Wir hatten Xilte und La Pobla de Ladrón hinter uns gelassen und irrten nun mit den Überresten des Bataillons umher wie zwischen Mond-

kratern; jetzt waren wir es, die eine Ausbuchtung ins Feindesland bildeten.

Einmal waren wir abgeschnitten worden; wir hatten seit zwei Tagen nichts gegessen und nichts getrunken. Wir besetzten den schattigen Teil eines kleinen Bergs, wo wir vor Beschuss sicher waren; alle Zugänge waren von Artillerie und MGs gedeckt. Trotzdem gelang es zwei Mann von der Intendantur, sich mit einem Maultier über einen Hohlweg abzusetzen; als sie zurückkamen, ging ein paar Schritte vor dem Tier eine Granate hoch, und sein Bauch öffnete sich wie eine große Blüte. Drei Tage später trug uns der Wind seinen Duft zu, ein spöttischer Gruß inmitten der Stille. Warum bloß sind wir nicht aus Stein wie Statuen?

Jetzt liegt diese Ebene weit hinter uns. Der Feind überlässt uns das weite Land, anstatt sich mit uns um den Engpass der Ausbuchtung zu streiten, wie wir erwartet hatten. Zwischen ihm und uns liegt ein langgestrecktes Tal, zwei bis sieben Kilometer breit, das jetzt »Niemandsland« ist. Seine vier oder fünf Dörfer sind unversehrt, aber verlassen.

Los Cabezos ist eine pinienbewachsene Hügelkette, frisch und grün, mit Bächen und Quellen; der Schafstall, in dem ich untergekommen bin, liegt an einem dieser Bäche, und ich kann in einem Tümpel baden, der so tief ist, dass ich ganz darin untertauchen kann. Das Laub der Ulmen und Weiden weist die verschiedensten Farbtöne von Gelbgrün bis Rotviolett auf, und das Bachufer weitet sich hier und dort zu saftigen Wiesen. Hierher kommen die Kühe und Schafe aus den hinter uns liegenden Dörfern, in denen wieder der Alltag eingekehrt ist, kaum dass sich der Frontverlauf verschoben hat. Ich glaube nicht, dass es sie besonders interessiert, dass nun über der Front, die sie schützt, eine andere Fahne weht. War es nicht Tante Olegària, die sagte »wir sind sowieso alle das Gleiche«?

Die Bewohner dieser Gegend leben mehr von der Viehzucht als vom Ackerbau; man sieht keine Felder, aber das Läuten der Glöckchen ist so angenehm nach all den Wochen, in denen man nichts hörte als das Rattern der Maschinengewehre und das Explodieren der Mörsergranaten. Die Ziegenhirten verkaufen uns Milch, die sie ansonsten wegschütten würden, da die Leute hier sie nicht trinken; die Ziegen sind Bergziegen mit langem, seidigem Fell und stolzem Gehörn.

Jeden Abend bei Sonnenuntergang lässt der Buntspecht seinen lauten, durchdringenden Ruf von den dicht bewaldeten Hängen erschallen. Mit ein wenig Phantasie klingt es wie ein Wiehern, was erklärt, warum die Einheimischen ihn *caballo* nennen – Pferd. Es ist der Abschiedsgruß, den der Vogel dem scheidenden Tag hinterherschickt; danach hört man nur noch Schleiereulen und Steinkäuze und das Lachen des Waldkauzes.

Aber der Abschiedsgruß des Spechts klingt nicht melancholisch; im Gegenteil, er ist erfüllt von vertrauensvoller Lebensfreude. Eines Nachmittags war ich allein in einem Pinienhain; ich hatte mich auf dem Bett aus Pinïennadeln ausgestreckt, rauchte und döste vor mich hin. Ich lag so still, dass der Specht mich gar nicht bemerkte. Eifrig hämmerte er mit seinem Schnabel auf einen Baumstamm ein; in der Stille der Natur klang es wie Hammerschläge. Die Sonnenstrahlen, die durchs Geäst fielen, ließen von Zeit zu Zeit sein Gefieder tiefrot, grün und gelb mit schwarzweißen Tupfern aufblitzen. Es war wohl ein Männchen: groß wie eine Turteltaube und leuchtend bunt. Am Baum festgekrallt, war er so sehr in seine offenbar ungeheuer wichtige Arbeit vertieft, dass ich mich anschleichen konnte, ohne ihn zu verscheuchen. Als er mich endlich bemerkte, flog er nicht etwa davon, sondern kletterte auf die andere Seite des Baumstamms. Von dort reckte er den Kopf hervor, um mich zu beäugen. Ich ging ebenfalls um den Stamm herum, und er wiederholte das Ganze, als wollte er Verstecken spielen. Immer wieder streckte er den Kopf hervor, und sein lebhafter, misstrauischer Blick machte mir großes Vergnügen. Ich versuchte, ihn zu fangen; da flog er davon und stieß seinen mächtigen Schrei aus, wie um den ganzen Wald zu warnen.

An besonders klaren Tagen kann man vom Gipfel des Cabezo Mayor aus im Dunst des Horizonts eine bläuliche Linie erkennen, die sich in der Ferne in nordöstlicher Richtung verliert. Manchmal setze ich mich auf einen hohen Felsen und versuche lange Zeit, mit dem Feldstecher die reglose Weiße des ewigen Schnees zu erfassen. Mein Herz sagt mir, dass dies die Vorhut unserer Heimat ist. Fast anderthalb Jahre bin ich nun fort; anderthalb Jahre, in denen ich Trini und meinen Jungen nicht gesehen habe. Bis jetzt hatte ich sie nicht vermisst. Woher kommt dieser Wandel? Ich spüre eine seltsame Schwere in meiner Brust; nein, nicht in der Brust: im Magen, wie von etwas Verdorbenem, das einem Übelkeit verursacht, bis man sich übergibt.

Der Sanitäter leistet mir manchmal Gesellschaft, und immer hat er sein Teleskop dabei. Wir betrachten Venus, die noch lange nach Sonnenuntergang wie eine zitternde Träne schimmert: Sie befindet sich in ihrer »größten Elongation«, wie Cruells mir erklärt hat. Cruells' Teleskop ist ein Seefernrohr aus dem letzten Jahrhundert – vielleicht habe ich es Dir aber auch schon beschrieben? –; eines von denen, deren einzelne Teile sich ineinanderschieben lassen; zusammengeschoben ist es nicht länger als eine Spanne, auseinandergezogen über einen Meter lang. An diesen Abenden sieht man Venus als hauchdünne Sichel, wie der Mond kurz nach Neumond. Unser Observatorium ist der hohe Fels, auf dem uns die Baumkronen bei der Himmelsbeobachtung nicht im Weg sind.

Eines Nachmittags saßen wir auf diesem berühmten Fels und vergnügten uns damit, die Krater und Meere des zunehmenden Mondes durch sein Teleskop zu betrachten, als er mich plötzlich fragte, ob es mir nicht gut ginge.

»So lala. Warum fragst du?«

»Du bist so bleich, als hättest du Schmerzen.«

Verwundert sah ich ihn an.

»Genau so kommt es mir in letzter Zeit vor. Irgendwas liegt mir schwer im Magen. Vielleicht ist es nichts von Belang, aber es bereitet mir Bauchschmerzen. Wo kann man seine Wehwehchen ausspucken? Könntest du mir die Beichte abnehmen?«

Er schüttelte ernst den Kopf.

»Ich bin nicht ordiniert.«

»Das ist mir egal; ich will nur, dass du mir zuhörst. Wenn ich es dir nicht erzählen kann, wem dann? Ich weiß nicht, ob ich gläubig bin oder nicht, und im Grunde genommen ist das auch nicht weiter wichtig; mein Glaube kommt und geht wie der Mond. Aber dass mir etwas schwer im Magen liegt, lässt sich nicht leugnen.«

Ich erzählte ihm von dem Fähnrich und verschwieg ihm auch das mit der Verstümmelung nicht.

»Ich finde in diesem Leben keine Ruhe, bis ich diesen Idioten habe erschießen lassen, der ...«

»Und was hättest du davon?« Er schüttelte immer noch den Kopf. »Er ist tot, denk nicht weiter daran. Du hast deine Pflicht getan wie er die seine; bete für seine Seele und verschwende keinen Gedanken mehr daran, glaub mir. So ist der Krieg.«

»Und wenn es Tante Olegàrias Enkel war?«

»Das ist unwahrscheinlich; es wäre ein zu großer Zufall. Sicher ist Tante Olegàrias Enkel nicht gebildet genug, um Fähnrich zu werden, wahrscheinlich kann er nicht mal lesen und schreiben.«

»Wenn es nur das wäre … Aber da ist noch mehr, so viel mehr als der arme, tote, verstümmelte Fähnrich. Im Grunde ist es die immer gleiche Geschichte: das Obszöne und das Makabre. Wer weiß, ob diese Verstümmelung ein Ritual aus der Vorzeit ist, das sich über die Jahrhunderte hinweg erhalten hat. In seiner Geschichte der *Guerra dels Segadors*, des Aufstands der katalanischen Schnitter im siebzehnten Jahrhundert, führt Melo Beispiele dafür an; auf einigen von Goyas Graphiken aus der Zeit der Französischen Kriege sind Verstümmelungen zu sehen. Wie kann ein solches Ritual von einem Krieg zum nächsten weitergetragen werden, wenn zwischen ihnen manchmal Jahrhunderte liegen und diejenigen, die es praktizieren, keinerlei Geschichtsbewusstsein haben? Es kann nicht durch Tradition überliefert werden, es muss etwas Instinktives sein. Was also haben wir für Instinkte, mein Gott? Eigentlich hast du recht: Besser, man denkt nicht mehr daran. Und letztendlich … letztendlich hat der Fähnrich sich das selbst zuzuschreiben! Was stand er auch auf der Brustwehr herum? Dieser gottverdammte Idiot. War ihm nicht klar, dass das ein böses Ende nehmen musste? Nein, es ist etwas anderes, was mir diesen Druck auf den Magen verursacht. Es ist nicht der tote Fähnrich. Ich bin auch Fähnrich, und früher oder später werde ich tot sein. Er hätte mich getötet, wenn ich ihm nicht zuvorgekommen wäre: Wir sind quitt. *Requiescat in pace.* Nach mir die Sintflut.«

Cruells Lippen bewegten sich unmerklich.

»Bet jetzt bloß nicht, Mann, sei kein Dummkopf. Dafür ist später noch Zeit genug. Jetzt hör mir zu.«

Und dann erzählte ich ihm, ohne einmal innezuhalten, meine ganze Geschichte mit der Carlana. Ich verschwieg nichts.

»Da siehst du, wie weit es mit mir gekommen ist. Die Fälschung bereitet mir, offen gestanden, kein großes Kopfzerbrechen; ich muss nur immer an die arme Trini denken, die so schicksalsergeben ist … Und ich habe sie allein gelassen, soll sie doch sehen, wie sie zurechtkommt: Ich habe mein Leben gelebt, als ob es sie nicht gäbe. Mein Leben oder wessen Leben? Es stimmt: Wir beide denken fortschrittlich, und die Idee, nicht zu heiraten, weder standesamtlich noch kirchlich, kam sowohl von mir als auch von ihr, vielleicht sogar noch mehr von ihr, weil sie aus einer anarchistischen Familie stammt; fortschrittliches Denken … Wenn ich dir erzählen würde … Ist das ein Grund, ein Mädchen sich selbst zu überlassen und sich einen Dreck darum zu scheren, wie es ihr geht? Ist das fortschrittliches Denken? Ich habe der Carlana gesagt, dass ich bereit wäre, ihretwegen Trini zu verlassen …«

»Trini verlassen? Ich denke doch, das hättest du nie im Leben getan.«

»In diesem Augenblick … Klar, hinterher hätte ich mir die Haare gerauft, aber in diesem Augenblick wusste ich nicht, was ich sagte oder tat. Du hast so was natürlich noch nie erlebt, du kannst das nicht verstehen. Bei Frauen musst du schon starke Geschütze auffahren, sonst beachten sie dich gar nicht. Das, was man so Leidenschaft nennt, kennt keine Halbheiten: entweder du stürzt dich Hals über Kopf hinein oder … Sie haben ein unglaublich feines Gespür dafür, und wenn du nicht bereit bist, alles auf eine Karte zu setzen, brauchst du gar nicht erst anzufangen! Sie sind unglaublich, Cruells; viel besser als wir! Sag ihnen, dass es um alles geht, um Tod oder Leben, Wohlstand und Frieden, und sie folgen dir bis ans andere Ende der Welt. Sie sind unglaublich, Cruells! Kein Wunder, dass wir die Frauen so sehr lieben, wenn sie doch so viel besser sind als wir.«

»Du redest, als wäre dieses Abenteuer nicht das erste gewesen.«

»Das erste? Mensch, Cruells, du vergisst, dass ich kein Priesterschüler bin. Das erste! Uff, wenn ich jetzt alte Geschichten hervorkramen würde, kämen wir gar nicht zum Ende. Andererseits ist das alles schon so lange her, dass ich mich an einige vielleicht gar nicht mehr erinnern würde. Das sind Geschichten von vor dem Krieg. Schnee von gestern! Ich habe sie längst bereut, lass uns bloß nicht von Geschichten reden, die längst erledigt sind. Nur an eine von ihnen denke ich noch manchmal zurück, und da war ich in was verwickelt … meine Güte, da hatte ich mich in was reingeritten! Natürlich hat Trini nie etwas davon geahnt. Das Schlimmste an so einer Situation, wenn du rettungslos bis über beide Ohren im Schlamassel steckst, ist vielleicht, dass du dem einzigen Menschen auf der Welt, dem du liebend gern dein Herz ausschütten würdest, um dich zu erleichtern, nämlich deiner Frau, nichts davon sagen darfst. Du fühlst dich so sprachlos … Damals wäre es mir nicht in den Sinn gekommen zu beichten, wie ich es jetzt bei dir tue. Ich hatte eine schlimme Zeit, das kann ich dir sagen. Sie war geschieden und hatte zwei Kinder, die sie allein durchbringen musste, weil ihr Exmann sich aus dem Staub gemacht hatte. Sie hatte die schlechte Idee gehabt, einen Südamerikaner zu heiraten, der, wie bei diesen Typen üblich, spurlos verschwand, als sie zum zweiten Mal schwanger war. Um sich und die Kinder durchzubringen, trat die Arme in Nebenrollen in einer Musikrevue im Carrer Nou de la Rambla auf und lebte in einer Pension im Carrer del Carme. Eine umwerfende Brünette mit schwarzen Haaren bis zum Hintern und Augen wie aus *Tausendundeiner Nacht*; aber dumm … mein Gott, war sie dumm! Sie verschlang Groschenromane und hörte Radioschmonzetten. Und sie glaubte jedes Wort, als wäre es die Bibel, und konnte dir ganze Sätze aus den Dialogen hersagen. Wie hätte ich so viel Kleingeistigkeit ertragen können? Ich weiß noch, wie sie mir einmal wörtlich sagte: ›Die Liebe ist männlich, doch die Leidenschaft ist weiblich‹ (solche Sätze zitierte sie immer auf Spanisch), weil sie sich selbst für leidenschaftlich hielt. Vielleicht war sie es sogar. Das Problem ist, dass sie es mit vielen Männern war. Wenn ich dir erzählen würde, was für erbärmliche Szenen ich mit ihr erlebt habe, was ich habe ertragen müssen, weil ich nicht die Kraft fand, diese dumme Kuh zu verlassen! Ich war völlig gefangen, so unfähig, sie zu verlassen wie ein Kokainsüchtiger unfähig ist, vom Kokain zu lassen, und das über Monate hinweg. Ich fühlte mich schmutzig, am Boden, am Grund eines Brunnens, aus dem ich aus eigener Kraft nicht mehr herauskam. Und woher sollte die Hand kommen, die mich herauszog? Die Einzige, die mich damals hätte retten können, war Trini, und genau ihr konnte ich nicht erzählen, was mit mir los war! Es waren Monate der Hölle; ich fühlte mich von Trini und der ganzen Welt abgeschieden, als wäre ich eingemauert. Sinnliche Frauen stoßen mich ab, sie haben mich schon immer abgestoßen, und diese war keine Ausnahme. Wie erklärt man sich dieses Rätsel, dass eine Frau dich so sehr gefangen nehmen und dich gleichzeitig anwidern kann? Und trotz allem war sie tausend Mal besser als ich; tausend Mal großherziger und selbstloser. Aber was soll's, warum jetzt darüber reden? Jetzt kommt mir das alles vor, als hätte ich es nur geträumt; jetzt erscheint es mir unglaublich, dass diese arme Frau so viel Macht über mich hatte wie in diesen vier, fünf Monaten meines Lebens …«

»Armer Lluís«, war alles, was Cruells dazu sagte.

»Aber bei keiner von ihnen hat es mich so sehr erwischt wie bei der Carlana, das schwöre ich dir; wie bei der Carlana bei keiner! Das liegt sicher daran, dass die Carlana … die Carlana mir einen Korb erteilt hat. Ganz bestimmt ist es das. Diese grauenhafte Burg! Und wenn du gesehen hättest, wie ich mich dort zum Narren gemacht habe … Ist das nicht auch so ein teuflischer Trick der Leidenschaft, dass wir nichts so sehr begehren wie das, was sich uns verweigert? Die Carlana ist nicht tausend Mal, sondern Millionen Mal mehr wert als ich, selbst wenn das stimmen sollte, was Soleràs vermutet; das ist nur eine Vermutung, verstehst du? Schließlich war der Carlà ein kompletter Holzkopf, noch dazu einer von der übelsten Sorte, nämlich ein schüchterner Holzkopf. Sie hat ihre Ziele verfolgt, und das ist auch ganz natürlich; sie hat meine Dummheit ausgenutzt, um das Erbe ihrer Kinder zu sichern. Sogar gute Ratschläge hat sie mir erteilt, kaum zu glauben, oder? Ich glaube kaum, dass ein Mann sich jemals in einer lächerlicheren Lage befunden hat als ich! ›Heiraten Sie Trini und vergessen Sie diese dummen Ideen, die doch zu nichts führen.‹ Ein vernünftiger Rat, findest du nicht? Das wenigstens steht außer Frage. Nur dass ich, wie soll ich sagen?, keine Ratschläge von ihr wollte, sondern … ach, was soll's, lassen wir das. Ich habe mich furchtbar lächerlich gemacht. Aber erzähl du jetzt nicht herum, dass diese Urkunde gefälscht ist, weil dich angeblich dein schlechtes Gewissen plagt; du würdest zwei Kindern, die keinerlei Schuld an der ganzen Geschichte tragen, einen schlechten Dienst erweisen.«

»Arme Trini«, murmelte er, »wirst du sie bald heiraten?«

»Heiraten? Wir? Aber wie? Kirchlich? Daran glauben wir beide nicht. Standesamtlich? Warum sollten wir mehr an den Staat glauben als an die Kirche?«

Cruells sah mich sehr ernst durch seine Brillengläser an und nickte in stummer Zustimmung; das Teleskop lag vergessen auf dem Felsen. Dann warf er einen Blick auf die Uhr:

»Ich muss gehen. Doktor Puig erwartet mich in der Kommandantur des Bataillons. Das sind zwei Stunden Fußmarsch auf schlechten Straßen. Du liegst richtiger, als du glaubst, denn was ist die Ehe, wenn sie kein Sakrament ist? Wenn ich jetzt nicht gehe, wird es Nacht …«

»Halt mir keine Predigt; Predigten sind deprimierend, weil sie allen das gleiche Futter vorsetzen, wo doch jeder das Gefühl hat, dass seine Sorgen einzigartig und nicht mit denen der anderen zu vergleichen sind. Mach es nicht wie Pater Gallifa, der mit seinen Predigten alles kaputt gemacht hat, wo er doch in der Lage war, mit einem Blick alles zu sagen. Was meinen wir denn mit dem Wort ›Sakrament‹? Jedenfalls nicht die Zeremonie, das musst du mir nicht erklären. Ich habe die Prüfung in Kirchenrecht mit Bravour bestanden und weiß, dass Adam und Eva keine Zeremonie abgehalten haben. Sie sind gleich zur Sache gekommen. Woher weißt du dann also, dass es ein Sakrament ist? Woher weiß man, dass ein Mann und eine Frau füreinander Adam und Eva sind? Warte, hör mir zu, es wird noch lange nicht dunkel. Nehmen wir mal den Fall des Carlà. Der Carlà! Was für ein erbärmlicher Tropf! Weißt du, dass er die Burg und die Ländereien verkaufen wollte, um eine Strumpffabrik zu bauen? Natürlich nicht, um selbst dort zu arbeiten; er hatte einen Fabrikanten als Geschäftspartner gefunden, einen Typen aus Reus, der ihm saftige Gewinne versprach, wenn er wagte, zweihundertundfünfzigtausend Peseten zu investieren: ›Es gibt nichts Besseres als Strümpfe‹, hat er ihm anscheinend gesagt, ›jeden Tag werden mehr davon gebraucht; je mehr die Leute laufen, desto mehr schwitzen sie an den Füßen.‹ Aber vergessen wir die Strümpfe, schließlich haben wir gerade vom Heiraten geredet: Hätte der Carlà eine andere geheiratet, und zwar in einer feierlichen Zeremonie: Welche von beiden Frauen wäre dann vor Gottes Augen die Eva dieses Adams gewesen?«

»Das weiß Gott, nicht die Menschen. Aber für dich ist Trini deine Eva, das weißt du ganz genau. Weißt du, dass das der Druck ist, den du gespürt hast? Gottes entsetzliche Hand – ein großer Dichter, dieser Baudelaire!«

Ich hätte gern gerufen: »Komm zurück! Erklär mir das mit Gottes entsetzlicher Hand!«, aber er lief schon eilig einen Ziegenpfad hinunter und war bald zwischen den Stechpalmen und Wacholderbüschen aus meinem Blickfeld verschwunden.

Falguera de los Cabezos, Sonntag, 10. Oktober
Je nachdem, wie der Wind steht, dringt manchmal Glockenläuten zu uns herüber, Gott weiß, aus welchem Dorf … Im feindlichen Gebiet natürlich, in unserem Gebiet gibt es keine Glocken mehr; aber wie tröstlich es ist! Ich bin froh: Heute Nacht habe ich von Trini geträumt. Kannst Du Dir vorstellen, dass ich bis heute noch nie von ihr geträumt habe? Schade, dass der Traum so wirr war; aber sie habe ich ganz deutlich gesehen, sie hat mich angelächelt, und in ihren Augen, in diesen gläubigen, verständigen Kinderaugen, standen Tränen.

Und als ich heute, am Sonntagmorgen, zum fernen Läuten einer Dorfglocke unter einer Pinie lag und die reife Mittoktobersonne genoss, kam mir in den Sinn, wie glücklich wir in diesem Schafstall sein könnten, sie, der Junge und ich … Warum auch nicht? Mit einer Kuh und ein paar Ziegen, weit weg von allen Menschen. Sollen uns doch alle in Ruhe lassen! Der Klang der unbekannten Glocke verschmolz manchmal mit dem Bimmeln der Ziegenglöckchen, und ich dachte, wie schön alles sein könnte, wenn es so einfach wäre.

Aber das haben schon so viele vor mir gedacht und werden noch unzählige nach mir denken … So schön, wenn es so einfach wäre … Als Allererstes müssten wir lernen, einfach zu sein; wir müssten damit anfangen, dass wir zu Stein werden wie die Statuen, ohne diese scheußlichen Schwierigkeiten, die wir mit uns herumschleppen, ohne es zu wissen.

Die kahlen Ebenen von La Pobla de Ladrón kennen keine Jahreszeiten, nur Temperaturunterschiede: Im Sommer herrscht Ofenhitze, im Winter Polarkälte. Die Vegetation bietet das ganze Jahr über den gleichen Anblick. Es ist schön, dass ich jetzt wieder in einer ganz anderen Gegend bin und wieder der lebendigen Natur begegne – oder besser gesagt, der sterbenden. Zu sehen, dass das üppige Grün zu Gelb oder Rot geworden ist, dass der Herbst alles von innen heraus erfasst hat, dass der Wald plötzlich voller Pilze steht. Der Sanitäter sammelt mir jeden Tag einen ganzen Korb voll, und wir rösten sie am Feuer. Einmal hat er mir sogar ein paar Honigwaben von wilden Bienen angebracht; sein Gesicht und seine Hände waren fürchterlich angeschwollen, aber er versicherte mir, er spüre nichts: Anscheinend tun die Stiche nicht mehr weh, wenn man erst mal eine gewisse Menge abbekommen hat. Der Honig war ein klein wenig bitter, aber köstlich. Und wir haben noch einen besseren Nachtisch: die Trauben aus den verlassenen Weinbergen im »Niemandsland« sind zu Rosinen getrocknet und zuckersüß.

Die Einheimischen sind entsetzt, wenn sie sehen, dass wir Reizker essen. »Das ist Ziegenfutter«, murmeln sie angewidert, ausgerechnet sie, die unglaubliche Schweinereien wie diesen *mortajo* essen, als gäbe es nichts Besseres auf dieser Welt. Du könntest sie auch um keinen Preis dazu bewegen, ein Glas Milch zu trinken: »Das ist was für Kranke, sowas dreht einem die Gedärme um.«

Wenn wir durch den Wald gehen, scheuchen wir ganze Scharen von Singdrosseln auf, und diese Vögel mit ihren seltsam gekreuzten Schnäbeln nennt man auch, soviel ich weiß, *trencapinyes* – Kernknacker. Hoch oben sind die Geier zu den Hochebenen von Holte und la Pobla de Ladrón unterwegs, den Schauplätzen vergangener Schlachten; für sie gibt es sicherlich keinen Unterschied zwischen einem Schlachtfeld und einem Schindanger. Ebenso weit oder noch weiter oben als sie sehen wir die Störche, die allmählich Richtung Süden fliegen. Sie sind die ersten, die davonziehen, die Vorhut des Winters.

Du siehst schon, nach diesen albtraumhaften Wochen führen wir nun ein ruhiges Leben. Eines ist mir allerdings zurückgeblieben: Ich kann nicht einschlafen, ohne das Sternzeichen Schwan anzusehen und ein Vaterunser zu beten. »Nimm dein Kreuz auf und folge mir.« Hat Dein Gott nicht so etwas Ähnliches gesagt, Ramon? Unter all den zahllosen Göttern interessiert mich nur der, der Mensch geworden ist. Warum sollten wir uns für die anderen interessieren, wo sie sich doch nie für uns interessiert haben? Wenn es Gott gibt, muss er Mensch geworden sein; warum sollte er es nicht getan haben? Wie könnte er uns mit etwas so Entsetzlichem wie der Intelligenz allein lassen – der Erkenntnis angesichts des Nichts, ein verschwindend kleines Lämpchen, verloren am Grunde der ewigen, endlosen Finsternis, die uns umgibt? Wenn es wirklich so wäre, wenn wir alleine wären, müsste uns das Weltall vor Entsetzen erstarren lassen, wenn wir den nächtlichen Himmel betrachten: ein leerer Raum, unvorstellbar kalt, auf ewig düster, der unbegreifliche Hintergrund des Universums.

Warum also wirkt der Anblick des Nachthimmels beruhigend, tröstlich, vertrauenerweckend? Warum? Wer ist es, der uns tröstet? Wer?

Es gibt so viel Sinnloses, und da soll es Gott nicht geben?

Falguera de los Cabezos, Montag, 11. Oktober
Das Ministerium hat meine Beförderung zum Leutnant geschickt. In dem Schreiben heißt es: »Mit der Befähigung zum Geschützhauptmann«. Kommandant Rosich hat mich höchstpersönlich in meinem Schafstall beehrt, er hatte einen Kater wie in den guten alten Zeiten in Olivel. Tief bewegt ist er mir um den Hals gefallen, als hätte man mich zum Marschall des Heiligen Römischen Reichs befördert. Ich habe ihn darauf hingewiesen, dass wir im Bataillon gar keine Geschütze haben (die Fünfundachtziger-Mörser gehörten der anderen Brigade, und die hat sie nach den Operationen wieder an sich genommen).

»Mach dir keine Sorgen, Lluís, ich kaufe dir welche!«

Da aber bisher noch keine Geschütze vorhanden sind, bleibe ich einstweilen Chef dessen, was von der vierten Kompanie noch übrig ist. Nacht für Nacht klappere ich sämtliche Posten ab, dann verziehe ich mich an ein einsames Plätzchen und suche am Himmel nach dem Sternbild des Schwans. Das ist zu einer wahren Besessenheit geworden! Was ist das Kreuz? Ein simples, aber effektives Gerät, von unseren Vorfahren ersonnen zur Verlängerung der Qualen … etwas Grausames.

»Nimm dein Kreuz auf und folge mir.« Heißt das, dass es keinen anderen Weg als den des Leidens gibt?

VI

Eheu, fugaces ...

Olivel de la Virgen, 15. Oktober

Zurück in Olivel, und das mit vierzig Grad Fieber: eine Angina, die ich mir auf den eisigen Höhen von Los Cabezos geholt habe. Man hatte dem Bataillon erlaubt, sich nach Olivel zurückzuziehen und sich zu erholen (von 500 Mann waren noch 150 übrig), während wir auf neue Rekruten warten. Es war eine traurige Rückkehr. Abgerissen, mit völlig kaputten Schuhen, von Läusen übersät und alle Mann von der Krätze befallen – und der Tag unserer Ankunft war stürmisch und deprimierend; um die Mittagszeit war es schon so dunkel, als ob es Abend wäre. So ganz anders als jener andere Tag, der Tag unserer ersten Ankunft!

Ich liege wieder in meinem Bett; was für ein tröstliches Gefühl, die vertraute Kuhle in der Matratze zu spüren! Und wenn tatsächlich er der Fähnrich war? Denk nicht daran; quäl dich nicht; es ist sowieso nichts mehr zu retten. Das Schlafzimmer riecht nach Bittermandeln wie eh und je. Picó, Cruells, der Kommandant und der Arzt versammelten sich um mein Bett, und ich dachte verwundert daran, wie fremd sie mir noch vor vier Monaten waren, als ich ihnen zum ersten Mal in Castel de Olivo gegenüberstand. Jetzt sind wir wie eine Familie. Der Arzt hat mir irgendwelche Pillen gegeben, und die haben, so unwahrscheinlich es klingen mag, tatsächlich das Fieber gesenkt. Und Tante Olegària hat auch ihr Scherflein beigetragen: Hinter dem Rücken des Arztes hat sie mir einen Kräutertee gebraut, den ich siedend heiß trinken musste. Sie hat mir sogar den Rücken mit marinierten Tomaten eingerieben. Sie hätte nicht ruhig schlafen können, hätte ich sie nicht dieses Hausmittel anwenden lassen, das nach ihrer Aussage bei Angina unfehlbar ist; und was konnte es mir schließlich schaden? Mich hat es so wenig gekostet, mich einreiben zu lassen, und sie hat es so glücklich gemacht ...

Bei allem Guten, das sie mir tut, ist sie überzeugt, dass eine andere alte Frau es irgendwo für ihren Enkel tut. Ihr Enkel … Vielleicht hätten meine Zweifel ein Ende, wenn ich ihr offen davon berichten würde; ich könnte ein für alle Mal klären, dass ihr Enkel nie Fähnrich gewesen ist und nie mit einer Irene verlobt war. Aber jedes Mal, wenn ich mir vornehme, es ihr zu erzählen, spüre ich einen Kloß im Hals. Das Einzige, was ich gewagt habe, war, sie unauffällig zu fragen, wann sie das letzte Mal Post von ihm bekommen hat, in der Hoffnung, dass es danach war. Leider war es eine ganze Weile vor den Kämpfen um Xilte – sie bekommen hier nur alle drei, vier Monate Post, und auch das ist höchst kompliziert. Es lässt sich nicht einmal herausfinden, wo er zur fraglichen Zeit war, weil den Soldaten auf der anderen Seite verboten worden ist – eine Regel, die wir ebenfalls einführen sollten –, in ihren Briefen ihren Aufenthaltsort zu verraten.

Eines Abends, als alle wieder um mein Bett versammelt waren, kam ein Soldat vom Kommandostab mit einem Marschbefehl, den er soeben von der Brigade erhalten hatte. Das kam völlig unerwartet, da die neuen Rekruten noch nicht eingetroffen waren und das Bataillon immer noch genauso kampfuntauglich war wie zu dem Zeitpunkt, an dem wir uns zurückgezogen hatten, um uns zu erholen. Dringende Anweisung von der Division. Feindliche Gegenoffensive. Wir mussten noch vor Tagesanbruch am Ort der Kampfhandlungen eintreffen; die Division zog dort alle verfügbaren Kräfte zusammen, auch wenn sie noch so erschöpft waren. Ich sollte mit meiner Angina allein in Olivel zurückbleiben.

Die anderen waren alles andere als begeistert. »Wenn das so weitergeht, wird keiner von uns übrig bleiben, um davon zu berichten.« »Und wenn man bedenkt, dass die Plattfußbrigade …« Picó nahm verstohlen meine Tabaksdose an sich, der Kommandant meinen Trenchcoat. Sie dachten, ich würde es nicht bemerken, aber ich hatte es aus den Augenwinkeln beobachtet. Doch was hätte ich sagen sollen? Ich brauche meine Sachen zurzeit nicht, und sie sind überzeugt, dass meine Sachen »Glück bringen«. Um nichts in der Welt hätten sie sich den Mantel des armen Gallart unter den Nagel gerissen! Ich bin aus allen Kämpfen ohne einen einzigen Kratzer hervorgegangen, und jetzt habe ich eine ıa Angina: So viel Glück habe ich natürlich nur meiner Tabaksdose und meinem Trenchcoat zu verdanken. Aber als ich sah, wie auch der Arzt, nachdem er mir das Piramidon verabreicht hatte (ich glaube, so heißen diese Pillen), klammheimlich meine Pfeife einsackte, konnte ich es mir nicht verkneifen, ihm zu sagen:

»Tu quoque?«

»Nun ja, Lluís, glaubst du etwa, bloß weil ich Medizin studiert habe, habe ich nicht meine Macken wie alle anderen auch?«

Nur Cruells war übrig und sah mich seelenruhig mit seinen Eulenaugen an; der Abschied schien ihm schwerzufallen.

»Du wirst also allein in Olivel zurückbleiben.«

»Ja, Cruells, und ich will dir nichts vormachen: Ich bin froh darüber. Dieser Krieg wird allmählich anstrengend.«

»Du machst mir Angst. Rückfälle sind gefährlich.«

»Redest du von meiner Angina?«

»Du weißt genau, wovon ich rede.«

»Du irrst dich; ich bin schon kuriert. All diese Nächte unter dem Sternbild des Schwans! Ich habe viel gebetet, Cruells, auch wenn du das nicht glaubst.«

»Und warum sollte ich dir nicht glauben?«

»Sieh mal, ich sage dir sogar, dass ich während der Kämpfe gebetet habe, aber bilde dir nicht allzu viel darauf ein. Wenn ich mich in einem Erdloch zusammenrollte, eingehüllt in den Trenchcoat, den mir der Kommandant soeben gemopst hat, und versuchte, unter dem Pfeifen der Querschläger zu schlafen, hielt ich meinen Blick unverwandt auf das Sternenkreuz gerichtet und sagte zu ihm: ›Ich bin ein Esel, o Herr, ein wahrer Esel! Onkel Eusebi taugt tausend Mal mehr als ich, und die Carlana ebenfalls; beim Carlà wäre ich mir da nicht so sicher, aber wer weiß … Alle, alle taugen mehr als ich, mein Gott. Hab Erbarmen mit mir, auch wenn es keinen größeren Esel gibt als mich.‹«

»Man betet nicht, wie man will, sondern wie man kann«, sagte Cruells ernst.

Ich vermisse das Bataillon. Zum ersten Mal, seit ich zu ihm stieß, bin ich allein. Heute bin ich fieberfrei und wäre sogar aus dem Haus gegangen, wenn das Wetter nicht weiter so grau und regnerisch wäre, was in diesem abgelegenen Dorf ungeheuer deprimierend ist. Tante Olegària umhegt mich wie eine Glucke: Hühnerbrühe, Tassen mit einem Gebräu aus Oregano, Rum und Zucker, frisch gemolkene Ziegenmilch. Niemand kann ihr ausreden, dass ihr Enkel genau wie ich an Angina leidet. An Angina! Der arme Fähnrich, tot und verstümmelt …

Von meinem Schlafzimmer aus höre ich die Rufe der Dorfkinder, die trotz des Regens auf dem Platz spielen. Ich vermisse mein Bataillon wie einer dieser Knirpse die anderen vermissen würde, wäre er alleine eingesperrt. »Ich bin der Carlà, und ihr müsst mir gehorchen!«, höre ich einen auf Spanisch rufen. Ich spähe durch die halb offenen Fensterläden: Ist das nicht der ältere Sohn der Carlana? Enriquet … Als sie mit diesem Dreikäsehoch schwanger war, haben ihr die Jungen aus dem Dorf unter allgemeiner Billigung und mit dem besonderen Segen der alten Vetteln die Türen mit Scheiße beschmiert. Früher wollten die Kinder nicht mit ihm spielen, jetzt betrachten sie ihn voller Respekt. Sie gehorchen ihm. Und wie! Einem, der sich beschwert, versetzt er einen Fußtritt – und alle finden das völlig in Ordnung …

16. Oktober

Heute bin ich aus dem Haus gegangen. Seltsam: Die Carlana hat sich in den letzten Tagen nicht dazu bequemt, sich nach meinem Befinden zu erkundigen. Ich sage ja nicht, dass sie mich hätte besuchen sollen, aber sie hätte ihren Pferdeknecht schicken können. Vielleicht hat sie Angst, sich zu kompromittieren; oder vielleicht bin ich ihr schon längst egal. Eine ausgepresste Orange.

Ich bin bis kurz hinter den Dorfrand spaziert. Das Laub der Pappeln entlang des Parral ist gelb und rot und fällt nach und nach zu Boden. Der Fluss führt viel mehr Wasser als damals, als ich mit Bellota in ihm entlanggeritten bin. Was wohl aus dem Pferd geworden ist? Ob es mich auch vergessen hat?

Der Pinienhain, in dem die Grillen zirpten, ist jetzt ganz still und duftet nicht mehr nach Harz; der Geruch nach feuchter Erde überdeckt alles. Langsam wird es kalt; ich vermisse den Trenchcoat, den diese Halunken mir geklaut haben.

Die Dorfbewohner sind mit der Safranernte beschäftigt, die dieses Jahr sehr ergiebig ausfällt. Die Straßen des Dorfes sind mit einem Teppich aus Blütenblättern bedeckt; der Fluss spült Unmengen von ihnen fort. Ihr Duft, ähnlich dem Duft von Rosen, aber weniger stark, strömt einem aus jeder Haustür entgegen. Alte und Kinder, Männer und Frauen sitzen auf Schemeln, links und rechts gesäumt von großen Körben; aus dem einen nehmen sie die Blumen, zupfen die roten Fäden ab, legen diese in den anderen Korb und werfen die lilafarbenen Blütenblätter fort, die zu nichts zu gebrauchen sind. Später werden die Staubfäden geröstet, und das trockene Pulver ist dann der Safran, der sein Gewicht in Gold wert ist; er ist der wahre Reichtum von Olivel.

Wenn ich mich irgendwo am Flussufer niederlasse, sehe ich Tausende und Abertausende Blüten vorübertreiben; es sind so viele, dass der Fluss an manchen Stellen vollständig von ihnen bedeckt ist. Das sieht sehr merkwürdig aus: ein lilafarbener Fluss.

Irgendwann wird der Geruch der Safranblüten aufdringlich. Und erinnert mich, warum weiß ich nicht, an sie.

Nach dem Mittagessen hat Tante Olegària mich allein zu Hause gelassen; sie muss den Gemüsegarten gießen, denn sonst würde sie ihre Wasserration für diese Woche verlieren. Das Flusswasser ist genauestens rationiert.

Das war die Gelegenheit, auf die ich begierig gewartet hatte. Mein Schlafzimmer liegt im Erdgeschoss, ihres im ersten Stock. Ich habe mich hinaufgeschlichen wie ein Dieb. Die Tür war nur angelehnt; der Mief eines Zimmers, in dem jemand schläft und das nie gelüftet wird, traf mich plötzlich ins Gesicht wie der Atem eines Menschen.

Drinnen war es stockdunkel; Tante Olegària öffnet die Fensterläden nur zu ganz besonderen Anlässen, so wie damals, als sie mir das Zimmer zeigte. Sie konnte ja nicht ahnen, dass ich eines Tages heimlich allein wiederkommen würde … Ich tastete mich bis zum Fenster vor. Was würde ich sagen, wenn sie jetzt unerwartet hereinkäme? Auf gar keinen Fall die Wahrheit; soll sie glauben, ich wolle sie bestehlen oder was auch immer, das ist jetzt auch egal.

Ich habe mich aufs Bett gesetzt. Es hat fünf Wollmatratzen, wie das hier bei Ehebetten übrig ist.

Man versinkt darin wie in einer Wolke, denn noch dazu haben die Matratzen keine Quernähte und sind völlig unförmig. Tante Olegària war nur einmal in ihrem Leben in Barcelona; sie musste zu einem Augenarzt, weil sie Grauen Star hatte. Das Einzige, woran sie sich genau erinnert, ist die Matratze: »Herr im Himmel, wie kann man nur so hart schlafen?«

Die Fotos sahen mich aus ihrem glitzernden Rahmen herab an. Das verzerrte Lächeln, der starre Blick, die Kohlestriche, mit denen Haare und Augenbrauen nachgezogen sind ... Alles in allem unglaublich dämlich. Und vor allem du, du Riesendämlack, warum musstest du auf der Brustwehr herumstehen?

Diese tiefe Falte links vom Mund, wie der Vorbote eines kommenden Leberleidens, hatte die nicht auch der Fähnrich? Pah, wenn man's recht bedenkt: Wer sieht nicht Gott weiß wem ähnlich? Wenn zwei einander ähneln, sieht immer einer dem anderen ähnlicher als umgekehrt. Was heißt das überhaupt: einander ähneln? Was heißt das: ein Leberleiden? Ein Mann, der – wer weiß, ob genau in die Leber – von einer Kugel aus einer Mauser getroffen wird, die aus weniger als dreißig Schritt Entfernung abgefeuert wurde, darf guten Gewissens ein Gesicht ziehen wie jemand, der es an der Leber hat. Wer von uns würde unter diesen Umständen nicht schlecht aussehen?

Wie dieses Zimmer stinkt! Schlimmer als Pater Gallifas Zelle, und das will was heißen. Und dann diese retuschierten Fotos ... Woher will ich wissen, ob sie ihn wirklichkeitsgetreu wiedergeben? Dieses eine vor allem, auf dem er gleichzeitig mit seiner Großmutter Erstkommunion feiert, mit der Schwester seiner Großmutter, meine ich, und das dank der Künste eines Fotografen, der sich damit hundert Peseten verdient hat ... Hundert Peseten! Dieser gottverdammte Bauernfänger ... Und noch dazu in diesem grässlichen Rahmen, dem Geschenk einer *Doña* ...
»Eine echte Dame, Don Luisico, sie war nämlich Dorfschullehrerin.«
Was kann man von solchen Leuten schon anderes erwarten als Kummer und Scherereien?

Olivel, 17.

Das Wetter ist immer noch so scheußlich, dass ich nicht spazieren gegangen bin, sondern in die Taverne. Melitona ging auf und ab, hüftschwingend wie immer. Armer Gallart, der ganz allein dort in der Einöde liegt … Der Politkommissar hat sich merkwürdig verhalten: In all den Tagen, in denen er wieder in Olivel war, wollte er nicht einen Fuß in die Taverne setzen, »es wäre nicht richtig hinzugehen, wenn Gallart nicht dabei ist.«

Der Kommandant hat mir geschrieben: »Bleib bloß in Olivel. Diese Operation war ein Schlag ins Wasser. Warte auf uns. Wir sind in ein paar Tagen zurück.«

Ob in der Luft von Olivel irgendetwas ist, was einem zu Kopf steigt? Warum fühle ich mich hier so wohl? Die tausend Farben des Herbstes, der Flug der Zugvögel, die fallenden Blätter, das Rauschen des Flusses, alles scheint mir zu sagen: »Lass deine besten Jahre nicht entfliehen, du lebst nur einmal; deine Augenblicke entschwinden ins Nichts wie die Safranblüten, die der Parral davonträgt … deine Augenblicke, die so wunderbar sein könnten!« Für einen einzigen Moment des Glanzes würde ich alles geben.

Vorgestern bin ich sechsundzwanzig geworden: Erst heute ist es mir eingefallen, und eine Woge der Melancholie brach über mich herein wie eine vergessene Melodie. Wie ein Lied, das vielleicht wunderschön war, dem wir aber keine Beachtung schenkten, solange wir es hörten, und dessen wir uns erst jetzt bewusst werden, da wir es vergessen haben. Oh Gott, wo gehen sie nur hin, meine gelebten Jahre?

Heute Morgen bin ich, ehe ich mich's versah, den Hügel zur Burg hinaufgestiegen. Glücklicherweise habe ich auf halbem Wege innegehalten. Wohin gehe ich? Warum sollte ich ihr guten Tag sagen? Was würde ich ihr sagen?

Olivel, 18.
Heute bin ich zur Burg gegangen.

Der Bursche hat mich zum Dachboden hinaufgebracht, wo ich noch nie zuvor war. Er ist in acht oder neun riesige Räume unterteilt, die durch die tragenden Wände des Gebäudes voneinander getrennt sind; die steil abfallende Decke besteht aus der Unterseite der Dachziegel. Die Balken, die die Ziegel tragen, sind eindrucksvoll: Wo haben sie so gewaltige Bäume aufgetrieben? Es müssen Jahrhunderte alte Nussbäume gewesen sein; als ich dem Lauf des Parral folgte, habe ich einige solcher Bäume gesehen. Sie schienen mit den Kronen den Himmel zu streifen, während ihre Wurzeln bis in die Hölle zu reichen schienen.

Zwischen diesen gewaltigen Balken – und nicht nur im südlichen Teil, sondern auch im Nordflügel – gibt es viele Schwalbennester; diese Nester haben eine andere Form als die, die man unter der Dachkante findet. Ich habe gehört, dass es unterschiedliche Schwalbenarten sind, die die einen oder anderen bauen. Aber jetzt sind die Schwalben nicht mehr da, weder in den einen Nestern noch in den anderen. Die Geckos hingegen huschen immer noch an den unverputzten Wänden entlang, an denen hier und da Höhlungen zu sehen sind, die Käuzchennester sein könnten. Der Boden ist nicht gefliest und bebt unter den Schritten. Überall steht Gerümpel: Ein Antiquitätenhändler könnte hier zweifellos das eine oder interessante Stück finden. Wurmzerfressene Nussholztruhen, einige mit gotischen Schnitzereien versehen. Sekretäre, denen Schubladen fehlen, Armstühle mit abgebrochenen Beinen, kolossale barocke Kohlebecken, unidentifizierbare Gegenstände. Mir fielen drei Bilder auf, die umgekehrt an der Wand lehnten, sodass man nur die Rückseite der Leinwand sah; sie waren großformatig, und die Leinwände waren hier und da durchlöchert.

Sie saß in einem der südlichen Räume, dem kleinsten von allen. Dort gibt es kein Gerümpel, sondern Käfige mit Kaninchen und Hühnern und einen kleinen Taubenschlag; über ein paar kaputte Kisten ist ein Gitter gelegt, auf dem bemehlte Feigen zum Trocknen ausgelegt sind.

Sie saß auf einem Schemel und zupfte Safranfäden wie jedermann; neben ihr saßen die Kinder auf Stühlchen zwischen je zwei Körben und taten es ihr ganz ernsthaft nach. In diesem Augenblick stahl sich ein Sonnenstrahl durch eine Wolkenlücke, zitternd, als bestünde er aus winzigen Wassertröpfchen, und ließ sich auf dem Kopf des Kleineren nieder. Ich hatte nie zuvor bemerkt, wie blond er ist: Sein Haar glänzte wie altes Gold auf einer Retabel.

Ohne aufzustehen oder in ihrer Arbeit innezuhalten, hieß sie mich auf einem weiteren Stuhl Platz nehmen. Freundlich und korrekt. Nicht mehr. Ich wusste nicht, was ich sagen sollte, also fragte ich, wer auf den drei Gemälden abgebildet sei.

»Enrics Vorfahren. Die Anarchisten haben sich einen Spaß daraus gemacht, sie als Zielscheibe zu benutzen. Ich habe sie auf den Dachboden gebracht, weil es mir immer so vorkam, als musterten sie mich mit bösen Blicken.«

»Dürfte ich sie mir einmal ansehen?«

Drei Reiterbilder, die abgesehen von ihrem Alter – sie stammen aus der jeweiligen Epoche des Abgebildeten – nichts Besonderes sind, drittklassige Provinzmalerei von der Sorte, von der man mit Fug und Recht sagen kann, dass sie mit zunehmendem Alter gewinnt, da sie mit den Jahren nachdunkelt und man nicht mehr so viel erkennen kann. Aus der jeweiligen Mode, nach der die Porträtierten gekleidet sind, schließe ich, dass es sich um den Großvater, den Urgroßvater und den Ururgroßvater des Verstorbenen handelt: Alle drei sind fein herausgeputzt, sitzen kerzengerade auf ihren Rössern und sehen den Betrachter geradeheraus und ohne einen Funken Ironie an, die linke Hand am Schwertgriff, in der Rechten die Zügel. Sie haben den gleichen frontalen, starren Blick wie Tante Olegàrias Enkel; aber während bei diesem die Abwesenheit jeglicher Ironie durch eindrucksvolle Gutgläubigkeit aufgewogen wird, weisen die drei Reiter die gleichen dümmlichen, bauernschlauen Äuglein auf, die auch auf den Fotografien ihres Nachkommen zu sehen sind. Unter den stolz erhobenen Pferdehufen findet sich ein Adelswappen, natürlich bei allen dreien dasselbe: ein silberner Olivenbaum auf grünem Grund, der – so viel verstehe ich von Wappenkunde – »Sinople« genannt wird. Die Söhne der Carlana haben nichts von diesen Kleinkrämeraugen; sie sehen keinem dieser Kerle im Geringsten ähnlich … Und auch nicht dem Carlà! Ich finde, auf dem Wappen fehlt die Devise: »Heute wird nicht angeschrieben, morgen ja.«

»Sie sollten sie irgendwann einmal restaurieren lassen; immerhin sind es die Vorfahren Ihrer Kinder.«

»Ja, daran habe ich auch schon gedacht.«

Sie zupfte die Staubfäden mit bewundernswerter Leichtigkeit ab, und rund um sie war der unregelmäßige Fußboden über und über mit Blütenblättern bedeckt; der Duft schien nicht von den gerupften Blüten, sondern von ihr auszugehen. Über ihre Arbeit gebeugt, sah sie mich nicht an. Ich betrachtete sie schweigend.

»Santa Maria von Olivel«, murmelte ich, dann verstummte ich wieder. Was hätte ich dem auch hinzufügen sollen? *Ora pro nobis?*

Sie hob den Blick; in ihm lag dieses schattige Licht, das ich so gut kenne.

»Haben Sie etwas gesagt?« Ihre Altstimme klang völlig normal, ohne dieses Tremolo, das mich so verstörte; habe ich dieses Tremolo vielleicht nur geträumt? Hat diese Stimme jemals beben können?

»Ja, aber ich weiß nicht mehr, was ich sagen wollte. Ich glaube, es hatte etwas mit den Safranblüten zu tun. Oder vielleicht mit Gottesanbeterinnen. Ich weiß nicht, ob Sie jemals ein Buch mit dem Titel *Der wundersame Instinkt der Insekten* gelesen haben. Es stammt von einem Mann aus der Provence namens Fabre und ist sehr interessant. Vor Jahren war es meine Lieblingslektüre; ich war damals vierzehn oder fünfzehn, denken Sie nur.«

»Ich dachte, Sie hätten von der Muttergottes dieser Gegend gesprochen.«

»Ja, auch von der hiesigen Muttergottes, warum nicht? Die könnten wir auch ins Gespräch bringen, schließlich tragen Sie ihren Namen. Maria von Olivel, Olivela, so viel Arbeit, um diese winzigen Staubfäden verwerten zu können! Und die wunderschönen, duftenden Blütenblätter werden achtlos weggeworfen; der Fluss ist voll davon, von Weitem sieht es aus, als wäre er violett.«

»Sie sind zu nichts zu gebrauchen.« Sie wandte den Blick wieder von mir ab und der Arbeit zu. Ihre Finger arbeiteten unablässig.

»Nun gut, sie sind zu nichts zu gebrauchen. Der Instinkt ist etwas Wundersames, aber wozu ist er in letzter Konsequenz gut? Wozu ist das Leben gut, wenn wir uns das Einzige entgehen lassen, das sich lohnt?«

»Wovon reden Sie jetzt?«

»Was weiß ich! Man kann so viel mutmaßen, so viel! Manche stellen Mutmaßungen an, ohne sich dessen bewusst zu sein; Santiaga, zum Beispiel …«

Sie sah mich nachdenklich an; meine Worte hatten sie getroffen. Und wo wir schon beim Mutmaßen sind: Warum geht Soleràs nicht weiter? Diese Kinder, so blond, mit diesen großen Augen – den Augen ihrer Mutter. Man kann gewisse Vorsichtsmaßnahmen so leicht umgehen, man kann so viel mutmaßen; da kämen wir nie zum Ende. Mal angenommen, der Carlà und die Carlana wären Geschwister gewesen, ohne es zu wissen. Warum nicht? »Irgendwo hatte sie wahrscheinlich vornehmes Blut her, wer weiß, von wo.« Aber dann hätten sie sich mehr oder weniger geähnelt, und die Kinder hätten etwas von dem Toten, der ihr Onkel gewesen wäre …

Seltsam: Was mich in diesem Augenblick am meisten an ihr anzieht, ist die Tatsache, dass sie diese beiden wunderschönen Kinder zur Welt gebracht hat. In mir regte sich ein dunkler Instinkt, vielleicht mehr pflanzlicher als tierischer Art, mächtiges, beherrschendes Leben zu verbreiten, es einem dieser Nussbäume entlang des Parral mit ihren gewaltigen Wurzeln gleichzutun und eine göttliche Rasse zu verbreiten: *Eritis sicut dii*, unser heimlichstes Verlangen, der flüchtige Glanz, für den Adam den sicheren, ruhigen Glanz des Paradieses ausschlug. »Wundersamer Instinkt« dachte ich; das Weibchen, einmal befruchtet, frisst das nutzlos gewordene Männchen auf; dann opfert es sich für eine Nachkommenschaft, die es nicht erleben wird, weil es vorher stirbt. Alles für die Nachkommenschaft! Man selbst ist nichts, die Nachkommenschaft ist alles. Aber was ist die Nachkommenschaft? Ein Haufen Dummköpfe, nicht mehr und nicht weniger dumm als wir. Im Grunde sind die Insekten genauso dumm wie wir.

Zu Lebzeiten des Carlà mag es ja noch Vorsichtsmaßnahmen gegeben haben, die sie leicht umgehen konnte. Aber jetzt … jetzt ist sie frei … Sie muss niemanden mehr täuschen … Was hätte sie davon …

»Sie sind zu nichts zu gebrauchen«, wiederholte ich. »Sie waren zum Schutz der roten Staubfäden da, und wozu sollten sie noch nutze sein, nachdem man die Staubfäden abgezupft hat?«

»So ist es«, sagte sie und arbeitete flink weiter, ohne mir große Aufmerksamkeit zu schenken.

»Sie wissen also, wovon ich rede?«

»Oh nein, ich weiß nicht, wovon Sie reden.«

»Wissen Sie, was eine Gottesanbeterin ist? Ein in vielerlei Hinsicht bemerkenswertes Tier.«

»Hier wird sie *beata* genannt – Betschwester. Wenn es heiß ist, findet man sie zuhauf auf den abgeernteten Feldern. Die Kinder sagen, wenn man sich draußen verläuft, muss man nur eine Betschwester nach dem Weg fragen: Das Tier faltet die Hände zum Gebet und weist einem damit die richtige Richtung.«

»Das ist nichts weiter als eine Mutmaßung, und wenn wir einmal zu mutmaßen anfingen, kämen wir nie zum Ende, das können Sie mir glauben! Hören Sie, was ich Ihnen sagen wollte: Ist es nicht ein Jammer, eine so schöne Blüte wegzuwerfen? Man kann ja die Staubfäden nutzen, dagegen ist gar nichts einzuwenden; aber es ist so grausam, die Blüte wegzuwerfen …«

»Was sollten wir mit ihr anfangen? Sie hat keinerlei Nutzen.«

»Keinen Nutzen … Wie eine Frau, nachdem sie Kinder in die Welt gesetzt hat. Damit will ich keinesfalls sagen, dass Kinder nicht meinen vollsten Respekt hätten; ich meine, Kinder aus eigener Ernte, wie mein Kommandant sagen würde. Aber muss man deshalb auf die Liebe verzichten, auf den Glanz? Glauben Sie mir, Olivela: Nicht alles muss einen Nutzen haben! Wir müssen es nicht machen wie die Insekten.«

»Welche Insekten?«

»Die Gottesanbeterin, zum Beispiel; Sie wissen natürlich nicht, wovon ich rede. Die Gottesanbeterin hat, wie soll ich sagen, ein paar wenig empfehlenswerte Angewohnheiten. Und können Sie sich vorstellen, dass es Augenblicke gibt, in denen ich das aufgefressene Männchen beneide? Es hat wenigstens seinen Moment des Glanzes erlebt, mag dieser auch noch so flüchtig gewesen sein. Einen Moment – aber wie lange war dieser Moment! Beneidenswert! Wozu noch länger leben? Ein solcher Moment ist so viel wert wie die Ewigkeit.«

»Ich habe schon lange keine Gottesanbeterin mehr gesehen«, erwiderte sie mit der Natürlichkeit einer großen Schauspielerin. »Als wir klein waren, haben wir sie auf den Feldern gesucht, haben ihren Schwanz zwischen die Finger genommen und gesagt: ›Falte die Hände.‹ Und sie haben sie gefaltet. Mein Gott, wie viele Jahre ist das her … Wir haben auch Kaulquappen am Fluss gefangen und in Gläser gesteckt, bis sie Frösche geworden waren.«

»So viele mögliche Mutmaßungen! Sie, Olivela, sind der Mensch, über den ich im Geiste die meisten Mutmaßungen angestellt habe. Sie erzählen mir von Kaulquappen, die sich schließlich – vorausgesetzt, sie überleben – in Frösche verwandeln. Das nennt man dann Metamorphose. Es gibt aber auch Kaulquappen, die zu Kröten oder Salamandern werden; denn Metamorphosen gibt es, genau wie Mutmaßungen, wie Sand am Meer. Unterwegs begegnet man allen möglichen Mutmaßungen. Der Hosenscheißer, zum Beispiel, der arme Hosenscheißer ...«

»Sie können ruhig deutlich werden! Oder glauben Sie, ich wäre dann beleidigt?«

»Der Hosenscheißer ist nie Ihr Vater gewesen! Gewisse Dinge sind einfach nicht zu übersehen. Aus der Kaulquappe einer Kröte wird unweigerlich eine Kröte.«

»Glauben Sie nicht, dass mir dieser Gedanke nicht auch schon gekommen wäre ... Wenn Sie wüssten, wie oft, wie oft ich mir das ausgemalt und gewünscht habe, es wäre so; für mich und für ihn. Vor allem für ihn. Es wäre so viel besser für ihn ...«

»Ja, Olivela. Und der andere ...«

»Welcher andere?«

»Der andere Dummkopf, der Schüchterne, Höfliche. Der vornehme Dummkopf. Don Enrique de Alfoz y Penyarrostra ... Was für ein Ochse, was für ein Roldán! Wenn man anfinge, über den zu spekulieren, käme man nie zu Ende. Uff, mich schaudert es, wenn ich an die Hörner denke, die ...«

Sie blitzte mich an, ihr Blick war blendend hell.

»Wir verstehen einander nicht«, fiel sie mir ins Wort. »Und glauben Sie mir, das tut mir leid. Warum nur fällt es Ihnen so schwer zu verstehen?«

»Was zu verstehen?«

»Meine Situation. Mich interessiert nichts außer meinen Kindern.« Und damit wandte sie sich wieder ihrer Arbeit zu.

Just in diesem Augenblick fiel der zögernde, von Regentropfen wie Tränen geschwängerte Sonnenstrahl auf den Kopf des Älteren, »Ich bin der Carlà, und ihr müsst mir gehorchen«, und er schimmerte ebenfalls wie altes Gold. Beide zupften Staubfäden, schnell und ernsthaft. Wie still die Schwalbennester waren!

Olivel, 19.

Ein unerwarteter Besucher. Soleràs.

Er ist zum Haus von Tante Olegària gekommen: »Ich habe gehört, du seiest krank. Freut mich, dass es dir besser geht.«

Ich habe ihm den einzigen Stuhl angeboten; ich selbst lag auf dem Bett.

»Du bist ein echter Glückspilz. Eine wunderbare Angina, die es dir erlaubt, wie ein König zu leben … und das ausgerechnet in dem Dorf, in dem du deine Liebschaft hast.«

Er zog seine Lederjacke aus und ließ sie zu Boden fallen.

»Ich habe keine Liebschaft, weder hier noch sonst wo. Ich bitte dich, nicht schon wieder mit deinen üblichen Unverschämtheiten anzufangen. Möchtest du rauchen? Sie haben mir die Pfeife und die Tabaksdose geklaut, aber hier ist ein Päckchen Tabak und Zigarettenpapier.«

»Ich wäre dir eher dankbar für ein Glas Kognak.«

Die Kerle von der Buddelrepublik haben mir einen Zuckerrohrschnaps dagelassen, der, wie sie alle einschließlich des Arztes behaupten, das beste Mittel gegen Angina ist. Soleràs füllte sich eine Tasse – meine Aluminiumtasse – fast randvoll, legte die Füße auf den Tisch, räkelte sich und gähnte.

»Wir beide müssen miteinander reden, Lluís, und zwar nicht von deinen Liebschaften, die interessieren mich nicht. Die kannst du dir sonst wohin stecken. Ich sage dir ganz offen, dass diese Seite des Lebens mich vollkommen kaltlässt. Wie man es auch dreht und wendet: Ein Mann und eine Frau, die sich küssen, tun nicht anderes, als ihre Verdauungstrakte am oberen Ende zu vereinigen.«

»Ist das Philosophie?«

»Ja, aber von der billigsten Sorte und für jede Intelligenzstufe nachvollziehbar, wie zum Beispiel jetzt für dich.«

Er lachte mit diesem unangenehmen Gackern, während er ab und zu einen tiefen Schluck aus der Tasse nahm.

»Das bekommt dir nicht, Juli. Es ist Zuckerrohrschnaps.«

»Wir sollten Klartext miteinander reden, Lluís. Meinst du nicht, *Bodes macabres* sei ein guter Titel für einen Roman? *Makabre Hochzeit* … Eines Tages werde ich ihn schreiben, einstweilen habe ich schon den Titel, wie du siehst. Ein Superporno, würdig unserer Zeit! Wenn ich dir nun sage, dass du mich auf die Idee mit der Hochzeit im Kloster gebracht hast … du und Trini. Oder willst du leugnen, dass ihr füreinander ein Paar von Mumien seid?«

»Und ich sage dir noch mal, dass du aufpassen solltest, was du sagst; ich könnte die Geduld verlieren wie das letzte Mal.«

»Arme Trini! Was du ihr nicht verzeihen kannst, ist, dass sie dir treu ist.

Et lire la secrète horreur du dévouement …«

»Bist du gekommen, um mir eine Predigt zu halten?«

»Nein, Lluís, so gravitätisch bin ich dann doch noch nicht. Du kannst ganz beruhigt sein. Ich bin gekommen, um dir zu sagen, dass wir nie Notare sein werden, du und ich. Notare! Könnten wir uns jetzt auf die Aufnahmeprüfung vorbereiten? All die vielen Stunden, die wir fleißig gelernt haben, der *Digest*, die Dekrete … Vergeudete Arbeit, Lluís! Ganz zu schweigen von den *Pandectes*; wer erinnert sich schon noch an die *Pandectes*? Wir haben den Ruhm gekostet, und der hinterlässt einen Nachgeschmack, der macht, dass die Dekrete, die *Pandectes*, der *Digest* und sogar das, was Papinian uns auftischt, fade schmecken. Wir sind in der Weltgeschichte herumgeirrt, haben alles Mögliche getrieben, wir waren frei, waren Männer, waren Tiere … Heutzutage wird jeder erstbeste Notar! Der Krieg ist eine Hure, die dir für immer das Blut vergiftet. Neben ihr verblasst alles andere. Überleg doch mal: Warum lesen wir heute noch die *Göttliche Komödie*? Vorausgesetzt natürlich, dass man sie liest; ich für meinen Teil kann dir sagen, dass sie nach *Los cuernos de Roldán* meine Lieblingslektüre ist. Nun gut, in dreitausend Jahren Literaturgeschichte wurde auch nur ein einziges solches Buch geschrieben. Wie viel Müll wurde im Laufe dieser Zeit produziert, ganze Meere von Eintönigkeit erzeugt! Aber die *Göttliche Komödie* gibt's nur einmal. Angenommen, alle dreitausend Jahre würde ein solches Werk geschrieben, dann wären das nach dreitausend Mal dreitausend Jahren dreitausend *Göttliche Komödien*; und selbst wenn du noch so wenig von Algebra und Trigonometrie verstehst, kannst du dir selbst ausrechnen, welche Zahl das ergibt. Und die Jahre vergehen wie im Flug; es scheint wie gestern gewesen, dass Diplodocus und Megatherium durch Gottes schöne Welt spazierten … und dabei sind zweihundert Millionen Jahrhunderte vergangen wie nichts! Und so wird also der arme Dante, ohne es zu wissen, auf einem riesigen Dachboden voller Bücher verschwinden, die ebenso gut sind wie seines und die nie jemand lesen wird. Wer könnte schon Millionen von Genies lesen? Das menschliche Gedächtnis wird die Namen der dreißig oder fünfunddreißig Millionen Dantes nicht behalten können, die sich auf unserem bemerkenswerten Planeten ansammeln werden, sollte dieser auch nur ein halbwegs astronomisches Alter erreichen, statt zu zerplatzen wie eine Eichel – was auch nicht ausgeschlossen wäre. Aus diesem Grund habe ich beschlossen, die *Bodes macabres* nicht zu schreiben, und darauf verzichtet, ein neuer Dante zu werden.«

»Sehr interessant, aber ich verstehe nicht, warum du eigens nach Olivel gekommen bist, um mir diese Neuigkeiten zu überbringen. Du magst ja einiges mit Dante gemeinsam haben – aber ich?«

»Vielleicht hast du nie danach gestrebt, Dante zu sein, sondern Notar. Bedenke nur, dass auf jeden Dante ungefähr vier Billionen sechshundert Milliarden Notare kommen.«

»Ich sehe schon, du hast sie genau gezählt.«

»Ich habe das während einer schlaflosen Nacht ausgerechnet. Falls du mal Probleme haben solltest einzuschlafen, mach's wie ich: Rechne nach, wie viele Notare es auf diesem schönen Planeten seit Anbeginn der Zeiten gab, wie viele es gerade gibt und wie viele es noch geben wird. Notare zählen schläfert dich schneller ein als Schafe oder Hammel zählen. Oh, was für ein gewaltiger Haufen Staub sind doch die Notare! Es wäre einfacher, die Sterne am Himmel oder die Sandkörner am Strand zu zählen. Ich hatte immer den Verdacht, dass Abraham den falschen Beruf gewählt hat: Er hätte Notar werden sollen. Was wäre Abraham nicht für ein großartiger Notar gewesen! Lies mal alles über den Kauf der Höhle von Machpela, dieser großen Höhle, in der er seine Frau bestatten wollte. Lies es, und du wirst sehen, dass er sie für vierhundert Silberschekel gekauft hat (Genesis, Kap. 23, 7–20) und dass man keinen geschickteren Kaufvertrag aufsetzen könnte. Was für ein großartiger Notar! Glaub mir, Lluís.«

»Und was soll das?«

»Glaub mir, Lluís, der Ersatz, den die Menschen für den einzig möglichen Glanz und Ruhm suchen, ist falsch und lächerlich. Literarischer Ruhm? Alberner, papierner Ruhm … Ein Buch unter Millionen Büchern zu sein, eine Mumie unter Millionen Mumien; zu erreichen, dass deine Gipsbüste auf dem Aktenschrank des Geschäftsführers von ›Ruscalleda Hijo, feinste Supernudeln‹ steht …«

»Und was wäre der wahre Ruhm?«

»Krieg und Liebe, Töten und das Gegenteil tun! Einen anderen Ruhm gibt es nicht; aber ich habe schon seit frühester Jugend so entsetzlich unter Zahnschmerzen gelitten …«

»Krieg und Liebe, Töten und das Gegenteil tun … Glaubst du ernsthaft, du wärst der Erste, der das sagt? Und selbst wenn du der Erste wärst, der das sagt; man kennt das alles schon zur Genüge, es hängt einem zum Halse heraus.«

»Klar hängt es einem zum Halse heraus. Der Ruhm hängt einem zum Halse heraus, man erträgt ihn nur für einen Augenblick. Aber was für ein Augenblick! Wir alle leben für diesen Augenblick … Ehe? Wer redet von der Ehe? Verschon mich mit der Ehe! Genau darum bin ich hier: Um dir zu sagen, dass … Nein, nein, rechnet nicht auf mich. Verschont mich mit der Ehe! Die Ehe ist das liebste Sakrament der Frauen, die Armen, sie lieben sie mehr, viel mehr als die Taufe! Aber nicht mit mir, nein, mit mir nicht. Ich wollte eine große Liebe, wer träumt nicht davon, Held eines großen Liebesabenteuers zu sein? Eine große Liebe, soll heißen, nichts von Ehe. Nicht im Traum, verstehst du? Um dir das zu sagen, bin ich hier.«

»Mir? Du wirst ja wohl einsehen, dass … Was erzählst du mir denn da?«

»Seltsam, dass du es nicht verstehst. Wenn ich weiter mit euch zusammen bliebe, wäre ich irgendwann, ehe ich mich's versähe, ein verheirateter Mann mit Kindern. Nicht mit mir, verstehst du? Nicht mit mir! Verschont mich mit euren Geschichten. Eine große Liebe würde ich mir noch gefallen lassen, denn das macht immer Spaß. Aber keine Ehe! Und erst recht nicht, wenn andere dir ihre Kinder anhängen … uff, das fehlte gerade noch. Kinder müssen, wie der Kommandant ganz richtig sagt, aus eigener Ernte sein. Krieg und Liebe, Töten und das Gegenteil tun, das geht noch an; aber nur, wenn es nicht länger dauert als einen Augenblick. Und da wir gerade beim Thema sind: Weißt du, dass ich noch nie jemanden getötet habe?«

»Picó hat gesagt, du würdest schießen wie ein Tiger.«

»Mit dem MG? Damit tötet man nicht, man erledigt einen Job. Ich meinte, jemanden höchstpersönlich töten, aus einem persönlichen Motiv heraus, jemanden töten, den du hasst. Deinen besten Freund, zum Beispiel. Ihn mit der gleichen Wollust töten, verstehst du, mit der du … denn Töten und das Andere tun ist das Gleiche.«

»Pah, ich sag's dir nicht noch mal: Wenn du glaubst, du hättest das alles entdeckt …«

»Ich habe überhaupt nichts entdeckt, verstehst du? Und ich habe auch nicht die geringste Lust dazu.«

»Freut mich.«

»Etwas zu entdecken, wäre ein Triumph, und nur die Dummen triumphieren, diejenigen, die unfähig sind, sich das Unmögliche vorzunehmen. Ich bin gekommen, um dir zu sagen, dass die einzige Liebe, die mich interessiert, die unmögliche Liebe ist. Bloß keine Ehe! Das einzig Mögliche ist das Unmögliche. Schreib das auf, vielleicht ist das meine Lebensdevise. Ich würde so gerne töten! Nicht mit dem MG, sondern mit meinen eigenen Händen. Eine pulsierende Kehle zudrücken, bis man sie zerquetscht hat … Ich habe Bizeps, weißt du; ich habe Nerven, und ich habe Muskeln! Du glaubst das nicht, du hast das nie geglaubt. Du hast dich nie dazu herabgelassen, mir zu misstrauen, aber ich kann töten! Nur mit den Händen, verstehst du? Du hast mich immer für einen Weichling gehalten, du bist genauso ein Idiot wie dieser Oberstleutnant.«

»Welcher Oberstleutnant?«

»Der vom Militärsanitätsdienst, der mich ausmustern wollte, weil ich schwach auf der Brust bin.«

»Uns hast du immer erzählt, du seiest wegen deiner Kurzsichtigkeit ausgemustert worden.«

»Ihr seid ein Haufen Dummköpfe! Ihr habt keine Ahnung, dass es zwei Arten Muskeln gibt, die, die man sieht, und die, die man nicht sieht. Dieser Ausländer zum Beispiel, so groß und breitschultrig, mit einem Brustkorb wie ein Pferd ... Sehr spektakulär! Aber wenn ich es wirklich gewollt hätte, hätte ich ihn im Handumdrehen k.o. schlagen können; es gibt glatte, unsichtbare Muskeln ...«

Soleràs rollte seinen Ärmel auf, um mir seinen schlaffen, langen, formlosen Arm zu zeigen.»Mit einem Faustschlag könnte ich ...«

»Das war schon immer deine Marotte, armer Juli. Du weißt, dass ein kleiner Junge dich mit einem Faustschlag zu Boden strecken könnte. Hör mir auf mit deinen unsichtbaren Muskeln, die gibt es nur in deiner Phantasie. Du hast viel wichtigere Qualitäten; seltsam, dass dich das mit den Muskeln so beschäftigt. Ich hoffe doch, du würdest nicht mit einem Lastträger im Hafen tauschen wollen.«

»Natürlich würde ich das wollen.« Er sah mich verwundert an.»Warum sollte ich nicht mit ihm tauschen wollen? Vielleicht war dieser Ausländer einer! So blond und braungebrannt wie er war, wer sagt, dass er nicht ein Lastträger im Hafen von Cristiania war? Mit diesem vollkommenen Gebiss, wie es nur echte Barbaren haben ... Du kannst dir nicht vorstellen, wie ich mein Leben lang unter Zahnschmerzen gelitten habe! Es gibt schwedische Millionärinnen, die haben so ihre Vorlieben; sie war viel älter als er, eine dieser reifen, gut erhaltenen Nordländerinnen. Ihn hätte man auf zwanzig geschätzt, sie war vielleicht fünfzig. Ein großartiges Paar! Es wird immer, immer solche Paare mit einem Motorboot geben, die sich einbilden, eine völlig verlassene Bucht entdeckt zu haben; eine Bucht, in der sie sich nach Leibeskräften austoben können! Und immer, immer wird es einen zwölfjährigen Jungen geben, der versteckt im Meerfenchel hockt und sich übergeben muss, weil er sie beobachtet hat ... Denn, täusch dich nicht, es gibt keine einsamen Buchten, alles, was wir heimlich tun, wird von unschuldigen Augen beobachtet, die nicht verzeihen. Ich und kurzsichtig? Dass ich nicht lache. Das wäre traumhaft! Nicht über die eigene Nasenspitze hinauszusehen ... wie ihr alle. Glaubst du etwa, das ist angenehm, in alles hineinzusehen? Zum Beispiel – ich werde dir ein Beispiel geben, damit du verstehst, was ich meine. Die Carlana ist ein Prachtweib, so wie die Schwedin. Und wenn du, Lluís, die Carlana ansiehst ...«

»Könnten wir diese Angelegenheit nicht endlich mal ruhen lassen?«

»Na hör mal, das ist doch nur ein Beispiel. Was siehst du, wenn du sie ansiehst? Ihre Augen, ihr Haar, den Mund; dein Blick dringt nicht hinter die Oberfläche. Wenn du hingegen einen Röntgenblick hättest, was würdest du dann sehen? Das Gehirn, die Nerven, den Kehlkopf, die Lungen.«

»Wenn das so wäre, würde uns keine Frau gefallen.«

»Wer weiß? Eine Lunge kann wunderschön sein. Die Lunge der Carlana, zum Beispiel; oder die Lunge dieser Schwedin. Und die Leber, weißt du? Die Leber dieser Prachtweiber. Was für eine Leber! Wie ein Rochen: wunderbar violett, irisierend ... Zu schade, dass ich kein Maler bin! Ich würde dir meine Sicht der Carlana oder der Schwedin malen, dass du hintenüber fällst. Was für Weiber! Sie haben eine eiserne Gesundheit. Großartige endokrine Drüsen, die für ihre gewaltige Weiblichkeit verantwortlich sind! Ich armer Tropf hingegen muss in aller Bescheidenheit zugeben, dass meine endokrinen Drüsen ...«

»Nun hör mir doch auf mit den Drüsen, das ist alles dummes Geschwätz.«

»Dummes Geschwätz? Sie haben sich im Sand gewälzt und gewiehert wie die Pferde ... Und ich habe mich übergeben. Am liebsten hätte ich diesen Kretin erwürgt und mit ihm alle Kretins überall auf der Welt!«

Er hielt inne, sah mich scharf mit seinen kurzsichtigen Augen an und lachte lautlos.

»Ich beneide euch nicht um diese Weiber, Lluís, das kannst du mir glauben. Ich beneide euch nicht um sie! Mein Ehrgeiz ging viel weiter. Aber es ist nun mal so: Es ist gut, seine Sünden zu bereuen, denn so nutzt man seine Zeit doppelt; erst, indem man sündigt, und dann, indem man bereut. Reue ist ein ebenso probates Mittel wie alle anderen, eine Sünde andauern zu lassen ... Und die Sünde währt so kurz! Die Reue darüber, nicht gesündigt zu haben, ist hingegen ein staubtrockenes Gefühl, das einem keinerlei Befriedigung verschafft. Glücklich derjenige, der zahllose Tränen über zahllose Sünden vergießt! Sie fallen wie Regen auf gut gedüngte Erde und bringen fruchtbare Ernte. Ich dagegen bin verdorrte Erde, ewige Dürre! Du willst genauso wenig glauben, dass meiner Tante die heilige Philomena erscheint, wie du glauben willst, dass ich es war, der aus dem Vorratslager der Intendantur die Milchdosen *El Pagès* gestohlen habe. *Eppur si muove.* Und wenn ich dir sage, dass ich dich bald überzeugt haben werde? Oh, bald, sehr bald wirst du so weit sein. Sobald ich diesen Raum verlassen habe. Ich rede von den Milchdosen, nicht von der heiligen Philomena, was die angeht, wirst du dich auf mein Wort verlassen müssen. Meine Tante erfreut sich eiserner Gesundheit, was sie auf ihren Lebenswandel, vor allem aber auf den besonderen Schutz der heiligen Philomena zurückführt. Zu ihrem Lebenswandel, der ja angeblich soooo gesund ist, sage ich dir gleich noch was. Jetzt reden wir über die heilige Philomena. Also: Einmal hatte meine Tante Grippe wie du jetzt, mit Fieber. Da sie nie etwas gehabt hatte, war diese Grippe mit vierzig Grad Fieber für sie ein bemerkenswertes Ereignis. Es war sozusagen ein bedeutender Einschnitt in ihrem Leben, da ihr, abgesehen von dieser Grippe, nur sehr wenig Erzählenswertes zugestoßen ist. Nun gut, in einer fieberwachen Nacht erschien ihr also die heilige Philomena und sagte auf Spanisch zu ihr: ›Fürchte dich nicht, ich werde dich erretten.‹ Warum die heilige Philomena Spanisch mit ihr redete? Was weiß denn ich, frag das meine Tante. Ich stelle mir vor, dass das wohl daran lag, dass damals – es war zu Zeiten der Diktatur – Katalanisch noch keine offizielle Sprache war.«

»Na, hör mal, wir wären schön angeschmiert, wenn selbst die Heiligen im Jenseits …«

»Wobei ich dazu sagen muss, dass meine Tante keineswegs eine glühende spanische Patriotin ist; im Gegenteil, sie hatte schon immer eher eine Schwäche für Don Carlos und die Heilige Tradition. Aber glaubst du, dass ich eigens hierhergekommen bin, um von meiner Tante zu erzählen? Wenn wir schon von diesen Zeiten reden, den Zeiten der Diktatur, könnten wir so viele Erinnerungen heraufbeschwören! Damals während der Diktatur, kurz vor Schulabschluss, haben wir uns kennengelernt. 1929 haben wir dann gemeinsam angefangen zu studieren. Und im Dezember 1930, wenn ich mich recht erinnere, haben wir diese Riesensause veranstaltet, weißt du noch? Trini war auch dabei; du hattest sie erst kurz zuvor kennengelernt. Wir sind auf das Dach der Universität gestiegen, um die Fahne zu hissen, die Fahne der Föderalen Republik. Was gab es vorher für endlose Diskussionen, welche Fahne wir hissen würden! Ein paar von uns wollten die schwarze, andere die rote, wieder andere die rot-schwarze und noch andere die republikanische (und das

Bemerkenswerte daran war, dass keiner wusste, wie die republikanische Fahne aussah); merkwürdig, dass uns der einfachste Gedanke – nämlich der, die katalanische Flagge zu hissen, die wir alle kannten und die für uns alle stand – keinen Augenblick in den Sinn kam.

Bei der Abstimmung gewann dann die föderale Flagge. Neue Probleme: Wie sah die eigentlich aus? Wir mussten Trinis Vater fragen; und Trini hat sie dann nach den Anweisungen ihres Vaters aus Stoffresten zusammengenäht. Sie bestand aus roten, gelben und violetten Streifen, dazu ein marineblaues Dreieck mit weißen Sternen. Die haben wir aus Büttenpapier ausgeschnitten und aufgeklebt. Was hatten wir für eine Arbeit mit dieser verdammten Fahne! Die Sterne haben für neue Debatten gesorgt: Wie viele sollten es sein? Einer für jedes Land der Föderation. Aber wer wusste, aus wie vielen Ländern die Föderation einmal bestehen würde? Um auf Nummer Sicher zu gehen, haben wir ziemlich viele aufgeklebt, fünfzehn oder sechzehn, bloß damit jeder zufrieden war! Dann stellte sich das praktische Problem, sie in die Uni zu schmuggeln. Ich habe sie mir unter dem Mantel umgebunden wie einen Gurt – und mit ihr sah ich richtig dick aus! Es war das einzige Mal in meinem Leben, dass mein Bauchumfang Aufsehen erregt hat. Und schließlich ging's daran, sie zu hissen. Uff! Weißt du noch, Lluís, wie wir übers Dach gekrochen sind, und wie die Schindeln gekracht haben? Du voneweg, dann Trini und zuletzt ich. So viele Diskussionen, so viel Mühe und Arbeit, dieses Gekrieche über das Dach der Universität, nur um zu hören, wie die Passanten, die uns vom Platz aus zusahen, verwundert riefen: ›Was ist denn in die Studenten gefahren? Warum hissen sie die nordamerikanische Flagge?‹«

»Das haben die Passanten gesagt? Das höre ich zum ersten Mal!«

»Weil du immer träumst, armer Lluís. Was sollten sie auch sonst sagen? Was hat man davon, Fahnen zu hissen, die kein Schwein kennt?«

»Woran ich mich noch bestens erinnere, ist, dass du irgendwo ein Ölfass aufgetrieben hattest und die Bibliothek in Brand gesetzt hättest, wenn ich dich nicht daran gehindert hätte.«

»Du warst immer schon für die Kultur. Glaubst du wirklich, dass es ein großer Verlust gewesen wäre, wenn ich die ganze Unibibliothek abgefackelt hätte? Aber es gibt noch eine Frage, die mich umtreibt und von der es mir leid täte, wenn ich nicht mit dir darüber spräche, bevor wir für immer auseinandergehen. Für immer: Das ist doch mal ein runder Begriff, einer, der einem den Mund füllt. Folgende Frage treibt mich um: Sind wir ein Leben lang die gleichen? Verbindet dich jetzt, zwanzig Jahre später, noch irgendetwas mit dem sechsjährigen Jungen, der du einmal warst? Und wenn du achtzig bist – und irgendwann wirst du mal achtzig sein –, wirst du dann das Gefühl haben, dass dich noch irgendetwas mit dem Lluís von heute verbindet? Was sind wir also? Denk bitte ein bisschen darüber nach, streng dich an. Ein Stein ist immer er selbst, seine Substanz verändert sich im Laufe der Jahrhunderte und Jahrtausende nicht, aber wir … bis die Ewigkeit in uns selbst uns verändert … Unsere Zellen erneuern sich unablässig; wir verlieren alte und gewinnen neue hinzu. In unserem Alter besitzen wir wahrscheinlich nicht mehr ein einziges Molekül der Materie, aus der wir als Säuglinge bestanden. Sind wir also nicht mehr als eine Form, die sich ihrerseits wandelt, in der die Materie kommt und geht wie das Wasser in einem Fluss? Eine Form, in der sich die Materie einnistet wie damals die Ratten in jenem Esel; dann würde das große Gesetz des Universums lauten: ›Wahret die Form! Der Rest ist unbedeutend.‹ Und diese immaterielle Form, das einzig Existierende, sag, wer legt sie fest? Der Raum, der uns umgibt und begrenzt? Nein, mein Lieber. Der arme Raum hat Besseres zu tun! Also die Zeit? Wer sonst? Raum und Zeit, was für ein Paar! Ich schwöre dir, wenn du anfängst, darüber nachzudenken, schwirrt dir der Schädel; das Ganze hat keine Lösung. Ich zum Beispiel wüsste nur zu gerne, wer der Schweinehund ist, der meine Form festgelegt und mir diese Gestalt eines introvertierten, kurzsichtigen, schizophrenen Neurasthenikers verliehen hat. Glaubst du vielleicht, es ist angenehm, meine Gestalt zu haben? Du natürlich … sei still, Mann, unterbrich mich nicht. Findest du es gerecht, dass ich mich um eure Kichererbsen kümmern muss? Ich habe einen großen Schlag getan, du wirst noch davon hören. Schluss mit den Kichererbsen und den vertraulichen Gesprächen! Ihr steht mir alle bis zum Hals, du und Trini …«

»Trini?«

»Ja, Trini, warum siehst du mich so an? Deine Frau ist etwas Besonderes, Lluís. Wenn mir etwas zustößt, wird sie denken, dass sie schuld ist.«

»Ich glaube, jetzt bist du völlig übergeschnappt. Was soll dir denn zustoßen? Und was hat Trini damit zu tun?«

»Ich wusste ja, dass du schwer von Begriff bist, aber so sehr? Weißt du denn nicht, dass die Frauen immer noch die Romantiker lesen, Schiller und diesen anderen Kerl, Goethe? Goethe, wie ekelhaft! Hör auf mich, Lluís, und lies statt der *Wahlverwandtschaften* den Eintrag über Fahrräder in der *Enciclopèdia Espasa*, denn der erklärt es viel besser: ›Es muss darauf hingewiesen werden, dass diese hochmodernen Geräte dazu gedacht sind, von einer, höchstens aber zwei Personen genutzt zu werden, auf keinen Fall von dreien, denn das ist gefährlich.‹«

»Fahrräder haben mich nie interessiert.«

»Es gibt Weiber … Und damit meine ich nicht deine Frau, Gott bewahre, und nicht mal die Carlana. Du warst nie bei mir zu Hause, du kannst dir eine Tante wie die meine nicht vorstellen. Du hättest diesen Mief überhaupt nicht schätzen können: den Mief eines verborgenen, abgeschiedenen Lebens. Ich habe viele Jahre in ihm gelebt, unendlich viele Jahre lang, vielleicht drei- oder vierhundert Jahre. Es ist nämlich nicht leicht, das Alter einer Tante wie der meinen zu schätzen, das kannst du mir glauben. Im Allgemeinen stammen die anderen Tanten aus dem siebzehnten Jahrhundert, lange vor der Französischen Revolution. Meine Tante aber wagt sich ihrer Zeit weit voraus und erzählt dir von der Französischen Revolution, als hätte sie bereits stattgefunden. Sie erzählt dir von Marie Antoinette wie von einer Schwägerin, die sie eigentlich nicht ausstehen kann, die aber trotzdem zur Familie gehört. Andere Male hingegen versinkt sie in der Düsternis einer formlosen Vergangenheit, fällt zurück in kaum definierbare Epochen der Geschichte. Würdest du ihr in solchen Momenten von Marie Antoinette erzählen, ja selbst von Tutanchamun, würde sie dich mit dem ratlosen Blick eines Steinzeitmenschen ansehen, der nicht begreift, dass er die *Menschheitsdämmerung* verkörpert. Was für eine Dämmerung, mein Gott, was für eine Dämmerung! – und was für eine Menschheit! Wie auch immer, der Mief in ihrer Wohnung ist exakt der von 1699, kein Jahr früher oder später. Du mit deinem Nudelsuppenonkel hältst dich für den Inbegriff des unverstandenen Neffen. Bild dir da bloß nichts ein! Du konntest dir Luft machen, indem du ihm heimlich *La barrinada* zugeschickt hast;

ich armer Hund dagegen ... Und denk nicht, ich hätte es nicht versucht ... Sei nicht so naiv, wir Neffen hatten alle die gleiche Idee. Allerdings haben wir nicht alle die gleiche Tante. Sie ließ sich in einem Louis-Philippe-Sessel nieder, setzte die Brille auf und ... olympische Gelassenheit! Selbst nachdem sie monatelang jede Woche *La barrinada* erhalten hatte, sagte sie bloß: ›Ich weiß nicht, wer mir diese merkwürdige Zeitschrift schickt, in der immer von irgendeinem Bakunin die Rede ist. Das sind sicher die Brüder vom Philipperorden.‹«

»Du hast recht: Es gibt Weiber ...«

»Wenn du wüsstest ... In einem Jahr, in dem zufällig drei junge Männer aus ihrem Bekanntenkreis innerhalb weniger Monate heirateten, kam meine Tante zu dem Schluss: ›Mir scheint, es heiraten mehr Männer als Frauen.‹ Und einmal bemerkte sie über das merkwürdige Verhalten von Verwandten: ›Die Leute machen alles anders herum als alle anderen.‹ Was könnte ich dir nicht alles erzählen! Oh, ich käme nie zum Ende. Und von der Wohnung könnte ich dir so viel berichten ... Eine schäbige kleine Wohnung im Carrer Sant Pere Més Alt; die Fenster müssen das ganze Jahr über zu bleiben, die Läden geschlossen und die Vorhänge zugezogen, weil die Tante unter Platzangst und Sonnenphobie leidet. Ich sage dir nur so viel: In La Godella, wo wir den Sommer verbrachten, verließ sie nie ihr Zimmer, das ebenfalls im Dunkeln lag. Überflüssig zu sagen, dass sie noch nie einen Fuß an den Strand gesetzt hat. Das Einzige, was sie interessierte, an der Welt da draußen, meine ich, war diese Höhle mit den Stalaktiten; manchmal finde ich es erstaunlich, dass sich in ihrer Wohnung in Sant Pere nicht auch schon Stalaktiten gebildet haben. Eine Wohnung wie diese hat, wie du dir sicher vorstellen kannst, verheerende Folgen auf meinen Geschmack. Man fühlt sich dort wie Tutanchamun höchstpersönlich, weißt du, wie ein sorgfältig einbalsamierter Pharao, der in der Tiefe seiner Krypta ruht, kurz gesagt, wie ein Fisch im Wasser. Ich habe dort endlose Jahre gelebt, Jahrhunderte habe ich dort gelebt, ich weiß, wovon ich rede. Die Tante erträgt keine Elektrizität (sie ist zum Beispiel noch nie mit der Trambahn gefahren), also hat die Wohnung noch Gaslampen. Ein leichter Gasgeruch, sehr 1899, mischt sich mit den Molekülen von 1699 und verbindet sich für uns zu einer einzigartigen pikanten Mischung: Cancan und Jansenismus! Und was die Wände betrifft … die gibt es nicht! Sie sind über und über mit Bildern bedeckt; scheußlichen Bildern natürlich, von Heiligen beiderlei Geschlechts, Seelen im Fegefeuer, dem Tod des Gerechten und des Sünders; es gibt sogar eines mit allen Monarchen Europas. Vor dem Krieg von 14, versteht sich; eine schauderhafte Ansammlung von Monarchen, alle um den armen Franz Joseph mit seinen fabelhaften Koteletten geschart wie um einen Patriarchen. Und dann die Familienporträts, viele Familienporträts: hässliche Gesichter, scheußliche Gesichter von Leuten, denen meine Wenigkeit offenbar das Leben verdankt. Erschreckende Gesichter, die meinem ganz außerordentlich gleichen! Meine Tante schläft in einem fensterlosen Innenraum, wie man sie in diesen Wohnungen aus dem letzten Jahrhundert häufig findet. Luft kommt nur durch die Tür herein, und diese geht direkt auf den Flur, der winzig ist: drei auf vier Schritt groß. Merk dir dieses Detail, denn es ist wichtig: Meine Tante schläft nur vier Schritte von der Wohnungstür entfernt, weil das Kopfteil ihres Bettes an der Trennwand zwischen dem Flur und ihrem Schlafzimmer steht. Das bedeutet, dass man die Wohnungstür nachts kaum öffnen kann, ohne dass sie es bemerkt; sie hat feine Ohren und einen sehr leichten Schlaf, wie alle reichen, verrückten alten Schachteln. Aber ich habe es geschafft. So wahr ich hier vor dir stehe: Ich bin frühmorgens aus und ein gegangen, ohne dass sie es merkte. Sie ließ mich nachts nicht ausgehen; bis ich zum Militär ging, hat sie es mir nicht erlaubt. Und dafür bin ich ihr dankbar: Nachts auszugehen hätte überhaupt keinen Spaß gemacht, wenn es nicht verboten gewesen wäre. Das Vergnügen der Heuchelei; aber dass wir uns richtig verstehen: der totalen Heuchelei. Manche sind Heuchler, wenn sie tugendsam, und ehrlich, wenn sie Sünder sind, dabei geht es darum, immer ein Heuchler zu sein, stets ein Doppelleben zu führen. Vielleicht fällt es dir schwer, das zu verstehen, aber im Grunde ist es ganz einfach … Ich schlief am anderen Ende der Wohnung, schlich barfuß in völliger Dunkelheit den Korridor entlang, musste mich Schritt für Schritt vorantasten, um nicht an die Möbel zu stoßen. Ganz langsam und geduldig öffnete ich die Wohnungstür und ging um eins oder zwei direkt ins Hafenviertel. Warum ins Hafenviertel?, wirst du fragen. Ist das mit dem Hafenviertel nicht peinlich und abgedroschen? Ja, es ist abgedroschen, fürchterlich abgedroschen; so abgedroschen wie der Klassenkampf und die Emanzipation der proletarischen Massen! Aber genau das zog mich an. Dort tat ich so, als liebte ich das Laster, wo ich doch in Wirklichkeit ein tieffrommer Mensch bin und manchmal sogar den Wunsch verspürt habe, mich dem Orden des heiligen Philipp Neri anzuschließen. Ich kann dir an deiner Miene ablesen, dass du nicht das Geringste von dem kapierst, was ich dir erzähle. Na ja, was will man machen … Dabei ist es doch so einfach. Nun gut, ich fasse mich in Geduld.

Ich wünschte, ich könnte dir erklären, welch ungeheuer subtiles Vergnügen einem der Freudenrausch beschert! Sein und zur gleichen Zeit nicht sein (armer Shakespeare); man selbst und zugleich ein völlig anderer sein! Sein und nicht existieren, existieren und nicht sein, und das alles auf einmal! Die verdoppelte Persönlichkeit, die vollkommene Flucht, ein schwindelerregendes Gefühl, das dir nur das Doppelleben verleihen kann! Ich werde dir die Spelunke nicht schildern, sie war wie alle: schmuddelig und nach geschlossenem, feuchtem Raum stinkend. Drei, vier Nutten verkehrten dort, immer die gleichen, über fünfzig und morphiumsüchtig. An der Wand hing natürlich ein Druck Unserer Lieben Frau von Lourdes. Alle diese Spelunken sehen gleich aus. Manchmal schaute ein warmer Bruder vorbei und brachte ein bisschen Leben in die Bude, wenn auch nicht besonders viel. Wäre da nicht dieses mit Reißzwecken an die Wand geheftete Bildchen gewesen, hätte man es für einen Winkel der Hölle halten können. Tatsächlich war es wie eine kleine Hölle zu äußerst moderaten Preisen: eine für jedermann erschwingliche Hölle. Man trank dort einen entsetzlichen Fusel, wahrscheinlich aus Holzalkohol gebrannt, konnte günstig Morphium und Kokain erwerben und ungehindert die wüstesten Obszönitäten von sich geben. Du hast nie glauben wollen, dass ich mich damals an solchen Orten herumtrieb; du hast immer vermutet, dass ich heimlich Lindenblütentee trank, in den ich höchstens einmal ein paar Tropfen Anisschnaps von *El Mono* hineinschüttete. Aber du weißt ja: *Eppur si muove*. Mit sechzehn hatte ich schon genug davon. Und jetzt werde ich dir sagen, was das Einzige war, was mich daran interessierte. So gegen fünf, sechs Uhr morgens ging ich dann nach Hause, total besoffen und von einem dringenden Bedürfnis geplagt … das ich mir aber immer verkniff, denn das war das Beste daran. Es gibt nichts Besseres, als sein Bedürfnis zu unterdrücken; ganz gleich, welches Bedürfnis, Hauptsache, man unterdrückt es! Als Kind unterdrückte ich mein Bedürfnis zu trinken, nur um zu spüren, wie köstlich Wasser schmeckt, wenn man am Verdursten ist. Vielleicht ist Lust nichts anderes als umgekehrter Schmerz; vielleicht ist die höchste Lust nicht mehr als auf wundersame Weise umgekehrte äußerste Schmerzen. Aber zurück zu meiner Geschichte. Während der Nachtwächter mir die Haustür aufschloss, musste ich so nötig, dass es mich große Mühe kostete, nicht in die Hosen zu pinkeln. Der Mann gab mir die brennende Kerze, mit der man damals in meinem Viertel unterwegs war, und schloss die Tür, sobald ich drinnen war, wie ein Totengräber, der die Nische zumauert, sobald er die Leiche hineingeschoben hat. Und ich, die Leiche, schlich, die Kerze in der Hand und mit diesem dringenden Bedürfnis, das in diesem Moment seinen Höhepunkt erreichte, seine unerträgliche Phase, die Treppe hinauf; du musst wissen, ich hatte viele Gläser Fusel intus, sehr viele. Wenn ich auf dem ersten Treppenabsatz angekommen war, war der Druck so groß, dass ich dachte, ich müsse platzen. Ich habe dir noch nicht erzählt, dass meine Tante (ihr gehört das ganze Haus) die Beletage an eine höchst respektable Familie vermietet hat; an einen Notar, weißt du, ausgerechnet an einen Notar. Und dieser Notar hat eine Tochter, die damals so um die vierzehn war; ein Zuckerpüppchen, ein engelsgleiches Wesen mit zwei schwarzen Zöpfen und hellen Augen, groß und schlank wie eine Desdemona. Neben ihr hätte Nati ausgesehen wie eine Kuh, die Tochter der Pächter, meine ich, Nati. Wo ist denn diese Zigarettenpackung, die du vorhin erwähnt hast?«

Er drehte sich eine Zigarette, dann setzte er seinen Monolog fort:

»Sowohl meine Tante als auch der Notar hatten sich in den Kopf gesetzt, dass es eine großartige Idee sei, uns miteinander zu verheiraten, natürlich erst, wenn wir im richtigen Alter wären. Zuerst einmal musste ich mein Studium beenden; dann hätte ich als Gehilfe bei dem Notar angefangen und mich auf die Prüfung für die Kammer vorbereitet; und wenn ich diese dann einmal bestanden hatte … ab zum Priester! Aber hör mir zu, Mann, habe ich dir nicht gesagt, dass wir niemals Notare sein werden? Die Idee war großartig – bloß hatten sie nicht mit mir gerechnet. Ich kam also vor dieser Tür an, die Kerze in der Hand, und knöpfte mir mit der anderen Hand die Hose auf. Einen Moment lang stand ich da, das Ding gepackt wie eine Pistole, und verkniff mir mein Bedürfnis in einem letzten, gewaltigen Bemühen um Willensstärke; denn um in dieser Welt zu triumphieren, sagt Carnegie, braucht es vor allem Willensstärke. Was sagst du? Es wundert dich, dass ich Carnegie gelesen habe? Ich habe alles gelesen, absolut alles, sogar Bossuets *Trauerreden*! Allerdings gibt es – darf ich offen sein? – ein noch öderes Machwerk, und zwar *Das Kapital*. Ich glaube, ich bin der einzige Mensch auf der Welt, der es von vorne bis hinten gelesen hat, noch dazu auf Deutsch! Pah, glaub nicht, dass ich das sage, um mich wichtig zu tun. Die Marxisten ... Mmm ... Sie sind nichts anderes als Hegelianer, aber linke Hegelianer, das heißt, sie haben bei Hegel alles gestrichen, was phantasievoll war. Und Achtung: Vertraue niemals Leuten ohne Phantasie; glaub mir, ich habe dich schon früher gewarnt. Sie sind fürchterlich! Ohne Phantasie hat man keinen Sinn für Humor, und mit der gleichen Begeisterung, mit der sie der halben Menschheit die Kehle durchschneiden würden, um *Das Kapital* zur Pflichtlektüre für Idioten aller Art zu erklären, werden sie sich irgendwann einmal die gesamte Wissenschaft vornehmen. Es ist wirklich jammerschade, dass du nie an meine prophetische Begabung geglaubt hast, Lluís, ein Jammer ist das! Bis jetzt musste man Krausianer sein, um sich eine feste Stellung als unbelehrbarer Besserwisser zu verdienen, aber eines prophezeie ich dir schon jetzt: Der Tag wird kommen, an dem alle Besserwisser Marxisten sind. Aber wovon sprachen wir gerade? Von Carnegie? Von der Willenskraft? Ja, von der Willenskraft. Ich habe dir erzählt, wie ich meine Willenskraft vor der Wohnungstür dieses Notars in der Beletage erprobte; als ich mir selbst sämtliche Willenskraft bewiesen hatte, derer ich fähig bin, lenkte ich schließlich den mächtigen Strahl auf die Türspalte, damit er sich in den Flur ergoss. Zu gerne hätte ich noch genügend Reserven gehabt, um die ganze Wohnung unter Wasser zu setzen, einschließlich des Schlafzimmers, in dem diese Lilie der Unschuld sicherlich von Zuckerbrot und Baiser träumte. Alle Notare der Welt hätte ich unter Wasser setzen wollen! Tja, so bin ich nun mal. Aber ich war leer, fürchterlich leer. Was für ein Gefühl der Machtlosigkeit ... Und so ging ich hinauf in unsere Wohnung – dritter

Stock, zweite Tür –, erfüllt von unendlicher Traurigkeit und dem tiefen Gefühl des Scheiterns, von einer Melancholie, die mich förmlich auffraß. Ich war sechzehn; in diesem Alter ist man so.«

Er seufzte gravitätisch, als sei das, was er mir gerade erzählt hatte, eigentlich die Geschichte einer unglücklichen Jugendliebe. Ich war dermaßen überwältigt von der Flut blühenden Blödsinns, dass mir keine Erwiderung einfiel.

»Nachdem ich dir das erzählt habe, wirst du dir vorstellen können, wie ich auf jede mögliche Ehe reagiere, sei sie auch noch so weit entfernt. Ich pisse auf die Ehe, und das seit dem zarten Alter von sechzehn Jahren! Mmm, da wären wir schön angeschmiert. Aber mit mir nicht, hörst du! Nicht mit mir! Als ich eines Nachts nach einem meiner Ausflüge ins Hafenviertel wieder im Bett lag, erschien mir in der Dunkelheit eine leuchtende Vision: Sie war nicht besonders groß, höchstens zwei Spannen hoch, und verströmte eine sanfte, kaum sichtbare Helligkeit; sie sah aus wie eine Nonne im weißen Habit, aber ohne Konturen, nicht figürlich. Sehr merkwürdig, das Ganze! Die heilige Philomena!, dachte ich voller Entsetzen. Ich habe dir ja schon erzählt, dass es in der Wohnung kein elektrisches Licht gibt; um das Gas einzuschalten, hätte ich aufstehen müssen, und dazu war ich zu verängstigt. Ich zog mir die Bettdecke über den Kopf, aber einschlafen konnte ich trotzdem nicht. Endlich graute der Tag! Ich lugte unter der Bettdecke hervor und sah mich um. Da hing an der Wand doch tatsächlich ein Heiligenbild, und natürlich war es die heilige Philomena. Ein phosphoreszierendes Bild, eine dieser Marotten meiner Tante. Sie hatte meine nächtlichen Eskapaden bemerkt, und ihr war nichts Erbaulicheres eingefallen als das leuchtende Bildchen. Sie hat nie ein Wort darüber verloren, weder damals noch jemals danach; alles, was sie mir zu sagen hatte, war offenbar schon mit dieser simplen Erscheinung der heiligen Philomena gesagt. Am Tag darauf war das Bild nicht mehr da; sie hatte es in ihr Schlafzimmer zurückgeholt, ohne irgendeine Erklärung oder auch nur eine Andeutung. Nur einmal ließ sie beim Nachtisch fallen: ›Der Notar und seine Frau aus der Beletage ... sie machen sich große Sorgen über das, was ihnen passiert. Sehr mysteriös ... Vielleicht solltest du ihnen das nicht länger antun.‹«

Er schenkte sich eine letzte Tasse Zuckerrohrschnaps ein.

»Ich bin gekommen, um dir Adieu zu sagen, Lluís.«

»Gehst du zu einer anderen Brigade?«

»Pah!«

»Doch nicht zur Plattfußbrigade, nehme ich an.«

»Hast du dich von dieser Abneigung gegen sie auch schon anstecken lassen?«

»Nein. Ich habe sie bei den letzten Operationen beobachten können. Sie leisten im Grunde das Gleiche wie wir, das muss man ihnen lassen, sie sind mindestens genauso aufgerieben worden wie wir. Hat man dir bei der Division das neue Ziel mitgeteilt?«

»Vielleicht ja … Ich habe beschlossen, dir diese Briefe zu geben. Bisher habe ich sie aufbewahrt … wie ein Idiot. Ich bin auch ein Idiot, ein viel größerer Idiot als du, wenn ich es darauf anlege, nur dass ich es verberge, so gut es geht. Ich will sie nicht länger behalten. Nimm du sie, aber lies sie jetzt noch nicht. Dazu hast du noch genügend Zeit, wenn ich über alle Berge bin … Ich gehe, sonst würde ich mich jetzt lächerlich machen. Adieu.«

Olivel, 20.

Ramon, ich wünschte, Du wärest in meiner Nähe … und ich könnte weinen, stundenlang weinen! Diese Briefe sind von meiner Frau an Soleràs … Wie hätte ich das ahnen können? Ich habe sie so allein gelassen … Ich habe sie mit einer schrecklichen Neugier gelesen. Das ist schlimmer als die Schlachten in dieser gottverlassenen Gegend.

ZWEITER TEIL

Le malheur est ridicule.
Simone Weil

26. Dezember 1936

Lieber Freund Juli: Was war das gestern für ein trauriges Weihnachtsfest ... Allein mit dem Jungen, der weinte und ständig nach seinem
Papa fragte. Heute ist es fünf Monate her, dass er fortgegangen ist. »Weißt
du denn nicht, dass Papa im Krieg ist?« »Dann will ich da auch hin.«
Lluís und sein Sohn sind einander so ähnlich, dass es manchmal fast
zum Lachen ist: dieselben Gesten, dieselbe Art, sich im Bett zusammenzurollen. Wenn Du wüsstest, wie einsam ich mich fühle ... Ich schreibe
Dir vor allem, damit Du mir antwortest, damit Deine Briefe mir Gesellschaft leisten. Er schreibt mir so selten!

Gestern, am Weihnachtstag, gab es bei uns Turrón und Sekt; wenigstens davon gibt es in Barcelona im Überfluss, sicher deshalb, weil alle
Fabriken für Turrón und Sekt auf republikanischem Gebiet liegen. Ich
habe mich bemüht, Ramonet ein so fröhliches Fest vorzugaukeln wie
möglich; aber in Gedanken war ich beim 26. Juli, dem Tag, an dem Lluís
fortging. Damals fiel ein heftiger Sommerregen, der auf das Metalldach
der Bahnhofshalle der Estació de França trommelte, und der Dunst, der
von der feuchten Erde aufstieg, vermischte sich mit dem Dampf der Lokomotive; ich hätte weinen mögen, als er mich umarmte, denn Weinen
ist in solchen Momenten tröstlich, aber ... ich weiß ja, wie sehr er Tränen hasst! Sentimentalität, wie er es nennt, verdirbt ihm die Laune. Verzeih, dass ich Dir mein Herz ausschütte, aber wem könnte ich es sonst
ausschütten? Wenn Du wüsstest, wie allein ich mich fühle, wie allein ich
mich in diesen endlosen letzten fünf Monaten gefühlt habe ...

2. Februar 1937

Als ich nach Hause kam, habe ich vier Briefe vorgefunden, zwei von Dir und zwei von Lluís. Ich bin so glücklich, dass ich die ganze Welt umarmen könnte. Lluís schickt mir großartige Nachrichten, die alle meine Ängste zerstreut haben. Jetzt bin ich nur noch traurig, dass er so weit weg ist. An der Front bei Madrid …

Ich fühle Trauer, ja, aber es ist eine – wie soll ich sagen? – angenehme Trauer, weil sie von Erinnerungen und Hoffnungen erfüllt ist. Schöne Erinnerungen an unsere erste Zeit. Lluís hat, ohne es zu wissen, etwas an sich, dass man ihn einfach lieb haben muss. Sein Sohn hat diese Gabe geerbt, und ich bin so froh darüber! Ich habe so darunter gelitten, diese Gabe nicht zu haben! Was die Hoffnungen betrifft, so hege ich viele. Sein letzter Brief ist zärtlich, er scheint mich zu vermissen und endlich zu fühlen, was wir einander bedeuten. Das Wunder wird geschehen, daran glaube ich unerschütterlich; und Du, der Du für mich und für ihn wie ein Bruder gewesen bist, hast unendlich viel dazu beigetragen. Streite es nicht ab: Ich spüre, dass Du alles tust, was in Deiner Macht steht, um auf ihn einzuwirken, um ihn zu mir zurückzubringen. Das würdest Du mir natürlich nie sagen, dazu bist Du viel zu diskret. Männer wie Dich gibt es leider nur wenige, aber wir Frauen haben unsere Intuition: Wir täuschen uns nur selten in den Menschen, denen wir vertrauen.

Eine kleine Neuigkeit in unserem eintönigen Leben: Da der Junge oft Angina hat (noch ein Erbe seines Vaters), habe ich ihm die Mandeln herausnehmen lassen. Lluís hat das bei sich nie machen lassen, aber ich will nicht, dass der Kleine wegen so einer Dummheit sein Leben lang unter Angina leiden muss. Die Operation dauerte nur einen kurzen Moment, einen schrecklichen Moment – das arme Kind! Vor allem bei der zweiten Mandel: Die erste haben sie ihm gezogen, ohne vorher etwas zu sagen, aber nachdem er gewarnt war, hat er den Mund fest zusammengepresst und nach dem Arzt getreten.

Nun gut, jetzt ist es vorbei, und ich bin froh. Es ist eine Erleichterung.

Ich freue mich so über Lluís' Briefe! Und über Deine natürlich auch. Ich danke Dir für die aufmerksamen Worte, die Du mir schreibst; Gott sei Dank brauche ich sie nicht mehr. Sie erreichen mich in einem

Moment, in dem ich mich fühle, als wäre die Welt in frischen Farben gestrichen.

3. März

Deine Briefe trösten mich sehr, warum bezweifelst Du das? Vor allem jetzt, da ich wieder einmal tage- und wochenlang nichts von Lluís gehört habe ... Und dabei hatte ich mir solche Hoffnungen gemacht! Sein letzter Brief war wieder so knapp gehalten ...

Wenn Deine Briefe nicht wären, würde ich mich ganz allein auf der Welt fühlen! Und ich bin nicht wie Lluís, der so gut allein im Leben zurechtkommt. Mich erdrückt die Einsamkeit.

7. April

Es ist nicht so, dass Lluís nichts mehr von mir wissen will; das wollte ich damit nicht sagen, ganz und gar nicht! Ich weiß sehr wohl, dass er mich braucht und dass er das eines Tages merken wird; eines Tages wird er merken, dass man das Leben nur gemeinsam ertragen kann, weil man ansonsten das entsetzliche Gefühl hat, ziellos umherzuirren. Eines Tages wird er merken, dass jeder in dieser Welt eine brüderliche Hand braucht, die einem hilft, den Weg zu finden. Andernfalls wären wir völlig verloren ... Ja, eines Tages wird er das merken. Wenn diese Hoffnung mich nicht aufrecht hielte – was dann?

Während ich Dir schreibe, betrachte ich den riesigen Stapel Kondensmilch der Marke *El Pagès*, der sich mitten im Wohnzimmer auftürmt. Ja, ich habe sie zum Spaß aus den Kisten geholt und zu einer Pyramide gestapelt. Neben der Dosenpyramide stehen noch immer die fünf leeren Holzkisten; mitten im Wohnzimmer, wo Du sie abgestellt hast, nachdem Du sie vom Lastwagen geladen hattest. Ich müsste sie in den Keller tragen, aber ich bringe es nicht übers Herz; ich habe sie so gerne um mich, die armen Kisten!

Wie habe ich mich gefreut, als Du hier so ganz unerwartet aufgetaucht bist! Wir hatten uns so lange nicht gesehen ... Wie lange? Das weiß ich gar nicht mehr! Seit Kriegsbeginn, und der Beginn dieses Krieges scheint mir so weit zurückzuliegen wie der Anbeginn der Welt. Knapp neun Monate, aber was waren das für neun Monate! Eine Ewigkeit!

Ich bin sicher, wenn er nur wollte, könnte auch er mal zwischendurch verschwinden, Du hast es ja schließlich auch geschafft. Und er ist mein Mann und Ramonets Vater … Jeden Monat schickt er mir seinen gesamten Sold, den er als Fähnrich im aktiven Dienst bekommt, das schon; er behält kaum etwas für sich. Aber warum hat er nie versucht, uns zu besuchen?

Ich kann mir gut vorstellen, welche Opfer Du für diese fünf Kisten Dosenmilch auf Dich genommen hast; Du wolltest es mir nicht sagen, aber ich bin mir sicher, dass es Deine tägliche Ration ist, die Du Dir über Wochen und Monate vom Mund abgespart hast. Sie kommen mir so gelegen! Ich wusste schon nicht mehr, wohin ich mich wenden sollte, um Milch für den Jungen aufzutreiben, alles ist so schwierig. Lluís hat es nie ertragen, wenn ich ihm mit Haushaltsproblemen kam, dabei sind sie für uns Frauen in diesen schweren Zeiten alles oder doch fast alles. Ich sitze in meinem Lieblingssessel am Fenster, das auf den Garten hinausgeht, betrachte die Dosenpyramide und bin so glücklich, so glücklich darüber, so gut versorgt zu sein, dass mir unwillkürlich Tränen über die Wangen rollen. Es sind stille Tränen, wie ein Frühlingsregen, wie das sanfte Nieseln, das gerade in diesem Moment auf die jungen Blätter der Linde fällt.

Schade, dass Du nicht mehr hier bist. Wir hätten nach all den Monaten so vieles zu bereden! So vieles, Juli … Und Du bist, nachdem Du die fünf Kisten abgeliefert hattest, so schnell wieder verschwunden! Stell Dir vor, die Dosenmilchpyramide, die ich aufgebaut habe, ist so hoch wie ein Christbaum. Fast hätte ich Lust, ihn mit Kerzen zu schmücken!

12. April

Armer Juli: Ich bin so einsam, dass ich mich an Deine Briefe klammere, die einzige Gesellschaft, die ich habe. Ich hebe sie alle auf, und von Zeit zu Zeit lese ich sie wieder durch. Du hast mir öfter, viel öfter geschrieben als er; der Unterschied zwischen der Höhe der Stapel Deiner und seiner Briefe – ich bewahre alle auf – ist erdrückend. Jetzt hat er schon seit über einem Monat nicht geschrieben. Ein ganzer Monat ohne eine einzige Zeile!

Du solltest Dir dieses deprimierende Bild, das Du von Dir selbst hast, aus dem Kopf schlagen. Warum solltest Du keiner Frau gefallen? Ausgerechnet Du, der Du die Eigenschaft besitzt, die wir am meisten schätzen: Feingefühl. Du denkst an alles, kannst Dich immer in die Lage der anderen hineinversetzen, bist gute Gesellschaft, wenn man Gesellschaft braucht, und verschwindest, wenn Du Angst hast, lästig zu sein. Warum sagst Du, dass Du nie eine Frau finden wirst, die Dich liebt? Natürlich wirst Du eines Tages eine finden. Und Du bist der perfekte Mann, um eine Frau glücklich zu machen: Du wirst ein wunderbarer Ehemann sein, ein Bild von einem Ehemann und ein vorbildlicher Familienvater! Ich sehe das doch an Ramonet: Er ist ganz verrückt nach Dir. Er kennt jede Geschichte auswendig, die Du ihm erzählt hast, bei Deinen Besuchen vor dem Krieg; und die, die Du ihm kürzlich erzählt hast, als Du überraschend hier aufgetaucht bist, um die Kisten mit Kondensmilch vorbeizubringen, die von den drei »klugen und umsichtigen Männern aus Piteus«, habe ich ihm schon wer weiß wie oft wiederholen müssen, so sehr gefällt sie ihm. Er lacht sich tot!

An dem Abend hast Du mich ganz erstaunt gefragt, wie es kommt, dass ich neuerdings zur Messe gehe, und ich habe versprochen, es Dir zu erklären. Ja, Juli, ich schulde Dir diese Erklärung, denn Du warst es, der mich zum ersten Mal zu einer Messe mitgenommen hast, damals erschien sie mir wie eine völlig absurde Veranstaltung. Dass ich jetzt zur Messe gehe, habe ich Dir zu verdanken.

Es war lange, lange vor dem Krieg; vielleicht erinnerst Du Dich gar nicht mehr? In Santa Maria del Mar. Wie hätten wir damals ahnen können, dass Santa Maria del Mar einmal in Brand gesteckt würde, dass alle Kirchen in Katalonien brennen würden? Wir beide streiften unter dem Vorwand, *La barrinada* zu verkaufen, durch die Straßen und Gassen rund um die Kirche. Damals gehörte Lluís noch nicht zu unserer Gruppe, ich kannte ihn nicht einmal, aber mit Dir unternahm ich schon ausgedehnte Streifzüge durch die Straßen der Altstadt von Barcelona, jeder mit seinem Packen *La barrinada* unter dem Arm. Wir waren auf dem kleinen Platz vor Santa Maria angekommen, es muss so gegen elf Uhr morgens gewesen sein, als Du plötzlich zu mir sagtest: »Lass uns reingehen.« Und so gingen wir hinein.

Drinnen angekommen, kniete ich neben Dir nieder, einfach nur, weil ich sah, dass Du es tatest: Ich hatte noch nie eine Kirche betreten. Alles, was ich sah, war völlig neu für mich ... Du knietest neben mir, das Gesicht in den Händen vergraben; später sah ich, dass Du geweint hattest, und war beinahe wütend auf Dich: Was war denn das für ein Theater? Was sollte das? Meine Güte, wie lange ist das her! Wie schnell sind die Jahre vergangen! Es muss sieben oder acht Jahre her sein, und alles erscheint mir fern und verschwommen. Ich hatte gerade die Aufnahmeprüfung für die Naturwissenschaftliche Fakultät bestanden und war völlig begeistert von der Geologie; was die Religion betraf, wäre ich nie auf die Idee gekommen, dass sie mich einmal auch nur im Entferntesten interessieren könnte. Ich hatte von Hause aus einen großen Respekt vor den positiven Wissenschaften und stand allem, was man »Metaphysik« nennt, völlig gleichgültig gegenüber. Für uns stand außer Frage, dass die positiven Wissenschaften früher oder später eine Rationalisierung der Gesellschaft zur Folge haben würden, also die wissenschaftliche Organisation des Anarchismus; die Anarchie war für uns die logische Konsequenz aus den positiven Wissenschaften, daran hegten wir nicht den geringsten Zweifel. Du kannst Dir also vorstellen, wie sehr uns Deine unvernünftigen Aussagen oft aus der Fassung brachten. Ich weiß noch, wie Du einmal zur Verblüffung aller Anwesenden sagtest: »Eines ist sicher: Wenn wir erst einmal das genaue Alter des versteinerten Kreuzbeins eines Diplodocus bis auf sechs Minuten und drei Sekunden genau bestimmen können, werden alle Menschen Brüder.«

Warum hast Du sowas gesagt? Hast Du nicht bemerkt, dass es für uns ein Sakrileg war, sich über die Wissenschaft lustig zu machen? Oder hast Du das ganz genau gewusst? Wenn Du solche Sachen sagtest, hatten wir das Gefühl, dass Du nicht zu uns gehörtest, dass Du unter uns wie einer dieser ausländischen Touristen warst, die – vor dem Krieg! – in unser Land kamen, um sich alles anzusehen, was »typisch spanisch« war, also all das, was ihnen vollkommen absonderlich erschien, während es für uns das Normalste und Alltäglichste der Welt war. Eines Abends hast Du sogar behauptet, wir müssten unsere Treffen im Dunkeln abhalten und uns an den Händen fassen, um eine »Verbindung mit dem Medium herzustellen«. In unseren Kreisen hättest Du nichts Schockierenderes sagen können!

Die wenigen Male, die Du mir vom Christentum erzählt hast, hörte sich das alles für mich nicht viel anders an als die Sache mit der »Verbindung mit dem Medium«, und deshalb war mir nicht besonders wohl zumute, als ich beim Verlassen der Kirche bemerkte, dass Du geweint hattest; ich hatte diese Zeremonie als so mechanisch, so langweilig und sinnentleert empfunden ... »Aber der gregorianische Gesang«, sagtest Du. Wenn Du gewusst hättest, wie monoton ich den fand; und diese Karnevalskostüme ... Ich wusste, weil ich das gelesen hatte, dass die Christen glauben, dass sich die Hostie durch den Segen des Priesters in Jesus Christus verwandelt, aber gesehen hatte ich es nie; was mir am meisten auffiel, war, dass der Priester die ganze Sache so in die Länge zog, als spielte er mit den Gläubigen Katz und Maus. Während Du neben mir knietest, das Gesicht in den Händen vergraben, war mir zum Lachen zumute beim Gedanken an die Katze, die mit der Maus spielt, bevor sie sie frisst.

Und jetzt gehe ich jeden Sonntag zur Messe!

Das heißt, nicht jeden Sonntag; es ist schwer, jemanden zu finden, der die Messe liest. Jetzt sind die Messen so konspirativ, wie es früher unsere Treffen waren; und deshalb rief Onkel Eusebi (vielleicht erzähle ich Dir ein anderes Mal von ihm), als er erfuhr, dass ich zur Messe gehe, auch aus: »Heimliche Messen? Die sind sicher wie die Versammlungen revolutionärer Zellen!« Und mein Vater, der auch weiß, dass ich zur Messe gehe, tut so, als täte ich das nur aus Widerspruchsgeist: »Du bist wahrlich meine Tochter«, hat er gesagt, »immer gegen den Strom! Aber musst du denn ausgerechnet zur Messe gehen ... findest du nicht, dass du übertreibst?«

Ich schulde Dir eine Erklärung, denn dass ich zur Messe gehe, habe ich zweifellos Dir zu verdanken; aber welche Erklärung könnte ich Dir geben, wenn ich nicht einmal für mich selbst eine finde? Es ist so kompliziert und zugleich so einfach ... Zu einfach, um es in Worte zu fassen! Irgendwann einmal werde ich Dir von den Ereignissen und Umständen berichten, die mich dorthin geführt haben; heute bin ich nicht in der Stimmung dazu. So viel Zeit ohne einen Brief von ihm! Weißt Du noch, wie Du eines Tages mit einem Strauß Narzissen hier aufgetaucht bist? Nein, wahrscheinlich erinnerst Du Dich nicht mehr daran; ich dagegen ... Ich werde es nie vergessen! Lluís war überrascht und fragte: »Wo willst du denn mit den Blumen hin?« Er hatte vergessen, dass mein

Namenstag war. Wenn Du wüsstest, wie sehr mir der Duft dieser Narzissen im Gedächtnis geblieben ist; ich habe ihn noch oft in der Nase. Seltsam, dass Düfte eine so präzise Erinnerung hinterlassen, obwohl man sie mit Worten nicht einmal beschreiben kann.

Wenn Du wüsstest, wie einsam ich mich manchmal fühle! Du wirst sagen: Aber Du hast doch den Jungen. Ja, aber Kinder sind einem keine Gesellschaft. Im Gegenteil, wir, die Großen, sind es, die ihnen Gesellschaft leisten müssen. Ich könnte mich ablenken, aber was hätte ich davon? Ablenkung ist das Langweiligste auf der Welt. Besser, man bleibt zu Hause und gibt sich der Traurigkeit hin. Wenn man sich bemüht, die Traurigkeit ruhig hinzunehmen, kann sie tröstlich sein wie ein Frühlingsregen. Wenn es uns gelänge, unsere Traurigkeit zu nutzen, würden wir vielleicht entdecken, dass das einzig mögliche Glück dieser Welt in einer klaren, resignierten Traurigkeit liegt. Aber es gibt Augenblicke, in denen die Traurigkeit uns ihr abstoßendstes Gesicht zeigt; es gibt Augenblicke, da ist sie nicht einmal Traurigkeit, sondern nichts weiter als Leere, Dürre, Lebensüberdruss, und dann … Trotzdem ist die Zerstreuung noch leerer und dürrer; Zerstreuung lässt alles verdorren, alles welken, was sie berührt. Bitte entschuldige noch einmal, dass ich Dir mein Herz ausschütte. Du bist das Verständnis in Person, mein wahrer Bruder; denn was habe ich, genau betrachtet, mit Llibert gemeinsam, außer dem Zufall, dass wir beide Kinder des gleichen Vaters und der gleichen Mutter sind?

16. April

Letztes Mal habe ich mich über die Zerstreuung ausgelassen, und das nicht ohne Grund; die Leute waren nie zuvor so hungrig nach Zerstreuung wie jetzt. Es ist beinahe beängstigend, was man so alles zu sehen bekommt … Noch nie waren die Schlangen vor den Kinokassen so lang wie seit Kriegsbeginn. Und ich gehe bloß deshalb nicht hin, weil ich Kino schon immer unerträglich langweilig fand. Aber ich mache etwas Ähnliches: Ich verschlinge ein Geologiebuch nach dem anderen. Ich habe das Studium kurz nach der Heirat aufgegeben (wenn man in meinem Fall überhaupt von Heirat reden kann), und jetzt stürze ich mich wieder darauf, um mich nicht so einsam und leer zu fühlen.

Die Zeitungen schreiben immerzu von den Kämpfen, von Angriffen und Gegenangriffen, von Toten und Verwundeten, von eingenommenen oder verlorenen Stellungen; man gewöhnt sich an alles und interessiert sich für nichts mehr. Man stelle sich nur vor: Dieses Morden dauert nun schon neun Monate, und die Leute stehen Schlange vor den Kinos. Je blöder der Film, desto besser. Und ich kann sie verstehen. Denk nur, mich interessieren die Fossilien der Mollusken aus dem Karbon mehr als die Berichte von der Front!

Nachts, wenn Ramonet und das Kindermädchen schlafen, sitze ich jetzt im schwachen Schein einer Schirmlampe allein in meinem Lieblingssessel, das aufgeschlagene Buch vor mir auf dem Tisch, und zerstreue mich wie jedermann, nur eben auf meine Art. Ich bin nicht besser als die anderen, ganz im Gegenteil: Ist es nicht idiotisch, sich in diesen tragischen Zeiten für das Fossil eines unbekannten Tintenfisches zu interessieren, der vor fünfhundert Millionen Jahren gelebt hat, viel idiotischer noch, als ins Kino zu gehen?

Manchmal, wenn ich nachts so alleine da sitze und lese, kommt es mir vor, als würde ich dieses Gesicht wieder vor mir sehen; diese Augen und den vor Bestürzung aufgerissenen Mund. Ich habe es Dir nie erzählt und Lluís auch nicht. Ich habe Euch nie davon erzählt, um Euch nicht zu deprimieren, aber inzwischen sind so viele Monate vergangen … Es war am frühen Morgen des ersten August. Ihr beide, Lluís und Du, wart schon seit etwa einer Woche an der Front. Die letzte Julinacht war furchtbar heiß gewesen; die Hundstage lagen drückend über Barcelona, und ich hatte die ganze Nacht nicht schlafen können. Es war kurz vor Tagesanbruch, als ich drei Schüsse hörte, kurz und hart. Sie kamen von dem unbebauten Grundstück gleich hinter unserem Haus. Ich war gerade in meinem Sessel eingedöst und schrak auf. Ihr an der Front wisst nichts von den Schrecken im Hinterland, und das ist gut so. In Barcelona fielen zu dieser Zeit jede Nacht irgendwo Pistolenschüsse, aber so nah am Haus hatte ich sie noch nie gehört. Ich ging hinaus; es war kurz vor vier, und der Morgen lag erst als vager Schimmer über dem Hafen.

Er war sehr alt, und seine Soutane war so abgetragen, dass sie grünlich schimmerte; sie war überall geflickt und gestopft. Seine Augen und sein

Mund waren weit aufgerissen. Entsetzt schrie ich auf, dann rief ich nach dem Dienstmädchen. Sie kam im Nachthemd und völlig verschlafen herunter, und auch ein paar Nachbarn, die die drei Pistolenschüsse und meinen Schrei gehört hatten, liefen zusammen. Um sechs kam endlich der diensthabende Richter; da war die Sonne schon aufgegangen, und ein paar Fliegen, die von der fetten, grünen, goldschimmernden Sorte, spazierten zwischen Mund und Nase dieser gefällten, stocksteif daliegenden Vogelscheuche herum, um die wir einen Kreis gebildet hatten. »Typen wie den finden wir jeden Morgen«, sagte der Richter, »den einen Tag mehr, den anderen weniger, aber im Allgemeinen viele.« »Und was tun Sie gegen dieses Gemetzel?« »Was wir können«, erwiderte er, »also so gut wie nichts, Senyora. Im Augenblick kann man gar nichts tun, die Behörden sind völlig überlastet.« »Wer mag das sein?«, fragte ich. »Irgendein armer Dorfpfarrer«, sagte der Richter, »jedenfalls sieht er ganz danach aus. Es gibt mobile Patrouillen, die wir nicht unter Kontrolle haben. Die fahren in die Dörfer, zünden die Kirchen an und ermorden die Pfarrer; oft bringen sie sie dafür nach Barcelona … Typen wie den finden wir jeden Morgen«, wiederholte er.

Eine Woche später fand ich mich völlig unerwartet in einer heimlichen Messe wieder.

Eine alte Bekannte meiner Familie wohnt in einer Wohnung im Carrer de l'Arc del Teatre; die ältliche Witwe eines Typographen, eines Anarchisten, der ein guter Freund von Papà war. Da die beiden nie Kinder hatten, lebt sie allein und verdient sich ihren Lebensunterhalt als Haushaltshilfe. Ich sollte ihr einen Bezugsschein für Brot bringen, den mein Bruder Llibert (unglaublich, wie seine Taschen immer voller Bezugsscheine sind) für sie ergattert hatte; das Brot ist nämlich genauso schnell aus Barcelona verschwunden wie die Silbermünzen, und jeder jagt den Bezugsscheinen hinterher. Drei Wochen nach Kriegsbeginn war ein Laib Brot nur noch eine nebulöse Erinnerung.

Ich stieg die Treppen hinauf bis zum fünften Stock, wo sie wohnt, um ihr diese Freude zu machen: einen Bezugsschein für Brot! Sie umarmte mich gerührt, dann sagte sie unvermittelt: »Komm mit, ich muss auf den Dachboden.« Und so ging ich mit ihr auf den Dachboden des Hauses hinauf. Ich hatte nicht darauf geachtet, aber es war Sonntag. Ich hatte keine Ahnung, wohin sie mich brachte: In einer der Dachbodenkammern trafen wir auf ein Dutzend Menschen, vielleicht ein paar mehr, nahezu alles Frauen. Wir kamen fast um vor Hitze, denn diese Bodenkammer hat eine sehr niedrige Decke und liegt direkt unter den Dachschindeln. Seit jenem Tag mit Dir in Santa Maria del Mar hatte ich an keiner Messe mehr teilgenommen, und was ich jetzt sah, war so anders … Warum nur war die Witwe auf die verrückte Idee gekommen, zu mir zu sagen »Komm mit«, wo sie doch ganz genau wusste, dass ich nicht katholisch war?

Die wenigen Möbel, die es gab, fielen beinahe auseinander; als Altar diente eine windschiefe, abgenutzte Kommode auf einem kleinen Podest, eine dieser schwarzen Kommoden mit weißer Marmorplatte, die es früher in jedem Haushalt gab und die jetzt so altmodisch und trist wirken. Das Merkwürdigste an der ganzen Sache war, dass der Alte, der die Messe zelebrierte, dem ermordeten Pfarrer zum Verwechseln ähnlich sah.

Wenn die Witwe des Anarchisten mir ins Ohr geflüstert hätte: »Er ist ein Apostel, der Apostel Soundso«, hätte mich das in diesem Augenblick vielleicht nicht einmal überrascht; alles kam so unerwartet! Es hätte natürlich irgendein beliebiger Apostel sein können, der unbedeutendste der zwölf. Er war um die achtzig Jahre alt und gekleidet wie ein alter Arbeiter: geflickte Cordhosen, Hemd und Espadrilles. Für die Messe hatte er sich die Kasel übergeworfen, unter der die Hosenbeine hervorlugten, was ziemlich lächerlich aussah. Er hatte die müden Bewegungen eines Menschen, dem sein Körper nicht mehr gehorcht; wenn er hinknien musste, ließ er sich eher zu Boden plumpsen wie eine träge Masse, und der Aufprall seiner Knie ließ die Planken des Podests erzittern. Wenn er sich umdrehte, um uns zu segnen, erinnerte mich sein Blick an die offenen Augen des Ermordeten … Meine Güte, was für ein Blick! Wer will da behaupten, die Seele sei unsichtbar?

Ich bin dann sonntags noch ein paar Mal hingegangen, vielleicht aus Neugier, vielleicht, um auf meine Weise – auch wenn keiner davon erfahren durfte und es nichts nutzte – gegen die »Priesterjagd« zu protestieren, die in jenen schrecklichen Wochen im ganzen Land betrieben wurde. Ich hätte mir gewünscht, dass der Alte predigte, dass er zu uns sprach, aber das tat er nie. »Er sagt, er versteht nichts davon«, erklärte mir die Witwe, »er sagt, als junger Priester habe er es getan, aber mit zunehmendem Alter habe er erkannt, dass er nichts Interessantes zu sagen habe; dass seine Reden immer todlangweilig seien und wir alles, was er uns zu sagen habe, genauso gut wüssten wie er.« Ein einziges Mal sprach er ein paar Worte, oder besser gesagt, er murmelte sie: »Kinder«, sagte er, »wie ihr seht, ist die Kirche wieder in die Katakomben zurückgekehrt. Jesus zeigt uns sein mit Blut und Speichel beflecktes Antlitz, wie damals, als Pilatus sagte: ›Sehet, welch ein Mensch.‹« Und danach sagte er nie wieder etwas zu uns. Und stell Dir vor, eines Sonntags (es war schon Anfang November) sagte die Witwe zu mir, dass es keine Messe mehr geben würde, nie wieder, weil der Alte verschwunden war. Wir kennen nicht einmal seinen Namen, und wir haben nie wieder von ihm gehört. Seinen müden, flehenden Blick werde ich nie vergessen. Manchmal vertraue ich mich ihm an, bete zu ihm, ohne es zu bemerken, einfach so; das ist sicher absurd, zu einem Menschen zu beten, der vielleicht noch lebt. Aber wenn ich mir ein Gesicht wie das seine in Erinnerung rufe, spüre ich, dass es keine Wand gibt zwischen dieser Welt und der anderen.

18. April

Ich habe den Brief erhalten, in dem Du mich bittest, ausführlicher über das zu sprechen, was Du – vielleicht nicht ganz ohne Spott – meine »Konversion« nennst. Meine »Konversion«, sagst Du, ist gar keine, sondern etwas Schwebendes, Nebulöses. Mein Brief von vorgestern wird Dir schon einen ersten Eindruck vermittelt haben, und vielleicht lohnt es sich gar nicht, Dir mehr zu erzählen. Was die Geologie betrifft, so erinnerst Du Dich sicher, dass ich sie aufgegeben habe, als Lluís und ich zusammenzogen. Er hat immer fürchterlich auf die Bourgeoisie geschimpft, aber wir konnten sehr bequem von seinen Dividenden von »Ruscalleda Hijo« leben – wo er sich nie hinbemühte, da ihm die Herstellung von Suppennudeln, wie Du ja bestens weißt, geradezu empörend und unerträglich lächerlich erscheint. Ich musste mir meinen Lebensunterhalt nicht verdienen, und da Ramonet so schnell zur Welt kam – drei Wochen, nachdem wir zusammengezogen waren –, hatte ich genug mit dem Haushalt zu tun.

Auch wenn das damals nicht der wahre Grund dafür war, warum die Geologie mich anödete, war es das, was ich Dir und ihm erzählte. Das ganze Leben ödete mich an, um ehrlich zu sein, aber das verbarg ich damals vor Euch beiden. Es war die Enttäuschung, die mich lähmte, und das wenige Monate, nachdem wir in diese Villa gezogen waren. Du weißt ja, dass das Haus ihm gehört, er hat es von seiner Mutter geerbt. Was ich Dir vielleicht noch nicht erzählt habe, ist, dass Lluís, kaum dass er volljährig war, es beim Notar auf Ramonet und mich überschreiben ließ, mit der einzigen Einschränkung, dass weitere Kinder, die noch kommen mögen, ebenfalls Miteigentümer sein würden. Siehst Du, auch das ist typisch für Lluís; gleichzeitig fing es aber schon an, dass er, wenn wir allein waren, in dieses Schweigen verfiel, das tagelang anhalten konnte. Du kamst oft nachmittags zu uns zu Besuch, und Deine Besuche waren das Einzige auf der Welt, auf das ich mich noch freute; er wurde auch munterer, wenn Du da warst. Einmal haben wir fast ein Dutzend Tassen Tee hintereinander getrunken; die Wintersonne fiel schräg durchs Fenster, und der Holzofen, vollgestopft mit Eichenholzscheiten, glühte rot und knisterte. Wir hatten, wie immer, über tausend verschiedene Dinge geredet, waren von einem aufs andere gekommen, hatten uns über Leben und Tod, Spiritismus und Magie ausgelassen, über die Paarungsrituale der Skorpione und die Begräbnisriten der Papua in Neuguinea. Dann wurde es still, und Du sagtest wie nebenbei, um unser Gespräch zusammenzufassen: »Da sieht man's: Wir kommen vom Obszönen und gehen zum Makabren.«

Du redest gerne drauflos, ohne zu merken, wie verletzend manche Worte sein können. Worte, die uns entschlüpfen, die wir unbewusst fallen lassen, können einen Abgrund vor den Füßen unseres Gegenübers öffnen, einen endlosen Abgrund – und vielleicht ist unser Gegenüber nicht schwindelfrei … Du gehst gerne am Rand des Abgrunds spazieren, aber mir schwirrt der Kopf davon! Seit damals kam mir alles sinnlos vor, das Studium der Mollusken aus dem Karbon oder das Kinderkriegen, seit dem Augenblick, als ich verstand, dass es in der Welt keinen Sinn gab, keinen geben konnte. Die Welt war nicht mehr als ein riesiger Vorort – aber ein Vorort welcher Stadt? –, ein Chaos, durchzogen von toten Gleisen und gespickt mit Pfosten, zwischen denen sich Kabel wie

Spinnennetze dahinzogen, ansonsten leer. Eine beängstigend graue, zusammenhanglose Vorstadt, begrenzt von zwei endlos langen Mauern: dem Obszönen auf der einen Seite und dem Makabren auf der anderen. Welchen Sinn hatte sie, wenn sich alles darauf beschränkte?

Wenn Du wüsstest, wie allein ich mich in dieser Zeit fühlte, vor allem, wenn Lluís zu Hause war; ja, vor allem an seiner Seite. Viel einsamer als jetzt, das kannst Du mir glauben; jetzt ist er weit weg und kann mich nicht mit seinem Schweigen erdrücken.

19. April
Ich schäme mich für den Brief, den ich Dir gestern geschrieben habe. Stell Dir vor, ich ging zur Post, um ihn einzuwerfen, und als ich zurückkam, fand ich zwei Briefe von Lluís, die der Briefträger unter der Tür durchgeschoben hatte.

Zwei so liebevolle und so traurige Briefe, dass ich bewegter war, als ich Dir sagen kann. Er schreibt, dass er mich vermisst, dass wir ein neues Leben anfangen werden, wenn erst wieder Frieden ist, dass der Krieg ihm klargemacht hat, wie viel wir einander bedeuten. Er bittet mich um Verzeihung für die Vergangenheit und um Vertrauen für die Zukunft. Und wie könnte ich ihm dieses Vertrauen verweigern?

Und wie er es versteht, die Worte zu finden, die mich weinen und alles vergessen lassen ... Zwei liebevolle Briefe von ihm, und schon strecke ich wieder die Waffen und ergebe mich ihm ganz und gar; wie oft ist mir das schon passiert? Ich bin schon ein dummes Schaf! Lluís hat eine natürliche Begabung dafür, dass man ihm alles verzeiht, so natürlich, dass er sich dessen nicht einmal bewusst ist; er merkt es nicht. Wenn er es merken würde – was für ein Komödiant wäre er, was für ein Schauspieler! Aber nein: Er tut das ganz spontan, von innen heraus ... Sein Sohn hat diese Gabe, wie so vieles anderes, von ihm geerbt: Wenn Du wüsstest, wie lieb er um Verzeihung bitten kann, wenn er einen Wutanfall hatte – und die hat er oft! Er tobt und tobt, und dann, plötzlich, beschließt er, mit dem Trotzen aufzuhören und lieb zu sein. Und dann ist er so ein reizendes Kind!

Später, am Nachmittag, kam der Briefträger wieder, um mir einen verspäteten Postscheck zu bringen: den Fähnrichssold für drei Monate und dazu die Feldzulage, die höher ist als der Sold. Ein ganzer Stapel Scheine. Ich war so froh darüber, dass ich heute Morgen der Versuchung nicht widerstehen konnte, mir einen isabellinischen Sekretär zu kaufen, den ich schon vor Tagen in einem Pfandhaus gesehen hatte; eben gerade haben die Möbelpacker ihn mir gebracht. Ich habe ihn in den Salon stellen lassen, und darüber habe ich das Ölgemälde von Lluís' Urgroßvaters gehängt, dem, der im ersten Carlistenkrieg Obrist war und von dem Du sagst, er würde meinem Jungen so ähnlich sehen. Ich habe Dir noch nicht erzählt, dass ich bei einem Antiquitätenhändler im Carrer de la Palla einen vergoldeten Rahmen gefunden habe, der von den Maßen, von Form und Stil her bestens zu dem Bild passt. Also habe ich den Urgroßvater hineingesteckt, den wir, in der Hoffnung, eines Tages einen passenden Rahmen für ihn zu finden, in einer Schublade verwahrt hatten. Der Rahmen ist oval und altgold; das Bild an der Wand macht jetzt richtig was her. Und es stimmt, dass er Ramonet ähnlich sieht: Gerade habe ich mir erst das Bild und dann den Jungen angesehen und ihn mir mit diesen gewaltigen Koteletten und der großen roten Mütze vorgestellt. Zum Totlachen! Wenn Du wüsstest, welche Vorstellung wir bei uns zu Hause von den Carlisten hatten! Und von den Obristen!

Ramonet kommt ganz nach den Brocàs, und diese Brocàs haben offenbar den Krieg im Blut: Unablässig liegt er mir in den Ohren, dass ich ihn mit seinem Vater in den Krieg ziehen lassen soll. Je älter er wird, desto ähnlicher wird er Lluís … Was mich betrifft, fühle ich mich mit jedem Tag älter und kindischer. Beides zugleich. Ich bin einundzwanzig, gestern hatte ich Geburtstag. Jetzt bin ich volljährig …

3. Mai
Ja, Juli, jetzt bin ich getauft, habe ich Dir das noch nicht erzählt? Verzeih; ich habe so viel um die Ohren, dass ich nicht mehr weiß, wann ich Dir das letzte Mal geschrieben habe, und was. Vielleicht vor zwei Wochen? Ich weiß nur noch, dass es vor Deinem zweiten Besuch war, der so unerwartet kam wie der erste … Aber mit Dir will ich offen sein: Trotz allem, was Du mir in dieser langen Nacht erzählt hast – die doch gleichzeitig so kurz war, mein Gott –, konnte ich mich nicht recht entscheiden. Du hast der ganzen Sache so viel Bedeutung beigemessen, aber

ich ... Ich fühlte mich wohl, so wie ich war; auf eine unbestimmte Weise christlich, und damit gut. Es fiel mir schwer, mich zu diesem Schritt zu entschließen, nur um Dir eine Freude zu machen.

Aber gut, ich habe es getan; und wenn Du die Wahrheit hören willst: Ich fühle mich ganz genau wie vorher. Ich schreibe Dir von meinem Sessel am Fenster aus und werfe von Zeit zu Zeit einen Blick auf die Dosenmilchpyramide, die schon beträchtlich geschrumpft ist. Du musstest Dich nicht dafür entschuldigen, dass Du mir dieses Mal keine mitgebracht hast, ich kann mir gut vorstellen, dass Du das nicht immerzu machen kannst; außerdem habe ich noch genug, um zurechtzukommen. Ich habe mich so über Deinen neuerlichen Überraschungsbesuch gefreut! Im Gespräch mit Dir sind die Nachtstunden wie im Flug vergangen ... Ich erinnere mich noch an alles, was Du mir erzählt hast, und denke wieder und wieder darüber nach, wenn ich in meinem Sessel sitze, wie früher meine Großmutter in ihrem gesessen hat. Jetzt, also in diesem Augenblick, bin ich offen gestanden eher böse auf mich selbst, dass ich Deinem Drängen nachgegeben habe. Warum ist für einen intelligenten Menschen wie Dich ein äußerliches Ritual wie die Taufe so wichtig? Ja, ich weiß schon; die ganze Sache mit den Sakramenten und der übernatürlichen Gnade, die sie verleihen ... Ich sage Dir: Das einzige Sakrament, das mir sinnvoll erscheint, ist die Ehe!

Und wenn ich die Ehe ein »Sakrament« nenne, meine ich damit, was die Theologen meinen; nicht die Zeremonie, ganz gleich, ob die religiöse oder die zivile, von der ich weiß, dass sie genau genommen gar nicht nötig wäre. Ich rede von der Verbindung zwischen Mann und Frau als dauerhaftes Band zur Übertragung des Lebens; wenn das kein Sakrament ist, was wäre es dann? Eine so ungeheuerliche Unanständigkeit, dass man beim bloßen Gedanken daran im Erdboden versinken möchte!

Aber die Taufe ... Was soll ich sagen! Dass ein Mensch dadurch gerettet werden soll, dass man ihm ein bisschen Wasser über den Kopf schüttet und dazu ein paar magische Worte spricht, und dass er ansonsten verdammt wäre – gibt es tatsächlich immer noch irgendjemanden, der einen solchen ... Schwachsinn glaubt? Entschuldige, aber ich muss Dir offen sagen, was ich empfinde.

Ich weiß schon, Du wirst mir sagen, das ist nicht das, woran man glauben muss; dass viele Getaufte verdammt und viele nicht Getaufte gerettet sein werden, weil Gottes Wege unergründlich sind und so weiter und so weiter. Schön und gut, aber wozu muss man sich dann taufen lassen? Dass ich es trotzdem getan habe, liegt nur daran, dass Du so darauf bestanden hast; einzig und allein deshalb, das schwöre ich Dir.

Von meinem Sessel aus sehe ich durch das offene Fenster auf die Linde im Garten, die jetzt über und über mit zartgrünen, silberschimmernden frischen Blättern bedeckt ist. Sie erinnern mich an die schlimmsten Tage jener Zeit, in der mir alles zu viel war, absolut alles, sogar die arme Linde! Damals zermarterte ich mir unablässig das Hirn über Deinen dummen Satz: »Wir kommen vom Obszönen und gehen zum Makabren«. Ramonet konnte noch nicht laufen, sondern krabbelte auf dem Wohnzimmerteppich herum, und ich betrachtete ihn, wie man ein Kätzchen betrachtet, und fragte mich, mit welchem Recht ich ihm dieses Leben geschenkt hatte, das doch unweigerlich im Tod enden würde; dieses Leben, das nicht mehr ist, nicht mehr sein kann als ein langer, hoffnungsloser Todeskampf. Und trotzdem liebte ich meinen Sohn natürlich; ich war verrückt nach dem Jungen, aber war das nicht eine weitere Falle der Natur, eine Falle wie die, die uns zu dem Akt verleitet, der Leben schenkt? Hätten wir Freude an unseren Kindern, wenn sie so auf die Welt kämen, wie sie später einmal sein werden? So wie meine Großmutter jetzt ist, zum Beispiel? Damals war November, die Linde war kahl, und zudem hatte der Gärtner sie so stark gestutzt, dass wenig mehr als der Stamm übrig geblieben war. Und die Linde erschien mir ebenso sinnlos wie alles andere; jedes Jahr die gleiche Komödie, die Blätter abwerfen, neue sprießen lassen, und wozu das alles? Zu welchem Zweck? So sinnlos wie Lluís' Bart! Damals hörte ich Lluís morgens immer, während ich noch im Bett lag, weil er normalerweise früher aufsteht als ich. Und er rasierte sich ungern im Bad, sondern am Waschbecken im Schlafzimmer, sodass ich im Halbschlaf das Rascheln der Bartstoppeln hörte, wenn er mit dem Rasiermesser darüberfuhr. Sinnlos wie ein Bart, der jeden Tag abrasiert wird und aufs Neue sprießt, und das Tag für Tag! Alles in dieser Welt war eine unendliche, sinnlose Abfolge des immer Gleichen. Damals hatte ich auch genug von der Geologie, die uns vielleicht mehr als alles andere auf zynische Weise diese endlose, unsinnige Wiederholung von Geschehnissen vorhält, die grausame Monotonie unzähliger Sedimentschichten, von denen jede einzelne für zehn- oder hunderttausende von Jahren steht, die einander überlagern, bis sie mehrere Kilometer dick sind; der unbegreifliche Abgrund der Zeit, der einen schwindeln lässt. Und dieser Lindenstamm war ein obszöner Pfahl, der sich mir ins Hirn bohrte und mir größere Übelkeit verursachte als jede Migräne! Dort, im Gegenlicht, in jenem November, der jetzt zum Glück schon so lange zurückliegt, dehnte sich die Zeit, als wolle sie gar nicht vergehen, sie erdrückte mich mit ihrer Langsamkeit wie Lluís mich mit seinem Schweigen erdrückte. Als ich ein Kind war, war die Zeit wie ein Zauber! Solange ich mich zurückerinnern kann, habe ich die vergehende Zeit geliebt; ich liebte die Zeit und die Spur, die sie hinterließ, die Vergangenheit. Manchmal blieb ich in den Gassen der Altstadt, wo ich geboren bin und immer mit meinen Eltern gelebt habe, staunend vor einem alten Portal stehen, das ein Datum trug: 1653, 1521; ich zählte die Jahre, die vergangen waren, seit Menschen wie wir diese Häuser gebaut hatten, und empfand diese Steine als tröstlich. Je älter, desto tröstlicher. Dann, als ich größer war, reizte mich die Geologie, weil sie mir mit ihrem Sedimentgestein, das die Jahrhunderte in Millionen zählte, ein großes Gefühl von Sicherheit gab. Seltsam: Wenn ich jetzt mein Gedächtnis bemühe, erinnere ich mich, dass ich schon mit vier oder fünf diese unsagbare Freude darüber empfand, eine Vergangenheit zu haben. Es ist schwer zu verstehen, aber es ist so: Ein vier- oder fünfjähriges Kind hat schon eine Vergangenheit, einem Abgrund gleich.

Etwa um die Mitte dieses Novembers, in dem die Zeit stehen geblieben war und sie mir manchmal wie eine Hand erschien, die mich würgte, kam eines Nachmittags Mamà zu Besuch. Ich konnte dem, was sie mir erzählte, kaum folgen; ich lebte damals wie aus der Welt gefallen, als ob zwischen mir und der Welt um mich herum jeglicher Kontakt abgebrochen wäre und ich ihn nicht wieder herstellen könnte. Sie redete und redete ohne Unterlass, wie sie das immer tut; sie erzählte mir alles Mögliche, aber ich hörte ihr gar nicht zu. Und dann drangen plötzlich aus diesem Strom von Wörtern, die ich wie das vage Rauschen eines fernen Flusses vernahm, ein paar zu mir durch. Meine Mutter erzählte mir eine Geschichte, die den ganzen Carrer de l'Hospital bewegt hatte: Eine Nachbarin hatte sich mit ihrem neugeborenen Kind aus dem fünften Stock gestürzt. »Eine junge Frau aus der Nachbarschaft, völlig normal; jedenfalls haben wir sie alle dafür gehalten. Und sie schien so glücklich über das Kind, es war ihr erstes. Niemand im ganzen Viertel versteht, wieso sie das getan hat.« »Dabei ist das doch so klar!«, entfuhr es mir. Mamà sah mich an, als hätte ich den Verstand verloren, schüttelte den Kopf und wechselte das Thema. Warum erzähle ich Dir das jetzt?

Weil Du mir kurze Zeit später – ebenfalls zu meinem Namenstag – die Evangelien in einem Band geschenkt hast; seit damals liegt dieser Band immer auf meinem Tisch. Das Lesezeichen, das Du mir hineingelegt hast, ist immer noch darin, zwischen denselben Seiten; als ich das Buch an dieser Stelle aufschlug, fand ich die berühmte Passage, in der Jesus sagt, dass wir sein Fleisch essen und sein Blut trinken müssen, um erlöst zu werden. Alle seine Jünger verlassen ihn, als sie ihn so etwas Ungeheuerliches sagen hören, und auch die Apostel sind unsicher und beginnen, sich davonzustehlen. Nur Simon bleibt. Jesus fragt ihn: »Wirst du mich auch verlassen?« Und Du hattest Simons Antwort rot unterstrichen: »Wenn ich dir nicht folge – wem sollte ich dann folgen?« Ich habe den ganzen Band durchgeblättert, weil ich neugierig war und wissen wollte, ob Du auch andere Passagen angestrichen hattest. Aber nein; nur diese! Und auf das weiße Vorsatzblatt hattest Du geschrieben: »Das Kreuz oder das Absurde.«

Das Kreuz oder das Absurde …

Ein paar Tage später, an einem düsteren, verregneten Nachmittag, kam ich mit der Straßenbahn vom Markt zurück. Durch einen dieser Zufälle, wie sie in einer so großen Stadt wie Barcelona eigentlich selten sind, sah ich Lluís inmitten einer Menschenmenge an der Ecke stehen. Es war schon dunkel, aber er stand unter einer Gaslaterne, und das Licht fiel auf ihn. Ich saß am Fenster und sah hinaus, ohne etwas zu sehen. Über das Fenster der Straßenbahn liefen Regentropfen wie Tränen, und draußen herrschte ein Gewühl aus Automobilen, Straßenbahnen und Fußgängern, die unter Regenschirmen die Bürgersteige der Rambla entlangeilten – ich kam von der Boqueria –, während die Fußgängerzone in der Mitte der Rambla unter den kahlen Ästen der Platanen fast menschenleer war. Im Regen glänzten die Plastikbezüge, mit denen die Kioskbetreiber ihre Zeitungsstände abgedeckt hatten. Und da stand er an der Ecke, mitten unter den Leuten; damals durchlebten wir gerade unsere schlimmste Zeit, wechselten tagelang kein Wort miteinander … Und er stand da, an der Ecke zum Carrer del Carme, und wartete wie alle anderen darauf, die Straße überqueren zu können. Der Regen hatte sein Haar durchnässt und rann seine Wangen hinab, und wie immer hatte er weder Hut noch Regenschirm. Er wirkte so anonym in der Menschenmenge an diesem düsteren, regnerischen Novembertag in Barcelona; so anonym … Ein Mensch wirkt nie einsamer als mitten unter anderen Menschen; sein starrer Blick war leer. Er war sogar schlecht rasiert, ungewöhnlich für ihn, aber vielleicht lag es auch nur daran, dass es schon spät am Tag war und der Bart, den er frühmorgens rasiert hatte, schon wieder einen dunklen Schatten bildete. Ich sah ihn durch die regentrübe Scheibe, und er sah mich nicht. Einen Augenblick lang schien es, als ob er weinte; aber nein, es war nur der Regen, der ihm aus dem Haar troff. In seinem reglosen Gesicht wirkten die Augen sehr groß. Die Leere ließ sie größer erscheinen – was für ein Blick, bar jeder Hoffnung! Diesen Blick hatte ich an ihm noch nie gesehen, und am liebsten wäre ich aus der Straßenbahn gestiegen, die gerade stand, um zu ihm hinzulaufen und mit ihm zu weinen, um ihm zu helfen, diese Last zu tragen, die ihn zu erdrücken schien und von der ich nicht einmal wusste, was sie war. Aber da fuhr die Straßenbahn wieder an; und zu Hause angekommen, lag ich lange Zeit allein im Schlafzimmer auf dem Bett und weinte bei dem Gedanken daran, dass eines Tages eine andere Straßenbahn anfahren und eine andere Scheibe, eine noch stärker beschlagene, uns für immer trennen würde; dass ich ihn sehen würde, er mich aber nicht, nie mehr; mir würde er einsamer denn je erscheinen, verlorener denn je inmitten einer gleichgültigen, wogenden Menschenmenge, leerer denn je … Und er würde mich nicht sehen, nicht sehen können, so sehr ich mir das dann auch wünschte; dann, wenn es zu spät wäre! Ich weinte lange, kläglich, aus Mitleid mit ihm und mit mir selbst; danach brach, wie nach einem kräftigen Regen, plötzlich der Himmel für mich auf: Ich hasste Lluís nicht länger, ich bedauerte ihn.

Nein, Juli, es ist nicht so, dass Lluís meiner überdrüssig sei. Fang nicht wieder davon an. Das ist es auch nicht, was ich Dir in der Nacht damals gesagt habe, ganz und gar nicht! Ich weiß genau, dass er mich braucht, auch wenn er sich dessen nicht bewusst ist. Er bildet sich ein, dass ihm die Menschen, die ihm wohlwollen, auf die Nerven gehen; das ist ein so absurder psychologischer Mechanismus, dass ich lange gebraucht habe, um ihn zu verstehen. Und bis ich ihn verstanden habe, habe ich sehr gelitten. Lluís ist schrecklich ungerecht zu denen, die ihn lieben, zu seinem Onkel zum Beispiel. Davon schreibe ich Dir ein anderes Mal. Lluís ist so widersprüchlich, dass ich oft völlig verwirrt bin. So hat er mir zum Beispiel ständig von seinem Bruder Ramon erzählt. Du weißt ja, dass er ihn heiß und innig liebt; aber trotzdem hat er mich nie zu einem Besuch bei ihm mitgenommen. Wenn ich darum gebeten habe, hat er immer gesagt: »Du wärst entsetzt, könntest es nicht ertragen. Er würde einen verheerenden Eindruck auf dich machen.« Davon konnte ich ihn nicht abbringen, obwohl er von seinem Bruder stets in einer Art und Weise redete, für die es nur einen Ausdruck gibt: Verehrung. Er hält sich natürlich für ungläubig – er und ungläubig! Er mag ein Scheusal sein – mir gegenüber hat er sich manchmal, ohne es zu merken, wie eines verhalten, aber ungläubig …

Irgendwann hat er mich dann endlich einmal mitgenommen nach Sant Joan de Déu, und ich habe seinen berühmten Bruder Ramon kennengelernt. Wir kamen kaum dazu, mit ihm zu reden. Er war gerade dabei, Essen an eine Gruppe grunzender, sabbernder Schwachsinnige auszuteilen; zehn oder zwölf erwachsene Schwachsinnige, zwischen zwanzig und vierzig Jahren, die einem wirklich Angst machten – und er fütterte sie und wischte ihnen die Spucke ab, so als wäre es das Natürlichste von der Welt, so wie ich es bei Ramonet machte, der damals elf Monate alt war … Während er einem von ihnen die Suppe löffelweise einflößte, pinkelte der in die Hosen; und Lluís, sichtlich angeekelt, packte mich am Arm und sagte: »Lass uns gehen, dieser Anblick ist ja nicht auszuhalten.« Tagelang ging mir das Bild nicht aus dem Kopf, eines Nachts träumte ich sogar von den Schwachsinnigen, dabei träume ich sonst nie. Seltsam, was ich Dir jetzt so alles erzähle! Nur eines noch, bevor ich diesen Brief beende, der schon viel zu lang ist: Ein paar Wochen später saß ich wie immer in meinem Sessel am Fenster; es war ein klarer

Dezemberabend, und ich betrachtete die Abendsonne, die sich langsam dem Horizont zuneigte. Einen Moment lang blinzelte sie noch über den Gesichtskreis, dann war sie verschwunden. Ich saß da mit offenem Mund und gedankenverlorenem Blick und glaubte, das Gesicht eines dieser Schwachsinnigen vor mir zu sehen, das von dem, der sich eingenässt hatte, und hörte gleichzeitig eine ferne Stimme zu mir sagen: »Das Obszöne und das Makabre, das Kreuz oder das Absurde.« Ich versuchte zu begreifen, wie es möglich war, dass nur einen Augenblick zuvor die Abendsonne noch da gewesen war, leuchtend hell, und jetzt war sie weg, als wäre sie nie da gewesen! Wie lang ein Augenblick doch sein kann, der Augenblick, der zwischen dem liegt, was nicht mehr da ist, und dem, was gerade noch da war … Die unmittelbare Vergangenheit ist so vergangen wie die, die Millionen von Jahrhunderten zurückliegt. Wie soll man das je verstehen? Und plötzlich glaubte ich zu sehen, wie aus diesem lächerlichen Baumstamm, dem nackten Lindenstamm, der sich gegen den Sonnenuntergang abzeichnete, diesem obszönen, makabren Pfahl, ein zweiter Pfahl entsprang, ein Querbalken … etwas, an dem man sich festhalten konnte! »Das Kreuz oder das Absurde«, sagte ich immer wieder vor mich hin, ohne es ganz zu verstehen. Nein, ich bitte Dich, lach nicht: Ich behaupte nicht, ich hätte eine Vision gehabt wie Deine Tante. Komm mir nicht mit der heiligen Philomena! Bitte nicht; aber damals verstand ich Deine Worte: das Kreuz oder das Absurde; damals verstand ich den alten Vers: *O Crux ave, spes unica.*

Bitte, bitte lach mich nicht aus. Manchmal klingen meine Briefe vielleicht ein bisschen kitschig, aber wie traurig wäre das Leben, wenn wir nicht von Zeit zu Zeit ein bisschen kitschig sein dürften! Wenn Du wüsstest, wie tröstlich es ist, einen Freund zu haben, dem ich alles schreiben kann, was mir durch den Kopf geht, auch wenn es noch so kitschig ist … Du siehst schon, ich kann Dir stundenlang schreiben. Natürlich könnte ich die Briefe auch verbrennen, nachdem ich sie geschrieben habe, aber ich schicke sie Dir lieber. Schließlich schreibe ich das alles, um mich mit jemandem auszutauschen; und wer anders könnte das sein als Du?

7. Mai

Du hast mich gebeten, Dir meine Taufe ausführlich zu schildern; seltsam, dass es Dir so wichtig ist, wo es mir doch so wenig bedeutet. Wenn Du wüsstest, wie oberflächlich und sinnlos mir diese Zeremonie vorkam, wie kalt sie mich gelassen hat ... Ich wusste nicht, an wen ich mich wenden sollte, und da Du so darauf gedrängt hattest, erzählte ich es schließlich dieser Frau, der Witwe des Anarchisten; auf dem Dachboden ihres Hauses wird keine Messe mehr zelebriert, seit der alte Jesuit verschwunden ist (kürzlich habe ich von ihr erfahren, dass er tatsächlich Jesuit war); aber sie kennt ein anderes Haus, in dem fast jeden Sonntag Messe ist. Es ist ein Haus, in dem sie seit vielen Jahren arbeitet, weshalb man ihr dort vertraut.

Das Haus liegt in einer Gasse im Stadtteil Sant Just und unterscheidet sich äußerlich kaum von den anderen Häusern des Viertels; es ist alt und grau. Aber drinnen ... Dort hatte ich tatsächlich das Gefühl, eine Vision zu haben! In so einem Haus war ich noch nie. Eigentlich erstaunlich, dass die anarchistischen Patrouillen es noch nicht beschlagnahmt haben, vielleicht sind sie noch nicht darauf gekommen, dass die Paläste des alteingesessenen Adels gerade in den ältesten Vierteln liegen. Und ich finde es ebenfalls erstaunlich, dass viele dieser Leute immer noch in Barcelona leben und diese Schreckenszeit überstanden haben.

Als wir ankamen, die Witwe des Anarchisten, Ramonet und ich, wartete schon eine Gruppe von meist älteren Damen auf uns, vielleicht fünfundzwanzig oder dreißig. Ich war überrascht, wie viele es waren, und ein wenig eingeschüchtert, vor allem, weil Ramonet losplärrte, er wolle nach Hause. Je mehr sie ihn zu trösten versuchten, desto tiefer vergrub er den Kopf in meinen Röcken. Dann hörte er, wie das oft bei ihm passiert, von einem Moment zum anderen auf zu trotzen und machte sich lieb Kind bei den Damen, die ganz entzückt waren und sich förmlich um ihn rissen. Während wir auf den Priester und den Taufpaten warteten, die noch nicht da waren, sah ich mich in dem Salon um; er war riesig, mit meterhohen Decken, der größte Saal, den ich je gesehen habe. Fenster und Türen waren natürlich geschlossen; überdies waren, damit nur kein Geräusch nach draußen drang, die schweren, grünen Damastvorhänge zugezogen. Auf einem gewaltigen Lüster mit tropfenförmigem Gehänge aus Bergkristall brannten zwanzig bis dreißig Kerzen; echte Wachskerzen, deren Duft den ganzen Raum erfüllte. Die Dame des Hauses, die meine Überraschung bemerkte, erklärte mir, dass er nur bei besonderen Anlässen benutzt werde: »Und heute« – dabei lächelte sie mich freundlich an – »ist ein solcher Anlass.« An den Wänden hingen große Spiegel in vergoldeten Rahmen neben alten Gemälden (»vom Meister von Vic«, wie mir die Dame erklärte), und die Decke war mit Fresken verziert, die das Urteil des Paris oder irgend so einen Blödsinn aus der griechischen Mythologie darstellten. In jeder Ecke des Salons standen ein Kanapee und vier Armsessel, allesamt Stilmöbel, alle aus massivem Mahagoni und mit rotem Samt bezogen. In der Mitte einer Wand befand sich die große Eingangstür aus altem Nussholz; in die gegenüberliegende Wand waren zwei breite Fenster eingelassen, und an den anderen beiden Wände stand, jeweils mittig, eine Kommode, es waren die beiden größten und schönsten Kommoden, die ich je im Leben gesehen hatte. Jede von ihnen musste ein Vermögen wert sein. Sie sind von beeindruckenden Ausmaßen und so sehr mit Intarsien und altertümlichen Silberknäufen verziert, dass man sie Stunden und Tage verzückt betrachten möchte. Das Schönste an dem Salon aber war seine Weitläufigkeit, so viel nackte, weiße Wand beiderseits der Kommoden und der Fenster, vor allem aber zu beiden Seiten der zweiflügeligen Nussholztür – was für ein wunderbarer Anblick, diese großen, weißen Wände; welch eine Erholung für die Augen!

In der Mitte des Raums, unter dem Lüster, hatten sie einen Beistelltisch aufgebaut, und auf dem Tisch stand ein Becken aus massivem Silber. »Das ist ein altes Waschbecken aus Familienbesitz«, erklärte mir die Hausherrin, stets bemüht, meine Neugier zu befriedigen. Ich verstand, dass es wohl für die Zeremonie gebraucht wurde. Da ich noch nie eine Taufe gesehen hatte, hatte ich keine Ahnung, was mich erwartete. Ich habe Dir ja schon geschrieben, dass die meisten Damen eher betagt waren, fünfzig oder älter, aber eine von ihnen war jung und ganz blond, und mit der Zeit fand ich heraus, dass sie die Schwiegertochter der Gastgeberin war. Die beglückwünschte mich mit einer Begeisterung zu meiner Entscheidung, dass ich fand, so viel sei doch gar nicht dabei, und gar nicht wusste, was ich sagen sollte. Endlich kam der Priester, geschäftig wie jemand, der nur wenig Zeit hat; auch er war jung, um die dreißig und frisch rasiert, gekleidet wie ein Fabrikarbeiter, allerdings tadellos, seine Bewegungen sicher und schnell, fast automatisch. Ich sage Dir ganz offen: Er war mir vom ersten Augenblick an unsympathisch. Um dieses Gefühl zu überwinden, sagte ich mir, dass dieser Mann sein Leben aufs Spiel setzte, um sein Amt auszuüben, und dass auch all die Damen hier ein Risiko eingingen. Der Taufpate ließ weiter auf sich warten, und der Priester sah immer wieder ungeduldig auf die Uhr; dabei riss er jedes Mal mit einer schroffen Bewegung seinen Arm hoch und führte die Uhr nah an Augen und Ohr, als fürchtete er, sie sei stehen geblieben, oder sorge sich um die Minuten, die er bei uns vergeudete. Endlich kam der Taufpate; ein hochbetagter, weltgewandter, sehr zurückhaltender und reizender Herr, der entzückt war, all die Damen zu sehen. Einigen von ihnen küsste er die Hand. Als weiblichen Paten hätte ich gern die Witwe des Anarchisten gehabt, aber es stellte sich heraus, dass alles bereits abgesprochen war: Es musste die Hausherrin sein, und es wäre höchst unhöflich gewesen, das abzulehnen. Andererseits stand ich den Vorbereitungen, die mir völlig sinnlos erschienen, von Augenblick zu Augenblick gleichgültiger gegenüber.

»Nun gut, da wir jetzt alle versammelt sind …«, sagte der Pfarrer mit lauter Stimme, und sofort verstummten die Damen. Der Pfarrer hatte sich schon eine Albe übergestreift, die die Hausherrin aus einer der Kommoden geholt hatte, und die Taufe begann. Das einzig Gute daran war, dass es heimlich geschah. Der Pfarrer erklärte die Bedeutung jeder einzelnen Geste, die er vollführte, und je mehr er erklärte, desto weniger Sinn sah ich darin. Vielleicht wäre es besser, sie würden nichts erklären, sondern nur die nötigsten Worte sagen; je mehr sie sagen, desto mehr machen sie kaputt. Zum Glück hatte wenigstens Ramonet seinen Spaß; ich hingegen … Mir erschien das Ganze endlos und so langweilig! Der Pfarrer hatte eine energische, resolute Miene aufgesetzt, und gerade das war mir zu viel: so viel Energie, so viel Entschlossenheit … so viel Überzeugung! Er sprach mit einem Nachdruck, der mich wütend machte; wie kann man in einer so dunklen Angelegenheit so klar sehen? Wie kann man so sicher, so überzeugt sein? Dem Anderen dagegen, dem alten Jesuiten vom Dachboden im Arc del Teatre, hatte man deutlich angesehen, dass er sich in nichts sicher war. In seinem Blick, dem eines gebrechlichen, geprügelten Apostels, hatte so wenig Überzeugung gestanden, doch so viel Glaube ...

Ich glaube, wenn mich der alte Jesuit vom Arc del Teatre getauft hätte, hätte ich irgendetwas dabei empfunden; vielleicht, wer weiß, wäre ich sogar zutiefst bewegt gewesen. Ich musste an die erste Messe des Alten in dieser schäbigen Dachkammer denken – wo er lebte, wie ich hinterher von der Witwe des Anarchisten erfuhr, denn die hatte ihn dort versteckt. All das habe ich erst hinterher nach und nach herausgefunden. Und bei der Erinnerung an die Messe kam mir wieder die drückende Hitze jenes schrecklichen Sommers in den Sinn, als in ganz Katalonien Jagd auf Priester gemacht wurde. Mit welcher Schlichtheit er die Messe gelesen hatte, als wäre es das Alltäglichste, Häuslichste; und wie ganze Fliegenschwärme durch die weit geöffneten Dachluken hereingekommen waren und es immer eine gab, die ihm über seine schweißglänzende Oberlippe gekrabbelt war. Er machte nie auch nur eine Bewegung, um sie zu verscheuchen; und dann glaubte ich das andere Gesicht vor mir zu sehen, das des Toten, dieses andere Gesicht mit diesen anderen Fliegen. Wenn der mich getauft hätte ... Wieso bin ich damals, als er noch unter uns war, nicht darauf gekommen, ihn darum zu bitten?

Denn jetzt ...

Der Pfarrer träufelte aus einer silbernen Muschel, die sie ebenfalls aus einer der Kommoden geholt hatten, Wasser über mich und Ramonet; in diesem Haus gibt es nichts, was es nicht gibt. Die Hausherrin bestand dann noch darauf, mir ein »Taufkleid« aus dem 18. Jahrhundert zu zeigen, das seit den Zeiten des Erzherzogs bis zum heutigen Tag alle Kinder des Hauses getragen haben; »denn in diesem Hause«, sagte sie, »sind wir natürlich alle Anhänger der Habsburger.« Es war ein prächtiges Kleid aus wunderschönen Spitzen, aber für uns war es nichts: Ramonet passte nicht in dieses Babykleid und ich schon gar nicht. »Denken Sie nur«, erzählte die Hausherrin weiter, »in diesem Kleid ist sogar ein Neffe des Prinzen von Darmstadt getauft worden, der während der Belagerung von Barcelona 1714 hier geboren wurde; bei ihm haben wir auch Pate gestanden.« Hätte ich das wörtlich genommen, dann hätte ich davon ausgehen müssen, dass diese Dame und ihr Schwiegervater (denn es stellte sich heraus, dass der Alte tatsächlich ihr Schwiegervater war) das ehrwürdige Alter von gut zweihundert Jahren hatten.

Der Marquis (eine andere Dame hatte mir zugeflüstert, dass es sich um den Marquis von X handelte, und wenn ich X schreibe, dann nicht etwa, um es zu machen wie in den vornehmen Romanen oder um ihn nicht in Schwierigkeiten zu bringen, falls dieser Brief in die falschen Hände gelangt, sondern schlicht und ergreifend, weil ich mich nicht mehr an den Namen erinnere, den sie mir nannte), der Marquis also sah zwar sehr alt aus, aber so alt nun auch wieder nicht, und er war wirklich reizend. Was für ein aufmerksamer, schlichter alter Mann mit einem kindlichen, hoffnungsvollen Blick! »Er ist fast neunzig«, sagte mir die gleiche Dame, die mir mitgeteilt hatte, dass es sich um den Marquis von X handelte, »und wollte auf keinen Fall außer Landes fliehen. Er war schon immer ein Sonderling.« Er hörte sie und entgegnete lachend: »In meinem Alter stirbt man lieber zu Hause, als unter Fremden zu leben.«

Gerade fällt mir auf, dass Du Dir, wenn ich die ganze Zeit von Damen und Marquis erzähle, vielleicht vorstellst, dass sie auch entsprechend gekleidet waren. Nichts wäre weiter entfernt von der Wirklichkeit! Sie waren als Proletarier verkleidet wie jeder in Barcelona außer meinem Vater. Mein Vater weigert sich nicht nur, auf Jackett und Krawatte zu verzichten, sondern er trägt seit der Revolution noch dazu einen Hut, während er früher immer barhäuptig ging. Der »revolutionäre Karneval«, wie er es nennt, geht ihm auf die Nerven. Das Komischste daran ist, dass man ihnen trotz ihrer Verkleidung auf einen Kilometer Entfernung ansieht, dass sie feine Herrschaften sind; vielleicht liegt das daran, dass sie das Proletarische ihrer Kleidung übertreiben und sie deshalb unecht wirkt, vielleicht ist es die Art, wie sie gehen, sich bewegen, sprechen, die nicht der von kleinen Leuten entspricht – denn im Grunde sind sie als arme Hilfsarbeiter verkleidet, als hätten sie keine Ahnung, dass es auch andere Arbeiter gibt, wohlhabende Arbeiter, die genauso gut gekleidet sind wie ihresgleichen.

Nach der Taufe hatte die Hausherrin eine kleine Mahlzeit für uns vorbereitet. Ein Diener – auch er als Arbeiter verkleidet – brachte Stühle und plazierte sie rund um den Tisch. Dann wurde geplaudert. Der Priester sah wieder einmal auf die Uhr und sagte, er könne nicht mehr lang bleiben und werde schon mal die beiden Taufscheine ausfertigen. Er zog ein Heft unter seinem Hemd hervor, in dem er, wie ich sah, alle Taufen notiert, die er vorgenommen hat, seit die Kirche im Verborgenen tätig sein muss, und bat die Hausherrin um zwei Blatt Papier, um zwei Taufscheine auszustellen. Er erfüllt nur seine Pflicht, und das ungeachtet der Gefahr, der er sich damit aussetzt, aber ich kann nicht anders: Alle diese Umstände waren mir zu viel, sie kamen mir so bürokratisch vor! Und eine Kleinigkeit machte mich richtig wütend.

In Ramonets Taufschein hatte der Priester geschrieben: »Ramon de Brocà i Milmany, natürlicher Sohn von Lluís de Brocà i Ruscalleda und Trinitat Milmany i Catassús.« Kannst Du Dir vorstellen, dass dieses *natürlich* mir einen Stich versetzte? Dass in meinem Taufschein das Gleiche steht, macht mir nichts aus, ich bin es gewöhnt, dass in meinen Papieren »natürliche Tochter« steht … Ich fragte ihn, ob er bei Ramonet nicht einfach nur »Sohn« schreiben könne, ohne nähere Ausführungen. »Nein, Senyora, wir haben unsere Vorschriften.« »Aber was kann er dafür, dass er ein illegitimes Kind ist?« »Er ist nicht illegitim«, gab er zur Antwort, und es klang, als sei er über das Wort entsetzt. Dann erklärte er mir, dass »natürlich« an sich nichts Schlechtes sei, denn »natürlich« seien alle Kinder außer den Adoptivkindern, und durch die Eheschließung der Eltern würden aus natürlichen Kindern legitime Kinder, »im Gegensatz zu den illegitimen«, sagte er, »die von Eltern gezeugt wurden, die nicht heiraten können.« Dir als Jurist wird es sicher lächerlich erscheinen, dass ich von alldem keine Ahnung habe, aber anscheinend verwechseln das viele Leute. »Aber«, fuhr der Priester fort, »wir alle hier hoffen« – und er wies mit dem Arm lächelnd auf alle, die im Kreis auf ihren Stühlen saßen – »dass Sie, sobald Ihr … Mann nach Barcelona zurückkommen kann, Ihren Bund durch eine kirchliche Trauung bestätigen.« Ich verstand, dass er glaubte, wir seien standesamtlich getraut, und beeilte mich, ihm zu sagen, dass dem nicht so wäre, dass wir gar nicht verheiratet seien. »Für uns«, erwiderte er, »ist völlig unerheblich, ob Sie standesamtlich getraut sind oder nicht. Für uns gibt es nur da eine Ehe, wo das Sakrament vollzogen wurde.«

Und ich muss Dir sagen, Juli, für mich auch … Wenn die Ehe kein Sakrament wäre, was wäre sie dann? Aber da war nichts zu machen; wenn ich auch in noch so vielen Dingen seiner Meinung war – obwohl sicher auf eine Weise, die er nicht verstand –, war mir dieser Priester doch unsympathisch. Sein Eifer, seine Unerschütterlichkeit, die Energie, die in seiner Miene und seinen Gesten zum Ausdruck kam … und dann dieser ständige Blick auf die Uhr, wie um uns das Gefühl zu geben, dass wir seine kostbare Zeit vergeudeten!

Unterdessen hatte der Diener ein großes Tablett mit Kanapees gebracht und auf dem Tisch abgestellt; das Tablett war, genau wie die Schüssel, die als Taufbecken gedient hatte, aus massivem Silber, und die Teller, die er nun austeilte, waren aus Sèvres-Porzellan mit Goldrand. Ein so kostbares Geschirr stand in Gegensatz zu dem, was uns darauf serviert wurde: Kanapees aus rationiertem Brot, in hauchdünne Scheiben geschnitten, damit es mehr ergab, und mit einer dünnen Schicht Schmalz bestrichen. Das Brot war frisch geröstet und noch warm, und alle Anwesenden behaupteten, es sei köstlich.

»Wer hätte gedacht«, sagte eine der Damen, »dass es einmal eine Zeit geben würde, in der wir unser Brot mit Schmalz bestreichen müssen statt mit Butter.«

»Und wir können noch von Glück sagen, dass es Schmalz gibt«, sagte eine andere.

»Dieses hier«, sagte die Hausherrin, »habe ich vorgestern aus London bekommen. Mein Schwager hat es mir über das britische Generalkonsulat zukommen lassen. Ohne die Lebensmittelpakete, die er uns schickt, wüsste ich nicht, wie wir über die Runden kämen.«

»Wir«, warf eine andere aus der Runde ein, »haben vor ein paar Wochen aus New York, wo ein Onkel von mir lebt, ein Dutzend Dosen Corned Beef bekommen, ebenfalls über das nordamerikanische Generalkonsulat. Vor dem Krieg wussten wir nicht einmal, was Corned Beef ist, und wenn uns jemand erklärt hätte, dass es so etwas gibt wie Dosenfleisch, wären wir vor Ekel in Ohnmacht gefallen.«

»Und dabei ist Corned Beef so köstlich«, seufzte die Gastgeberin. »So viele leckere Dinge, von deren Existenz wir nichts ahnten.«

Ich glaube, ich werde auch nach dem Krieg Schmalz statt Butter verwenden und Corned Beef statt Rinderbraten. Noch nie hatte ich etwas mit so viel Genuss gegessen!

Danach wurde Tee serviert; Tee gibt es übrigens in Barcelona im Überfluss, wahrscheinlich, weil die, die ihn trinken, so wenige sind. Zucker hingegen ist völlig verschwunden, aber die Hausherrin hatte, zusammen mit dem Schmalz, ein paar Kilo Zucker aus London bekommen – und dieser Tee, gezuckert wie in alten Zeiten, schmeckte mir so gut! Zu Hause trinke ich weiterhin so viel Tee wie früher, aber ohne Zucker. Sacharin, das manche Leute mögen, finde ich widerlich.

Sowohl der Schmalztoast als auch der gezuckerte Tee waren natürlich etwas Besonderes aus Anlass der Taufe, die alle Damen offenbar für ein historisches Ereignis hielten. Mich schüchterte es ein, dass sie der Taufe so viel Wert beimaßen, für mich war sie nicht weiter von Belang; angesichts der begeisterten Bemerkungen, die alle machten, beschlich mich der Verdacht, dass sie sie weniger als Ereignis denn als Sieg betrachteten.

Das schloss ich vor allem aus dem, was mir die junge Blonde erzählte: Sie interpretierten meine Entscheidung so, als würde ich ihnen beipflichten – ausgerechnet ihnen! Nachdem ich das einmal verstanden hatte, fand ich es spaßig, denn ich fühlte mich unter ihnen so fremdländisch wie inmitten eines Stamms von Papua. Irgendwann einmal bekundete ich mein Erstaunen darüber, dass unter so vielen Frauen nur ein Mann zu finden sei, und die Blonde sah mich verblüfft an.

»Alle Männer sind aus der roten Zone geflohen. Sagen Sie bloß, Sie wissen das nicht? Außer Großvater, der schon immer einen starken Widerspruchsgeist hatte. Stellen Sie sich vor: Als jedermann Republikaner war, war er Monarchist, und jetzt, wo jeder …«

»Jetzt, wo jeder Faschist ist«, fuhr er freundlich fort, »bin ich immer noch der unverbesserliche Liberale, der ich zeit meines Lebens gewesen bin, nicht wahr?«

Dann wandte er sich mit einem entwaffnend kindlichen Lächeln an mich:

»Senyora … oder Senyoreta, denn laut dem Pfarrer dürfen wir Sie nicht als verheiratet betrachten, solange die Trauung nur standesamtlich erfolgt ist …«

»Nicht einmal das«, beharrte ich.

»Der Pfarrer hat ja schon gesagt, dass das keinerlei Unterschied macht. Können Sie sich vorstellen, dass ich zum ersten Mal im Leben bereue, kein Talent zu haben? Ja, ich habe mich nie beklagt, über nicht mehr als das äußerst dürftige Talent zu verfügen, das unser Herrgott mir gegeben hat; aber jetzt besäße ich gerne die Gabe eines Stendhal, um einen Roman mit dem Titel *Weder rot noch schwarz* zu schreiben.«

»Hören Sie nicht auf Großvater, der war schon immer ein wenig … speziell«, sagte die Blonde, und ich verstand, dass sie ihn »Großvater« nannte, weil der Marquis der Großvater ihres Mannes war. »Können Sie sich vorstellen, dass er nicht einmal Radio Sevilla hört? Und wenn wir ihm erzählen, was wir gehört haben, lässt ihn das völlig kalt.«

»Ich habe sowieso verloren, ganz gleich, wer gewinnen wird«, murmelte er, mich immer noch anlächelnd. Dann ließ er den Kopf hängen, wie von einer plötzlichen Melancholie ergriffen.

»Aber, Großvater, solange die Unsrigen ihr Leben auf dem Schlachtfeld aufs Spiel setzen … Finden Sie nicht auch, Senyora«, fuhr sie dann, an mich gewandt, fort, »dass in der Situation, in der wir leben, Gleichgültigkeit glatter Selbstmord ist?«

Als ich hörte, wie sie von denen der Gegenseite als »den Unsrigen« sprach und dies in einem Ton, der erkennen ließ, dass sie mich ganz zweifellos zu den »Ihrigen« zählte, warf ich einen niedergeschlagenen Blick auf die Witwe des Anarchisten. Sie saß tatsächlich auf einem Stuhl mitten in der Runde, und die Damen richteten von Zeit zu Zeit das Wort an sie, wobei sie aus ihrer Herablassung keinen Hehl machten. Sie schien sehr froh zu sein, dort unter diesen vornehmen Damen sitzen zu dürfen, und merkte offenbar nicht im Mindesten, wie sie mit ihr redeten. Sie ist ihre Putzfrau, dachte ich, und überglücklich darüber, dass sie einmal im Leben bei ihnen sitzen darf. Und plötzlich verstand ich (sie hatte bemerkt, dass ich sie ansah, und sah mich ebenfalls an, strahlend und mit Tränen in den Augen), dass sie so glücklich war und so weit weg, so über unser Gespräch erhaben, weil Ramonet und ich uns hatten taufen lassen. Plötzlich verstand ich, dass sie viel mehr wert war als wir alle zusammen! Der Pfarrer sah immerzu auf seine Uhr, während er unablässig getoastete Brotscheiben vom Tablett nahm; die junge Blonde plauderte jetzt, da es um die »Unsrigen« ging, ganz angeregt über den –

ihrer Meinung nach nicht mehr allzu fernen – Tag, an dem sie einmarschieren würden. Und ich hörte ihr zu und dachte: Wofür hält sie mich eigentlich? Irgendwann fiel ich ihr ins Wort, um ihr zu sagen, ich hätte mich einzig und allein auf Anraten eines roten Offiziers taufen lassen; und dann fügte ich, um der Sache Nachdruck zu verleihen, noch hinzu, während ich sie scharf ansah:

»Entsetzlich rot.«

Sie hatte diesen albernen Ausdruck einmal in Bezug auf euch, die republikanischen Kämpfer, verwendet. Der Marquis betrachtete mich amüsiert und mit unübersehbarer Sympathie; der Pfarrer hingegen schien mir – wie gerne hätte ich mich getäuscht – bei meinem Ausruf zur Salzsäule zu erstarren. Auf jeden Fall erlahmte das Gespräch, und der Pfarrer nutzte die Gelegenheit, um sich zu verabschieden, »schrecklich, wie die Zeit vergeht«, die Hausherrin geleitete ihn hinaus, und die Versammlung löste sich auf.

Was zuletzt geschah, hatte mir gerade noch gefehlt: Im Hinausgehen – ich hatte Ramonet an der Hand und die Witwe des Anarchisten im Schlepptau – stolperte ich, da es im Flur zwischen Salon und Wohnungstür stockdunkel und der Boden mit einem dicken Teppich ausgelegt war, über die Teppichkante und fiel der Länge nach hin.

Draußen, an der frischen Luft, war mir, als fiele mir eine Last von den Schultern. Warum sollte ich Dir das verschweigen? Im Nachhinein kam mir das Ganze vor wie ein Missverständnis und hinterließ einen üblen Nachgeschmack.

Das Einzige, was der »himmlischen Freude« gleichkam, von der in den frommen Büchern immer die Rede ist, empfand ich erst einige Tage später, als ich sah, wie sehr unsere Taufe meine Mutter schockierte. Ich genoss dieses tiefe Vergnügen, das aus reiner Schadenfreude geboren war, ohne jede Reue und gestehe es Dir jetzt, ohne mich dafür zu schämen. Inzwischen glaube ich sogar fast, dass ich mich zu diesem Schritt weniger entschlossen habe, weil Du mich dazu gedrängt hast, sondern vielmehr, um meine Mutter zu ärgern. Manchmal macht die Boshaftigkeit, die wir tief in uns tragen, mich schaudern.

13. Mai

Du fragst, wie das Gespräch mit meiner Mutter verlaufen sei, »bei dem ich zu gerne Mäuschen gespielt hätte«, wie Du schreibst, und wenn Du das so sagst … ja, es war in der Tat hochinteressant.

In der Wohnung im Carrer de l'Hospital, in der ich siebzehn Jahre lang gelebt habe, könnte ich es jetzt, glaube ich, keine siebzehn Tage mehr aushalten. Es ist vor allem ihre ständige Präsenz, die es mir heute unmöglich machen würde; sie ist bedrückend. Ich weiß nicht, wie ich es beschreiben soll: Meine Mutter ist einer dieser Menschen, die man hört, auch wenn sie nichts sagen. Sie können weder unbemerkt bleiben, noch wollen sie es. Meine Mutter … Es ist traurig, wenn man seine eigene Mutter nicht lieben kann! Wie viel Böses tragen wir doch tief in unserem Inneren, und dieses Böse trage ich schon lange in mir. Schon als ich klein war, konnte ich sie nicht leiden. Sie hat immer Llibert vorgezogen, und das ist auch normal; die beiden sind einander so ähnlich … Beide betrachten die Welt auf die gleiche Weise, als eine leckere Torte, von der man sie nicht abbeißen lässt. Sie sind so anders als Papà, der arme Papà, der seit jeher mit einer rührenden Gutgläubigkeit für die Sache des Proletariats kämpft. Vor vielen Jahren hat man ihm die Leitung einer kommerziellen Zeitschrift angeboten; seine Erfahrung als Herausgeber von *La barrinada* hätte ihm nützlich sein können, er hätte gut verdient. Aber er schlug das Angebot aus. Er versteht nicht, wie man einfach nur schreiben kann, um seinen Lebensunterhalt zu verdienen. Ein guter Verdienst interessiert ihn nicht im Mindesten! Er will das Leben eines Proletariers führen. Um nichts in der Welt würde er die Wohnung im Carrer de l'Hospital gegen eine bessere eintauschen, wie es ihm Llibert jetzt vorschlägt; wenn man Papà woanders hin verpflanzen würde, wenn man ihn aus seiner vertrauten Wohnung holen würde, würde er vor Heimweh sterben.

Wie auch immer, ich bin hingegangen. Ich bin eine der beiden Treppe hochgestiegen, die in jedem Stockwerk auf dem Treppenabsatz zusammenlaufen und sich dann wieder teilen: verlorener Raum, den man besser hätte nutzen können, um die Wohnungen größer zu machen. Und vier Türen auf jedem Stockwerk … Die Wände im Treppenhaus sind abgeblätterter denn je, von Feuchtigkeit aufgequollen und mit

Bleistift und Kohle vollgekritzelt. Ich weiß noch, dass Du es »Graffiti« nanntest und mir erzählt hast, wie aufschlussreich diese Kritzeleien für ein Studium der Psychologie der Massen wären; ich erinnere mich, dass Du einmal sogar angefangen hast, sie abzuzeichnen. Jetzt könntest Du noch viel mehr von ihnen sehen; ein paar Monate Krieg haben dazu beigetragen, dass sich die politischen »Graffiti« ebenso vermehrt haben wie die anderen, die obszönen. Das schmiedeeiserne Geländer, das Du so wunderbar barock fandest und von dem Du sagtest, wer weiß, vielleicht sei es sogar ein Meisterwerk, ist vom Rost zerfressen, weil niemand sich die Mühe macht, es zu streichen. Wenn man mit der Hand darüber streicht, färbt sie sich rot. Das Haus ist jetzt hundert Jahre alt, sicher weißt Du noch, dass über der Eingangstür das Datum steht: 1837. Die Romantik ... War damals das Treppenhaus das Einzige, was zählte? Der Handlauf des Treppengeländers zwischen dem Hauseingang und der Beletage ist aus Messing und schimmert wie Gold: Er ist das Einzige, was die Portiersfrau poliert. Das Messing soll glänzen, der Rest ist egal. Auch an den Treppenstufen lässt sich ein deutlicher Klassenunterschied ablesen: Bis zur Beletage sind sie aus Marmor, danach aus ganz gewöhnlichen roten Fliesen mit Holzleisten, wobei beide, Fliesen wie Leisten, stark abgetreten sind. Hundert Jahre lang haben unzählige Füße sie abgescheuert ... Mein Gott, wie viele von ihnen sind wohl diese Stufen auf- und abgegangen, fast so viele wie die Straße. Fast so viele wie den Carrer de l'Hospital; die Straße ist wie eine schmale Rinne, die immer voller Wasser ist. Und wie traurig so ein Menschenstrom sein kann! Anscheinend teilten vor hundert Jahren die unterschiedlichen Klassen dasselbe Haus miteinander; das Stockwerk machte den Unterschied. Je ärmer die Menschen waren, desto näher am Himmel lebten sie. Soweit ich mich erinnern kann, sind alle Wohnungen mit Ausnahme der Beletage – dort gibt es nur eine Wohnung, in der seit jeher ein Arzt wohnt, der dort auch seine Praxis hat – gleich schäbig, angefangen vom ersten Stock, der schon in vier Wohnungen aufgeteilt ist, bis hin zum sechsten Stock, in dem wir wohnen. Im Erdgeschoss gibt es immer noch den gleichen alten Kioskbesitzer, nur dass der jetzt sein Geschäft erweitert hat: Nun bietet er außer Zeitungen und Zeitschriften auch Unterhaltungsromane an, allerdings nicht zum Kaufen, sondern zum Ausleihen. Für zehn Cèntims darfst Du einen eine ganze Woche lang mit nach Hause nehmen, und er hat viel Zulauf aus der Nachbarschaft. Während ich die Treppe hochging, kamen mir fast fünfzig Leute entgegen. Ich übertreibe nicht, ich habe sie gezählt; es waren genau neunundvierzig. Denn abgesehen von der Beletage sind es sechs Stockwerke à vier Wohnungen: $6 \times 4 = 24$ Familien. Und das sind keine Kleinfamilien; unsere war mit nur fünf Leuten die Ausnahme. Im Hinaufgehen hörte ich die Falsettstimme von Policàrpia aus dem dritten Stock ganz links, die sich den lieben langen Tag über den Lichtschacht hinweg mit der Nachbarin von der zweiten Wohnung im vierten Stock streitet. Wenn ich daran denke, dass ich jahrelang ihr Geschrei gehört und kaum wahrgenommen habe … Jetzt würde es mir Kopfschmerzen verursachen, dass ich das Gefühl hätte, der Schädel müsste mir platzen.

Wie schnell gewöhnt man sich doch an den Wohlstand, an die Stille, an weiße Wände und viel Platz – an wenige, sorgfältig ausgewählte Möbel! Dieses Gedränge überflüssiger Möbelstücke, Schirmständer, Anrichten, Frisiertische, Stühle mit Pappsitzen, die aussehen sollen, als wären sie aus Leder, und die sich im Flur aneinanderreihen, dass man kaum hindurchkommt … Ich glaube, dass einem nicht das, was fehlt, das Gefühl von Schäbigkeit verleiht, sondern, wie beim Luxus, das, was zu viel ist. Wer weiß, vielleicht sind Luxus und Schäbigkeit Zwillinge … Unsere Wohnung würde einen ganz anderen Eindruck machen, wenn man nicht etwas hinzufügen, sondern im Gegenteil etwas wegnehmen würde: die dunkelrote Tapete von den Wänden reißen, das Bild von Pi i Margall mit der phrygischen Mütze abhängen, die Hälfte der Stühle und den Schirmständer ausmisten und vor allem diese trübe Funzel, die auf Elektrizität umgerüstete Gaslampe, die über dem Esszimmertisch an der Decke hängt und droht, die Essenden zu erschlagen.

An diesem Tag war Papà nicht da. Mamà sagte mir, dass er in letzter Zeit nur selten zu Hause sei, weil es sonst immer Streit mit Llibert gäbe. Offenbar hat Llibert ihnen vorgeschlagen, in eine Beletagewohnung am Passeig de Gràcia zu ziehen, deren Besitzer natürlich enteignet wurde, und Papà war empört: »Ich würde mich zu Tode schämen«, habe er gesagt. Mamà hat erzählt, es hätte einen Riesenkrach gegeben. Anscheinend findet Llibert, seit er ein Stück von der Torte haben kann, dass er in der besten aller möglichen Welten lebt. Papà hat ihm alles vorgehalten, was in den letzten Monaten passiert ist, all die Morde, die verbrannten Kirchen, unschuldige Bürger, die wie tollwütige Hunde gejagt wurden, und Llibert hat ihm mit einem überheblichen Lächeln zugehört. Das Einzige, was er sagte, war: »Es wird immer Dumme geben, denen es nicht gelingt, sich den Umständen anzupassen, die ewig Unangepassten, die Nachtragenden und Versager.« Papà schrie ihn an, völlig außer sich, er solle verschwinden und sich nie wieder zu Hause blicken lassen, und Mamà hatte Mühe, den Frieden wiederherzustellen, wenigstens nach außen hin, ein Friede, der nur halten kann, wenn beide sich zurückhalten und die Themen meiden, bei denen der Sturm wieder ausbrechen würde.

Wir standen in der hinteren Galerie, die auf den Lichtschacht hinausgeht. Du warst noch nie in diesem Teil der Wohnung meiner Eltern, weil sie nicht wollen, dass ein Fremder ihn betritt, denn dort lebt meine Großmutter. Meine Großmutter Trini, die Mutter meines Vaters, nach der ich benannt bin. Mamà sagt, als ich geboren wurde, hätten sie sich überlegt, mich Vida oder Alegria zu nennen. Vida wäre furchtbar gewesen, findest Du nicht?, aber Alegria hätte ich vielleicht gar nicht so schlecht gefunden. Nur passt es leider so gar nicht zu mir, ich Arme … Und da sie sich zwischen den beiden Namen nicht entscheiden konnten, hat Papà schließlich beschlossen, mich zu Ehren seiner Mutter nach ihr zu benennen.

Großmutter ist krank und an ihren Sessel gefesselt. Von dort aus kann sie den Lichtschacht sehen, der eng und tief wie ein Brunnen ist (stell Dir vor, sechs Stockwerke!), und den sich vier Häuser teilen, die ebenso schäbig und verfallen sind wie unseres. Die Luft steht darin, und außer im Sommer ist sie düster, dicht und feucht wie Wasser. Immer riecht es nach geschlossenem Raum wie in einem Schlafzimmer, das nie gelüftet wird; immer hört man das Geschrei der Nachbarinnen, die sich von Fenster zu Fenster streiten. Auf der Galerie, die der unseren gegenüberliegt, stehen ein paar Blumentöpfe mit tristen, schwarzgrünen, großblätterigen Pflanzen, und zwischen diesen Pflanzen sitzt ein Papagei auf einer Stange und daneben ist ein Affe an einer Kette. Das ist seit vielen Jahren die ganze Welt meiner Großmutter. Ein Affe und ein Papagei, die sich streiten; der Affe spielt dem Vogel die übelsten Streiche, und der Vogel kreischt ihn an.

Seit wie vielen Jahren? Ich weiß es nicht. Ich kann mich nicht erinnern, sie jemals anders gesehen zu haben. Sie spricht so gut wie gar nicht, sondern macht sich durch unartikulierte Laute verständlich. An manchen Tagen erkennt sie niemanden, nicht einmal meinen Vater – ihren eigenen Sohn. Wir reden vor ihr, wie man es vor einem Neugeborenen tun würde.

An diesem Tag haben wir viel geredet. Fast alle Gespräche in Barcelona drehen sich um die Probleme der Rationierung; das Thema geht mir auf die Nerven, denn darüber zu reden, bringt nichts, und es ist idiotisch, die Angst vor dem Hunger dadurch noch größer zu machen. Besser wäre, sich abzulenken, über etwas anderes zu reden. Und so habe ich meiner Mutter von unserer Taufe erzählt.

Sie schwieg und sah mich an, als hätte ich den Verstand verloren. Nach langem Schweigen brachte sie hervor: »Was für eine finstere Dummheit!«

Genau das waren ihre Worte: »Was für eine finstere Dummheit!«

»Wieso Dummheit?«, fragte ich. »Und warum finster?«

»Das Dogma …«, sagte sie und schnitt eine Grimasse. Und mir fiel ein, dass sie die gleiche Grimasse geschnitten und auch »das Dogma« gesagt hatte, als ich ihr von dem armen Dorfpfarrer erzählte, der auf dem Grundstück hinter dem Haus umgebracht worden war. Ich erzählte ihr, wie ich die Leiche gefunden hatte, was für eine abgewetzte, geflickte Soutane er trug und wie alt er aussah; ich erzählte ihr all das und sagte, es sei himmelschreiend, dass die Polizei da nicht eingriffe. Und da zog sie diese Grimasse und sagte: »Pah, das Dogma!« Das war alles, was sie zu der Ermordung des alten Pfarrers sagte.

»So, so, nun bist du also auch eine Betschwester?«, sagte sie nach einer spöttischen Stille. »Und bist du zufrieden, dass du jetzt zu den Ewiggestrigen gehörst? Ich vermute, du hast das gemacht, um mich zu ärgern; du weißt genau, dass es nur wenig gibt, was mich so sehr ärgert. In meiner Familie ist nie jemand auf dieses Gewäsch hereingefallen; mein Großvater hat schon 1835 an vorderster Front gekämpft, mein Vater in der Revolution von 73 – für die Erste Republik –, und ich war bei der Tragischen Woche dabei.«

»Und Llibert ist dieser heiligen Tradition gefolgt und hat im letzten Jahr kräftig mitgemischt«, sagte ich. »Ich bin nicht so ein Traditionalist wie du und Llibert, Mamà.«

»Traditionalist? Die Carlisten sind Traditionalisten!«, schrie sie wütend. »Sie sind die Traditionalisten, diese Weihwasserkröten, diese Sakristeiratten, die nichts anderes als Hostien fressen!«

Und dann packte sie – ich hatte es schon geahnt – diese Schauergeschichte von den Nonnen aus, die lebendig begraben worden waren, »mit gefesselten Händen«. Ich weiß nicht, wie oft in meinem Leben ich diese Schauermär schon gehört habe, und ich weiß nicht, wie oft Papà ihr schon gesagt hat, sie solle sie nicht mehr erzählen, weil sie erstunken und erlogen sei. Als in der Tragischen Woche die Klöster brannten, haben die Brandstifter, genau wie im letzten Sommer, verstorbene Nonnen und Mönche ausgegraben. In einem alten Kloster wurden damals vertikale Grabnischen entdeckt; anscheinend war es in diesem Kloster Sitte, die Nonnen aufrecht zu bestatten. Das hat zu dem Gerücht geführt, sie wären lebendig begraben worden; die meisten von ihnen hatten die Arme vor der Brust gekreuzt und eine schmale Kette um die Handgelenke geschlungen. Mein Vater sagt, ein Arzt sei hingegangen und habe nach gründlicher Untersuchung geschlossen, dass diese Ketten nichts weiter seien als die Überreste von Rosenkränzen. Da die Perlen aus Holz waren, waren sie im Laufe der Jahrhunderte verrottet, und nur die Kette, an der sie aufgefädelt gewesen waren, war übrig geblieben. Aber weder mein Vater noch alle Ärzte der Welt bringen meine Mutter davon ab, dass Mönche und Nonnen in der Abgeschiedenheit der Klöster Greueltaten verüben.

Ich glaube, als Du und Lluís Euch gegen die bürgerlichen Vorurteile aufgelehnt habt, hattet Ihr keine Ahnung von den Vorurteilen des Proletariats. Nicht nur unsere Taufe ist für meine Mutter schockierend, sondern zum Beispiel auch der Sekretär, den ich neulich gekauft habe, und mehr noch der Urgroßvater mit den Koteletten und der Mütze. Daher ihre Tirade gegen die »Traditionalisten«. Sie könnte anführen, dass es heutzutage gefährlich ist, Carlisten als Urgroßväter zu haben, aber darum geht es nicht: Es geht darum, dass sie alles, den isabellinischen Sekretär und den Urgroßvater mit der roten Mütze »entsetzlich altmodisch« findet. Sie hätte gerne, dass ich statt des Sekretärs einen Schirmständer wie den ihren hätte, einen dieser Schirmständer, der nicht nur aus einem Keramikzylinder besteht, in dem man die Regenschirme abstellen kann, sondern darüber hinaus einen Spiegel und Messinghaken für Hüte hat. Ich habe Dir ja schon gesagt, wie fremd ich ihr bin, und das liegt natürlich nicht an dem Schirmständer und auch nicht daran, wie sie mich beschimpfte, als sie erfuhr, dass Ramonet und ich getauft waren. Sie war außer sich, und wenn man außer sich ist, weiß man nicht, was man sagt. Ich will Dir hier nicht wiederholen, was für wüste Beleidigungen sie mir an den Kopf geworfen hat; aber das ist es nicht. Sie ist mir schon lange fremd, schon seit ich ein Kind war. Es ist traurig, wenn man die eigene Mutter nicht lieben kann; und soweit ich zurückdenken kann, habe ich sie nie lieben können …

Du fragst mich auch verwundert, wieso ich Dir nichts von dem geschrieben habe, was letzte Woche passiert ist, ob wir in Pedralbes nichts davon mitbekommen hätten. Ich habe Dir nur deshalb nichts geschrieben, um Dich nicht zu deprimieren, genau, wie ich auch Lluís nichts davon geschrieben habe. Es ist besser, wenn Ihr an der Front nicht erfahrt, welche Schandtaten sich hier im Hinterland ereignen. Außerdem hatte ich keine Lust, mich über diese hässlichen Geschichten auszulassen, die kein Mensch versteht … nicht die geringste Lust! Vielleicht ist das egoistisch, aber mir wäre es lieber gewesen, ich hätte nichts davon gewusst; manchmal möchte ich mich zu Hause einigeln und an nichts anderes denken als an Ramonet und an Lluís – und an Dich natürlich –, an nichts anderes denken als an mein eigenes Leben, nichts mehr wissen müssen von der aus den Fugen geratenen Welt da draußen. Man kann sowieso nichts dagegen tun … Es war wieder ein blutiges Tohuwabohu wie im letzten Juli; es heißt, es hätte fünfhundert Tote gegeben. Ja, wir haben ein paar schlimme Tage hinter uns, in denen wir mit anderen Familien, die ebenfalls aus Pedralbes geflohen waren, dicht gedrängt in ein paar Höhlen in Vallvidrera hausten. Von Pedralbes aus hörten wir das Donnern der Gewehre und Kanonen in der Ferne, in der Innenstadt, und wussten nicht, was los war; und dann fielen auch Bomben auf unser Viertel, und wir hatten keine Ahnung, wer sie warf. Nachbarn, die immer bestens informiert sind, sagten uns, es sei ein feindliches Schlachtschiff, das die Lage in Barcelona verschärfen sollte; danach fanden wir heraus, dass das nicht stimmte, dass es die Anarchisten gewesen waren. Sie hatten ein großes, mit Granatwerfern bestücktes Küstenschiff erobert und ziellos herumgeballert, weil sie nicht wussten, wie man zielt. Andere Nachbarn erzählten, Bekannte von ihnen, die in einer Villa in Vallvidrera lebten, hätten gleich zu Beginn des Kriegs in ihrem Garten am Hang Höhlen ausgehoben, um sich, falls es zu Bombardierungen käme, dorthin zurückzuziehen. Und wenn wir hingehen wollten, hätten wir dort alle Platz und seien willkommen. Ich war unsicher, ob ich unser Haus verlassen sollte, um in einer Höhle zu leben, da fiel eine große Granate genau auf eben dieses unbebaute Grundstück hinter unserem Haus, wo wir den ermordeten Pfarrer gefunden hatten. Die Explosion war so gewaltig, dass im ganzen Haus die Fensterscheiben in tausend Scherben zerbarsten, und da zögerte ich nicht länger. Wir gingen alle drei nach Vallvidrera, das Dienstmädchen, Ramonet und ich.

Vier, fünf Tage lang hausten wir in den Höhlen. Ich wusste nicht mehr, wie ich Ramonet und das Dienstmädchen satt kriegen sollte; Barcelona war wieder zur Hölle geworden. Manchmal war ich wütend auf das Dienstmädchen, das arme Ding, weil ich mit ihr ein Maul mehr zu stopfen hatte, dabei ist es mit Ramonet schon schwer genug. Wozu braucht man ein Dienstmädchen, fragte ich mich, wenn man gezwungen ist, wie ein Höhlenmensch zu leben? Aber ich kann sie nicht entlassen; sie kommt aus einem Dorf in Galicien, ihre ganze Verwandtschaft lebt in der faschistischen Zone; da kann ich ihr doch nicht einfach sagen, sie solle nach Hause gehen! Die Nächte in den Höhlen waren kalt und feucht, und es war hart, auf der Erde zu schlafen. Ich sagte mir, dass Lluís sicher auch nicht anders schläft, immer auf der Erde und im Freien. Armer Lluís. Ab und zu frage ich mich, ob nicht ich manchmal schuld war, ob ich ihm nicht oft zu wenig Verständnis entgegengebracht habe. Wir müssen einander verstehen, um einander verzeihen zu können … Aber was erzähle ich Dir da; sicher schläfst Du auch mehr schlecht als recht und hast nicht einmal eine Höhle, die Dich vor der feuchten Nachtluft schützt. Wie lange dieser Krieg nun schon dauert! Inzwischen ist es in Barcelona wieder ruhig; schwer zu verstehen, was los war. Alles in allem waren wohl die Anarchisten dafür verantwortlich;

immer die Anarchisten. Jeder hat die Schnauze voll von den Anarchisten, und glaub mir, wer sie am meisten satt hat, ist mein Vater.

15. Mai

Nach diesen Tagen in den Höhlen von Vallvidrera bin ich morgens immer noch ganz erstaunt darüber, zu Hause aufzuwachen, in einem warmen, weichen Bett, einem großen, freundlichen Haus. So wie ich früher beim Aufwachen ganz erstaunt darüber war, Christin zu sein.

Ja, ich war beim Aufwachen oft erstaunt darüber, eine Christin zu sein, und zwar noch vor der Taufe. Ich fühlte, dass ich Christin war, fühlte es mit der ganzen Kraft meiner Seele in dem Moment, in dem ich erwachte – und dennoch: Was heißt das, Christin sein? Werde ich mich immer noch als Christin fühlen, wenn die Kirche sich wieder aus den Katakomben herauswagt? Werde ich Jesus unter der Verkleidung erkennen, in die sie ihn wieder stecken werden? In jenen Tagen im Juli und August war es so einfach, ihn wiederzuerkennen, als sie ihn vor sich her stießen, zerschlagen, mit der Dornenkrone auf dem Haupt, das Gesicht blutüberströmt und angespien, als sie ihn zum Camp de la Bóta oder zur Landstraße von Rabassada brachten, um ihm dort den Gnadenschuss zu verpassen. Wie sollte man nicht zutiefst mit Ihm fühlen, der seit zweitausend Jahren das Kreuz all unserer Leiden über alle Straßen der Welt schleppt? Wir wollen vor Ihm fliehen, nehmen den umgekehrten Weg, nur um Ihm zu entgehen, und selbst dort treffen wir auf Seine Fußspuren!

Lluís ahnt nicht im Mindesten, dass ich Christin bin, Du hingegen hast es gleich gespürt! Ja, Du hast gleich gespürt, dass ich die Leere nicht ertrug, dass ich den Glauben brauchte. »Es gibt eine Art von Optimismus, die nicht mehr ist als das unbewusste Dasein einer Pflanze«, hast Du einmal in Hinblick auf die unbegreifliche, unerschütterliche Ruhe mancher Atheisten gesagt.

Wir sprachen von vollkommenen Atheisten, die in Wirklichkeit äußerst selten sind. Ich habe kaum einen kennengelernt, mit Ausnahme meines Bruders Llibert – und selbst für den würde ich nicht die Hand ins Feuer legen. Wer weiß, was in seinem Inneren vor sich geht? Was wissen wir schon von den anderen, wo wir doch kaum etwas über uns selbst wissen? Selbst meine Mutter, die sich für ganz und gar ungläubig hält: Warum sollte sie sich so aufregen, sobald das Gespräch auf Religion kommt, wenn sie absolut ungläubig wäre? Wie könnten wir etwas hassen, wenn wir nicht daran glaubten – wenn wir nicht irgendwie daran glaubten, und sei es auf eine völlig verquere Weise? Es war, bevor ich Lluís kennenlernte, also vor Dezember 1930. Damals unternahmen wir endlose Spaziergänge über die Rambla und durch die Straßen und Gassen der Altstadt, Du und ich; in einem vegetarischen Laden am Ende der Rambla kauften wir zwei Vollkornbrötchen, in einem anderen Geschäft zwei Stück Maó-Käse. Damals gab es Unmengen von Schaufenstern voller Lebensmittel, für jeden Geschmack war etwas dabei … Wir spazierten die Rambla hinauf und aßen dabei unsere Vollkornbrötchen und den Käse. Beim Canaletes-Brunnen angekommen, hatten wir alles aufgegessen und tranken am Kiosk einen Cidre. Ich erinnere mich noch an das Durcheinander der Geschmäcker, an den Geschmack von Vollkornbrot und Käse und an das Aroma des frischen, prickelnden Cidre, das Aroma unserer Spaziergänge in jenen Zeiten; ich erinnere mich so lebhaft daran, als hätte ich es jetzt in diesem Augenblick im Mund, als hätte ich gerade eben eines dieser Brötchen und eines dieser Käsestücke gegessen und dazu ein großes Glas Cidre getrunken, wie sie es damals an dem Kiosk am Canaletes-Brunnen ausschenkten. Ob es irgendwann in dieser Welt wieder so gute Dinge geben wird? Ich war damals Mitglied im Frauensportverein, und wenn ich manchmal morgens zwischen zwei Unterrichtsstunden Zeit hatte, ging ich zu den Bädern von Sant Sebastià, um ein paar Bahnen zu schwimmen. Ich erinnere mich jetzt daran, weil ich noch weiß, dass es Dir nicht passte, dass ich Mitglied im Frauensportverein war und gerne schwamm. Was hattest Du dagegen? Damals habe ich das nicht verstanden, und auch heute ist es mir noch nicht klar. Was war denn so schlimm daran? Und überhaupt: Was ging Dich das an? Damals fand jedes Jahr im Dezember dieser Wettkampf statt, die so genannte »Hafendurchquerung«; ich nahm das erste Mal im Dezember 1930 daran teil, kurz bevor es an der Uni zu dem großen Tumult kam, bei dem ich Lluís kennenlernte. Zu der Zeit kannte ich ihn also noch nicht.

Wenn ich jetzt über Lluís schreibe, »zu der Zeit kannte ich ihn noch nicht«, kommt mir das so merkwürdig vor! Als wäre es nicht nur unmöglich, sondern sogar absurd, dass es jemals eine Zeit gegeben haben sollte, in der ich ihn nicht kannte.

Während ich schwamm, fühlte ich die Kälte nicht, weil wir uns den Körper einfetteten, bevor wir den Hafen durchschwammen; anschließend wuschen wir uns das Fett unter der Dusche mit kochend heißem Wasser ab. Nach dem Schwimmen blieb noch genügend Zeit, um zur letzten Unterrichtsstunde zu gehen, und am Eingang der Universität traf ich Dich im Gespräch mit einer Gruppe Studenten. Ihr spracht über die Gerüchte, die in jenen Tagen im Umlauf waren, Gerüchte über einen Putsch der Militärs, die die Republik ausrufen wollten, und andere aufregende Nachrichten; so aufregend, dass ich nicht zum Unterricht ging. Ich blieb bei Euch stehen, um mit Euch zu diskutieren. Und wie ich da so mitten auf der Straße herumstand, wurde mir kalt, und Du bemerktest, dass ich zitterte; und da erzählte ich Dir, dass ich gerade von der Hafendurchquerung kam.

»Bist du wahnsinnig?«, riefst Du aus. »Die Hafendurchquerung? Mitten im Dezember?«

Ich fing an zu lachen und erzählte Dir, wie aufregend dieser Wettbewerb war, berichtete Dir begeistert von dem jungen Mann, der ihn an diesem Morgen gewonnen hatte, »ein Mordskerl mit breiten Schultern, der mit jedem Schwimmzug …« Du ließest mich nicht einmal ausreden. »Und so was bewunderst du? Rohe Kraft?« Nein, ich hatte nicht die rohe Kraft bewundert, das habe ich noch nie getan; aber der Anblick eines großartigen Schwimmers, der das Wasser durchpflügt wie ein Delphin, hat auf mich schon immer eine große Faszination ausgeübt. Je mehr ich versuchte, Dir das zu erklären, desto ungehaltener wurdest Du. Warum regte Dich das so sehr auf, dass ich gerne schwimmen ging und diejenigen bewunderte, die es besser konnten als ich?

Du bist sehr intelligent, Juli, das habe ich Dir immer gesagt, und ich sage es Dir gerne noch einmal. Aber Du hast schon immer einige Eigenheiten gehabt, die mich – wie soll ich sagen? – beunruhigen. Damals wollte ich unbedingt begreifen, wieso es Dich so aufregte, dass ich an der Hafendurchquerung teilgenommen und Spaß daran gehabt hatte, dem Champion beim Schwimmen zuzusehen. Viel später, als ich dieses Ereignis schon längst vergessen hatte, hast Du mir einmal erzählt, dass Deine Tante Dich nie im Meer schwimmen ließ, obwohl ihr die Sommer auf einem Landgut an der Küste verbrachtet, und dass Du deshalb nicht schwimmen kannst. Damals dachte ich, Du hättest Dich darüber geärgert, dass ich bei einem anderen ein Können bewunderte, das Du nicht hattest, aber ist das nicht ziemlich kindisch? Müssen wir denn alles können? Du besitzt die größte Gabe von allen, nämlich Intelligenz. Wie kannst Du einem anderen etwas neiden, was im Vergleich zu Deiner Gabe so wenig ist?

Du bist sehr intelligent, Juli; Du bist der klügste Mensch, den ich kenne. Du stehst so haushoch über diesem Schwimmchampion, dass es lächerlich wäre, Dich mit ihm zu vergleichen; so bewundernswert er auch im Wasser sein mochte, war dieser Champion doch, als man ihn herauszog, nichts weiter als ein armer Junge, mit dem zu reden sich nicht lohnte … Und war das nicht ein Grund mehr, ihn zu bewundern, solange er schwamm, den Armen, weil es das einzig Besondere an ihm war? Du bist sehr intelligent, Juli, aber manchmal – verzeih, wenn ich Dir das sage – benimmst Du Dich, dass man meinen könnte, Du wärest ziemlich dumm.

Das genaue Gegenteil von Lluís' Onkel, der nicht sehr intelligent ist, aber manchmal ein Verhalten an den Tag legt, dass man ihn dafür halten könnte. Wir kannten uns gerade erst ein paar Stunden, da hatte er schon erraten, dass ich Christin bin – und Lluís weiß es bis heute nicht! Jetzt kann ich Dir das ja erzählen, ohne fürchten zu müssen, ihn in Schwierigkeiten zu bringen, bis jetzt hat mich die Angst abgehalten, die Briefe könnten in die falschen Hände geraten. Endlich habe ich über das Internationale Rote Kreuz Nachricht erhalten, dass er nach einer endlosen Odyssee durch die Wälder von Les Guilleries, wo er sich mit anderen versteckt hielt, in Italien und damit außer Gefahr ist. Jetzt kann ich es Dir also erzählen: Zuletzt habe ich diesen berühmten Onkel, über den Lluís immer nur voller Spott sprach, doch noch kennengelernt.

Und jetzt kann ich es Dir nach bestem Wissen und Gewissen sagen, weil ich ihn viele Wochen hier im Haus versteckt hatte: Er ist ein feiner Mensch.

Lluís hat diese seltsame Angewohnheit, eine Abneigung gegen diejenigen zu hegen, die es gut mit ihm meinen; gegen mich, zum Beispiel. Sein Onkel liebt ihn nämlich viel mehr, als er denkt.

Es war Ende Oktober, und Lluís und Du, Ihr wart schon drei Monate von Barcelona fort; er an der Front bei Madrid und Du an der Front von Aragonien. Eines Samstags kam frühmorgens das Dienstmädchen und sagte, ein Milizionär von den Kontrollpatrouillen wolle mich sprechen. Ich ging an die Tür; und da stand tatsächlich ein Fremder, ziemlich klein und pausbäckig, die Arbeitermütze tief ins Gesicht gezogen und den Rest mit einem schwarzroten Tuch verdeckt, schlecht gekleidet und mit Bastschuhen an den Füßen.

»Verzeihen Sie bitte, dass ich so hereinplatze, Senyora. Ich bin der Onkel Ihres ... Mannes.«

Beim Wort »Mann« hatte er gezögert, wie der Pfarrer, der uns getauft hat. Ich bat ihn in den Salon und bot ihm einen Stuhl an. Er entschuldigte sich, er müsse mir eine »lange und komplizierte« Geschichte erzählen. Zu Beginn des Aufstands, so berichtete er, war dank eines Komitees, das aus dem Prokuristen, dem ersten Vorarbeiter, den dienstältesten Angestellten und einigen hochqualifizierten Arbeitern bestand, in der Fabrik alles beim Alten geblieben. Als Allererstes hatte dieses »Firmenkomitee« beschlossen, per Abstimmung einen »verantwortlichen Genossen« zu ernennen; die Wahlbeteiligten hatten sich auf ihn geeinigt, und zwar nicht etwa per Mehrheit, sondern – wie Onkel Eusebi voller Stolz erzählte – einstimmig, weil sie ihn für den Geeignetsten hielten, die Geschäfte weiterzuführen. So hatte er in seiner Eigenschaft als vom »Firmenkomitee« gewählter »verantwortlicher Genosse« die Geschäfte weitergeleitet, als ob nichts geschehen wäre, und keine weiteren Sorgen gehabt als die, die die allgemeine Lage eben mit sich brachte: Rohstoffmangel, die Unterbrechung der Verkehrswege, der Verlust der Märkte in Zentral-, West- und Südspanien. Aber vor zwei Wochen hatten ein paar anarchistische Agitatoren die Hilfsarbeiter aufgewiegelt, und diese – es waren ziemlich viele – hatten die gelernten Arbeiter aus dem »Firmenkomitee« vertrieben. Jetzt hatte dort ein Lagerarbeiter das Sagen – »ein Kerl wie ein Gorilla«, sagte der Onkel, »der nicht einmal seinen Namen schreiben kann, sondern per Fingerabdruck unterzeichnen musste, und noch dazu aus Medellín kommt.«

»Wie Hernán Cortés?«, rief ich.

»Genau wie Hernán Cortés«, sagte der Onkel. »Ob Hernán Cortés wohl auch mit seinem Daumenabdruck unterschrieben hat? Es gibt Momente, da scheint nichts unmöglich. Jedenfalls ist mit diesem Hernán Cortés der Suppennudeln nicht gut Kirschen essen, und mit seinem ersten Ukas war ich entlassen. Er brüllte mich an, ich bräuchte mich in der Fabrik gar nicht mehr blicken zu lassen, weil sie mich nicht mehr benötigten. Also lebte ich zurückgezogen in meinem Haus und hatte mich schon damit abgefunden, mich zu langweilen wie ein lethargischer Kaiman, als mich heute Morgen der Prokurist anrief – ein Mann, der mein vollstes Vertrauen besitzt –, um mir zu sagen, dass ich mich verstecken solle, weil dieser anarchistische Wichtigtuer noch übellauniger im Büro erschienen war als sonst und angedeutet hatte, die Geschäfte liefen seit meiner Entlassung nur deshalb so schlecht, weil ich sie von außen sabotierte, und dass es deshalb unumgänglich sei, mich ›kaltzumachen‹ wie die gesamte katalanische Bourgeoisie. ›Solange auch nur einer von denen übrig ist‹, soll er gebrüllt haben, ›wird es die Industrie in diesem Land auf keinen grünen Zweig bringen.‹«

Onkel Eusebi hat ein rundes und sehr stilles Gesicht, aber von Zeit zu Zeit lässt ihn ein nervöser Tic seine kleinen, lebhaften Äuglein mehrmals hintereinander zusammenkneifen, vor allem, wenn er eine seiner – manchmal ziemlich schockierenden – Bemerkungen ablassen will; und wenn er diesen Tic hat, kommen die ersten Wörter stotternd:

»Ma … ma … man sieht schon, dass sie da … da, wo er herkommt, etwas davon verstehen, wie man die Industrie in Schwung bringt. Hätte Hernán Cortés in Medellín gut gelebt, warum zum Teufel wäre es ihm dann in den Sinn gekommen, nach Paraguay zu gehen?«

»Und Sie, Onkel, wie ist es Ihnen in den Sinn gekommen, sich ausgerechnet bei uns zu verstecken?«

»Ach weißt du, Kind, mir fiel sonst kein sicherer Ort ein; die einzigen Revoluzzer, die ich kenne, seid ihr. Und außerdem … wollte ich dich unbedingt kennenlernen. Ich bin neugierig, musst du wissen; ist das etwa ein Verbrechen?«

Gerade hatte das Dienstmädchen Ramonet angezogen – es war die Zeit, zu der er aufsteht – und brachte ihn frisch gewaschen und gekämmt zu uns. Damals war er gerade drei geworden. Zu meiner großen Überraschung – sonst ist er Unbekannten gegenüber nämlich eher scheu – rannte er direkt auf den Onkel zu und baute sich vor ihm auf, um ihn genau in Augenschein zu nehmen.

»Wer ist der Mann?«

»Onkel Eusebi.«

»Ja, mein Schatz, ich bin dein Onkel«, sagte der Onkel, nahm ihn und setzte ihn auf seinen Schoß. »Na so was, da habe ich ein Prachtexemplar von einem Neffen und kenne ihn nicht einmal! Ist das etwa richtig, Trini? Bin ich denn ein Ungeheuer, dass Lluís mich so behandelt? Du hast ja gesehen, wie das Kind auf mich zugerannt kam, kaum dass es mich gesehen hatte; du siehst ja, wie froh er ist, auf meinen Knien zu sitzen. Die Stimme der Unschuld! Wie heißt er, sagtest du? Ramonet? Nun, dann solltest du wissen, dass Lluís, als er ein Baby war, nicht älter als sechs oder sieben Monate, schon brüllte wie am Spieß, sobald ich ihn auf den Arm nahm. Was hat er geschrien, der kleine Teufel! Schon mit sechs oder sieben Monate konnte er mich nicht ausstehen. Und das kam daher, dass er der Spross einer vornehmen Familie ist und ich ein Plebejer bin, weißt du, ein Ruscalleda durch und durch …«

Ich musste lachen:

»Ich glaube, Sie scherzen, Onkel. Wie soll denn ein sechs Monate altes Kind …«

»Scherzen? Höchstens ein bisschen, höchstens ein bisschen, Trini! Im Laufe meines Lebens habe ich die merkwürdigsten Dinge gesehen; man könnte fast glauben, dass bei diesen Leuten die alten Vorurteile unüberwindbar sind und sie schon mit ihnen geboren werden. Sie besitzen sie sogar dann noch, wenn sie selbst sich gar nicht mehr daran erinnern und sich ihrer nicht bewusst sind! Ich könnte dir die erstaunlichsten Anekdoten erzählen, die wunderlichsten Reaktionen …«

»Wenn dem wirklich so wäre, müsste Lluís mich noch weniger leiden können als Sie; ganz bestimmt bin ich noch ›plebejischer‹.«

Er sah mich verdutzt an, mit diesem nervösen Zucken um die Augen.

»Sagst du das, weil du aus einer Familie von Anarchisten kommst? Egal, und wenn ihr noch so viele Bomben geworfen habt. Mit Bomben beseitigt man den Adel nicht, musst du wissen, ganz im Gegenteil! Die

Produktion von Fadennudeln und Makkaroni hingegen ist ein unfehlbares Mittel. Meine Verbrechen gehören zu denen, die in den Augen eines Genealogen unverzeihlich sind: Ich produziere nicht nur Fadennudeln und Makkaroni, sondern obendrein noch Cannelloni, Tagliarini, Spaghetti, Sternchennudeln und Weizengrieß. Weizengrieß! Hast du jemals gehört, dass Gottfried von Bouillon eine Weizengrießfabrik im Heiligen Land errichtet hätte, selbst wenn sein Name noch so sehr danach klingt? Ja, Kind, ich bin ein Mann, der, wenn er sich in Schale wirft und den Frack anzieht, unweigerlich für den Kellner gehalten wird … und das sind die Verbrechen, die man nicht verzeiht!«

Nach langem Überlegen beschlossen wir, ihn im Dienstbotenzimmer unterzubringen, weil das oben unter dem Dach liegt, vom Rest des Hauses getrennt. Das Dienstmädchen würde bei Ramonet schlafen. Dem Jungen erzählten wir, der »Herr« sei nur zu Besuch gewesen und dann wieder nach Hause gefahren; und so wohnte der Onkel sechs oder sieben Wochen heimlich bei uns, ohne dass Ramonet davon wusste (auch deshalb, weil er wenige Tage später in den Kindergarten kam). Wir brachten ihm das Essen aufs Zimmer; und wenn der Junge Mittagsschlaf hielt oder abends im Bett lag, aß ich mit dem Onkel zu Mittag oder zu Abend, damit er ein wenig Gesellschaft hatte, wofür er mir unendlich dankbar war, weil er sich in seiner Abgeschiedenheit zu Tode langweilte. Er sprach viel von Lluís und immer voller Zuneigung, wenn auch zugleich voller Spott:

»Lluís kann es nicht ausstehen, dass ich mich, wie er sagt, so wichtig nehme, weil ich Geschäftsführer einer Nudelsuppenfabrik bin. Aber wenn ich mich nicht selbst wichtig nehme, Kind, wer dann?«

Oft machte er witzige Bemerkungen wie diese, die mich zum Lachen brachten und jeden anderen mit Ausnahme von Lluís entwaffnet hätten.

»Lluís? Darf ich offen sein? Er ist doch bloß mit dir zusammengezogen, ohne zu heiraten, um die Familie zu ärgern. Ich kenne ihn ganz genau! Er spielt den Proletarier, den Rebellen; aber ich habe dreizehn, vierzehn Stunden täglich im Büro gehockt, um die Firma voranzubringen, und er hat sich nur einmal im Jahr blicken lassen, nämlich dann, wenn die Dividende ausgeschüttet wurde.«

Er berichtete mir vieles, was ich noch nicht wusste:

»Ich als Vormund hätte es Lluís verbieten können, mit dir zusammenzuziehen, schließlich war er erst zwanzig, und somit fehlte ihm noch ein Jahr bis zur Volljährigkeit. Einen Moment lang habe ich mit dem Gedanken gespielt, diese Waffe einzusetzen, nicht, um das Zusammenleben mit dir zu verhindern, denn immerhin warst du schwanger, und ich wäre mir wie ein Verbrecher vorgekommen, sondern um ihn zur Heirat zu zwingen. Ich hatte mich schon damit abgefunden, dass ihr auf keinen Fall kirchlich heiraten wolltet, aber wenn ihr euch wenigstens standesamtlich hättet trauen lassen ... Pater Gallifa mag sagen, was er will, ich finde, ein standesamtlich getrautes Paar ist allemal ehrbarer als eines, das gar nicht verheiratet ist. Aber Pater Gallifa hat es mir ausgeredet: ›Eine standesamtliche Trauung ist gar nichts‹, hat er mir gesagt, ›es lohnt sich nicht, wegen einer solchen Kleinigkeit einen Streit vom Zaun zu brechen.‹ Und letztendlich, dachte ich mir, kann Lluís in einem Jahr, wenn er volljährig ist, sowieso machen, was er will; soll er das also jetzt schon machen, dann müssen wir uns nicht herumstreiten. Und Pater Gallifa hat diese Entscheidung gutgeheißen.«

Pater Gallifa ist ein Jesuit, von dem Lluís mir schon einmal erzählt hat und der wohl sein Schullehrer war; auf jeden Fall schätzt ihn, soweit ich das verstanden habe, die ganze Familie sehr, und der Onkel fragt ihn in schwierigen Situationen wie dieser manchmal um Rat. Jetzt fällt mir gerade ein, dass Du Pater Gallifa, wenn er Lehrer am Jesuitenkolleg war, eigentlich auch kennen müsstest; wieso hast Du mir nie von ihm erzählt? Lluís und Du, Ihr wart doch zusammen bei den Jesuiten von Sarrià. Vielleicht bringe ich jetzt einiges durcheinander, und Pater Gallifa war gar kein Schullehrer, sondern der Leiter der christlichen Jugendgruppe, und Lluís kennt ihn, weil er – im Gegensatz zu Dir – in dieser Gruppe war. Übrigens: Als mir der Onkel gerade das mit Pater Gallifa erzählte, klingelte das Telefon, und ich lief hin und hob ab. Es war der Prokurist der Fabrik, und nachdem er sich vergewissert hatte, dass ich Trini sei, bat er mich, ihn mit dem Onkel zu verbinden. Es war bestimmt schon zehn Uhr abends, und der Prokurist rief nicht vom Büro aus an, sondern von zu Hause. Als das Gespräch beendet war, hängte der Onkel ein und sagte zu mir, wobei er sich das Lachen nicht verkneifen konnte:

»Weißt du, was er mir erzählt hat? Dass der ›verantwortliche Genosse‹, dieser Gorilla aus Medellín, will, dass ich zurückkomme, weil er nicht weiß, wie er morgen, am Samstag, den Wochenlohn auszahlen soll. Weißt Du, dass in *La Publicitat* vor kurzem eine Anzeige erschienen ist, in der stand: ›Kollektiviertes Unternehmen sucht kapitalistischen Gesellschafter‹? Ich habe sie mit eigenen Augen gesehen, ich bin schon seit jeher Abonnent der *Publicitat*. Das stand da wirklich, Wort für Wort! Die dürften das gleiche Problem gehabt haben: Jetzt merken sie, dass es nicht so einfach ist, wie sie dachten, alle acht Tage die Löhne auszuzahlen.«

Armer Onkel, er vertraute mir so einiges an, darunter einmal eine Geschichte, die mich überraschte. Das war auch abends, wir hatten schon gegessen, und ich war wie üblich noch geblieben, um ihm Gesellschaft zu leisten. Ich nahm meine Handarbeit mit zu ihm; damals strickte ich gerade an zwei dicken Pullovern, einem für Dich und einem für Lluís, denn es war schon Spätherbst und ein Ende des Krieges nicht in Sicht. Weißt Du noch, wie wir uns anfangs nicht vorstellen konnten, dass der Krieg länger als ein paar Wochen oder höchstens ein paar Monate dauern könnte? Und Woche um Woche und Monat um Monat waren vergangen, und nun hatten wir schon November; der Winter stand vor der Tür, und der Krieg schien immer länger zu dauern. Ich strickte also im Schlafzimmer unter dem Dach und führte dabei lange Gespräche mit Onkel Eusebi; und an diesem Abend kamen wir, indem wir über dies und das redeten, unerwartet auf seine Tochter Julieta zu sprechen und wie er gehofft hatte, sie mit Lluís zu verheiraten. Man sagt ja, dass Sympathie auf Gegenseitigkeit beruht, und ich glaube, das stimmt; der Onkel war mir vom ersten Augenblick an sympathisch, und ich merkte, dass es ihm mit mir genauso ging. Und eben darum, weil wir einander inzwischen so sympathisch waren, konnte er mir dieses unerwartete Geständnis machen und mir diese Familiengeschichte erzählen, die mich überraschte, ohne mich im Geringsten zu kränken.

»Ich hätte Lluís gerne mit Julieta verheiratet, meiner Tochter. Was macht es schon, dass sie Cousin und Cousine sind – dafür ist der römische Dispens schließlich erfunden worden, und wer zahlt, bestimmt. Weißt du, es sind wegen der verrückten Entscheidung von Ramon, dem Großen, so viele Aktien von ›Ruscalleda Hijo‹ in den Besitz des Ordens von Sant Joan de Déu übergegangen, da hätten wenigstens die Aktien von Lluís bei uns bleiben können! Du musst bedenken, dass ich mir in Bezug auf meinen Sohn Josep Maria keinerlei Hoffnungen machen kann; ich weiß nicht, ob Lluís Dir einmal von ihm erzählt hat ...«

Ja, er hatte mir von ihm erzählt, und zwar völlig ungerührt: Sein Cousin hat anscheinend ein schweres Drüsenleiden, eine Erbkrankheit, die bewirkt, dass er von Kindesbeinen an ungeheuer fett war. Der Onkel erzählte mir, dass sie alle möglichen Behandlungen ausprobiert haben und bei allen nur erdenklichen Ärzten und in sämtlichen Heilbädern waren – alles umsonst. Er ist ein wenig älter als Lluís, fast so alt wie Ramon, und doch besitzt dieser arme Josep Maria offenbar die Intelligenz eines achtzehn Monate alten Kindes.

»Und er ist so ein lieber Junge, Trini, so ein lieber Junge! Aber was will man machen ... also war Lluís meine einzige Hoffnung in der Geschäftsnachfolge. Warum ziehst du so ein Gesicht? Wundert es dich, dass ich mir einmal eingebildet habe, Lluís könne mir eines Tages als Geschäftsführer nachfolgen? Du bist sehr jung, Trini, und ich bin ein alter Hase; was ich in diesem Leben schon alles gesehen habe ... Ich habe in meinem Leben schon die erstaunlichsten Wandlungen gesehen! Es würde mich gar nicht wundern, wenn dein Lluís eines Tages, nachdem er sich ausgetobt hat, anfangen würde, fleißig zu arbeiten und es zu einem der wichtigsten Suppennudelfabrikanten Europas brächte! Ich glaube, dass er dazu fähig wäre, wenn er es sich vornimmt und aufhört, verrückt zu spielen.«

Du kannst Dir ja vorstellen, dass ich bei so einer aberwitzigen Prophezeiung laut lachen musste.

»Du brauchst gar nicht zu lachen. Da habe ich schon ganz andere Sachen gesehen. Aber jetzt wirst du verstehen, wie enttäuscht wir waren, meine Frau und ich – vor allem sie –, als er sich mit dir einließ. Aber was will man machen? Warten wir's ab. Jetzt, wo ich dich kenne, füge ich mich ein klein wenig leichter in mein Schicksal.«

Er verzog in gespielter Ergebenheit das Gesicht, und beim Anblick dieser für mich so wenig schmeichelhaften Leichenbittermiene musste ich wieder lachen.

»Nein, lach nicht, hör zu. Gleich, als ich dich gesehen habe, war mir

klar, dass du völlig anders bist, als meine Frau und ich dachten: Im
Grunde genommen bist du, wie ich nach und nach feststellen konnte,
ein vernünftiges Mädel. Glaub mir, Kind, ich habe immer mit beiden
Beinen auf dem Boden gestanden. Jetzt herrschen finstere Zeiten, aber
irgendwann wird sich alles wieder beruhigen; nichts ist ermüdender als
das Chaos. Versuche, sobald sich alles beruhigt hat, deine Position zu
sichern. Einer Frau, die mit einem Mann zusammenlebt, ohne mit ihm
verheiratet zu sein, bringt niemand Respekt entgegen. Wozu willst du
dich von Frauen beleidigen lassen, die dir nicht im Geringsten das Wasser reichen können? Aber es werden immer die Frauen sein, die über
dich herfallen; wir Männer sind leichter bereit, ein Auge zuzudrücken.
Und bedenke: Wir alle brauchen Respekt, er ist so wichtig für uns wie
Brot. Du bist diejenige, die Lluís auf den rechten Pfad führen muss, vielleicht wird dir das schwerfallen, das leugne ich nicht, aber wenn du es
dir vornimmst, kannst du es schaffen. Ja, das wird schwierig für dich,
das musst du mir nicht sagen; diese Brocàs sind keine Leute wie alle anderen, wie du und ich, meine ich. Du musst bedenken, dass sein Vater
Leutnant in der Armee war. Was gab das zu Hause für ein Theater, als
meine selige Schwester sich mit ihm verlobte! Wir Ruscalledas waren
immer fleißige Ameisen; schon mein Großvater produzierte Weizengrieß in Agramunt (denn da kommen wir Ruscalledas her: aus Agramunt), und man kann sagen, dass meine Familie immer über die Arbeit
und die Kontobücher gebeugt war. Und plötzlich heiratet das Mädchen
einen völlig mittellosen Infanterieleutnant, auch wenn er noch unzählige Adelsprädikate und unzählige Ölgemälde von Vorfahren in Gala-
uniform vorzuweisen hat! Meine Schwester war älter als ich und hieß
Sofia, und nach all den Jahren kann ich dir immer noch sagen: Es war
schauerlich mit anzusehen, wie verrückt sie nach dem Leutnant war!
Ich glaube, wenn unser Vater ihr verboten hätte, ihn zu sehen, hätte sie
sich kopfüber vom Balkon gestürzt; und damals lebten wir im vierten
Stock … Unmöglich, ihn ihr auszureden, also heirateten sie, bekamen
Ramon – der jetzt Mönch im Orden von Sant Joan de Déu ist – und
dann Lluís, und als Lluís wenige Monate alt war, starb mein Schwager
in Afrika an der Spitze seiner Kompanie; inzwischen war er zum Hauptmann aufgestiegen. Posthum haben sie ihn dann zum Kommandanten

ernannt und ihm die *Laureada* verliehen. Sofia starb kurz darauf an gebrochenem Herzen; es war schon vorherzusehen gewesen, dass sie ohne ihren Mann nicht weiterleben konnte. Alle diese Brocàs sind dafür geschaffen, den Frauen den Verstand zu rauben! Alles galante junge Männer, tapfer und wagemutig und das ganze Blabla; aber Sinn fürs Praktische? Nicht im Geringsten! Was aber dich betrifft, habe ich feststellen können, dass du viel mehr Sinn fürs Praktische besitzt, als ich gedacht hatte; deshalb musst auch du es sein, die ihn mir, wenn sich die Wogen geglättet haben, Stück für Stück und wie ganz nebenbei auf den rechten Pfad führst, denn dir – das sieht man auf den ersten Blick – würde er überallhin folgen.«

»Aber Onkel«, fragte ich ihn, »wollen Sie etwa, dass ich einen Bourgeois aus ihm mache?«

»Na ja, wenn du es so nennen willst … Wenn es bourgeois ist zu heiraten, wie es sich gehört, und so zu handeln, wie es jeder halbwegs vernünftige Mensch tun würde … Erklär mir doch mal, was einem die freie Liebe und dergleichen Blödsinn bringt? Dass man scheel angesehen wird, das bringt es. Und eine Frau braucht es, dass man sie respektiert, sie braucht es sogar noch mehr als wir Männer. Das wirst du schon auch noch von selbst merken; jetzt, da ich dich kenne, bin ich sicher, dass du gerne ebenso respektabel wärst wie die kleinkarierteste aller Damen und dass du dich für die Fabrik interessieren könntest (ein Viertel davon gehört euch, ich meine, Lluís, und der vierte Teil einer Fabrik ist heutzutage viel). Und ich sage dir noch etwas, jetzt, da ich dich kenne: Wenn Lluís weiterhin seine Abneigung gegen die Herstellung von Nudeln hegt, wenn seine Aversion gegen Suppennudeln sich als unüberwindbar erweisen sollte, könntest im Notfall ja vielleicht sogar du an seiner Stelle an den Aktionärsversammlungen teilnehmen (wo er sich nie blicken lässt, wie du weißt). Wer weiß, ob du dich, wenn du einmal dabei bist, nicht immer mehr für die Fabrik interessierst, denn du machst mir ganz den Eindruck, als ob du dich dafür erwärmen könntest, wenn du erst einmal alles kennengelernt hast. Wer weiß … wenn Lluís tatsächlich nicht wollte, könntest du mir der fleißige Teilhaber und kluge Ratgeber werden, den ich oft vermisse (denn es ist hart, ganz allein die Verantwortung für eine Firma zu tragen, die sich wie die unsere langsam zu einem Großunternehmen entwickelt, das kannst du mir glauben). Der Teilhaber, der Ramon hätte werden können, wäre er nicht dem Orden von Sant Joan de Déu beigetreten ...«

Und nach dieser unerwarteten Ansprache rief er noch unerwarteter aus:

»Ist es denn ein Verbrechen, Nudeln zu fabrizieren?«

Nein. Es ist kein Verbrechen. Der Onkel hat völlig recht. Essen wir etwa keine Nudeln? Natürlich essen wir welche, besser gesagt, wir haben sie gegessen ... Und wie gut sie waren! Wenn ich irgendwo eines dieser Päckchen auftreiben könnte, die es früher beim Krämer zu kaufen gab ... Ich sehe sie förmlich vor mir. Obwohl ich nicht weiß, wer in der Nudelfrage ungerechter war, Lluís oder Du. Ich weiß noch, wie ihr beide bei einer Versammlung von *La barrinada* so grausam über die Nudelfabrikanten hergezogen habt, dass mein Vater sich gezwungen sah, euch zur Ordnung zu rufen; noch nach der Revolution, sagte mein Vater, wird es Nudelfabriken geben, wenn auch als von Arbeitern geleitete Produktionskooperative statt als kapitalistische Unternehmen; das wird aber der einzige Unterschied sein: Je mehr Nudeln, desto besser, denn sie sind ein ausgezeichnetes Nahrungsmittel für die arbeitende Bevölkerung. Du hast ihn damals unterbrochen: »Wenn es nach Ausrufung der Anarchie noch Nudelfabriken geben sollte, packen wir ein und verschwinden!«

Ich glaube, du hast dich auf Kosten der Gutgläubigkeit meines armen Papàs köstlich amüsiert.

Seit Ramonet die Vormittage über immer im Kindergarten war, musste Onkel Eusebi sich nicht mehr die ganze Zeit im Schlafzimmer versteckt halten, sondern konnte sich frei im Haus bewegen. Es war schon November, und wir konnten die Fenster geschlossen lassen, ohne Aufmerksamkeit zu erregen.

Ich habe Glück, dass mein Dienstmädchen ganz und gar vertrauenswürdig ist; sie ist bei uns, seit Lluís und ich in die Villa gezogen sind, und das Mädchen – sie kommt aus Galicien – hat uns gern. Vor allem den Jungen liebt sie über alles.

Nun gut, am ersten Tag, an dem der Junge morgens außer Haus war, wollte der Onkel es von oben bis unten erkunden. »Ich sterbe vor Neugier«, sagte er zu mir, »wie du alles eingerichtet hast. Dieses Haus«, fügte er dann hinzu, obwohl ich das längst wusste, »gehörte meiner Schwester, der armen Sofia, Gott hab sie selig.« Und dann lachte er und sagte: »Ich war noch nie in einem Haus, in dem eine Anarchistin Hausherrin ist.«

Als er im Schlafzimmer das große, alte Kruzifix aus Elfenbein entdeckte, war er vor Überraschung wie versteinert. Und dann sagte er die Worte, die sich mir ins Gedächtnis eingebrannt haben: »Du musst wissen, ich bin kein heldenhafter Christ. Ich habe sämtliche Heiligenbilder und -drucke verbrannt, denn die Kontrollpatrouillen konnten jederzeit vorbeikommen, und mit denen ist nicht zu spaßen. Ich habe alle verbrannt bis auf das Bild vom Herz Jesu, das habe ich nicht gewagt zu verbrennen. Ich habe es ganz vorsichtig im Garten vergraben. Weißt du, Kind, es ging um Leben und Tod. Ich bin nicht aus dem Holz geschnitzt, aus dem die Märtyrer sind; ich bin aus Nudelteig, und das genügt mir.«

Den Salon hatte er schon am Tag seiner Ankunft gesehen, denn dort hatte ich ihn damals empfangen, aber da war er so nervös gewesen, dass er sich nicht genauer umgesehen hatte. Jetzt war er verblüfft: »Kind, du hast viel mehr Geschmack als meine Frau. Allerdings hat das nicht viel zu sagen: Die arme Carmeta mag viele Vorzüge haben, doch Geschmack gehört eindeutig nicht dazu. Ihre Eltern haben dafür gesorgt, dass sie Klavier spielen und Leinwände bemalen kann, und so sind bei uns zu Hause die Wände mit Bildern aus eigener Ernte tapeziert. Im Salon hängen die Meisterwerke: Eines zeigt die himmlische Schäferin, umgeben von Lämmern, ein anderes den verlorenen Sohn beim Schweinehüten und ein drittes, wahrhaft überwältigendes, zwei Kamele, die versuchen, durch das berühmte Nadelöhr zu gehen. Nun behaupten ja die Jesuiten, Jesus habe nicht wirklich ein Nadelöhr gemeint, sondern das sei der Name eines Stadttors von Jerusalem gewesen. Hast du jemals gehört, dass irgendjemand dieses Gleichnis als Motiv für ein Gemälde verwendet hätte? Carmeta hat es gewagt, und das, obwohl sie damals noch ein junges Mädchen war. Das Bild mit den Kamelen hat sie vor unserer Hochzeit gemalt. Ich vermute, ihr Vater, also mein Schwiegervater, hat ihr das Motiv vorgeschlagen. Er hatte Geld wie Heu, und so bereitete ihm die Geschichte mit dem Kamel und dem Nadel-öhr natürlich große Sorgen. So viel zu den Gemälden. Was das Klavier betrifft, kann Carmeta den Walzer *Sobre las Olas* und *La Funàmbula* spielen. Was sie auch tut, sie tut es aus ganzer Seele, man ist völlig machtlos dagegen. Eine Frau, die so dämlich ist wie sie, findet man kein zweites Mal. Stell dir vor: Einmal, vor vielen Jahren, hat sie mich in meinem Büro besucht (das sie nur selten betritt) und war erschüttert darüber, wie trist und verwahrlost es war. ›Ich bringe ein bisschen Ordnung hin-ein‹, sagte sie, ›ich sorge dafür, dass es heiterer wirkt.‹ Und um mein Büro etwas heiterer zu gestalten, stellte sie ein riesiges, schwarzes Leder-sofa hinein, und um es noch heiterer zu machen, setzte sie mir auf den amerikanischen Aktenschrank eine Gipsbüste von Dante.«

»Was hat Dante mit Suppennudeln zu tun?«

»Vielleicht, weil er Italiener war … Ich hätte lieber die Reiterstatue von General Prim aufgestellt, die, die vor der Zitadelle stand und von den Anarchisten zerstört wurde; ich meine, eine Gipskopie von ihr. Nicht, dass General Prim mehr mit der Herstellung von Suppennudeln zu tun hätte als Dante, aber wenigstens war er von hier. Er kam aus Reus! Du musst wissen, für General Prim hatte ich schon immer eine Schwäche; so tapfer, so liberal … Wenn wir ihn nur jetzt noch hätten!«

Die Wochen vergingen, und wir hatten vergessen, in welcher Gefahr er schwebte. Wir dachten schon, er könnte bei uns wohnen bleiben, bis der Krieg zu Ende wäre, vor allem, weil wir damals glaubten, er werde nicht mehr lange dauern, höchstens bis Februar (ich weiß nicht genau, warum wir uns ausgerechnet dieses Datum für das Ende des Kriegs in den Kopf gesetzt hatten, Februar). Weihnachten war nicht mehr weit, als plötzlich eine Kontrollpatrouille am Gartentor auftauchte.

Während ich versuchte, sie im Erdgeschoss aufzuhalten, lief das Dienstmädchen nach oben, um den Onkel zu warnen. Alles ging glatt. Zum Glück hatte ich damals das Ölgemälde vom Obristen Brocà noch nicht aufgehängt. Das einzig Sichtbare, was ihren Zorn erregen konnte, war das Kruzifix im Schlafzimmer, und darüber waren sie geteilter Mei-nung: Einige von ihnen wollten es abhängen, »um es auf den Müll zu werfen«, andere hielten dagegen, dass »Christus ein Anarchist war, den die Bourgeoisie hat kreuzigen lassen«. Diese bemerkenswerte Diskussion, die sie sich vor dem Kruzifix lieferten, gab dem Onkel Zeit, sich im Kleiderschrank des Dienstmädchens zu verstecken, während das Dienstmädchen hastig alles aus der Dachkammer entfernte, was auf die Anwesenheit eines Mannes hätte schließen lassen können: Aschenbecher, Strümpfe, Schlafanzüge und Schuhe. Als die Kerle von der »Kontrollpatrouille«, nachdem sie bereits das ganze restliche Haus durchsucht hatten, oben ankamen, erschien ihnen der Eindruck nach Dienstbotenzimmer, den der Raum erweckte, so überzeugend, dass sie bloß einen Blick von der Türschwelle aus hineinwarfen und ihn gar nicht erst betraten.

Aber der Schreck saß tief. Wir hielten es für unklug, dass der Onkel sich weiterhin in Barcelona versteckte. Es muss am 19. oder 20. Dezember 1936 gewesen sein, als wir Abschied voneinander nahmen. Der arme Onkel weinte fast, und das, obwohl er keineswegs nahe am Wasser gebaut ist.

»Ich bin sehr froh, dich kennengelernt zu haben, Trini, und ich sage es dir noch einmal frei heraus: Meine Frau und ich haben uns dich ganz anders vorgestellt. Ich bin so froh, Kind; und … danke für den Gefallen, den du mir erwiesen hast.«

Viele Monate lang hörte ich nichts von ihm, wusste nur, dass er gemeinsam mit weiteren Schicksalsgenossen versteckt in den Wäldern rund um La Garrotxa oder Les Guilleries hauste. Ins Ausland zu gehen war in den ersten Kriegswochen noch relativ einfach gewesen, wurde aber jetzt immer schwieriger, die Grenzpässe wurden von den Kontrollpatrouillen scharf bewacht. Ich bangte sehr um ihn, ich sage Dir ganz offen: Er war mir ans Herz gewachsen. Ich hatte ihn mir auch nicht so »vernünftig« vorgestellt, wie er es nennt. Wie hätte ich das auch tun können nach den grausamen Zerrbildern, die Lluís von ihm gezeichnet hatte? Natürlich macht Onkel Eusebi manchmal ziemlich schrullige Bemerkungen – aber ist das ein Verbrechen? Nein, das ist ebenso wenig ein Verbrechen, wie es ein Verbrechen ist, Nudeln herzustellen. Als er herausfand, dass ich zur Messe ging, rief er aus: »Heimliche Messen? Das muss sein wie ein Treffen revolutionärer Zellen!« Und ein anderes Mal sagte er: »Dein Lluís hat mir immer vorgeworfen, ich sei ein Pharisäer, aber wer außer den Heiligen ist das nicht in gewisser Weise?« Er liebt die Romane von Pater Coloma und erzählte mir, er habe sie alle in einem Band gekauft: »Sämtliche Werke, weißt du? Die sämtlichen Werke von Pater Coloma; es gibt nichts Vergleichbares.« »Aber dieser Autor ist doch so oberflächlich!« »Oberflächlich? Pater Coloma? Das Buch hat mich tausend Peseten gekostet!« Einmal erzählte er mir etwas über Lluís, das mich sehr überraschte – aber vielleicht habe ich Dir das schon geschrieben? Ich komme ganz durcheinander mit diesen Briefen … »Du glaubst mir das vielleicht nicht, Trini«, sagte er, »aber ich setze mehr Hoffnung auf Lluís als auf Josep Maria. Lluís wird sich mit der Zeit ändern, Josep Maria wird immer bleiben, was er jetzt ist, und glaub mir, ich sage das nicht gern, schließlich ist er mein Sohn. Zurzeit treibt Lluís es ziemlich wild; sicher bereitet er dir viel Kummer, arme Trini, er ist wie ein ungezähmtes Pferd. Aber das legt sich im Laufe der Jahre; und wenn es vorbei ist, wird er merken, dass die Nudelfabrik durchaus ihre Reize hat.« Als ich ihm entgegnete, ich hielte es für ausgeschlossen, dass Lluís sich jemals für die Fabrik interessieren würde, beharrte der Onkel: »Man hat schon ganz andere Dinge erlebt! Ich habe in meinem Leben schon die erstaunlichsten Wandlungen gesehen!« Und dann machte er diese unglaubliche Prophezeiung: »Es würde mich nicht wundern, wenn er es eines Tages zu einem der wichtigsten Suppennudelfabrikanten Europas brächte!«

Sein Brief aus Italien erreichte mich mit zweimonatiger Verspätung, nachdem er auf verschlungenen Pfaden durch mehrere Länder gereist war, sogar durch die internationale Stadt Tanger und das Fürstentum Monaco; und ich meine, ihn noch vor mir zu sehen, mit schuldbewusster Kleinejungenmiene: »Ich bin kein heldenhafter Christ, Kind; ich bin nicht aus dem Holz geschnitzt, aus dem die Märtyrer sind; ich bin aus Nudelteig, und das genügt mir!« Hat nicht der heilige Petrus Jesus drei Mal verleugnet? Wie beeindruckend ist doch Jesu Nachsichtigkeit der Feigheit gegenüber, diesem Makel, den wir jungen Leute nicht verzeihen. Ich kann mir nicht helfen, wenn ich die entschlossene Miene dieses Pfarrers vor mir sehe … so viel Selbstvertrauen, so viel Überzeugung, so viel Entschlossenheit stoßen mich ab. Man sah ihm an, dass er nur allzu bereit war, zum Märtyrer zu werden, und das lässt mich fürchten, dass … Oh Gott, lass nicht die Märtyrer von heute die Schlächter von morgen sein! Es gibt Leute, denen sieht man an, dass sie bereit wären, unter den einen das Martyrium zu erleiden und unter den anderen ihre Gegner zu Märtyrern zu machen. Und wenn ich mir das Gesicht dieses Pfarrers vorstelle und das von Onkel Eusebi, dann ist mir das des Onkels tausend Mal lieber!

16. Mai

Jetzt, wo der Junge auch nachmittags in den Kindergarten geht, wird mir der Tag länger, als Du Dir vorstellen kannst. Er fing an, vormittags hinzugehen, als der Onkel sich bei uns versteckte, und Du kannst Dir nicht vorstellen, was er sich in seinem Köpfchen – er war gerade drei geworden – alles ausdachte, um nicht hingehen zu müssen. Weil ihm die Vorstellung, in den Kindergarten gehen zu müssen, ganz und gar nicht behagte, war ich auf die Idee gekommen, ihm eine nagelneue Schulmappe zu kaufen. »Siehst du, das ist eine Mappe für große Kinder; jetzt bist du noch zu klein dafür, aber wenn du erst in den Kindergarten gehst, bist du ein großer Junge, und dann gebe ich sie dir.« Das beeindruckte ihn sehr. Manchmal bat er mich, sie ihm zu zeigen, er betrachtete sie ehrfurchtsvoll und fragte: »Die ist, um in den Kindergarten zu gehen, nicht wahr?« Und dann fragte er weiter: »Brauchen die großen Kinder eine Mappe, um in den Kindergarten zu gehen?« Und noch mal: »Dürfen kleine Kinder, die keine Mappe haben, nicht in den Kindergarten gehen? Sind sie ohne Mappe noch zu klein?« Und ich antwortete, überzeugt, die Lösung gefunden zu haben: »Nein, die dürfen da nicht hingehen, sie sind noch zu klein für den Kindergarten, weißt du, aber du bist bald ein großer Junge, und deshalb gehst du dann in den Kindergarten und bekommst diese Mappe.«

Dann war der Tag da ... und die Mappe war verschwunden. Seine zufriedene Miene, als ich sie suchte, verriet ihn: Er hatte sie versteckt, weil er glaubte, ohne sie könne er nicht in den Kindergarten gehen. Als ich ihm sagte, dass er auf jeden Fall hingehen müsse, ob mit Mappe oder ohne, bekam er den größten Wutanfall seines Lebens: »Will nicht in den Kindergarten! Will nicht in den Kindergarten!« Das Dienstmädchen musste ihn hinschleifen, und während sie ihn am Arm hinter sich her über den Gartenweg zerrte, drehte er sich um und sah mich so flehentlich an, dass es mir schier das Herz brach. Aber ich hatte mir vorgenommen, an diesem Tag unnachgiebig zu bleiben. Stunden später fand ich die Mappe im Hühnerstall hinter dem Haus, im hintersten Winkel des Gartens; es ist ein verlassener Hühnerstall, der seit dem Tod von Lluís' Mutter (Onkel Eusebis Schwester Sofia) nicht mehr in Gebrauch war; dort lag die Mappe, sorgfältig mit Laub zugedeckt, und das viele angehäufte Laub im Hühnerstall war es eben, das mich stutzig gemacht hatte.

Mittags fragte ich ihn, ob es ihm denn nicht gefallen hätte, ob es im Kindergarten nicht nett wäre. »Ein bisschen nett«, gab er zu. »Und die Tante, ist die nicht nett?« »Ein bisschen nett.« »Und die anderen Kinder?« »Ein paar sind ein bisschen nett.« »Also hat es dir gefallen?« »Nein«, sagte er. »Aber morgen gehst du wieder hin, nicht wahr?« Da gab er mir eine dieser unerwarteten Antworten, mit der einen Kinder oft aus der Fassung bringen. Mit resignierter Miene sagte er:

»Was bleibt mir denn anderes übrig?«

Später gewöhnte er sich daran, und jetzt hat mir die Erzieherin vorgeschlagen, ihn sogar bis zum Nachmittag dort zu lassen. Es ist ein sehr fröhlicher Kindergarten; im Garten haben sie einen Käfig mit Wellensittichen, der so groß ist wie ein kleines Haus, und im Spielzimmer steht ein großes Aquarium mit goldenen und roten Fischen. Sie spielen den ganzen Tag unter der Aufsicht einer Erzieherin, eines blutjungen, kinderlieben und lebhaften Mädchens. Um Ramonet mache ich mir also keine Sorgen, er ist glücklich darüber, den ganzen Tag dort verbringen zu dürfen; aber seit er nicht mehr im Haus ist, ist mir plötzlich bewusst geworden, wie wenig ich zu tun habe. Die leeren Stunden wollen und wollen einfach nicht vergehen ... Außer an den Tagen der Lebensmittelzuteilung (man steht Stunden an für ein Kilo Linsen oder drei Unzen Zucker, wenn es überhaupt welchen gibt), weiß ich nichts mit mir anzufangen; ich setze mich in meinen Lieblingssessel am Fenster und schreibe Dir – wenn Du wüsstest, wie tröstlich es ist, Dir stundenlang schreiben zu können! –, oder ich überlasse mich formlosen Gedanken und endlosen Erinnerungen, durchlebe vergangene Ereignisse, während ich blicklos aus dem Fenster starre und im Bodensatz des Vergessens rühre wie in der Tiefe eines Brunnens, aus dem unerwartet Gegenstände auftauchen, die man für immer verschwunden glaubte.

Dieses Vergnügen daran, in den Tiefen meiner Erinnerung herum-
zustochern, ist sicher krankhaft, und es ginge mir besser, wenn ich mehr
Beschäftigung hätte – aber womit soll sich eine Hausfrau beschäftigen,
deren einziger Sohn den ganzen Tag in den Kindergarten geht? Früher
haben die Frauen genäht, gewebt und geflickt, sie haben Teig geknetet,
Brot gebacken und nicht nur die Wäsche gewaschen, sondern die Seife
und die Bleiche selbst hergestellt. Das alles füllte sie aus, gab jeder Stunde, jedem Tag und jedem Jahr ihres Lebens einen Sinn; manchmal lastet
die Leere so sehr auf mir, dass ich meine Urgroßmütter auf dem Bauernhof von Les Forques de Mont-ral beneide. Habe ich Dir nie von dem
Bauernhof in Les Forques erzählt?

Die verrückte Idee hinzufahren kam von Lluís; ich wusste nicht mehr
darüber, als dass mein Großvater dort geboren war. Mit zwölf Jahren
war er nach Barcelona gegangen, um sich dort seinen Lebensunterhalt
zu verdienen, und nie wieder zurückgekehrt: Er fühlte sich ungerecht
behandelt, weil die Ländereien nicht gleichmäßig unter den Brüdern
aufgeteilt worden waren (er war der Jüngste von dreizehn), aber es gab
noch einen anderen Grund: Auf dem Bauernhof von Les Forques sind
sie Carlisten.

Das war ganz am Anfang unserer Beziehung, in den ersten Monaten,
die mir jetzt wie ein Traum erscheinen. Wir machten ausgedehnte Ausflüge, nur wir beide allein; ich musste mich zu Hause nie rechtfertigen,
schließlich sind wir Anarchisten. Er war derjenige, der sich komplizierte
Entschuldigungen ausdenken musste, Ausflüge mit den Studienkollegen und dem Wirtschaftsprofessor oder Ähnliches. Manchmal streiften
wir drei Tage durch die Wildnis, schliefen, wo die Nacht uns überraschte,
im Heuschober eines Bauernhofs, wenn sie dort kein Bett für uns hatten.
Wir gaben uns als Mann und Frau aus, und überall bekamen wir den
gleichen Ausruf zu hören: »So jung!« Er war achtzehn und ich fünfzehn;
fragte jemand nach, machten wir uns immer vier oder fünf Jahre älter.

Es war eine aufregende Zeit, dieser Frühling 1931! Ob es wohl jemals
wieder einen solchen Frühling geben wird? Lluís und ich und Du und
wir alle, die revolutionären Studenten, hatten uns am 14. April vor dem
Palau de la Generalitat versammelt, an diesem unvergesslichen Nachmittag, an dem Oberst Macià die Republik Katalonien ausrief. Was für

ein Anblick, dieser Oberst, der alte Verschwörer mit dem schlohweißen Haar und den Dichteraugen, die ihm feucht wurden, sobald er auf den Balkon trat, um die Menge zu grüßen, die sich auf der Plaça de Sant Jaume drängte! In diesen Tagen waren wir alle Brüder, es gab nur noch Katalanen, und dieses Wunder hatten das weiße Haar eines alten Oberst und die fröhlichen Farben einer Flagge vollbracht, die seit Jahrhunderten die unsere war und uns alle vereinte. Wie knatterte sie im Frühlingswind, welche Freude stand in aller Augen, wie sehr fühlten wir uns angesichts dieser leuchtenden Fahne alle als Kinder der gleichen großen Familie! Welch ein glanzvoller Tag, dieser 14. April!

Das ganze Land duftete nach Lavendelblüten, nach Erde, die aus einem langen Winterschlaf erwacht; und wir waren so jung und so frei, fühlten, dass wir einzig und allein auf der Welt waren, um sie zu verändern! Wer hätte uns zügeln können? Die ganze Welt duftete nach Lavendel, nach der österlichen Auferstehung! Es war der Glanz eines Apriltages, und damals ahnten wir nicht, wie flüchtig er sein würde; wer hätte gedacht, dass diese ansteckende Freude fünf Jahre später in sinnlosem Gemetzel enden würde … Der Einzige, der so etwas wie eine Vorahnung hatte, warst Du; aber damals haben wir so wenig auf Dich gehört!

Im darauffolgenden Sommer weigerte sich Lluís zum ersten Mal, mit seiner Tante und seinen Cousins nach Caldetes in die Sommerfrische zu fahren, er behauptete, wegen einer Forschungsarbeit in Barcelona bleiben zu müssen, in der Nähe der Bibliotheken; Forschungen zur Wirtschaft natürlich, weil der Wirtschaftsprofessor, den Ihr nicht ausstehen konntet, Euch beiden immer als Alibi der Familie gegenüber diente. Wir durchwanderten Les Guilleries, die Täler von Andorra, Cadí, Alta Ribagorça und ich weiß nicht, was noch alles! Bevor ich Lluís kennenlernte, war ich nie aus Barcelona herausgekommen, und die Entdeckung der von ewigem Schnee bedeckten Gipfel, der Buchen- und Tannenwälder, der Pferdeherden auf den Weiden der Pyrenäen war berauschend; das Universum war neu für mich, alles überraschte mich, vom Schrei des Kuckucks in den Tiefen der Wälder bis hin zu den Wiesen voller blühender Narzissen in den Marschen des Montseny. Ich entdeckte die Welt, und es war wunderbar, sie Arm in Arm mit Lluís zu entdecken.

Eines Tages schlug er vor, zur Serra de Prades zu fahren, um uns den

Bauernhof von Les Forques anzusehen. Diese verrückte Idee kam von ihm; mir wäre das im Traum nicht eingefallen. Ich wusste nur, dass mein Großvater dort herstammte; mehr hatten sie mir in meiner Familie nicht erzählt. Mein Vater war nie neugierig darauf gewesen, den Bauernhof kennenzulernen, auf dem sein Vater geboren war; im Grunde war er davon überzeugt, dass die Welt hinter Les Planes endete. Selbst mein Großvater hatte, nachdem er mit zwölf nach Barcelona gekommen war, die Stadt nie mehr verlassen; er hatte angefangen, bei der Trambahn zu arbeiten, die damals noch von Pferden gezogen wurde, war nach der Elektrifizierung Fahrer geworden und es bis zu seinem Tod geblieben. Damals hatten die Leute keinen Urlaub, und selbst wenn er welchen gehabt hätte, glaube ich nicht, dass er zum Bauernhof hätte fahren wollen.

Er hatte ihn immer gehasst.

Die Idee, dorthin zu fahren, war typisch für Lluís. Wir irrten durch Schluchten, in denen Pinien und Eiben wuchsen, folgten dem Lauf von Bächen, die wild über die Felsen sprangen. Es gab keine Karrenwege, ja kaum Trampelpfade; auf einem Gehöft, auf das wir uns verirrten, war im Jahr zuvor ein alter Mann gestorben, ohne jemals ein Rad gesehen zu haben. Als er spürte, dass es mit ihm zu Ende ging, bat er seine Familie, nach Reus zu fahren und ihm eine Tafel Schokolade zu kaufen; er wollte nicht sterben, ohne einmal im Leben Schokolade probiert zu haben. Es war schon spät im September, und sie waren mitten in der Haselnusslese; Männer und Frauen, Alte und Kinder, alle Bewohner der umliegenden Höfe sammelten Haselnüsse in Säcke. Eine Neunzigjährige, die wir fragten, ob der Ertrag in diesem Jahr gut sei, antwortete: »So gut, wie wir es bisher selten gesehen haben. Wir haben mehr als sechs Säcke voll gesammelt. Der Junge wird sie später mit dem Maultier nach Reus bringen.« Sie stockte, als stünde sie vor einem unlösbaren Rätsel, dann sagte sie: »Wer sie wohl alle essen mag, diese vielen Haselnüsse?«

Schließlich fanden wir den Hof von Les Forques auf einem Bergkamm über einer Ebene; von der Wiese vor dem Haus hatte man einen Blick über den ganzen Bezirk von Tarragona mit dem Meer im Hintergrund. Es ist ein ärmlicher Hof, wie nicht anders zu erwarten – aber wie hübsch er ist! Ein Haus wie aus einer Weihnachtskrippe, aus unregelmäßig aufeinandergesetzten Steinen und mit einem windschiefen, gelblichgrünen Dach, schwarz befleckt mit Moosen und Flechten aller Art. Man könnte meinen, dass es nicht von Menschenhand geschaffen wurde, sondern von der Natur selbst; seine goldfarbenen, vom Alter geschwärzten Steine verschmelzen mit den Farben der umliegenden Felsen. Lluís war entzückt: »Wenn sie den Hof jemals verkaufen wollten«, sagte er, »ich würde ihn kaufen. Was für ein hübscher Ort für die Sommerfrische!« Ich konnte, ehrlich gesagt, nicht so viel daran finden wie er, die Vorstellung, dass dies mein »Familiensitz« sei, wie Lluís nicht müde wurde zu betonen, war mir völlig neu und überzeugte mich nicht: Ja, der Hof war in der Tat sehr pittoresk, aber so schäbig … Wir traten ein. Die Leute waren unterwegs zur Haselnusslese wie jedermann; nur ein Alter war da, der sich an einem Feuer aus Zweigen wärmte.

Er trug eine kurze Hose und eine maulbeerfarbene Baskenmütze; ich habe noch nie jemanden mit Baskenmütze gesehen außer den Lastträgern in Barcelona, und deren Mütze ist leuchtend rot. Er erhob sich von dem Schemel, auf dem er zusammengesunken gesessen hatte, die Handflächen zum Feuer gestreckt; aufrecht stehend war er von eindrucksvoller Statur und Korpulenz. Seine blauen Augen wirkten wie verschleiert; später erfuhren wir, dass er an Grauem Star litt. Er sei neunundachtzig, erzählte er uns, und arbeite draußen nicht mehr mit. Nicht wegen seines Alters, sondern wegen der Augen. Er war der Besitzer des Hofs, ein Cousin ersten Grades meines Vaters. Mein Großvater war zwanzig Jahre jünger gewesen als sein ältester Bruder, und so war der große Altersunterschied zwischen meinem Vater – der damals noch keine sechzig war – und seinem Cousin verständlich. Während Lluís ihm erzählte, dass ich die Enkelin eines Sprosses dieses Hauses sei und er mein Mann, schüttelte der Alte den Kopf, wie um sich Klarheit zu verschaffen: »Also muss deine Frau« – er duzte uns von Anfang an – »die Enkelin von einem meiner Onkel sein. Mal sehen: von Onkel Pere? Die Onkel waren zwölf Brüder, mit meinem Vater dreizehn; dreizehn Jungen und nicht ein Mädchen, das habe ich die Leute mein Leben lang erzählen hören. Viele sind weggegangen, um unten im Flachland ihr Glück zu versuchen, und von einigen haben wir nie wieder was gehört …« Ich dachte bei mir, wenn sie dreizehn waren und der Besitz so ärmlich war wie auf den ersten Blick erkennbar: Wie hatte mein Großvater sich da beschweren können, dass er nicht in gleich große Stücke aufgeteilt worden war? Was hätte jeder der dreizehn abbekommen? Unterdessen plauderte Lluís mit dem Alten über dies und das und erwähnte unter anderem, dass er ebenfalls von Carlisten abstammte und dass einer seiner Urgroßväter im Siebenjährigen Krieg Obrist gewesen war, Oberst Brocà ... Hätte er ein paar Zauberworte gemurmelt, die Reaktion hätte nicht schneller erfolgen können! Als der Alte den Namen Brocà vernahm, riss er den Mund auf, richtete die verschleierten Augen gen Himmel und rief inbrünstig aus: »Leck mich am Arsch, Cristina!«

Bei dem nun folgenden Gespräch über die Zeiten der Großväter, die Zeit, in der Oberst Brocà zu Felde gezogen war, und zwar anscheinend in dieser Gegend, zwischen Grades und Montsant, wurde der Alte immer aufgeregter, er stammelte wirres Zeug, wie alte Leute es tun, umarmte Lluís, umarmte mich und wiederholte mit leiser Stimme immer wieder diesen erstaunlichen Ausruf, der aus seinem Munde, wie ich aus seinem Tonfall und der Art schloss, wie er dabei die Augen zum Himmel hob, zweifellos als fromme Bemerkung gemeint war.

Die Familie überredete uns, zum Abendessen und über Nacht zu bleiben. Das Schlafzimmer war groß, aber der Boden – wie im ganzen Haus – nicht gefliest und die Wände waren noch nie gestrichen worden. Das Bett bestand aus einem Holzgestell mit Latten, über die ein Strohsack gebreitet war, auf dem wiederum drei Wollmatratzen lagen. Über dem Kopfende hing ein berühmter alter Druck, der den heiligen Michael zeigte, wie er Luzifer bezwang. Lluís fand das alles ganz großartig; ich weniger; der Alte mit dem Grauen Star war in seinen Augen »eine ulkige Type«: »Man sieht schon, dass ihr von echtem Schrot und Korn seid, ihr Milmanys.« Ich dachte, er sage das alles aus Verliebtheit. Damals verklärte er alles, was mit mir zu tun hatte. Aber seit ich Onkel Eusebi kenne, denke ich, dass in Lluís' Augen ein Bauernhof, und sei er auch noch so schäbig, mit einem alten Carlisten, der alle Naslang die zweifelhafte Tugend einer liberalen Königin von anno dazumal beschwört, tatsächlich tausend Mal ehrenhafter ist als eine Nudelsuppenfabrik.

Am nächsten Tag luden sie uns zu einem Picknick im Wald ein, zwei Wegstunden vom Bauernhof entfernt. Lluís brach im Morgengrauen mit einem Dutzend Männer und Jungen auf, alle mit Jagdgewehren bewaffnet. Es waren die Männer von Les Forques und vier oder fünf anderen Bauernhöfen in der Umgebung. Unser Besuch schien in diesen einsamen Gefilden, wo sie, wie man uns sagte, manchmal jahrelang keine Fremden zu Gesicht bekamen, ein echtes Ereignis zu sein. Ich machte mich viel später mit dem Alten und seiner Schwiegertochter auf den Weg; wir würden schön gemütlich zu der Quelle laufen, wo das Picknick stattfinden sollte, und in einem Korb alles mitbringen, was dazu nötig war. Ich war überrascht zu sehen, dass die Schwiegertochter nur ein Fladenbrot, ein Fässchen Wein, ein Ölkännchen, ein paar Knoblauchzehen und ein Tütchen Salz in den Korb packte.

»Und was ist mit dem Essen?«

Sie lachte: »Die Männer finden im Wald mehr als genug.«

Als wir an der Quelle ankamen, hatten die Männer schon fast zwei Dutzend Kaninchen erlegt. Es ist eine ergiebige Quelle, die in einem kleinen Tal versteckt zwischen Schiefergestein sprudelt, umgeben von Farn. Die Schwiegertochter entfachte ein Feuer, und legte, als genug Glut vorhanden war, ein paar Schieferplatten hinein – sie nennen den Schiefer dort *licorella* –, die sie zuvor großzügig mit Öl eingerieben hatte. Als die Platten glühend heiß waren, breitete sie die gehäuteten und ausgenommenen Kaninchen darauf aus, zuvor hatte sie sie noch kräftig gesalzen. Mir erschien das Ganze, als würde ich den Vorbereitungen zu einem Mittagsmahl im Paläolithikum beiwohnen, es war wie in der Steinzeit! Zusammen mit der Knoblauchsoße, die der Alte – in einem großen Mörser, der ebenfalls aus Stein war – zubereitet hatte, während die Kaninchen gebraten wurden, war es das köstlichste Mahl, das ich je gegessen habe. Wenn Du wüsstest, wie stark ich immer noch den Duft nach Kaninchenbraten mit Knoblauchsoße in der Nase habe – und was für einen wunderbaren Wein sie hatten, um das Essen zu begießen! Jetzt, da in Barcelona alles immer schlimmer wird ... Manche Leute sagen, das, was wir bis jetzt erlebt haben, sei noch gar nichts im Vergleich zu dem, was uns noch erwartet; diese Nachbarn vom Haus nebenan, die immer alles wissen, behaupten, von jetzt an würden uns die Bomber der Faschisten Tag und Nacht beschießen, von den Basen aus, die die Italiener auf Mallorca eingerichtet haben; bis jetzt haben sie uns vor allem von See aus beschossen, mit Kanonen von Schlachtschiffen, und nur selten aus Flugzeugen, »aber jetzt«, sagen die Nachbarn, »werden wir erst richtig was erleben.« Und dann sagen sie noch, dass der Krieg noch Jahre dauern wird und dass wir nicht nur vom Meer und aus der Luft bombardiert werden, sondern auch der Hunger immer schlimmer werden wird, und dass das, was wir bis jetzt erlebt haben, überhaupt nichts ist. Ehrlich gesagt: Wenn es tatsächlich so schlimm käme, wenn wir so heftig bombardiert würden und ich nicht mehr wüsste, wie ich Ramonet satt bekommen soll, würde ich all meinen Mut zusammennehmen und nach Les Forques gehen. Ich könnte ihnen bei der Feldarbeit helfen. Ich bin mir sicher, sie würden mich aufnehmen, und ich würde ihnen nicht zur Last fallen, weil ich arbeiten würde.

Aber sind sie überhaupt noch am Leben? Mein Gott, es sind so viele Carlisten ermordet worden! Es gab diese schrecklichen Massaker in La Fatarella und Solivella, wo angeblich nicht ein Mann am Leben geblieben ist ... Das ganze Land war entsetzt darüber, obwohl man eigentlich meinen könnte, nach allem, was wir gesehen habe, könne uns nichts mehr entsetzen. Woher kommt dieser Hass auf die Carlisten, die nicht mehr verlangten, als in Frieden auf ihren Höfen zu leben, mit ihren Erinnerungen an vergangene Heldentaten und verlorene, längst vergessene Kriege? Was mich betrifft, sehe ich jedes Mal, wenn ich an die Carlisten denke, wieder diesen kräftigen Neunundachtzigjährigen vor mir, der seinen verschleierten Blick gen Himmel hebt und inbrünstig »Leck mich am Arsch, Cristina!« ausruft, und ich rieche wieder den Duft des Kaninchenbratens mit Knoblauchsoße und den Rotwein, den wir aus dem Fässchen tranken und der ein klein wenig herb war, was ihn um so erfrischender machte, und ich höre das Plätschern der üppigen Quelle und des Bächleins, das zwischen dem Farn in seinem Schieferbett dahinfließt ... Wie lebendig steht mir das alles wieder vor Augen, und wie sehr drängt es mich, mit Ramonet dorthin zu gehen, um dem Hunger und den Bomben zu entfliehen!

17. Mai

Wie rätselhaft sind Menschen, die nirgendwo Rätsel sehen; ich meine die Ungläubigen, die nicht glauben wollen, dass überhaupt irgendjemand glauben kann. Wir sollten großes Mitleid mit ihnen empfinden, wie mit hässlichen Kindern, die man so gerne lieben möchte und doch unmöglich lieben kann.

Zum Glück ist das bei meinem Vater völlig anders. Er glaubt; vielleicht ist ihm nicht wirklich klar, woran, aber er glaubt. Wenn dem nicht so wäre, wie könnte man dann sein Leben verstehen? *La barrinada* ... weißt Du noch, wie wir versuchten, sie auf der Straße zu verkaufen? Wir sind nie auch nur ein einziges Exemplar losgeworden.

Diese erfolglose Wochenzeitung erscheint immer noch jeden Donnerstag, jetzt gespickt mit Artikeln gegen diese »Menschenfresser, die sich Anarchisten nennen«, gegen die »Hyänen, die die menschlichste aller Sozialphilosophien entehren«. Die Hyänen sind eine seiner Obsessionen, obwohl ich bezweifle, dass er auch nur ansatzweise weiß, was eine Hyäne ist. Ich glaube, er kann eine Eule nicht von einer Elster unterscheiden, und fürchte, er kennt keine Baumart außer den Pinien, die jeder kennt – mein armer Papà, der im Herzen des alten Barcelona geboren und aufgewachsen und nie dort herausgekommen ist, es sei denn, für den einen oder anderen Sonntagsausflug nach Les Planes, wo man dann in einem Meer aus fettigem Butterbrotpapier und Sardinenbüchsen saß.

Sicher denkt er an Les Planes, wenn er in einem seiner Artikel in *La barrinada* von der Natur spricht; der wundersamen Natur, die alle Übel dieser Welt heilen würde, wenn man sie nur ungestört walten ließe. Mein liebster Papà würde nur zu gern sämtliche Heilmittel außer Zitronensaft, Knoblauch und Zwiebel verbannen; zwar ist er kein Vegetarier, aber es fehlt nicht viel, und die Nudisten mag er nur deshalb nicht, weil ihm trotz allem ein Hauch von Bewusstsein dafür geblieben ist, wann man sich lächerlich macht.

Dass ein so harmloser Mensch wie mein armer Papà in den anderen Anarchisten so viel Hass wecken kann! Ich weiß nicht, ob Du mitbekommen hast (es stand in einigen Zeitungen, aber ich weiß nicht, ob die bis zu Euch an die Front gelangt sind), dass die Leute von der *Soli* vor ein paar Wochen – eine ganze Weile vor den Ereignissen dieses Monats – die Redaktion von *La barrinada* überfallen haben, soll heißen, unsere Wohnung im Carrer de l'Hospital. Sie haben Berge von alten Ausgaben vom Balkon geworfen (die, die wir nicht verkauft hatten), die in der

Abstellkammer gestapelt waren; zum Glück erschien die Polizei recht-zeitig, um Schlimmeres zu verhindern. Die Regierung hat Papà und sei-nen Freunden geraten, sich zu bewaffnen, um für den nächsten Angriff gerüstet zu sein. »Ich will keine anderen Waffen als Ideen.« Davon ließ Papà sich nicht abbringen.

Lluís und Du, Ihr wart erst wenige Wochen an der Front, da brachten sie ihn im Taxi zu mir nach Hause, mit blutüberströmtem Gesicht. Ich erschrak, aber zum Glück war es nichts Schlimmes. Es war Cosme, der ihn im Taxi zu mir brachte, sein langjähriger guter Freund. Vielleicht er-innerst Du Dich noch an ihn; er ist klein und rund mit einem markan-ten Gesicht. Von Beruf ist er Dreher, und damals war er oft bei unseren heimlichen Versammlungen dabei. Cosme gehört eigentlich zur *Soli*, ist aber ein enger Freund von Papà, und er war es auch, der mir berichtete, was geschehen war, während ich meinem Vater das Gesicht mit Wasser-stoffperoxid abwusch. »Stell dir vor«, erzählte mir Cosme, «stell dir vor, Trini: Da war ein Zug mit anarchistischen Freiwilligen an der Estació de França, der nach Madrid fahren sollte. Mein Enkel war auch dabei, des-halb war ich am Bahnhof. Der Bahnsteig war völlig überfüllt von den Abreisenden und denen, die gekommen waren, um sich von ihnen zu verabschieden. Plötzlich hörte ich laute Stimmen und ein großes Ge-schrei: ›Was macht ihr da, ihr Idioten? Wo geht ihr hin? Wollt ihr eure Ideen etwa mit Kanonen verbreiten? Habt ihr euch schon vom Milita-rismus anstecken lassen? Was ist mit den Prinzipien, die wir ein Leben lang verteidigt haben?‹ Es fehlte nicht viel, und sie hätten ihn als *Agent provocateur* gelyncht. Was für ein Glück, dass ich es mitbekommen habe! Er war es, dein Vater, der alte Milmany, es konnte gar kein anderer sein! Was für ein Glück, dass ich ihn rechtzeitig gesehen habe, die Leute stürz-ten sich schon auf ihn, was für ein Glück! Ich hatte Mühe, ihn da raus-zuziehen, er wollte nicht mitkommen, ich glaube, er hat mich gar nicht gesehen oder mich nicht erkannt, so aufgeregt war er. Während ich ihn am Arm aus dem Bahnhof herausgezerrt habe, hat er noch gebrüllt: ›Madrid wollt ihr verteidigen? Den Kraken, der uns das Blut aussaugt?‹«

Papà sagte nichts, ich wusch die Verletzungen in seinem Gesicht aus, zum Glück waren es nur Kratzer, die die Frauen ihm verpasst hatten, als sie ihn festhalten wollten, und Cosme sagte: »Ich mag deinen Vater sehr, Trini. Wie sollte ich ihn auch nicht mögen, schließlich kenne ich ihn schon ein Leben lang. Ich mag ihn sehr, und das weiß er auch, aber manchmal ist es schwer, ihm zu folgen. Wenn keine Freiwilligen an die Front gehen, wenn wir den Krieg nicht mit Kanonen und Maschinengewehren führen, werden die Faschisten gewinnen, und dann sind wir erledigt.« »Ja«, sagte ich, »es ist etwas schwer zu verstehen, wie jemals eine Idee triumphieren soll, die mit jeglicher Form von organisierter Macht unvereinbar ist.« Gleich darauf bereute ich meine Worte; Papà sah mich tieftraurig an, er hatte noch kein Wort gesagt. »Im Frieden«, sagte er jetzt, »ist jeder ein Pazifist, Trini. Cosme war es auch, und jetzt … du hast ihn ja gehört. Aber es geht darum, immer Pazifist zu sein, im Frieden wie im Krieg, unter allen Umständen. Andernfalls ist es nichts wert; man könnte nicht guten Gewissens behaupten, Pazifist zu sein.«

Ich behielt ihn ein paar Stunden bei mir. Von ihm erfuhr ich, dass Llibert auf dem besten Weg ist, eine höchst wichtige Persönlichkeit zu werden: »Er hat jetzt ein Büro wie ein Minister«, erzählte mein Vater, »mit zwanzig Schreibkräften und ich weiß nicht wie vielen Untergebenen. Er hat ein Auto mit cremefarbener Karosserie, ein Riesenteil, und dazu einen Chauffeur in Livree, der stramm steht und salutiert, wenn er ihm den Schlag aufhält. Das Auto ist natürlich requiriert; es hat wohl dem Marquis von Marianao gehört, und ich nehme an, sie haben den Chauffeur gleich mit requiriert.«

»Und das ist Llibert nicht peinlich?«, fragte ich.

»Eines Tages wollte er mich nach Hause fahren, um sich wichtig zu tun, und ich war derjenige, der fast gestorben wäre vor Scham, als ich sah, wie mich die Nachbarn, die mich so gut kennen, im Carrer de l'Hospital anstarrten. Sie waren alle fassungslos, mich in diesem riesigen, glänzenden, lautlosen, cremefarbenen Wagen zu sehen! Und als dieser widerliche, unterwürfige Sklave den Schlag öffnete, strammstand und salutierte … da wäre ich am liebsten im Erdboden versunken! Dass Llibert nicht an die Front geht wie dein Mann, Trini« fuhr er fort, »geschieht nicht etwa aus Treue zu den pazifistischen Prinzipien, die ich euch von klein auf gelehrt habe, oh nein, glaub das bloß nicht. Später erzähle ich dir noch von den Plakaten. Er sagt, er geht nicht an die Front, weil er meint, hinter den Linien nützlicher zu sein; wenn man ihm glauben darf, ist er sogar völlig unabkömmlich in Barcelona, unersetzlich, denn ihm haben wir es zu verdanken, versichert er, dass wir den Krieg gewinnen werden. Wir gewinnen den Krieg, sagt er, dank der Propagandaschlacht ...«

Und in der Tat haben sie meinen geliebten Bruder zu einer Art Generaldirektor für Kriegspropaganda ernannt. Er ist es, der in letzter Zeit die Hauswände der Stadt mit den berühmt-berüchtigten Plakaten zugepflastert hat: »Baut Panzer, Panzer, Panzer, das ist das Gefährt des Sieges!« oder: »Barbiere, sprengt die Ketten!« und viele andere – je zur Hälfte in Spanisch und Katalanisch, da ja beide Sprachen offiziell sind –, Plakate, über die wir uns kaputtlachen würden, wenn uns in Barcelona noch zum Lachen zumute wäre.

Eines dieser Plakate kann ich nicht ansehen, ohne dass mir speiübel wird; es zeigt einen verwundeten Soldaten, der, während er sich über den Boden schleppt, mit übermenschlicher Anstrengung den Kopf hebt und einen Finger ausstreckt: »Und du – was hast du für den Sieg getan?« Und das sagen uns mein Bruder und ein paar andere, die durch Beziehungen im Ministerium für Propaganda gelandet sind! Plakate, die andere dazu bewegen sollen, an die Front zu ziehen, sind seine Spezialität. Dann sind da noch die rätselhaften Plakate, wie das abstrakte, auf dem nur ein paar Flecken zu sehen sind; mitten in dem Durcheinander aus Farben und Schatten ist zu lesen: »Freiheitskämpfer für die Prostitution«. Ich habe noch niemanden getroffen, der verstanden hätte, worum es dabei geht. Und es gibt, ganz im Gegenteil, die sehr konkreten Plakate, wie das mit einem Huhn auf einem Balkon, auf dem steht: »Die Eierschlacht«. Ich glaube, damit ist gemeint, dass es keinen Hunger in der Stadt geben würde, wenn jeder Bewohner auf seinem Balkon ein Huhn hielte – als ob die Hühner keinen Mais bräuchten, um Eier zu legen! Als ob sie von der Himmelsluft leben könnten, die armen Hühner!

Jedenfalls scheint all dies das Werk von Llibert zu sein, oder zumindest glaubt das Papà. Und er gibt sich nicht zufrieden mit der Produktion von Plakaten, sondern hat seine frenetische Aktivität auf sehr viel umfassendere und komplexere Bereiche ausgedehnt, er ist ein wandelndes Lexikon! Er hat mehrere Zeitungen ins Leben gerufen, einige auf Katalanisch, einige auf Spanisch, in denen er die anderen auffordert, an die Front zu gehen; zu dem gleichen Zweck hält er »Ansprachen« im Radio, mit bebender Stimme, dass man eine Gänsehaut bekommt; er heuert weltberühmte ausländische Redner an, die da, wo sie herkommen, sicherlich bekannt sind, und die ebenfalls Ansprachen halten – und er hat das »Theater der Massen« ins Leben gerufen …

Das mit dem »Theater der Massen« muss ich Dir näher erläutern. Wenn man Llibert glauben darf, muss proletarisches Theater für die Massen sein. Nach allem, was ich gehört habe (ich war nie bei einer solchen Aufführung), stehen die Massen auf der Bühne und das Parkett ist leer, weil niemand hingeht, also genau umgekehrt wie früher, als auf der Bühne nur ein paar wenige Schauspieler standen, während die Massen sich im Parkett und auf den Rängen drängten. Das früher war anscheinend bourgeoises Theater.

Lliberts ungebremste Dynamik und sein Wagemut lassen ihn nicht einmal vor den Schwierigkeiten zurückscheuen, eine Spielzeit in der Oper zu organisieren – natürlich proletarisch. Er hat das Liceu beschlagnahmt, und dort machen sie jetzt nur noch proletarische Opern. Ich weiß nicht, wo mein geliebter Bruder die Libretti und die Musik für die Opern aufgetrieben hat, die er aufführen lässt, auch dort bin ich nie gewesen, aber Maria Engràcia Bosch, eine Freundin und Studienkollegin von mir an der Naturwissenschaftlichen Fakultät, war neugierig genug, einmal hinzugehen und sich das Ganze anzusehen. Über diese Kommilitonin, mit der ich mich manchmal treffe, weiß ich vieles, was derzeit in Barcelona passiert, und von dem ich vielleicht nie erfahren würde, wenn Maria Engràcia es mir nicht erzählen würde. Wir haben uns vor Jahren an der Universität kennengelernt, und obwohl sie etwas älter ist als ich und schon die letzten Kurse belegte, als ich gerade anfing, fühlten wir uns einander sofort verbunden, weil wir aus dem gleichen Viertel kommen. Sie wohnt irgendwo im Carrer de Sant Pau.

Vor kurzem habe ich sie auf der Rambla getroffen, und sie hat mich auf eine Tasse Malzkaffee in ein Café eingeladen: »Ich muss dir was erzählen«, sagte sie. Und dann erzählte sie mir, dass sie so oft am Liceu vorbeigeht, das ja an der Ecke zum Carrer de Sant Pau liegt, also praktisch vor ihrer Haustür, dass sie neugierig auf diese proletarische Oper wurde, die da angekündigt war, und eines Nachmittags der Versuchung nicht widerstehen konnte, hineinzugehen. Dazu muss man sagen, dass heutzutage eine Eintrittskarte fürs Liceu für jedermann erschwinglich ist. So war sie eine der sechs Personen, genau sechs, die an diesem Nachmittag das gesamte Publikum ausmachten. Allerdings standen zum Ausgleich dafür auf der Bühne vielleicht zweihundert Menschen. »Oper für die Massen, weißt du? Keine Ahnung, wo dein Bruder die Partitur und das Libretto aufgetrieben hat. Was für ein Drama! Ein Anblick für die Götter. Es zeigt einen Aufstand der Massen; auf der Bühne herrscht ein ständiges Kommen und Gehen der ausgebeuteten Massen, sie treten rechts ab und kommen von links wieder herein, wobei sie unablässig mit erhobener Faust Gesänge auf die Zukunft anstimmen. Die Geschichte dahinter wird nicht so ganz klar, aber es lässt sich erahnen, dass einer der ausgebeuteten Proletarier, nämlich der Jüngste, also der Tenor, die freie Liebe praktiziert und sich dabei eine sagenhafte Gonorrhöe eingefangen hat, einen erstklassigen Tripper. Er löst sich aus der Masse und hinkt an den Rand der Vorbühne; ein imposanter Paukenschlag, und die Massen schweigen wie bei einer großen Tragödie, während der Tenor uns sechs Zuschauer mit einer weit ausholenden Armbewegung bedroht und den ersten Vers einer pathetischen Arie schmettert: ›Verfluchte Bourgeoisie, du wirst für deine Verbrechen büßen!‹«

Ich mochte das kaum glauben, aber Maria Engràcia Bosch hatte es mit eigenen Augen gesehen und mit eigenen Ohren gehört.

Mit dieser Beschreibung der proletarischen Oper ist eigentlich schon das Interessanteste über meinen teuren Bruder Llibert gesagt. Leute, die ihn in seinem Büro besucht haben, haben mir erzählt, dass er jeden mit einer großen Umarmung empfängt, jeden »Genosse« nennt und jeden duzt, dass er Erfolg, Triumph, Dynamik, Freundlichkeit und Effizienz aus jeder Pore verströmt. Er ist die Organisation, die Effizienz und die Begeisterung in Person, er ist die Vorsehung für alle, die auf »Beziehungen« oder einen »Bezugsschein« hoffen.

Er erinnert mich an einen Satz von Onkel Eusebi: »Wir kreisen so sehr um die anderen, dass wir am Ende glauben, die anderen kreisten um uns.« Mein Bruder war schon immer so; er wollte schon immer, dass sich die ganze Welt um ihn dreht. Als wir klein waren, durchquerten wir vier Mal täglich den Innenhof des Spitals von Santa Creu, um von unserer Straße zum Carrer del Carme zu gelangen, wo die öffentliche Schule lag, an der unsere Eltern unterrichteten. Manchmal blieb er vor dem »kleinen Pferch« stehen; so nannten wir die Stelle, an der die Toten abgelegt wurden. Der »Pferch« ging auf eine kleine Seitengasse hinaus und war nur durch ein Gitter von den Passanten abgetrennt. Ich musste mich am Gitter hochziehen, um die Leichen sehen zu können; jeden Tag lagen drei oder vier dort, manchmal mehr. Da sie mit dem Kopf zum Gitter abgelegt wurden, konnte ich am besten ihre nackten Füße sehen; Sie waren gelb … und schmutzig. Was für traurige Füße! »Da siehst du, was einen am Ende erwartet«, sagte Llibert immer, »wenn man's nicht geschickt anstellt.« Ich war damals vielleicht sechs oder sieben und er elf oder zwölf. In meinen Augen gehörte er schon zu den »Großen«, die alles wissen und die Geheimnisse von Leben und Tod kennen, und ich lauschte ihm wie einem Orakel. Es gab also eine Möglichkeit, nicht so zu enden, seine schmutzigen Füße nicht den Passanten zeigen zu müssen, die vom Carrer de l'Hospital zum Carrer del Carme gingen, und ich dachte, wenn ich erst so groß wäre wie Llibert, würde ich es so klar sehen wie er.

Eines Morgens war die Straße gesperrt: Von der Kirche von Betlem kam uns der prächtigste Trauerzug entgegen, den ich je gesehen hatte: sechs gewaltige, mit schwarzem Samt bedeckte Pferde zogen eine Art schwarz-goldenen Paradewagen, auf dem ein Sarg aufgebahrt war, der wie eine goldene und silberne Truhe aussah. Der Wagen war umrahmt von Männern zu Fuß, die kurze Hosen, weiße Perücken und schwarze Roben trugen. Ihnen folgten fünfzig oder sechzig Priester, die Totengesänge psalmodierten, und hinter diesen wiederum gingen unzählige Männer in Frack und Zylinder. »Siehst du, da hat's jemand geschickt angestellt«, sagte Llibert. »Wen meinst du?«, fragte ich, »die mit den Perücken?« »Nein, das sind doch bloß die Lakaien.«

Ihm ist bisher kein fürstliches Begräbnis zuteilgeworden, aber das kommt noch. Ist es nicht unglaublich, dass es Leute gibt, die einen Toten beneiden? Aber immerhin hat er schon einen Chauffeur in Livree, der ihm den Schlag eines cremefarbenen Autos aufreißt.

Vielleicht denkst Du, dass ich mich zu sehr aufrege, schließlich ist er mein Bruder. Aber einmal hat er etwas gesagt, was mich zutiefst gekränkt hat. Als ich eine Bemerkung über das cremefarbene Auto und den Chauffeur fallen ließ, sprang er mir fast ins Gesicht: »Ja klar«, hat er wütend gerufen, »du hast dich ja ins gemachte Nest gesetzt: ein Junge aus gutem Hause, und Vollwaise noch dazu, was für ein Glück. Aber ich muss selber zusehen, wo ich bleibe, weißt du, ich bin kein Mitgiftjäger!« Mein Gott, ich wäre nie im Leben darauf gekommen, dass irgendjemand meine Beziehung zu Lluís in einem so schäbigen Licht sehen könnte.

Zum Glück habe ich jetzt eine ordentliche Portion Kartoffeln in der Speisekammer und muss ihn nicht um Bezugsscheine bitten; denn natürlich bin ich deshalb auch schon ein paar Mal bei ihm gewesen. Ich werde doch nicht zulassen, dass Ramonet ohne die Brot- oder Kartoffelrationen aufwachsen muss, nur weil ich wütend auf Llibert bin! Ich hätte ihn auch noch mal um einen Bezugsschein bitten können, aber ich habe mir fest vorgenommen, diese Möglichkeit nicht in Anspruch zu nehmen, solange es nicht unbedingt nötig ist, unbedingt nötig für den Jungen, meine ich. Ich versuche, allein zurechtzukommen, so gut es geht. Dieses Mal hatte ich erfahren, dass es in Castellví de Rosanes einen Bauern gibt, einen gewissen Bepo, der mir unter Umständen Kartoffeln verkaufen würde. Der Mann ließ sich sehr bitten, er wollte keine Scheine, die nicht zur »richtigen Serie« gehörten. Die richtige Serie… Ich kann die eine nicht von der anderen unterscheiden; aber es gibt eben Leute, die sich die gültigen Scheine schnappen und so aus dem Umlauf ziehen. Und ich hatte nicht daran gedacht, Silberbesteck oder etwas Ähnliches mitzubringen, denn das verlangte Bepo, als ich keine Scheine aus der richtigen Serie vorweisen konnte. Schließlich kamen wir dann aber doch ins Geschäft: fast der gesamte Monatssold von Lluís für einen Sack Kartoffeln!

Doch das Schlimmste kam noch: Ich musste ihn ja auch fortschaffen! Dieser Bepo wollte ihn nicht tragen und ihn mir nicht einmal vom Bauernhof bis zur Bahnstation bringen; er wolle sich auf nichts einlassen, sagte er, nicht, dass man ihn am Ende noch als Schmuggler einlochte, jetzt, wo drakonische Maßnahmen gegen den »Schwarzmarkthandel« erlassen worden seien. Das Dienstmädchen war mit Ramonet zu Hause geblieben. Vielleicht wäre es besser gewesen, sie mitzunehmen, dann hätte sie mir beim Tragen helfen können, aber Ramonet wäre uns so sehr im Wege gewesen … Schließlich erklärte sich Bepo gegen eine weitere Handvoll Scheine bereit, mir den Sack mit seinem Esel bis in die Nähe des Bahnhofs zu bringen; nicht direkt zum Bahnhof, denn der ist immer bewacht, aber wenigstens bis ganz in die Nähe. Dort musste ich sehen, wie ich alleine zurechtkam.

Was war der Sack schwer! Dank dieses Kartoffelsacks musste ich vier Tage lang das Bett hüten. Da die Bahnstationen in Barcelona strengstens bewacht sind, muss man die Säcke aus dem Waggonfenster werfen, wenn der Zug langsamer wird, bevor er in den Bahnhof von Sants einfährt, und hinterherspringen. Allerdings muss man sagen, dass die Züge ihre Geschwindigkeit dermaßen drosseln, dass man kein großer Akrobat sein muss, um das zu schaffen, denn selbst die Lokführer betreiben Schwarzhandel in großem Stil. Der Anblick der vielen Leute, die aus den Zugfenstern springen, während der Zug noch fährt, könnte wirklich lustig sein, wenn er nicht so erbärmlich wäre.

In Sants angekommen, fehlte nur noch der letzte Akt des Dramas: den Sack nach Hause zu bringen. Mit großem Glück findet man ein Taxi, aber wahrscheinlicher ist, dass man den Sack selber schleppen muss, mal, indem man ihn auf dem Rücken trägt, und mal, indem man ihn hinter sich her zieht. Und das immer unter der Gefahr, dass er von der Versorgungspolizei konfisziert oder von Leuten gestohlen wird, die noch ausgehungerter sind als man selbst! Und die gibt es, weiß Gott, die gibt es. Auf den unbebauten Grundstücken, auf denen sich der Müll häuft, weil die Müllabfuhr kaum fährt, sieht man immer völlig ausgemergelte alte Männer und Frauen, die den Abfall durchwühlen …
Als ich nach Hause kam, hatte ich schreckliche Rückenschmerzen; auch jetzt noch tun mir die Nieren weh, bei der kleinsten Bewegung sehe ich sämtliche Sterne des Himmel und noch ein paar mehr. Aber ein Gutes haben diese Abenteuer: Sie zeigen uns, dass es doch noch Hilfsbereitschaft unter den Menschen gibt, wenn alle sich in der gleichen misslichen Lage befinden. Als ich noch einen Kilometer von zu Hause entfernt war und nicht mehr weiterkonnte, erboten sich zwei Soldaten, die, wie sie mir erzählten, auf Urlaub in Barcelona waren, den Sack das letzte Stück zu tragen. Sie waren so selbstlos, die armen Jungen, dass sie mir

nicht einmal sagen wollten, wie sie hießen, nur dass sie aus Mollerussa kamen. Kannst Du Dir vorstellen, dass ich vor dem wundersamen Erscheinen der beiden Soldaten aus Mollerussa, als ich versuchte, den Sack auf dem Rücken zu schleppen, an Jesus auf dem Kreuzweg denken musste? An einen anderen zu denken, den es härter getroffen hat als einen selbst, ist immer ein, wenn auch zugegebenermaßen seltsamer, Trost.

Aber zum Glück bin ich wieder zu Hause und wir haben wieder Kartoffeln in der Speisekammer. Zu Hause mit Blick auf die Linde, die bescheiden ihre Pflicht tut; eine Pflicht, die wahrscheinlich gar nicht so leicht zu erfüllen ist, wie es uns, die wir keine Bäume sind, scheinen mag. Wie angenehm es ist, inmitten dieser feindlichen, unverständlichen Welt ein Haus zu haben, eine Höhle, in der man sich einigeln kann. Wie glücklich hätten wir drei vor dem Krieg sein können, Lluís, Ramonet und ich, wäre da nicht Lluís' Übellaunigkeit gewesen … Ihm war das überhaupt nicht bewusst, obwohl es nicht zu übersehen war: dass wir glücklich waren, dass wir es hätten sein können, wenn er nur gewollt hätte. Diese Villa, die Dividenden, die er von der Fabrik kassierte – all das erschien ihm so selbstverständlich wie die Luft, die er atmet; nie kam ihm der Gedanke, dass die allermeisten Menschen nichts besitzen außer dem, was sie am Leibe tragen. Manchmal denke ich, dass Lluís mich lieben würde, wenn er arm wäre. Damit meine ich, dass er dann merken würde, dass mich liebt. Denn er liebt mich; das Schlimme ist, dass er es nicht merkt. Wäre er arm, bitterarm, würde er feststellen, wie gut es ist, in dieser Welt ein Fleckchen mit einem Tisch, zwei Betten und drei Stühlen zu haben – und Frau und Sohn. Letztendlich braucht es so wenig, um glücklich zu sein; ein bisschen Liebe ist das ganze Geheimnis, mehr ist da nicht. Ein bisschen Liebe zu dem, was man hat, und schon ist es, als hättest Du alles, was Du willst! Ich bin sicher, ich könnte auch arm glücklich sein, wenn Lluís mich nur liebte, denn ich bin ganz anders als mein Bruder Llibert … Und darum finde ich in diesem nicht enden wollenden Krieg einen einzigen, wenn auch egoistischen Trost, und das ist die Hoffnung, dass all die Entbehrungen Lluís sein Heim und seine Familie schätzen lehren. Einmal hat uns bei einem unserer Ausflüge ein Gewitter überrascht. In der Nähe gab es eine Holzfällerhütte, dort haben wir Unterschlupf gesucht und ein Feuer entzündet. Es war so gemütlich dort! Sogar Lluís hat das gesagt: »Es ist schön, dem Regen zu lauschen, wenn man ein Dach über dem Kopf hat, und wenn es nur das Dach einer Hütte ist.« Wir könnten so glücklich sein in einer Hütte, wenn wir uns liebten, so glücklich, wenn wir hörten, wie der Regen auf unser Dach tropft, und sei es noch so bescheiden! Aber ihn hielt es nie zu Hause, außer an den Nachmittagen, an denen Du da warst; man hätte meinen können, die Stühle hätten Nägel in den Sitzflächen. Immer wirkte er lustlos und unzufrieden, und das liegt daran, dass er vom Leben mehr verlangt, als es uns geben kann, das arme Leben. Er wird unglücklich bleiben, bis er merkt, dass das Beste im Leben ist, am brennenden Kamin in Gesellschaft eines geliebten Menschen eine Tasse Verbene zu trinken, während draußen in Garten der Herbstwind das welke Laub aufweht. Onkel Eusebi pflegte zu sagen: »Lluís betrachtet alles und sieht nichts«, und was mich betrifft ... Was mich betrifft, habe ich das Gefühl, dass er mich noch nie gesehen hat!

3. Juni

Dass Du gekommen bist, kaum dass Du meinen Brief erhalten hattest! Hätte ich Deine Reaktion vorhergesehen, dann hätte ich Dir nie von diesem verdammten Sack Kartoffeln erzählt! Es war jetzt schon das dritte Mal, dass Du überraschend hier aufgetaucht bist, um mir für mein Kind etwas zu essen zu bringen; und mich beunruhigt der Gedanke an all die Entbehrungen, die Du auf Dich genommen haben musst, um die vielen neuen Kisten mit Milch und die anderen Dinge zu besorgen, die Du vom Lieferwagen abgeladen hast. Und gleichzeitig sind mir der Abend und die Nachtstunden so schnell verflogen, während ich Dir zuhörte! Wenn mein Vater wüsste, dass ich wieder schwach geworden bin ... Ein paar Tage nach Deinem zweiten Besuch habe ich ihm erzählt, Du seiest für ein paar Stunden in Barcelona gewesen und hättest sie bei mir zu Hause verbracht, »von zehn Uhr abends bis vier Uhr morgens«. Er schüttelte missbilligend den Kopf und sagte mir, er fände diese nächtliche Unterhaltung allein mit einem Mann, der nicht mein »Lebensgefährte« sei, schockierend. Seiner Auffassung nach muss die freie Liebe, eben weil sie frei ist, noch sehr viel strenger auf die Reinheit der

Sitten achten, um nicht einmal den Schatten eines Verdachts auf unmoralisches Verhalten aufkommen zu lassen. Ich musste lachen: der Verdacht auf unmoralisches Verhalten – mit Dir! Manche Ideen sind so aberwitzig … Wenn er wüsste, dass dieses Mal die »nächtliche Unterhaltung allein mit einem Mann« von acht Uhr abends bis sechs Uhr morgens gedauert hat …

Die Stunden sind mir wie im Flug vergangen, als hätte die Zeit aufgehört zu existieren. Als Du sagtest: »Über dem Hafen zeigt sich schon die Morgenröte, wir haben die längsten Tage des Jahres …«, konnte ich kaum glauben, dass die Standuhr schon halb fünf zeigte. Du hattest die Worte mit dieser Eindringlichkeit gesagt, die Du manchmal an den Tag legst und die einen ein bisschen zornig macht, weil man Dir zu deutlich anmerkt, dass Du Dich über einen lustig machst. Dann sagtest Du, noch eindringlicher: »Ich hasse diese langen Tage – gebt mir die Wintersonnenwende mit ihren ewigen Nächten! Und noch besser würde mir die Polarnacht gefallen: ein ganzes Semester an der Uni verschlafen und von zahllosen Dummheiten träumen!«

Ich träume nie oder sehr selten, und ich mag keine Dummheiten; aber seltsamerweise sind diese Worte mir von allem, was Du gesagt hast, als Einziges in Erinnerung geblieben. Wir haben zehn Stunden miteinander verplaudert, und ich musste wieder an den Kokainsüchtigen denken, mit dem Du mich vor langer Zeit einmal bekannt gemacht hast. Das war, als ich Lluís noch nicht kannte und wir beide, Du und ich, auf der Straße *La barrinada* verkauften. In Wirklichkeit kaufte ja niemand die Zeitung, und wir streiften einfach ziellos durch die Gegend.

An diesem Abend nieselte es, und wir hatten unter der Markise eines großen Bekleidungsgeschäfts auf der Rambla Zuflucht gesucht, nicht weit vom Carrer de Sant Pau entfernt; die Rambla war hübsch, wie sie so im Herbstregen glänzte, und irgendwie waren wir auf Rauschmittel und Abhängige zu sprechen gekommen. Das war für mich ein völlig neues Thema, und ich war verblüfft, dass es solche Leute überhaupt auf der Welt gab. Du sagtest zu mir: »Komm mit, ich mache dich mit einem bekannt« und führtest mich zu einer Apotheke im Carrer de Sant Pau, einer sehr kleinen, schäbigen Apotheke, die man eher für den Laden eines Kräutermischers hätte halten können. Es war nur ein Angestellter dort, ein Pharmaziestudent – so sagtest Du, als Du ihn mir vorstelltest. Für einen Studenten erschien er mir ziemlich alt: Er sah mindestens wie dreißig aus, eher wie fünfunddreißig. Sein Gesicht hatte einen leblosen Ausdruck, der mir Angst machte; Du batest ihn, mir zu erklären, welche Empfindungen das Kokain in ihm hervorrief. Von allem, was er uns damals berichtet hat, erinnere ich mich nur an diese Worte: »Abends um zehn nehme ich einen Fingerhut von dem Pulver, und dann geht plötzlich schon die Sonne auf.« Ein merkwürdiges Vergnügen, die Zeit auszulöschen!

P.S.: Mamà hat gerade angerufen: Großmutter ist gestorben.

13. Juni

Als ich Dir geschrieben habe, dass meine Großmutter gestorben sei, hast Du mir von Deiner Großmutter erzählt, und Du beschreibst sie mir so, dass ich mich – ich hoffe, Du nimmst mir das nicht übel – an das »alte Burgfräulein« aus einem englischen Groschenroman erinnert fühlte, den ich mit zwölf Jahren gelesen habe, heimlich, denn bei mir zu Hause waren Groschenromane verboten. Ich weiß allerdings auch noch genau, dass Du immer gesagt hast, Du hättest weder Deine Eltern noch Deine Großeltern jemals kennengelernt. Warum umgibst Du Dich nur so gerne mit Lügen und Geheimnissen? Entweder hast Du früher gelogen oder jetzt; und wenn Du jetzt lügst, wozu hast Du dann diese Großmutter erfunden, »die an die ersten Veilchen des Jahres erinnerte, die im Verborgenen blühen«? Lass Dir gesagt sein, dass ich Veilchen nicht ausstehen kann.

Wie auch immer, ich danke Dir für die freundlichen Worte, die Du mir zum Tod meiner Großmutter schreibst. Sie war nicht so, wie Du sie Dir vorstellst; sie erinnerte nicht an verborgene Veilchen. Die Arme nässte sich ein, ohne es zu bemerken …

Es heißt, vor ihrem Schlaganfall sei sie eine sehr umtriebige Frau gewesen und hätte mich sehr geliebt (ich war drei, als sie der Schlag getroffen hat). Bevor sie meinen Großvater heiratete, den Tramfahrer, war sie Hausangestellte gewesen. Die beiden sparten sich das Geld vom Munde ab, um meinem Vater das Lehramtsstudium zu ermöglichen. Papà hat versucht, ihr einen ruhigen Lebensabend zu verschaffen, aber das hat sie gar nicht mehr mitbekommen. In den letzten siebzehn Jahren lebte sie völlig abgeschnitten von der Außenwelt. Ich hätte gerne geglaubt, dass sie einfach nur dahinvegetierte; aber ihren Augen war anzusehen, dass sie nicht völlig geistesabwesend war. Manchmal weinte sie, wenn sie sich eingenässt hatte.

Ihr Tod hat mich nicht traurig gemacht, eher im Gegenteil – warum sollte ich Dich belügen? Er hat mich berührt: das ist alles. Jetzt, wo sie nicht mehr in ihrem Winkel auf der hinteren Galerie sitzt, kommt es mir vor, als wäre die Welt ein klein wenig anders, aber nicht sehr.

Doch da bleibt immer noch das Geheimnis um diese Großmutter aus einem Groschenroman, die Du geglaubt hast, erfinden zu müssen, warum, weiß ich nicht. Sie und all die anderen »alten Damen«, die die Romane für junge Mädchen bevölkern, entstehen vielleicht aus dem unbewussten Wunsch heraus, am Ende des Lebens die Unschuld zu finden, die im Laufe des Lebens so wenig zu finden ist. Als wäre das ganze Leben etwas anderes als ein langer Kampf um die Eroberung der Unschuld, die Hoffnung, am Ende das zu finden, was wir am Anfang nicht gefunden haben. Das ist das einzig Interessante, was ich in diesen Romanen finden kann. Trotzdem bitte ich Dich, mir Deine Lügenmärchen zu ersparen, vor allem die erbaulichen.

14. Juni

Deine ewigen Lügenmärchen, Juli … kannst Du denn nicht leben, ohne Dir etwas zusammenzuspinnen? Es bringt einen ganz durcheinander und man weiß nie, wann Du die Wahrheit sagst und wann Du etwas erfindest. Einmal hast Du mich überredet, mit Dir in den Kreuzgang der Kathedrale zu kommen. Das hast Du oft getan; wir beide genossen es, dort auf und ab zu gehen und endlose Gespräche zu führen, vor allem an verregneten Nachmittagen.

An diesem einen Tag war dort niemand außer uns. Vor dem Büro der Domverwaltung stand damals ein Tisch voller Drucke. Daneben ein Schild: *Bitte bedienen Sie sich.* Es waren natürlich religiöse Drucke von der Art, wie sie in Kirchen eben verteilt werden. Jeder von uns hatte einen Packen der unverkauften Exemplare von *La barrinada* unter dem Arm; jedes Mal, wenn wir auf unserer Runde durch den Kreuz-

287

gang an dem Tisch vorbeikamen, bliebst Du stehen und betrachtetest ihn schweigend. Ich hatte keine Ahnung, was Dir durch den Kopf ging.

»Wir könnten Deinem Vater eine Freude machen«, hast Du gesagt, als wir das vierte Mal an dem Tisch vorbeikamen. »Wir könnten ihn glauben machen, dass wir heute alle Exemplare verkauft haben und zwar wegen seines großartigen Artikels. Er würde sich so sehr darüber freuen! Wer weiß, vielleicht wäre es sogar die größte Freude seines Lebens?«

Bevor ich noch etwas entgegnen konnte, hattest Du schon einen Stapel Drucke beiseitegeräumt und alle Exemplare von *La barrinada* hingelegt, die wir dabeihatten.

Ein paar Tage später, als wir an der Ecke zum Carrer del Bisbe standen, sagtest Du zu mir:

»Wollen wir reingehen und mal nachsehen, ob sie noch da sind?«

Tatsächlich: Da lagen sie. Zwischen den Novenen, dem Triduum und dem Herz-Jesu-Boten, dort vor dem Schild *Bitte bedienen Sie sich* lag der Stapel, offenbar unberührt; wahrscheinlich hatte niemand ein Exemplar weggenommen.

»Das ist besser gelaufen, als ich dachte«, sagtest Du, »niemand hat etwas bemerkt. Da könnten wir eigentlich etwas anderes ausprobieren.«

»Etwas anderes? Was?«

»Etwas anderes. Weißt du, ich habe Ideen, phantastische Ideen.«

Du warst schon dabei, ein bedrucktes Blatt (später habe ich erfahren, dass es ein befreundeter Drucker für Dich angefertigt hat) mit Reißzwecken an die Pinnwand zu heften, die dort hing und an der normalerweise die Informationen über die Gottesdienste und die Messzeiten angepinnt waren. An diesem Tag und um diese Uhrzeit lag der Kreuzgang wieder einmal verlassen da.

»Siehst du? Das wollte ich schon die ganze Zeit unbedingt tun; manchmal überkommt mich ein unbezähmbares Verlangen danach, etwas Bestimmtes zu tun, und dann muss ich es tun, auch wenn es noch so verrückt ist. Es ist stärker als ich.«

Auf dem Plakat stand in fetter Schrift auf Spanisch: GROSSE FORTSCHRITTE BEI DER HOSTIENPRODUKTION und darunter in kleineren Buchstaben: »Ein Fabrikant aus Chicago hat eine neue Technik entwickelt, mit der eine Million Hostien pro Sekunde hergestellt werden können«, und so ging das weiter, eine Dummheit dieser Art nach der anderen, ich weiß nicht mehr, was alles. Wie hätte ich Dich damals verstehen sollen? Wann warst Du unaufrichtig: im Kreuzgang der Kathedrale oder in Santa Maria del Mar? Dieser Streich, eher albern als respektlos, machte mich wütend, so wie es mich in Santa Maria wütend gemacht hatte, Tränenspuren auf Deinem Gesicht zu entdecken.

Bei mir zu Hause war man Atheist; Papà hatte uns zu einer völligen Gleichgültigkeit gegenüber jeder Religion erzogen. Sich über den Katholizismus lustig zu machen, erschien mir ebenso unsinnig, wie sich über den Buddhismus oder Spiritualismus zu mokieren, und damals hielt ich Dich für einen kompletten Spinner. Ich fragte Dich, warum Du das Plakat in Spanisch hattest drucken lassen.

»Weil es so noch lustiger ist«, war Deine Antwort.

Ich fand das ganz und gar nicht komisch. »Auf Spanisch ist es noch lustiger«, wiederholtest Du verärgert, weil ich nicht lachte. »Wenn meiner Tante die heilige Philomena erscheint, spricht sie immer Spanisch mit ihr. Immer Spanisch! Sie sagt: *Fürchte dich nicht, ich werde dich erretten* ...« Du hattest mir diese seltsame Geschichte von den Visionen Deiner Tante schon erzählt, ich kannte sie in- und auswendig, aber ich hatte keine Lust zu lachen. In den nächsten Wochen habe ich mich geweigert, mit Dir den Kreuzgang zu betreten, ich fand Deine »phantastischen Ideen« so geschmacklos ...

Und dann kam es zu dem großen Aufruhr an der Uni. Das war im Dezember 1930.

Wir, eine Gruppe von Studenten, trafen uns regelmäßig im Keller einer Metzgerei am unteren Ende der Rambla, noch unterhalb vom Arc del Teatre. Ich glaube, sie hieß *La extremeña*. Es war ein großer, dunkler Keller, in dem überall Schinken und Salami von der Decke hingen, die dem Raum das Aussehen einer Höhle voller Stalaktiten verliehen, und die Luft war erfüllt vom Duft nach Serranoschinken und dunklem Fassbier. Der Besitzer der Metzgerei war ein Relikt der Ersten Republik und bewahrte noch immer eine phrygische Mütze und einen Säbel aus jener Zeit auf. Du hattest diesen über achtzigjährigen Parteigänger Emilio Castelars aufgetrieben und ihm den Spitznamen »Diplodocus« verpasst, weil er auf uns alle wie ein Urzeittier wirkte. Und Dir machte es Spaß, ihn von den Taten und Ereignissen der »Glorreichen Revolution« erzählen zu lassen, Geschichten, die wirklich kurios waren, öfter aber traurig, weil sie so abgedroschen klangen. Den Keller der Metzgerei nannten wir »die Höhle des Diplodocus«, und wir waren glücklich über diesen Zufluchtsort, an dem wir uns treffen und konspirative Pläne spinnen konnten. Als wir einmal mit fünfundzwanzig oder dreißig Studenten beisammensaßen, kam der Mann mit seinen beiden Reliquien zu uns herunter und zog sie vor uns an; mit der phrygischen Mütze auf dem Kopf und dem Säbel in der Hand sagte er uns mit tränenfeuchten Augen: »Ich möchte nicht sterben, ohne noch einmal so auf die Straße gegangen zu sein.«

Wir waren beklommen, denn wir wünschten uns aus ganzer Seele, dass die Republik, von der wir träumten, in nichts der Republik dieses alten Mannes gliche, diesem Arme-Leute-Karneval, der die Erste Republik gewesen sein musste; aber wir fühlten uns bedrückt, und als wir den Keller verließen, hast Du mir gebeichtet:

»Manchmal denke ich, dass wir mit achtzig genauso alte Trottel sein werden; ja, genau wie der Diplodocus, der nicht von Castelar oder Lerroux reden kann, ohne dass sich seine Triefaugen mit Tränen füllen.«

»Glaubst du das wirklich?«, fragte ich.

»Wenn wir wenigstens«, sagtest du, »wenn wir dann wenigstens Besitzer einer angesehenen Metzgerei wären, wie er es ist … das wäre dann zumindest etwas. Aber vielleicht schaffen wir nicht mal das. Ich nehme an, es war Lerroux, der ihm diese Metzgerei mit öffentlichen Geldern eingerichtet hat.«

Manchmal gingst Du ganz allein zum Mittagessen dorthin. Du mochtest die Höhle, wie Du sagtest, weil sie groß und dunkel war; Deiner Tante erzähltest Du, Dein Wirtschaftsprofessor hätte Dich zum Essen zu sich nach Hause eingeladen. Während er Dir das Mittagessen brachte, erzählte der alte *Extremeño* Dir seine endlosen Erinnerungen an die Erste Republik und die Tragische Woche; offenbar hatte er damals schon in Barcelona gelebt, »und das war das letzte Mal, dass ich mit Mütze und Säbel auf der Straße unterwegs war«. Du ließest ihn ganze Tiraden aus den Reden von Lerroux oder Castelar hersagen, die er auswendig kannte, wie »Der Karren des Staates kentert in einem stürmischen

Meer« oder »Lasst uns die Schleier der Novizinnen anheben und sie in die Kategorie von Müttern erheben«. Du konntest Dich darüber halb totlachen, aber ich fand es traurig, so abgegriffen und deprimierend. Wenn wir anderen dann so gegen drei Uhr eintrudelten, fanden wir Dich des Öfteren schon dort am Tisch; Du hattest zu Mittag gegessen und warst mit dem armen Mann am Plaudern, der uns erzählte, was Du gegessen hattest, Schnecken in Vinaigrette, zwei Scheiben Schinken und Käse aus Roncal. Wir tranken zusammen Kaffee und verstrickten uns in endlose ideologische Debatten, als ob er gar nicht da wäre. Es gab Vertreter der unterschiedlichsten Tendenzen, die einander spinnefeind waren, Anarchisten, Republikaner aus der Mitte und von links, Sozialdemokraten, Separatisten, Kommunisten. Letztere wiederum gab es in den unterschiedlichsten Ausprägungen, Stalinisten, Trotzkisten, katalanische Proletarier und dann welche, die diese Zersplitterung des Marxismus in völlig verfeindete Sekten verurteilten und eine »dialektische Einheitsfront« ins Leben gerufen hatten. Immer führten sie Hegels Dialektik an, These und Antithese, und gaben vor, die Synthese zu sein. Aber die eigenwilligste Gruppierung unter den Kommunisten bildeten vielleicht dieser magere, hochaufgeschossene, blonde Bursche namens Orfila und der andere, der dicke, kleine, dunkelhaarige namens Bracons; Orfila und Bracons fühlten sich keiner der anderen Gruppen zugehörig, nicht einmal der dialektischen Einheitsfront; sie traten für ein »synkretistisches Konglomerat« aus Marxismus und Freudianismus ein, in dem ihrer Meinung nach Marx' ökonomischer Materialismus um Freuds sexuellen Materialismus ergänzt werden müsse. Einmal hast Du zu ihnen gesagt: »Wenn wir Marx und Freud zusammentun, vereinen wir zwei große Juden, und ich fürchte, der neue Weg, den ihr gefunden zu haben glaubt, wird uns alle schnurstracks in die Synagoge führen; geht nur dorthin, wenn es euch Spaß macht, ich habe keine Lust dazu. Schon die Klassiker sagten: *de cibus et veneris*, so neu und so gewagt ist euer Konglomerat.« Ein anderes Thema, das Stoff für endlose Diskussionen lieferte, war ein Guerillero, der damals im Dschungel von Nicaragua oder Guatemala operierte, ein gewisser Sandino, wenn ich mich nicht irre. Für uns damals war dieser Sandino ein Held: ein Held im Kampf des südamerikanischen Proletariats gegen den Imperialismus der Yankees.

Was wohl aus diesem Sandino geworden ist? Man hat schon lange nichts mehr von ihm gehört. Seltsam, wie diese endlosen, idiotischen Diskussionen uns damals begeistern konnten; wir verbrachten Stunden in der Höhle, in der Gewissheit, dass wir die Zukunft der Menschheit schmiedeten und das Universum unter dem Gewicht unserer Entscheidungen erbebte. Meine Güte, waren wir naiv. Vielleicht war der Metzger aus der Extremadura auf seine Weise der Vernünftigste von uns; er lauschte uns mit offenem Mund, verstand kein Wort von dem, was wir redeten, und murmelte schließlich kopfschüttelnd: »Das Beste wäre, ihr würdet alle in den *Partido Radical* eintreten.«

Aber ich habe Lluís dort kennengelernt, und so wurde in der Höhle des Diplodocus, im Keller von *La extremeña*, vielleicht nicht die Zukunft des Universums geschmiedet, wohl aber die meine. Ob zum Guten oder zum Schlechten, weiß Gott allein.

Er diskutierte schon mit den anderen Studenten – ich kam an diesem Tag zu spät zu der Versammlung und fühlte sofort, dass dieser unbekannte Bursche mir viel mehr bedeutete als Du oder irgendein anderer. Eure Unterhaltung drehte sich gerade um Pistolen, ein Thema, das in Euren Gesprächen oft zur Sprache kam; Lluís sah sich ein paar Pistolen an, die einer der Genossen mitgebracht hatte, und sagte, seiner Meinung nach taugten sie nicht viel. »Wir bräuchten eine Parabellum«, erklärte er. »Eine Parabellum?«, riefst Du aus, »Du verlangst nicht gerade wenig. Eine Parabellum!«

Die Gerüchte über mögliche Militäraufstände gegen den König kursierten immer häufiger auf der gesamten Iberischen Halbinsel und hielten uns in ständiger Anspannung. Und eines schönen Tages war es kein Gerücht mehr, sondern eine Nachricht, die in allen Zeitungen stand: Ein Hauptmann der Fremdenlegion hatte sich in Jaca erhoben.

Zwei Tage später waren die Morgenzeitungen voll davon, dass der höchste Militärrat getagt hatte und der Hauptmann sowie einer seiner Kameraden, der ihn unterstützt hatte, erschossen worden waren. Wir tagten nun dauernd in der Höhle des Diplodocus; wir mussten etwas Aufsehenerregendes tun, die Universität besetzen und dort die Republik ausrufen. Es gab hitzige Debatten darüber, welche Fahne gehisst werden sollte; jede Gruppe wollte die eigene Fahne verwenden, und ich war beeindruckt, dass jede Gruppe und jedes Grüppchen eine eigene Fahne hatte, schwarz, rot, schwarz und rot, rot und grün, was weiß ich. Ich weiß noch, dass Du irgendwann einmal mit der Faust auf den Tisch geschlagen und gesagt hast, wir sollten doch einfach die Fahne von Belutschistan nehmen.

»Weil die keiner kennt«, sagtest Du, »kann keiner daran Anstoß nehmen. Andererseits«, fuhrst Du fort, »besteht angesichts unserer Idiosynkrasie kein Zweifel daran, dass wir, wenn wir in Belutschistan wären, die katalanische Flagge hissen würden. Da wir aber nun mal in Katalonien sind, wäre das offenbar entsetzlich gewöhnlich.«

Schließlich entschieden wir uns per Mehrheitsbeschluss für die föderale Fahne, vielleicht deshalb, weil keiner von uns ausgesprochen föderalistisch war. Und dann stellte sich ein neues Problem: Wie sah die föderale Fahne aus? Der Diplodocus, soll heißen, der Besitzer von *La extremeña*, den wir zu Rate zogen, wusste es nicht; er war *in illo tempore* kein Föderalist gewesen, sondern Anhänger von Castelar und Lerroux. Dazu muss man sagen, dass damals auch nur wenige wussten, wie die Fahne der vereinigten Republik aussah; der Diplodocus selbst hatte nur eine sehr vage Erinnerung daran und versicherte uns sogar, mehr als einmal sein großes Idol Don Alejandro »mit einer nationalen Fahne am Hutband« gesehen zu haben. Schließlich war es mein Vater, der uns aus der Verlegenheit half, indem er in seinem Gedächtnis kramte, wie jene Fahne ausgesehen hatte, die mein Großvater, der zeitlebens Föderalist gewesen war, lange Zeit in einer Schublade aufbewahrt hatte, zusammen mit anderen verwelkten Erinnerungen an seine Jugend.

Ihr habt dann mich damit beauftragt, die berühmte Fahne der Föderation zu nähen, die wir auf der Universität hissen wollten.

Wir wollten eine richtig große Fahne, sodass man sie vom Platz aus gut würde erkennen können, und das bedeutete für mich einen Haufen Arbeit. Ich musste verschiedenfarbige Streifen aneinandernähen: rot, gelb und violett, und an ein Ende musste ein marineblaues Dreieck. Auf diesen blauen Grund kamen dann die weißen Sterne, die für die Länder der Föderation standen. Neue endlose Diskussionen: Wie viele Länder würden der Föderation angehören und wie viele Sterne würden es mithin sein? Das wusste mein Vater nicht; er konnte sich nicht erinnern, dass sein Vater sich jemals genauer über diesen Aspekt des Föderalismus geäußert hätte, woraus sich schließen lässt, dass die Föderalisten diese Frage damals für zweitrangig erachteten. Wer der Föderation angehören würde, war egal gewesen, das Entscheidende war, die Föderation zu gründen, auch wenn sie wahrscheinlich gar nicht genau gewusst hatten, was das bedeutete. Wieder fragten wir den Diplodocus. Der Besitzer von *La extremeña* zuckte die Achseln; noch nie in seinem Leben, so erklärte er uns, hatte er von den föderalen Staaten reden hören, und er verstand kaum, worum es ging, als wir es ihm zu erklären versuchten.

Wie viele Sterne sollten wir also aufnähen: Vier? Sieben? Fünfzehn? »Besser zu viel als zu wenig«, meintest du. »Was soll's, nähen wir einfach gut zwei Dutzend drauf, dann ist jeder zufrieden.«

Auch die Sterne mussten ziemlich groß sein, damit die Passanten sie von den Gehwegen des Carrer Pelayo und der Ronda Sant Antoni aus erkennen konnten, und du kamst mit Lluís zu uns nach Hause, um mir zu helfen. Wir schnitten sie aus Büttenpapier aus, so groß, dass wir für jeden ein ganzes Blatt brauchten, und dann klebten wir sie mit dickem Mehlkleister fest. Wir breiteten die Fahne aus, damit der Kleister gut trocknete, und sie bedeckte den gesamten Esszimmerboden und noch mal die gleiche Fläche im Flur.

An dem Morgen, an dem unser großes Spektakel stattfinden sollte, wickeltest Du Dir sie um den Bauch und zogst den Mantel darüber. Wie dick Du warst! Um keine Aufmerksamkeit zu erregen, gingen wir geschlossen zur Universität. Dich hatten wir zur Tarnung in die Mitte genommen, und alle trieben ihre Scherze mit Dir. Vor der Universität trafen wir auf unsere Genossen, die schon angefangen hatten, aus den Pflastersteinen des Platzes eine Barrikade zu errichten. Die Passanten beachteten uns gar nicht, da es zu dieser Jahreszeit üblich war, dass die Studenten Barrikaden errichteten, um längere Weihnachtsferien zu fordern. Damals gab es nur zwei, drei Paar Wachleute, »Sicherheitspersonal« genannt, und die waren alle schon alt und nur mit Säbeln bewaffnet; sie beschränkten sich darauf, von Weitem zuzusehen, wie die Studenten ihre Barrikade aus Pflastersteinen errichteten. Wenn ich jetzt an diese Wachleute der Monarchie mit ihren altmodischen Säbeln und ihren grau melierten Schnauzbärten zurückdenke, vor allem daran, dass sie wie die Väter einer Großfamilie gewirkt haben, wenn ich an ihre blauen Uniformen und ihre Helme denke, die denen der Feuerwehrleute so ähnlich sahen, an diese gutmütigen, braven Pantoffelhelden, und mir vorstelle, was wir seitdem an Schrecklichem haben sehen müssen …

Als wir zwischen den Gruppen hindurchgingen, die die Barrikaden errichteten, applaudierten uns diejenigen, die in unsere Pläne eingeweiht waren, und riefen im Vorübergehen: Es lebe die Republik! Bei diesem Ruf blieb ein vornehmer Herr, der gerade zufällig vorbeiging, stehen, trat näher und fragte uns:

»Ruft ihr etwa die Republik aus, Jungens? Ich dachte, ihr würdet mehr Ferien fordern, wie jedes Jahr um diese Zeit.«

»Jawohl, mein Herr«, antwortete ihm einer, »wir rufen die Republik aus, aber es wird eine Republik der Ordnung.«

»Das sieht man ja«, erwiderte der Herr spöttisch. »Die Studenten und die Fremdenlegion – das wird die vernünftigste Republik, die man je gesehen hat.«

Wir ließen uns nicht aufhalten, durchquerten das Vestibül, vorbei an den riesigen Gipsstatuen von Ramon Llull und irgendeinem anderen Denker, und dann den Innenhof der Juristischen Fakultät, Dich stets in unserer Mitte. Wir stiegen die Treppen hinauf und betraten die Bibliothek, wo wir uns mit einigen der unseren treffen wollten, die so tun sollten, als würden sie in den dicken Nachschlagewerken lesen. Tatsächlich sollten sie in den Augenblicken, in denen der Bibliothekar nicht aufpasste (und das war fast immer der Fall), versuchen herauszufinden, welche der verborgenen Türen in der Bibliothek uns zu der Wendeltreppe brachte, die aufs Dach führt, wo der Fahnenmast steht. Keiner von uns war jemals aufs Dach hinaufgestiegen; das Einzige, was wir wussten – oder zu wissen glaubten – war, dass man über eine der schmalen Türen, die unauffällig zwischen den Regalen der Unibibliothek in die Wände eingelassen waren, dorthin gelangte.

Die Universitätsbibliothek … Wie selten waren wir in jener Zeit dort! Wenn ich jetzt an sie zurückdenke, fällt mir vor allem der Geruch nach Schimmel ein, nach vertrocknetem, holzwurmzerfressenem Papier und abgestandener Luft. Wir gingen höchstens einmal hin, um einen Begriff in der *Enciclopèdia Espasa* nachzuschlagen, einem der wenigen Bücher, die man einfach so konsultieren konnte. Brauchte man ein anderes Buch als die Enzyklopädie oder die Universalgeschichte von Cèsar Cantú, musste man sich im Büro des Bibliothekars melden, der einen mit erstaunter und eher unfreundlicher Miene empfing. Wir nannten ihn »den Alten«, denn das war er; stundenlang saß er in diesem winzigen, heruntergekommenen Büro, das eher einer Höhle glich, und las schlüpfrige Werke aus dem achtzehnten Jahrhundert. Es passte ihm ganz und gar nicht, wenn man ihn bei seinen tiefschürfenden Erforschungen der erotischen Literatur des *siècle des lumières* unterbrach; der Mann las unablässig Mirabeau, den Marquis de Sade, Diderot, Choderlos de Laclos und andere Väter der Französischen Revolution und füllte ganze Berge von Karteikarten aus, die er dann in Pappschachteln, ehemaligen Schuhkartons, verstaute. Mit wahrer Engelsgeduld bereitete er Gott weiß was für einen monumentalen Schinken zu diesem Thema vor, das ebenso frivol wie abgedroschen war. Abgesehen von diesem Thema interessierte ihn nichts; meistens war es vergebene Liebesmüh, ihn nach einem Buch zu fragen, weil er es sowieso nicht gefunden hätte: Die Bibliothek war nur zu einem kleinen Teil katalogisiert.

Ich habe gehört, dass sie hauptsächlich aus Büchern bestand, die bei der Auflösung der Klöster 1835 zusammengetragen worden waren; Bücher, die man damals vor den Flammen bewahrt hatte und die ein paar wohlmeinende Bürger, während die Klöster brannten, auf der Straße aufsammelten, um sie anschließend zur Universität zu bringen. Deshalb gibt es dort so viele Theologiebücher und Heiligenbiographien, zahllose von Mönchen im siebzehnten und achtzehnten Jahrhundert verfasste Bände, die kein Mensch mehr liest, weil sie keinen interessieren. Zehntausende toter, mumifizierter Bücher, die endlose Regale füllen und zwischen Holzwürmern und der Gleichgültigkeit des erotomanischen Bibliothekars langsam zu Staub zerfallen.

Es gab dort so viele Bücher von Mönchen und Nonnen aus dem siebzehnten und achtzehnten Jahrhundert – anscheinend wurden sie gesammelt, als damals die Klöster von Mendizábal aufgelöst wurden –, dass sie an der Uni nicht wussten, wohin damit, und sie teilweise in die höhere Schule auslagerten. Dort liegen sie in einem großen, von einem Oberlicht bedeckten Innenhof, einem drei Stockwerke hohen Schacht, dessen Wände vollständig mit in Pergament gebundenen Büchern bedeckt sind, die einen durchdringenden Geruch nach feuchtem Wald, Pilzen und Moder verströmen. Ich träume fast nie, aber einmal – es ist schon Jahre her – träumte ich, dass ich in einen nicht enden wollenden »Bücherschacht« stürzte und fiel und fiel … Da Ihr beide, Lluís und Du, bei den Jesuiten wart, seid Ihr nie dort gewesen; aber Du musst Dir vorstellen, dass wir, die Schüler dieser öffentlichen Schule, im Erdgeschoss des Lichtschachts, dort, wo der Staub und die abgestandene Luft am dichtesten waren, unseren Sportunterricht hatten; wir machten dort Atemübungen. Und als wäre das Ganze nicht schon düster genug, stand gleich links, wenn man hereinkam, ein echtes Skelett. Die Knochen waren mit Draht zusammengebunden, sodass es aufrecht stand, denn wir machten hier nicht nur Gymnastik und Atemübungen, sondern hatten auch Anatomiestunden.

Was erzähle ich Dir da eigentlich? Wieso habe ich mich in diese Erinnerungen an die Universitätsbibliothek und den Sportunterricht an der Schule verloren? Immer häufiger passiert es mir, dass mir alte Geschichten in den Sinn kommen und meine Gedanken von einer Erinnerung zur nächsten wandern, ziellos umhertreiben; dann sitze ich völlig antriebslos in meinem Sessel, starre ins Leere, kann mich auf nichts konzentrieren, und es ist, als würde ein Reigen von Erinnerungen vor meinen Augen tanzen – armselige Erinnerungen ohne Bedeutung und Konsistenz, Erinnerungen an tote und vergangene Dinge, die nur für mich selbst einen Sinn ergeben, und vielleicht nicht einmal das!

Ich war dabei, Dir von dem Tag zu erzählen, an dem wir die Fahne hissen wollten und in der Bibliothek schon auf der Suche nach der versteckten Tür waren, die zur Wendeltreppe führte. Doch die Kommilitonen, die sie finden sollten, hatten sich geirrt; die Tür, die sie uns zeigten, war die falsche. Als wir den Irrtum bemerkten, war es schon zu spät umzukehren, wir befanden uns bereits auf dem Dach. Durch die Tür waren wir zwar zu einer endlosen Wendeltreppe gelangt, doch die führte uns nicht zum Fahnenmast, sondern zu einem anderen Teil des gewaltigen Dachs. Von dort, wo wir herausgekommen waren, sahen wir den Mast in einiger Entfernung auf dem Dachfirst wie auf dem Gipfel eines Berges, den wir auf allen vieren erklimmen mussten.

Lluís kroch voran, dann kam ich und als letzter Du. So krabbelten wir hintereinander her, und die Schindeln schepperten unter unseren Händen und Knien. Ich hatte unbedingt mit Euch kommen wollen; dieses Abenteuer erschien mir zu glorreich und aufregend, um es zu verpassen. Ihr hattet mich nicht mitnehmen wollen; Lluís hatte mir in der Bibliothek im Flüsterton eine fürchterliche Szene gemacht. Aber ich war Euch hartnäckig gefolgt, auch wenn Ihr noch so sehr dagegen wart; und jetzt auf dem Dach war nicht der richtige Zeitpunkt zum Streiten. Lluís sagte, ich solle mich an seinem Fuß festhalten, Du schobst mich mit Deiner freien Hand von hinten, und so kraxelten wir das Dach hinauf.

»Von einem in großer Höhe fliegenden Flugzeug«, sagtest Du, »könnte man uns, wenn Januar wäre, glatt für zwei Kater und eine Katze halten.«

Das Dach nahm kein Ende, und plötzlich ertönten unten auf dem Platz Pistolenschüsse. Später erfuhren wir, dass es unsere Kommilitonen waren, die mit den einzigen beiden Pistolen schossen, die sie hatten – es waren die, die Lluís im Keller gemustert und für nicht besonders gut befunden hatte. Die Wachleute reagierten nicht – sie waren ja nur mit Säbeln bewaffnet –, wurden aber, wie wir anschließend erfuhren, durch die Guardia Civil ersetzt, als die Studenten nicht aufhörten zu schießen. Das alles geschah, während wir auf allen vieren über die scheppernden Schindeln krochen, und wir wussten nicht, was vor sich ging; die Schüsse überraschten uns, denn wir hatten nichts davon gesagt, dass geschossen werden sollte. Als Lluís die Schüsse hörte, drehte er sich zu mir um und sagte mir noch einmal, ich solle verschwinden, ich hätte hier nichts zu suchen. Er war furchtbar wütend, aber ich wollte nicht umkehren. Ich wollte Euch folgen und das Gleiche machen wie Ihr! Ich war aufgeregt und fand das alles phantastisch, und die Pistolenschüsse machten es noch spannender. Lluís wurde immer verzweifelter; in dieser gefährlichen Haltung, auf allen vieren, den einen Fuß ausgestreckt, sodass ich mich daran festhalten konnte, und den Kopf mir zugewandt, begann er mich zu beschimpfen, nannte mich eine Rotzgöre und einen Klotz am Bein, und dann benutzte er noch derbere Ausdrücke, und während wir stritten, hattest Du uns überholt, die Fahne auseinandergerollt und warst auf die kleine eiserne Plattform am Fuß des hohen Fahnenmasts geklettert. Nun warst Du mit der Schnur am Kämpfen, bekamst sie nicht in den Griff. Du bist immer schon tollpatschig gewesen, armer Juli, Du hast so wenig Geschick mit den Händen, und jetzt hattest Du Dich mit der doppelläufigen Schnur am Fahnenmast vollständig verheddert. Endlich kam Lluís zu Dir und sah, dass sich die Schnur gleich hinter der Rolle verknotet hatte, er musste sich am Geländer der Plattform hochziehen und an den Mast lehnen, um sie zu lösen, und Du richtetest Dich ebenfalls auf, um ihm zu helfen. Du hattest die Fahne auf dem Dach abgelegt, und ich setzte mich darauf, damit ein Windstoß sie nicht davontrug.

Als ich so auf der Fahne saß, reckte ich den Kopf, um über die steinerne Brüstung zu spähen. Ihr wart so sehr in Euren Kampf mit Rolle und Schnur vertieft, dass Ihr mir keine Beachtung schenktet. Ich streckte den Kopf ins Leere – wie seltsam der Platz aus dieser Höhe aussah: Seine Mitte lag verlassen da, es fuhren weder Autos noch Trambahnen; auf unserer Seite lag die Barrikade aus Pflastersteinen, die unsere Kommilitonen errichtet hatten, und auf der gegenüberliegenden Seite, auf der Ronda Sant Antoni, stand die Guardia Civil.

Es bestand kein Zweifel daran, dass es die Guardia war, ich konnte ihre mit Lackfolie überzogenen Dreispitze deutlich erkennen. »Verschwinde!«, schrie Lluís mich an, »gib uns die Fahne und hau ab!« Aber ich beobachtete weiterhin fasziniert den Trupp der Guardia. Die Unseren schossen von Zeit zu Zeit mit den beiden Pistolen hinter der Barrikade hervor; die Polizisten standen auf dem Bürgersteig der Ronda, regten sich nicht und reagierten in keiner Weise. Ein Offizier hatte Euch bemerkt: Er beobachtete Euch durch seinen Feldstecher und gab dem Offizier neben ihm mit seiner freien Hand Zeichen, um ihm zu erklären, was Ihr tatet. Endlich hattet Ihr die Schnur in die Fahne eingefädelt und konntet sie hissen; der Wind blies sie auf wie ein Segel, und sie sah prächtig aus mit all den Papiersternen. Ihr lehntet noch am Metallgitter der Plattform und hieltet Euch jeder an einer Seite des Masts fest; für die Guardia mit ihren Terzerolen wäre es ein Kinderspiel gewesen, Euch beide herunterzuschießen, aber sie standen nur stockstarr da, die Gewehrkolben auf den Boden gestützt, die Hände über die Mündungen der Waffen gefaltet, während der Offizier Euch durch seinen Feldstecher beobachtete und dem anderen Zeichen machte.

Wir kehrten auf dem gleichen Weg zurück, auf dem wir gekommen waren, jetzt rückwärts, immer auf allen vieren über die Schindeln, die beim Abstieg lauter schepperten denn je. Als wir wieder die Bibliothek durchquerten – der unsichtbare Bibliothekar saß wohl in seiner Höhle und las den Marquis de Sade –, trafen wir einige Kommilitonen, die uns schon ungeduldig erwarteten.

»Ist alles gut gelaufen?«

»Die Fahne flattert schon im Wind«, sagtest Du. »Eine großartige Fahne! Jedermann wird denken, es sei die Flagge von Nordamerika.«

»Wir haben ein Fass Petroleum«, sagten sie, »aber wir wissen nicht, was wir damit machen sollen. Wir sollten irgendetwas anzünden.«

»Warum nicht hier?«, sagtest Du. »Wenn wir schon mal in der Bibliothek sind. Welchen besseren Ort könnten wir finden? Das wird brennen wie Zunder.«

Du warst schon mit dem Fass unterwegs zu dem Regal mit der *Enciclopèdia Espasa*, als Lluís, völlig außer sich, anfing, Dich anzuschreien; er nannte Dich einen Barbaren und unverantwortlich und Schlimmeres noch, riss Dir das Fass aus den Händen und versetzte Dir einen Stoß. Du sagtest schulterzuckend:

»Glaubst du, es wäre ein großer Verlust gewesen, wenn all das hier«, und Du zeigtest auf die Enzyklopädie und Cèsar Cantús Geschichtswerk, »in Flammen aufgegangen wäre?«

»Gehen wir doch ins Rektorat«, schlug einer der Studenten vor.

»In die Aula«, sagte ein anderer, »da hängt ein großes Ölbild vom König in der Kutte des Calatrava-Ordens.«

»Wir könnten auf dem Platz einen Scheiterhaufen entzünden, direkt vor der Nase der Guardia Civil«, sagte Lluís. »Da werfen wir dann den König hinein und den ganzen anderen Kram, den wir in der Aula und im Rektorat finden.«

Auf der großen Treppe, die zur Aula hinaufführt, drängte sich schon eine große Gruppe Studenten. Sie hatten irgendwo einen dicken Balken aufgetrieben und benutzten ihn als Rammbock, um die Türen aufzubrechen. Zehn bis zwölf Studenten hielten ihn gepackt, und intonierten jedes Mal, wenn sie Schwung holten, im Gleichtakt:

»Eins, zwei ... und drei!«

Die starke, doppelflügelige Tür knirschte und knarrte, und bei jedem Stoß gaben die Türblätter und Riegel ein wenig mehr nach. Plötzlich, als niemand damit rechnete, brach einer der Flügel ein, und der Schwung ließ alle übereinanderpurzeln. Die Aula war unser! Am hinteren Ende lächelte uns Alfons XIII. von seinem Podest leicht spöttisch an, in seine untadelige, weiße Ordenstracht gehüllt.

»Machen wir ihm den Prozess!«, rief jemand.

Die Aula füllte sich im Nu, es war, als würde sie überflutet. Eilig wurde eine Tribüne für den Prozess errichtet, die Magistrate hüllten sich in Roben und Doktorhüte, die jemand aus einem Schrank im Sekretariat geholt hatte.

»Soleràs soll den Ankläger machen!«, rief eine Stimme.

Also bautest Du Dich zur Rechten dieses grotesken Tribunals auf und zogst Dir eine schwarze Robe über den Kopf, die Dir zu kurz war, während andere riefen:

»Ruhe, Soleràs stellt den König unter Anklage!«

»Lasst uns hören, was der Staatsanwalt zu sagen hat, Genossen!«

Die Robe war Dir zu klein und ließ Dich seltsamerweise noch größer und dürrer und ausgemergelter denn je erscheinen; es war sinnlos, um Ruhe zu bitten. Du trugst die Anklage vor, aber Deine Stimme ging im allgemeinen Tumult unter. Nur wir, die wir dicht neben Dir standen, konnten Dich hören:

»Wir klagen Dich an, König zu sein, Bourbon zu heißen und eine Unglückszahl in Deinem Namen zu tragen«, leiertest Du völlig gleichgültig herunter, während Dein Finger auf das Ölgemälde wies. »Wir klagen Dich an, dass Du Dich, so wie andere Jaume Puig oder Anton Rafeques heißen, Alfons der Dreizehnte nennst, was vollkommen lächerlich ist; manche nennen dich Senyor Dreizehn und finden das ungeheuer komisch, sie finden sich selbst so lustig, dass sie sich vor lauter Lachen fast in die Hose machen. Wir klagen dich an, Senyor Dreizehn …«

Diejenigen unter uns, die Deine Worte verstanden, sahen einander verwundert an – worauf zum Teufel wolltest Du hinaus? Du bliebst völlig ungerührt und schwenktest unablässig Deinen anklagenden Zeigefinger in Richtung des in Öl gemalten Königs:

»Wir klagen Dich an, weil Du lange Beine und einen kurzen Oberkörper hast, was Dir im Volksmund den Spottnamen Senyor Ambròs und den nicht weniger beliebten Namen Langbein eingetragen hat; wie klagen Dich an, Ambròs Langbein, dass Du den netten Kerlen von der Fremdenlegion nicht gestattest, sich freudig gegen Dich zu erheben, wann immer ihnen der Sinn danach steht, und jederzeit zu ihrem eigenen Vergnügen einen Putsch zu veranstalten …«

Inzwischen waren die Blicke der wenigen, die Dich verstanden, nicht länger verwundert, sondern völlig ratlos, und Du fuhrst fort, ohne uns anzusehen:

»Wir klagen Dich an, weil Du Dich in dieser Ordenstracht hast abbilden lassen, die aussieht wie ein Bettlaken; wir klagen Dich an, weil die heilige Erzherzogin von Österreich, Deine Mutter, nie auch nur den geringsten Anlass zu Gerede gegeben hat und eine tugendhafte Königin eine riesige Enttäuschung ist und aufs Gröbste die berechtigten Hoffnungen der ehrlichen, fleißigen Bevölkerung auf ein bisschen Tratsch zunichtemacht … Vor allem aber klagen wir Dich an, Senyor Alfons der Dreizehnte, wir klagen Dich vor allem des unverzeihlichsten aller Verbrechen an, des Verbrechens, das die Universität in den Zeiten, die nun kommen, nicht verzeiht: nämlich dass Du es weder mit Hegel noch mit Nietzsche hältst, nicht mit dem Proletariat und nicht mit dem Übermenschen! Das kann nicht geduldet werden! Du bist nie weiter gekommen als bis zu Kraus, und dafür müssen wir noch dankbar sein; wer weiß, vielleicht bist Du im Grunde nicht einmal Krausianer gewesen. Dafür gehörst du verbrannt!«

Die Menge, die Dein konfuses Gemurmel hörte, aber Deine Worte nicht verstand, unterbrach Dich immer wieder, um Dir zu applaudieren, und während der Beifallsstürme legtest Du eine Pause ein, die Augen bescheiden niedergeschlagen, wie es die großen Redner tun. Die Einzigen, die nicht applaudierten, waren wir, die verstanden, was Du sagtest.

Als Du ans Ende Deiner Anklage gekommen warst, ließ der losbrechende Beifall die Mauern erzittern; schon schleppten Einige eine Leiter herbei, um das Gemälde von der Wand zu nehmen. Abgehängt wirkte es riesig, und der ganze Trupp machte sich auf in die Büros des Rektorats. Dort gab es große Fenster, die auf den Platz hinausgingen, und durch die wollten wir das Gemälde hinauswerfen, nachdem wir es mit Petroleum übergossen und angezündet hatten. Es fiel auf die Barrikade, und durch den Sturz zerbrach der Rahmen, und die Flammen breiteten sich aus; von oben gossen wir Petroleum aus dem Fass nach, während andere Studenten weitere Bilder aus dem Fenster warfen, Porträts von verstorbenen Rektoren oder weiß Gott was für alten Spießern in ordengeschmückten Roben, dazu Bürounterlagen, die wir aus den Schränken zerrten, und alles, was dazu dienen konnte, das Feuer schön groß und weithin sichtbar zu machen.

Die Fenster standen sperrangelweit offen, und nachdem wir alles hinausgeworfen hatten, was uns als leichte Beute und leicht entflammbar erschien, bauten wir hinter der Balustrade eine Barrikade aus Tischen und Stühlen. Von dort sahen wir die Guardia Civil, die immer noch am entgegengesetzten Ende des Platzes auf dem Bürgersteig der Ronda Sant Antoni stand, reglos, die Hände über die Mündungen ihrer Terzerole gefaltet. Nur die beiden Offiziere bewegten sich; sie gingen in aller Seelenruhe auf dem Bürgersteig auf und ab, die Reihen von Polizisten entlang, die stramm wie Statuen standen.

»Zu schade, dass meine Pistole Ladehemmung hat«, sagte einer, der zuvor von der Barrikade aus geschossen hatte.

»Mir ist die Munition ausgegangen«, sagte ein anderer.

»Von hier könnten wir ihnen so richtig eine verpassen …«

Während die verhinderten Schützen sich voller Wehmut darüber ausließen, was für ein göttliches Vergnügen ihnen entging, kam ein aufgeregter Bursche von der Straße hereingestürzt.

»Ich habe eine Parabellum!«

Bei diesem Wort, »Parabellum«, breitete sich ehrfürchtiges Schweigen aus; alle machten ihm respektvoll Platz. »Er hat eine Parabellum«, sagte einer zum anderen und bedachte den Neuankömmling mit bewundernden Blicken. »Eine Parabellum … eine Parabellum …«, machte die Nachricht in der Menge die Runde. Alle reckten die Hälse, alle wollten den wundersamen Studenten sehen, der eine Parabellum in den Händen hielt.

In diesem Augenblick tatest Du etwas ganz besonders Merkwürdiges; eine Deiner seltsamen Aktionen, die die anderen verunsichern und die man nicht versteht oder deren volle Bedeutung sich erst viel später erschließt. Ich habe bis heute nicht verstanden, was Du an diesem Tag getan hast.

Du stürztest Dich auf den Kerl mit der Parabellum und entwandest ihm die Waffe.

»Eine Parabellum! Gebt sie mir! Ich bin ein erstklassiger Schütze!«

»Ein erstklassiger Schütze? Davon haben wir ja noch nie gehört!«

Aber Du hattest die Pistole schon an Dich genommen, Du hattest sie schon in den Händen und knietest am Fenster, hinter der Barrikade aus Tischen und Stühlen, um auf die Polizisten der Guardia Civil zu schießen. Die Pistole – ich habe sie noch genau vor Augen – war funkelnagelneu, glänzend schwarz, sehr groß und mit einem langen, auf Hochglanz polierten Lauf, und Du hörtest nicht auf zu schießen. Immer wenn Du ein Magazin leergeschossen hattest, reichte Dir der Kerl, der sie mitgebracht hatte und nun neben Dir kniete, ein neues nach. Um Dich herum regnete es leere Patronenhülsen, die über den Boden hüpften. Die anderen sahen Euch atemlos zu, voller Bewunderung und einige möglicherweise von einem Mordsneid erfüllt.

Unterdessen hatte ein Polizist, auf Befehl des Offiziers mit dem Feldstecher, sein Terzerol ans Gesicht gehoben; die anderen hielten weiterhin ihre Hände über die Mündungen der Waffen gefaltet. Ich sah alles ganz genau, weil ich den Kopf über die Fensterbalustrade gehoben hatte: Es war ein einzelner Guardia Civil, der Deine Schüsse aus der Parabellum mit seinem Terzerol erwiderte, stets den Offizier an seiner Seite, der ihn anzuleiten und zu kontrollieren schien. Zwischen seinen einzelnen Schüssen lagen lange Abstände, und alle seine Kugel schlugen in die Saaldecke ein; nicht ganz hinten, wie es hätte der Fall sein müssen, hätte er auf unsere Balustrade gezielt, sondern in der Nähe der Fenster, als ziele er auf deren oberen Teil. Immer wenn eine Kugel in die Stuckdecke einschlug, erzeugte sie ein eher schwaches Geräusch; und Du hörtest nicht auf zu schießen.

Plötzlich dachte ich: »Juli kann die Polizisten auf diese Entfernung ja gar nicht erkennen, er ist viel zu kurzsichtig!«

Bei unseren Spaziergängen durch die Gassen der Altstadt hatte ich mehr als einmal Gelegenheit gehabt, mich von Deiner Kurzsichtigkeit zu überzeugen; ich wusste, dass Du auf dreißig Schritt Entfernung einen

Mann nicht von einem Baum unterscheiden kannst und auf vierzig oder fünfzig Schritt nichts oder so gut wie nichts mehr siehst. Ich hatte das ganz genau gemerkt, auch wenn Du Dir noch so viel Mühe gabst, uns glauben zu machen, dass mit Deinen Augen alles in Ordnung sei. Bei der geringsten Anspielung auf Deine Kurzsichtigkeit, bei jedem noch so diskreten Vorschlag, vielleicht mal einen Augenarzt aufzusuchen und Dir eine Brille machen zu lassen, gingst Du an die Decke. Einmal, als Lluís nicht lockerlassen wollte, hast Du ihn wütend angeschrien: »Ich sehe besser als du! Verpiss dich!« Und nun kam mir plötzlich in den Sinn, dass Du von diesem Fenster aus die Häuser an der Ronda Sant Antoni höchstens als verschwommene Schatten wahrnehmen konntest. Warum also hattest Du die Parabellum an Dich genommen? Wie konntest Du auf die Polizisten schießen, wenn Du sie auf diese Entfernung gar nicht sehen konntest?

Tage später trafen wir uns zu einer Versammlung im Carrer de l'Hospital. Du warst der Held des Tages, der Student, der so lange mit der Parabellum geschossen hatte, bis ihm die Munition ausgegangen war. Sogar die alten, kampferprobten Anarchisten, Veteranen der Kämpfe zwischen der Einheitsgewerkschaft und der freien Gewerkschaft, zollten Dir Respekt.

Alles wartete darauf, Dich zu sehen, Dich zu hören. Die Leute drängten sich im Esszimmer, im Flur, im Eingang, in den Schlafzimmern, in unserem kleinen Wohnzimmer und in der Küche.

Als Du anfingst zu reden, senkte sich Stille herab, so dicht, wie ich es nur selten erlebt habe; man konnte die Stille förmlich hören. Du begannst in einem bescheidenen Tonfall, der die Leute noch mehr für Dich einnahm: »Alles, was wir tun, alles, was wir tun können, wir, die wir in Kierkegaards Fußstapfen treten, ohne es zu wissen ...« Ich glaube nicht, dass einer der Anwesenden je von Kierkegaard gehört hatte, aber das war egal: Sie lauschten Dir mit offenen Mündern. Du fuhrst fort: »Alles, was wir tun können, ist nichts im Vergleich zu dem, was die Hegelianer bereits tun, und vor allem nichts zu dem, was die Nietzscheaner demnächst tun werden.« Keiner verstand auch nur ein Wort von Deinem sinnlosen Kauderwelsch, und sie begannen, einander verwundert anzusehen; aus der Stille war ein verblüfftes Schweigen geworden.

»Kurz gesagt, Genossen oder Kameraden oder wie zum Teufel man auch immer euch nennen muss, all das, was wir jetzt tun, all dieses heldenhafte Tamtam, diese glorreiche Aufregung, dieses historische Tohuwabohu hätten wir im Jahr 1923 gar nicht veranstalten können. Ich könnte mich dafür entschuldigen, es damals nicht getan zu haben, soll heißen, vor sieben Jahren, und zwar mit der Ausrede, dass ich damals erst elf war, also in einem überaus zarten Alter. Aber das ist egal: Jetzt war der Zeitpunkt, es zu tun. Dass wir es jetzt getan haben, ist – auch wenn dieses Eingeständnis bitter ist und an der Eigenliebe kratzt – ein bisschen … feige, als wären wir aufgescheuchte Hühner. Nein, Kameraden oder Genossen: Mir tut es nicht leid, mich als allerbescheidenstes Huhn aus dem Gehege Kierkegaards zu betrachten; wer von euch glaubt, ein hegelianischer oder nietzscheanischer Adler zu sein, der werfe das erste Ei. Auch wenn unser Flug nicht mehr war als das Geflatter eines aufgescheuchten Huhns, sollten wir dem König zur Seite stehen, jetzt, da er versucht, wieder eine zivile Verfassung einzuführen, und nicht einen Hauptmann der Fremdenlegion unterstützen, der glaubt, das Recht zu haben, nach Lust und Laune die Republik auszurufen. Denkt daran, Genossen oder Kameraden: Bajonette sind launisch. Wenn wir ihnen heute erlauben, eine Sache auszurufen, dürfen wir uns nicht beschweren, wenn sie morgen eine andere ausrufen.«

Endlich hatten sie Dich verstanden. Sie verstanden, dass Du den Militärputsch in Jaca verurteiltest, und ihre Verblüffung schlug um in Wut; es kam zum Aufruhr. Du rudertest mit den Armen und schriest wie ein Ertrinkender inmitten der Wogen der Empörung: »Ich bin in Russland und in Deutschland gewesen! Ich weiß Bescheid! Ich weiß, wie sie dort die Hegelianer und die Nietzscheaner verheizen!« Doch Deine Stimme ging im Zorngebrüll unter; es brüllten die im Esszimmer, die im Flur, die in der Küche und die in den Schlafzimmern; die Wohnung schien einstürzen zu wollen unter dem Geschrei, dem Fußgetrampel, den Pfiffen und Beleidigungen. Ich konnte Dich nur deshalb hören und verstehen, weil ich zwischen Dir und meinem Vater stand.

Mein Vater war es dann auch, der mich am meisten überraschte. Er stand auf, völlig ungerührt; dazu muss man sagen, dass er seit Jahren darin geübt ist, inmitten einer feindlichen, schimpfenden Menschenmenge zu reden. Unzählige Male hat er schon einer wütenden Meute das genaue Gegenteil von dem verkündet, was sie von ihm hören wollten! Mit einer weit ausholenden Armbewegung befahl er dem Sturm, sich zu legen, und der Sturm gehorchte ihm. »Der alte Milmany will etwas sagen«, sagten sie untereinander, in Esszimmer und Flur, in Küche und Schlafzimmern. Als es still geworden war, begann Papà in ruhigem, bedächtigem Tonfall zu reden, als würde er jedes Wort abwägen, bevor er es in dieses Meer fallen ließ, dessen Wogen jederzeit wieder hochzuschlagen drohten.

»Es stünde uns nicht gut an, Genossen (und nebenbei bitte ich hiermit den Genossen Soleràs, uns niemals Kameraden zu nennen, denn das ist ein Begriff, den wir ablehnen, weil er nach Militär schmeckt), es stünde uns, die wir uns als libertär betrachten, nicht gut an, wenn wir jemanden unterbrächen, der gerade seine Ideen darlegt. Alle Ideen, ganz gleich, welche, haben ein Anrecht darauf, ungehindert dargelegt zu werden; mit welchem Recht können wir verlangen, dass unsere Freiheit respektiert wird, wenn wir die Freiheit der anderen nicht respektieren? Ich bin eurer Meinung, Genossen, das wisst ihr ganz genau; ich stimme euch zu, dass einiges von dem, was Genosse Soleràs hier soeben unter Ausnutzung seiner Redefreiheit gesagt hat, ein wenig … überraschend ist; vor allem, dass er es hier gesagt hat, in der Redaktion von *La barrinada*, diesem Bollwerk des syndikalistischen, kooperativen Anarchismus. Ich kenne den Genossen Soleràs und weiß, dass er andere gerne mit verrückten, paradoxen Aussagen überrascht; aber in Anbetracht dessen und trotz aller Vorbehalte gegenüber dem, was an seiner Aussage übertrieben oder schockierend sein mag, gestehe ich euch ganz offen – und Freunde und Genossen sind einander Offenheit schuldig –, dass ich ihm in einer Hinsicht mehr zustimme, als ihr euch vielleicht vorstellen könnt. Ich glaube nicht an das Recht der Gewalt, ich habe nie an die Herrschaft der Pistolen und weniger noch an die der Bajonette geglaubt; hierin stimme ich dem Genossen Soleràs zu. Wenn man die Wahl hat zwischen einer zivilen Monarchie und einer militärischen Republik …«

»Ach, bist du jetzt etwa auch Monarchist? Das hat uns gerade noch gefehlt!«, unterbrach ihn Cosme, sein langjähriger guter Freund, der mit uns zusammen im Vorstand saß. Seine Worte wirkten wie ein Signal: Wieder ließ Gebrüll die ganze Wohnung erbeben.

»Weder Monarchist noch Republikaner; ich bin Anarchist«, schrie mein Vater, aber kaum jemand hörte ihn. Alles gestikulierte und schimpfte, man hörte die wüstesten Flüche, die unflätigsten Ausdrücke. Einer, der ziemlich klein war, war auf die Anrichte gestiegen, um sich Aufmerksamkeit und Gehör zu verschaffen, und heulte nun, mit knallrotem Gesicht, als würde ihn gleich der Schlag treffen:

»Scheiß auf den König!«

Als alle die endlosen Treppen hinuntergingen, immer noch hitzig diskutierend und sich gegenseitig beleidigend, packte mich Lluís auf dem Treppenabsatz im dritten Stock am Arm und hielt mich zurück. Du weißt sicher noch, dass in unserem Haus auf jedem Treppenabsatz eine hölzerne Eckbank steht, wie man sie in vielen Häusern aus dem letzten Jahrhundert findet, damit man sich von Zeit zu Zeit hinsetzen und ein wenig verschnaufen kann; in unserem Haus sind sie breit genug für zwei. Lluís zog mich neben sich auf die Bank; die Leute, die noch die Treppe herunterkamen, rauschten an uns vorbei wie ein Strom, dessen Geräusche sich zu einem unbestimmten Tosen vermischen. Nur manchmal drangen ein Wort oder ein Satz deutlich an unser Ohr. »Lieber den Mauren Mussa als den König!«, hörte ich Cosme rufen. Der Strom verschwand treppab, und einen Moment lang hörten wir noch Deine Stimme, die durch den Treppenschacht nach oben getragen wurde: »In ein paar Jahren werdet ihr noch an mich denken; eine Republik, die auf einem Militärputsch basiert ...«, und dann wieder Cosmes Stimme, tief und hallend: »Studentenaufstände – nichts als das Geschrei von Herrensöhnchen!«

Aber ich hörte nicht mehr zu, ich hörte gar nichts mehr; ich war allein mit Lluís auf dieser Eckbank zurückgeblieben, und er drückte mich mit der ganzen Kraft seiner Arme an sich. Ihr strömtet die Treppe hinunter wie das Wasser eines Flusses, immer noch schimpfend und streitend; aber für mich wart Ihr nicht mehr da; es gab nichts auf der Welt außer Lluís. Seither sind viele Jahre vergangen (diesen Dezember sind es sieben) und haben manche Enttäuschung mit sich gebracht, mehr als eine, weiß Gott; aber die Erinnerung an diesen Moment, als er mich das erste Mal küsste, berührt mich noch immer genauso wie damals. Was könnte ich ihm nicht alles verzeihen für diesen einen Augenblick, den großartigsten meines Lebens!

Manchmal sage ich mir, wenn der alte Jesuit vom Dachboden im Carrer de l'Arc del Teatre mich getauft hätte, hätte ich vielleicht wieder etwas so Mächtiges empfunden. Nie wieder, nie wieder habe ich mich so gefühlt! Und ich weiß, dass ich nie wieder so etwas fühlen werde!

Ein paar Wochen später verhaftete die Polizei Lluís und ein paar andere Mitglieder der Gruppe aus dem Keller von La extremeña, darunter Orfila und Bracons. Da man ihnen nicht wirklich etwas nachweisen konnte, blieben sie nur ein paar Tage im Kerker der Präfektur eingesperrt. Hinterher erzählten sie uns, dass sie bei den Verhören aus allen Wolken gefallen waren: Die Polizei kannte gewisse Details der Gespräche, die im Keller geführt worden waren, Details, die nur jemand hatte verraten können, der dabei gewesen war. So wussten die Polizisten zum Beispiel genau, wie die Diskussion um die Fahne der Föderation verlaufen war; sie wussten sogar, dass irgendwann einmal ein unverständlicher Satz gefallen war, *de cibus et veneris*, dem sie große Bedeutung beimaßen, weil sie dachten, dass es sich um eine geheime, fürchterliche Losung der Revolutionäre handelte. Das brachte uns ins Grübeln: Gab es unter uns etwa einen Verräter, einen Spitzel? Aber wer konnte das sein? Ich glaube, heute, nach so langer Zeit, kann ich es Dir sagen: Orfila und Bracons hatten Dich im Verdacht. Lluís und ich nahmen Dich in Schutz, das solltest Du wissen; sie führten an, dass Du ein seltsamer, unbegreiflicher Kerl seiest, jemand, von dem man nie wissen konnte, wie er reagieren würde, der wirre Ideen hatte und sich, gelinde gesagt, merkwürdig aufführte. »Irgendeiner«, so sagten sie, »muss es ja schließlich gewesen sein, so viel steht fest, und er ist derjenige, dem es am ehesten zuzutrauen wäre.«

Es dauerte lange, bis die Wahrheit ans Licht kam, und dann auch nur durch einen Zufall, an den ich mich jetzt nicht mehr erinnere; der Polizeispitzel war der alte Lerroux-Anhänger aus der Extremadura, der Diplodocus. Offenbar hatte er schon vor langer Zeit ein Abkommen mit der Polizei getroffen, dass er in seinem Keller heimliche Treffen jeglicher Couleur abhalten dürfte; die Polizei störte sie nie – damit hätte sie ja ihre Informationsquelle zerstört –, aber er musste Bericht über alles erstatten, was ihm zu Ohren kam. Mit dem Verkauf seiner Schinken und dem, was die Polizei ihm zahlte, hatte er einigermaßen sein Auskommen; dabei war er keineswegs ein falscher Republikaner oder gab nur vor, Lerrouxist zu sein – wie wir in unserer Naivität glaubten, als wir herausfanden, dass er es war, der uns verraten hatte. Offenbar war für ihn das eine mit dem anderen problemlos vereinbar; er war aufrichtig, wenn er uns unter Tränen den Säbel und die phrygische Mütze zeigte, die er während der Tragischen Woche getragen hatte; aufrichtig, wenn er uns mit bebender Stimme Auszüge aus den Reden von Lerroux und Castelar rezitierte; aufrichtig, wenn er uns an die Polizei verriet, stets aufrichtig. Damals verstanden wir das nicht, und ich kann nicht behaupten, dass wir es jetzt verstünden, denn manches kann man einfach nicht verstehen – aber wir haben später so seltsame Dinge gesehen! Von manchen Erfahrungen schwirrt einem der Kopf; ich sage Dir nur, dass ich manchmal überlege, ob mein innig geliebter Bruder Llibert nicht auch eine Art Diplodocus ist … Als junger Mensch neigt man dazu, die Aufrichtigkeit über alles zu stellen, und versteht nicht, dass es Typen gibt, die in jeder Rolle, die sie spielen, absolut aufrichtig sind; Doppelzüngigkeit ist für sie weniger ein Mangel an Aufrichtigkeit als vielmehr eine zweifache Aufrichtigkeit, eine Aufrichtigkeit nach beiden Seiten! Und Llibert macht mir Angst; er macht mir Angst mit seiner ungeheuren Spontaneität, seiner ungeheuren Aufrichtigkeit, dem Tremolo in seiner Stimme … Es ist nicht mehr als eine unbestimmte Vorahnung, ein undefinierbares und vielleicht falsches Gefühl. Auf jeden Fall wäre er ein sehr viel raffinierterer, viel subtilerer und natürlich wesentlich komplexerer Diplodocus als der Besitzer von *La extremeña*.

Ein Rätsel allerdings bleibt: Wie kommt es, dass die Polizei niemals Dich oder die anderen festgenommen hat, mich zum Beispiel? Warum hat der Besitzer von *La extremeña* die Namen einiger genannt und andere nicht? Dafür gibt es nur eine Erklärung: Er ließ sich von seinen Sympathien oder Antipathien leiten. Anscheinend hatte er an Dir einen besonderen Narren gefressen und wollte Dir nichts Böses; Geheimnisse in der Psychologie der Gattung des Diplodocus, die wir niemals lösen werden. Lluís hingegen konnte er offenbar nicht ausstehen, und noch weniger die beiden unzertrennlichen Anhänger des synkretistischen Konglomerats aus Marxismus und Freud'scher Lehre, Orfila und Bracons.

Später hast Du im *Mirador* diesen langen Artikel veröffentlicht, *Der Aufstand der Jugend*, den wir alle gelesen und leidenschaftlich diskutiert haben. Damals glaubten wir, dass das ganze Universum sich nur um uns drehte.

Sie haben Dir fünfundzwanzig Peseten dafür gezahlt, das hast Du uns freudestrahlend erzählt: »Mein erstes selbstverdientes Geld.« Nach ein paar Tagen sagtest Du: »Diese fünfundzwanzig Peseten sind nicht nur die ersten, die ich verdient habe, ich fürchte auch, es sind die letzten. Der *Mirador* hat den zweiten Artikel der Reihe abgelehnt. Sie sagen, ein Artikel zu diesem Thema genügt.«

Du wirktest nicht sehr bedrückt, im Gegenteil, eher euphorisch. Und Du hast uns erklärt:

»Ihr könnt euch nicht vorstellen, wer beim *Mirador* das Sagen hat. Man kommt dahin, und alles ist voller Leute, die furchtbar wichtig tun, Berühmtheiten, große Schriftsteller und Politiker, und man könnte glauben, irgendeiner von ihnen sei das Faktotum der Zeitung. Erstklassige Denker, die sich beim besten Schneider von ganz Barcelona einkleiden lassen; großartige Talente. Alle sind sie ironisch und skeptisch, alle tragen sie rohseidene, italienische Krawatten, die ein Vermögen kosten, alle haben sie eine spannenlange Zigarre im Mund. Die Glanzlichter der katalanischen Geisteswelt! Und dann entdeckt man in einem verborgenen Winkel ein kleines, dürres Männlein, das den Eindruck macht, als hätte es sich als Schiffbrüchiger verkleidet, und ich erspare euch eine Beschreibung seiner Krawatte, weil ich über Unappetitliches nie gern geredet habe. Nun gut, dieser Schiffbrüchige ist dort der Chef; man würde ihm glatt ein Almosen geben, aber er ist der Chef. Und der Knabe ist wirklich ungeheuer intelligent! Eine Art Talleyrand, wenn auch ein völlig verrückter. Er ist der Chef des *Mirador*, mit seinen abgetretenen Schuhen, auf denen bei Regen der Schimmel oder vielleicht sogar Pilze sprießen; mit seinem zerschlissenen Hemd und der Hungerleidermiene, mit seinen ausgebeulten Hosentaschen – die immer voller Bücher stecken! – sitzt er in einer Ecke und hört den anderen zu; er selbst sagt kaum etwas. Aber man muss nur wenige Worte mit ihm wechseln, um zu begreifen, dass er einer der hellsten Köpfe unseres Landes ist, ein Mann, der alles gelesen hat, alles kennt und alles weiß. Er war es, der mir gesagt hat: ›Junger Mann, Artikel über den *Aufstand der Jugend* veröffentlichen wir nur einmal im Jahr, machen Sie sich da keine Illusionen. Mehr als einen Artikel zu diesem Thema würden die Leser nicht verkraften. Es ist ein Artikel wie – wie soll ich sagen? – *Die ersten Maronenverkäuferinnen sind unterwegs*. Ich würde Ihnen gerne sagen, dass Sie nächstes Jahr wiederkommen können, wenn es an der Universität mal wieder Radau gibt und die Studenten erneut in den Nachrichten sind, aber der Autor des Artikels *Aufstand der Jugend* muss jedes Jahr ein anderer sein; das ist nicht wie mit dem Artikel über die Maronenverkäuferinnen, den jedes Jahr der gleiche Redakteur schreiben kann. Da es sich um den Aufstand der Jugend handelt, ist nämlich derjenige, der den Artikel im Jahr zuvor geschrieben hat, mittlerweile nicht mehr jung genug, und selbst seine eigene gottverdammte Mutter hat ihn bereits vergessen.‹ Das hat er mir ins Gesicht gesagt, mit eben diesen Worten: ›seine eigene gottverdammte Mutter‹. Ich sag's ja: ein hochintelligenter Mann!«

Warum kommen mir nur diese erbärmlichen Erinnerungen wieder in den Sinn? Was Du damals gesagt und getan hast, in jenen Zeiten, die so fern erscheinen … Wie verblichen und welk sind diese Erinnerungen angesichts dessen, was seither geschehen ist! Nach allem, was wir sehen und erleben mussten, erscheinen mir diese Zeiten, die mir damals so aufregend vorkamen, von einer nostalgischen Aura des verlorenen Friedens umgeben … Du hattest dem Jungen die Parabellum aus dem gleichen Grunde abgenommen, aus dem die Polizisten der Guardia Civil – ausgezeichnete Schützen! – in die Decke schossen. Werden diese Zeiten jemals wiederkehren?

15. Juni

Diese Zeiten werden niemals wiederkehren, Juli; etwas ist in diesem Land geschehen, das es für immer vergiftet hat … Wenn Du wüsstest; Dein hoffnungsvoller Brief, dazu gedacht, mich zu trösten, erreichte mich, als ich gerade erfahren hatte, dass sie Cosme umgebracht haben. Bald ist es ein Jahr her, dass dieses stumpfsinnige Schlachten begonnen hat. Wie konnten wir ahnen, dass Kains Samen sich so weit über die Erde verbreitet hatte und nur darauf wartete aufzugehen? Wie oft haben wir in den letzten elf Monaten blind geglaubt, dass die Regierung dem Ganzen ein Ende setzen würde, dass sie es schon beendet und diesen Brandstiftern und Mördern das Handwerk gelegt hätte; dass dieser Krieg, wenn er denn schon – traurig genug – weitergehen musste, wenigstens zu einem sauberen Krieg würde! Oder hat es vielleicht niemals einen sauberen Krieg gegeben? Wird die Opferbereitschaft der Soldaten an der Front – an beiden Fronten – immer von beiden Seiten durch Verbrechen im Hinterland beschmutzt? Genügt es uns nicht, Jesus zu kreuzigen, sondern müssen wir ihn obendrein zwischen zwei Diebe hängen? Wenn Du wüsstest … Du schreibst mir von glücklichen Zeiten, die näher heranrücken, die vielleicht schon »in Reichweite sind«; von einem »so schönen Frieden«, wie man ihn nie zuvor auf der Welt gesehen hat. Du schreibst mir, Dein Herz sagt Dir, dass »der Himmel zum Greifen nah« sei für Dich, Du würdest nun den entscheidenden Schritt in Deinem Leben tun und das erlangen, wonach Du Dich am meisten sehnst, von dem Du Tag und Nacht geträumt hast und das Du »mit allen Sinnen und ganzer Seele« besitzen wolltest. Wenn Du wüsstest; ich verstehe nicht genau, was Du meinst, wovon Du redest, aber wenn Du die Zeit des Friedens oder wenigstens eines sauberen Krieges meinst – und vielleicht wäre ein Krieg, wenn er nur sauber wäre, in seiner ganzen Traurigkeit schöner als der Friede selbst in seiner Fröhlichkeit? –, wenn es das ist, was Dein Herz Dir sagt, dann glaube ich, dass Du Dich täuschst, Juli. Die Kains streifen nach wie vor ungehindert durch diese Welt; die Ereignisse des letzten Monats, die zwar bedauerlich waren, uns aber mit Hoffnung erfüllt haben, haben sich zuletzt als vergeblich erwiesen.

Ungeachtet der Ereignisse des letzten Monats gehen die Verbrechen weiter. Manchmal würde ich sie am liebsten ignorieren; abgeschieden leben, im Verborgenen, fern dieser unverständlichen, grausamen Welt, die uns umgibt; aber wäre das nicht furchtbar egoistisch? Und selbst wenn ich beschließen würde, mich in meinem Egoismus und meiner Gleichgültigkeit zu verschließen, wie könnte ich verhindern, dass mich die Nachrichten erreichen, die so etwas sind wie der Leichengestank der Welt? Der Gestank würde durch sämtliche Ritzen dringen und mich bis in mein Bett verfolgen, in das ich mich verkrochen hätte, um zu schlafen – schlafen, nichts als schlafen, wie ein abgestumpftes Tier, das Winterschlaf hält und nicht geweckt werden will!

Vor etwa zwei Wochen ging ich den Carrer Pelayo entlang; wenn Du die Schaufenster der Geschäfte sehen könntest, die früher so voll und strahlend waren, und jetzt leer sind, trostlos; und die Menge, dicht gedrängt wie immer, wie sie erschöpft und traurig über die Bürgersteige schlurft ... Und ich schleppte mich durch die Menschen, an der Hand Ramonet, der plärrte, weil ich ihm ein Paar neue Schuhe kaufen wollte, die er dringend braucht, und er keine Schuhe wollte, sondern ein Akkordeon. Ich hätte ihm sagen können, dass wir beides kaufen, Schuhe und Akkordeon, damit er aufhörte zu trotzen; aber an diesem Tag hatte ich mir vorgenommen, nicht länger auf seine Launen einzugehen, denn wenn ich ihm immer nachgebe, wird er ein ganz schreckliches Kind, und ich wäre schuld. Apropos Schuhe: Du kannst Dir nicht vorstellen, wie schwierig es ist, passende zu finden! Diejenigen, die man jetzt zu kaufen kriegt, sind aus einer Art Pappleder, das überhaupt nichts aushält, und für echte Lederschuhe verlangen sie ein Vermögen – und Ramonet macht sie in null Komma nichts kaputt ... Ich ging also gerade den Carrer Pelayo entlang, Ramonet im Schlepptau, der nicht aufhörte zu plärren, und mir war inmitten all der traurigen, niedergeschlagenen Menschen so traurig und niedergeschlagen zumute, als mich plötzlich ein Unbekannter anhielt. Es war ein alter Mann, eher klein von Statur, sehr mager, sehr ärmlich gekleidet, den man für einen Arbeitslosen hätte halten können, der seit Tagen nichts mehr gegessen hatte – aber seine Augen waren die eines wehrlosen, resignierten und gütigen Kindes. Was für Augen, mein Gott. Die Augen eines geprügelten alten Mannes, den nur noch eine Hoffnung aufrechterhält, die nicht von dieser Welt ist.

»Sind Sie nicht Trini Milmany?«

»Die bin ich«, sagte ich, kam aber nicht darauf, wer er war.

»Erinnern Sie sich nicht an mich? Ich bin Ihr Taufpate ...«

Spontan küsste ich ihn auf beide Wangen. Mein Taufpate, der Marquis, den ich vollkommen vergessen hatte! Er hob den Jungen hoch, um ihm einen Kuss zu geben, und Ramonet stellte vor lauter Neugier über den unbekannten Alten von einer Sekunde zur anderen das Plärren ein – auch er erinnerte sich nicht mehr an den Mann, der mitten auf dem Carrer Pelayo nun so freundlich zu ihm war. Der arme Marquis war sehr gerührt, in seinen Augen standen Tränen; die Leute, die achtlos vorübergingen, stießen uns hin und her, während wir uns unterhielten. Es war, als befänden wir uns in der Mitte eines Stroms und würden immer wieder von einem Stück Treibholz getroffen.

»Früher oder später werden die Wogen sich glätten«, sagte der Marquis, und sein Blick richtete sich in die Ferne wie der eines Blinden. »Dann müssen Sie mich öfter besuchen kommen und Ramonet mitbringen, denn ich bin auch sein Pate. Wenn ich Sie jetzt nicht darum bitte, wenn ich nicht darauf bestehe, so darum, weil es Ihnen unter den herrschenden Umständen schaden könnte, ein Haus wie das meine aufzusuchen. Eines Tages werden die Sieger, wer auch immer das sein wird, feststellen, dass wir nichts weiter sind als vollkommen harmlose, unglückselige Menschen, und sie werden uns gestatten, auf natürliche Weise allmählich zu vergehen ...«

Dann verschwand der arme, namenlose alte Mann wieder in der grauen, müden, hungrigen Menge, die unaufhörlich durch den Carrer Pelayo strömte wie durch ein Flussbett. Kurze Zeit später besuchte mich die Witwe des Anarchisten, die im Carrer de l'Arc del Teatre wohnt, in Pedralbes: Der Marquis war aus seinem Haus verschwunden, seine Schwiegertochter wusste nicht, an wen sie sich wenden konnte, um ihn zu suchen, und da war ich ihr eingefallen, die einzige »Rote«, die sie kannte. Sie dachte, ich könne vielleicht etwas tun, ausgerechnet ich Arme! Das Einzige, was ich ihr sagen konnte, war, dass ich ihn kürzlich auf dem Carrer Pelayo getroffen hatte und er da noch am Leben gewesen war.

Als ob ich Arme etwas tun könnte ... und zur selben Zeit wurde der arme Cosme ermordet.

Vielleicht habe ich Dir noch nicht erzählt, dass er sich nach den Ereignissen vom Mai völlig mit den Leuten von der *Soli* überworfen hatte. In der derzeitigen Situation gegen die autonome Regierung aufzubegehren, hieße den Faschisten in die Hände zu spielen, hatte Cosme gesagt; und das ist ja eigentlich unbestreitbar.

Und dann beschloss ein Ermittlungsrichter, ermutigt durch die scheinbaren Misserfolge der Anarchisten, an einer bestimmten Stelle im Wald bei Penitents, nahe an der Landstraße von Rabassada am Fuße des Tibidabo, eine Ausgrabung anzuordnen. Offenbar wusste Cosme nichts von den Verbrechen, die seine Genossen monatelang völlig ungehindert verübt hatten. So unvorstellbar es erscheinen mag: Es gibt viele wie ihn, viele wissen noch immer von nichts und halten das finstere Chaos, in dem wir leben, für einen glorreichen Volksaufstand, dessen Glanz von keinem Schatten getrübt wird. Ein glorreicher Volksaufstand … Ich sage Dir, Juli, wenn das wahr wäre, wenn das tatsächlich ein Volksaufstand gewesen wäre, dann müsste man das Volk aus ganzer Seele verabscheuen! Mein Gott, so viel unschuldiges Blut …

Ein Zufall brachte den ehrwürdigen Richter mit Cosme zusammen, und siehe da – kaum hatte man in dem Wäldchen zu suchen begonnen, stieß man schon auf ein geheimes Massengrab: zweihundertsechsunddreißig Leichen. Nach und nach wurden sie exhumiert, und der Forensiker stellte fest, dass alle eindeutige Anzeichen eines gewaltsamen Todes aufwiesen, die meisten einen Schuss ins Genick. Ganz Barcelona wusste, dass die Anarchisten über Monate hinweg Tausende Menschen auf »Spazierfahrten« mitgenommen hatten; sie setzten sie in ein Auto und erschossen sie, am Wäldchen angekommen und noch bevor sie aus dem Wagen stiegen, von hinten. Ganz Barcelona wusste davon, außer Cosme und ein paar tausend Verblendete wie er. Nicht die Toten waren die Neuigkeit, sondern die Tatsache, dass sich ein Untersuchungsrichter gefunden hatte, der die Ermittlungen einleitete, und eine Zeitung, die die Öffentlichkeit über die Funde auf dem Laufenden hielt. Die meisten Leichen stammten aus der Anfangszeit des Krieges; unmöglich, sie zu identifizieren, es sei denn, dass sich in den Taschen ihrer verrotteten Kleidung noch ein Ausweisdokument fand. Einige aber waren erst kürzlich ermordet worden, und unter ihnen war mein armer Marquis.

Cosme schrieb weiterhin Reportagen für *La barrinada*, und zum ersten Mal in seiner Geschichte verkaufte das kümmerliche Blatt sich tausendfach. Cosmes Artikel waren nicht voll von Adjektiven wie die von Papà, sondern voller nackter, grauenerregender Zahlen, Namen und Einzelheiten, voller Daten und konkreter Orte. Ganz Barcelona verschlang die Reportagen; hätte es zu dieser Zeit Wahlen gegeben, der Richter, der Forensiker, Cosme und mein Vater wären von einer Woge öffentlicher Sympathie in die höchsten politischen Ämter Kataloniens getragen worden.

Doch dann tauchte ein paar Tage später Cosmes Leiche auf, an der Rabassada und ebenfalls mit einem Kopfschuss. Der Richter und der Forensiker gingen daraufhin über die Grenze, aber Papà will das Land nicht verlassen: »Lieber in Katalonien sterben, als in der Fremde leben« – davon ist er nicht abzubringen. Dasselbe hat der alte Marquis gesagt, nur dass er es nicht so pathetisch ausdrückte, sondern ganz schlicht: »In meinem Alter stirbt man lieber zu Hause, als unter Fremden zu leben ...« Zum Glück konnte ich Papà wenigstens dazu überreden, sich bei mir zu verstecken; ich habe lange gebraucht, um ihn zu überzeugen, dass es besser wäre, für eine Weile unterzutauchen und *La barrinada* wenigstens ein paar Wochen lang einzustellen; es hat mich viel Mühe gekostet, ihn zu überreden, ruhig bei mir zu Hause zu sitzen, wo seine Feinde ihn nicht suchen werden, weil sie nicht wissen, wo es ist.

Und so habe ich jetzt unversehens Papà bei mir im Haus, wenn auch nicht für lange, denn er brennt darauf, in den Carrer de l'Hospital zurückzukehren und seine Zeitung wieder herauszugeben. Er hat das Gefühl, ein unverzeihlicher Feigling zu sein, wenn er sich versteckt hält und nicht publiziert. Armer Papà, er ist gerade mal sechzig und scheint schon so alt wie der Marquis; es wundert mich kein bisschen, dass alle ihn den »alten Milmany« nennen. Sein Schnurrbart hängt kraftlos herab wie die Fahne der Besiegten, sein Blick drückt Enttäuschung und Erschöpfung aus. Traurig und zugleich spöttisch hat er mir lang und breit von den letzten Familienstreitigkeiten erzählt:

»Ich habe deinem Bruder gesagt, er soll sich nie wieder bei uns zu Hause blicken lassen. Ich will ihn nicht mehr sehen. Soll er sein Leben leben, ich lebe meines. Er ist mein Sohn, und ich bin sein Vater, aber es ist besser, wir wissen nichts voneinander. Ich weiß nicht, ob du weißt, dass er dann schließlich doch in die Beletagewohnung am Passeig de Gràcia gezogen ist, wo er schon seit einiger Zeit eine Geliebte unterhielt. Vielleicht hast du noch nicht von ihr gehört, es ist die Llopis, eine Varietéberühmtheit von der Paral·lel. Llibert sagt, sie sei Künstlerin, eine große Schauspielerin, der Glanz des katalanischen Theaters. Armes katalanisches Theater ...«

»Und was ist mit dem proletarischen Theater? Hat er das schon aufgegeben?«

»Woher denn, du kennst doch Llibert! Schließlich zahlt die Regierung, und so haben wir mehr proletarisches Theater als je zuvor; eine
proletarische Vorstellung nach der anderen vor leeren Sälen. Die Llopis
dagegen füllt das *Espanyol* bis auf den letzten Platz. Dort strömt das Proletariat nämlich massenweise hin! Es heißt, vor der Kasse bildet sich regelmäßig eine Schlange, die einmal um den ganzen Block geht. Das Proletariat … wenn ich dir sagen würde, Trini, wie tief es mich enttäuscht
hat! Wenn ich dir alles erzählen würde, arme Trini … Um den Schein zu
wahren und damit es nicht heißt, die Llopis sei keine vorbildliche Pro-
letarierin, sammelt Llibert politische Lieder, die sie dann im Wechsel
mit ihren Couplets singt. Die Lieder handeln vom Proletariat und der
Bourgeoisie, vom verbrecherischen Faschismus und der libertären Morgenröte. Das alles kommt darin vor! Und das vermischt mit dem abgedroschenen Lied vom Floh und anderen schelmischen Geschichten, die
älter sind als Methusalem. Und das *Espanyol*, in dem sich das Publikum
drängt wie Heringe in der Büchse, stürzt unter dem Applaus beinahe
ein! Das Proletariat, Trini … mmm … Wie dem auch sei – wenigstens
kann man nicht behaupten, dass die Aufführungen im *Espanyol* den
Steuerzahler auch nur eine Pesete kosten; sie sind ein gutes Geschäft. Sie
brauchen keine Subventionen vom Kultusministerium wie die proletarische Oper und das Theater für die Massen; im Gegenteil, sie bringen
dem Finanzamt eine Menge Steuern ein. In dieser Hinsicht ist nichts
gegen sie einzuwenden, das muss man zugeben. Manche stellen sich
schon drei Stunden vor Beginn der Vorstellung an, und es heißt, samstags reiche die Schlange bis über die Bresche in der Stadtmauer von Sant
Pau hinaus. Von all den Versen, die mein geliebter Sohn für die Llopis
aufgetrieben hat, ist keiner so idiotisch wie dieser:

Au wei, au wei,
wie mutig, wie mutig,
au wei, au wei,
wie mutig ist die FAI!

»Und das singt die Llopis?«

»Und schwingt dabei das Bein, dass es eine Freude ist, und zwinkert dem Publikum zu! Sie hat Pfeffer im Hintern und ist unglaublich gewitzt. Und das meine ich nicht nur im schlechten Sinne, Trini; dieses Mädchen ist wirklich schlau. Die Geschichte dieser Revolution hat ihr einen der berühmtesten und treffendsten Sätze zu verdanken, die je über sie geäußert wurden. Einmal kam sie ins Theater – das war letzten August – und musste feststellen, dass ein Komitee aus Platzanweisern und Kulissenschiebern, unterstützt von den Putzfrauen und den Süßigkeitenverkäufern, beschlossen hatte, das Theater zu kollektivieren. Von jetzt an, teilten sie der Llopis mit, würde das Haus nach dem System des libertären Kommunismus geführt, was bedeutete, dass von der ersten Schauspielerin bis hin zum letzten Platzanweiser jeder das Gleiche verdiente.

›Ach ja?‹, sagte sie, ›na, dann soll doch der Platzanweiser seinen Hintern zeigen.‹«

Armer Papà, als er mir das erzählte, lachte er nicht, im Gegenteil, er wirkte unendlich traurig. Es ist nicht zu übersehen, dass er die Liaison zwischen Llibert und der Llopis für eine Mesalliance hält, die unserer Familie Schande macht.

»Ich weiß, dass die Llopis und er vor ein paar Tagen diese Komödie von einer zivilen Trauung aufgeführt haben. Idioten – was ist an einer zivilen Trauung schon besser als an einer kirchlichen? Sie haben mich nicht dazu eingeladen, aber ich wäre sowieso nicht hingegangen. Es sind nicht diese standesamtlichen oder kirchlichen Karnevalsveranstaltungen, die den Bund zwischen Mann und Frau heiligen, es ist die Ehrbarkeit des Partners, den wir uns erwählen. Deine Mutter und ich mögen uns ein Leben lang gezankt und gestritten haben, aber sie ist eine ehrbare Frau. Jetzt streiten wir übrigens mehr denn je … Sie ist nämlich wirklich zum Standesamt gegangen, um bei der Hochzeit unseres Jungen dabei zu sein!«

Armer Papà, als er das Haus zum ersten Mal von oben bis unten besichtigte – das hatte er bisher noch nie getan –, schüttelte er beim Anblick des Kruzifix in unserem Schlafzimmer den Kopf:

»Immerhin gefällt es mir, dass du es offen zeigst, wo so viele andere es feige versteckt haben.«

Er betrachtete es schweigend, als ob ihm etwas durch den Kopf ginge. Endlich sagte er mit leiser Stimme, wie zu sich selbst:

»Dieser Jesus von Nazareth ... der hat mich immer beschäftigt ... Manche sagen, er wäre eine Art Anarchist gewesen, und früher habe ich das auch geglaubt. Aber nein, so einfach ist das nicht. Jesus von Nazareth ... der Große Besiegte ... Der Mann, der das Kreuz all unserer Sorgen und Nöte auf sich geladen, der alle unsere Niederlagen auf sich genommen hat ... Er war nicht einfach nur ein Anarchist; er war mehr als das, etwas, was ich nicht erfassen kann, was ich nicht verstehe.«

Selbst Lluís' Urgroßvater gegenüber war er milde gestimmt:

»Diese Koteletten! Sie übertreiben ein bisschen, diese verdammten Carlisten.«

Er setzte sich in meinen Sessel am Fenster, das auf den Garten hinausgeht.

»Gemütlich hast du's hier; und ich fühle mich so wohl bei dir, Kleines! Wenn du wüsstest, wie einsam ich mich in letzter Zeit in unserer Wohnung im Carrer de l'Hospital gefühlt habe ... Es war schlimm für mich, dass du zu den Reaktionären übergelaufen bist, weil du die Einzige in der Familie bist, mit der ich mich verstanden habe. Deine Mutter ... wenn du wüsstest ... Ich bin so unendlich tief und endgültig enttäuscht, Trini ... und damit meine ich nicht nur deine Mutter und deinen Bruder, nein. Ich meine alles, diesen düsteren, revolutionären Karneval, den wir seit einem Jahr erleben. Was für ein düsterer Karneval! Das hätte ich mir nie im Leben träumen lassen. Inzwischen glaube ich, dass jede Idee, und sei sie auch noch so gut, schlecht wird, wenn sie sich zu sehr verbreitet.«

An einem anderen Tag sagte er zu mir:

»Manchmal bin ich so müde und erschöpft, Trini, fühle mich wie ausgequetscht; dann habe ich Lust, diese Welt zu verlassen, wo man anscheinend das Unrecht nicht bekämpfen kann, ohne noch schlimmeres Unrecht zu begehen. Dann überkommt mich eine unwiderstehliche Lust, euch allen Adieu zu sagen, euch zu sagen: Ich gehe; wenn ihr hier bleiben wollt, seht zu, wie ihr zurechtkommt ... Dann wieder verspüre ich eine große Sehnsucht nach vergangenen Zeiten, und nicht etwa, weil ich wieder jung sein möchte wie damals, nicht, weil ich gerne wieder dreißig oder vierzig wäre, oh nein. Die Jugend ist mir völlig egal. Was vorbei ist, ist vorbei, und um nichts in der Welt möchte ich wieder dorthin zurück! Nein, ich sehne mich nicht nach den alten Zeiten, um noch einmal ein junger Bursche von dreißig oder vierzig zu sein, sondern damit ihr wieder klein seid, Llibert und du, und wir noch mit dieser Unschuld an unsere Ideale glauben können, die wir inzwischen verloren haben. Sie waren so schön, unsere Ideale, damals, als noch niemand versucht hatte, sie zu verwirklichen! Es ist so schön, an etwas zu glauben, mit ganzer Seele zu glauben, so sehr, dass du meinst, niemals glücklicher zu sein, als wenn du dein Leben für diesen Glauben geben kannst! Und ihr, als ihr klein wart; selbst Llibert, als er drei Jahre alt war … an ein Ideal zu glauben, an seine Kinder … Llibert war so niedlich mit drei, so liebenswert; und ein helles Bürschchen, er hat so kluge Dinge gesagt … Als ihr klein wart, bin ich mit euch jeden Sonntag nach Les Planes gefahren; das war meine Messe, weißt du, meine Art, den Sonntag zu heiligen: euch mit in die Natur zu nehmen, in die Wälder von Les Planes. Was hatten wir drei dort für einen Spaß, während eure Mutter zu Hause im Carrer de l'Hospital blieb und eine gute Paella kochte! Was haben wir für schöne Tage dort verbracht, in der Natur in Les Planes! Ihr habt mich gebeten, euch Geschichten und Märchen zu erzählen, und ich habe immer versucht, Geschichten zu finden, aus denen ihr etwas lernen konntet, ein bisschen Geographie oder Naturkunde. Und wie ihr zugehört habt, ihr beide! Ein Vater ist ein Gott in den Augen seiner Kinder. Und jetzt … jetzt ist Llibert … Wie kann ich jetzt, nach allem, was wir im letzten Jahr erlebt haben, noch an den Anarchismus glauben?«

»Warum glaubst du nicht an Jesus, Papà? Er hat noch niemanden enttäuscht, der mit ganzer Seele an ihn glaubt.«

»Dazu bin ich zu alt, Kleines. Schlangen häuten sich, Menschen nicht. Unsere Haut ist zu hart ab einem gewissen Alter …«

So hat er in diesen Tagen vieles erzählt, darunter eine merkwürdige Geschichte, die ich nicht kannte. Offenbar gefällt ihm unsere Villa, ganz im Gegensatz zu Mamà, die es »furchtbar traurig« findet, dass wir in Pedralbes leben, »so weit weg vom Zentrum« und »in einem abgelege-

nen Haus ohne Nachbarn«. Anscheinend hat Papà sein Leben lang gepredigt, dass jede Arbeiterfamilie ihr eigenes Häuschen mit einem kleinen Gemüsegarten haben sollte; um das zu erreichen, hat er sich immer
für die Gründung von Baukooperativen entsprechenden Kreditinstitu-
te eingesetzt und sogar vor vielen Jahren einmal versucht, selbst so eine
Kooperative zu gründen, die aber leider in Zahlungsunfähigkeit und
Bankrott endete. Von all dem hatte ich nichts gewusst; jetzt entdecke
ich zu meiner Verwunderung, dass ich fast nichts von den Ideen meines
eigenen Vaters wusste, und – was noch erstaunlicher ist –, dass einige
von ihnen gar nicht so verrückt sind.

»Eure Villa ist natürlich ausgesprochen gutbürgerlich, etwas für Reiche. Die allermeisten Menschen könnten sich nichts Annäherndes leisten, obwohl es ideal wäre, wenn irgendwann einmal jeder, der wollte,
ein Haus und einen Garten wie ihr haben könnte. Wer weiß? Wenn der
Fortschritt in diese Richtung ginge, anstatt sich auf die Herstellung immer tödlicherer Waffen zu konzentrieren … Wenn alles, was die Welt
für Waffen und Vergnügungen ausgibt (und damit meine ich auch die
Vergnügungen der Armen, diese traurigen Vergnügungen des Elends),
wenn alle Anstrengung, die für diese traurigen Dinge unternommen
wird, darauf verwendet würde, anständige Häuser zu bauen, in denen
man sich wohlfühlen könnte … Siehst du, in dieser Frage, wie in so vielen anderen, waren deine Mutter und ich nie einer Meinung; darüber
streiten wir schon seit Jahren. Du warst noch sehr klein und wirst dich
nicht mehr erinnern, aber einmal, an Weihnachten, hatte ich in der Lot-
terie den Hauptgewinn gezogen. Das war nicht viel Geld, ich hatte nur
eine Pesete gesetzt; aber es wäre genug gewesen, um in Sant Andreu
oder Poblenou ein kleines Einfamilienhaus mit einem Stückchen Land
zu kaufen, auf dem man ein paar Pinien hätte pflanzen können. Damals
hatten schon viele Arbeiter so ein Haus; das ist nicht unvereinbar mit
der Idee des Anarchismus, wenn sie nur richtig verstanden wird, ganz
im Gegenteil.«

»Was ich an deinen Ideen nie verstanden habe, Papà«, sagte ich zu
ihm, »ist das mit dem Pazifismus. Wenn wir immer und unter allen Umständen pazifistisch sein wollten, wenn wir uns nie verteidigen könnten,
ganz gleich, was passiert …«

»Wenn wir nicht immer Pazifisten sein können, Kleines, dann sollten wir gar keine sein. Dann wäre es besser, sich in Friedenszeiten auf den Krieg vorzubereiten, denn der Krieg ist etwas, das man entweder gar nicht betreibt oder richtig. Was haben uns all die Jahre pazifistischer und antimilitaristischer Propaganda genutzt, wenn wir uns in der Stunde der Wahrheit in einen Krieg hineinziehen lassen? Sie haben nur dazu gedient, dass unsere Soldaten jetzt an der Front in der schlechteren Position sind; alles musste improvisiert werden, selbst die Idee, eine Armee aufzustellen, denn die ist in den letzten Jahren, in denen wir gegen sie propagiert haben, aus dem Bewusstsein des katalanischen Volkes verschwunden. Wenn wir nicht mit allen Konsequenzen Pazifisten sein wollten, dann war es ein Verbrechen, einer zu sein: Das Einzige, das wir dadurch begünstigt haben, war dieses blutige Desaster, das – da mach dir mal nichts vor – unsere Kämpfer, die niemand auf den Krieg vorbereitet hat, in dieser Stunde durchleben; nachdem wir ihnen jahrelang erzählt haben, dass es keinen Krieg mehr geben würde ...«

»Wenn ich dich recht verstehe, hättest du also gewollt, dass wir keinerlei Widerstand leisten?«

»Ja, selbst wenn dich das erstaunen mag: Das hätte ich gewollt. Dann hätten die Militärs und die Falangisten vom ersten Augenblick an triumphiert? Und wenn schon, es wäre besser gewesen, ihnen diesen Triumph ohne jeden Widerstand zu überlassen; sie werden sowieso triumphieren (ja, mein Kind, da brauchen wir uns keinerlei Illusionen hinzugeben), und so wäre uns zumindest all das Blut erspart geblieben, all die Verbrechen, die Brände und Räubereien, die uns Schande machen. Dann hätte die Verantwortung einzig und allein bei ihnen gelegen. Wir hätten keinen Krieg führen dürfen, nachdem wir das Volk jahrelang darauf vorbereitet hatten, nie wieder Krieg zu führen! Einige, die merken, wie sehr sie sich in Widersprüche verstrickt haben, sagen jetzt, es gehe darum, ›den Krieg zu bekriegen‹ und dass ›der Pazifismus mit Kanonen verteidigt werden muss‹, aber das sind traurige Sophismen, die nicht weiterhelfen. Um den Krieg zu bekämpfen und den Pazifismus mit Kanonen zu verteidigen, hätten wir uns schon vor langer Zeit auf den Krieg vorbereiten müssen; und da wir nun einmal nicht auf ihn vorbereitet waren – ganz im Gegenteil –, hätten wir ihn besser nicht geführt. Aber lassen wir das, das würde zu weit führen. Kommen wir lieber auf das zurück, was ich zuvor gesagt habe. Deine Mutter fand diese kleinen Arbeiterhäuser mit einem Stückchen Land und ein paar Pinien davor immer abstoßend. Sie wollte, dass wir das ganze Geld aus dem Lotteriegewinn für eine Reise ausgeben, denn da könnten wir was lernen und uns erholen, wie sie sagte.

›Reisen bildet‹, beharrte sie. Und ich, was soll ich sagen, kann nicht verstehen, was zum Teufel man in Paris oder Rom oder Marseille sieht, was man nicht genauso gut sehen könnte, ohne Barcelona zu verlassen; ›Wer sein Dorf betrachtet, sieht die ganze Welt.‹ Aber sie blieb dabei, dass man auf Reisen viel lernt und sich bildet, und du weißt ja, wenn man mir mit Lernen und Bildung daherkommt, gebe ich klein bei, schließlich bin ich Lehrer. Und so sind wir also nach Rom und Paris gefahren; Llibert und du – ihr wart noch klein, du warst vielleicht anderthalb oder zwei – seid bei eurer Oma geblieben, Gott hab sie selig. Das war noch vor dem Schlaganfall, der meine Mutter später an den Rollstuhl gefesselt hat. Wir fuhren also nach Rom und Paris, und es war das erste und einzige Mal, dass ich Barcelona verlassen habe. Das Geld schmolz dahin wie Schnee in der Sonne, weil deine Mutter in den besten Hotels logieren wollte: ›Ich will das bürgerliche Leben kennenlernen‹, sagte sie, ›wenn wir das schon einmal können.‹ Da siehst du, worin unsere lehrreiche Reise bestand, die ganze Zeit in den teuersten Hotels, wo mir die Decke auf den Kopf fiel! Und als das Geld aus war, hieß es zurück in den Carrer de l'Hospital! Deine Mutter ist wie Llibert: Sie hassen die Bourgeoisie nur deshalb so sehr, weil sie es ihr am liebsten gleichtun würden. Nur damit das klar ist: Es ihnen gleichtun beim Geld ausgeben, und nicht etwa, dafür zu sorgen, dass die Fabriken und Geschäfte florieren; diesen anderen Aspekt der katalanischen Bourgeoisie wollen sie nämlich nicht wahrhaben, haben sie nie wahrhaben wollen. Im Grunde genommen haben deine Mutter und ich uns nie verstanden, auch wenn wir uns beide als Anarchisten bezeichnen. Aber habe ich mich eigentlich jemals mit irgendjemandem verstanden außer mit dem armen Cosme, der in Frieden ruhen möge? Und selbst mit dem war ich mir nicht in allem einig. Wenn all das, was ich mehr als vierzig Jahre lang geschrieben und gepredigt habe, auch nur im Mindesten verstanden worden wäre, wenn es nur ein wenig Verbreitung gefunden und ein bisschen Erfolg gehabt hätte, dann müssten wir heute nicht zusehen, wie die Kollektivierungen die Industrie in den Selbstmord treiben. Ja, was sie getan haben, ist Selbstmord! Sie schlachten die Hennen, die die goldenen Eier legen! Sie glauben an die magische Kraft des Kapitals, dass man es sich nur anzueignen bräuchte, damit alles ganz von alleine läuft! Sie haben nicht die geringste Ahnung! Sie töten die katalanische Industrie, die Frucht von hundert Jahren vernünftigen Wirtschaftens, von Fleiß und Sparsamkeit, die katalanische Industrie, die uns alle ernährt hat ... Den sozialen Wandel kann man nicht auf einen Schlag herbeiführen; zuerst hätte die Arbeiterklasse sich eine Kultur aneignen müssen, die sie dazu befähigt hätte, sie hätte sich organisieren müssen, und beides erfordert viel Zeit. Man hätte sich zunächst einmal in Konsumkooperativen organisieren und lernen müssen, diese zu leiten und zu verwalten; und erst, wenn die Arbeiter über Jahre hinweg und durch lange Praxis gelernt hätten, die von ihnen selbst gegründeten Konsumkooperativen völlig eigenständig zu führen und vielleicht noch die eine oder andere dieser Mischkooperativen, von denen ich dir erzählt habe, eine Kooperative zum Hausbau, erst dann hätte man an Produktionskooperativen denken können; die sind, das sollten wir nie vergessen, bisher allesamt gescheitert. Wenn dann die Produktionskooperativen, anstatt zu scheitern, florierten, erst dann könnten wir ernsthaft erwägen, alle oder zumindest die größten Industriebetriebe in Arbeiterkooperativen umzuwandeln. Der Anarchismus ist nichts, was man mal so nebenbei an einem Tag oder in einem Jahr verwirklichen kann! Eben weil er die großartigste Unternehmung in der Geschichte der Menschheit ist, erfordert es viele Jahre, vielleicht Jahrhunderte; es erfordert ganz vorsichtige Schritte, damit man nicht daneben tritt ... Ein solches Werk kann nie ein Werk des Hasses sein, sondern immer nur der Liebe, und die Liebe schließt niemanden aus, sondern fordert die Beteiligung von jedermann, egal, woher er kommt, um diese Welt schöner, gerechter und angenehmer zu machen. Weißt du, Kleines, was der Vorstand einer Produktionskooperative tun würde, wenn er verantwortungsvoll und ernsthaft am Wohlstand seiner Gesellschafter, also der Arbeiter, interessiert wäre? Nun, in den meisten Fällen würde er denjenigen zum Geschäftsführer ernennen, der es schon seit Jahren ist, und das ist oft der Besitzer. Denn wer, von wenigen Ausnahmen einmal abgesehen, könnte eine Firma besser leiten als derjenige, der das schon seit Jahr und Tag erfolgreich tut? Nun, und diesen Kretins fällt nichts Besseres ein, als sie alle zu ermorden …«

Da erzählte ich ihm von Onkel Eusebi, der vor Monaten im selben Schlafzimmer unter dem Dach gewohnt hatte, in dem jetzt er lebt; bis dahin hatte ich ihn mit keiner Silbe erwähnt, aber Onkel Eusebis letzte Worte passten sehr gut zu unserem Gespräch. Er hörte mir aufmerksam zu, dann schüttelte er den Kopf:

»Nach allem, was du erzählst, Kleines, ist er ein ganz fabelhafter Mensch. Du kannst dir sicher sein, seit sie ihn vertrieben haben, sind die Nudeln in dieser Fabrik klumpig … wenn sie überhaupt welche herstellen. Inzwischen ist dieser gute Bourgeois sicher genauso entsetzt über die Greueltaten seiner Leute wie ich über die der unseren.«

»Seiner Leute? Du irrst dich, Papà. Er will mit den anderen nichts zu tun haben. In seinem letzten Brief schreibt er eben gerade, dass er beschlossen hat, direkt von Genua nach Santiago de Chile zu reisen, weil er nicht die geringste Lust hat, auf die andere Seite zu wechseln, ›die mir‹, wie er schreibt, ›nicht attraktiver erscheint als eure Seite. Im Grunde genommen sind alle gleich.‹ Und dann schreibt er noch: ›Ganz egal, wer gewinnt, ich habe verloren.‹ Diesen Satz habe ich schon von so vielen Leuten gehört, und zwar von ganz unterschiedlichen; von dem armen Marquis zum Beispiel. Lluís' Onkel und der Marquis – das haben sie mir selbst erzählt – standen am 19. Juli eher auf der Seite der autonomen Regierung als auf der Seite der putschenden Militärs, wie jedermann in Barcelona; als die anarchistischen Patrouillen am Tag darauf begannen, das ganze Land mit Blut und Feuer zu überziehen, wie hätten sie sich da für sie begeistern sollen? Der Onkel hatte immer Acció Catalana gewählt und *La Publicitat* abonniert, so wie der Marquis die Liga wählte und *La Veu de Catalunya* las. Und was sollten sie nun tun zwischen den aufständischen Militärs auf der einen und den zügellosen Anarchisten auf der anderen Seite, wie sollten sie reagieren? ›Weder die einen noch die anderen‹, sagte Onkel Eusebi; ›weder rot noch schwarz‹, der Marquis. ›Egal, wer gewinnt, ich habe verloren‹, fügten dann beide hinzu. In diesem unserem unglückseligen Land hat es ein entsetzliches Missverständnis gegeben; alles, was wir seit dem 19. Juli 1936 erlebt haben, Papà, ist wirr wie ein Alptraum, und es wird der Moment kommen, an dem wir nicht mehr wissen, wohin wir gehen. Was um Himmels willen soll denn an dem Marquis oder an Onkel Eusebi faschistisch gewesen sein? Aber wie konnte Lluís' Onkel, der Geschäftsführer von ›Ruscalleda Hijo‹, in Barcelona bleiben, wenn sie hinter ihm her waren und ihn umbringen wollten? Er wäre geendet wie der Marquis. Er wird sich, so schreibt er mir, mit großer Trauer im Herzen von Italien aus nach Amerika einschiffen; für ihn hat ein Leben fern von Katalonien keinen Sinn, es ist absurd, er hat schon im Vorhinein das Gefühl, dass er scheitern wird; aber was bleibt ihm anderes übrig, als seine Heimat zu verlassen? In Santiago de Chile wird er wieder ganz von vorne anfangen müssen ...«

Papà lauschte mir immer noch kopfschüttelnd und mit größter Aufmerksamkeit.

»Wir Menschen«, sagte er, »sollten uns nicht aufgrund unserer Ideen zusammenschließen, sondern aufgrund unserer Gefühle; wenn ich daran denke, dass sie im Namen der Abschaffung der Todesstrafe halb Katalonien ermorden ... Dass ich erst über sechzig werden musste, um zu verstehen, dass die Ideen keinen Pfifferling wert sind!«

29. Juni

Lieber Juli, vorgestern habe ich zum ersten Mal seit Tagen und Wochen wieder einen Brief von Lluís erhalten. Es hat mich sehr glücklich gemacht zu lesen, dass Ihr beide in der gleichen Brigade seid. Er hatte mir so lange nicht geschrieben; ich hatte keine andere Nachricht von ihm als den monatlichen Postscheck, den er nie vergisst zu schicken.

Ich war sehr niedergeschlagen, deshalb habe ich Dir nach den langen Briefen, die ich Dir zuvor geschickt hatte, seit so vielen Tagen nicht geschrieben. Ich war nicht in der Stimmung zum Briefeschreiben, und außerdem hatte ich Angst, Dich mit meinen ewigen langweiligen Hausfrauensorgen zu belästigen.

Lluís' Brief ist sehr zärtlich, was ich Dir zuschreibe. Du hast sehr viel Einfluss auf ihn.

In einem Monat ist es ein Jahr her, dass er fortgegangen ist; ein ganzes Jahr, ohne ihn zu sehen.

Papà ist wieder zurückgekehrt in den Carrer de l'Hospital. Es heißt, er sei außer Gefahr, die Regierung habe die Mörderbanden endlich unter Kontrolle, aber haben sie das Gleiche nicht schon bei den Ereignissen im Mai gesagt? Das irreparable Übel ist sowieso schon geschehen, da ist nichts mehr zu machen. Zum Glück habt ihr an der Front nichts von der Hölle mitbekommen, die wir in Barcelona monatelang durchlebt haben.

Es fällt mir schwer zu glauben, dass die Mörder tatsächlich entmachtet sind, und ich mache mir schreckliche Sorgen um Papà. Er hat die Veröffentlichung von *La barrinada* wieder aufgenommen, schimpft wüster denn je auf die »Kannibalen von der FAI« (er nennt sie jetzt beim Namen), spricht noch öfter als zuvor von Panthern und Hyänen und veröffentlicht große, schwarz umrandete Artikel zum Gedenken an die »wahrhaften anarchistischen Märtyrer wie Cosme Puigbó, niedergemetzelt von Schlächtern, die mit den Anarchisten nicht mehr gemein haben als die Verkleidung, die sie anlegen, um uns zu täuschen«. In der letzten Ausgabe hat er zu schreiben gewagt, man könne sich des Eindrucks nicht erwehren, dass diese Sekte nicht etwa von proletarischen oder akratischen Idealen getrieben sei, sondern vielmehr von dem »verbrecherischen Trieb, das Land zu zerstören, das sie aufgenommen und niemals zwischen eigenen Söhnen und Neuankömmlingen unterschieden hat«. Ich habe das wörtlich für Dich abgeschrieben: Ein Exemplar der neuesten Ausgabe liegt vor mir auf dem Tisch. Arme *La barrinada* und armer Papà ... Vermutlich sieht er klarer als viele, aber was nutzt ihm das, wenn ihm keiner zuhört?

Dieser Krieg nimmt kein Ende, und ich bin nicht sehr mutig, Juli. Gestern brachten die Abendzeitungen einige ungeheure Schlagzeilen: Große Schlacht an der Front am Parral! Ich kann Dir nicht beschreiben, wie mich das geängstigt hat. Warum musste es just in dem Augenblick, in dem Lluís dort angekommen war, eine große Schlacht am Parral geben? Ich stellte mir das Schlimmste vor, sah ihn schwer verwundet, wie er vielleicht ganz allein im Niemandsland verblutete ... Meine ganze Freude darüber, ihn in der gleichen Brigade zu wissen wie Dich, wurde zu Verzweiflung! Warum ist er nicht dort geblieben, wo er vorher war? Jetzt, nach all den Kämpfen, ist es in diesem Sektor ruhig.

Heute haben die Morgenzeitungen eine Richtigstellung der Nachricht gebracht: Die Schlacht hat nicht am Parral stattgefunden, sondern am Parval, einem Fluss, der ganz woanders liegt. Ich bin so glücklich, dass ich mich dafür schäme. Als wären mir die Toten und Verwundeten egal, solange Lluís nicht unter ihnen ist. Und auch Du nicht, natürlich.

Was meinen geliebten Bruder Llibert Milmany betrifft: Kannst Du Dir vorstellen, dass er es trotz des schwindenden Einflusses der extremistischen Anarchisten schafft, es sich gut gehen zu lassen? Besser denn je! Wenn ich eine Bemerkung über das gute Leben fallen lasse, das er sich gönnt, entgegnet er mir: »Du wirst ja wohl einsehen, meine Liebe, dass ich meine Familie nicht darben lassen will, während wir auf Gleichheit und Anarchie warten.« Die »Familie« besteht einstweilen nur aus der Llopis; und wenn er das sagt, zwinkert er mir zu, wie um mir zu verstehen zu geben, dass er auf Gleichheit und Anarchie lieber im bequemen Sessel wartet.

25. August

Lieber Juli, wieder habe ich einen Brief von Lluís bekommen; einen so kurzen Brief in Halbsätzen, dass er mich hilflos zurückgelassen hat. Was für ein Glück, dass ich Dich habe, um Dir alles zu erzählen; wenn nicht, würde ich mich schrecklich einsam fühlen. Natürlich habe ich den Jungen; aber wie sollte man sich einem Kind anvertrauen? Er hat die letzten Tage im Bett gelegen, nichts Schlimmes, nur eine Magenverstimmung. Kinder bekommen bei jeder Kleinigkeit sofort neununddreißig Grad Fieber. Aber nachdem ihm die Mandeln herausgenommen wurden, wird er nie wieder Angina haben, das beruhigt mich. Und ich kann ihm genug zu essen geben: Auch das beruhigt mich. Stell Dir vor, ich war über die Diagnose des Arztes richtig stolz: Magenverstimmung. Die erste Kiste Milchpulver ist noch nicht ganz aufgebraucht, und es bleiben noch vier unangebrochene. Wie hübsch sich der Stapel in der Speisekammer ausmacht! Und wie sehr muss ich an Dich denken, sooft ich ihn ansehe!

Lluís dagegen … Stell Dir vor, in seinem Brief berichtet er nur von einem ehemaligen Hausmeister der Naturwissenschaftlichen Fakultät, den Ihr in Eurer Brigade habt. Hat er mir wirklich nichts Interessanteres zu erzählen?

Seltsam, dass Du mir gar nichts von diesem ehemaligen Hausmeister erzählt hast. Ich glaube, ich kann mich sogar an ihn erinnern; ein Hausmeister namens Picó, einer von diesen findigen, geschickten Hausmeistern, die die Physik- oder Chemieprofessoren um Hilfe bitten, wenn mitten im Experiment die elektrischen Geräte den Geist aufgeben oder das Wasser sich weigert, aus dem Hahn zu fließen. Picó war der Mann, der alles in Ordnung brachte; er konnte sogar die Exemplare der seltenen Tiere ausstopfen, die der Professor für Naturkunde manchmal von einem Jäger kaufte.

Was für ein Zufall, dass dieser Mann nun ausgerechnet in Eurer Brigade MG-Hauptmann ist; aber Lluís hätte mir auch anderes berichten können …

Du bittest mich wieder und wieder, Dir mehr über mein jetziges Leben zu erzählen. Als würde ich Dir in den endlosen Briefen, die ich Dir schreibe, nicht genug und sogar zu viel erzählen! Ich mache mir Sorgen um meine Eltern, die sich hartnäckig weigern, den Carrer de l'Hospital zu verlassen. Mein Vater will nicht zu Llibert ziehen, »selbst wenn ihr mich totschlagt«, meine Mutter will nicht zu mir ziehen, »selbst wenn ihr mich aufhängt«. Wir müssten sie trennen, Papà zu mir und Mamà zu Llibert, aber wer sollte das zuwege bringen? Sie brauchen einander, und sei es bloß, um zu diskutieren und zu streiten, und außerdem hängen sie zu sehr an ihrer Wohnung, in der sie seit so vielen Jahren zu Hause sind. Ohne ihren Pi Margall mit seiner phrygischen Mütze, ohne die Esszimmerlampe und die im Flur aufgereihten Stühle würden sie sich nicht wohlfühlen. In einer anderen Wohnung würden sie eingehen, und eines Tages wird eine Bombe sie mitsamt allen anderen Hausbewohnern in die Luft jagen. Offenbar können die faschistischen Flieger nicht richtig zielen, und wenn sie den Hafen und die Eisenbahnlinie bombardieren, verteilen sie Bomben über die ganze Altstadt. Bei jedem neuen Luftangriff ängstige ich mich mehr um sie. Sie hingegen haben sich so sehr daran gewöhnt, dass sie mich verwundert ansehen, wenn ich davon anfange, so, als wollten sie sagen: Was erzählst du denn da für dummes Zeug.

»Du warst schon immer sehr eigen«, hat Mamà einmal zu mir gesagt.

»Als ob es dir peinlich wäre, im Carrer de l'Hospital geboren zu sein. Du fandest unsere Wohnung schon immer trist und schäbig. Was willst du, Kind, wir sind Proletarier und stolz darauf.«

Als ob es jetzt darum ginge! Das erste Bombardement hat ihnen noch richtig Angst gemacht, das zweite schon weniger, und das dritte hat sie völlig kalt gelassen; jetzt hören sie die Bomben fallen, ohne zusammenzuzucken. Sie gehen nie in den Luftschutzkeller.

Maria Engràcia Bosch, meine Kommilitonin von der Naturwissenschaftlichen Fakultät, von der ich Dir schon erzählt habe, stammt aus einer Familie, die – wie meine Mutter sagt – ebenso »proletarisch« ist wie wir oder vielleicht noch mehr. Stell Dir vor, sie lebt mit ihrer verwitweten Mutter in einer dieser Straßen, die vom Carrer de Sant Pau zum Carrer Barbarà führen. Dagegen wirkt der Carrer de l'Hospital fast bürgerlich, das ist ja immer relativ. Jedenfalls haben sie vor ein paar Wochen beschlossen, in ein kleines Dorf umzusiedeln, weil sie genug hatten von Luftangriffen und Fliegeralarm. Gerade habe ich einen Brief von ihr bekommen, in dem sie mir den letzten Luftangriff auf ihr Viertel beschreibt. Und da Du so hartnäckig nach dem Leben in Barcelona fragst, gebe ich Dir hier einfach wieder, was sie mir geschrieben hat. »Ich wurde von den Sirenen wach«, schreibt Maria Engràcia, »und als Mamà hörte, dass ich schon auf bin, hat sie die Verbindungstür zwischen unseren Schlafzimmern geöffnet.

›Ein Luftangriff‹, habe ich gesagt.

›Ja, schon wieder‹, hat sie geantwortet. ›Wie ärgerlich.‹

Der Strom war ausgefallen. Im Treppenhaus hörten wir die anderen Hausbewohner, sie waren wohl auf dem Weg in den Luftschutzkeller. Ich öffnete die Fensterläden, um besser sehen zu können, und das Mondlicht erleuchtete das Zimmer bis in den hintersten Winkel. Von Weitem hörten wir Kanonendonner, als ob wir vom Meer aus beschossen würden, und daraus schlossen wir, dass wir von der Flotte angegriffen wurden und nicht von den Fliegern wie sonst. Der Junge schlief tief und fest.«

Damit meint Maria Engràcia ihren sechsjährigen Bruder.

»›Warum gehst du nicht mit ihm in den Luftschutzkeller, Mamà?‹, fragte ich.

›Meinst du das ernst?‹

In letzter Zeit waren wir gar nicht mehr hinuntergegangen, aus Bequemlichkeit, Gleichgültigkeit, Fatalismus, was weiß ich. Mamà legte sich wieder ins Bett; wir hörten den fernen Kanonendonner, und im Vergleich zum Bombenlärm der letzten Male klang er wie friedliches, gemütliches Glockengeläut. Also ging auch ich wieder schlafen. Ich hörte meine Mutter murmeln:

›Ich bin ganz ruhig. Ich glaube, es ist schon vorbei.‹

Und dann – ich lag im Bett und war wieder eingeschlafen – fand ich mich mit einem Mal in der Nachbarwohnung wieder, ohne zu wissen, wie ich dorthin gekommen war. Von Mamà und den Nachbarn habe ich dann erfahren, dass uns eine Bombe getroffen hatte; sie hatten sie gehört, ich nicht. Wenn sie es mir nicht erzählt hätten, hätte ich geglaubt, ich wäre wie von Zauberhand von meinem Bett aus durch die Wand bis auf den Fußboden der Nachbarwohnung transportiert worden. Zum Glück waren wir alle wohlauf.

›Es war, als würde die Welt untergehen‹, erzählten sie. ›Durch die Fenster haben wir auf den Dachterrassen und den Dächern bis hinunter zum Hafen dichten Rauch gesehen. Zuerst war er weiß, doch allmählich wurde er schwarz, und dann hörten wir das Martinshorn der Krankenwagen und das schrille Heulen der Feuerwehrsirenen.‹

Es war schon fast Tag, und ich wollte auf die Straße gehen und nachsehen, was passiert war. Ich war angezogen und machte mich vor dem Badezimmerspiegel zurecht. Mamà sagte:

›Wir müssten einen Maurer finden, der uns die Zwischenwand wieder aufbaut.‹

Erst da bemerkte ich die Mauerlücke. Und ich stand noch vor dem Spiegel, als wir die Flugabwehr vom Montjuïc hörten. Der Rauch der Explosionen schien am allmählich heller werdenden Himmel direkt über unseren Köpfen zu stehen; es war, als würden jedes Mal plötzlich zehn, zwölf blendendweiße Wölkchen zwischen den wenigen Sternen aufblühen, die noch am Himmel standen, und das alles erinnerte mich an die blaue Fahne mit den weißen Lilien, die Johanna von Orléans in der französischen Kapelle schwang, die ich als Kind immer besuchte. Diese geräuschlos aufsteigenden Rauchwölkchen – den Knall hörten wir immer erst einige Zeit später – bewirkten, dass ich mich zuversichtlich fühlte, sicher, beinahe glücklich; es war unsere Flugabwehr, die uns beschützte! Ich dachte nicht daran, dass sie nur deshalb schossen, weil feindliche Flieger wieder über uns kreisten.

Dieses Mal hörte ich sie. Eine gewaltige Explosion erschütterte das ganze Haus. Unter meinen Füßen schwankte der Boden, als stünde ich auf einem Schiff; es war, als würde sich die Erde auftun, um uns alle zu verschlingen. Seltsamerweise hing der Badezimmerspiegel immer noch vor mir an der Wand, und ich sah mein eigenes Gesicht; es hatte einen dummen, ruhigen Ausdruck. Ein heftiger Luftstoß füllte die ganze Wohnung mit Staub, der uns husten machte; auf der Straße stand er so dicht, dass wir vom Balkon aus nichts erkennen konnten. Auf meinem Bett lag eine große Kaffeekanne aus Messing, die ich gleich erkannte: Es war die von der Bar *El Dàtil* aus dem Haus gegenüber. Der Rauch und der Staub legten sich nicht; wir konnten nichts sehen, aber wir hörten Rufe und Schreie.

Dann vernahmen wir wieder Glockenläuten und Sirenen, dieses Mal direkt in unserer Straße. Ich lief hinunter und fand mich in einer Menge von Schaulustigen wieder. Ich sah, wie sich in den Trümmern der beiden zerbombten Häuser ein Mann aufrichtete – oder war es eine Frau? –, über und über weiß, als ob Kleidung, Hände und Gesicht von einer Kalk- oder Gipsschicht bedeckt wären. Dann richteten sich weitere Gestalten auf; einige versuchten es und schafften es nicht, wieder andere rührten sich nicht, und alle waren auf dieselbe merkwürdige Art kalkweiß. Von diesem Weiß hob das Blut sich so stark ab, dass ich dachte: Ich hätte nie geglaubt, dass es so rot sein könnte.

Ein Militärkrankenwagen war vorgefahren, groß wie ein Lastwagen, und die Armeesanitäter machten sich daran, die Verwundeten einzusammeln. Einer war ein vier- oder fünfjähriger Junge, der immer wieder schrie: ›Mamà ist dort!‹ und auf den Schutthaufen zeigte. Die Feuerwehr war schon mit den Aufräumarbeiten beschäftigt; es war klar, dass es Stunden dauern würde, bis sie die Kellerräume freigelegt hatten. Ein alter Mann lag halb unter einem riesigen Balken begraben, den man beiseiteschaffen musste, um ihn zu retten. Vier der kräftigsten Feuerwehrleute bewältigten es kaum, ihn anzuheben, also holten sie den Tischler aus dem Viertel, damit er ihn durchsägte. ›Nur Mut!‹, rief ihm ein Nachbar zu, damit er sich mit der Säge daran traute. Schließlich zogen sie den Mann hervor; er hatte ein Bein verloren. Unterdessen löschten andere Feuerwehrleute mit dem Wasserschlauch die Brände. Zwischen den Flammen waren mehrere Körper zu erkennen, einige bewegten sich noch. Unmöglich, sich ihnen zu nähern, solange die Feuerwehr den Brand nicht unter Kontrolle hatte. Sie zogen sie aus der Glut, sobald sie sie erreichen konnten; manche waren bekleidet, andere vollständig nackt, einige ganz weiß vom Kalk und andere pechschwarz. Ich erkannte, dass sie verkohlt waren. Manchmal, wenn zwei Soldaten versuchten, sie aufzuheben, zerbröckelten sie ihnen unter den Händen. Plötzlich rief ein Mann von einem Balkon im vierten Stock eines Hauses, von dem nur noch die Fassade stand, herunter. Er war nackt, nur mit einem Hut bekleidet; die Wucht der Detonation hatte ihn von der Theke der Bar *El Dàtil*, wo er gerade zum Frühstück eine Tasse Malzkaffee getrunken hatte, dort hinaufgeschleudert und ihm bis auf den Hut sämtliche Kleider vom Leib gerissen. Die Soldaten schrien zu ihm hinauf, er solle Geduld haben, die Feuerwehr hätte jetzt Wichtigeres zu tun.

Nach diesem Erlebnis«, so endet Maria Engràcias Brief, »wirst Du verstehen, dass wir alles daran gesetzt haben, auf diesem Bauernhof bei Mamàs Vettern unterzukommen. Gott vergelte ihnen ihre Gastfreundschaft.«

Soweit der Brief meiner Kommilitonin. Was könnte ich dem noch hinzufügen? Ich habe ein schlechtes Gewissen, dass ich in einem so ruhigen Viertel wie Pedralbes lebe, wo die Bombardements nur als ferner Donner zu vernehmen sind – abgesehen von einigen wenigen Malen, wo sie uns näher kommen.

Merkwürdig, dass so viele Leute immer noch in den Vierteln unten am Hafen leben, als ob nichts wäre. Als ich einmal von einem Besuch bei meinen Eltern kam, bin ich durch diese Straßen und Gassen gegangen, die so sehr unter den Luftangriffen gelitten haben, und da waren immer noch die alten Krämer, von denen ich viele noch aus meiner Kindheit kenne. Ich habe mich mit ein paar von ihnen unterhalten, und alle waren erstaunt darüber, dass ich so erstaunt war. Warum sollten sie ihr Viertel verlassen? Wo sollten sie hingehen?

»Man denke nur, was erst die Soldaten durchmachen«, sagte einer. Ein anderer erzählte mir, dass er seine Mahlzeiten in einer Suppenküche einnahm. Von denen gibt es jetzt viele, und diese liegt am Passeig de Colom, direkt am Hafen. Dort bekommen alle dasselbe:

»Wenn ich Glück habe und die Fliegerangriffe zur Mittagszeit kommen, esse ich meine Mahlzeit und die von den Leuten, die in den Luftschutzraum gehen.«

Um auf diesen Hausmeister der Naturwissenschaftlichen Fakultät zurückzukommen, der jetzt Hauptmann in Eurer Brigade ist: Da fällt mir ein, dass Maria Engràcia, von der ich gerade erzählt habe – sie war weiter als ich und saß schon an ihrer Doktorarbeit –, einmal für ein paar Tage Physik unterrichtet hat, weil der Professor auf einem Kongress in Königsberg war. Dieser Hausmeister nahm an den Vorlesungen teil, wann immer seine Arbeit es ihm erlaubte; er stand neben der Tür, die Mütze in der Hand, lauschte den Diskussionen und sah höchst interessiert den Experimenten zu.

An diesem Tag sprach Maria Engràcia gerade über spezifische Schmelz- und Gefrierpunkte, als der Hausmeister sie respektvoll unterbrach:

»Wenn das Fräulein Professorin gestattet«, sagte er, »würde ich gerne das Wort erbitten. Sie sagen, dass destilliertes Wasser unter normalem Druck bei null Grad gefriert, und wenn ich Sie nicht falsch verstanden habe, bezeichnen Sie mit null Grad die Temperatur, bei der destilliertes Wasser unter normalem Druck gefriert. Es täte mir sehr leid, wenn meine Worte als Mangel an Respekt gegenüber der Wissenschaft und der Bildung ausgelegt würden, aber ich würde sagen, das ist ein Zirkelschluss.«

Alles lachte, und ich war nicht die, die am wenigsten lachte; Maria Engràcia lachte am Professorenpult, und auch der Hausmeister an der Tür lachte, glücklich darüber, zur allgemeinen Heiterkeit beigetragen zu haben. Und dennoch: Worüber lachten wir eigentlich alle? Wir lachten, weil es der Hausmeister war, der diese Worte gesprochen hatte; wir lachten wie die Dummköpfe, die wir waren. Als ich seine Aussage Jahre später fast wörtlich in einer Arbeit über Einsteins Jugend wiederfand, brachten sie mich nicht etwa zum Lachen, sondern erstaunten mich zutiefst.

30. August

Du erzählst mir von Kindheitserinnerungen und fragst mich, ob der Tod meiner Großmutter nicht viele solcher Erinnerungen in mir geweckt hat. Ja, aber keine, die mit ihr verbunden wären (ich kann mich nicht entsinnen, sie jemals anders gesehen zu haben als an den Stuhl gefesselt), und auch keine rosafarbenen. Ich bezweifle, dass es jemals irgendeine Kindheit dieser Farbe gab; mag sein, dass das Alter rosig ist. Vielleicht habe ich Dir schon einmal geschrieben, dass mir die Unschuld als etwas sehr schwer zu Erlangendes erscheint, wenn überhaupt, erlangt man sie erst, nachdem man ein Leben lang darum gerungen hat. Endlich die Unschuld erlangen! Vielleicht ist es das, was wir am meisten ersehnen ...

Aber eine unschuldige Kindheit? Meine Mutter ließ mich viel kürzere Röcke tragen als die anderen Mädchen. Das gehörte zu ihren fortschrittlichen Ideen, die noch stärker und unverrückbarer waren, seit sie »in Paris und Rom gewesen war«. Das Dumme war nur, dass die anderen mich auslachten, und das machte mich sehr traurig. Eines Tages kam eine Neue in die Schule, deren Rock noch kürzer war als meiner! Sofort war sie von Mädchen umringt, von denen jede versuchte, noch beleidigendere, noch grausamere Worte zu finden. Und die verletzendste Bemerkung ... machte ich. Ich war so glücklich darüber, nicht länger das Opfer zu sein und in die Kategorie des Peinigers aufzusteigen!

Welche anderen Kindheitserinnerungen könnte ich Dir berichten, da Du nun einmal danach fragst? Ah ja: An jenen Sonntagen nahm Papà uns mit nach Les Planes in den Wald. Wir machten es uns unter einer Pinie gemütlich und aßen Erdmandeln und Erdnüsse. Unter jeder Pinie saß ein Vater wie unserer, Proletarier oder Handwerker, und aß, umgeben von Kindern wie uns, Erdnüsse und Erdmandeln. Unser Vater erzählte uns Geschichten, und ich lauschte mit offenem Mund. Es waren eher lehrreiche als unterhaltsame Geschichten, auch wenn Papà als guter Lehrer versuchte, das Angenehme mit dem Nützlichen zu verbinden. Da gab es viel Geographie, die Grundzüge von Physik, Botanik und Hausmedizin, viel säkulare Moral, viele Randbemerkungen zum Fortschritt der Menschheit und der Emanzipation der Arbeiterklasse. Das waren meine Märchen, die geistige Nahrung meiner frühen Kindheit.

Und wie sehr liebte ich sie, da ich ja nichts anderes kannte! Sie gefielen mir natürlich umso besser, je weniger lehrreich sie waren, je weniger Papà sich auf seine pädagogischen Pflichten besann und je mehr er seiner Phantasie freien Lauf ließ. Wir brauchen die Phantasie so sehr, wenn wir klein sind, wenn wir neu auf dieser Welt sind! Wir brauchen die Phantasie und das Mysterium, um diese Welt zu verwandeln, in die es uns verschlagen hat, ohne dass wir wüssten, warum und auf welche Weise! Und mehr noch; dieses Bedürfnis nach Phantasie und Mysterium – also nach Poesie –, das kleine Kinder so lebhaft verspüren, ist nicht alles. Da ist noch etwas, und das ist die Furcht. Alle kleinen Kinder fürchten sich: Sie fürchten sich vor der Dunkelheit, vor Fremden – Menschen oder Tieren –, sie haben Angst, sich zu verlaufen oder sich wehzutun, sie haben Angst und wissen nicht wovor. Wie alle Ungläubigen stritten auch meine Eltern ab, dass diese Angst angeboren sei, ganz im Gegenteil, sie schrieben sie der schlechten Gewohnheit zu – wie sie sagten –, den Kindern von Dingen zu erzählen, die ihnen Angst machen, wie zum Beispiel vom Tod, vom Teufel, von Gespenstern, dem Wolf oder Hexen. Aber mir hatte man nichts von alldem erzählt, und ich erinnere mich noch heute ganz genau an meine Ängste, an meine großen nächtlichen Ängste, wenn ich mitten in der Nacht aufwachte, an diese gestaltlosen, grenzenlosen Ängste, die träge durch die Dunkelheit meines Kinderzimmers trieben. Eines Tages, als ich schon größer war, lernte ich in der Schule ein Mädchen kennen, das mir erzählte, wenn sie sich nachts fürchte, bete sie zu ihrem Schutzengel. Sie sagte ihm:

Schutzengel,
mein sanfter Begleiter,
lass mich nicht allein,
bei Tag und bei Nacht.

Ich lernte diese Verse, ohne es meinen Eltern zu erzählen, und von da an sagte ich sie laut her, wenn ich nachts aufwachte. Einmal hörte mich Mamà und schimpfte mich furchtbar aus; Papà hingegen zuckte, als er es erfuhr, bloß mit den Schultern und musterte mich neugierig und eher gerührt oder doch zumindest freundlich.

Ich glaube mit ganzer Seele, dass wir die Poesie und den Glauben so sehr brauchen, um nicht todunglücklich zu sein, denn Poesie und Glaube sind das Dasein und das Leben, und ohne sie würde alles im Leben zu einem Nichts zerrinnen wie ein unbestimmter, substanzloser Traum. Wenn Du sehen könntest, was Ramonet für große Augen macht, wenn er Märchen hört, das heißt, eigentlich weißt Du das ja ganz genau, denn Du hast ihm ja viele erzählt. Und wie gern hört er, dass sein Schutzengel, das Jesuskind und die Muttergottes über ihn wachen! Das zu wissen, tröstet ihn so sehr! Wir würden uns in dieser Welt so schutzlos fühlen, gäbe es nicht eine andere, unsichtbare Welt, die uns trägt. Wen interessiert es schon, dass die Bilder, die wir uns von dieser unsichtbaren Welt machen, so kindisch sind! Was sind wir denn anderes, was können wir jemals anderes sein als arme, schutzlose Kinder! Ist der Unterschied zwischen dem, was wir mit drei begreifen, und dem, was wir begreifen, wenn wir einmal über zwanzig sind, denn so groß? Wie könnten wir uns jemals das Göttliche anders vorstellen als auf ganz und gar kindliche Weise?

Einmal überraschte uns bei einem unserer Sonntagsausflüge in Les Planes ein Regenguss. Papà barg Llibert und mich unter den Schößen seines Mantels, eines häufig geflickten Mantels, den ich noch vor mir sehe wie heute. Schäbig und abgetragen war er, ein richtiger Volksschullehrermantel! Und ich erinnere mich noch voller Rührung und Zärtlichkeit an das Gefühl von Schutz und Geborgenheit, das mich überkam, sobald ich den Kopf unter diesen Mantel steckte wie ein Küken unter die Fittiche der Henne. Es ist eine meiner frühesten Erinnerungen; ich muss damals so um die drei gewesen sein. Eine andere, weit zurückliegende Erinnerung, vielleicht aus derselben Zeit, ist die an einen Sonntagmorgen, an dem wir nicht nach Les Planes gingen, sondern zum Hafen; das taten wir manchmal und machten dann eine Rundfahrt mit dem Ausflugsboot, was wir liebten. Aber was mir am stärksten in Erinnerung ist, ist nicht das Ausflugsboot, sondern die Beine der Passanten auf der Rambla. Wir gingen zu Fuß von unserer Wohnung bis zum Hafen, und auf diesem Stück der Rambla zwischen dem Carrer de l'Hospital und dem Stadttor von La Pau drängten sich sonntagmorgens die Menschenmassen. Und weil ich damals noch klein war, sah ich nichts als Beine und noch mehr Beine, einen Wald aus sich bewegenden Beinen, und sie stimmten mich todtraurig, diese zahllosen Männer- und Frauenbeine! Warum ich Dir das erzähle? Weil Du mich nach Kindheitserinnerungen gefragt hast. Da siehst Du's ... Aber für heute reicht es mit den Kindheitserinnerungen, das Thema deprimiert mich zu sehr! Dieser düstere Wald aus Beinen lichtete sich nur an den Kreuzungen; damals stand noch an jeder Gaslaterne ein Lastenträger mit roter Baskenmütze auf der Suche nach möglichen Kunden und eine Frau, die bunte Luftballons verkaufte – »Bomben« nannten wir die damals; das leuchtende Rot der Mütze des Lastenträgers und die Farben der »Bomben« erfüllten mich an jeder Kreuzung mit Freude, die allerdings nicht lange anhielt. Kaum hatten wir die Kreuzung überquert, tauchte ich wieder in ein Meer aus unzähligen Beinen ein ...

Wenn ich jetzt daran denke, dass wir als Kinder diese Luftballons »Bomben« nannten, und nun ... Wenn ich Dir sage, dass mir wieder diese wachsbleichen Gesichter vor Augen stehen, während ich Dir all diese dummen Geschichten aus meiner Kindheit erzähle, die niemanden interessieren. Manchmal, wenn ich nachts aufwache, starren sie mich mit ihren offenen, blicklosen Augen in der Dunkelheit an. Wird Gott uns jemals verzeihen können? Mein geliebter Bruder hat große Plakate mit ihnen geschmückt, und wenn man durch die Straßen geht, stößt man auf Schritt und Tritt auf sie. Sie hängen an den Wänden, diese unfassbaren Gesichter – Gesichter von Kindern, für die Bomben nie bunte Luftballons gewesen sind. Wenn ich sehe, dass der geniale Llibert sie als Propagandamaterial verwendet, wird mir übel! Weil ich etwas weiß, worüber die Unseren nicht reden, und ich weiß es von einem Herrn mittleren Alters, der aus geschäftlichen Gründen in Melilla war, als sich die Kolonialtruppen erhoben; er hatte Frau und Kinder in Barcelona, deshalb wollte er unbedingt zurückkommen, auch wenn es sehr schwer war, das spanische Protektorat zu verlassen. Er schaffte es, sich heimlich bis nach Casablanca durchzuschlagen und dort auf ein Dampfschiff Richtung Marseille zu gelangen. Ich habe ihn im Luftschutzkeller unseres Viertels kennengelernt, in den ich mit Ramonet und dem Dienstmädchen bei jedem Bombenangriff gehe; er ist nur bei besonders schweren Bombenangriffen dort. Jedenfalls habe ich von diesem Herrn, den ich kaum kenne, erfahren, dass es die Unseren waren, die mit den Bombenangriffen angefangen haben. Er sagt, eine Woche nach dem Aufstand der Fremdenlegion und der maurischen Truppen hätte der Panzerkreuzer *Jaume I* Melilla bombardiert; es war an einem Sonntag um drei Uhr nachmittags, um die Zeit, wenn die Europäer ihre Mittagsruhe halten. Weil sie sich wegen der Hitze zum Schlafen ausziehen, flohen Männer, Frauen und Kinder, wie er erzählt, halbnackt aus den bombardierten Häusern. Die von der *Jaume I* abgeschossenen Mörsergranaten trafen die ganze Stadt, aber vor allem das europäische Viertel; wenn sie in einem Mehrfamilienhaus explodierten, flogen die oberen Stockwerke durch die Luft, »als wären sie aus Papier«, erzählt der Herr, der es mit eigenen Augen gesehen hat. Die Häuser verschwanden in einer Rauchwolke, und wenn die sich verzog, sah man nur noch einen Trümmerhaufen; die Leute waren unter dem Schutt begraben. Das war am 26. Juli 1936, gerade mal eine Woche nach Kriegsbeginn, und die Europäer waren im Gegensatz zu den Mauren fast alle Republikaner! Hätte ich nicht zufällig diesen Geschäftsmann aus Melilla kennengelernt, der schon sehr alt ist – sicher über vierzig –, hätte ich nie davon erfahren. Die Lliberts aller Art haben große Mühe darauf verwendet, uns glauben zu machen, dass die Faschisten die Einzigen sind, die Städte bombardieren. Die Einzelheiten, die dieser Herr erzählt, gleichen denen in Maria Engràcias Brief, den ich Dir kürzlich abgeschrieben habe, bis aufs Haar. Die einen sind so unzivilisiert wie die anderen, auch wenn es traurig ist, sich das einzugestehen. Aber glaub nicht, dass sich die Gespräche im Luftschutzkeller immer nur um solche Themen drehen. Dort treffen die unterschiedlichsten Menschen aufeinander, und Du würdest Deinen Ohren nicht trauen, wie frivol und oberflächlich die meisten von ihnen sind, besonders die Frauen. Da ist eine, die ist bunt wie ein Papagei und hat immer ihren Schoßhund auf dem Arm. Abgesehen von der Angst, die sie um ihr Hündchen hat, scheint in ihrem Kopf nur Luft zu sein. Ständig lacht sie und redet dummes Zeug; wenn das Gespräch der anderen sich politischen Themen zuwendet, was selten vorkommt, erklärt sie kategorisch: »Ich sage ja immer, das kommt nur daher, dass die Behörden nichts taugen.« Übrigens habe ich mich, bevor ich diesen Herrn aus Melilla kennenlernte, in den Nächten, in denen wir nicht aus der Luft, sondern vom Meer aus bombardiert wurden, ziemlich ruhig gefühlt; jetzt weiß ich, dass die Marine genauso große oder fast so große Mörsergranaten hat wie die Flugzeuge, dafür aber genauer zielen kann. Er hat erzählt, im europäischen Viertel von Melilla hätten sie ganze Häuser in die Luft gejagt. Und nicht dass Du denkst, dieser Herr sei kein Republikaner, er ist genauso republikanisch wie wir. Ich habe ihn gefragt, wie er nach all dem Grauen, das er gesehen hat, noch Republikaner sein kann, und er hat geseufzt und gesagt:

»Was könnten wir denn sonst sein?«

Und deshalb wird mir übel, wenn ich diese Fotos an den Hauswänden sehe, diese Kindergesichter, die die Geschosse in Totenmasken verwandelt haben. Es sind Kinder aus Madrid, die vor den großen Bombenangriffen dort nach Barcelona geflohen waren. Ich weiß nicht, warum, aber damals dachten wir, dass so etwas in Barcelona nie passieren würde. Sie haben sie im Kloster des Oratoriums neben der Kirche des heiligen Philipp Neri einquartiert; jetzt liegt das Kloster in Trümmern, und die Steine an der Fassade sind ganz pockennarbig. Manchmal gehe ich dorthin, bleibe einen Moment lang auf dem kleinen Platz stehen und betrachte sie.

Ich betrachte das, was von dem Kloster übrig geblieben ist und denke an die unschuldigen Kinder. Nicht an die aus dem Evangelium, sondern an alle; alle unschuldigen Kinder, die die Grausamkeit der Erwachsenen seit Anbeginn der Welt das Leben gekostet hat.

Warum willst Du, dass wir uns die Zeit mit Erinnerungen und Geschichten aus unserer Kindheit vertreiben, Juli? Wäre das nicht egoistisch und frivol, wenn man bedenkt, dass unsere Kindheit keines dieser wunderbaren Dinge kannte, die wir – ja, wir alle – für die heutigen Kinder bereithalten? Kurz nach der Bombardierung bin ich das erste Mal zum Kloster gegangen, um es mir anzusehen; die Zeitungen waren voller Bilder von verstümmelten Kindern. Dann bin ich weitergegangen bis zur Kathedrale, die ja ganz in der Nähe liegt, und habe mich auf einen dieser Ecksteine gesetzt, die für die Märtyrer des Französischen Kriegs zu beiden Seiten des Denkmals stehen, gegenüber vom Eingang zum Kreuzgang, wo ich seit jenem Novemberabend, als wir beide dort waren, nie wieder gesessen habe. Du erinnerst Dich natürlich nicht mehr daran; ich kann es nicht vergessen. Das war, als wir unsere end-losen Streifzüge durch die Altstadt unternahmen, die unverkäufliche *La barrinada* unter dem Arm; wir waren müde vom Laufen und ließen uns auf den Ecksteinen nieder.

Damals hast Du mir von Deiner Kindheit erzählt; Du bist wie beses-sen davon, auch wenn Du das nicht merkst. Zum ersten Mal erzähltest Du mir von Deiner Tante; ich wusste damals nicht, mit wem Du zu-sammenwohntest, ob Du überhaupt mit jemandem zusammenwohn-test, und erfuhr nun, dass Du Vollwaise warst, Deinen Vater und Deine Mutter nie kennengelernt und immer bei einer unverheirateten Tante gewohnt hattest, der Schwester Deines Vaters und mit Dir zusammen die einzige Überlebende der Familie Soleràs. An jenem Abend hast Du mir so gefühlvoll und begeistert von dieser altjüngferlichen Tante er-zählt, das kam für mich ganz unerwartet. Nie wieder hast Du so von ihr gesprochen wie an jenem Abend; es war ein feuchter Novemberabend, und wir beobachteten die alten Betschwestern, die in die Kathedrale gingen, um dem Christus von Lepanto eine Kerze anzuzünden, und an-dere, die herauskamen, nachdem sie ihre Gebete verrichtet hatten – und Du erzähltest mir voller Leidenschaft (jawohl, voller Leidenschaft) von Deiner Tante, der alten Jungfer, von der Du später nie anders hast reden können als zornig oder spöttisch, auch sie eine treue Jüngerin dieser Christusfigur, die mich schon damals zutiefst deprimierte.

Ich stelle mir vor (da ich Deine Tante immer noch nicht zu Gesicht bekommen habe), dass sie auf Deine Kindheit eine starke Faszination ausgeübt hat; ich finde kein anderes Wort für den Eindruck, den Du mir an jenem Abend, als Du mir von ihr erzähltest, vermittelt hast. Da-mals hast Du mir gesagt, als Kind hättest Du an ihren Lippen gehan-gen, um die endlosen, phantastischen Geschichten zu hören, die sie für Dich erfand; dass Dich in diesen lange zurückliegenden Zeiten nichts glücklicher machte, als wenn Du die Grippe hattest, weil sie bei jeder Grippe stundenlang an Deinem Bett saß und Dir Geschichten erzählte. Dass Dir noch immer, so sagtest Du, bei dem Wort »Glück« eine Grip-pe in den Sinn kam, eine, bei der man Fieber hat, aber nicht allzu viel, und gemütlich das Bett hütet. »Ich habe nie jemanden kennengelernt«, sagtest Du, »der so viel Phantasie hat; in ihr ist die Phantasie gewuchert wie eine monströse Pflanze, die alle anderen Begabungen unter sich erstickt. Kaum hatte ich ein bisschen erhöhte Temperatur, schon wusste ich, welches Vergnügen mich erwartete: die Aufhebung der Wirklichkeit! Ja, die Wirklichkeit war aufgehoben mit dem Dunst des ersten Gebräus aus Eibischwurzel, das sie mir einflößte, denn nach dem Gebräu kamen die unglaublichen Geschichten, die sie unermüdlich ersann. Als ich dann später als Erwachsener zum ersten Mal vom Opium und seiner Wirkung hörte, stellte ich es mir vor wie Kandiszucker, denn der war es, mit dem meine Tante ihre unsäglichen Heiltränke versüßte.«

Während Du mir von Deiner Tante erzähltest, wurde der Stapel der unverkauften Exemplare von *La barrinada*, die wir auf dem Eckstein neben uns abgelegt hatten, vom feinen, unablässigen Regen durchnässt; Du erzähltest mir, durch die Geschichten Deiner Tante hättest Du Dich gefühlt, als würdest Du nach und nach im Laufe Deiner Kindheit alles selbst durchleben, vom Höhlenmenschen über den Märtyrer in den Katakomben und den Tempelritter bis hin zum Helden der Vendée – »denn natürlich«, stelltest Du klar, »ist die Tante für die Vendée«. Und dann fügtest Du hinzu: »Zu schade, dass wir Anarchisten sind, sonst könnten wir die Vendée wiederbeleben oder vielleicht sogar den Templerorden. Ich habe schon oft überlegt, ob nicht vielleicht alle Übel dieser Welt ihren Anfang nahmen mit der Unterdrückung der Tempelritter. Auf jeden Fall hätten wir bestimmt viel mehr Spaß, wenn wir verfolgte Tempelritter spielten statt Anarchisten. Was daran liegt, dass die Reaktionäre unvergleichlich mehr Phantasie und außerdem die Vergangenheit auf ihrer Seite haben. Die Zukunft hingegen, die reine Inexistenz, überlassen sie den Leuten ohne Phantasie. Ja, Trini, es gehört viel Phantasie dazu, ein Reaktionär zu sein, darum gibt es nur so wenige von ihnen; ich habe bisher außer meiner Tante niemanden kennengelernt, den man guten Gewissens als reaktionär bezeichnen könnte.«

Damals machte mich Dein sinnloses Gerede noch völlig sprachlos; es war das erste Mal in meinem Leben, dass ich jemanden etwas Gutes über die Reaktionäre sagen hörte, ach, was sage ich da, das erste Mal, dass ich hörte, wie jemand über sie redete, als gäbe es sie wirklich. Aber wie konnten sie wirklich sein, wenn sie so waren, wie man sie mir bis dahin geschildert hatte?

»Gottfried von Bouillon«, sagtest Du weiter, »nähme sich neben meiner Tante wie ein Jakobiner aus. Du musst nämlich wissen, dass er mir fast ebenso vertraut ist wie sie; mein Tante erzählt einem von Gottfried von Bouillon, als wäre er ihr bester Freund.«

Damals redeten wir spöttisch und überheblich über die Kindheit, als hätten wir sie weit hinter uns gelassen. Du warst siebzehn und ich vierzehn. Und wir dachten, wir hätten schon eine Menge erlebt, als Du mir an jenem Abend sagtest: »Irgendwann werden wir uns entsetzlich dafür schämen, einmal siebzehn gewesen zu sein.« »Und warum?«, fragte ich verblüfft. »Weil es ein idiotisches Alter ist; stell dir nur vor, wir sind die Menschen der Zukunft! Die reine Inexistenz! Noch sind wir nichts, und doch haben wir uns selbst schon hundert Mal verraten.« »Wie haben wir uns verraten?« »Meine Tante sagte mir einmal bei Tisch, es sei ein Jammer, dass ich groß geworden sei, wo wir beide doch so glücklich waren – so sagte sie –, als ich fünf Jahre alt war; und dann versicherte sie mir, so wie damals werde es nie wieder sein. Zu dieser Zeit ärgerte ich mich über ihre Bemerkung. Wie konnte sie sich wünschen, ich hätte aufgehört zu wachsen? Aber ich habe seither viel darüber nachgedacht, Trini, und jetzt erscheint mir der Gedanke nicht mehr so monströs. Meine Tante hat recht. Wie Jesus Christus.«

»Jesus Christus?«

»Ja, Jesus Christus. Jesus Christus und meine Tante. Oder war es etwa nicht Jesus, der sagte: Wenn ihr nicht werdet wie die Kinder, so werdet ihr nicht ins Himmelreich kommen? Sieh mal, Trini, seit dem Tag, an dem die Tante bei Tisch diese seltsame Bemerkung machte, habe ich viel darüber nachgedacht, und je mehr ich darüber nachdenke, desto klarer erscheint es mir. Und jetzt sage ich es dir, weil mir heute der Sinn danach steht; vielleicht sage ich es dir nie wieder, nicht, weil ich es nicht weiterhin denken würde, sondern weil ich später keine Lust mehr dazu haben werde. Der Tante zum Beispiel werde ich es nie sagen, obwohl es sie sehr glücklich machen und mich sehr wenig Mühe kosten würde. Andererseits: Was nutzt uns die Erkenntnis, wenn wir nichts daran ändern können? Das kindliche Gemüt – wer hat den Mut, zu ihm zurückzukehren? Wenn selbst wir, die wir es so deutlich erkennen, es weder wollen noch können! Vielleicht die Heiligen, und auch von denen nicht alle … Jetzt behaupten wir vollmundig, die Jugend nie zu verraten und zu verleugnen, ihr immer treu zu bleiben; aber wie soll das gehen, wenn wir jetzt schon die Kindheit verraten und verleugnet haben? Warum sollten wir danach nicht, wenn der Moment gekommen ist, die Jugend verraten und verleugnen? Der große Verrat ist schon begangen; der Hahn hat noch nicht gekräht, und schon haben wir sie drei Mal verraten.«

Aber jetzt, Juli, bitte ich Dich von ganzem Herzen: Lass uns nicht länger in den Kindheitserinnerungen kramen! Es ist ein Thema, das mich schmerzt, auch wenn ich Dir nicht sagen kann, warum. Vielleicht wegen dem, was ich Dir gesagt habe: Weil ich bei der Betrachtung der heutigen Kindheit Gewissensbisse habe, dass unsere Kindheit vergleichsweise ruhig war; vielleicht wegen dem, was Du an jenem Abend gesagt hast, dass wir sie mit siebzehn schon verraten haben und für alle Zeiten diese hässlichen Gestalten sein werden: Erwachsene. Was ich Dir aber sagen kann, ist, dass ich nie jemanden kennengelernt habe, der sich so sehr in ein Kind hineinversetzen, wieder zum Kind werden kann wie Du; wie Du es schaffst, Ramonet zu unterhalten, Dich mit ihm auf eine Ebene zu stellen, Dich in die unlogische, geheimnisvolle Welt der Kinder zu begeben, in der ganz andere Gesetze herrschen als in der unseren. Er lauscht Dir fasziniert, wenn Du ein Märchen nach dem anderen erzählst; später sagt er mir dann, dass ich sie nicht richtig erzählen kann, und es stimmt: Ich habe kein Geschick dafür. Stell Dir vor, ich habe mir sogar *Die Kunst des Märchenerzählens* gekauft – die Verfasserin ist angeblich eine berühmte Pädagogin – und von vorne bis hinten durchgelesen. Aber wer die Regeln einer Kunst erlernen muss, um sie auszuüben, ist ein armer Wicht; mit der Kunst muss es sein wie mit der Liebe: Wenn Du sie nicht im Blut hast, kann niemand sie Dich lehren. »Wenn ihr nicht werdet wie die Kinder …« Damit ist zweifellos in wenigen Worten die Kunst zusammengefasst, Märchen zu erzählen; aber sie auszuüben, ist schwer.

10. September
Dein Brief hat mich gerade noch rechtzeitig erreicht, dass es mir wie eine Fügung des Schicksals erscheint.

Heute Morgen brachte mir der Postbote einen Brief von Lluís, den er in Sierra Calva abgeschickt hatte. Es ist der zärtlichste Brief, den er mir jemals geschrieben hat; er bittet mich darin, ihn zu heiraten.

Ich war so glücklich wie jemand, der einen Kampf auf Leben und Tod gewonnen hat. Wie dumm ich doch bin!

Mittags kam der Postbote wieder. Dein Brief hat mich fassungslos gemacht.

Ich musste mich in meinem Zimmer einschließen, damit Ramonet mich nicht sieht. Ich habe mich aufs Bett gelegt, das Gesicht in den Kissen vergraben und versucht zu weinen. Unmöglich. Das Einzige, was ich empfand, war eine schreckliche Ödnis.

Jetzt fühle ich mich leer, aber wenigstens bin ich ruhig. Öd und leer, aber ruhig. Dein Brief hat mich in letzter Minute gerettet, und dafür bin ich Dir unendlich dankbar. In welcher Lage würde ich mich befinden, wenn wir verheiratet wären? Und da fragst Du mich noch, ob Du recht daran getan hast, mir alles zu erzählen!

Was für ein Glück, dass ich nicht für immer an Lluís gebunden bin! Könnte ich ihn mehr lieben, als ich ihn bisher geliebt habe? Was für ein erbärmlicher Mann, der Liebe nicht mit Liebe vergelten kann! Könnte ich ihn mehr brauchen, als ich ihn bisher gebraucht habe, ihm mehr geben, als ich ihm gegeben habe? Vor welchem Kreuz hast Du mich bewahrt, armer Juli; einem jener Kreuze, die einen unter dem Gewicht ihrer Lächerlichkeit erdrücken.

Von jetzt an werde ich in ihm nur noch den Vater meines Sohnes sehen; abgesehen davon wird er ein Fremder für mich sein. Ich werde ihm einmal monatlich einen kurzen, angemessenen Brief mit Nachrichten über seinen Sohn schicken, der zufällig auch der meine ist. Rein zufällig, weiter nichts! Und Ramonet wird immer ein »natürliches Kind« sein, wie letztendlich auch seine Mutter; das ist keine Tragödie. Für mich war es das nie, warum sollte es für ihn eine sein?

Ich finde keine Worte, um auszudrücken, was mir Deine Zuneigung in diesen Augenblicken bedeutet. Ohne Dich würde ich mich völlig allein auf der Welt fühlen, so schrecklich allein, dass ich vielleicht in der Irrenanstalt landen würde. Die Einsamkeit macht mir entsetzliche Angst, ich kann sie nicht ertragen. Wenn mich jetzt jemand sehen könnte, würde er denken: »Die sieht aus wie eine lebenslustige, ungebundene

Frau … eine Frau, die nicht weiß, was Liebe ist!« Ich weiß sehr wohl, dass ich nach außen hin so wirke: Ich habe mich lange im Spiegel betrachtet.

12. September

Die Argumente, die Du anführst, um mir zu beweisen, dass ich frei bin zu heiraten, wen ich will, haben mich seltsam berührt. Natürlich bin ich frei! Warum sagst Du mir das? Denkst Du vielleicht, ich weiß das nicht? Genau das ist mein einziger Trost. Ich bin ledig, kein Zweifel. Warum erinnerst Du mich daran?

Ich bin ledig und völlig ungebunden, mich verbindet nichts mit ihm. Das ist mein Glück in all dem Unglück, und dank dieses Glücks fühle ich mich von der entsetzlichen Lächerlichkeit meiner Lage nicht erdrückt. Aber einen anderen heiraten? Diese Vorstellung erscheint mir, gelinde gesagt, abwegig. Wen sollte ich denn heiraten? Lluís interessiert mich nicht, aber ein anderer würde mich noch weniger interessieren; welcher andere könnte das sein? Dieser wahnwitzige Gedanke ist mir in keinem Augenblick gekommen. Wie soll ich denn Ramonet einen Stiefvater geben?

Jahrelang habe ich wie eine Närrin in der Illusion gelebt, dass Lluís und ich eines Tages unsere Beziehung durch eine Eheschließung bekräftigen und vor den Augen Gottes und der Menschen als Ehemann und Ehefrau zusammenleben würden; jetzt ist mir alles egal. Bah, nichts im Leben ist es wert, dass man sich darauf versteift. Habe ich denn ein Recht darauf, nach all den Schrecken, die wir durchlebt haben, gerade durchleben und vielleicht die nächsten Monate und Jahre noch durchleben werden, mit leidender Stimme von den lächerlichen Ereignissen meines Privatlebens zu künden? Das Land versinkt in Blut und Feuer, zahllose Familien sind auseinandergerissen, so viele unschuldige Leben auf beiden Seiten sind vernichtet, und da soll ich ein Drama daraus machen, dass Lluís mich betrogen hat? Gott könnte mich dafür strafen; und ich kann Dir aus ganzem Herzen versichern, Juli, dass ich dankbarer denn je dafür bin, dass Du dazu beigetragen hast, mir die Augen für ein anderes Leben zu öffnen, das von der grässlichen Lächerlichkeit unserer diesseitigen Existenz nicht berührt wird, gar nicht berührt werden kann. Auf meinem Tisch liegt immer das Evangelium, das Du mir einmal geschenkt hast, vor vielen Jahren, vor dem Krieg; darin liegt immer noch das Lesezeichen, das Du hineingelegt hast. Immer wenn ich es an diesem Lesezeichen aufschlage, finde ich die Worte, die Du rot unterstrichen hast. »Wenn ich nicht Dir folge, wem soll ich dann folgen?« Ich bin Lluís gefolgt, und Du siehst ja, wohin mich das geführt hat, Du siehst es ja, armer Juli!

Wenn Lluís im Krieg gefallen wäre, glaubst Du, dass ich dann jemals einen anderen hätte heiraten wollen? Du kennst mich gut genug, um zu wissen, dass die Antwort nein lautet. Jedenfalls flehe ich Dich bei allem, was Dir heilig ist, an, ihm nichts von dem zu erzählen, was ich Dir schreibe; erzähle ihm nichts von dem Kummer, den ich gerade durchmache. Versuche nicht zu kitten, was nicht mehr zu kitten ist. Ich will nicht, dass er erfährt, wie unglücklich ich bin; eine betrogene Frau, die unglücklich ist, ist doppelt lächerlich. Und das will ich in seinen Augen nicht sein! Ich will keine Schweinereien mehr ertragen. Ja: Schweinereien. Warum soll man es nicht beim Namen nennen? Ich bin keine Klosterschülerin, ich bin die natürliche Tochter von Anarchisten, die die freie Liebe praktizieren! Ich ertrage keine Schweinereien mehr – aber einen anderen heiraten? Diese Vorstellung finde ich … schockierend.

15. September

Als ich eben Deinen Brief bekam, musste ich weinen, ob aus Freude oder Trauer oder warum auch immer, weiß ich nicht.

»Eine Liebe, die auf Vertrauen und Besonnenheit beruht, eine Liebe zwischen Bruder und Schwester« – ist das möglich? Dich in meiner Nähe zu haben, wie ich Dich immer gehabt habe, als meinen einzigen Freund und wahren Bruder, Dich für immer zu haben wie bisher und wenn Du willst, von jetzt an mehr denn je, erscheint mir mehr als nur natürlich; es erscheint mir unentbehrlich. Aber, armer Juli, es weiterzutreiben, wäre das nicht … inzestuös?

Verzeih, aber für mich warst Du immer genau wie ein Bruder!

Wenn Du dazu noch wüsstest, welch einen üblen Geschmack das bei mir hinterlassen hat, was man gemeinhin Liebe nennt; ein düsterer Sturm, in dem die Gesichter verwischen, nicht länger menschlich scheinen, die Sühne für das Verbrechen, einander zu nah sein zu wollen …

In den letzten vier, fünf Tagen hatte ich schon Pläne geschmiedet: Ich würde mein abgebrochenes Studium wiederaufnehmen, meine arme, lange vernachlässigte Geologie, ich würde mich um eine Stelle als Dozentin bewerben. Ich hatte schon einiges in die Wege geleitet; in der Naturwissenschaftlichen Fakultät hatte man mir Maria Engràcias Stelle als Assistentin der Professorin für Kristallographie angeboten; so war mir ihre Entscheidung, auf den Bauernhof zu ziehen, unverhofft zugutegekommen. Sie werden ein Auge zudrücken, dass ich noch keinen Studienabschluss habe und Kristallographie nicht gerade mein Fachgebiet ist. In diesen Kriegstagen können sie es nicht so genau nehmen, es fehlen so viele Professoren! Ich hatte schon an Maria Engràcia geschrieben (denn ich wollte ihre Stelle auf keinen Fall ohne ihre ausdrückliche Zustimmung einnehmen) und sollte Anfang des nächsten Monats, wenn die neuen Kurse beginnen, mit der Arbeit anfangen, also in zwanzig Tagen. Und Dein Brief hat mich nun mitten in diesem Neuanfang überrascht, während ich dicke, fast vergessene Bücher wälzte, hochgelehrte Werke, die, seit Lluís und ich zusammen die Villa in Pedralbes bezogen hatten, in einem Regal in der Bibliothek Staub angesetzt hatten.

Es gab eine Zeit in meinem Leben, da waren sie mir lästig. Das war, als sich plötzlich dieser sinnlose Abgrund an Zeit vor meinen Füßen auftat; jetzt hingegen finde ich so etwas wie Trost in ihnen, sie sind wie ein Betäubungsmittel: Unsere häuslichen Streitereien, unsere lächerlichen *chagrins de ménage* sind im Verhältnis dazu so unbedeutend. Sollten unsere armen Knochen aus irgendeinem unwahrscheinlichen Zufall heraus einmal zu Fossilien werden statt zu Staub, den der Wind verweht, dann wären sie so wenig … so wenig unter einer vier oder fünf Kilometer dicken Schicht aus Sedimentgestein …

Wenn in hundert Millionen Jahren einmal eine Geologieprofessorin wie ich ein paar versteinerte Knochen findet, die letzten Überreste von Lluís und mir, wie könnte sie dann wissen – abgesehen davon, dass es sie gar nicht interessieren würde –, ob wir unglücklich oder glücklich waren, mustergültig treu oder schrecklich betrogen? Wie könnte diese Geologieprofessorin in hundert Millionen Jahren meine Geschichte mit Lluís erraten, und was würde sie das interessieren?

Das ist kein sehr tröstlicher Gedanke, wirst Du sagen; es stimmt, man kann nicht gerade behaupten, dass er fröhlich stimmt, aber was will man machen? Entschuldige, wenn ich Dich mit meiner Geologie langweile, ich weiß, sie hat Dich nie interessiert; aber ich stecke gerade bis über beide Ohren darin. Ich möchte mich vollkommen von Lluís unabhängig machen und mir meinen eigenen Lebensunterhalt verdienen, mit allen Konsequenzen, den positiven und negativen, eine alleinerziehende Mutter sein. Eine alleinerziehende Mutter, die in keiner Weise vom Vater ihres Sohnes abhängig ist, die erhobenen Hauptes durch die Welt gehen kann. Und erhobenen Hauptes kann man nur durch die Welt gehen, wenn man unabhängig ist. Ich werde es sein.

Das Einzige, worin ich noch unentschlossen bin, ist dieses Haus. Er hat es mir und Ramonet überschrieben. Sollte ich auf diese Schenkung verzichten, ihm sein Haus wiedergeben, ihm ins Gesicht spucken: Von dir will ich nichts? Aber würde ich damit nicht Ramonet, der keinerlei Schuld daran trägt, Schaden zufügen, würde ich mich nicht von meinem Stolz blenden lassen, der immer ein schlechter Ratgeber ist? Und wäre es andererseits nicht nur recht und billig, das Haus als Entschädigung für alles zu behalten, was er mir in den letzten Jahren angetan hat? Ich hätte gern, dass Du als studierter Jurist mich berätst: Könnte ich zum Beispiel den mir überschriebenen Anteil meinerseits meinem Sohn überschreiben, der auch sein Sohn und der einzige Enkel seiner verstorbenen Mutter ist, von der wir diese Villa geerbt haben? Damit wären alle meine Bedenken ausgeräumt. Vielleicht könnte ich – das wirst Du mir schon sagen – das Nießbrauchrecht für meinen Anteil in Anspruch nehmen; denn ich habe sicherlich das Recht auf ein kleines Auskommen in dieser Welt. Ich hätte gern, dass Du mich darin berätst; was das betrifft, also die Villa in Pedralbes, werde ich tun, was Du mir sagst, was Du für gerecht und angemessen hältst.

Aber das andere … dass wir beide heiraten … dieser andere Vorschlag von Dir … meine Güte, wohin sollte das führen? Ich fürchte, wir würden dabei nur verlieren; unsere Freundschaft würde zerbrechen, unsere Freundschaft, die so schön ist und schon so alt – ich war vierzehn, als ich Dich kennenlernte, und jetzt gehe ich schon auf die zweiundzwanzig zu … Diese Freundschaft, die mich getragen hat und immer noch trägt, die mich davor bewahrt, mich in dieser Welt rettungslos einsam zu fühlen. Rettungslos einsam! Natürlich ist da Ramonet; aber wie ich schon mehrmals sagte: Welche Gesellschaft kann einem ein Kind schon leisten? Kleine Kinder leisten einem keine Gesellschaft, im Gegenteil: Sie brauchen welche.

Ich versuche, mir unsere Freundschaft als etwas anderes vorzustellen, aber es gelingt mir nicht. Verzeih, Juli: Vielleicht kränke ich Dich mit dem, was ich schreibe, aber gerade, weil ich Dich so sehr bewundere, erscheint mir Dein Vorschlag so absurd. Du bist zu intelligent; und die Liebe ist ein Dschungel. Zwei wilde Tiere, die am Rande eines Abgrunds heulen.

Jetzt erfüllt sie mich mit Entsetzen.

Wenn ich mir Deine Hand vorstelle, die bei einer Diskussion oder bei einem Gespräch so ausdrucksvoll gestikuliert, aber zugleich nicht in der Lage ist zuzupacken, weil sie zu bleich ist, zu verkrampft – wenn ich mir vorstelle, wie Deine Hand sich über meine legt, dann erscheint mir das wie ein monströses Vergehen wider die Natur. Ich muss Dir gegenüber offen sein. Wie gerne würde ich Dich mit ganzer Seele lieben, aber mit nichts anderem als mit der Seele. Dennoch spüre ich, dass eine Liebe allein mit der Seele keine Liebe ist, dass eine solche Liebe nichts wert wäre, weil sie zu einfach ist. Und dann fühle ich, dass ich Dich mehr liebe als nur mit der Seele, und bin völlig verwirrt.

Oder vielleicht liegt es daran, dass ich nicht Frau genug bin, zu sehr Kind und zugleich zu alt, wie eine Frucht, die nicht richtig reift, am Morgen grün und am Abend verfault ist! Ich habe Angst, dass das, was Lluís mir angetan hat, mich für immer geprägt hat. Vom ersten Tag an hat er mir wehgetan; von dem Tag an, als er mich auf der Eckbank auf dem Treppenabsatz im dritten Stock an sich gedrückt und geküsst hat. Dieser erste Kuss war für mich schon eine grausame Erkenntnis, auch wenn mir damals vor lauter Glück schwindelte. Ja: eine grausame Erkenntnis, er hat mir vom ersten Tag an wehgetan, er hat mir immer wehgetan! Dieses skandalöse Abenteuer mit der vornehmen Dame in Olivel, der »schönsten und romanhaftesten Frau von ganz Aragonien«, wie Du in Deinem Brief geschrieben hast, ist nicht von Belang; sie war nicht mehr als der Lichtstrahl, der mich plötzlich hat sehen lassen, der mir die Augen geöffnet hat. In diesem erbarmungslosen Licht habe ich mit einem Mal gesehen und erkannt, dass er mich nie geliebt hat und ich ihn auch nicht geliebt habe; dass das, was ich an ihm geliebt habe, seine Jugend war, seine Kraft, sein Ungestüm und sein animalisches Wesen – all das, was mich jetzt abstößt.

Ich werde Dir jetzt etwas sagen, was ich Dir noch nie gesagt habe. Um Dich vor mir schlechtzumachen, hat Lluís mir oft, wenn er von Dir gesprochen hat, Dinge erzählt ... wie soll ich sagen ... Dinge, die Du gesagt und getan hast und die, gelinde ausgedrückt, merkwürdig sind. Noch jetzt, in einem der wenigen Briefe, die er mir, seit er in Deiner Brigade ist, geschrieben hat, hat er mir Dinge berichtet ... Ich erinnere mich an eine Geschichte von einer Höhle, in der Du irgendein Buch über Karl den Großen oder Roland gelesen hast ... und viele andere verrückte Geschichten, die ich nicht verstanden habe. Ich wollte nie wissen, ob an dem, was Lluís mir erzählt oder geschrieben hat, irgendetwas dran ist, denn schließlich ging es um Dich ... und um ihn! Wenn er einmal nichts Böses tut, dann aus Bequemlichkeit.

Was ich aber ganz genau und aus ganzer Seele weiß, ist, dass Du immer so gut zu mir gewesen bist und es immer sein wirst; ich weiß, dass Du mir nicht wehtun wirst. Und ich habe Angst davor, in diesem Leben allein zu bleiben, mich entsetzt die Vorstellung, in dieser Welt niemanden zu haben, der mich tröstet. Ich brauche Dich und vertraue Dir voll und ganz; ich vertraue Dir und gebe mich Dir hin. Entscheide Du; ich werde tun, was Du sagst.

Außerdem liebst Du Ramonet so sehr ... Ich bin mir sicher, dass Du nie ein schlechter Stiefvater wärest. Gestern haben wir die letzte Kiste Kondensmilch angebrochen; stell Dir vor, ich habe all die leeren Kisten als Erinnerung aufgehoben! Ich hatte vor, sie für den Rest meines Lebens als Erinnerung an diese schweren Zeiten aufzubewahren. Natürlich stehen sie im Weg herum, die Armen ... Irgendwann einmal werden sie wohl als Kaminholz enden, aber ich wollte mit dem Verbrennen warten, bis Du dabei bist. Wir würden sie zusammen verbrennen, die armen Kisten, die mich immer an Deine Ritterlichkeit erinnern. Wer weiß, so wie die Dinge stehen, wer weiß, ob wir nicht, wenn wir in unseren Sesseln am Kamin sitzen und sie fröhlich in den Flammen knistern hören, schon Mann und Frau sind!

Wer weiß …

Aber eines kann ich Dir jetzt schon aus ganzem Herzen versichern:
Ich bin sehr gerührt, plötzlich festzustellen, dass Du noch viel zartfüh-
lender bist, als ich dachte. So viele Jahre hast Du geschwiegen …

DRITTER TEIL

Sein Onkel, der Bischof war, war verwundert darüber,
dass er seine Zeit mit Astronomie vergeudete.

Vida Copernici

I

Was mich betrifft, habe ich zu spät verstanden, dass Gott mir eine harte Lektion erteilen wollte. Die Männer meines Standes sind nie besonnen genug; wenn wir glauben, alle Risse geflickt zu haben, bleibt immer noch der feinste von ihnen, der der Eigenliebe. Wir laufen Gefahr, unsere verborgensten Schwächen für Tugenden zu halten; jeder Ruf, den wir empfangen, ist uns – so glauben wir – durch göttliche Gnade zuteilgeworden, und manchmal bilden wir uns ein, wie Engel der Vorsehung zu handeln, wenn wir direkt ins Verderben fliegen.

Wann, wann nur wird uns die Wahrheit durchdringen, dass wir in der Ödnis dieser Welt keinen anderen Trost erwarten dürfen als den Gottes? Die Einsamkeit ist unser tägliches Brot; und das Brot ist weich.

Doktor Gallifa hat mir im Seminar einmal gesagt, dass wir der schlimmsten Versuchung nie in unserer Jugend ausgesetzt sind, wie man meinen könnte, sondern dann, wenn wir die Fünfzig überschritten haben. Das ist die Zeit, in der wir die Einsamkeit fühlen, in der das Herz allmählich verhärtet und reumütig der Zärtlichkeit gedenkt, die ihm versagt blieb, die Zeit, in der uns das Fehlen der Liebe als die schwerste Last erscheint, die wir in diesem Exil mit uns herumtragen. Nichts wiegt so schwer wie die Leere.

Die Tasse Zitronenverbene am Kamin, wenn der Novemberwind die toten Blätter aufwirbelt und vom Garten den Geruch nach feuchter Erde hereinträgt; die Tasse Zitronenverbene am Kamin, zwei Blicke, die sich wortlos verständigen … Mein Gott, erlöse mich von der Schuld dieser Reue!

Monsenyor Pinell de Bray lebte in Paris, wohnte aber zeitweise in Barcelona im Haus meiner Tante. Er war Titularbischof, ich glaube, von Samarkand; ich sehe ihn noch heute mit der eleganten Teilnahmslosigkeit einer Angorakatze zwischen den Louis-quinze-Möbeln umherstreichen. Groß und schlank, mit schlohweißem Haar, das sein dunkles Gesicht jünger erscheinen ließ, und mit Augen, in denen die heimelige Sanftheit von unter der Asche verborgener Glut brannte. Damals sprach er mit mir in jenem nachsichtigen Tonfall, den wir Kindern gegenüber anschlagen, mit denen man schon vernünftig reden kann. Ich war zwölf – die Tante hatte mir gerade zur Belohnung für mein gutes Zeugnis das Teleskop geschenkt –, und einige seiner verschleierten, samtenen Sätze voller vager Anspielungen auf Dinge, die ich nicht verstand, erinnerten mich an gewisse Passagen aus der Apokalypse, die ich zu dieser Zeit das erste Mal gelesen hatte. Meine Tante hörte auf ihn wie auf ein Orakel.

Tatsächlich war Monsenyor Pinell de Bray das Orakel der Familie; die Tante, deren Cousin ersten Grades er war, stellte ihn mir immer als Vorbild hin. Ich war stolz, einer Familie anzugehören, die der Himmel durch ein so illustres Mitglied ausgezeichnet hatte.

Ich sehe noch den dämmerigen Salon vor mir, in dem die vergoldeten Möbel still zwischen schweren, karmesinroten Samtvorhängen aufblitzten. Ich sehe auch ihn noch vor mir, hager und asketisch, mit seinem bescheidenen, zurückhaltenden Lächeln, ich glaube noch seine Stimme zu hören, dunkel und sanft wie die tiefen Noten eines gedämpften Konzertflügels. Das war im Jahr 1931; ich erinnere mich an einige der Ausdrücke, die häufig fielen: die zurückliegende Katastrophe, die Wiederherstellung des Reichs Gottes … Er machte verdeckte Anspielungen auf geheimnisvolle Besucher, die er in seinem eleganten Appartement auf den Champs-Elysées in Paris empfing, aber mir erschien das damals alles rätselhaft. Ich war noch zu sehr Kind; die Tante, die ihn aus gutem Grund besser verstand, rief erschrocken aus: »Aber du bringst dich in große Gefahr …« Er lächelte, sanft und bescheiden: »Für die gute Sache muss man nun mal sein Leben aufs Spiel setzen.« Manchmal sprach er mit salbungsvollem Mitleid von unserem Primas: »Der Mann ist geistig beschränkt, ein kleinmütiger Charakter …«, und einmal sagte er ganz offen, der Mann gehöre entmündigt. Aber ich war damals sehr naiv und blieb es noch lange.

Inzwischen weiß ich, dass die Grausamkeiten, die gegen Seinen Namen verübt werden, nichts sind im Vergleich zu den Grausamkeiten, die in Seinem Namen verübt werden.

Als ich mit dem Studium fertig war, zog ich in einen Industrievorort, der von dem grauen Block von Rexy Mura beherrscht war. Nachts glichen die vierhundert Fenster der Fabrik – je hundert pro Seite – ebenso vielen Augen, die jeden Winkel des ärmlichen Viertels, in dem die Wellblechhütten wie Pilze aus dem Boden schossen, ausspähten. Es war die Katastrophe, die Senyor Creus, der sich jetzt Kroitz nannte, reich gemacht hatte. Seine Namensänderung war zu jener Zeit kein Einzelfall, und ich will nicht unerwähnt lassen, dass er das Kroitz erst Ende 1945 ablegte und sich von da ab wieder Creus nannte. Wenn man ihm glauben durfte, hatte ein weiterer Genealoge (damals verdienten sich die Genealogen eine goldene Nase) erneute, gründlichere Nachforschungen angestellt, und während der von 1939 zu dem – wie sich herausstellte, voreiligen – Schluss gelangt war, dass er germanische Wurzeln habe, nahm der von Ende 1945 eher an, dass Creus möglicherweise das Gleiche bedeute wie »Cruces« auf Spanisch, sodass es nicht ausgeschlossen, ja, sogar sehr wahrscheinlich war – so die Folgerung des Genealogen –, dass Senyor Creus in direkter Linie von Gottfried von Bouillon abstammte.

Senyor Creus hatte zuvor bereits eine Fabrik besessen, doch die war kaum mehr als einer dieser kleinen Metallbetriebe gewesen, von denen es in Barcelona Hunderte gibt; dort beschäftigte er etwa fünfzig Arbeiter. Ohne die Katastrophe hätte er nicht einmal davon träumen können, die Größe zu erreichen, die sie jetzt hatte. 1936 sah er sich wie so viele andere gezwungen, das Land zu verlassen, und er hat nicht vergessen und wird nie vergessen können, dass seine Fabrik für knapp drei Jahre als Rüstungsbetrieb für die Roten arbeitete, wie er es nennt. Allerdings wurde der Betrieb nicht von den Anarchisten kollektiviert, sondern die autonome Regierung gewährleistete inmitten der Turbulenzen seinen reibungslosen Ablauf. Nach seiner Rückkehr aus dem Ausland fand Senyor Creus oder Kroitz (wir erinnern uns, dass er erst nach 1945 diese Namensvariante wieder ablegte) seine Fabrik mit den neuesten Maschinen von Škoda ausgestattet und um vier neue Hallen erweitert vor und hatte keinerlei Skrupel, sich diese unverhofften Verbesserungen anzueignen. Kaum saß er wieder im Sessel der Geschäftsleitung, da entschied er auch schon, drei oder vier Leuten, die sich taktisch und strategisch geschickt an der Schnittstelle zwischen offiziellen Preisen und Schwarzmarktpreisen angesiedelt hatten, bedeutende Aktienpakete von Rexy Mura anzubieten. Welch bessere Entschädigung gab es nach der vorhergehenden Katastrophe, als zu einem gesetzlich begrenzten Preis einkaufen zu können und dann zu dem Preis zu verkaufen, den man selbst festlegte? Es war geradezu wunderbar einfach – wie alle Wunder – und Senyor Creus hatte keine Mühe, die durch den tschechoslowakischen Maschinenpark verbesserte Fabrik zu schwindelerregenden Erfolgen zu führen.

Dazu kam eine überwältigende Werbekampagne: Plötzlich tauchten überall wie von Zauberhand Plakate von Rexy Mura auf; riesige, bunte, originelle, wundervolle Plakate, für die der große Llibert Milmany, der Unentbehrliche, verantwortlich war. Er war es, der vorschlug, das Geschäft um chemische Produkte zur Verschönerung der Damenwelt zu erweitern; später erkannte er, dass sich in diesen neuen Zeiten auch aus der Schönheit der Herren Profit schlagen ließ. Der geniale Genosse Llibert Milmany (in den neuen Zeiten mehr Kamerad denn Genosse) verstand es, sämtliche Kniffe, die er sich als Leiter der Kriegspropaganda angeeignet hatte, den neuen Gegebenheiten anzupassen. Barcelona hatte die denkwürdigen Plakate wie das mit der Aufschrift »Baut Panzer, Panzer, Panzer!« nicht vergessen. Der geniale Kamerad! Jetzt wurden diese Plakate mit denen von Rexy Mura überklebt, die noch größer und noch bunter waren und noch mehr Ausrufezeichen aufwiesen: »Nie wieder Glatze!«, »Weg mit unerwünschtem Haarwuchs!«, »Pflegen Sie Ihre Achselhöhlen!«.

Aus Dankbarkeit gegenüber der göttlichen Vorsehung beschloss Senyor Creus, die Fabrik dem Herz Jesu zu weihen. Mehr noch: Er beschloss, das Herz Jesu zu einem Aktionär des Unternehmens zu machen. Da ein so einzigartiger Aktionär weder an den Versammlungen teilnehmen noch die Dividende kassieren konnte, kam man überein, dass Monsenyor Pinell de Bray diesen Aktionär vertreten solle. Es war mein Verwandter, der die Fabrik segnete und die Maschinen aus der

Tschechoslowakei großzügig mit Weihwasser besprengte. Von da an fanden in der Burg der Creus' unzählige Soireen und Empfänge statt. Man muss nämlich wissen, dass die Creus nun in einer prächtig restaurierten gotischen Burg wohnten. Diese urkatalanische Familie sprach, seit sie sich Kroitz nannte, nur noch Spanisch. Eines der glänzendsten Feste veranstaltete Senyor Kroitz anlässlich seiner Aufnahme in den Ritterorden vom Heiligen Grab zu Jerusalem; damals war eine allgemeine Titeljagd im Gange.

In den Illustrierten jener Zeit kann man Fotos von diesem rauschenden Fest bewundern; ich habe einige davon aufbewahrt und betrachte sie von Zeit zu Zeit, um mich zu vergewissern, dass ich das alles nicht nur geträumt habe. Auf einem dieser Fotos sind Senyor und Senyora Creus im Kreise ihrer Gäste zu sehen. Alle haben alberne Papiergirlanden um den Hals und blasen in Partytröten, alle krümmen sich vor Lachen unter der sichtbaren Wirkung reichlich ausgeschenkter Getränke. In dieser Zeit, in der der Rest der Menschen im Elend versank, gehörte nichts so sehr zum guten Ton wie Frivolität. Das Traurigste daran war, dass zu diesen Gelegenheiten manchmal – schließlich ging es um den Ritterorden vom Heiligen Grab – ein Kardinal aus Rom anreiste, um dabei zu sein, wenn ein neuer Ritter geschlagen wurde oder eine neue Dame den Schleier nahm. Bei den Kroitz' war allerdings kein Kardinal aus Rom anwesend; man musste sich mit Monsenyor Pinell de Bray begnügen, dafür aber erreichte die Frivolität ungeahnte Ausmaße. Es heißt, im Verlaufe der Soiree sei von Zeit zu Zeit ein junges oder auch älteres Pärchen diskret verschwunden und habe sich erst nach längerer Abwesenheit wieder im Salon eingefunden. Was ich sicher weiß, ist, dass Senyora Creus nach dieser fabelhaften Soiree bei den folgenden Festen sicherheitshalber jedes Mal alle Schlafzimmer der Burg abschließen ließ; die arme Frau hatte sich trotz allem einige ihrer Prinzipien aus der Vorkriegszeit bewahrt.

Man muss wissen, dass die Creus' eine Tochter haben, die zu dieser Zeit etwa fünfzehn Jahre alt war. Zu ihrem Geburtstag, der in den Frühsommer fiel, wurde im Park der Burg ein Gartenfest veranstaltet. Höhepunkt dieses Festes sollte eine »Blumenschlacht« sein, bei der sich die Gäste statt mit Konfetti und Luftschlangen mit Sahne- und Puddingtörtchen bewarfen. Die Idee, so wollte ein hartnäckiges Gerücht wissen, stammte von Llibert Milmany, dem Propagandagenie; offenbar beabsichtigte er, einen Skandal zu verursachen, damit man über Rexy Mura sprach, und verließ sich darauf, dass der Ruf von Senyor Creus und seinem Unternehmen durch die Nachricht von der zu dieser Zeit kaum vorstellbaren Törtchenorgie seinen Höhepunkt erreichen würde. Ganz Barcelona kannte die Geschichte; tagelang sprach man über nichts anderes, und selbst die *Soli* sah sich verpflichtet, die Sache öffentlich zu verurteilen.

Ich hatte die Tochter der Creus' nur selten zu Gesicht bekommen, weil die Familie die Messe nicht in der Kirche des Industrievororts zu hören pflegte. Nur einmal hatte ich mich mit ihr unterhalten, und da war ich schockiert, ja fast sprachlos gewesen angesichts ihrer Ignoranz allem gegenüber, was im Land in den letzten Jahren geschehen war. Sie hatte nicht die leiseste Ahnung, wie es sich in Katalonien vor dem Krieg gelebt hatte, und als ich versuchte, es ihr zu erklären, sah sie mich an, als würde ich ihr eine völlig aberwitzige Geschichte erzählen. Als ich ihr begreiflich machen wollte, dass es früher Brot für jedermann gegeben hatte, dass jeder Brot ohne Lebensmittelkarte in der nächstbesten Bäckerei hatte kaufen können, ohne Schlange zu stehen, sah sie mich kopfschüttelnd an, als könnte sie es nicht fassen: »Was war denn das für ein Durcheinander!«

Zwanzig Jahre später klingt das vielleicht, als hätte ich es mir ausgedacht, aber ich versichere, dass genau das ihre Worte waren. Ich glaube nicht, dass sie dumm war; sie hielt es nur einfach für ausgesprochen schick, ein fröhliches Desinteresse an allem zu zeigen, was nicht sie selbst betraf, und vor allem hielt sie das für sehr weiblich: »Ach, die Politik!«, rief sie und verzog angewidert das Gesicht, und für sie war alles »Politik«, was nicht amüsant war. Andererseits machten es alle ihre Freunde genau wie sie, und die waren keineswegs weiblich, wie später deutlich wurde. Das Leben dieses Mädchens war ebenso hohl wie umtriebig; immer war sie von einer Gruppe von Freunden umgeben, die sie in rasendem Tempo von einem idiotischen Vergnügen zum nächsten beförderten.

Eines Nachmittags suchte sie mich völlig überraschend im Pfarrhaus auf. In ihren Augen stand Entsetzen, und sie sah mich an, ohne ein Wort zu sagen. »Sprechen Sie«, forderte ich sie auf. Aus ihren starren Augen rollten zwei Tränen, aber sie zwinkerte nicht und verzog keine Miene.

»Mamà will mit mir zu einem Arzt gehen, den sie kennt ... und da bin ich von zu Hause weggelaufen!«

Nach diesem kurzen Aufbegehren wurde ihr Blick wieder erschreckend leer, und erneut schwieg sie.

»Ich verstehe nicht, wo das Problem ist«, murmelte ich. »Sie sind attraktiv und unfassbar reich; ich sehe nicht, was er dagegen haben könnte, Sie ...«

»Es sind sieben gewesen«, sagte sie und brach in nervöses Lachen aus, während ihr Blick mich von oben bis unten musterte. »Sieben.«

Es war ein mechanisches Lachen; ihre Hände zitterten, sie zitterten unablässig, ihre Augen starrten mich erschreckend leer an, und das nervöse Lachen schüttelte sie, als kitzelte sie jemand an den Fußsohlen.

Ich versprach ihr, Senyora Creus aufzusuchen und ihr diese verbrecherische Idee auszureden. Aber eine Stunde später waren Mutter und Tochter schon in Begleitung des Arztes mit dem riesigen Cadillac der Mutter ins Ausland verschwunden.

Ein paar Monate später gab es wieder einen prachtvollen Empfang auf der Burg. Als ich die Nachricht hörte, war ich fassungslos: Sie hatte Llibert Milmany geheiratet. Der hatte keine Mühe gehabt, seine vorherige, während des Krieges standesamtlich mit einer Varietékünstlerin von der Paral·lel geschlossene Ehe annullieren zu lassen. In jenen Jahren galten standesamtlich geschlossene Ehen als null und nichtig; es heirateten viele, die vorgaben, ledig zu sein, obwohl sie es gar nicht waren, mit dem Argument, dass die zivilen Trauungen nicht gültig seien. Dieser Skandal dauerte noch lange Zeit an. Der große Llibert Milmany hatte die Gelegenheit genutzt, die unsägliche Varietésängerin loszuwerden, die ihn jetzt kompromittierte und seinem gesellschaftlichen Aufstieg im Wege stand.

Jetzt lebe ich in einem Bergdorf, das nicht einmal zweihundert Einwohner hat.

Ich bin aus der Vorstadt geflohen. Ich bin ein Feigling, das hatte schon Monsenyor Pinell de Bray erkannt: »Diese dumme Idee mit der Vorstadt wird ihm schon bald vergehen.« Und trotzdem ist es Monsenyor Pinell de Bray, dem ich meinen Sieg über die Tante zu verdanken habe. Die Tante ... Wann mag der Abscheu entstanden sein, den sie mir einflößt? Ich habe nur noch eine sehr nebulöse Erinnerung an meine Mutter; ich war vier, als man mich zu meiner Tante brachte – und in meinen fernsten Erinnerungen findet sich schon dieser instinktive Abscheu. Später, als ich neun und oder zehn war, mischte sich Bewunderung hinein. Es war ein komplexes, unergründliches Gefühl, vergleichbar dem, das die Mumie eines Heiligen in uns hervorruft. Die Tante war stets mit frommen Werken beschäftigt; zu der Zeit konzentrierte sie sich gerade auf einen Verein namens *Ajuts a les Vocacions Eclesiàstiques*, »Hilfe zur Kirchlichen Berufung«, den sie immer nur nach seinem Kürzel AVE nannte. Bei Tisch erläuterte sie ihrem illustren Vetter die Marschrichtung dieser Institution, dessen Faktotum sie war. »Bewunderswert«, rief der Titularbischof aus und hob die Mokkatasse an seine Nase, um den intensiven Duft einzuatmen. Die Tante legte großen Wert darauf, einen besonders starken Kaffee zu brauen, und wir tranken ihn nicht aus Kaffee-, sondern Mokkatassen. Monsenyor trank ihn in kleinen Schlucken, den Henkel der Mokkatasse zwischen Daumen und Zeigefinger, den kleinen Finger ostentativ abgespreizt. Nach dem Essen bekam er regelmäßig Schluckauf, und bei jedem Hicksen führte er ein Taschentuch aus hauchzartem Batist an den Mund. Alles, was er tat, tat er mit großer Anmut und feinen Manieren, die nicht von diesem Jahrhundert waren. »Verzeihung«, sagte er, als der Schluckauf vergangen war, und die Unterhaltung ging weiter:

»Bewundernswert ... Wenn es je ein frommes Werk gegeben hat, dann die AVE.«

Nachdem die Tante mir das tragbare Teleskop geschenkt hatte (ich hatte im zweiten Jahr der Oberschule drei Auszeichnungen als bester Schüler erhalten, und das Teleskop war die Belohnung dafür), verbrachte ich jeden Abend zwei Stunden auf der Dachterrasse des Hauses, um den

Mond und die Planeten zu beobachten. Als Monsenyor davon erfuhr, scherzte er: »Zum Glück geht das wieder vorbei, es hat noch nie jemand mit der Betrachtung des Mondes Karriere gemacht.« Dann schenkte er diesen Dummheiten, die meiner Jugend zuzuschreiben seien und seiner Aufmerksamkeit nicht würdig, nicht länger Beachtung, sondern sprach wieder von der AVE, diesem »frommen Werk«, dem die Tante sich verschrieben hatte. Und sie hatte sich ihm, wie sie ausdrücklich betonte, nicht etwa aus Liebe zu den Geschöpfen verschrieben, sondern aus Liebe zum Schöpfer. »Ich weiß, dass einige arme Seminaristen, die von uns ein Stipendium bekommen, das nicht gerne hören werden«, sagte sie, »aber das ist egal; ich tue es für Gott.« Was für ein Gott? Kein anderer Gott, mein Gott, als der, den sie sich in ihrer Vorstellung nach ihrem eigenen Geschmack zurechtgezimmert hatte und der nichts anderes war als eine unbewusste Idealisierung ihrer selbst. »Es ist ein frommes Werk«, beharrte unser illustrer Verwandter, und die Tante senkte den Blick und errötete. Sie zitierte Unmengen von Zahlen: Statistiken von Gemeinden ohne Pfarrer, von Vorstädten ohne Vikar. Sie kannte die jährlichen Prozentzahlen derjenigen, die in sämtlichen Bistümern Kataloniens ins Amt berufen wurden, und diese Prozentsätze sanken von Jahr zu Jahr – was sie auf den schädlichen Einfluss der Republik zurückführte, obwohl dieser Rückgang schon sehr viel länger zu beobachten war.

»Es gibt niemandem mehr, der sich berufen fühlt«, fasste Monsenyor zusammen und roch verzückt an der Mokkatasse. »In der Tat, die Zahl der Berufenen ist rückläufig.«

Die AVE ließ überall in der Stadt kleine Zettel aufhängen, die jeden auf den Mangel an Berufungen aufmerksam machten und dazu aufforderten, für die Einrichtung von Stipendienplätzen für arme Seminaristen zu spenden. Wie viele Wohltätigkeitsveranstaltungen, wie viele Tombolas veranstaltete die Tante nicht zu diesem Zweck! Eine ihrer Lieblingsstrategien bestand darin, möglichst schlicht gekleidet in den vornehmsten Villen von Sarrià vorstellig zu werden. Wenn das Dienstmädchen sie nicht erkannte, ging ihr Plan auf: »Sagen Sie der Hausherrin, dass eine arme Frau hier ist, die um ein Almosen bittet und sie persönlich sprechen möchte.« Die Dame des Hauses kam, erkannte sie gleich, und die rührende, erhebende Aktion war gelungen.

Als ich zwölf war, gewährte sie mir die Ehre, ihr bei ihren »Werken« zur Hand zu gehen. Ich tippte Hunderte, Tausende von Adressen ab; besessen von der Vorstellung, dass es nicht genügend Gemeindepfarrer und Vikare gab, verschickte die Tante unglaubliche Mengen an Briefen, Rundschreiben, Prospekten. Diese Vorstellung wurde zu einer quälenden Angst, mit der sie mich ansteckte. Manchmal überkam mich eine tiefe Traurigkeit bei dem Gedanken, wie viele Seelen verdammt waren, weil es nicht genügend Pfarrer und Vikare gab; ich konnte mir einfach nicht vorstellen, wie eine Seele durch die Schuld einer anderen der Verderbnis anheimfallen konnte – eine wirklich bedrückende Frage. Der Fehler meiner Tante bestand nicht darin, das Problem zu benennen, da es nun einmal da war, sondern eine so simple, automatische Lösung zu sehen. Für sie war eine Seele deshalb verloren, weil ein Pfarrer fehlte, der sich um sie kümmerte, so, wie wir einen Zug verpassen, weil kein Schalterbeamter da ist, der uns den Fahrschein verkauft. Für die Tante war es unvorstellbar, dass man auch ohne Fahrschein in den Zug steigen und einfach schwarzfahren konnte. Und trotzdem … trotzdem: Wie viele ohne Fahrschein in den Zug gestiegen sind, angefangen mit Dismas, der als Erster schwarzfuhr!

Da es für meine Tante unvorstellbar war, derart »unangemessen« den Zug zu besteigen, bestand in ihren Augen das einzige Problem darin, rechtzeitig einen Fahrschein kaufen zu können, und dazu brauchte es eben viele Bahnbeamte, die einem einen Fahrschein ausstellen konnten. Selbstverständlich musste es Fahrscheine erster, zweiter und dritter Klasse geben; in ihrer Milde den Armen gegenüber, die sie durch ein honigsüßes Lächeln und den großzügigen Gebrauch von Diminutiven zum Ausdruck brachte, hätte die Tante sogar Reisende vierter Klasse zugelassen: »Man muss den Menschen Chancen geben«, pflegte sie zu sagen; die Chance, einen Fahrschein für die Strecke Erde-Himmel zu erwerben. Wenn jeder seine Chance hätte, wenn kein Viertel mehr ohne Pfarrer wäre, kein Dörfchen ohne Vikar, dann würde niemand mehr den Zug verpassen, es sei denn, durch die Tücke des Teufels.

Die Bewunderung, die sie durch ihre eifrige Betriebsamkeit in dieser Zeit in mir weckte, verdrängte schließlich den instinktiven Abscheu, den ich seit frühester Kindheit gegen sie gehegt hatte. Die Tante besaß neben anderen Immobilien auch ein Mietshaus im Carrer Balmes nahe der Diagonal. Die Portiersfrau dieses Hauses war für uns »die Portiersfrau« schlechthin; dienstbeflissen und fromm, besuchte sie uns oft in Sarrià. Sie hatte einen Sohn, der nur wenig älter war als ich. Eines Tages brachte sie ihn mit, um uns zu erzählen, dass er ins Priesterseminar eintreten werde, und zwar mit einem Stipendium der AVE. Die Tante schloss ihn tief bewegt in ihre Arme: »Du hast den edelsten aller Berufe gewählt, selbst die Engel werden dich beneiden …« Ich war Zeuge dieser ergreifenden Szene; die Tante weinte sogar, als sie den Sohn der Portiersfrau umarmte.

In dieser Nacht fand ich keinen Schlaf; die Tränen der Tante, die Ergriffenheit der Portiersfrau, die glückliche Miene des Jungen, alles ging mir im Kopf herum. Plötzlich stand mir die Idee klar vor Augen, und ich schämte mich sehr, nicht früher darauf gekommen zu sein. Wie unwürdig hatte ich mich bisher einer Tante wie der meinen erwiesen! Ungeduldig wartete ich darauf, dass es Tag würde; ich konnte kein Auge zutun. Meine Tante pflegte schon immer sehr früh aufzustehen.

Sie sah mich verwundert an: »Was ist los mit dir?« Sie hatte noch keine Zeit gehabt, sich zu kämmen; ich wartete darauf, dass sie mich in die Arme schließen würde wie den Sohn der Portiersfrau, dass ihre Tränen der Freude sich mit den meinen vermischten.

»Aber …« Sie sah beunruhigt aus. »Nun gut, wir reden später darüber. Mir scheint, gewisse Dinge hast du noch nicht verstanden.«

Kurz darauf kam Monsenyor Pinell de Bray aus Paris, um einige Zeit bei uns zu wohnen.

»Der Junge will Priester werden«, erzählte ihm die Tante, »Vikar in irgendeinem Stadtteil …«

Ihre Stimme hatte diesen nachsichtigen Klang, den sie so gerne anschlug, die gleiche honigsüße Milde, mit der sie im Gespräch mit armen Leuten vorgab, sich für ihr Häuschen oder ihre Kindlein zu interessieren. Gütiger Gott, wie sehr könntest du uns für unsere Diminutive, unsere betonte Gefälligkeit zur Rechenschaft ziehen!

Monsenyor Pinell de Bray musterte mich halb belustigt, halb besorgt.

»Darüber müssen wir noch reden«, sagte die Tante. »Aber natürlich nicht vor ihm.«

Ich war verärgert. Ich war doch nicht verrückt. Warum also hatte die Tante dem Titularbischof in diesem Tonfall mitleidigen Spotts von meinem Entschluss berichtet? Ich blieb hinter der Tür stehen, um ihr Gespräch zu belauschen, und hörte Monsenyors samtene, einschmeichelnde Stimme sagen:

»Es gibt Armutspriester, die Karriere machen; ich kenne einen, den Sohn eines Pächters des Barons von Albi, der jetzt Kanoniker in Tarragona ist. Der verrückte Wunsch, in einem Arbeiterviertel tätig zu sein, wird ihm mit der Zeit schon vergehen, genau wie das Vergnügen mit dem Teleskop. Das sind Jugendflausen. Bis er mit dem Studium fertig ist, hat er noch Zeit zum Nachdenken. Seine Idee ist gar nicht so unsinnig, wie du glaubst; die Mehrzahl der Diözesanbischöfe entstammt dem weltlichen Klerus und nicht den Orden …«

Damals galt ein Titularbischof mehr als ein Diözesanbischof, da tatsächlich viele dieser Bischöfe den Reihen der »Armutspriester«, wie Monsenyor sie nannte, entstammten. Aber ich hatte nicht die geringste Neigung, »Karriere zu machen«: Dieser Ausdruck widerte mich an. Ich lauschte weiter auf das, was hinter der Tür gesprochen wurde:

»Ich sage es dir noch einmal, Llúcia: Die Idee dieses Knaben ist nicht so abwegig, wie dir scheint. Ein weltlicher Priester darf sein Vermögen behalten, da er nicht das Armutsgelübde ablegt; wenn er hingegen Jesuit wird, wie du dir wünschst …«

»Es gibt Wichtigeres als das Vermögen«, unterbrach ihn die Tante. »Ich selbst gebe alles den Armen.«

Und Gott tauchte mich in Einsamkeit. Ich hatte keinen einzigen Freund, bis der Krieg anfing; bis ich Soleràs kennenlernte. Kameraden hatte ich viele; aber ich sehnte mich nach einem Freund. Nicht nach Freunden, sondern nach einem Freund. Und dann, ohne zu wissen, wie es dazu kam und warum, wurde ich mit nicht einmal zwanzig Jahren auf einmal Soldat der Katalanischen Armee. In den schrecklichen Tagen des Juli 1936 hatte ich mich in mehreren Krankenhäusern als Blutspender zur Verfügung gestellt; danach wurde ich Krankenpfleger, schließlich Hilfssanitäter, und eines schönen Tages wurde ich einer Brigade der 30. Division als Sanitätsfähnrich zugeteilt. Als ich dann an der Front war, fühlte ich mich in dieser Brigade wohl – und warum auch nicht? Es war eine reguläre Brigade, die gleich zu Kriegsbeginn aufgestellt worden war. Die Gedanken und Gefühle, die meine Kameraden bewegten, unterschieden sich nicht wesentlich von den meinen, es waren gute Leute, warum hätte ich sie nicht mögen sollen? Waren sie mir nicht ähnlich? Später bin ich mehr als nur einmal gefragt worden, ob ich, während wir an der Front waren, nicht mitbekam, dass im Hinterland die Kirchen brannten und Priester abgeschlachtet wurden. Wir bekamen es mit, es war unmöglich, es nicht mitzubekommen. Wir kannten damals nicht das unglaubliche Ausmaß, das das Gemetzel in diesem Sommer annahm, aber wir wussten, dass es stattfand. Wir waren nicht unwissend, aber für uns war es, als wäre die Pest ausgebrochen – und verflucht jemand sein Land, nur weil es von der Pest heimgesucht wird? Wir waren zwischen zwei Bränden und wir wussten es.

Wenn man mich später immer wieder gefragt hat, was ich bei den »Roten« verloren hatte, wenn ich es mich manchmal selbst gefragt habe (denn ich habe mir diese Frage des Öfteren gestellt, ich stellte sie mir schon während des Krieges), dann lautet meine Antwort darauf stets: Es war das Einzige, was ich machen konnte. Es gab, allem ideologischen Durcheinander zum Trotz, eine geographische Trennlinie. Für die überwiegende Mehrzahl der Menschen, die nichts von Politik verstanden – und ich war einer von ihnen –, gab es diese Trennlinie und weiter nichts. Wir waren Republikaner, weil das Gebiet, auf dem wir uns befanden, unsere Heimat, republikanisches Gebiet war; wären wir auf der anderen Seite geboren worden, hätten wir auf der anderen Seite gestanden. Ja, es gab Leute, die von einer zur anderen Seite wechselten und umgekehrt; ich selbst – dazu komme ich später – stand einmal kurz davor, es zu tun, wie Soleràs, wie so viele andere, aber die überwiegende Mehrzahl beschränkte sich darauf, der Fahne zu folgen, zu der sie aufgrund der geographischen Trennlinie gehörte. Für die überwiegende Mehrzahl war es so, und wer weiß, ob es nicht in allen Kriegen so ist. Aber eines kann ich mit Sicherheit sagen: Wenn es jemanden gab, der sich für das Morden und Brandstiften, für die schlimmen Taten im republikanischen Hinterland schämte, wenn irgendjemand sich zutiefst dafür schämte, dann wir. Ich kann das, streng genommen, nur von unserer Brigade behaupten, der einzigen, die ich genau kenne. Und ich kann sagen, dass manchmal, vor allem zu Anfang, die Rede davon war, gemeinsam mit anderen regulären Brigaden nach Barcelona zu marschieren, um dem Treiben der anarchistischen Banden, die das Land mit Blut und Feuer überzogen, ein Ende zu setzen. Eines Tages wird sich das undurchsichtige Mysterium des Anarchismus aufklären; bislang wissen wir nur, dass sie alles dazu taten, um den Krieg zu verlieren.

Ich weiß noch, wie am Anfang, kurz nachdem ich zur Armee gekommen war, unter den Offizieren und Brigadeführern ziemlich offen von einem Putsch die Rede war, den offenbar ein General und mehrere Oberste planten, um die Straßen Barcelonas von Brandstiftern, Dieben und Mördern zu säubern; Namen von angesehenen Militärs wie Guarner, Farràs, Escofet drangen bis zu uns, den niederen Rängen, durch, und wir alle wünschten uns, es würde geschehen. Aber das Ganze hätte nicht durchgeführt werden können, ohne die Front zu entblößen.

Ich erinnere mich an eine Versammlung von Offizieren der Brigade (das war ganz zu Anfang des Krieges), bei der Soleràs das Wort ergriff. Den Anhängern des »Marsches auf Barcelona« wurde von einigen der gewichtige Einwand entgegengehalten, dass die Faschisten durch die breite Lücke strömen würden, die wir ihnen dadurch eröffneten. Mit seiner Klarsicht, die ihm so viele Feinde geschaffen hat, weil sie aufreizend war, prophezeite uns Soleràs, dass wir den Krieg verlieren würden, wenn wir das Hinterland »vor die Hunde gehen« ließen; die anderen fielen ihm ins Wort, um ihn zu warnen, dass ein Offizier sich nicht derart defätistisch äußern dürfe, dass Defätismus bei einem Offizier mit dem Tod geahndet wurde. Er verließ den Raum, außer sich über diese Unterbrechung, und, bevor er die Tür hinter sich zuschlug, rief er:

»Ihr könnt mich alle mal!«

Er war ein merkwürdiger Kerl, brüsk, abstoßend und anziehend zugleich. Seit dem Tag, an dem ich ihn ebenso hellsichtig wie mutig hatte reden hören, fühlte ich mich zu ihm hingezogen; denn er war mutig, wenn auch verdreht. Man erzählte sich seltsame Geschichten über ihn; innerhalb der Brigade hatte sich bereits eine Legende um ihn gesponnen. Er liebte es, sich in Widersprüche zu verstricken, um die anderen aus der Fassung zu bringen. Zeigte er sich an einem Tag als entschiedener Befürworter eines militärischen Schlags gegen die Anarchisten (»ein Heer, das im Hinterland nicht als Beschützer empfunden wird, kann auf keinen Fall siegen«, hatte er gesagt), schüttelte er andere Male die verblüffendsten Rechtfertigungen des Anarchismus aus dem Ärmel, »des einzigen ernsthaften Versuchs, diese Welt in den gewaltigen Hexenkessel zu verwandeln, nach dem wir uns alle sehnen«. Je nachdem, wie ihm der Sinn stand, verteidigte er die widersprüchlichsten Ideen, weshalb viele ihn für einen Wirrkopf hielten. Dabei ist er in Wirklichkeit der intelligenteste Mensch, den ich je kennengelernt habe.

Er beachtete mich gar nicht; nicht, dass er mich gemieden hätte, sondern schlimmer: Es war, als merke er gar nicht, dass es mich gab. Eines Tages sprach ich ihn auf die Offiziersversammlung an, um ihm zu verstehen zu geben, dass ich mit allem, was er gesagt hatte, völlig übereinstimmte: Ich sagte ihm, ich hätte den Verdacht, dass sich unter den Anstiftern der Mörderbanden, die Barcelona terrorisierten, *Agents provocateurs* verbargen. Für mich waren das mehr als vage Verdächtigungen, denn ich kannte Lamoneda, von dem ich irgendwann auch noch berichten werde. Soleràs fiel mir ins Wort:

»Was du da sagst, ist banal. Es lohnt sich nicht, über etwas zu reden, was so offensichtlich ist.«

Auch meine Versuche, ihm Persönlicheres anzuvertrauen, waren nicht erfolgreicher; er schnitt sie auf der Stelle ab:

»Wir alle haben Tanten, die sehnsüchtig darauf hoffen, dass wir die Seite wechseln.«

Einmal ließ er den Satz fallen, den ich später noch öfter von ihm hören würde:

»Jeder Neffe hat die Tante, die er verdient.«

Unsere beiden Tanten, die seine und die meine, hatten fast nichts gemeinsam. Er hegte für seine Tante eine große Zuneigung, auch wenn er diese sorgfältig unter einem spöttischen Tonfall verbarg; ich hingegen hatte mich von meiner Tante immer abgestoßen gefühlt. Trotz seiner barschen Zurückweisung schätzte ich Soleràs sehr; sein Zynismus schüchterte mich nicht ein. Ich spürte, dass er ein einsamer Mensch war, der in seinem Inneren schmerzliche, geheime Reichtümer barg. War er katholisch? Wenn, dann auf jeden Fall ein zynischer Katholik.

Aus seinem Mund klangen die Wahrheiten über die Religion unerwartet und häufig provozierend.

Als sein auffälliges Benehmen während einer Schlacht, von der ich hier nicht näher berichten will, ihn seine Stellung als MG-Leutnant kostete, ging ich zu ihm, um ihn meiner unverbrüchlichen Freundschaft zu versichern.

Ich ging zu ihm in meiner ganzen, damals noch beträchtlichen Naivität; ich dachte, er bräuchte mich vielleicht in diesem Augenblick, in dem er degradiert worden war (Lluís war noch nicht in unserer Brigade). Ich nahm an, ein paar Tropfen Balsam auf die brennende Wunde, die ihm die Degradierung zweifellos geschlagen hatte, seien in jedem Fall willkommen. Jetzt, viele Jahre später, wundere ich mich selbst, wieso uns damals der Verlust von Rängen so wichtig erschien (er war Fähnrich, wenn er auch als Leutnant fungierte), die kurz darauf sowieso durch die – direkt darunterliegenden – Brigaderänge ersetzt wurden, aber tatsächlich hatten wir schon nach wenigen Monaten Krieg das militärische Denken dermaßen verinnerlicht, dass uns eine Abstufung um einen Rang schon wie eine kaum zu ertragende Schande erschien. Es gab Kameraden, die ihm nach seiner Degradierung den Rücken zuwandten, sobald sie ihn sahen.

Ich fand ihn im Lager der Intendantur der Brigade zwischen Milchdosen und Säcken voller Reis und Kichererbsen; er saß auf einem dieser Säcke, völlig in die Lektüre eines dicken Buches vertieft.

»Setz dich«, sagte er unwirsch. »Ich habe eben gerade an dich gedacht, schließlich bist du Sanitätsfähnrich. Du solltest mir zuverlässig sagen können, was die Symptome eines Trippers sind.«

Seine ewigen dummen Sprüche … Aber an diesem Tag hatte ich nicht damit gerechnet und war den Tränen nahe. Denn ich bin nah am Wasser gebaut.

»Jetzt nimm dir das doch nicht so zu Herzen, verdammt, es geht nicht um mich, sondern um einen gewissen Casanova. Vielleicht hast du schon von ihm gehört? Casanova de Seingalt, von Beruf Venezianer. Seine Memoiren beschäftigen mich sehr. Wenn man ihm glauben darf, hat er sich von allen seinen Geschlechtskrankheiten ebenso schnell erholt, wie er sie sich eingefangen hat. Ist das möglich?«

»Im achtzehnten Jahrhundert hätte das an ein Wunder gegrenzt.«

»Ein Wunder! Es wäre phantastisch, wenn man auf diese Weise seine Übel loswerden könnte. Aber Casanova war ein Anhänger Voltaires, deshalb müssen wir die Möglichkeit eines Wunders ausschließen.«

»Ich bin nicht gekommen, um über Casanova zu reden.«

»Bist du vielleicht gekommen, um mich mit einem Vortrag über Politik zu langweilen?«

Zu dieser Zeit war die Politik in der Brigade noch ein wichtiges Gesprächsthema; es wurde so viel darüber gesprochen, dass es uns allen schließlich (kurz vor Lluís' Ankunft) zum Halse heraushing. Am Ende führten wir einfach Krieg, »weil wir schon mal dabei waren«, ohne uns weiter den Kopf darüber zu zerbrechen. Soleràs war der Erste gewesen, der sich beklagte, dass dieses ständige Gerede über Politik ihn ermüdete; oft machte er sich über die Ansprachen lustig, die das Radio unablässig ausspuckte und die uns an der Front über die Zeitungen erreichten.

»Hier siehst du«, und er wies auf den Sack mit Kichererbsen, »wie ich heldenhaft Krieg gegen die Faschisten führe, also gegen die Bösen. Wir schreien: ›Tod dem Faschistenpack!‹ Sie rufen: ›Tod den verdammten Roten!‹ Und alle, sie wie wir, meinen damit das Gleiche: Tod den Bösen! Jeder kämpft gegen die Bösen, jeder, immer, überall, und für die Guten. Mein Gott, wie eintönig! Gibt es denn auf diesem Planeten niemanden, der ein bisschen mehr Phantasie hat? Aber das Schlimmste an den Kriegen ist, dass hinterher immer Romane über sie geschrieben werden; was diesen Krieg betrifft (der genauso ein Scheißkrieg ist wie alle anderen, das sage ich dir), so wird er ein paar ganz besonders idiotische Romane hervorbringen, in grellem Rosa und Grün: Darin wird es um ganz besonders tapfere junge Helden gehen und um besonders gut gebaute, engelsgleiche Mädchen. Du nicht, armer Cruells; du wirst uns nicht mit einem solchen Machwerk behelligen. Aber die Ausländer … Du glaubst nicht an meine prophetische Gabe; das ist schade, denn ich könnte dir zum Beispiel vorhersagen, dass die Ausländer aus diesem ganzen gewaltigen Schlamassel großartige Geschichten über Toreros und Zigeuner fabrizieren werden.«

»Toreros? Von denen hat man hier noch nie gehört, soviel ich weiß …«

»Ja, armer Cruells, man hat bei der Armee noch nie einen Torero gesehen und noch viel weniger einen Zigeuner, aber die Ausländer haben eine gute Nase fürs Geschäft. Geschäft ist Geschäft, sagen alle Ausländer, und Zeit ist Gold; und damit ein Roman, der in Spanien spielt, sich verkauft, ist es unabdinglich, dass der Held ein Torero und die Heldin eine Zigeunerin ist; und im dritten Kapitel vögeln sie dann in einem tropischen Urwald voller wilder Stiere. Alles andere wäre Zeitverschwendung, und Zeit ist Gold. Die Ausländer sind ein Haufen Kretins, und ich weiß, wovon ich rede, weil ich gereist bin. Die Welt kann nicht funktionieren, solange es so viele Ausländer gibt.«

»Was hast du denn auf einmal gegen die Ausländer?«

Er starrte mich, als wäre er verwundert über meine Frage:

»Was mich am meisten aufregt«, seine tiefe Stimme klang wie ein Knurren, »ist der Gedanke, dass ich ebenfalls Ausländer bin. Das ist das Erste, was man auf Reisen lernt. Das erste Mal (das war im ehemaligen Königreich Sachsen), als ein Beamter mich wie einen Ausländer behandelte, war ich drauf und dran, ihn zu ohrfeigen, als hätte er mich beleidigt. Ich – Ausländer?, schrie ich, nie im Leben! Der Ausländer bist du! Wir denken nämlich alle, alle, dass die anderen die Ausländer sind. Wir alle sind Ausländer, wie widerlich! Wir leben in der Illusion, dass nur die anderen Ausländer sind, dabei ist man selbst immer der hoffnungsloseste Ausländer von allen.«

»Armer Soleràs«, sagte ich, »im Grunde hast du vollkommen recht. Der hoffnungsloseste Ausländer von allen … Aber was hast du davon, dass du immer allem auf den Grund gehst?«

»Nichts als Scheiße habe ich davon!«, erwiderte er wütend. »Könnte ich doch nur so dumm sein wie alle anderen! Wirf mal einen Blick in die Zeitung, die hier liegt, auf den Säcken mit Kichererbsen, und sieh dir die Schlagzeile auf der ersten Seite an: ›Erhebt euch, Proletarier!‹ Es ist eine großartige Rede unseres genialen Genossen Llibert Milmany, des Generaldirektors für Kriegspropaganda; entschuldige, gerade fällt mir auf, dass du nicht weißt, von wem ich rede.«

Zu dieser Zeit war mir Lluís' Schwager tatsächlich so gut wie unbekannt – schließlich kannte ich auch Lluís noch nicht –, auch wenn er bereits wenige Wochen nach Kriegsbeginn eine gewaltige Propagandamaschinerie in Gang gesetzt hatte. Ich war gleich in den ersten Tagen an die Front gegangen, als Llibert Milmany noch nicht in der Öffentlichkeit aufgetreten war, und an der Front sprach man nicht über ihn, so wie man nicht oder kaum über die neuen Gestalten sprach, die in einem für uns unverständlichen Reigen auf der politischen Bühne des Hinterlands auf- und abtraten. Soleràs hingegen kannte ihn nur allzu gut:

»Der geniale Genosse! Er ist in unserem Alter und gesund wie ein Stier, aber im Hinterland unentbehrlich, hier siehst du ja, wie unentbehrlich er ist! ›Erhebt euch, Proletarier!‹, ruft er uns zu, während er gemütlich in seiner riesigen Schreibstube in Barcelona sitzt. Als du hereinkamst, schlug ich mich gerade mit einem Gewissenskonflikt herum. Du hast ja bemerkt, dass ich auf diesem Sack mit Kichererbsen gesessen und die Memoiren von Casanova gelesen habe, aber trotzdem steht in dieser Zeitung schwarz auf weiß: ›Erhebt euch, Proletarier!‹ Durfte ich da weiter auf den Kichererbsen sitzen bleiben? Oder musste ich ›mich erheben‹, wie der geniale Genosse schreibt? Man könnte meinen, ›sich erheben‹ heißt, dass man aufsteht, aber bin ich denn ein ›Proletarier‹? Was für ein fürchterlicher Zweifel! In Wirklichkeit bin ich nichts weiter als ein angehender Notar. Ich müsste einen anonymen Brief an den berühmten Llibert schreiben (anonym deshalb, weil er mich zu gut kennt), in dem ich ihm vorschlage, seine Reden ein klein wenig abzuändern. In der nächsten könnte er zum Beispiel sagen: ›Erhebt euch, Notare! Erhebt euch, Apotheker!‹ Ein bisschen mehr Abwechslung, mein Gott …«

Nach dieser Begegnung sahen wir uns ein paar Wochen lang nicht. Er fuhr mit dem Lastwagen der Verpflegungseinheit herum, um im Hinterland Lebensmittel aufzutreiben, und ließ sich deshalb manchmal tagelang nicht bei der Brigade blicken. Dann tauchte er eines Abends plötzlich unerwartet im Sanitätsraum des Bataillons auf, dem ich damals zugeteilt war. Er war, wie er mir erklärte, eigens in dieses Dorf gekommen, das ziemlich weit vom Basislager der Intendantur entfernt war, um mich zu sehen und ein langes Gespräch mit mir zu führen. Nach dem Abendessen nahm ich ihn mit in den Keller, in dem meine Pritsche stand, und schleppte einen Strohsack für ihn herbei.

»Wenn ich dir sagen würde, dass mir das Universum schon immer, schon seit meiner frühesten Kindheit …«, mehr oder weniger so begann sein Monolog, der Stunden dauern sollte, kaum dass wir uns auf unseren Strohsäcken ausgestreckt hatten, »wie ein weiblicher Ozean erschienen ist … Ach, könnte man sich doch nur kopfüber in diese lauwarmen, schwindelerregenden Gewässer stürzen! Aber man ist ein an den Strand gefesselter Tantalus. Man hat den Ozean direkt vor der Nase, kann aber nicht in ihn eintauchen! Sie lassen es nicht zu. Du kannst dir einreden, dass du dich sowieso nicht hineinstürzen würdest, weil du tugendhaft bist, aber ich nicht. Ich kann mir keinerlei Illusion machen: Ich habe alles versucht, aber sie lassen mich nicht! Allerdings ist mein Fall auch besonders kompliziert, da ich wahnsinnig klerikal bin. Manche Leute glauben an nichts, nicht einmal an Schwarze Messen; sie halten sie ab, aber sie wissen nicht, was sie tun. Höchst wichtige Herrschaften, musst du wissen; die Geschäftsführer großer Aktiengesellschaften, Wirtschaftsprofessoren, Besserwisser erster Güte. Sie ahnen nicht im Geringsten, dass sie unbewusst den Antiewigen Vater höchstpersönlich anbeten.«

»Den Antiewigen Vater?«, fragte ich.

»Ja: den Antiewigen Vater. Diesen Namen habe ich ihm gegeben, und wenn du nur ein klein wenig nachdenkst, wirst du einsehen, dass er bestens zu ihm passt; tief in meinem Inneren bin ich überzeugt, dass dies sein wahrer Name ist und dass er nur deshalb nicht darunter bekannt ist, weil er gerne inkognito bleibt. Er liebt es, bei seinen Inkarnationen möglichst unauffällige Gestalten anzunehmen, und das geschieht sehr viel häufiger, als du glaubst; er liebt es, sich unter die graue Menge auf der Straße zu mischen, um sich anbeten zu lassen, ohne dass seine Anhänger es merken. Er liebt das Trügerische, Zweideutige, die Mystifizierung; er liebt den Luxus, aber weniger den teuren Luxus als den schäbigen – den, der in den Lasterhöhlen gedeiht, für jedermann erschwinglich. Ja, er sorgt dafür, dass es Höllen gibt, die für jedermann zugänglich sind, er denkt auch an die Armen. Er vergisst nicht die einfachen Angestellten, die die Fünftagewoche nutzen müssen, um ein bisschen Dampf abzulassen. Der Sommer ist lang in Barcelona, die Nächte sind kurz, aber schwül, die unvergesslichen Nächte der Hundstage! Dann und wann machte ich mich unter den Vorwand, dass mein Wirtschaftsprofessor mich sprechen wolle, von La Godella davon, dem Gut meiner Tante, auf dem wir den Sommer verbrachten, und tauchte in die Welt ein, die mich so sehr lockte und die ich so gut kannte. Ich kannte sie vor allem vom Winter, aber während der Hundstage schien sie völlig aufzugehen wie eine dieser großen Früchte, die von der Hitze aufplatzen und ihr üppiges reifes oder überreifes Inneres bloßlegen. Und manche streifen, von Hitze und Schlaflosigkeit geplagt, durch die Gassen wie Schmetterlinge, die von Blüte zu Blüte flattern, bis sie eine finden, die sie ganz unerklärlich anzieht, viel mehr, oh so viel mehr als die anderen, ohne dass sie sagen könnten, warum. Eigentlich sieht sie aus wie alle anderen; sie steht in ihrem Hauseingang oder an ihrer Straßenecke wie eine Wache, die getreulich ihre Pflicht erfüllt; sie hat nichts Besonderes, nichts, was die anderen nicht auch hätten, aber zu ihren Füßen würde man, von einem unwiderstehlichen Drang getrieben, niederknien. Der Dummkopf weiß es nicht – wie viele Götzenanbeter gibt es, die sich dessen nicht bewusst sind! –, aber das ist die Anziehungskraft des Antiewigen, die schon die Klassiker kannten: die ›fascinatio fugacitatis‹, die unwiderstehliche Verführungskraft all dessen, was flüchtig ist, was nicht länger dauert als eine kurze Sommernacht! Die Götzenverehrung schlechthin, die Anbetung des Flüchtigen! Man fällt vor dem auf die Knie, was Krankheit, Alter und Tod zerstören werden, man küsst es voller Ergebenheit! Man schwört der Ewigkeit ab und macht sich eilends zum Sklaven der Zeit! Aber ich bin wenigstens kein Geschäftsführer einer Aktiengesellschaft, ich predige nicht von einem Wirtschaftsprofessorenpult aus. Und danach – immer danach! – ging ich davon, während die Morgendämmerung langsam über dem Hafen heraufzog, warf mich in irgendeiner vergessenen, einsamen und dunklen Kirche zu Boden, den Blick auf das Ewige Licht geheftet, und ließ mich von der Süße der Reue forttragen. Ja, es liegt Süße darin, dem gekreuzigten, vergessenen Gott zu sagen: ›Herr, Du selbst war es, der uns diesen Kniff gelehrt hast, diesen großartigen Kniff, das Gebet des Steuereintreibers.‹«

Im Dunkeln dröhnte seine Kantorstimme wie die tiefen Register einer Orgel; er redete sich in Rage, und es war schwierig, Ergriffenheit und Spott darin auseinanderzuhalten.

»Die Frau ist der Ozean, der Mann die Sahara. Diese beiden verfeindeten Unermesslichkeiten, Wasser und Durst, liegen nebeneinander, ohne sich je zu vermischen. Würden sie sich vermengen, entstünde daraus der großartigste aller Kontinente; aber es ist unmöglich. Im Herzen der Sahara, dort, wo die Sonne am heißesten auf die Dünen brennt, wächst eine Kaktusart, die eine beträchtliche Höhe erreicht. Eine der seltenen Tuareg-Karawanen hat das einzige Exemplar dieser Gattung (denn es handelt sich um eine Spezies mit nur einem Exemplar) schon aus der Ferne erspäht. Seine hochaufragende Silhouette wirft einen Schatten auf den Sand, der sich bis zum Horizont erstreckt, und eigentlich haben die Tuareg eher diesen Schatten erspäht als den Kaktus selbst. Abgesehen davon, dass er das einzige lebende Exemplar seiner Gattung ist, weist dieser Kaktus noch eine weitere Eigentümlichkeit auf: Er lebt tausend Jahre, dann erblüht er für eine Sekunde und stirbt. Ja, ja, die Sahara ist in vielerlei Hinsicht bemerkenswert.«

»Von diesem Kaktus habe ich noch nie gehört.«

»Nein? Er ist wunderbar. Endlich kommt der Augenblick, nach Tausend Jahren Elend, in dem er erblühen sollte: ›Pah, und was nutzt mir das?‹, sagt er und zieht es vor zu vergehen, ohne diese Sekunde des Glanzes zu erleben, diese Sekunde, auf die er sich seit tausend Jahren vorbereitet hat! ›Blühen? Wozu?‹, sagt er, als der Moment gekommen ist. Ja, wenn die Stunde da ist, sagt er ›Pah!‹ und vergeht, ohne sich die Mühe zu machen zu erblühen. Hast du wirklich noch nie von ihm gehört? Er ist wunderbar. Dann gehörst du zu den Leuten mit wenig Bildung, wie Hauptmann Picó sagt; denn es ist wirklich ein sehr bekannter Kaktus, der *Cactus solerassus*. Und den kennst du wirklich nicht? Und die Insekten? Hast du von denen auch noch nicht gehört?«

»Welche Insekten?«

»Welche? Alle! Alle Insekten! Die Insekten eben, ganz egal, welche. Es ist seltsam, wie gebrechlich Insekten am Anfang ihres Lebens sind, gerade umgekehrt wie bei uns. Welches der beiden Systeme ist besser? Einige von ihnen schleppen sich jahrelang mühsam dahin, bis sie einen einzigen Augenblick der Jugend erleben, den Hochzeitsflug: Im Grunde genommen ist es die gleiche Geschichte wie beim *Cactus solerassus*; letztendlich läuft alles auf das Gleiche hinaus, als wäre alles auf den Hochzeitsflug hin angelegt, auf den Glanz; aber dass man uns davon nicht mehr als einen Tropfen kosten lässt, einen einzigen Augenblick! Und für diesen einzigen Tropfen, für diesen einen Augenblick, für dieses kurze Aufleuchten so flüchtigen Glanzes … Ach, man verliert sich darin wie in einem unentwirrbaren Durcheinander. Ein Beispiel: Als das tierische Leben noch kaum über das Stadium der Insekten hinaus war (da wir gerade von Insekten reden), hatte die Pflanzenwelt schon die prächtigsten Blüten vorzuweisen; die monströsesten, ehrfurchtgebietendsten Orchideen waren bereits im Herzen der dichtesten, heißesten Urwälder aufgegangen, als unser Vorfahr, der Regenwurm, noch blind über den Boden kroch. Damals hätte man glauben können, dass die Pflanzenwelt für die höchste Glorie bestimmt sei; heute wissen wir, dass dem nicht so war. Gott wollte vom Regenwurm abstammen und nicht von der Orchidee: Du musst zugeben, dass man den Verstand verlieren kann, wenn man auch nur ansatzweise versucht, das zu verstehen.«

Jeder Versuch, seinen Monolog zu unterbrechen, war vergebens; seine Rhetorik riss ihn selbst mit, seine Kantorstimme wurde immer emphatischer. Ich wusste, dass er gestikulierte, weil die glühende Spitze seiner Zigarette seltsame Arabesken in die dichte Dunkelheit des Kellers malte. Er sprang von einem Thema zum nächsten, und ich glaube, er hatte meine Anwesenheit völlig vergessen.

»Das Mindeste, was wir sagen können, ist, dass alles außer dem Nichts unerklärlich ist. Faszinierend, wie niemand bemerkt, dass durch eine unfehlbare algebraische Formel ›an nichts glauben‹ gleich ›an das Nichts glauben‹ ist. Wenn nichts existierte, gäbe es kein Problem, alles wäre sonnenklar. Das Nichts ist das einzig Logische, Rationale, frei von jedem Mysterium, vollkommen simpel und verständlich; aber das Nichts ist per Definition das Einzige, was nicht existiert, und alles, was existiert, ist ein Mysterium. Was gleichbedeutend ist mit der Aussage, dass Denken Zeitverschwendung ist, weil es nirgendwohin führt: Entweder gibt es nichts, oder wenn es etwas gibt, ist es ein unerforschliches Mysterium. Das war aber eigentlich gar nicht das, worüber wir gerade geredet haben; kehren wir also zu unserem Thema zurück. Ich sagte dir gerade, dass es die Frauen sind, die nicht wollen, nicht ich, denn die Lilie der Keuschheit ist nicht gerade meine Stärke, das kann ich dir versichern. Da du Priester bist oder zumindest einmal einer werden willst, bist du verpflichtet, dir meine Beichte zu diesem Thema anzuhören, das, wie ich vermute, neunundneunzig Prozent aller Beichten ausmacht. Hier kommt nun also der springende Punkt: Sie lassen einen nicht an sich heran, von einigen ehrenwerten Ausnahmen abgesehen, natürlich, aber wer hat sich je für die Ausnahmen interessiert? Die Ausnahmen ... die, die einen ranlassen ... weißt du, von dem Moment an, wo sie einen ranlassen ... was soll ich sagen: In dem Moment, wo sie mich ranlassen, vergeht mir die Lust auf alles ... Das ist zugegebenermaßen ein Mysterium; überall Mysterien! Wir haben nur wirklich Lust auf diejenigen, die uns eben nicht ranlassen; sollen mir die Atheisten dieses Mysterium erklären, die verdammten Atheisten. Aber was soll's, die können euch kein Mysterium erklären und auch sonst nichts Gescheites, die können euch nur was vom Fortschritt erzählen. Die erschlagen euch mit dem Fortschritt! Sie gehen nach Amerika, und dort verkaufen sie dann Zeitungen an den Straßenecken; sie machen ein Riesenvermögen, und dann kommen sie hierher zurück, um uns zu erzählen, wie sie es gemacht haben, als ob das irgendjemanden interessieren würde. Der Fortschritt ist schuld, denn früher sind die, die nach Amerika gingen, nicht mehr zurückgekehrt und konnten uns nicht mit ihren langweiligen Geschichten in den Ohren liegen. Ich habe auch Zeitungen an den Straßenecken verkauft, so wahr ich hier stehe; unverkäufliche Zeitungen, *La barrinada*, stell dir vor ... Aber nicht in Amerika, wo ich mit Sicherheit stinkreich geworden wäre, sondern in Barcelona, mitten auf der Rambla. Unglaublich, dass die Typen, die aus Amerika zurückkommen, sich nicht schämen, dort ein Vermögen gemacht zu haben; sie erzählen es dir, ohne rot zu werden, unfähig, die Tiefe eines Satzes zu begreifen, den meine Tante einmal hat fallenlassen. Man hatte ihr einen äußerst eleganten Herrn vorgestellt: ›Ein höchst gebildeter Mann‹, sagte sie hinterher, ›es heißt, er habe sich sein Vermögen selbst verdienen müssen, aber das halte ich für üble Nachrede.‹ Vielleicht hatte dieser vornehme Herr damit angefangen, dass er Zeitungen an den Straßenecken von New York verkaufte; dort ist das hoch angesehen, es gehört zum guten Ton, es ist das Erste, was jeder Millionär getan hat. Sie würden sich schämen, in Barcelona Zeitungen zu verkaufen, aber in New York ist es überaus vornehm. Und da haben wir schon wieder ein Mysterium, das der Scham, das ich mir nur zu gerne von den genialen Atheisten erklären lassen würde: Von allem, was ich in meinem Leben getan habe, schäme ich mich am meisten dafür, auf eine Anzeige in der *Vanguardia* geantwortet zu haben, die versprach, einem einen ›vertraulichen Prospekt‹ darüber zuzuschicken, wie man innerhalb von fünfzehn Tagen Muskeln wie ein Athlet bekommt. Für fünfzehn Peseten: eine Pesete am Tag. So wahr ich hier stehe, habe ich doch tatsächlich fünfzehn Peseten für das Geheimnis ausgegeben, Muskeln wie ein Athlet zu bekommen. Und warum soll ich nicht alles erzählen, da ich nun einmal beim Beichten bin? Ich habe es sogar fertiggebracht, zu einer ›intimen Beratung‹ bei Madame Zoraida zu gehen, ›Expertin in der Psychologie amouröser Eroberungen‹. Natürlich ist mir keine Eroberung geglückt; nicht einmal die von Zoraida, die übrigens eine besonders schamlose Zigeunerin war. Du glaubst mir nicht? Na, dann sage ich dir, dass ich mir sogar eine Tube *Barbyl* gekauft habe, und nicht etwa die kleine Tube für zehn Peseten, sondern die extragroße, für vierzig; ich wünschte mir so sehr, dass das Messer beim Rasieren irgendein Geräusch macht ... Ein Haar mehr ist mir gesprossen, nur eines, das aber dafür sehr lang ...«

Er seufzte wie unter der Last einer schmerzlichen Erinnerung, dann nahm er seinen Monolog wieder auf, und jetzt ging es um Geologie. Damals konnte ich nicht ahnen, wie er in seinem Selbstgespräch ausgerechnet auf die Geologie kam.

»Ich habe mich so weit erniedrigt, Geologie zu büffeln, habe einen Wälzer nach dem anderen gelesen, ohne auch nur das Geringste zu verstehen. Frauen lieben nämlich Geologie, wusstest du das? Alles umsonst! Das Einzige, was ich gelernt habe, ist, dass es ein merkwürdiger Zufall wäre, sollten wir jemals zu Fossilien werden; da siehst du es, selbst dieser Trost bleibt uns verwehrt. Denn es war mir früher einmal Balsam auf meine Seele, mir vorzustellen, dass ich eines Tages als versteinertes Skelett in der Vitrine eines Museums enden würde, versehen mit dem Etikett: *Homo solerassus antiquus*, um den kleinen und großen Schulkindern Angst einzujagen. Adieu, schöne Träume der verlorenen Unschuld! Ich musste erst einen gewaltigen Wälzer durchackern, bevor ich alle meine Illusionen auf diesem Gebiet verlor; ich werde nie als Fossil enden, es sei denn, durch eine glückliche Fügung. Ich kann also sagen, dass alle Zeit und Mühe vergebens war: Das *Barbyl* hat sich ebenso als Reinfall erwiesen wie der Psychologiekurs bei Madame Zoraida und das

Büffeln der Geologie, wie überhaupt alles, was ich mir vornehme. Und dennoch: Wer macht, dass unsere Haare sprießen? Wir selbst natürlich, wir selbst, aber nicht mit unserem bewussten Willen – dann wäre es ja ganz einfach –, sondern mit einem anderen Willen, der uns in keiner Weise bewusst ist, der tief in unserem Inneren schlummert; es ist dieser andere Wille, von dem wir nichts ahnen, der unser Haar und unsere Nägel wachsen lässt, der unseren Körper und unser Gesicht formt; jeder hat das Gesicht, das er will; aber still! Niemand ist sich dieses anderen Willens bewusst. Still! Still! Lass uns nicht das schlammige Wasser am Grund unseres Brunnens aufwühlen. Ich könnte dir so viel davon erzählen … weil ich unendlich viel über diese Dinge nachgedacht habe. Mein ganzes Leben lang! Und das würde mich dazu bringen, dir von meiner Kindheit zu erzählen und von meiner Tante, die so ganz anders ist als deine. Für deine Tante ist das Leben so logisch wie ein Bankkonto: Wie viele gute Werke habt ihr eingezahlt? Wie viele habt ihr von eurem Konto abgehoben? Wie hoch ist der Saldo? Und das ist alles. Für meine Tante hingegen ist alles rätselhaft, dunkel, seltsam; mit großer Selbstverständlichkeit treibt sie im Übernatürlichen.«

»Die heilige Philomena …«, warf ich ein.

»Lass die heilige Philomena in Ruhe«, fiel er mir zornig ins Wort. »Genau genommen sind mehr oder weniger himmlische Erscheinungen nicht besonders überraschend. Ich kann dir was Besseres erzählen, denn heute Nacht will ich dir alles sagen. Wann werden wir jemals wieder eine solche Gelegenheit haben? Deshalb bin ich zu dir gekommen. Du wirst es den anderen in der Brigade nicht weitererzählen, dessen bin ich mir sicher, weil du Priester bist und das Beichtgeheimnis wahren musst; denk dran, dass ich niemandem erzählt habe, dass du Priester bist. Es gibt Typen in der Brigade, die sind so brutal, so praktisch veranlagt, so schlau …«

»Ich bin kein Priester.«

»Das ist egal, du wirst einer werden und siehst jetzt schon ganz wie einer aus. Man braucht dich nur anzuschauen, und schon bekommt man schreckliche Lust zu beichten, alles zu beichten, selbst die traurigsten, schwersten, düstersten Geheimnisse. Als ob einem die Scham vom Magen in die Kehle stiege und dort zäh und süß würde wie Honig. Ja, Cruells, du musst dir mein Gejammer anhören, weil ich heute Nacht nicht müde bin und Lust habe zu reden, bis der Tag anbricht. Du merkst es ja. Es sind nichts weiter als Kleinigkeiten, klar, aber die prägen einen fürs Leben; von frühester Kindheit an bis zum Krieg habe ich nur abgestandene Luft geatmet, über lange, endlose Jahre hinweg. Und trotzdem würde ich meine Tante um nichts in der Welt gegen die deine eintauschen. Papinian sagt, Recht ist, wenn jedem das Seine gewährt wird; soll also jeder seine Tante behalten. *Suum cuique tribuere.*«

»Das ist kein Zitat von Papinian, sondern von Ulpian.«

»Wir werden uns doch nicht wegen einer solchen Kleinigkeit streiten. Es gibt so viele unerklärte Phänomene …«

In seiner Stimme glaubte ich eine Unsicherheit, ein Unbehagen mitschwingen zu hören, das er durch sinnloses Geplapper zu übertönen suchte; einmal schwieg er sogar für eine lange Zeit; das war, nachdem er das mit den »unerklärten Phänomenen« gesagt hatte, übrigens ein Satz, der mich durch seine offensichtliche Abgedroschenheit enttäuschte. Seine Zigarette war ausgegangen, und er lag so lange still, dass ich dachte, er sei eingeschlafen.

»Es gibt so viele unerklärte Phänomene«, wiederholte er mit hohler Stimme, nachdem er lange geschwiegen hatte. »Glaubst du etwa, das Christentum war in seiner Anfangszeit viel besser als ein Haufen Spiritisten? Reg dich nicht auf, ich meine, in den Augen der Profanen; in den Augen derer, denen immer alles scheißegal ist und die seit jeher und für alle Zeiten die größte aller Sekten bilden. Ich bitte dich, lass mich ausreden, bevor du wütend wirst; du, ausgerechnet du, gehörst zu den wenigen Leuten, die es verstehen könnten, da du, wie du mir selbst erzählt hast, vor längerer Zeit einmal geschlafwandelt bist. Jeder muss seine eigene Tante ertragen, und was meine angeht …«

Als ich zwölf war – Tante Llúcia hatte mir gerade zur Belohnung für die Auszeichnungen in der Schule das Teleskop geschenkt –, hatte ich tatsächlich einen Anfall von Somnambulismus erlitten, und Soleràs war der Einzige in der Brigade, dem ich davon erzählt hatte. Ich wurde ertappt, wie ich am Rande der Dachterrasse des Hauses in Sarrià, das wir damals bewohnten, herumspazierte, und beim Herumlaufen das Teleskop hielt, als wollte ich hindurchspähen, aber die Augen geschlossen hatte. Hätte meine Tante es mir nicht erzählt, so hätte ich es nie erfahren, denn nach dem Aufwachen erinnert man sich an nichts. Zu der Zeit meines Gesprächs mit Soleràs war das mit dem Schlafwandeln noch nicht wieder vorgekommen, sodass dieser lange zurückliegende Anfall der einzige gewesen zu sein schien, doch kurz darauf, als Lluís schon bei der Brigade war, hatte ich den zweiten: Die Soldaten der Nachtpatrouille fanden mich, wie ich durch die Straßen von Olivel de la Virgen spazierte, und wieder hielt ich mein Teleskop, als wollte ich hindurchschauen – aber das tut jetzt nichts zur Sache.

Es war Ende November, als wir dieses Gespräch führten, und in diesem Moment begann der Regen wütend an die Scheibe des Kellerfensters zu prasseln, das undicht war; mit den kalten Windstößen drangen feine Topfen herein. Soleràs zündete seine Zigarette wieder an, und einen Moment lang sah ich sein Gesicht: Er kam mir vor wie eine Erscheinung. Er wirkte dürrer denn je, und sein Gesicht sah aus, als hätte er einen Anfall von Migräne. Mit der Zigarette im Mund und dem Streichholz zwischen den Fingern fuhr er sich mit der linken Hand über die Stirn und starrte mich aus seinen kurzsichtigen Augen an, in denen etwas schwer zu Beschreibendes schimmerte wie ein beschämendes Leiden, das man verbergen will. Nachdem er wieder in der Dunkelheit verschwunden war, setzte er seinen Monolog fort:

»In ihrer Höhle, ohne Elektrizität, abgeschnitten von Luft und Licht wie ein Pharao in den Tiefen seiner Pyramide, hat sich meine Tante (die sehr reich ist, Cruells) eine geheime Welt für ihren privaten Gebrauch erschaffen. Andererseits ist das der einzige Vorteil, um den wir die Reichen beneiden können, diese Möglichkeit, sich eine solche Welt zu schaffen, zu tun, wonach ihnen der Sinn steht, und darauf zu pfeifen, was die anderen sagen. Manchmal hörte ich nachts eine Art Knistern; ich hatte es schon immer gehört, so weit ich mich zurückerinnern kann. Es war kein sehr lautes Knistern, aber sehr eigentümlich, so als käme es aus dem Inneren vom Holz der Möbel. Mein Schlafzimmer liegt genau am entgegengesetzten Ende der Wohnung wie das der Tante und geht auf den Garten eines Klosters voller Nonnen hinaus, die eine Schule leiten. Meine Tante hatte sich das kleinste und ganz nach innen gelegene Zimmer als Schlafzimmer gewählt. Die Wohnung ist aus dem letzten Jahrhundert (die Tante wollte nie umziehen) und hat mehrere fensterlose Innenräume, und ihr Schlafzimmer ist eines davon. Die einzige Zimmeröffnung ist die Tür, die direkt auf den Eingangsbereich geht. Eines Nachts (ich war dreizehn) vernahm ich das Knistern stärker als je zuvor; es kam aus dem Salon, der neben meinem Schlafzimmer liegt. Es hörte sich an, als ob jemand das Mahagoniholz des Wandtischs zersägte oder mit den Fingern darauf trommelte. Das seltsame Geräusch wurde stärker und stärker, bis es dem fernen Galopp eines Pferdes oder dem rasch aufeinanderfolgenden Aufprallen eines Gummiballs glich. Von Neugier getrieben stand ich auf. Ein Mondstrahl fiel durch die Jalousie bis in die hinterste Ecke des Salons und wurde vom halbblinden Spiegel über dem Wandtisch zurückgeworfen, der ihn auf das Ölbild meines Großvaters lenkte; eine Brise trug den Duft des Orangenbaums im Klostergarten herein, denn es war Juni. Barfuß schlich ich weiter; das Geräusch hatte urplötzlich aufgehört, kaum dass ich den Salon betreten hatte. Kurz darauf vernahm ich es wieder, schwächer, aber diesmal nicht im Salon, sondern in dem Gang, der vom Salon zur Wohnungstür führt. Ich ging dorthin, und das Geräusch entfernte sich, als würde es fliehen. Indem ich ihm immer weiter folgte, fand ich mich unversehens im Schlafzimmer der Tante wieder. Hörst du mir zu?«

»Ich höre dir zu«, antwortete ich.

»Ich muss dir das unbedingt erzählen, Cruells, unbedingt! Im Schlafzimmer herrschte der Mief abgestandener Luft, denn meine Tante schläft bei geschlossener Tür. Normalerweise hätten meine Schritte sie wecken müssen, selbst wenn ich barfuß ging, denn sie hat ein äußerst feines Gehör, ganz zu schweigen vom Geräusch der sich öffnenden Tür. Zudem hätte eigentlich völlige Dunkelheit herrschen müssen, und trotzdem nahm ich eine unbestimmte Helligkeit wahr, ein bläuliches, undefinierbares Licht, das von irgendwoher ausstrahlte, gerade hell genug, dass ich das Gesicht der Tante erkennen konnte. Ihre Augen waren geöffnet, und sie lächelte. Aus ihrem Mundwinkel rann ein Speichelfaden bis auf ihr Kopfkissen; sie lag still und lächelnd da und sah mich nicht. Sie schlief – und doch hatte sie die Augen weit aufgerissen. Das Mahagoninachttischchen neben ihrem Bett schien in der Luft zu schweben; nur eines seiner drei Beine berührte den Boden, und es wiegte sich sanft hin und her, als probe es die ersten Schritte für einen sehr langsamen Walzer. All das, was hier so lange braucht, um es zu erklären, dauerte nur eine Sekunde: Kaum hatte ich den Raum betreten, plumpste das Tischchen auf die Erde zurück, das bläuliche Licht verschwand, die Geräusche hörten auf. Hörst du mir zu?«

»Ich höre dir zu«, wiederholte ich.

»Am nächsten Tag versuchte ich, mit ihr darüber zu reden, wobei ich verschwieg, dass ich ihr Zimmer betreten hatte. Ich erzählte ihr nur von diesen merkwürdigen Geräuschen und diesem unbestimmten Licht. Sie hörte mir mit verächtlicher, ungläubiger Miene zu und tippte sich dann an die Stirn: ›Was du da erzählst, ist kompletter Blödsinn‹, sagte sie, ›spiritistische Hirngespinste. Du würdest besser daran tun, sämtliche Werke von Bossuet zu lesen.‹«

»Ausgerechnet Bossuet?«

»Es war offensichtlich, dass die Tante nichts gehört hatte; es war offensichtlich, und dabei hat sie so ein feines Gehör (wie ich nur allzu gut wusste, da ich wahre Wunder vollbringen musste, um mich nachts aus dem Staub zu machen; mit meinen dreizehn Jahren hatte ich bereits meine nächtlichen Eskapaden begonnen). In der Wohnung war ab zehn Uhr abends niemand mehr außer ihr und mir; das war die Zeit, in der das Dienstmädchen – eine Alte, die viele Jahre in einem Nonnenkloster gearbeitet hatte, bevor sie in unsere Dienste getreten war – sich zum Schlafen in ihr Zimmer unter dem Dach zurückzog, das viel größer und komfortabler war als das Zimmer meiner Tante. Dazu muss ich dir sagen, dass dieses Haus nur eines von vielen in ihrem Besitz ist, zweifellos das älteste. Wir bewohnen die kleinste Wohnung, aber das Dachgeschoss ist riesig. Ab zehn Uhr abends war also in der Wohnung niemand mehr bis auf die Tante und mich, und die Anfälle – denn darum handelte es sich, lach nicht – ereigneten sich immer zwischen Mitternacht und vier Uhr morgens. Und so fand ich es heraus: Wenn sie diese Anfälle hatte, schlief meine Tante viel fester als sonst. Ich nutzte diese Entdeckung für meine Eskapaden. Ich konnte durch den Flur gehen und die Eingangstür, die ganz in der Nähe ihrer Schlafzimmertür lag, öffnen und schließen, ohne dass sie es merkte. Sie war in Trance.«

»Willst du mir wirklich weismachen …«

»Ja. Ich will es dir weismachen, weil es die einzig mögliche Erklärung ist. Du bist selbst geschlafwandelt und weißt aus eigener Erfahrung, dass man sich hinterher nicht daran erinnert. Meine Tante gerät nachts im Schlaf manchmal in einen Zustand der Trance und ahnt es nicht einmal. Vereinfacht ausgedrückt: Sie ist ein Medium, ohne es zu wissen; du wüsstest auch nicht, dass du Schlafwandler bist, wenn andere es dir nicht erzählt hätten. Muss ich dich daran erinnern, dass es Leute gab, die Prosa geschrieben haben, ohne es zu wissen? Was tun wir nicht alles, ohne es zu wissen! Andererseits ist meine Tante kein so seltener Fall, wie du vielleicht denkst, viele ähnliche Fälle sind bereits erforscht, und sie sind eher die Regel als die Ausnahme: Die meisten Medien wissen nichts von ihrer Gabe. Würde es meine Tante ahnen, die so fromm ist, so sehr den Oratorianern verbunden, würde sie das aus der Ruhe bringen. Einmal bei Tisch lenkte ich die Unterhaltung geschickt auf gewisse metapsychische Erfahrungen, die damals gerade Tagesgespräch waren und an denen angeblich Einstein und Madame Curie höchstpersönlich teilgenommen hatten. Sie unterbrach mich: ›Ich bitte dich, sprich mir gegenüber niemals von diesen Dingen; sie widern mich dermaßen an, dass ich mich übergeben könnte.‹ Ich sage dir nur, dass sie danach den Namen Einstein nicht mehr hören konnte, ohne Magenkrämpfe zu bekommen. Und eben diese verräterischen Übelkeitsattacken bringen uns auf die richtige Spur: Stammt ihr Unbehagen angesichts parapsychologischer Phänomene nicht gerade daher, dass sie zutiefst davon betroffen ist, ohne es zu ahnen? Denn nichts flößt uns so viel Widerwillen ein wie das, was wir verborgen in uns tragen. Jetzt kannst du verstehen, Cruells, wer ich bin: ein von Hause aus Verrückter, der bis zu seinem fünfundzwanzigsten Lebensjahr bis zum Hals in einer Luft gesteckt hat, die so dick war wie das abgestandene Wasser in einem Teich. Ich bin nichts weiter als der hysterische Neffe einer halb epileptischen Tante, der einzig noch lebende Sohn einer Familie von Irren, und, denk nur, erzogen und verzogen von einer Tante, die eine millionenschwere, von Visionen geplagte alte Jungfer ist. Ich entsetze mich vor mir selbst, Cruells; manchmal nachts, wenn ich mich allein im hintersten Winkel des großen Lagerraums der Intendantur befinde (da schlafe ich nämlich), überläuft mich ein Schauer, als würde mir jemand im Dunkeln ins Gesicht pusten. Die Härchen an meinem Rückgrat richten sich auf wie bei einem Hund, der heult angesichts von … Ja, von was eigentlich? Die Hunde wissen es, wir nicht. Ich vermute, es nutzt nichts, wenn ich dir sage, dass Spiritisten im Allgemeinen brave, phantasielose Leute sind und sich schon glücklich schätzen, wenn sie sich der unschuldigen Illusion hingeben können, ein wenig mit ihren geliebten verstorbenen Tanten zu plaudern. Nichts von dem, woran sie glauben, existiert wirklich; die armen Toten scheren sich einen Dreck um diese Dinge. Wie einfach wäre es, wenn sie uns heimsuchen würden! Aber sie sind es nicht. Es sind sehr viel verstörendere Wesen: wir selbst. Es ist unser ›anderer Wille‹, der Wille ›dieses anderen‹, den wir alle in uns tragen, ohne es zu wissen. Er ist es, ›dieser andere‹, der seit dem Augenblick unserer Empfängnis handelt; er ordnet die Materie zu Händen, zu Augen, zu Füßen, er macht, dass uns in der Pubertät mit einem Mal diese Haare sprießen, über die wir uns verwundern. Und worüber kann man sich nicht alles verwundern! Die Phänomene, die uns die Medien präsentieren, verwundern uns so sehr, dass wir uns weigern, sie zu glauben, und zugleich verwundert es uns kein bisschen, dass unsere Nägel und unser Bart sprießen, als sei das eine nicht ebenso unerklärlich wie das andere. Dieser Speichelfaden, den ich aus dem Mund meiner Tante rinnen sah, war sicher Ektoplasma, ja, aber letztendlich sind Nägel und Haare nichts anderes. Alles ist Ektoplasma! Andererseits gibt es ein parapsychologisches Phänomen, das ein jeder erlebt, und zwar den Traum. Im Traum sehen wir Dinge, Gesichter, wir hören Geräusche und Stimmen: All das fabrizieren natürlich wir, aber nicht mit unserem bewussten Willen, sondern mit dem anderen. Wie oft würden wir unsere Träume gerne willentlich lenken. Unmöglich! Wir könnten so wunderbare Dinge träumen, wenn wir die Wahl hätten. Wir könnten uns zum Beispiel ein paar wundervolle, wohlgeformte Tanten erträumen, die uns mit zärtlichen, verschwörerischen Blicken bedenken. Stattdessen habe ich fürchterliche Träume. Wenn ich dir sagen würde, wie oft, wie oft ich von dieser Madame Zoraida geträumt habe, die einfach schrecklich war! Könnten wir nur unseren ›anderen Willen‹ genauso ausüben, wie wir es mit unserem bewussten Willen tun, dann könnten wir noch etwas Besseres tun, als zu träumen, wonach uns der Sinn steht: Wir könnten ein Gesicht haben wie ein Gott, einen dichten, starken Bart, Muskeln wie ein Hafenarbeiter, eine Brust wie ein Gaul. Unmöglich, unmöglich, unmöglich! Wir haben keine Macht über unseren ›anderen Willen‹, er tastet sich blind voran und kann dabei erstaunlich in die Irre gehen. So wie er bei der Befruchtung die Materie zu einer Hand oder einem Fuß formt, einer Leber oder einer Milz, kann er sie in einem anderen Moment zu einem fürchterlichen Karzinom formen.«

»Ich habe den Faden verloren«, murmelte ich.

»Ich auch«, sagte er, »ich habe ihn auch verloren. Und das alles erdrückt mich. Jeder hat das Gesicht, das er haben will, nur dass eben der andere Willen darüber entscheidet. Und das ist das Schlimmste dabei, dass letztendlich jeder das Gesicht hat, das er verdient, das er selbst fabriziert. Ja, das ist das Schlimmste, denn mein Gesicht … Lass uns nicht darüber reden, bitte; mich macht es rasend, daran zu denken. Mein Gesicht macht mich krank. Und dieser Automatismus, der uns beherrscht, dieser unbewusste Wille, dieser doppelte Abgrund, in dem wir gefangen sind … Ich sage doppelter Abgrund, weil alles sich zwischen zwei Mysterien bewegt, dem Anfang und dem Ende, dem Obszönen und dem Makabren, zwei abgrundtiefen Schluchten. Alles, alles, alles läuft darauf hinaus: die ektoplasmatischen Phänomene wie die Träume. Nicht umsonst haben die Spiritisten geglaubt, darin Botschaften Verstorbener zu sehen; die Düsternis, die sie ausstrahlen, lässt daran denken. Nur dass es ihnen niemals gelungen ist, diesen anderen Aspekt zu erklären; es beunruhigt sie, dass ihre körperlosen geliebten Tanten jedes Mal, wenn sie Botschaften aus dem Jenseits senden, und das tun sie oft, diese ungeheuren Obszönitäten von sich geben.«

»Immer das Gleiche«, murmelte ich überwältigt; ich konnte dem, was er erzählte, nicht folgen; zugleich war ich todmüde, und die regenfeuchten Windstöße trafen mich durch das Kellerfenster mitten ins Gesicht.

»Ja, immer das Gleiche.« Soleràs versuchte, seine Zigarette wieder anzuzünden, aber der feuchte Wind blies ihm die Streichhölzer aus. »Andersherum sehen die Freudianer, die verdammten Freudianer, einzig und allein die obszöne Seite; sie sind wie diese riesigen Pappmaché-figuren, die bei den Prozessionen herumgetragen werden und in denen einer steckt, der alles durch den Hosenschlitz sieht. Das Makabre entgeht ihnen. Jeder sieht nur eine Seite der Angelegenheit, dabei hat sie zwei! Es ist ein doppelter Abgrund! Und wir sitzen in diesem doppelten Abgrund bis zu den Augen im Dreck, aber trotz allem sehen unsere Augen noch heraus, gerade genug, um den anderen Abgrund zu erspähen, den über uns …«

Er versuchte immer noch vergebens, seine Zigarette anzuzünden, die Windstöße bliesen ihm die Streichhölzer aus, und seine Stimme wurde im Dunkeln tiefer und tiefer:

»Zu dieser Zeit hatte ich schon angefangen, wie ein respektabler Bürger mich regelmäßig zu betrinken. Ich wartete die Trancen ab und schlich dann barfuß aus dem Haus. Zwischen Mitternacht und vier Uhr morgens lebte ich mein anderes Leben, in nach Schnaps und Pisse stinkenden Spelunken im Herzen des Hafenviertels. Dort trank man Fusel in Strömen, und die Kunden, um sich keine Umstände zu machen, pissten, wo sie gerade standen, an die Ecken der Hauswände. Später wurde gemunkelt, dass diese Spelunken in weiser Voraussicht von der Stadtverwaltung eingerichtet worden seien, um den Tourismus zu fördern, aber das ist Verleumdung: Ich kann beschwören, dass man zu meiner Zeit keinen Touristen zu sehen bekam, auch wenn man noch so sehr nach einem suchte. Bei Tagesanbruch kam ich sturzbetrunken nach Hause. An einem Montag fiel ich besoffener als sonst ins Bett; das Bett schwankte wie ein Schiff, sodass mir übel wurde. Die Pendeluhr im Salon schlug vier, als sich in der Dunkelheit, etwa in Höhe der Zimmerdecke, ein phosphoreszierendes, bläulich-grünes Licht zeigte, nicht größer als ein Apfel. Es sprang hin und her, ohne an Höhe zu verlieren, und blieb schließlich genau über mir stehen. Dann nahm es eine schleimige oder eher teigige Konsistenz an, in der sich ein Auge öffnete, das mich ansah. Ich lag auf dem Rücken, starrte an die Decke und versuchte, die vom Rausch verursachte Übelkeit in den Griff zu bekommen, und plötzlich sah mich dieses einzige Auge von der Decke herab an; das andere Auge öffnete sich nicht, ich konnte es bloß als formlosen Umriss in dieser bläulichen, phosphoreszierenden Masse erahnen. Auch Gesichtszüge zeichneten sich ab, erst undeutlich, dann klar zu erkennen: Es war mein Gesicht. Ja, ein Gesicht, das mir merkwürdig ähnlich sah; und ich hörte seine Stimme, eine heisere Stimme wie aus einem dieser alten

Phonographen mit Schalltrichter aus unserer Kindheit und vielleicht eher noch wie die eines Krüppels, der keine Stimmbänder mehr hat und sich verzweifelt bemüht zu sprechen. Und diese Stimme sagte: *Eppur si muove*.«

Zwar schlief ich schon halb, aber bei dieser wahrhaft unerwarteten Bemerkung musste ich lachen.

»Lach nicht«, sagte Soleràs. »Sie sagte: *Eppur si muove*, so sicher, wie ich jetzt mit dir rede! Und während das Gesicht mit dem einzigen Auge sich allmählich auflöste wie schmelzendes Wachs, hörte ich noch die Stimme, heiserer als zuvor: ›Millionen und Abermillionen von …‹«

»Millionen von was?«

»Das wage ich dir gegenüber nicht zu wiederholen, armer Cruells, aber das ist auch nicht wichtig. Du kannst es dir schon vorstellen. In diesem Augenblick übermannte mich die Übelkeit, und ich erbrach den ganzen Fusel, den ich in der Spelunke der Tanguet in mich hinein-geschüttet hatte – Tanguet war der Name oder Spitzname einer alt-gedienten feurigen Hure vom Carrer de l'Arc del Teatre, weißt du, eine von den überreifen, die sind wie Feigen, die man vergessen hat zu ernten und die im Spätherbst so schwer werden, dass sie von selbst abfallen und zerplatzen. Mich faszinierte gerade der Geruch nach Herbstlaub, den sie verströmte; deshalb suchte ich ihre Spelunke auf, die ich dir, glaube ich, schon öfter beschrieben habe. Denn tatsächlich träumt man – so ist das jedenfalls bei mir – von den jungfräulichsten Mädchen, denen mit dem angriffslustig unschuldigsten Blick, deren Haar nach dem Thymian des ersten Morgens der Welt duftet und die scheu sind wie wilde Kanin-chen … Ja, Cruells, wenn man den Kopf voller unmöglicher Träume hat, voller unerreichbarer Sehnsüchte, findet man tiefen Frieden in der Spelunke einer sehr reifen, sehr heruntergekommenen, sehr verbrauch-ten Nutte.«

Er seufzte, schleuderte die leere Streichholzschachtel heftig gegen das Fenster und fuhr nach einer Pause fort:

»Jetzt siehst du mich hier damit beschäftigt, die Kichererbsen zu ver-walten, die ihr in euch hineinstopft, aber ich bin zu Höherem gebo-ren. Wer könnte in der Stunde seines Todes nicht ausrufen wie Maine de Biran: ›*J'étais né pour quelque chose de mieux*‹? Aber was will man machen? Wir alle sind geboren, um das Universum zu erobern, und erobern einen Dreck! Das Universum ist schön, aber es gibt sich nicht hin; wie die jungfräulichen Mädchen mit dem klaren, angriffslustigen, ausweichenden, wilden Blick. Es läuft immer auf das Gleiche hinaus. Man hat alles versucht: diese störrischen Engel zu zähmen, Geologie zu büffeln, den schlüpfrigen Abgrund der Metapsychologie und der Freud'schen Lehre zu bezwingen, die Sklaven zu befreien. Das wäre eine Großtat, sie zu befreien! Aber sie lassen einen nicht an sich heran. Das Proletariat lässt einen nicht an sich heran, wahrscheinlich aus den gleichen dunklen und daher unüberwindlichen Gründen, aus denen das Universum, das Ektoplasma, die engelsgleichen Bauerntöchter und die Geologie einen nicht an sich heranlassen. Unser ohnmächtiger Heißhunger angesichts des weiblichen Ozeans, während wir am Strand festgebunden sind wie Tantalus, angesichts des gesamten Universums – das so schön ist, dass es einen schaudert! Du musst es nur mal an einem Abend im Spätherbst betrachten, dann wirst du es schon sehen. Warum ist es so schön, wenn wir es nicht besitzen können? Warum dieser unermessliche Hunger und dieses unermessliche Universum, wenn sie nicht füreinander geschaffen sind? Es kommt der Augenblick, in dem der Mensch sich sagt: Verfluchter Hunger, der du mehr willst als das Universum. Das gesamte Universum würde dich nicht satt machen, man müsste Gott verschlingen!«

Ich war entsetzt, weil ich das als ungeheure Blasphemie empfand. Seine Kantorstimme zitterte und schien zu fliegen, nicht nach oben, sondern nach unten, sie wurde tiefer und tiefer wie ein schwarzer Vogel, der sich in Spiralen nach unten schraubt. Man hätte meinen können, dass die Kellerwände unter dem Echo dieser Stimme erbebten, und mir brach der kalte Schweiß aus angesichts dessen, was ich für wüste Blasphemie hielt.

»Es kommt der Augenblick, da der Mensch sich sagt: Es ist Gott, den ich verschlingen will! Und Gott lässt es zu.«

Da verstand ich ihn plötzlich, und zusammengerollt auf meiner Pritsche begann ich leise zu schluchzen, damit er mich nicht hörte; denn ich hatte ihn verstanden, und ich konnte nicht verhindern, dass mir die Tränen übers Gesicht liefen.

»Nimm es nicht so schwer, sei kein Idiot«, sagte er. »Würde Gott sich nicht verschlingen lassen, wäre die Menschheit schon lange verhungert! Aber vielleicht sollten wir jetzt schlafen; wir haben schon genug Unsinn geredet.«

II

Im Dezember 1937 erkannte ich Barcelona kaum wieder.

Ich war seit anderthalb Jahren nicht mehr hier gewesen – seit ich an die Front gegangen war. Von der anfänglichen Begeisterung war nichts mehr zu spüren, nichts von jenem Juli, in dem schreiende Massen, umwogt von den Rauchschwaden der Brände, Gewehre geschwungen hatten. Jetzt beeindruckte Barcelona durch seine teilnahmslose Stille.

Unter der Stille, der Ruhe, der Traurigkeit und Kälte lag etwas Fauliges in der Luft. Mein letzter Eindruck von Barcelona war von Frauen mit kurzgeschorenem Haar geprägt gewesen, die wie Männer gekleidet und wie diese mit Gewehren bewaffnet waren, doch diese Frauen waren aus dem Straßenbild verschwunden. Zwar sah man jetzt auf den Straßen fast nur noch Frauen, aber die hatten nichts mit den »Milizionärinnen« der ersten Monate gemein. Ganz im Gegenteil: Nun sah man allenthalben lange Haare in leuchtenden Farben, blond, silbern, maisgold, Schwaden schweren Parfüms hinter sich her ziehend. Es konnte einem davon schwindlig werden; die übermäßige Freiheit, das Resultat von anderthalb Jahren Revolution und Chaos, hatte in den blauen, grünen, schwarzen und grauen Augen einen Schatten fiebriger Traurigkeit hinterlassen. Sieh an, dachte ich, dieser Krieg hat in der Tat den Ozean von der Sahara getrennt, diese beiden, von denen Soleràs sprach; die Männer an der Front, die Frauen im Hinterland – und ich sah mich plötzlich in diesen Ozean geworfen.

Was zum Teufel hatte ich im Dezember 1937 in Barcelona verloren? Das ist nicht ganz einfach zu erklären: Zunächst einmal streifte ich ziellos durch die Straßen und fühlte mich hoffnungslos fremd in dieser Stadt, die doch die meine war, viel fremder als im Juli 1936: Das Fieber war verflogen, und stattdessen herrschte eine abstoßend heuchlerische, unverständliche Atmosphäre, eine Mischung aus Sarkasmus, Erschöpfung und Desillusion. Nachdem sich Barcelona an einem »unerhörten Aufschrei« berauscht hatte, wirkte es nun niedergeschlagen, resigniert und zynisch.

Die Hauswände waren unter einer schier unglaublichen Flut von Plakaten verschwunden. Die Aufbruchsstimmung von 1936, nun tot und vergessen, versuchte, in diesen Plakaten fortzuleben, die niemand außer mir beachtete. Für mich waren sie neu; als ich vor anderthalb Jahren die Stadt verlassen hatte, hingen diese wahrlich aufsehenerregenden Plakate noch nicht an jeder Straßenecke. Die Menschen mit ihren enttäuschten Gesichtern nahmen diese großen bunten Aushänge, die die Revolution, das Proletariat, den »Krieg gegen den Faschismus« priesen, gar nicht wahr; sie zogen wie ein träger, schlammiger Fluss an ihnen vorbei. Auf einem dieser Plakate zertrat ein Fuß in einem typisch katalanischen Bastschuh ein Hakenkreuz, auf anderen sah man republikanische Soldaten, die ich gar nicht als solche erkannte, so überheblich waren ihre Mienen, so makellos ihre Uniformen. Und dann gab es noch das berühmte Plakat, von dem wir schon so viel gehört hatten, und das – wem? den Frauen im Hinterland? – empfahl: »Baut Panzer, Panzer, Panzer.« Ich wusste, dass diese Lawine farbenfroher, leuchtender, überwältigender Plakate das Werk Llibert Milmanys war, den ich nicht kannte. Ich wusste es aus den Briefen, die ich heimlich gelesen hatte, aber ich hätte es sowieso in Barcelona erfahren, wo jeder vom »Genossen Llibert« sprach, einem höchst einflussreichen und cleveren Mann: Genau in der Zeit, in der ich meinen Abstecher nach Barcelona machte, hatte der große Llibert Milmany das sinkende Schiff der *Soli* verlassen, um ein anderes Schiff zu besteigen, für das die Winde gerade günstig wehten oder zu wehen schienen. Ich sollte ihn erst im darauffolgenden Frühjahr kennenlernen; doch schon jetzt drang sein Ruhm von allen Seiten an meine Ohren, und wer auch immer mir von ihm erzählte, wies auf eines der riesigen Plakate, die an alle Hauswände gekleistert waren: »Sie sind alle von ihm, alle.«

Und dabei hatte ich mich in letzter Zeit genauso erschöpft und enttäuscht gefühlt wie diese graue, mürrische Menschenmenge! Nachdem Soleràs verschwunden war, kurz darauf gefolgt von Lluís, war mir mit einem Mal bewusst geworden, wie einsam ich ohne sie in dieser Brigade war, wie einsam, mein Gott, wie einsam!

Soleràs hatte sich Ende Oktober bei Nacht und Nebel aus dem Staub gemacht. Eines Tages war er spurlos verschwunden, als hätte ihn der Erdboden verschluckt. Seither war Lluís nicht mehr derselbe; er war teuflisch schlecht gelaunt, was die anderen dem Verschwinden seines besten Freundes zuschrieben. Und dann, bei einer der letzten blutigen Operationen, verschwand auch er. Einige meinten, er sei gefallen, andere, er sei gefangen genommen worden. Was Soleràs betraf, hegten wir anfangs den Verdacht, dass er sich auf die Seite unserer Rivalen geschlagen hatte, der Plattfußbrigade, bis wir von ihnen erfuhren, dass sie auch nicht mehr von ihm wussten als wir.

Ohne Lluís und Soleràs erschien mir die Brigade sinnlos. Inzwischen hatten wir Gewissheit über die zahlreichen Greueltaten, die im Hinterland begangen worden waren, während wir an der Front standen, und kannten alle Einzelheiten; zwar wurden schon seit Monaten keine Kirchen mehr angezündet und keine Priester mehr ermordet, aber das Ganze hatte einen üblen Nachgeschmack hinterlassen, den nur die Erlaubnis hätte tilgen können, wieder öffentlich den Gottesdienst zu zelebrieren. Die Monate vergingen, und allmählich verloren wir die Hoffnung, die uns in den schlimmsten Zeiten anarchistischer Ausschreitungen aufrechtgehalten hatte, die Hoffnung, dass das Chaos nur vorübergehend sei, dass die autonome Regierung ihre Autorität wiedererlangen und dem Krieg den einzigen Sinn verleihen würde, der ihn in unser aller Augen rechtfertigte: die Verteidigung dessen, was uns einte, was uns vor allem anderen hätte einen können, unserer bedrohten Heimat. Die Monate vergingen, und dem »unerhörten Aufschrei« der Anfangszeit folgten andere »unerhörte Aufschreie«; man kam nicht mehr mit, verstand nichts mehr und wurde immer müder und desillusionierter. So viele Opfer, so viel Blut, so viele Mühen – und wozu? Was verteidigten wir? Warum wurde die Messe nicht wieder zugelassen, wo doch die meisten Katalanen Katholiken waren? Manchmal bereute ich beinahe, zur republikanischen Seite zu gehören, oder zweifelte doch zumindest daran, und dieses Gefühl war sehr viel stärker geworden, seit ich allein war, ohne Lluís und ohne Soleràs.

Ohne sie war ich in eine Depression verfallen, aus der nichts mich reißen konnte. Gleichzeitig wurden die Kämpfe immer schlimmer, und immer häufiger suchten wir unser Heil in der Flucht. Unsere Artilleriekompanien mussten die feindlichen Schützengräben im Sturm nehmen, ohne bei ihrem Vorrücken auf die Unterstützung durch Panzer oder Flugzeugen rechnen zu können, ja nicht einmal auf Deckung durch die Artillerie. Sie fanden die Stacheldrahtverhaue intakt vor und mussten sie unter dem Kreuzfeuer der MGs mit Heckenscheren durchschneiden. Einige bleiben, von Kugeln durchsiebt, im Stacheldraht hängen, wo sie in der Sonne und im eisigen Wind der aragonesischen Steppe verdorrten.

Über allem lag eine Ruhe, an die ich mich vor allem wegen der Hütten erinnere, von denen ich gleich erzählen werde; eine Ruhe, die nicht von langer Dauer sein sollte. Wir glaubten damals, dass nach langem Hin und Her die Front stabil sei und wir an den Linien überwintern müssten, die wir zu guter Letzt besetzt hatten.

Der Herbst schritt voran und brachte viel Regen mit sich. Die Gegend, die Monate zuvor bei unserer Ankunft völlig ausgetrocknet gewesen war, hatte sich in eine Schlammwüste verwandelt, in der die Männer und sogar die Maultiere nur noch mühsam vorankamen. In den tiefergelegenen Gebieten am Grund der Talengen sanken die Tiere fast bis zur Kruppe ein, und die Flüsse hatten Hochwasser. Wenn es so weiterregnete – und alles deutete darauf hin, weil die Wolken immer dunkler und schwerer wurden –, würde der Schlamm jede Operation in dieser Gegend unmöglich machen; die Heeresleitung wies die Bataillons an vorderster Linie an, sich so gut wie möglich einzuquartieren und sich auf die Überwinterung vorzubereiten.

Die Soldaten der vier Kompanien unseres Bataillons lieferten sich einen Wettbewerb um die beste Hütte. Jetzt ging es nicht mehr darum, behelfsmäßige Buden zu bauen wie im Sommer oder für kurzfristige Aufenthalte, sondern darum, Unterkünfte zu errichten, die uns vor dem Dauerregen schützten, dem wir bereits ausgesetzt waren, und vor dem Frost, der uns vielleicht noch erwartete. Zwei Hütten, die so unterschiedlich waren wie die Landstriche, aus denen wir kamen, wurden einstimmig zu Siegern erklärt. Sechs Soldaten der ersten Kompanie, alle aus Segarra, errichteten so kunstfertig ein Gewölbe aus Steinen, noch dazu vollkommen ohne Mörtel – denn den hatten wir nicht –, dass man es für das Tunnelgewölbe einer mittelalterlichen Ruine hätte halten können, wäre es dafür nicht zu klein gewesen. Als Gerüst diente ihnen ein Berg aus Tonerde, den sie in der entsprechenden Größe und Form angehäuft hatten. Nachdem das Gewölbe geschlossen war, räumten sie den Ton wieder aus und überzogen damit das Gemäuer von außen mit einer dicken, wasserdichten Schicht. An beiden Enden des Tunnels zogen sie, ebenfalls aus aufgeschichteten Steinen, eine Wand hoch und ließen nur eine Öffnung frei, die als Tür, Fenster und Rauchabzug diente. Wir alle waren verblüfft über die Schnelligkeit, mit der sie dieses solide Gebäude errichteten, das nach allgemeiner Überzeugung nicht nur Regen, Schnee und Frost standhalten würde, sondern auch dem Beschuss durch Mörsergranaten und nötigenfalls sogar durch Bomben.

Während diese Unterkunft aufgrund ihrer baulichen Festigkeit den Sieg errang, zeichnete sich die andere durch ihre geradezu geniale Leichtigkeit aus. Sie wurde von sieben Soldaten der dritten Kompanie aus der Provinz Cerdanya errichtet und hatte die Hütten zum Vorbild, die die Köhler in den Pyrenäen bauen, wenn sie wochenlang im Wald hausen müssen, um die Eichenholzmeiler zu überwachen. Zwölf Baumstämme wurden so in der Erde verankert, dass die oberen Spitzen von jeweils zweien einander berührten wie Strebebögen und mittels Einkerbungen miteinander verkeilt werden konnten; auf dieses Gerüst von sechs hintereinanderstehenden Bögen legten die Männer dann ein Geflecht aus Ästen auf, und darauf wiederum schichteten sie mehrere Lagen dicht benadelter Pinienzweige, so kunstvoll wie Dachschindeln mit den Nadelspitzen nach unten angeordnet, dass sie selbst den kräftigsten Regen abhielten.

In seiner Eigenliebe gekränkt beschloss Hauptmann Picó, sich eine eigene Hütte zu errichten. »Es wäre nicht gut«, sagte er, »wenn der Hauptmann sich nicht als ebenso geschickt erwiese wie seine Truppe.« Um der Gerechtigkeit willen muss ich zugeben, dass die von ihm erdachte und erbaute Hütte zwar aufgrund diverser Tüfteleien an Größe und Bequemlichkeit alle anderen übertraf, es an schlichter Eleganz aber keinesfalls mit den zu Recht ausgezeichneten Hütten der Männer aus Segarra und Cerdanya aufnehmen konnte.

Als Erstes markierte Picó mit der Spitzhacke den Grundriss des Gebäudes, das ein Rundbau werden sollte. Um einen regelmäßigen Kreis zu bekommen, nahm er einen Meißel und eine Schnur zu Hilfe, die er an einen in den Boden gerammten Pfahl gebunden hatte. Gemeinsam mit seinem Burschen und einem weiteren MG-Schützen hob er dann entlang des Grundrisses die Erde etwa eine Armlänge tief aus. Nachdem der Graben ausgehoben war, wollte er den genauen Mittelpunkt wiederfinden, »denn was man macht, muss man richtig machen«, wie er sagte, »nicht umsonst ist der Mensch ein irrationales Wesen.« Da mir die Geometriestunden aus der Schulzeit noch frisch in Erinnerung waren, half ich ihm dabei, ein Beweis meiner Bildung, der mich in seiner Achtung steigen ließ. In diesem errechneten Mittelpunkt stellte er einen Pfahl auf. Jetzt, viele Jahre später, kann ich offen gestehen, dass dieser Pfahl nicht etwa ein im Wald geschlagener Baumstamm war. Sei es, um Zeit zu gewinnen, sei es, dass er Wert auf ebenmäßige Pfähle legte – Picó verwendete die Telefonmasten aus dem Nachbardorf, denn die Telefonleitung wurde zu dieser Zeit sowieso nicht mehr gebraucht: Nach den letzten Angriffen und Gegenangriffen hatten die Bewohner den Ort verlassen. Er verteilte zehn von ihnen auf der Kreislinie, dann zog er zehn Holzlatten, die er aus den zerstörten Häusern des Dorfes geborgen hatte, wie die Speichen eines Rads vom Mittelpfahl zu den kreisförmig angeordneten Pfählen. Auf diese wiederum legte er Schilfmatten, die er ebenfalls aus den Ruinen hatte mitgehen lassen, und bedeckte das Ganze zu guter Letzt mit echten Dachziegeln, »denn die«, so sagte er »kriege ich schließlich umsonst.«

Ich besuchte ihn manchmal in seiner Hütte. Im Gegensatz zu den Hütten der Soldaten, die mit ihrer Umgebung verschmolzen, war dieses Monstrum nicht zu übersehen und wirkte offen gestanden sogar störend. Obwohl die Pfähle in einer Senke standen, ragten sie viel zu hoch auf. Als Wände hatte er zwischen die Pfähle alte Türen, Bretter und Hölzer genagelt, die aus den Ruinen stammten. Vielleicht zählte ein gewisser Sinn für Ästhetik nicht zu den hervorragendsten Eigenschaften des MG-Hauptmanns, doch hütete ich mich, ihm das zu sagen. Bei der Inneneinrichtung war ihm hingegen wieder sein Geschick zugutegekommen: Aus alten Munitionskisten hatte er sich einen Tisch und sogar ein Bett zusammengezimmert, das er mit Stroh auffüllte (wir hegten den berechtigten Verdacht, dass die Matratzen des Dorfes von Läusen verseucht waren, da sie offenbar der feindlichen Infanterie als Lager gedient hatten, bevor sie in unsere Hände fielen). Der Mittelpfahl, mit Haken gespickt, war sein Garderobenständer, und zwischen ihm und den Randpfählen hatte Picó einen Kreis aus Steinen gelegt, den er als Feuerstelle nutzte. Sie war der Grund dafür, dass er die Hütte so hoch gebaut hatte, denn der Rauch sammelte sich unter der Decke und zog, wenn auch langsam, durch ein Loch zwischen den Dachziegeln ab. Trotzdem konnte man sich in der Hütte nur sitzend oder besser noch liegend aufhalten, wenn man halbwegs frei atmen wollte; sobald man sich aufrichtete, musste man entsetzlich husten. Das störte ihn so sehr, dass er nicht ruhte, bis er in den Trümmern des Dorfes ein Rohr gefunden hatte, das eine Spanne im Durchmesser maß und lang genug war, vielleicht ein ehemaliges Wasserrohr; das befestigte er mit Stacheldraht so unter der Decke, dass das eine Ende über der Feuerstelle hing und das andere durch ein Loch in der Holzwand nach draußen führte. Dabei hängte er es nicht vertikal auf, wie wir alle es für nötig gehalten hätten, sondern beinahe waagerecht, und unsere Überraschung war groß, als wir uns mit eigenen Augen davon überzeugen konnten, dass es den Rauch schluckte und in dichten Wolken draußen wieder ausspie wie der Schlot einer Dampflok.

Wenn ich mich zur richtigen Zeit bei ihm blicken ließ, lud er mich zum Frühstück ein. Damals wurde die Dosenmilch allmählich knapp, und so bestand unser Frühstück an den meisten Tagen aus schwarzem Kaffee, denn Kaffee, wenn auch entsetzlich schlechten, bekam man zu dieser Zeit noch von der Intendantur. Er stellte eine Pfanne mit ein wenig Ei aufs Feuer und röstete Brotstücke darin, dann lud er sich das Ganze auf den Aluminiumteller und schüttete kochenden Kaffee darüber. Diese heiße Suppe aus Kaffee und geröstetem Brot war köstlich, wie ich bezeugen kann. Er erzählte mir, in seinen besten Zeiten als Legionär habe er nichts anderes gefrühstückt.

Alle Hütten waren unweit der Schützengräben errichtet worden; in dieser Zeit des Regens und des Schlamms fanden wir es sehr bequem, für Dienste und Wachablösungen nicht allzu weit laufen zu müssen. Ich weiß nicht, ob ich Dir schon einmal erzählt habe, dass der MG-Hauptmann unter riesigen Hühneraugen litt, die ihm bei feuchter Witterung das Gehen schwer machten. Kein Barometer, so sagte er, könne das Wetter zuverlässiger vorhersagen als seine Hühneraugen. In diesem ungewöhnlichen nassen Frühherbst konnte ich ihn nun zu einer Behandlung überreden; zuvor waren alle meine diesbezüglichen Vorschläge an seinem unerschütterlichen Entschluss gescheitert, die Hühneraugen zu behalten. Eines Tages vereinbarten wir, dass ich am nächsten Tag mit den notwendigen Werkzeugen vorbeikommen würde; er bestand darauf, dass ich sie ihm entfernte, »denn wenn Doktor Puig auch nur versucht, mich anzufassen«, so hatte er gedroht, »lasse ich sämtliche Maschinengewehre der Kompanie auf ihn abfeuern.«

Als ich am nächsten Morgen bei ihm auftauchte, hieß es, er sei im Schützengraben. Es war ausnahmsweise ein sonniger Tag, und ich fand ihn, angeregt mit zwei MG-Schützen plaudernd, nicht am Grund des Schützengrabens, der völlig verschlammt war, sondern auf den Sandsäcken der Brustwehr. Es war gemütlich dort, in der goldenen, köstlichen Herbstsonne; man konnte mit dem Feldstecher zu den feindlichen Schützengräben hinübersehen, die etwa drei Kilometer von uns entfernt lagen. In diesen Tagen war der Abstand zwischen uns groß, und an der Front herrschte absolute Ruhe. Wir beschlossen, an Ort und Stelle zur Tat zu schreiten statt im Schlamm des Schützengrabens. Ich hieß Picó auf einer Munitionskiste Platz nehmen; die Brustwehr war an dieser Stelle breit, weil sich dort ein MG-Nest befand. Er bat die beiden Soldaten im Scherz, sich hinter ihn zu stellen und ihn an den Schultern festzuhalten, »denn dies ist erste Operation in meinem ganzen gottverdammten Leben, und ich weiß noch nicht, was mit meinen Reflexen passiert.« Ich kniete mich vor ihn hin und wollte gerade anfangen, ganz vorsichtig das größte der Hühneraugen herauszuschneiden, die wirklich aufsehenerregend waren; ich hörte noch, wie er sagte: »Wundere dich nicht, wenn ich dir so eine Ohrfeige verpasse, dass du bis in den feindlichen Schützengraben fliegst; das ist nicht aus bösem Willen, sondern nur aus einem Reflex heraus«, als etwas geschah, womit wir nicht im Geringsten gerechnet hatten.

Eine gewaltige Explosion sprengte Picós Hütte in die Luft, die wie gesagt unweit des Schützengrabens lag, und sandte Telefonmasten, Türen, Bretter und Dachziegel in alle Richtungen; weitere Granaten trafen die anderen Hütten, die gleichfalls zerstört wurden, und dann hagelte es überall auf die Brustwehr Granaten, die die Sandsäcke zerfetzten. Die Druckwelle eines Geschosses schickte uns alle vier auf den Grund des Schützengrabens.

Picó und ich konnten uns aufrichten; wir hatten nicht mehr abbekommen als ein paar Prellungen, wie sie ein so harter Sturz mit sich bringt; die beiden Soldaten waren tot. Ab und zu traf eine Granate auf einen der umliegenden Felsen, und anstatt sich in den weichen Lehmboden zu bohren wie die anderen, schleuderte sie weit umherfliegende Splitter, die über unsere Köpfe hinwegzischten und manchmal den Weg bis in den Graben fanden, wo sie die Wände aufrissen und eine Linie hinterließen, die aussah wie mit einem scharfen Messer gezogen. Einer dieser herumfliegenden Splitter hatte die beiden im Graben stehenden Soldaten im Gesicht getroffen, und Picó und ich waren dieses Mal davongekommen, weil wir kleiner waren. Das Bombardement ging weiter, und es bestand kein Zweifel daran: Das war ein Vorangriff der Artillerie, auf den unweigerlich ein Angriff der Infanterie folgen würde, da nicht zu erwarten stand, dass der Feind so viel Pulver umsonst verschoss.

Dies war das erste Mal im ganzen Krieg, dass mich der Blutdurst packte wie die anderen, wie alle.

Anstatt mich zu Doktor Puig und den Sanitätern zu begeben, die die Verwundeten bargen, blieb ich bei Picó im Schützengraben. Durch eine Lücke zwischen den Sandsäcken erspähten wir einen feindlichen Stoßtrupp; er war urplötzlich unweit unserer Befestigung aufgetaucht, und nun krochen die Soldaten weit verstreut auf allen vieren durch das Unterholz auf uns zu. Ich war fasziniert von dem Ausdruck auf ihren Gesichtern, der eher Verblüffung als Hass ausdrückte; unsere MGs mähten sie nieder, während sie zwischen den Pfosten herumkrochen und versuchten, den Stacheldraht durchzuschneiden. Wahrscheinlich waren ihre Panzer und Flugzeuge an einem für sie wichtigeren Punkt beschäftigt, und das hier war vielleicht nicht mehr als ein »Zeitvertreib«, wie das im Soldatenjargon hieß, denn zu dieser Zeit war es bereits nicht mehr üblich, eine befestigte Position ohne Panzer anzugreifen. Zweien war es gelungen, sich unter dem Stacheldraht hindurchzuschlängeln, und nun richteten sie sich auf und riefen: »Nicht schießen, wir kommen zu euch. Es lebe Russland!«

Dieser Ruf hätte uns misstrauisch machen müssen, denn er war selbst für uns ungewöhnlich und absurd; aber einer unserer Artillerieleutnants der ersten Kompanie, der es besser hätte wissen müssen, da er bereits Kampferfahrung hatte, hob den Kopf über die Brustwehr und grüßte sie freundlich. Einer der beiden kletterte auf die Sandsäcke, wie um ihn zu umarmen, während der andere zwischen Stacheldrahtverhau und Brustwehr stehen blieb, mit der Mauser zielte und auf den Leutnant schoss, der ohne einen Klagelaut vornüber tot auf den schlammigen Boden des Grabens fiel. Der erste Soldat warf von der Brustwehr Handgranaten auf uns herab; er zog sie aus einer breiten Tasche, die er umhängen hatte, und verteilte sie wie ein Säer das Saatgut, während er seinen Kameraden zurief, sie sollten unsere Verwirrung und Überraschung ausnutzen und zu ihm heraufklettern.

An das, was anschließend geschah, erinnere ich mich nur noch nebelhaft; Picó hatte am Maschinengewehr Platz genommen und schoss seelenruhig, war jedoch bald ohne Munition; zum Glück hatten wir noch Ersatzgewehre, ausgezeichnete Mauser, und eine große Kiste mit Handgranaten. In diesem Teil des Schützengrabens waren nur noch sechs Verteidiger übrig geblieben; Picó und ich hatten uns jeder eine Mauser geschnappt, und wenn der Lauf vom Schießen heiß wurde, benutzten wir einfach eine andere, solange die erste auskühlte. Von Zeit zu Zeit schickten wir ihnen eine Handgranate: »Um euch eine Freude zu machen«, schrie Picó jedes Mal; er wirkte merkwürdig glücklich. Die, die ich warf, explodierten nicht, und Picó musste mir erst erklären, dass man den Sicherheitsbürgel ziehen musste, kurz bevor man sie warf. Ich hatte keine Ahnung. Ich weiß nicht, wie es mir gelungen war, die Mauser abzufeuern, denn ich hatte sie nie zuvor benutzt. Ich weiß nur noch, dass mich ein Rausch erfasst hatte, der mit nichts im Leben und nichts in der Welt vergleichbar war.

Diesen Angriff konnten wir zurückschlagen, nicht aber die späteren, mit Panzern und Fliegern und viel größeren Infanterietruppen. Die

Schützengrabenlinie, auf der wir gedacht hatten, den Herbst und den Winter zu verbringen, wurde an vielen Stellen durchbrochen. Eine kopflose Flucht setzte ein.

Im Nachhinein mag es unverständlich erscheinen, und es ist in der Tat unverständlich, dass ich fast unmittelbar nach dem eben geschilderten Abenteuer versuchte, zum Feind überzulaufen. Wenn ich jetzt daran zurückdenke, erscheint mir das selbst unlogisch. Vielleicht ist es mit dem Krieg und dem Frieden wie mit dem Schlafen und dem Wachen; wenn wir wach sind, verstehen wir den Mann nicht mehr, der wir im Schlaf waren. Den Mann im Frieden versteht ein Mann im Krieg nicht mehr; und ich schäme mich nach all den Jahren ebenso sehr dafür, auf sie geschossen zu haben, wie kurz darauf zu ihnen überlaufen zu wollen.

In diesem Herbst floh alles wild durcheinander. Brigaden und ganze Divisionen hatten sich aufgelöst, und die unterschiedlichsten Soldaten mischten sich unter die wild durcheinandergewürfelten Flüchtlingsströme. Es herrschte eine Panik, wie man sie aus Albträumen kennt, und ich verlor mich als einer von vielen in den von dieser Panik ergriffenen Gruppen von Flüchtigen. Ich blickte nur noch in unbekannte Gesichter. Ich hörte sie von Divisionen reden, die mir völlig unbekannt waren: die Durruti, die Líster, was weiß ich. Keiner der Soldaten konnte mir sagen, wo sich unsere Division befand, die ihnen ebenso unbekannt war wie mir die ihren, ganz zu schweigen von unserem Bataillon oder unserer Brigade. Tagelang versuchte ich, mich zu orientieren und die meinen wiederzufinden; in diesem Tohuwabohu war das, als würde man die Stecknadel im Heuhaufen suchen.

Und dann las mich eines Abends ein Sanitätshauptmann auf, um mich seiner Kompanie einzuverleiben. Ich weiß nicht mehr genau, welcher Division er angehörte, nur dass sie Anarchisten waren. Der Militärmediziner war klein und hager und trug einen säuberlich gestutzten kleinen Schnauzer, der ihm etwas von einem Vorstadt-Don-Juan verlieh. Er zwinkerte einem ständig zu und hatte einen unerschöpflichen Vorrat an schlüpfrigen Geschichten, die fast immer von Priestern handelten. Warum hätte ich bei dieser Division bleiben sollen, bei der ich mich völlig fremd fühlte? Ich ertrug diese alles beherrschenden Zoten nicht lange, die sich obendrein immer wiederholten, und eines Nachts, als der anarchistische Don Juan vom Sanitätsdienst schnarchte ... ja, da stand ich lautlos von meiner Pritsche auf und verließ die Hütte. Ich nahm meinen Rucksack mit dem Teleskop mit, das ich damals noch nicht verloren hatte – ich sollte es erst ganz am Ende des Krieges verlieren.

Dann marschierte ich los, ganz allein gegen die Flüchtlingsströme. In diesen Tagen herrschte in dem Abschnitt ein so großes Durcheinander, dass alles möglich war. Ich lief die ganze Nacht, ohne das jemand mich fragte, wohin ich ginge.

Das erste Morgengrauen überraschte mich in einem Wacholderhain. Ich verbrachte den ganzen Tag dort, in ein Erdloch gekauert. Die Stille senkte sich dicht und schwer auf mich herab. Die Einsamkeit war so erstickend, dass die verirrten Kugeln, die von Zeit zu Zeit über mich hinwegpfiffen, mir wie tröstliche Gesellschaft erschienen. Zwischen den beiden Armeen lagen zu dieser Zeit und in dieser Gegend mehrere Kilometer, und ich befand mich ungefähr in der Mitte. In meinem Rucksack hatte ich ein paar Stück Brot und ein paar Dosen Kondensmilch, dem anarchistischen Bataillon entnommen, bevor ich mich dort aus dem Staub gemacht hatte. Das reichte aus, um mich ein paar Tage lang zu ernähren.

Was ich vorhatte, war alles andere als einfach, da ich den genauen Frontverlauf nicht kannte und überdies nicht genau wusste, was ich tun wollte: Vielleicht zum Gegner überlaufen, vielleicht an die französische Grenze gelangen, indem ich nachts lief und mich tagsüber versteckte; in vier Tagesmärschen konnte ich unter Umständen die Pyrenäen erreichen. In Wirklichkeit war ich orientierungslos und überließ mich auf gut Glück der Vorsehung. Das Einzige, dessen ich mir sicher war, war die unendliche Traurigkeit, die mich in den Klauen hielt und bei lebendigem Leibe auffraß. Soleràs war nicht mehr bei der Brigade, Lluís vielleicht tot, und wer konnte mir garantieren, dass es nicht auch Picó, den Kommandanten und Doktor Puig erwischt hatte? Wer versicherte mir, dass von unserem Bataillon, unserer Brigade, ja unserer gesamten Division überhaupt noch etwas übrig war? Denn wenn dem nicht so war, warum fand ich dann keine Spur von ihnen?

Als endlich die Nacht angebrochen war, machte ich mich wieder auf den Weg, wobei ich mich an den Sternbildern orientierte. Vor allem wollte ich wissen, wo die anderen waren, und erfahren, wie es um sie stand. Und das Einzige, was ich wusste, war, dass die anderen sich westlich von mir befinden mussten. Also ging ich in Richtung Schütze, der um diese Jahreszeit an der Stelle, an der die Sonne untergeht, knapp über dem Horizont steht. Wenn der Schütze seinerseits unterging, ließ ich mich von der Milchstraße leiten. Und wie stark sie im Herzen der Steppe, in dieser trockenen, klaren Luft ihre Leuchtkraft entfalten konnte, wenn der Himmel sich tiefdunkel gefärbt hatte! Das ist meine bleibendste Erinnerung an jene merkwürdigen Nächte: eine Art hauchfeiner Diamantstaub. Mehr als einmal blieb ich stehen, um ihn durch das Teleskop zu betrachten, dann wieder packte mich die Einsamkeit plötzlich wie eine würgende Klaue. Wie sehr hätte ich geweint, der ich doch sowieso schnell in Tränen ausbreche, ich hätte geweint wie ein verängstigtes Kind ohne die Gesellschaft der Sterne! Und den herben Duft des Thymians, der in dieser Ödnis zusammen mit ein paar rachitischen Wacholderbäumen die einzige Vegetation war; der herbe Duft nach Thymian, den der eisige Wind mir mit seinem Atem zutrug … Ich habe mir schon manchmal überlegt, ob das Ganze nicht ein neuer Anfall von Schlafwandelei war, so entschlossen schritt ich voran, den Blick fest auf die Milchstraße gerichtet. Heute, viele Jahre später, wünschte ich, dass tatsächlich kein Teil meines bewussten, verantwortlichen Willens daran beteiligt gewesen wäre, denn jetzt empfinde ich es als etwas völlig anderes als damals, nämlich als Desertion. Aber nein. Schlafwandeln hinterlässt keinerlei Erinnerung, sodass ich nicht einmal wüsste, dass ich schlafwandele, hätten es mir nicht andere erzählt.

Ich brauche mir keine Illusionen zu machen: Mir war vollkommen bewusst, dass ich desertierte. In der folgenden Nacht hörte ich zum ersten Mal seit drei Tagen wieder Stimmen, wenn auch von Weitem. Und wieder war ich unschlüssig, was ich tun sollte: Mir wurde klar, dass die Pyrenäen zu erreichen so gut wie unmöglich war. Umkehren? Warum, wenn weder Lluís noch Soleràs noch bei der Brigade waren, wenn vielleicht Picó, der Kommandant, der Arzt tot oder gefangen waren? Ich stand vor einem der entscheidendsten Schritte meines Lebens: Ich würde wählen, wer mein Feind war. Bis jetzt hatte ich mich auf einer der beiden Seiten befunden, ohne sie selbst gewählt zu haben; ich war durch die Umstände dort gelandet, und hatte die anderen nie als meine Feinde empfunden: Sie waren einfach die anderen. Tatsächlich war mir der Gedanke bis zu diesem Augenblick nie gekommen, nicht einmal dann, wenn ich auf sie geschossen oder Handgranaten auf sie geworfen hatte; das war ein Rausch gewesen, der mich, einmal verflogen, tief beschämt zurückgelassen hatte. In solchen Situationen packte mich ein Instinkt, der mich handeln ließ, als wäre ich nicht ich selbst, und das Gleiche wäre mir in den gleichen Umständen passiert, wenn ich auf der anderen Seite gestanden hätte, daran bestand für mich kein Zweifel. Tatsächlich hatte ich in diesen Augenblicken, in denen mein Hirn wie ausgeschaltet war, nicht etwa auf sie geschossen, weil sie meine Feinde waren, sondern aus anderen, unerklärlichen Gründen. Und so war es von dem Moment an gewesen, in dem ich die Seite nicht gewählt, sondern nichts weiter getan hatte, als auf der Seite zu sein, auf der der Krieg mich überrascht hatte. So war es bisher gewesen. Und jetzt würde ich wählen; von nun an würden aufgrund meiner freien Entscheidung meine Freunde zu meinen Feinden werden und umgekehrt.

Endlich waren die Stimmen direkt vor mir, nicht mehr als dreißig Schritt entfernt.

Sie redeten so wild durcheinander, dass mir zunächst gar nicht bewusst wurde, dass ich nichts von dem verstand, was sie sagten. Erst nach einer ganzen Weile begann ich hinzuhören: Diese merkwürdigen Laute bildeten nicht ein einziges verständliches Wort.

»Das sind Mauren.« Geräuschlos kauerte ich mich zwischen zwei Wacholder, die mit ihren Zweigen eine Art Grotte bildeten. Die nasalen und gutturalen Laute waren immer deutlicher zu vernehmen, als ob sie näher kämen, und ich rollte mich zusammen wie ein in die Enge getriebenes Tier. Ich hatte nicht im Entferntesten an die Mauren gedacht, bis ich diese nasalen, schrillen Stimmen hörte, aber als ich ihnen nun mit angespannter Aufmerksamkeit lauschte, erschienen sie mir nicht mehr so schrill und nicht mehr so nasal: Sie waren einfach unverständlich.

»Und wenn es Basken sind?«

Ich wusste, dass die letzten Reste der baskischen Armee, die Überlebenden des verzweifelten Widerstands, sich in Barkassen bis zur Küste der Gascogne durchgeschlagen hatten, um sich von Frankreich aus den katalanischen Truppen anzuschließen. »Die Vorsehung hat mich geleitet«, dachte ich plötzlich, »ihr sei auf ewig Dank! Besser, ich liefere mich den Basken aus als den Mauren.«

Die Stimmen näherten sich, dann entfernten sie sich wieder, als handele es sich um eine Patrouille, die die Wälder durchkämmte. Trotz der Kälte schwitzte ich, spürte Schweißtropfen auf der Oberlippe und wie mir einer das Rückgrat hinunterlief wie Quecksilber.

Dann entdeckte ich etwa hundert Meter von meinem Versteck entfernt zwischen dem Wacholder ein Lagerfeuer. Sie hatten es gerade erst mit trockenen Ginsterzweigen entzündet, und die Flammen sprühten Funken wie Feuerwerk. Ich bekreuzigte mich, dann kroch ich auf allen vieren voran; ich musste zu ihnen gelangen, um endlich herauszufinden, wer sie waren. Nun schwitzte ich nicht länger, sondern war von einer seltsamen Klarheit erfüllt; ein Dornenzweig streifte meine Wange wie eine Klaue mit stählernen Krallen. Ich schaffte es, mich so nah ans Feuer heranzuschleichen, dass ich von ihnen unbemerkt ihre Gesichter erkennen konnte. Sie zeichneten sich im Feuerschein gegen die Dunkelheit ab wie in einem Bild eines Malers des Tenebrismus.

Was für Gesichter, Herr im Himmel! Was für Gesichter!

Ich richtete mich auf und rannte davon – eine völlig idiotische Reaktion.

Die Kugeln sirrten um mich herum wie ein Schwarm gieriger Mücken. Ich hatte nur einen Wunsch: zu fliegen. Und ich flog. Aber nicht nach oben, sondern nach unten. Dann wurde mein Flug jäh unterbrochen, und ich fühlte mich gelähmt wie ein Vogel, den eine Kugel vom Himmel geholt hat.

Ich versuchte, die Beine zu bewegen, aber sie gehorchten mir nicht, als würden sie jemand anderem gehören; beim Abtasten fühlten sie sich fremd an. Dann hörte ich die Mauren hin- und herlaufen, ihre durchdringenden Stimmen; schließlich verstummten alle Geräusche, und eine seltsame Stille senkte sich herab.

Warum konnte ich die Sterne über meinem Kopf nicht sehen? Die Nacht war doch bis zu dem Augenblick, in dem ich gefallen war, klar gewesen. Aber wohin gefallen? Diese Stille, diese Kälte, diese undurch-dringliche Finsternis, die Unfähigkeit, meine Beine zu bewegen … oh, wenn es doch Tag würde! Aber sobald es dämmerte, würden sie mich entdecken. In meiner Reglosigkeit durchdrang mich die feuchte Kälte bis auf die Knochen, und nun kamen auch die Stimmen wieder näher. Mein Gott, möge die Nacht nie zu Ende gehen!

Aber jetzt, wie durch ein Wunder, verstand ich sie; ich verstand alles, was diese Mauren sagten! Die Spannung fiel von mir ab, meine Beine gehorchten mir wieder, ich sah wieder den Sternenhimmel, die Milch-straße wie Diamantstaub – und zerfloss in Tränen.

Ich schluchzte hemmungslos, haltlos: Die Männer sprachen Katala-nisch. Ich hätte gerne laut um Hilfe gerufen, aber ich verlor das Bewusst-sein.

»Scheiße nochmal«, war das erste, was ich hörte, als ich wieder zu mir kam. Und als ich die Augen aufschlug, sah ich in das Gesicht, das ich am wenigsten erwartete: das Gesicht des schielenden Burschen von Kommandant Rosich. »Scheiße nochmal, was hattest du denn auf dem Grund des Mühlgrabens zu suchen? Was für ein Glück, dass er leer war!«

Dann berichtete der Schielende mir, noch erregt vom gerade be-standenen Kampf, die jüngsten Ereignisse: »Wir haben die Mauren zu-rückgeschlagen, verdammte Hurensöhne. Überall Haufen von Toten, Haufen von Verletzten, scheiße nochmal, aber jetzt ist es vorbei mit der Flucht, jetzt laufen wir nicht mehr weg wie die Hasen.«

»Und wo steckt der Kommandant?«

»Der ist ganz hier in der Nähe. Beinahe hätten die Mauren uns umzin-gelt. Weißt du, dass wir endlich Lluís wiedergefunden haben? Man hat ihn zufällig in einem Feldlazarett gefunden, weit weg von der Brigade, er war sehr schwer verletzt. Eine üble Wunde! Die Rettungssanitäter einer anarchistischen Division hatten ihn aufgelesen und nach Almi-rete gebracht, ohne sich die Mühe zu machen, uns zu benachrichtigen. Weißt du, jede Brigade, jede Division schert sich nur um sich selbst. Wusstest du, dass eine Division der Anarchisten das Feuer auf eine kom-munistische Division eröffnet hat? Scheiße nochmal …«

Aber es war vergebens, die Tante davon überzeugen zu wollen, dass es solche und solche Bataillone, solche und solche Brigaden gab, dass es in unserer Brigade sauber zuging, nicht so schmutzig wie im Hinterland. In ihren Augen war die Sache ganz einfach: Es gab zwei Felder, eines voller Weizen, das andere voller Unkraut, beide säuberlich durch Stacheldraht voneinander getrennt. Um ärgerliche Diskussionen zu vermeiden, hätte ich mich gar nicht bei ihr blicken lassen (sie lebte immer noch in der Villa in Sarrià), aber ein lächerliches Missgeschick zwang mich dann doch dazu.

Nachdem ich aus dem Zug gestiegen war, nahm ich die Straßenbahn, denn Taxis waren äußerst rar. An jeder Haltestelle wurde die Straßenbahn voller; auf der Plattform standen wir gedrängt wie Trauben in der Presse. Plötzlich spürte ich an mir eine warme, weiche Gestalt, die sich so dicht an mich schmiegte, dass ich ihren Herzschlag spüren konnte; ein roter Haarschopf kitzelte mich auf der Höhe meines Mundes und machte mich schwindelig mit ihrem Duft. Dann musterte mich ein Paar gelber Augen mit schamloser Eindringlichkeit. Wie konnte es sein, dass jemand gelbe Augen hatte? Es war ein ruhiger, spöttischer Blick, wie ich nie zuvor einen gesehen hatte, und ich fühlte, wie sie sich bewegte, als wollte sie sich auf die Zehenspitzen stellen, um sich noch enger an mich zu pressen, vielleicht, um mit ihrem Mund meinen zu erreichen. Ich bahnte mir mit den Ellbogen einen Weg, um aus der fahrenden Straßenbahn zu springen. Mein Gott, dachte ich, daran ist nur diese Militäruniform schuld; die Soutane flößt selbst den Vorwitzigsten Respekt ein.

Niedergeschlagen griff ich in die Innentasche meines Mantels: Mein Portemonnaie war verschwunden.

Was tun? Dieser Panther, dachte ich in Anbetracht ihrer gelben Augen, dieser Unterwasserpanther ist bestimmt an der nächsten Haltestelle ausgestiegen, um sich unter die Millionen anonymer Gesichter zu mischen, es wäre, als würde man die Stecknadel im Heuhaufen suchen. Seltsamerweise empfand ich unwillkürlich etwas wie Sympathie für sie; die Geschicklichkeit, mit der sie mich um meine Brieftasche erleichtert hatte, erfüllte mich in gewisser Weise mit Bewunderung. Dieser Panther, wiederholte ich für mich selbst, dieser Unterwasserpanther … Warum diese Bezeichnung? Der Unterwasserpanther, der in den warmen

Gewässern des weiblichen Ozeans treibt. Und schon fiel mir Soleràs' wirres Geschwätz wieder ein. Mit der Hand auf der Brust – wo die fehlende Brieftasche eine deprimierende Leere hinterließ –, versuchte ich krampfhaft, mich zu erinnern, ob es vor dem Krieg je ein Mädchen mit gelben Augen gegeben hatte; das beschäftigte mich mehr als die verschwundene Brieftasche. Mit einem Mal wurde mir klar, dass ich nicht würde zu Mittag essen können und auf irgendeiner Parkbank schlafen musste, es sei denn, ich wollte mich im Armeehauptquartier melden. Aber wie ohne die Dokumente, die meinen Aufenthalt in Barcelona rechtfertigten und die zusammen mit meiner Brieftasche verschwunden waren? Dann würde man mich zuerst mal ins Loch stecken, bis Licht in die Sache gebracht war!

Mir blieb nichts anderes übrig, als nach Sarrià hinaufzulaufen und die Tante um Geld zu bitten. Nach den unvermeidlichen Freudenbekundungen – schließlich sind wir Tante und Neffe – verlief die Diskussion genauso absurd, wie ich befürchtet hatte:

»Wer zwingt dich dazu, mit diesem Lumpenpack zu ziehen?«

»Aber Tante: Wenn du die anderen sehen könntest! Glaub mir, die sind noch zerlumpter als wir. Denk nur dran, dass sich die gesamte Textilindustrie auf republikanischem Gebiet befindet.«

»Hast du denn ganz vergessen, dass deine Leute neun Angehörige von uns ermordet haben?«

»Und was soll ich deiner Meinung nach tun, Tante? Die Seiten wechseln? An der Front vergeht kein Tag, ohne dass dieser oder jener überläuft; aber es ist ein Strom in beide Richtungen, auch wenn du das nicht verstehen willst. Und auf beiden Seiten desertieren sie aus dem gleichen Grund: Alle sind angewidert von den Greueltaten hinter der Front. Soleràs, der verschwunden ist, ›unbekannt verzogen‹, wie es bei der Post heißt, hat oft überraschende und sinnlose Sätze gesagt, aber er hat immer den Nagel auf den Kopf getroffen. Einmal sagte er zu mir, wenn dieser Krieg nur lange genug dauerte, würden wir am Ende feststellen, dass alle republikanischen Soldaten zu den Faschisten übergelaufen wären und umgekehrt.«

Meine Tante blieb uneinsichtig. In ihren Augen waren die anderen Gralsritter, schlank, hochgewachsen, blond, stets frisch rasiert, die Uniform sauber und gebügelt – und mit einem Schwert, einem noblen Schwert in der Hand; einem Schwert wie eine Lilie, wie eine Kerze ...

Aber zurück zu dem, was mich im Dezember 1937 nach Barcelona führte. An allem waren die Briefe schuld, die ich heimlich gelesen hatte. Seit ich mich erinnern kann, bin ich von einer beschämenden Schwäche geplagt: Ich belausche hinter der Tür die langen, halblaut geführten Gespräche zwischen meiner Tante und Monsenyor, ich lese hinter dem Rücken meiner Tante einen Brief, den sie auf dem Tisch hat liegen lassen, oder sogar in der Straßenbahn den Brief, den die Unbekannte liest, die zufällig neben mir sitzt. Ich bin kein Lüstling, dafür aber ein Schnüffler; es ist, als empfände ich die Verlockung, die andere für das Fleisch empfinden, für ihr Leben, was ebenso erbärmlich oder sogar noch schlimmer ist.

An allem waren die Briefe schuld, die Lluís sorgfältig in den Tiefen seines Rucksacks verbarg.

Nachdem die Flucht beendet war und die Frontlinie wieder stand, waren die Überreste unserer Brigade an eine »tote Front« versetzt worden, um sich dort zu erholen. Zwischen den von uns besetzten und den feindlichen Positionen lag ein einsames Tal, dessen fünf, sechs Dörfer von den Bauern verlassen worden waren, nachdem es von beiden Seiten Bomben auf sie gehagelt hatte. Von unseren Schützengräben bis zu den gegenüberliegenden waren es Luftlinie sieben bis acht Kilometer, was bedeutete, dass wir außerhalb der Reichweite der Infanterie lagen, selbst der schweren Geschütze. Noch dazu hatte es in letzter Zeit heftig geschneit; solange der Schnee in diesen Bergen drei Spannen hoch lag, waren neuerliche Operation auf diesem Frontabschnitt unmöglich. Vollkommene Ruhe! Deshalb hatten sie uns hergeschickt. Wir hatten in den letzten Kämpfen schwere Verluste erlitten, es hatte viele Tote und noch mehr Verletzte gegeben, vor allem aber waren zahllose Männer verschwunden, wie das bei jeder Auflösung einer Armee geschieht; nun musste die Brigade sich wieder erholen, die Verwundeten und, wenn möglich, auch die Verschwundenen zurückgewinnen, die verlorengegangenen oder zerstörten Waffen durch neue ersetzen, und zu guter Letzt mussten uns neue Rekruten zugeteilt werden, um die Lücken zu schließen. Das alles brauchte seine Zeit.

Unser Bataillon besetzte an dieser »toten Front« zwei Dörfer, Santa Espina del Purroy und Villar del Purroy. Dieser Purroy ist der Fluss, an dem beide Dörfer liegen; die Landstraße, nicht mehr als ein Karrenweg, folgt dem Flusslauf. Von Villar nach Santa Espina sind es zehn Kilometer.

Beide Dörfer waren zu dieser Zeit verlassen und zerstört. Sie waren bei Kriegsbeginn erobert, evakuiert, zurückerobert, von Anarchisten und Faschisten in Brand gesetzt und schließlich in den letzten Kämpfen bombardiert worden. In Villar, das weiter im Hinterland lag, waren Bataillonskommandantur und Sanitätsdienst einquartiert; im näher an den Schützengräben gelegenen Santa Espina die MG-Kompanie. Die vier Artilleriekompanien, oder besser gesagt, das wenige, was von ihnen übrig war, hielten die Positionen entlang des Bergkamms mit Blick auf das verlassene Tal, in beträchtlicher Entfernung von den beiden Dörfern.

In den seit einem Jahr von ihren Bewohnern praktisch völlig verlassenen Bergen und Wäldern hatte sich das Wild wundersam vermehrt. Unsere Soldaten fingen mehr Kaninchen, Hasen und Wachteln, als wir essen konnten, vor allem, seit es dank des Schnees ein Kinderspiel war, ihre Spuren zu verfolgen. In den Kellern der Häuser fanden wir Öl und Wein, Mandeln, Walnüsse, Kohle, alles, was die armen Bauern in der Eile der Flucht hatten zurücklassen müssen. Dann waren da noch die Dörfer im Tal: Dort fanden sich die unglaublichsten Dinge, zum Beispiel eine Drehorgel, die die Männer von der MG-Kompanie im Triumph auf ein Maultier luden und mitnahmen. Manchmal stießen die unseren auf die Männer der Gegenseite und teilten ihre Funde brüderlich mit ihnen. Warum sollten sie einander umbringen, wo die Operationen doch gestoppt worden waren?

Ich war mit meinem Vorgesetzten, Sanitätsleutnant Puig, in Villar untergebracht, besuchte aber häufig meine Freunde von der MG-Kompanie in Santa Espina. Hauptmann Picó hatte sich dort im einzigen Haus einquartiert, das noch stand: Es war das Haus des größten Landbesitzers, Don Andalecio, den die Anarchisten gleich in den ersten Kriegstagen umgebracht hatten. Obendrein hatten sie das Haus angezündet, aber seine dicken Steinmauern hatten dem Feuer standgehalten.

Es gab gute Wohnräume und gute Schlafkammern, denn es war ein sehr großes Haus, aber Wände und Decken waren rußgeschwärzt, und es gab keine Möbel. Das Esszimmer nahm einen Großteil des Erdgeschosses ein, und die Esse des Kamins war so breit, dass dort die drei Bänke, die Picó aus einem anderen Haus hatte anschleppen lassen, hineinpassten trotz ihrer Länge und den hohen Rückenlehnen. Picó hatte eine auf jede Seite gestellt und die dritte quer zu ihnen, sodass sie vor dem Kamin ein abgeschlossenes Eckchen bildeten. Ich erinnere mich so genau daran, weil wir auf diesen Bänken unsere Abende verbrachten, wenn ich in Santa Espina war; die endlosen Abende in jenem Herbst und Winter vor und nach der Ankunft der Frauen.

Picó ließ im Kamin mit ganzen Balken, die die Männer aus den Trümmern der Häuser holten, gewaltige Feuer entzünden. Oft hörten wir in verregneten Nächten, wie hier und dort im Dorf Hauswände zusammenbrachen; ein dumpfer Lärm durcheinanderpolternder Steine, der einen traurig stimmte beim Gedanken an die arme Familie, die, wenn sie nach dem Krieg in ihr Heimatdorf zurückkehrte, ihr Haus nicht mehr vorfinden würde.

Nach seiner Entlassung aus dem Feldlazarett von Almirete war Lluís der MG-Kompanie zugeteilt worden, da von seiner alten Artilleriekompanie nichts mehr übrig war. Anfangs war er für den Dienst an den Begleitgeschützen vorgesehen gewesen, aber die Geschütze (eine Siebziger-Kanone und ein Fünfundachtziger-Mörser) existierten nur in der Phantasie oder auf dem Papier. Anscheinend war das Lazarett in Almirete ein Saustall gewesen, aber zum Glück hatte Lluís nur kurz dort gelegen, gerade lange genug, um sich eine Mauserkugel aus dem linken Unterarm entfernen zu lassen und zu warten, bis die Wunde sich schloss. Tatsächlich hatte sich die Verletzung – die in den anfangs umlaufenden Gerüchten fürchterlich aufgebauscht worden war, wie es unter den Soldaten oft geschah – als harmlose Fleischwunde am Arm erwiesen; aber Lluís war verändert. Damals schoben wir seine Übellaunigkeit auf das Verschwinden von Soleràs, denn schließlich waren sie gute Freunde gewesen, unzertrennlich seit der Schulzeit.

Wir feierten Lluís' Rückkehr mit einem Abendessen in Santa Espina, das der Hauptmann der MG-Kompanie ausrichtete. Der Kommandant,

Doktor Puig und ich kamen mit dem alten Ford von Villar herüber, der sämtliche Kämpfe und die große Flucht überstanden hatte und »der katalanischen Armee treuer diente«, wie der Kommandant sagte, »als viele Politkommissare.« Zu dieser Zeit hatten wir keine Politkommissare, worüber der Kommandant und wir alle hochzufrieden waren; der Kommandant, der die Kommissare nicht ertrug, behauptete, sie hätten sich während der letzten Kämpfe »allesamt aus dem Staub gemacht«, was nicht stimmte – oder jedenfalls nicht für alle. Wahr war allerdings, dass sie in unserem Bataillon keiner vermisste.

»Jetzt«, sagte Kommandant Rosich, »verfügen unsere Soldaten über eine Drehorgel statt über einen Kommissar; von der kann man vielleicht nicht so viel lernen, aber es macht mehr Spaß, ihr zuzuhören.«

Bei diesem Abendessen zu Lluís' Ehren erzählte uns Picó von seinem letzten Fund im »Niemandsland«, wie er das verlassene Tal nannte; er sagte, es handele sich um einen vergoldeten Silberbecher, »bestimmt aus der Zeit der Mauren.« Dann ließ er ihn sich von seinem Koch mit Portwein gefüllt hereinbringen, um auf unsere Gesundheit anzustoßen.

»Hauptmann!«, schrie ich auf.

»Was ist los?«

»Wo haben Sie diesen Becher gefunden? Es ist ein Messkelch!«

Der Kommandant erschrak:

»Picó, hast du den etwa in einer Kirche gefunden? Hast du denn noch nie vom Blut Gottes gehört?«

»Das Blut Gottes!« Bei diesen Worten ließ Picó den Kelch fallen, dass der Wein sich über die Steinfliesen ergoss. Während ich ihn wieder aufhob und an mich nahm, murrte er:

»Glaub bloß nicht, ich wüsste nicht, was ein Messkelch ist, Cruells … Ich war nämlich im Priesterseminar.«

»Das sieht man«, bemerkte Doktor Puig.

Lluís sah finster drein und sprach während des ganzen Essens kaum ein Wort. Dennoch beredete er mich, bei ihnen in Santa Espina zu übernachten, wogegen Doktor Puig nichts einzuwenden hatte. Zu dieser Zeit war in der Sanitätsabteilung des Bataillons sowieso nicht viel zu tun.

Es war das erste Mal, dass ich bei Picó und Lluís übernachtete; später fuhr ich am Ende des Tages oft von Villar nach Santa Espina. Der Hauptmann schickte mir, damit ich mit ihnen zu Abend essen und bei ihnen übernachten konnte, extra eine offene Kutsche herüber, die sie in den Trümmern eines Stalls gefunden hatten, ein leichtes Gefährt mit großen Rädern. Eine der Federn war gebrochen, und Picó, der sehr geschickte Hände hatte, flickte sie eines Morgens höchstpersönlich. Die Probefahrten verliefen zufriedenstellend: Gezogen von einem der Maultiere der MG-Kompanie, legte sie in einer Dreiviertelstunde – und wenn es bergab ging, weniger – die Entfernung zwischen den beiden Dörfern zurück.

Die Kutsche erwies sich auch als ideal für unsere Expeditionen in das verlassene Tal, das »Niemandsland«. Einige Zeit nach unserem ersten Abendessen in Santa Espina hatte der Brigadekommandant den Soldaten verboten, die Dörfer im Tal aufzusuchen; ab sofort durften nur noch Picó und Lluís das »Niemandsland« betreten. Die Kommandantur hatte sich zu diesem Verbot gezwungen gesehen, wegen etwas in ihren Augen Skandalösem: Unsere Soldaten hatten auf den Dorfwiesen Fußballpartien mit den feindlichen Soldaten veranstaltet, und die oberste Heeresleitung wollte allzu freundschaftliche Beziehungen zum Feind ein für allemal unterbinden.

In Santa Espina schliefen wir alle drei, Picó, Lluís und ich, im gleichen Zimmer im obersten Stockwerk direkt unter dem Dach. Das Zimmer hatte Picó ausgesucht, weil es vom Feuer weitgehend verschont geblieben war; in der ersten Nacht, die Lluís und ich dort verbrachten, warnte uns Picó:

»Es ist verboten, 1902 aus dem Fenster zu machen.«

Tatsächlich ging das Fenster auf die Hauptstraße des Dorfes hinaus, aber die Straße bestand nur noch aus Trümmern und wild herumliegendem Abfall.

»Dieses Dorf ist ein einziger Misthaufen«, murrte Lluís. »Du wirst doch wohl nicht ernsthaft erwarten, dass wir bei dieser verfluchten Kälte im Pyjama in den Hof hinuntergehen, wenn wir ein dringendes Bedürfnis haben!«

»1902 machen« war ein gängiger Begriff in unserer Brigade – im Laufe des Krieges hatte jede Brigade ihre eigene Sprache entwickelt. Der Kommandant der Plattfußbrigade hieß Josep, »was ja an sich«, wie Kommandant Rosich sagte, »noch nicht verwerflich ist.« Zu seinem Namenstag hatte unser Kommandant ihm eine Flasche Sauternes geschickt, »einen Original-Sauternes, Jahrgang 1902«, wie auf dem Etikett zu lesen war, und dazu eine Karte: »Hier eine kleine Aufmerksamkeit von mir, zu der alle Bataillonskommandanten meiner Brigade beigetragen haben.« Überflüssig zu sagen, worin dieser Beitrag bestanden hatte. »Betrachte sie«, fuhr die Glückwunschkarte fort, von der zahlreiche Abschriften in Umlauf waren, »als Zeichen der Bruderschaft zwischen den republikanischen Brigaden. Lass Dir den Inhalt dieser Flasche munden und denke stets daran, dass sie das Beste ist, was wir für Dich übrig haben!«

Picó wollte also nicht, dass wir direkt aus dem Schlafzimmer auf die Straße 1902 machten; er fühlte sich als Feudalherr von Santa Espina und verantwortlich für Sitte und Ordnung:

»Hier ist es nicht wie in Villar«, erklärte er. »Hier bestimme ich. Und ich will Sauberkeit und Bildung.«

Dann zeigte er uns einen wahren »Bildungsschatz«, den er zusammengetragen hatte: einen gewaltigen Koffer voller Bücher. Es waren bunt durcheinandergewürfelte, schmale broschierte Bände, allesamt in einem üblen Zustand; ein oberflächlicher Blick, ein kurzes Durchblättern genügte uns, um zu erkennen, um welches Genre es sich handelte.

»Kampagne gegen die Pornographie«, erklärte er uns. »Die Soldaten sind noch zu jung und außerdem nicht gebildet genug, um so komplexe Werke zu lesen. Also habe ich sie ihnen weggenommen. Damit stelle ich nicht nur sicher, dass sie vor schädlicher Lektüre bewahrt bleiben, sondern kann mich abends auch gleich noch der Literatur widmen – zwei Fliegen mit einer Klappe! Zum Einschlafen brauche ich ein wenig Romantik.«

In einer regnerischen Nacht fand ich keinen Schlaf, obwohl wir die Kerzen schon vor einiger Zeit gelöscht hatten. Picó schnarchte; ein tiefes, gleichmäßiges, kräftiges Schnarchen, das mir ein Gefühl von Frieden und Sicherheit gab. Langsam stand ich von meinem Strohsack auf (jeder von uns hatte seinen eigenen Strohsack auf dem Boden liegen); das Maisstroh raschelte unter meinen Bewegungen. Ich hatte vor, das zu tun, was Picó uns verboten hatte, weil ich mich unbedingt erleichtern musste. Einmal vom Strohsack aufgestanden, klapperten mir vor Kälte die Zähne, und dabei kam mir Picós Gebiss in den Sinn; ich erinnerte mich, dass er es in einem Wasserglas auf dem einzigen Stuhl abgestellt hatte. Vorsicht, damit ich nicht an den Stuhl stieß! Das kleine, niedrige, glaslose Fenster zeichnete sich hell am anderen Ende des Schlafzimmers ab; ich schlich auf Zehenspitzen darauf zu, sorgsam darauf bedacht, nicht an das andere Hindernis zu stoßen, den Koffer mit den gesammelten Werken. Schon war ich am Fenster. Der Regen war mittlerweile zu Schnee geworden, der lautlos, weich und dicht fiel. Die einzige Helligkeit auf der Welt war das schwache Schimmern des Schnees, der Himmel war dunkler als die Erde. Ein paar verirrte Flocken schwebten ins Zimmer. Picó hatte mich nicht gehört, er schnarchte weiter. Auch Lluís schlief, ich hörte seinen gleichmäßigen Atem. Tastend machte ich mich an den Rückweg, ich fühlte mich an der Wand entlang, als ich plötzlich auf Lluís' Rucksack stieß, der an einem Haken hing. Der Rucksack … Lluís' Rucksack. Noch ehe mir bewusst wurde, was ich tat, war meine Hand hineingekrochen und kam mit dem Packen Briefe wieder heraus.

Diese Briefe, die mich so neugierig machten! Ich hatte Lluís oft dabei beobachtet, wie er sie wieder und wieder las wie besessen; einmal hatte ich ihn gefragt, von wem sie seien, und er hatte mir einen hasserfüllten Blick zugeworfen und knapp erwidert: »Von meiner Frau.« Das war alles, was ich wusste.

Es war stärker als ich: Ich hielt den Packen in der Hand und ging die Treppe hinunter. Durch den Treppenschacht wehte eisige Luft herauf, und ich klapperte unablässig mit den Zähnen; am Fuße der Treppe angelangt, musste ich laut niesen. Ein paar Sekunden lang stand ich wie erstarrt. Stille. Sie hatten mich nicht gehört.

Im Kamin lag ein Häufchen Glut; ich wühlte sie mit der Kaminzange auf, und in der Asche leuchteten Pünktchen auf. Die schöne Glut, wie gemütlich war sie doch in einer Nacht wie dieser! Ich zündete eine Öllampe an, machte es mir auf einer der Bänke bequem und begann zu lesen.

Heute drückt mich die Scham wie eine bleischwere Last; ich weiß genau, dass das Lesen dieser Briefe zum Beschämendsten gehört, was ich je getan habe. Diese kleine, feine Schrift, diese süße Wärme; ich las gierig, verfiel mehr und mehr diesem unbekannten Leben, das sich mir erschloss, wurde von Brief zu Brief unruhiger, weil ich ahnte, dass die

Geschichte ein böses Ende nehmen würde – böse für Lluís ... Und wie groß war dann meine Erleichterung! Noch war nichts Unwiderrufliches geschehen, nichts war für immer zerstört, alles konnte wieder repariert werden. Es brauchte nur eine dritte Person, die dazu bereit war – und dieser von der Vorsehung gesandte Dritte war ich. Ich fühlte, wie mich eine Welle von Zärtlichkeit überkam: Das Leben war schön! Es gab gute Werke zu tun, Balsam auf Wunden zu träufeln, unglücklichen Freunden das verlorene Glück wiederzugeben; in diesem Moment kam es mir sogar so vor, als wäre der unwiderstehliche Drang, diese Briefe zu lesen, von oben gesandt. Ja, es war eindeutig: Eine Stimme hatte mich gerufen! Ich konnte so viel Gutes vollbringen, jetzt, da ich wusste, wo das Problem lag!

Es war spät, sehr spät; seit fünf Stunden las ich in den Briefen. Ich musste wieder hinauf ins Schlafzimmer, bevor die anderen erwachten. Ich musste die Briefe zurücklegen.

Wie schön ist doch das Leben, sagte ich mir, während ich auf meinen Strohsack zurückkroch; wenn ich Doktor Gallifa in dieser Angelegenheit zu Rate ziehen könnte ... Aber wo mochte er sein? Und wenn er es war? Der unbedeutendste der Apostel ... Mit einem wohligen Schauer rollte ich mich unter meinen vier Baumwolldecken zusammen wie eine Katze; Picó schnarchte weiter, von Lluís war nichts zu hören, und immer noch fiel der Schnee. Der Schnee! Plötzlich hatte ich eine Eingebung. Dies hier war eine tote Front und jetzt, bei diesem Schnee ... Gerade vor ein paar Tagen hatten wir erfahren, dass die Offiziere der Plattfuß-brigade (die wie wir an einer toten Front stand) heimlich ihre Frauen an die Front geholt hatten, um gemeinsam mit ihnen Weihnachten zu feiern. Lluís konnte nicht nach Barcelona, um seine Frau zu besuchen; es gab keine Beurlaubungen, in dieser Hinsicht war das Kriegsministerium sehr streng. Aber sie konnte nach Santa Espina kommen. Sie musste kommen; die beiden mussten sich unbedingt versöhnen.

Mein Sack war warm geworden, und ich rollte mich gerührt und vertrauensvoll zusammen. Das Leben war so schön! Das Leben der anderen, dachte ich mit einem Mal, und mir kamen die Tränen. Ich war todmüde und von Selbstmitleid überwältigt, aber dieses Selbstmitleid und diese Müdigkeit waren auch sanft und angenehm. Es ist süß einzuschlafen, wenn man das Gefühl hat, gut zu sein, großherzig, besser als die anderen; so süß, sich auf einem warmen, trockenen Lager zusammenzurollen, während es draußen unablässig schneit …

Und darum befand ich mich im Dezember 1937 in Barcelona.

Aber man hatte mir meine Brieftasche gestohlen, und in der Brieftasche waren die Papiere, die unersetzlichen »ordnungsgemäßen Papiere«, die wir gemeinsam erstellt hatten: Der Bericht des Sanitätsleutnants Puig an den Bataillonskommandanten Rosich, mit dem er ihn über die »unbedingte Notwendigkeit in Kenntnis setzte, den Santitätsfähnrich Cruells ins Hinterland zu schicken, um gewisse unabdingbare Medikamente für die tapferen Soldaten zu besorgen, die gegen den Faschismus kämpfen«, gefolgt vom Befehl des Bataillonskommandanten an den Brigadekommandanten (der uns versprochen hatte, wegzusehen und uns schalten und walten zu lassen) und zuletzt der Befehl des Brigadekommandanten an den Sanitätsfähnrich Cruells, sich unverzüglich und »eigenständig aufgrund dringender Dienstpflichten« nach Barcelona zu begeben. Und alle diese Papiere waren an den Kontrollposten, den unvermeidlichen, an jeder Kreuzung postierten Militärkontrollen ordnungsgemäß abgestempelt. Hätte mir der Unterwasserpanther wenigstens die Papiere gelassen! Nun hatte ich dank der Tante wieder Geld und hatte ein Eiltelegramm an das Bataillon geschickt, in dem ich noch einmal »ordnungsgemäße Papiere« anforderte. Aber wie sollte ich meine Anwesenheit in Barcelona rechtfertigen, wenn die Militärpolizei mich in der Zwischenzeit nach meinen Papieren fragte?

Mein erster Besuch hatte der Frau von Doktor Puig gegolten. Sie lebte in einer protzig eingerichteten Wohnung voller Spiegel in vergoldeten Rahmen und Lüster, die den Eindruck erwecken sollten, sie seien aus Bergkristall, in Wirklichkeit aber aus Glas waren. Ein Dienstmädchen in Uniform führte mich in den Salon. Schuldbewusst stellte ich fest, dass ich auf dem blankgebohnerten Parkett mit meinen lehmverkrusteten Soldatenstiefeln Schmutzspuren hinterließ, die so deutlich waren wie die Kaninchenspuren im Schnee an unserer »toten Front«. Senyora Puig ließ mich eine halbe Stunde warten. Ich war so dumm gewesen, am frühen Vormittag hinzugehen, und vermutete, dass sie noch bei der Morgentoilette sei. Und tatsächlich war diese, wie ich später bemerkte, äußerst aufwendig und komplex. Endlich erschien sie, rümpfte leicht die Nase und sah mich von oben herab an. Sie war sehr elegant, groß und wohlgeformt und hatte platinblondes Haar und Augen, so leuchtend blau wie Aquamarine – eine dieser Frauen, die sich ihrer strahlenden Schönheit bewusst sind. Mich versetzte eben dieser Typ Frau in Verlegenheit; ich versuchte, mich ganz unbefangen zu geben, obwohl ich mich keineswegs so fühlte. Senyora Puig lauschte mir mit einer konsternierten und ein wenig spöttischen Neugier, während sie mich misstrauisch musterte. Sie hatte bereits einen Brief von ihrem Mann erhalten, war über das Wesentliche informiert und bereit, die Reise anzutreten, »da ihr Mann es wünschte und sie ihm zu Willen sein musste«. Ich erzählte, entschuldigte mich, wiederholte mich, verlor mich in überflüssigen Erklärungen und konnte meine lästige Befangenheit nicht überwinden.

»Es ist eine einmalige Gelegenheit, wie sie sich vielleicht im ganzen Krieg (und Gott weiß, wie lange der noch dauern wird) nicht wieder ergibt. Die Front ist völlig tot und dazu komplett eingeschneit …«

»Warum kommt er nicht nach Barcelona? Das wäre einfacher.«

»Unmöglich. Er bekommt keine Beurlaubung. Es ist schon viel, dass sie die ganze Brigade beurlaubt und an eine ›tote Front‹ geschickt haben. Im Augenblick kann man nicht mehr verlangen. Eine vollkommen tote Front … Denken Sie nur: Wir befinden uns außerhalb der Reichweite der Infanteriegeschütze … der Siebziger-Kanone, zum Beispiel … Die Reichweite einer Kanone beträgt einen Kilometer pro Zentimeter Kaliber, und wir sind mehr als sieben Kilometer von der feindlichen Vorhut entfernt.«

Ich hatte mich in überflüssigen Erklärungen verstrickt, und sie bedachte mich mit einem Blick, als wolle sie sagen: Und was geht mich das an?

»Ich erzähle Ihnen das alles nur, weil ich sehe, dass Sie in Barcelona keine Vorstellung davon haben, welch eine Oase des Friedens eine ›tote Front‹ sein kann. Dort können Frauen und Kinder das Weihnachtsfest in heiliger Ruhe verbringen; außerdem gibt es viel mehr zu essen als in Barcelona, es fehlt an nichts!«

»Die Kinder mitzunehmen kommt nicht in Frage«, unterbrach sie mich mit der Entschlossenheit, die für diese Art Frauen typisch ist, sobald es um die Kinder geht. »Ich bin sicher, sie werden dort nur schlechte Vorbilder zu sehen bekommen.«

Gleich nachdem die Briefe ihres Mannes ankamen, hatte sie beschlossen, die Kinder bei ihren Eltern zu lassen. Diese, das wusste ich schon von Doktor Puig, waren die bedeutendsten Schweinemetzger vom Boqueria-Markt, steinreiche Leute. Als ich wieder auf der Straße stand, war mir der Mund trocken vom vielen Reden. Eine neue Brieftasche wärmte mir das Herz, dank der Tante prall gefüllt mit Scheinen. Und welche Ruhe vermittelt einem doch eine dicke Brieftasche! In der Luft ertönte ein Brummen, und man hörte ferne Explosionen; die Straßen waren leer, als wäre die ganze Stadt ausgestorben. Dann begannen die Sirenen zu jaulen, und ich verstand, was los war; die Explosionen kamen jetzt näher. Ich ging los; Picós Wohnung lag nicht weit entfernt, vielleicht ein halbe Stunde von hier. Unterwegs kehrte ich in einer Bar ein – der einzigen, in der der Wirt den Tresen nicht verlassen und in einem Schutzraum Zuflucht gesucht hatte –, um meinen Durst und gleichzeitig das entgegengesetzte Bedürfnis zu stillen. »Euch Soldaten«, sagte der Wirt zu mir, als ich von der Toilette wiederkam, »müssen diese Luftangriffe auf Barcelona wie ein Kinderspiel vorkommen. Ich habe mich daran gewöhnt …«

Senyora Picó öffnete mir die Tür. Ich betrat eine kleine, freundliche Wohnung mit Stühlen aus Weißholz, die die Hausherrin persönlich in leuchtenden Farben bemalt hatte (wie sie selbst mir erzählte): in Hellrot, Mandelgrün, Kanariengelb; die Knäufe waren mit Glitter vergoldet. Sie mochte zwischen fünfundzwanzig und dreißig sein, war klein, schlank, sehr dunkel, nervös, ausdrucksvoll:

»Mein Mann hat auch mal Theologie studiert«, erzählte sie mir lachend, als sei die Vorstellung äußerst erheiternd, »da können Sie sich ja vorstellen, dass ich eine Schwäche für Seminaristen habe.«

»Und woher wissen Sie, dass ich einer bin?«

»Das hat er mir geschrieben. Er hat mir alles geschrieben. Er schreibt ganz ausgezeichnet, Orthographie ist seine Stärke. Ich weiß alles: Wer Sie sind, warum Sie nach Barcelona gekommen sind … und ich freue mich so darüber! Seit anderthalb Jahren habe ich ihn nicht gesehen …

Sicher hat er mich nach Strich und Faden betrogen! Ich weiß auch schon, dass die wunderbare Idee, uns alle an Weihnachten zusammenzubringen, von Ihnen stammt. Aber …«

Sie hatte mich von Kopf bis Fuß und dann von Fuß bis Kopf gemustert und riss nun die Augen auf, wie von plötzlichem Erstaunen ergriffen:

»Kommen Sie mal mit ins Schlafzimmer und werfen Sie einen Blick in den Schrankspiegel! Sie müssen ja ein zerstreuter Mensch sein!«

Als ich mich im Spiegel des Kleiderschranks betrachtete, nachdem sie zuvor diskret die Schlafzimmertür geschlossen hatte, verstand ich, was sie meinte: Ich hatte mich auf der Toilette nicht ordentlich zugeknöpft, ein Hemdzipfel lugte heraus.

Sie wartete im Esszimmer auf mich und hatte mir schon einen Martini eingeschenkt; es musste etwa Mittag sein. Ich schämte mich.

»Ein solches Malheur kann doch jedem mal passieren, machen Sie sich keine Sorgen.«

Sie lachte, sichtlich amüsiert. Was für ein Glück, dachte ich, dass mir diese peinliche Sache hier widerfahren ist – wenn mir das bei Senyora Puig passiert wäre! Senyora Picó entschuldigte sich:

»Sie werden Ihren Martini ohne Oliven oder Anchovis trinken müssen, und Kartoffelchips gibt es auch nicht. Man bekommt nichts zu essen! Alkohol dagegen bekommt man, so viel man will.«

Anschließend bestand sie darauf, mir Beweise für das Talent ihres Mannes vorzuführen. Ich hatte schon bemerkt, dass sie ihn nicht beim Vornamen, sondern beim Nachnamen nannte: »Picó ist so geschickt!« Sie wollte vor allem, dass ich mir die Esszimmerbeleuchtung ansah, eine höchste komplizierte Installation aus verschiedenfarbigen Glühbirnen, die zu rotem, grünem, blauem oder gelbem Licht oder einer Mischung aus allen kombiniert werden konnten. Dann wollte sie mir noch andere Basteleien des ehemaligen Hausmeisters zeigen: »Sie haben ihn an der Naturwissenschaftlichen Fakultät angestellt, weil er so geschickt ist.« Ich musste an den pedalbetriebenen Fächer denken, den Picó erfunden hatte, um die Fliegen zu vertreiben, damals in den guten alten Tagen in Olivel. Er war in der Tat ein großartiger Tüftler, und man sah, dass seine Frau ihn aufrichtig bewunderte.

Mein nächster Besuch galt der Kommandantin Rosich, die in einer großen, dunklen Wohnung im Carrer de Cervelló wohnte, einer dieser engen Straßen, die in den Boqueria-Markt münden. Die Möbel in dieser Wohnung waren *fin de siècle*, schwere alte Familienerbstücke, so antiquiert und würdig, wie man sich nur vorstellen konnte. Senyora Rosich war klein und dunkel wie Senyora Picó, aber mollig und schon ergraut; man sah ihr an, dass sie weit über vierzig war. Ernst und freundlich, rief sie Marieta herbei, die für ihre neun Jahre sehr groß und sehr mager war und fahle Haut und riesige schwarze Augen hatte. Ihre Mutter sagte ihr, sie solle mir guten Tag sagen, und das tat sie mit einem kleinen Knicks. Und dann stellte sie mir plötzlich die Frage, die sie mir später noch so oft stellen sollte: »Mein Papà muss doch nicht sterben, oder?«

»Aber nein!«, rief ich überrascht aus. »Natürlich nicht. Warum sollte ihm jemand was antun wollen, wo er doch so ein netter Kerl ist?«

Die Kommandantin wollte wissen, wie sie es anstellen sollten, um die Militärkontrollen zu umgehen. Die Anwesenheit von Frauen, ausgenommen der Einheimischen natürlich, war im ganzen Frontbereich streng verboten; Senyora Rosich, die anders als wir alle einer alten Militärdynastie entstammte, war die Einzige, die sich diese Frage stellte.

»Wir fahren mit dem Zug«, erklärte ich ihr, »bis la Puebla de Híjar, wo die eigentliche militarisierte Zone beginnt. Am Bahnhof wird sie schon unser Ford erwarten; Sie werden die typische Kleidung der Bäuerinnen dieser Gegend überziehen, und alles wird problemlos laufen. Die Bäuerinnen dort bitten oft darum, in den Armeeautos und -lastwagen von einem Dorf zum nächsten mitgenommen zu werden, sodass Sie gar nicht auffallen werden. Was die Kleidung betrifft, so haben wir die zuhauf in den Dörfern im ›Niemandsland‹ gefunden, und zwar in allen Größen. Selbstverständlich können Sie, sobald Sie in Villar sind, diese Kleidung wieder ablegen und es sich bequem machen; dort ist Ihr Mann die einzige militärische Autorität. Wenn wir erst dort sind, ›auf unserem Lehen‹, wie Picó es nennt, müssen Sie sich keine Sorgen mehr machen.«

Meine »ordnungsgemäßen Papiere« waren noch nicht eingetroffen; in meinem Telegramm an den Kommandanten hatte ich ihn gebeten, sie an die Adresse seiner Frau zu schicken. Die Verzögerung machte mir allmählich Sorgen, denn sie konnte die ganze sorgfältig geplante Aktion gefährden. Ich sagte Senyora Rosich, dass ich am Abend wiederkommen werde.

Es war schon zwei Uhr, der Hunger plagte mich, und an meinem Herzen fühlte ich die wohlige Wärme der angenehm prallen Brieftasche. Ich befand mich im labyrinthischen Gewirr kleiner Gassen rund um die Boqueria, und plötzlich fiel mir die Tafel an einer Taverne ins Auge: *Gebakener Wolffsparsch.* Der Wirt war offenbar orthographisch ähnlich begabt wie Picó und in vielerlei Hinsicht bemerkenswert, aber der Duft nach gebackenem Wolfsbarsch ließ mir das Wasser im Mund zusammenlaufen. Ich nahm an einem runden Tisch mit Marmorplatte Platz, der auf dem Bürgersteig stand; trotz der Jahreszeit aß ich lieber im Freien, als mich in das eher suspekt aussehende Innere der Taverne zu begeben. Mehr als die Kälte spürte ich die Feuchtigkeit dieses unteren Teils der Stadt; sie drang durch meine Schuhsohlen und kroch mir die Beine hinauf. Von meinem Tischchen aus konnte ich sehen, dass der große Markt erschreckend leer war; seit Monaten wurde hier nichts oder so gut wie nichts verkauft. Eine zerlumpte Frau, die weiß Gott was aus den wenigen Abfällen herausgeklaubt hatte, beschimpfte mich im Vorübergehen:

»Ja, friss dich nur satt, du Kriegsgewinnler! An die Front können ja die anderen gehen!«

Ich hätte ihr gerne gesagt, dass ich heute den ersten Tag seit Kriegsbeginn in Barcelona war, dass der gebackene Wolfsbarsch das Einzige war, was ich an diesem Tag gegessen hatte und essen würde, aber die Alte war schon weit weg, auch wenn ich sie noch schimpfen hörte:

»Ihr seid alle gleich! Eine Bande von Schuften! Republikaner oder Faschisten, alle die gleichen Hurensöhne!«

Dieses Gericht kostete mich ohne Vor- oder Nachspeise hundertfünfundzwanzig Peseten: das, was vor dem Krieg ein ganzer Monat im Pensionat gekostet hatte. Meine Tante hatte nämlich nicht gewollt, dass ich mich unter die anderen Seminaristen mischte – »das könnten Söhne von Portiersfrauen oder wer weiß was sein« –, und hatte mich in einem Pensionat für Seminaristen aus gutem Hause untergebracht. Und nun musste ich, ohne genau zu wissen, warum, an den großen Schlafsaal dieses Pensionats denken. Zwanzig Schüler schliefen dort in Eisenbetten; im Laufe der Nacht wurde die Luft dick wie Wasser, in dem wir wie zwanzig große, reglose Fische zu treiben schienen. Wir glichen lethargischen Stören, wie wir da stocksteif jeder für sich in unseren engen Eisenbetten lagen, und unsere Träume breiteten sich über uns aus wie eine Gasschicht, die schwerer ist als Luft – die großen, weißen Wände waren wie Leinwände, auf die die absurden Filme des Unterbewusstseins projiziert wurden, die gleichmäßigen Atemzüge waren wie ein gedämpftes Konzert … Warum fiel mir das alles wieder ein, als der Wirt mir die Rechnung brachte? Als ich den exorbitanten Preis sah, verstand ich plötzlich, wie verabscheuungswürdig ich in den Augen der Alten ausgesehen haben musste. Ich wusste, wie alle an der Front, dass die Menschen in Barcelona sehr wenig und sehr schlecht aßen; wir wussten es, aber wir hatten es uns nicht richtig vorstellen können. Mit einem Mal verstand ich, dass der Schatten der Erregung, den ich zu meiner Verwunderung in den Augen so vieler junger Mädchen wahrgenommen hatte, dass diese gierigen Münder, die schmalen Taillen, dass all dies Hunger war und nichts als Hunger. Armer Unterwasserpanther, dachte ich. Und noch während ich mit diesem Gedanken vom Tisch aufstand, sah ich sie.

Direkt gegenüber der Taverne, auf der anderen Seite der Gasse, war eine hohe, schmale Tür, die meine Aufmerksamkeit erregt hatte, weil sie von mehreren Exemplaren ein und desselben Plakats umrahmt war: »Befreier der Prostitution«. Ich hatte es schon auf meinem Streifzug durch Barcelona gesehen, neben dem »Baut Panzer, Panzer, Panzer« und ähnlichen berühmten Plakaten, doch dieses hatte mich mehr verwirrt als die anderen, weil man nicht genau erkennen konnte, was darauf zu sehen war: ein Haus? Eine sitzende Frau, die nähte? Mehrere Frauen, von denen jede ein Buch hielt? Oder einen Säugling? Und nun hatte sich die hohe, schmale Tür geöffnet, und im Halbdunkel des Hausflurs erkannte ich zu meiner Verblüffung die junge Frau aus der Straßenbahn. Wie gebannt ging ich auf sie zu; sie sah mich aus ihren gelben Augen ohne das geringste Anzeichen von Überraschung an. Offensichtlich erkannte sie mich nicht.

»Ich wollte gerade weggehen«, sagte sie zu mir, »jetzt passt es gerade nicht.«

»Um wie viel Uhr soll ich wiederkommen?«

»Nach Mitternacht.«

Sie hatte einen starken ausländischen Akzent. In diesem Moment tauchte die Alte von vorhin wieder in der Gasse auf, in der ein Haufen Müll lag, und während sie ihn durchwühlte, warf sie uns einen boshaften, hasserfüllten Seitenblick zu. Sie sang so laut, dass wir sie nicht überhören konnten:

Allons, enfants de la grand'pute,
le jour de merde est arrivé.

»Die Alte ist verrückt«, sagte der Unterwasserpanther gleichgültig. »Kümmere dich nicht um sie. Sie weiß, dass ich Französin bin, und singt das, um mich zu ärgern.«

»Sie haben gesagt, ich solle nach Mitternacht wiederkommen?«, fragte ich, erstaunt darüber, dass sie mich zu einer so ungewöhnlichen Stunde zu sich bestellte. »Eigentlich will ich aber nur meine Papiere wiederhaben; das Geld ist mir egal. Ich bin sogar bereit, Ihnen noch mehr zu geben, wenn ich dafür meine Papiere zurückbekomme ... fünfhundert, zum Beispiel.«

Sie starrte mich an.

»Komm mit rauf.«

Die Stufen der engen, schmutzigen Treppe waren völlig abgetreten. Wir durchquerten einen kleinen, entsetzlich geschmacklos eingerichteten Salon, in dem andere Frauen saßen, die keine Notiz von uns nahmen. Ich folgte ihr in ihr Zimmer am Ende eines langen Ganges, dessen Türen nummeriert waren wie bei einem Hotel. Tatsächlich glaube ich, dass es ein Hotel war, ein Hotel der untersten Kategorie. Ihr Zimmer hätte auch eine Mönchszelle sein können, so klein und spärlich möbliert war es; auf einem kleinen Tisch stand eine Gipsfigur, die die Grotte von Lourdes darstellte, und davor brannte eine Ölfunzel.

Der Panther schickte sich an, sich die Bluse über den Kopf zu ziehen.

»Was machen Sie denn da?«, rief ich fassungslos; sie sah mich verwundert an, als zweifle sie an meinem Verstand. »Ich will doch nur meine Papiere zurück! Die Militärpolizei ... Ich brauche sie! Sie können die Peseten behalten, aber geben Sie mir die Papiere zurück!«

»Was redest du denn für einen Schwachsinn zusammen, Süßer?«

Sie sah wütend aus, und erst jetzt bemerkte ich, dass sie schwarzhaarig war, während die Frau aus der Straßenbahn – daran erinnerte ich mich genau – leuchtend karottenrotes Haar gehabt hatte. Beschämt über die Dummheit, die ich begangen hatte, stammelte ich eine Entschuldigung und drückte mich so ungeschickt aus, dass sie nur verstand, dass ich sie für eine Taschendiebin gehalten hatte. Während ich die Treppe hinunterstolperte, schrie sie mir wütend vom Treppenabsatz aus die wüstesten Beschimpfungen nach, die ich je gehört habe.

Es war vier Uhr, als ich bei der Villa in Pedralbes vorstellig wurde, in der Trini wohnte. Sie war nicht da. Das Dienstmädchen führte mich in den Salon und sagte mir, es werde nicht lange dauern. Alles, was ich sah, verblüffte mich.

Nicht, dass ich es mir aufgrund der Briefe anders vorgestellt hätte; tatsächlich hatte ich mir eigentlich gar nichts vorgestellt. Ich wusste nichts über sie als das, was Lluís mir erzählt hatte und was ich aus den Briefen hatte entnehmen können; und damals hatte ich mich nicht gefragt, mit welchem Recht ich mich in das geheime Leben einer mir unbekannten Frau einmischte. Ich war mir sicher, auf dem richtigen Pfad zu sein, und überzeugt, dass es meine Pflicht sei, Frieden zwischen ihnen zu stiften und Lluís dabei zu helfen, die Liebe seiner Frau zurückzugewinnen. Ich hatte nicht bemerkt, wie schlüpfrig dieser Pfad war, ich sah nur das Gute, was ich Lluís und Trini tun konnte – Trini, dieser zum Katholizismus konvertierten Anarchistin, Tochter eines in freier Liebe vereinten Paares und selbst in freier Liebe lebend, die jetzt vielleicht kurz davor stand, einen weiteren falschen Schritt zu tun und für immer in die Irre zu gehen ...

Ich sah mich um: keine Boheme oder Unordnung. Die Villa lag im oberen Teil von Pedralbes und war von Pinien und Zypressen umgeben; eine gewaltige Bougainvillea streckte, obwohl es Dezember war, ihre Blüten in jedes Fenster des Salons. Durch die Fenster sah man die ganze Stadt ausgebreitet vor sich liegen und im Hintergrund das Meer. Die wenigen Möbel im Salon sahen aus, als seien sie einzeln ausgewählt worden, wie man Freunde fürs Leben wählt. An einem der Fenster stand ein mit gelb und grün gestreiftem Satin bezogener Louis-Philippe-Ohrensessel; Arme und Ohren waren mit Spitzendeckchen verziert. Von diesem Sessel aus blickte man in den Garten, direkt auf eine Linde, die um diese Jahreszeit kahl war. Ich war wie verzaubert, dieses Fenster, diesen Sessel, diese Linde nun in Wirklichkeit vor Augen zu haben, genau wie ich es in den Briefen gelesen hatte. Das ist die Linde, sagte ich mir, das ist der Sessel; da ist der Tisch und da die Schirmlampe, hier hat sie in einem Geologiebuch gelesen, als sie die Schüsse hörte … In einer Ecke des Salons entdeckte ich den Mahagonisekretär, so feingliedrig, als wollte er unbemerkt bleiben, und über ihm, an der makellos weißen Wand, hing das ovale Porträt des carlistischen Obristen. Es war das einzige Bild im ganzen Salon – die weißen, kahlen Wände erinnerten an liebevoll gebügelte Leinentischdecken. Das Licht des Dezembernachmittags fiel, gedämpft durch die Vorhänge, schräg ins Zimmer, legte sich auf das von den Jahren polierte Mahagoniholz, auf den gelb und grün gestreiften Satin, auf die große, rote Mütze des romantischen Obristen mit seinen gewaltigen Koteletten. Das Licht streichelte ihn wie eine zarte, kundige Hand, und als die Sonne gerade untergehen wollte, fiel ein letzter Strahl auf die Bergkristallprismen des Lüsters – der winzig war, fast wie ein Spielzeug – und ließ alle Regenbogenfarben aufleuchten.

Wie lange wartete ich wohl in diesem Salon, vertieft in seine Details und verloren in meinen Träumen? Wie gemütlich er war! Er war so gut ausgerichtet (alle drei Fenster wiesen in Richtung Süden), dass man selbst in diesem Dezember in Barcelona ohne Kohle und Feuerholz kaum die Kälte spürte. Der Kamin war nicht in Betrieb und auch der Heizofen nicht, aber die Sonne hatte den Raum den ganzen Tag gewärmt, und man vergaß, dass der Winter schon vor der Tür stand. Wie anders war er doch als der eisige, graue Schlafraum des Pensionats mit seinen zwanzig gleichen Eisenbetten und den endlosen Wänden …

In diesem Augenblick trat Trini ein.

Jetzt, da ich weiß, welche Bedeutung diese Frau für den Rest meines Lebens haben sollte, versuche ich, mich an den Eindruck zu erinnern, den sie damals bei unserer ersten Begegnung auf mich machte; aber so seltsam es scheinen mag: Ich finde in dieser Erinnerung nichts Aufsehenerregendes. Die Frau, die vor mir stand, entsprach keinem der Bilder, die ich mir bei der Lektüre der Briefe von ihr gemacht hatte. Sie war zu der Zeit ein junges Mädchen von einundzwanzig oder zweiundzwanzig (ich war ein paar Monate zuvor zwanzig geworden), groß und schlank, mit sehr hellen Augen und einem so entschlossenen Gesichtsausdruck, dass ich nervös wurde. Sie war durch einen Brief von Lluís schon über den Grund meines Besuchs informiert und schien nicht besonders erpicht darauf, darüber zu reden. Wie ich später verstand, hatte ich den Fehler begangen, gleich zu Beginn anzudeuten, dass Verständnis und Nachsicht zwischen Ehemann und Ehefrau sehr wichtig seien. Ich hoffte, dass sie es als allgemeine Bemerkung auffasste und nicht als Anspielung auf ihren Fall – den ich ja zu diesem Zeitpunkt nur aus den Briefen kannte. Wegen der Ungeschicklichkeit, mit der ich mich diesem Thema näherte, entstand bei ihr sofort das Gefühl, ich wolle mich einmischen und sie dazu bewegen, mit Lluís Frieden zu schließen. Ich versuchte zu erklären, worum es mir ging. Sie unterbrach meine Erklärungen, indem sie das Dienstmädchen anwies, uns Tee zu bringen:

»Ich weise Sie darauf hin, dass Sie ihn ohne Zucker werden trinken müssen; wir wissen nicht mal mehr, wie der aussieht. Tee hingegen finden Sie in Barcelona, so viel sie wollen, weil ihn keiner trinkt. Unsere Angewohnheit, Tee zu trinken, haben wir von Soleràs, der im Ausland gelebt hat; er hat uns darauf gebracht, und wenn man erst einmal daran gewöhnt ist, will man nicht mehr darauf verzichten. Zu schade, dass man sich nicht von Tee allein ernähren kann; unfassbar, was man heute alles unternehmen muss, um zwanzig Kilo vertrocknete, madige Plattbohnen aufzutreiben …«

Ich bemühte mich, das Gespräch auf die Reise zurückzubringen, die unbedingt innerhalb der nächsten zwei Tage organisiert sein musste, aber sie fiel mir ständig ins Wort:

»Ich habe sie für teures Geld gekauft, dicke Plattbohnen, gelb wie ein Pferdegebiss. Man kann die Maden in den Löchern wimmeln sehen. Vielleicht sind wir hier in Barcelona gar nicht so schlimm dran, wie wir denken; bei einer echten Hungersnot wäre man wahrscheinlich froh, Maden in den Plattbohnen zu finden, schließlich sind das Proteine!«

Ich bestand darauf, dass ich wissen müsse, ob sie und ihr Sohn mit auf die Reise gehen würden, aber sie unterbrach mich wieder:

»Ich weiß aus Lluís' Brief, dass Sie Theologie studieren, und will deshalb ganz offen mit Ihnen reden wie mit einem Beichtvater. Immerhin muss ich davon ausgehen, dass Sie mir in dieser Funktion Ihre erbaulichen Ratschläge erteilt haben; schade nur, dass ich nicht die geringste Lust habe, sie zu befolgen. Für mich ist Lluís gestorben. Es würde zu lange dauern, Ihnen zu erzählen, warum, aber lassen Sie sich gesagt sein, dass es so ist. Ich bitte Sie daher, nicht weiter darüber zu reden.«

Es schmerzte mich, dass sie das so leichthin sagte; ich hätte eine tränenreiche Szene vorgezogen – dabei schüchtern mich die Tränen der anderen immer ein.

»Sie sind Christin«, sagte ich.

»Woher wissen Sie das?«

Woher? Aus den Briefen natürlich. In diesem Moment spürte ich zum ersten Mal, von einer Woge der Scham überrollt, wie unverzeihlich es gewesen war, sie zu lesen. Mir brannten Wangen und Ohren. Sie sah mich neugierig an:

»Was ist los mit Ihnen? Selbst Lluís weiß das nicht, also kann er es Ihnen auch nicht erzählt haben.«

Ich senkte den Blick.

»Warum sagen Sie mir nicht einfach die Wahrheit?«

»Die Wahrheit«, … stammelte ich, ohne den Blick vom Boden zu heben.

»Ja, die Wahrheit: Soleràs hat Ihnen davon erzählt. Sie haben sich mit Soleràs darüber unterhalten.«

Sie weiß nicht, dass Soleràs den Packen Briefe Lluís gegeben hat, dachte ich, während ich versuchte, meine Gedanken zu ordnen, sonst würde sie nicht sagen, dass Lluís nicht weiß, dass sie Christin ist.

»Soleràs könnte mir in der Tat von Ihnen erzählt haben«, antwortete ich ausweichend.»Er hätte mir zum Beispiel sagen können, bevor er sich von der Brigade absetzte, dass er von Ihnen selbst von der Konversion erfahren hat. Er hätte mir sogar berichten können, dass Sie sich haben taufen lassen. Das alles hätte ich sehr wohl von Soleràs erfahren können.«

»Meine Güte, habe ich einen Hunger!«, rief sie aus, als achtete sie nicht wirklich auf mein klägliches Gestotter.»Ein Gläschen Chartreuse gefällig? Davon gibt es jede Menge. Schade, dass die Plattbohnen so lange kochen müssen, sonst könnten wir einen ganzen Teller davon essen, während wir plaudern. Wollen Sie wissen, womit ich beschäftigt war, während Sie hier auf mich gewartet haben? Mir war zu Ohren gekommen, dass es einer algerischen Barkasse gelungen war, die faschistischen Torpedoboote zu umschiffen und sich letzte Nacht heimlich bis zur Mole von Barcelona durchzuschlagen, und es hieß auch, die Barkasse hätte eine Ladung Bohnen an Bord. Bohnen! Gibt es die überhaupt noch auf der Welt? Ja, die gibt es noch, aber nur für die ganz Ausgefuchsten. Sehen Sie, ich war nicht rechtzeitig da; als ich ankam, gab es keine Bohnen mehr, nur noch madige Plattbohnen, und dafür muss man noch dankbar sein. Ich will nicht klagen: Andere Leute waren noch viel schlimmer dran und kamen erst an, als es auch keine Plattbohnen mehr gab. Ich habe die zwanzig Kilo auf dem Buckel nach Hause geschleppt wie ein Kohlenträger. Heute schaut einem da niemand mehr nach, wir haben uns an alles gewöhnt. Jeder ist damit beschäftigt zu überleben. Wenigstens das hat der Krieg an Gutem. Dann gab es Alarm, die Sirenen heulten, und ich musste hinunter in die Metro und mich auf die schmutzigen Stufen setzen, mitten unter die Leute, und den Sack fest mit den Armen umschließen, damit man ihn mir nach all der Mühe nicht stahl! Sie stehlen einem alles, wissen Sie, bei diesen Menschenmengen während des Alarms. Es war dort nicht mal ungemütlich: Aus dem Inneren des Tunnels stieg eine warme, nach Teer riechende Luft herauf, die ganz gut als Heizung fungierte. Außerdem habe ich diesen Teergeruch immer gemocht. Und dann das Gefühl, Teil einer Herde zu sein, mit Tausenden anderen, die genauso anonym sind wie man selbst, die Gefahren zu teilen, den Hunger, die Kälte, den Dreck … das tröstet. Das ist es, was zählt in dieser Welt: nicht der einzige Unglückliche zu sein.«

»Man ist nur so unglücklich, wie man sein will«, sagte ich aufs Geratewohl und schenkte mir noch ein Gläschen Chartreuse ein. »Ich sollte ganz offen mit Ihnen reden.«

»Nun gut, dann erlauben Sie mir, ebenso offen zu Ihnen zu sein: Ich glaube, Sie sind sich über die Situation nicht im Klaren.«

»Sie räumen einem sinnlosen Abenteuer eine völlig übertriebene Bedeutung ein. Bei Ihrer Intelligenz sollten Sie eigentlich verständnisvoller sein.«

»Lluís ist intelligenter als ich, oder zumindest bildet er sich das ein. Soll das heißen, dass er dann noch verständnisvoller sein müsste als ich, ich meine, wenn die Situation umgekehrt wäre? Nehmen wir einmal an – rein hypothetisch –, ich hätte es ausgenutzt, dass er weit fort ist und nicht mehr an mich denkt, um mich weg von der Front ein bisschen mit einem vornehmen Herrn zu amüsieren. Oder glauben Sie, die gäbe es nicht? Hinter der Front gäbe es keine vornehmen Herren? Uff, die gibt's hier haufenweise, was denken Sie denn, was mein Bruder Llibert ist? Und solche wie ihn gibt es viele, in Massen; unter dem Vorwand, das Proletariat zu emanzipieren, haben sie sich selbst emanzipiert, und wie! Emanzipierter geht's nicht! Uff, wenn wir anfangen würden, über dieses Thema zu reden, kämen wie nie zum Ende! Aber zurück zu dem, was ich sagte: Es gibt Dinge, die kann man nicht mehr flicken, wenn sie einmal zerbrochen sind. Andererseits: Es ist so langweilig, darüber zu reden!«

Ich gab mich geschlagen.

»Also müssen wir die Reise ohne Sie antreten? Sie werden die Einzige sein …«

»Oh nein, Sie haben mich nicht verstanden. Ich werde mir doch diese einmalige Gelegenheit nicht entgehen lassen, meinem Kind eine ruhige Zeit mit gutem Essen zu verschaffen! An der Front, weitab von Hunger und Bomben …« Sie lachte auf. »Das ist verrückt, kann ich Ihnen sagen! Bald fangen die Weihnachtsferien an der Universität an, alles passt, alles klappt bestens. Ihre Idee ist großartig!«

III

Das Haus von Don Andalecio hatte sich seit der Ankunft von Trini und Senyora Picó äußerlich sehr verändert. Beide hatten nützliche Ideen, die sie in die Tat umsetzten, und zwar – so unglaublich es scheinen mag – ohne dabei aneinanderzugeraten. Jetzt zum Beispiel – und das war der »Hauptmännin« zu verdanken (denn so nannten wir sie) – spannte sich eine Wäscheleine von einem Ende des Esszimmers zum anderen, auf der Bettwäsche in der Hitze des Kaminfeuers trocknete. Gleich am ersten Tag nach ihrer Ankunft hatte sie versucht, die Wäsche an der freien Luft zu trocknen; bei zehn Grad Frost waren ihr die Wäschestücke unter der Hand steif gefroren: »Wie gedörrter Stockfisch«, sagte sie.

Nun zog der Duft nach sehr sauberer, warmer Bettwäsche durchs ganze Haus. Trini ihrerseits hatte in einem der verlassenen Häuser einen Sack mit ungelöschtem Kalk gefunden und mit der Hilfe Senyora Picós, der beiden Burschen und eines weiteren Soldaten die Wände geweißt. Dann hatte sie das Esszimmer mit Möbeln bestückt, die sie ebenfalls in anderen Häusern gefunden hatte; sie hatte sie unermüdlich geschrubbt und gescheuert, bis das alte Nussbaumholz wieder glänzte. Jetzt war das Zimmer nicht länger der rußgeschwärzte, bis auf die drei Eckbänke und den Tisch völlig leere Raum, den wir kannten; es war einladend und gemütlich geworden. Hier verbrachten wir die endlos langen Dezemberabende am Kamin beim Licht von vier oder fünf auf den Möbeln plazierten Kerzenleuchtern. Ganze Reihen kupferner Schokoladenkännchen – man fand sie in jedem Haus – glänzten rötlich auf dem Kaminsims. An einer der nun schneeweißen Wände prangte sogar ein großformatiges Gemälde aus der Zeit des Barock und Tenebrismus, das einen alten Anachoreten zeigte: *San Onofrio* stand in großen lateinischen Lettern unter dem Bild, von einer Borte umrahmt. Es war der einzige Heilige, der die Brandschatzung der Dorfkirche überlebt hatte.

Trini erinnerte sich noch an den ehemaligen Hausmeister, und auch wenn er sich nicht wirklich an sie erinnerte – was nicht verwunderlich war, denn schließlich gibt es nur wenige Hausmeister, aber viele Studenten –, freute er sich zu hören, dass sie jetzt Dozentin an der Universität war. Er fühlte sich hochgeehrt, sie auf seinem »Herrensitz von Santa Espina« zu Gast zu haben, wie er sagte. Gleich nach der Ankunft der Frauen machte er ihr seinen letzten Fund zum Geschenk: ein Traktat über Landwirtschaft aus dem siebzehnten Jahrhundert – übrigens auf Katalanisch –, das er in einer Kiste im hintersten Winkel eines Dachbodens in einem der Häuser im verlassenen Tal gefunden hatte.

Was Ramonet betraf, so hatte er dank der kalten, trockenen Luft und des reichhaltigen, gesunden Essens bald rote Wangen. Jeden Morgen, vorausgesetzt, die Sonne schien, fuhr sein Vater ihn in der Kutsche spazieren. Sie folgten der Straße den Fluss hinab bis auf den halben Weg nach Villar; manchmal leisteten Trini und ich ihnen Gesellschaft. In den ersten Tagen sperrte der Junge angesichts der reglosen Kaskaden im völlig zugefrorenen Fluss Mund und Nase auf; er war kaum mehr als vier Jahre alt.

Ich lebte halb in Villar, halb in Santa Espina. In Villar vertrieb sich die Kommandantin die Zeit damit, Pullover für ihren Mann zu stricken. Ich habe nie wieder jemanden kennengelernt, der so viele von seiner Frau gestrickte Pullover besaß wie unser Kommandant. Es war kurios, wie sehr sie sich ähnelten: Beide hatten eine fahlbraune Gesichtsfarbe und dieselben schwarzen, gefühlvollen Augen. Ihre Tochter war überraschend ernst, ganz unpassend für die acht oder neun Jahre, die sie damals zählte; sie schien ein wenig mitgenommen von den Horrorgeschichten, die sie vom Krieg hatte erzählen hören und immer noch zu hören bekam. Siebzehn Monate waren eine sehr lange Zeit für sie: Sie erinnerte sich kaum an die Zeit vor dem Krieg. Trotzdem war sie ein ruhiges, braves Kind, aber manchmal tat sie seltsame Dinge. In Barcelona war sie – wie ihre Mutter mir erzählte – eines Morgens aus der Wohnung im Carrer de Cervelló entwischt, hatte sich an einem der Eingänge zum Boqueria-Markt aufgestellt und die Passanten angebettelt: »Ich bin eine arme Waise«, hatte sie ihnen erzählt,»die Bösen haben meinen Papà und meine Mamà umgebracht, und die Stiefmutter schlägt mich.« Dann geschah etwas, was alle überraschte, besonders aber ihre Eltern, und bewirkte, dass ich mich ihr mit einem Mal besonders verbunden fühlte: Eines Nachts fanden die Soldaten der Nachtwache sie zwischen ein und zwei Uhr morgens in Villar mitten auf der Straße. Sie war im Nachthemd, wanderte stocksteif und mit halb geschlossenen Augen durch die Gegend, ohne die Kälte zu spüren, und als sie sie anhielten und schüttelten, um zu erfahren, was los sei, erschrak sie fürchterlich. »Ein Anfall von Somnambulismus«, diagnostizierte Doktor Puig. «Jetzt seid ihr schon zu zweit in der Brigade«, fügte er dann hinzu. Er verschrieb ihr ein paar simple Vitamintabletten und antwortete auf die besorgten Fragen des Kommandanten und seiner Frau: »Das ist nichts von Belang, wirklich nicht; sehen Sie sich nur Cruells an, munter wie ein Fisch im Wasser.« Dass auch sie unter diesen eigentlich so seltenen Anwandlungen litt, ließ sie mir plötzlich wie eine kleine Schwester erscheinen, und auch sie fühlte sich mit einem Mal stärker zu mir hingezogen; sobald ich in Villar ankam, lief sie mir entgegen und umarmte mich, und oft stellte sie mir die gleiche Frage, mit der sie mich bei meinem Besuch bei ihr zu Hause überrascht hatte: »Sie werden meinem Papà doch nichts antun, oder?«

In Villar aßen wir alle sechs gemeinsam an einem Tisch: der Kommandant und die Kommandantin, der Doktor und die Doktorin, Marieta und ich, als wären wir eine große Familie. Die Kommandantur war im Pfarrhaus untergebracht, weil es dort ein großes Esszimmer gab. Anscheinend hatte es vor dem Krieg zugleich als Pfarrbüro gedient, und der Pfarrer hatte in großen Buchstaben »Fluchen verboten« an die Wand geschrieben. Die Anarchisten hatten das Wort »verboten« durchgestrichen und »erlaubt« darüber geschrieben. Als Hauptmann Picó das bei seinem ersten Besuch in Villar entdeckte, bat er den Kommandanten im Namen der Bildung, den ursprünglichen Text wiederherzustellen; aber sooft er seine Bitte auch wiederholte, der Kommandant und Doktor Puig überhörten sie. Der Raum wurde durch einen großen Eisenofen beheizt; es gab auch eine kaputte Pendeluhr, eine der größten und schönsten, die ich je gesehen hatte, und natürlich war es Picó, dem es gelang, sie wieder in Gang zu setzen, nachdem er einen ganzen Vormittag lang mit Schraubenzieher und Zangen daran herumgewerkelt hatte. Es war schön, das Glockenspiel die halben und vollen Stunden schlagen zu hören; es kam uns vor, als wäre damit ein Stück unseres Lebens zu Friedenszeiten zurückgekehrt. Die Kommandantin saß in einem Schaukelstuhl, der früher sicherlich der Haushälterin gehört hatte, am Ofen und strickte stundenlang zum Tick-Tack der Pendeluhr ihre Pullover.

Marieta ließ beim Mittagessen mit schöner Regelmäßigkeit jedes Gericht zurückgehen, und man musste ihr eine Tortilla zubereiten, das Einzige, was sie aß. Der mangelnde Appetit des Kinds bereitete der Mutter große Sorgen; man stelle sich also ihre Verblüffung vor, als sie eines Tages erfuhr, dass das Mädchen nach Feierabend in der Küche der Soldaten aufgetaucht war. »Zu Hause bekomme ich nichts zu essen.« Mit diesen Worten verschlang sie drei Suppenteller voller Essen. Seit ich ihr eine Kröte in Winterstarre gebracht hatte, hart wie ein Stein, und ihr gezeigt hatte, wie diese aus ihrer Starre erwachte und anfing herumzuhüpfen, wenn man sie an den Ofen setzte, unternahm Marieta häufig Ausflüge ans Flussufer und suchte unter den Bergen modrigen Laubs nach verborgenen Kröten. Waren die Tiere einmal aus ihrer Starre erwacht, überschüttete sie sie mit mütterlicher Zärtlichkeit und spielte mit ihnen, als wären es Puppen. Sie sprach mit ihnen wie mit einem Säugling, bereitete ihnen Suppen zu und gab ihnen Fläschchen, die sie natürlich verweigerten. Dann vergaß sie sie, und irgendjemand trat sie aus Versehen platt.

Der Kommandant und Doktor Puig rührten, seit ihre Frauen da waren, keinen Tropfen Alkohol mehr an. Das hatten sie einander am Tag vor der Ankunft der Frauen geschworen: Beide hatten eine Flasche Rum, »eine symbolische Flasche«, in einem Loch versenkt, das sie ins Eis des Flusses geschlagen hatten, eine höchst feierliche Zeremonie, zu der Picó und Lluís »als Zeugen geladen worden waren«. Von diesem Moment an sollte es nichts anderes mehr geben als Tafelwein, und auch der wurde im Schrank des Pfarrbüros verwahrt (den wir als Anrichte benutzten); die großen und kleinen Weinfässer hingegen, die wir in den Kellern des Dorfes gefunden hatten, ließ der Kommandant in der Sakristei einschließen und übergab den Schlüssel seiner Frau. Die hatte nun die vollkommene Kontrolle, und Doktor Puig konnte sich zu Recht damit brüsten, dass »die Nachwelt eines Tages erfahren werde, dass sie heldenmütig verdurstet seien wie echte Männer.«

Die Apotheke oder das Arzneimittellager des Bataillons war im Souterrain des Pfarrhauses untergebracht. Dort trafen mein Vorgesetzter und ich uns jeden Tag zu einer bestimmten Zeit, um die Soldaten zu verarzten, die vorbeikamen. Es ließ sich aber nur selten jemand blicken, deshalb saßen wir an den meisten Tagen nur vor dem Ofen, den wir dort aufgestellt hatten, und plauderten. Und da wir so wenig zu tun hatten – das Bataillon war zu dieser Zeit auf ein Fünftel seiner eigentlichen Zahl geschrumpft, die trockene Kälte und die gute Ernährung bekamen den Soldaten prächtig, und in dieser abgelegenen Gegend konnten sie sich keine der üblichen Geschlechtskrankheiten einfangen –, kam es, dass Doktor Puig begann, mich ins Vertrauen zu ziehen und mir »intime Geständnisse zu machen«, wie er es nannte, die im Wesentlichen sein häufig stürmisches Eheleben betrafen. Anfangs, solange er sich eisern an den »heiligen Eid« hielt, war das noch einigermaßen zu ertragen. Er ließ sich über seinen Schwiegervater aus, einen steinreichen Metzgermeister – den bedeutendsten im ganzen Boqueria-Markt –, dessen einzige Tochter Merceditas war. Ich erwiderte, dass es doch keine Schande sei, Tochter eines Metzgers zu sein. »Aber verstehst du denn nicht?«, rief er empört aus, »verstehst du nicht, was das Problem ist? Die Schande ist genau umgekehrt, du und ich, wir sind diejenigen, die nichts gelten!« Die Soldaten hatten sich gleich am ersten Tag angewöhnt, sie hinter ihrem Rücken »die Doktorin« und nicht »Senyora Puig« zu nennen, und er wusste das; er selbst nannte sie häufig so.

Aber lange hielt er den »heiligen Eid« nicht. Als ich eines Tages in die Arzneimittelkammer kam, überraschte ich ihn, wie er gerade eine Flasche leerte. Er hatte mich nicht kommen hören. Im Halbdunkel des Raums versuchte er, sie zwischen den Arzneiflaschen zu verstecken, aber ich hatte schon gesehen, dass es sich um eine Flasche *Fundador* handelte, den berühmten andalusischen Kognak, was mir darum besonders auffiel, weil dieser bereits kurz nach Kriegsbeginn in der gesamten republikanischen Zone nicht mehr zu finden gewesen war.

»Ja, echter *Fundador*«, rief er, verwirrt und triumphierend zugleich.

»Ich bin buchstäblich verdurstet, Cruells! Vor ein paar Tagen ist Lluís mit einer Flasche Kölnisch Wasser hier im Pfarrhaus aufgetaucht; du kannst dir ja vorstellen, dass die nicht für mich bestimmt war. Hör mal, habe ich zu Picó gesagt, wenn Lluís Kölnisch Wasser im ›Niemandsland‹ findet, könntest du nicht für mich ein bisschen *Fundador* auftreiben? Den Durstigen zu tränken ist ein Werk der Barmherzigkeit! Picó hat mir den Kognak aus dem ›Niemandsland‹ mitgebracht, ein echter Glücksfall! Es ist faschistischer Kognak? Das ist mir scheißegal! Wahre Freunde sind diejenigen, die an dich denken, wenn's dir schlecht geht, oder etwa nicht? Und Picó ist so ein wahrer Freund; er hat an mich gedacht, während Lluís nur an meine Frau denkt. Armer Lluís; wenn du wüsstest, wie er sich bemüht, sie glücklich zu machen. Im Unglück erkennt man die wahren Freunde, ein echter Freund bringt dir einen guten Kognak, wenn du am Boden bist, anstatt deiner Frau den Hof zu machen.«

Er war überschwänglicher als sonst; man merkte ihm an, dass er vor meiner Ankunft reichlich Zeit zum Trinken gehabt hatte.

»Dieser Kognak ist faschistisch? Das ist sie auch! Ihr wäre es am liebsten, ich würde zur anderen Seite überlaufen…«

»Wie meine Tante?«, rief ich in aller Unschuld aus.

»Genau wie deine Tante! Die Weiber sind doch alle gleich … Und Merceditas ist ein Weib wie alle anderen! Eine von denen, bei deren Anblick die schamloseren Studenten mitten auf der Straße ausrufen: Was für ein Weib! Eine Faschistin wie alle Weiber; sie erschießen zu lassen wäre nicht das Schlechteste, aber das würde Lluís großen Kummer bereiten.«

Er seufzte:

»Kommt es dir nicht auch verdächtig vor, dass Lluís und Picó so viele seltene Dinge im ›Niemandsland‹ finden? Wenn ich daran denke, wie treu und brav Lluís … mmm … wenn ich daran denke, dass die Hälfte der Menschheit… Soll ich ganz offen mit dir sein? In dieser Brigade haben sich alle das Maul über Soleràs zerrissen, dabei war er der Einzige, der klar gesehen hat. Er mag ein großer Idiot gewesen sein, aber er hat klar gesehen. Seit er weg ist, ist diese Brigade keinen Kaninchenfurz mehr wert. Und Soleràs hat immer gesagt: ›Jeder trägt die Hörner, die er verdient, von rühmlichen Ausnahmen einmal abgesehen.‹ Nun gut, ich bin die rühmliche Ausnahme, ich trage nicht die Hörner, die ich verdiene; Merceditas hat mir nie Hörner aufgesetzt, ganz im Gegenteil. Ich bin das genaue Gegenteil eines Gehörnten! Um mir Hörner aufzusetzen, müsste sie einen anderen glücklich machen, und sie würde eher platzen, als irgendjemanden glücklich zu machen.«

Von diesem Tag an trank er oft heimlich im Arzneimittelraum im Keller. Beim Mittagessen verstand er sich dann so gut zu beherrschen, dass seine Frau nicht merkte, dass er einen sitzen hatte. Allerdings muss man dazu sagen, dass sie sowieso kaum etwas anderes sah als sich selbst; es gibt solche Frauen. Wenn sie sehr attraktiv sind – und Senyora Puig war sehr attraktiv –, explodiert ihre Dummheit und erstrahlt in einem blendenden Licht, wie bei einem Millionär, dem seine Millionen eine besondere Bedeutung zu verleihen scheinen. Abgesehen davon war sie eine nette Frau. Sie lebte nur für sich selbst und für ihre Familie, die ein Teil ihrer selbst war. Wäre sie nicht so attraktiv gewesen, so platinblond, so wohl geformt, dann hätten wir wohl weiter nichts über sie gesagt als: »eine nette Frau«. Denn das war sie im Grunde genommen. Ihr Mann fürchtete sich vor ihr, auch wenn er sich über sie lustig machte. Häufig sagt er absichtlich Dinge, um sie zu provozieren. An einem Tag, an dem wir nach Santa Espina hatten reisen müssen, um einen Soldat zu verarzten, der sich den Fuß verrenkt hatte, begann er, zurück in Villar, beim Mittagessen von Picós Frau zu schwärmen: »Eine so reizende Frau! Sie war so freundlich, uns dabei behilflich zu sein, den Fuß ohne Betäubung wieder einzurenken, weißt du«, und er sah Merceditas an, »wir hatten nämlich kein Betäubungsmittel dabei, ich hatte vergessen, welches mitzunehmen. Sie hat den Soldaten aufgemuntert. Sie könnte einen Ochsen so ermuntern, dass er zum Stier wird! Eine aufregende Brünette, mmm!«

»Und du, mein Lieber«, sagte sie, die ihn bei jeder Gelegenheit »mein Lieber« nannte, »bist ein Esel und schlimmer noch, ein Rüpel.«

Als wir wieder im Keller waren, sagte er zu mir:

»Da hast du's gehört, Cruells, ein Esel! Hat man dazu Anatomie und Pathologie studiert, damit eine dumme Gans einen Esel nennt? Ach, Cruells, wenn du wüsstest! Ach, Cruells! Ich liebe diese Art dumme Gänse, ja: Ich liebe sie. Das ist das Schlimme daran: dass ich sie liebe.

Ach, Cruells, ach, Cruells, wenn du wüsstest! Du weißt es nicht, aber ich werde es dir sagen; ich werde dir ein ›intimes Geständnis‹ machen.«

Verschwörerisch schloss er die Kellertür, und nachdem er eine Weile geschwiegen hatte wie jemand, der nachdenken muss, bevor er ein tiefgreifendes Geständnis macht, schüttete er mir sein Herz aus:

»Merceditas gehört zu den Frauen, nach denen sich jeder Mann auf der Straße umdreht. Vor allem die halbwüchsigen Burschen, mmm, die halbwüchsigen Burschen! Die starren sie mit gierigen Augen an wie ein Hungerleider das Schaufenster einer Konditorei. Sie mustern sie von oben bis unten, weißt du, diese verdammten Halbwüchsigen! Und das mitten auf der Straße und ohne die geringste Rücksicht auf meine Wenigkeit.«

»Dafür kann sie aber nichts«, wandte ich ein.

»Sie? Ihr Vater ist der reichste Metzger der ganzen Boqueria. Der König der Metzger! Früher veranstaltete die Metzgerinnung jedes Jahr einen Ball; das war lange vor dem Krieg, und wir Studenten ließen uns keinen dieser Bälle entgehen. Was für ein endloser Strom an Seide und Diamanten! Die Männer trugen Frack, die Frauen Abendkleider. Es wurde eine Jury ernannt, die die ›Innungsprinzessin‹ krönen sollte, und stell dir vor, ich war der Sekretär! Der Vorsitzende war Josep Maria de Sagarra, der sich keinen Schönheitswettbewerb entgehen ließ: Er war überall der Präsident! Doch in diesem einen Jahr waren weder Wahlen noch Vorausscheidungen nötig, weil sich von Anfang an alle einig waren – alle waren von Merceditas bezaubert! Unter tosendem Applaus erklärte Sagarra sie zur Miss der Metzgerinnung von Barcelona und Umgebung, zur Schinkenspeckprinzessin!«

Erneut ergriff ich das Wort zur Verteidigung von Senyora Puig.

»Vorzüge, sagst du? Natürlich hat sie Vorzüge, wer hat die nicht? Sie hat auch Vorzüge: diese Hüften, die einer Renaissancepäpstin würdig wären, zum Beispiel« – er lachte und wiederholte »Hüften, die einer Päpstin würdig wären«, ein Ausdruck, der mich überraschte, während er mit den Händen eine bogenförmige Bewegung beschrieb. »Ja, Hüften, die einer Päpstin würdig wären – ist es das, was du Vorzüge nennst? Ja, ich leugne es nicht, sie verfügt unleugbar über gewisse Vorzüge. Sie hat da zum Beispiel einen Leberfleck … wenn du wüsstest … pikant wie ein

Pfefferkorn … Vorzüge … meine Güte …« Ich versuchte, diesen Schwall
»intimer Geständnisse« zu unterbrechen, die allmählich zu weit gingen,
aber da wurde er wütend:

»Bist du etwa im Heer nicht mein Untergebener? Darf man sich denn
in dieser gottverdammten Brigade nicht einmal bei seinen Untergebenen Luft machen? Darf man in dieser Brigade über gar nichts reden?«

Nach dieser Szene bat ich Picó bei meinem nächsten Besuch in Santa
Espina, dem Doktor keine Kognakflaschen mehr zu geben. Er sah mich
spöttisch an:

»Aber wenn er mich doch darum bittet«, sagte er, »und ich von ihm
abhängig bin. Ohne ihn bin ich verloren.«

Ich hatte keine Ahnung gehabt, dass Doktor Puig ihn behandelte –
hatte er nicht in früheren Zeiten geschworen, aus sämtlichen MGs auf
den Doktor feuern zu lassen, sollte dieser es wagen, Hand an ihn zu legen? Ich hatte es nicht gewusst; mehr noch, es überraschte mich, und
so schwieg ich, um keine Dummheit zu begehen, denn schließlich weiß
man nie. Ich erinnerte mich ganz dunkel, dass Picó, wenn er uns früher
von seinen Zeiten als Legionär in Afrika erzählt hatte, sich in rätselhaften Andeutungen darüber ergangen hatte, »dass die Mädchen dort
eine bleibende Erinnerung hinterlassen.« Doch Doktor Puig hatte mir
gegenüber nie ein Wort darüber verloren. Eines Nachmittags war ich
allein in der Apotheke damit beschäftigt, das Sanitätsmaterial zu sortie-
ren. Im großen Schrank, dessen Inhalt ich gerade ordnete, fand ich eine
kleine Flasche, die ich nie zuvor gesehen hatte: auf dem Etikett stand
Polierotikol. Am nächsten Tag zeigte ich sie dem Arzt.

»Hast du sie schließlich doch gefunden«, sagte er, »dabei hatte ich sie
so gut versteckt, wie ich konnte. Ich habe Ideen, musst du wissen, Ideen!
Wie die Renaissancepäpste. Ja, Cruells, zieh nicht dieses Jesuitengesicht,
du willst mir noch nicht weismachen, dass es in der Renaissance keine
Päpste gab.«

»Ich verstehe nur wenig von diesen Dingen«, sagte ich, »aber ich denke doch, dass Sie nicht auf anregende Mittel zurückgreifen sollten, die
gesundheitsschädlich sind. Ich habe immer gehört, dass Medikamente,
die aus dem Extrakt der Spanischen Fliege gewonnen werden – und auf
dem Etikett habe ich die Formel gesehen – brandgefährlich sind.«

»Ich? Um mich geht es doch gar nicht! Ich brauche so etwas nicht, das Herz ist immer jung. Weißt du, es ist Picó, der es braucht; aber behalt das für dich. Berufsgeheimnis! Er hat das Zeug im ›Niemandsland‹ aufgetrieben, phantastisch, was man dort alles findet. Als du diese großartige Idee hattest, die Frauen kommen zu lassen, war Picó beunruhigt: ›Du musst bedenken, Wunderdoktor‹, sagte er zu mir, ›dass meine Frau über zwanzig Jahre jünger ist als ich und ich seit anderthalb Jahren nicht mehr zugange war. Ich bin völlig außer Übung!‹ Er hatte Angst, sich zu blamieren. Bei diesen Legionären weiß man nie, mit was sie einem kommen; sie alle haben Probleme mit der Prostata. Alle sind sie irgendwann einmal ›liebeskrank‹ gewesen, wie Picó das nennt. Kurz gesagt, er hat mich um ›irgendwas Diskretes gebeten, das ihm helfen würde, sich wacker zu schlagen.‹ In einem solchen Fall, in dem es gewissermaßen um die Ehre geht, gibt es nichts Besseres als *Polierotikol*, ein klassisches Mittel, seit Jahrhunderten bewährt. Das Problem ist, dass man es in der republikanischen Zone nirgendwo bekommt, nicht einmal als Arznei. ›Mach dir keine Sorgen, Wunderdoktor‹, hat Picó zu mir gesagt, ›ich werde im 'Niemandsland' schon genug davon finden.‹ Unglaublich, was Lluís und er dort auftreiben! Aber Picó hätte es fertiggebracht, die ganze Flasche auf einen Schluck auszutrinken, und dann wäre er geplatzt wie ein Frosch! Deshalb bewahre ich es im Arzneimittelschrank auf und verabreiche es ihm in kleinen ›Dosissen‹, wie er sagt. Er ist sehr glücklich darüber; wenn man ihm Glauben schenken darf, fühlt er sich wie ein Stier.«

Kurz darauf kam Kommandant Rosich auf die Idee, dass der Tag der Heiligen Lucia anstand (in Wirklichkeit war ihr Gedenktag, der 13. Dezember, schon vorbei) und sie ja die Schutzheilige der Infanterie war. Wir versuchten, ihm klarzumachen, dass er gleich zweifach irrte, dass die Schutzheilige der Infanterie nach allgemeiner Überzeugung die Gottesmutter war, deren unbefleckte Empfängnis am 8. Dezember gefeiert wurde und nicht am 13., und dass wir sowieso nicht mehr den 13. Dezember hatten, sondern schon den 16. Doch alles Reden war umsonst. Er wollte unbedingt ein »Galadinner zu Ehren unserer Schutzheiligen« in Villar veranstalten, und so musste es denn ein Galadinner geben. Wenigstens in einem stimmten alle überein: dass nämlich die heilige Lucia, wessen Schutzpatronin auch immer sie sein mochte und wann auch immer ihr Namenstag war, einen gebührenden Anlass bot, sich zu betrinken. Jetzt, da mir diese nebelhaften Erinnerungen wieder in den Sinn kommen, packt mich die Verwunderung angesichts unseres oft völlig grotesken Verhaltens, schließlich befanden wir uns mitten in einem grausamen Krieg (damals stand die Schlacht von Teruel kurz bevor oder war sogar schon im Gange, eine Schlacht, bei der Tausende Soldaten erfrieren sollten). Aber wir standen an einer »toten Front« und für uns war in diesem Winter der Krieg so weit entfernt, als fände er am anderen Ende der Welt statt. Ich vermute, das ist in allen Kriegen so; diejenigen, die ihre Schrecken erlebt haben und wissen, dass sie sie wieder erleben werden, geben sich in den Ruhephasen den lächerlichsten Aktivitäten hin. Wir sprachen nie über unsere toten Kameraden, dabei waren seit Kriegsbeginn Hunderte Angehörige unserer Brigade gefallen; doch alles, was uns traurig stimmen konnte, wurde aus den Gesprächen verbannt, genau wie die patriotischen oder revolutionären feierlichen »Hymnen«, die nur diejenigen sangen, denen es dank ihrer Beziehungen gelungen war, sich vor dem Fronteinsatz zu drücken. So sehr die Politkommissare sich bemühten, diese »Hymnen« auch an der Front einzuführen: Uns Frontkämpfern erschienen sie unerträglich kitschig.

Wenn ich jetzt im Rückblick daran denke, dass kurz nach diesem »Galadinner« die ersten Flugzeugstaffeln auf dem Weg von und nach Teruel unablässig über uns hinwegdonnerten, jetzt, da wir wissen, welch eisiger Horror diese Schlacht mitten im aragonesischen Winter war ... Aber ich sollte lieber von dem »Galadinner« erzählen, wie es war, und nicht, wie es hätte sein sollen – wenn es denn wirklich anders hätte sein können.

Zusätzlich zu den sechs üblichen Essensgästen im Pfarrhaus von Villar hatten wir Hauptmann Picó und Lluís mit ihren Frauen und Ramonet eingeladen, sodass wir insgesamt zu elft waren. Der Kommandant hatte von einem Soldaten vom Generalstab, der Kalligraph war, elf Menüs in »gotischer Schrift« anfertigen lassen, die jeder an seinem Platz vorfand: »Wachteln ohne Kohl, Hasenpfeffer, Wein aus eigener Ernte ...« Dazu muss man wissen, dass uns vor einiger Zeit ein Exemplar der Satirezeitschrift *L'esquella de la torratxa* mit einem gezeichneten Witz in die

Hände gefallen war. Darin sah man einen Mann in einer Bar zum Kellner sagen: »Einen Vermouth ohne Oliven.« »Ich kann Ihnen nur einen Vermouth ohne Anchovis anbieten«, entgegnet der Kellner, »die Oliven sind aus.« Der Witz war ein großer Erfolg gewesen, als es in Barcelona nichts gegeben hatte, aber anscheinend kannte die Hauptmännin, also Senyora Picó, ihn nicht, denn sie fragte verwundert, warum im Menü stand, dass die Wachteln »ohne Kohl« seien.

»Wir müssen sie leider ohne Kohl servieren«, erklärte ihr der Kommandant freundlich. »Wir hätten sie zur Feier des Tages gerne ohne Trüffeln zubereitet, aber die Trüffeln ...«

»... sind aus«, ergänzte Doktor Puig wie aus der Pistole geschossen.

»Wein aus eigener Ernte« war natürlich der Wein, den wir in den Kellern im Dorf gefunden hatten und den der Kommandant in der Sakristei eingeschlossen hatte. Für dieses »Galadinner« war eine große Tafel mit einem Leinentuch gedeckt worden, das sie aus dem »Niemandsland« mitgebracht hatten, und man muss sagen: Die Szenerie machte etwas her. Sie hatten Senyora Puig beeindrucken und dazu bringen wollen einzugestehen, dass unsere Brigade sehr wohl den guten Ton beherrschte und vornehm und wohlerzogen war. Jeder versuchte, sich seiner »Manieren« zu entsinnen, der Vorkriegsmanieren, denn wir wollten von ihr hören, dass wir keinesfalls mit der Plattfußbrigade zu vergleichen waren, sondern uns durch unsere Weltgewandtheit und unser *Savoir faire* auszeichneten.

Um die Etikette zu wahren, saßen die Ehepaare bei Tisch getrennt. Das Essen begann wunderbar, und bald waren alle in angeregte Gespräche vertieft.

»Trotz allem, Senyora«, sagte der Kommandant zu Senyora Puig, die zwischen ihm und Lluís saß, »sind wir nicht so ungehobelt, wie die Faschisten vorgeben. Nur dass wir uns verstehen: Die Faschisten hätten natürlich vollkommen recht, wenn sie nur die Plattfußbrigade meinten. Ach, Senyora Puig, wenn Sie eines Tages in der Kommandantur der Plattfußbrigade dinieren müssten, wären Sie entsetzt!«

»Vor dem Krieg«, murmelte Doktor Puig, der neben Senyora Picó saß, »habe ich mir jeden Samstag die Schuhe putzen lassen. Aber so, wie die Dinge jetzt stehen ...«

Er hob ein Bein, um das abgewetzte Leder seiner Offiziersstiefel zu zeigen. Selbst Senyora Picó bemühte sich um ein würdevolles Auftreten und beobachtete aus den Augenwinkeln, wie es die anderen schafften, die Wachtel zu essen, ohne die Finger zu Hilfe zu nehmen. Picó erzählte Senyora Rosich Geschichten.

»Unsere Brigade«, insistierte der Kommandant, zur Doktorin geneigt, »verfügt unleugbar über guten Ton, kein Vergleich mit der Plattfuß-brigade. Hören Sie die Geschichten, die der MG-Hauptmann meiner Frau erzählt? Nichts, was nicht auch eine Novizin hören könnte! Wir sind einfach gut erzogen in dieser Brigade.«

Senyora Puig gestand großzügig zu, dass das Bankett – wie sie auf Französisch sagte – *ne manquait pas de tenue*. An ihrer anderen Seite saß, wie gesagt, Lluís, und sie bemühte sich, auch mit ihm ein Gespräch an-zufangen, aber Lluís wirkte eher griesgrämig. Nach den Wachteln wur-de Weißwein ausgeschenkt:

»Da wir keinen Fisch haben«, erklärte der Kommandant entschul-digend, an Senyora Puig gewandt, »müssen wir nach den Wachteln Weißwein trinken. Sie werden uns entschuldigen, Senyora, die Umstän-de sind nun mal so.«

Trini nahm an der allgemeinen Unterhaltung kaum teil. Man hatte sie neben mir plaziert, und ich merkte, wie geistesabwesend sie war. Ihrer Zerstreutheit und Lluís' Schweigsamkeit glaubte ich zu entneh-men, dass sie kurz vor dem »Galadinner« gestritten hatten. In diesem Augenblick hielt der Kommandant den richtigen Zeitpunkt für gekom-men, den ersten Trinkspruch auszubringen:

»Auf die Gesundheit unserer großartigen Brigade!«

Der Weißwein schmeckte leicht, stieg aber zu Kopf; seine Wirkung war am Arzt abzulesen, der schon drei große Gläser geleert hatte und nun aufstand, um es mit dem vierten dem Kommandanten gleichzutun:

»Auf die Gesundheit meines Schwiegervaters! Er kann nicht einmal niesen, ohne dass ihm das Geld aus allen Taschen fällt.«

»Ich vermute doch, mein Lieber«, unterbrach ihn seine Frau, »dass du nicht ernsthaft erwartest, dass wir uns über Papà lustig machen.«

»Ihr Papà ist mein Schwiegervater, müssen Sie wissen« erklärte der Doktor der Hauptmännin, während er wieder Platz nahm. »Allerdings weiß ich nicht, Senyora Picó, ob Sie schon einmal gehört haben, was Letamendi als Student getan hat, als der Mann, den er gerne zum Schwiegervater gehabt hätte, ihn ablehnte. Letamendi hatte schon damit gerechnet; er war ein armer studentischer Hungerleider, während dieser Herr, der auf keinen Fall sein Schwiegervater werden wollte, ebenso stinkreich war wie mein Schwiegervater. Aber Letamendi war ein vorausschauender Mann, und ein vorausschauender Mann ist so viel wert wie zwei Männer – und er war nicht dumm, oh nein, der große Letamendi!«

An diesem Punkt der Geschichte servierte der schielende Bursche den Hasenpfeffer; nach dem Hasenpfeffer wurde Rotwein aufgetischt, und der Kommandant entschuldigte sich erneut:

»Nach diesem wunderbaren Hasenpfeffer wäre Champagner angebracht, aber ich bitte Sie, Senyora Puig, bemühen Sie Ihre Phantasie. Mit ein wenig Phantasie kann man sich vorstellen, dieser Rotwein sei Champagner. Welchen Champagner hätten Sie denn gern? *Veuve Cliquot*? Nichts hindert uns daran, uns vorzustellen, dass wir *Veuve Cliquot* trinken.«

Und da wir nun »beim Champagner« angelangt waren, hielt er es für seine Pflicht, erneut einen Trinkspruch auszubringen:

»Möge es hier niemals eine andere ›Witwe‹ geben als die *Veuve Cliquot*! Und möge es für viele Jahre so bleiben!«

Je mehr Trinksprüche er ausbrachte, desto sentimentaler wurde er und desto häufiger sah er zu Ramonet und Marieta hinüber. Die beiden Kinder saßen einander gegenüber und bewarfen sich mit Brotkrumen. Marieta hatte natürlich weder von der Wachtel noch von dem Hasenpfeffer probieren wollen, und der Schielende hatte ihr wie immer ein Omelett machen müssen. Wieder stand ihr Vater auf, ein neues Glas Rotwein in der Hand:

»Auf die neue Generation! Unsere Kinder aus eigener Ernte!«

Im Stehen nahm er einen Schluck, dann wiederholte er: »Aus eigener Ernte! Aber sie machen sie uns alle zu Waisen, verdammt nochmal!« Er schenkte sich wieder ein und wiederholte den Trinkspruch: »Auf die neue Generation aus eigener Ernte! Auf dass sie nicht alle zu Waisen werden!«

Das war einer seiner Lieblingssprüche: »Auf dass wir noch viele Jahre lang ähnliche Werke erschaffen mögen: Kinder aus eigener Ernte!« Aber Senyora Puig hatte diesen Ausdruck noch nie gehört, und so fragte sie Lluís, »was das genau bedeuten solle.« Er zuckte mit den Schultern: »Das ist nur so dahingesagt, Senyora, in dieser Brigade wird viel dummes Zeug geredet.« Picó, der am Tischende saß, zwinkerte ihm zu, wie um zu sagen: Lluís, die Sache wird allmählich unangenehm, der Kommandant ist total besoffen. Der Arzt bemerkte es und sagte:

»Mitbürger, ich bitte um Ruhe! Die Gefahr ist vorbei, es war ein Fehlalarm. Seht nur, der Schielende, einer der größten Helden der katalanischen Armee, bringt schon den Kaffee. Und nicht etwa Malzkaffee, Mitbürger, das war Fehlalarm! Ich versichere euch, dies hier ist echter Kaffee, kein Malzkaffee!«

»Gefunden im ›Niemandsland‹«, erklärte der Kommandant Senyora Puig.

»Das ›Niemandsland‹«, sagte der Doktor, »ist eine wahre Goldgrube für Kaffee, eine unerschöpfliche Mine.«

»Senyora«, sagt der Kommandant, »wieder einmal müssen Sie uns entschuldigen. Dieser Kaffee ist kein Mokka; es ist Kaffee aus Guinea, müssen Sie wissen, faschistischer Kaffee. Ganz und gar nicht der Kaffee, den Sie verdient hätten …«

»Der Kaffee ist ausgezeichnet«, entgegnete sie, »von einem solchen Kaffee kann man in Barcelona seit Kriegsbeginn nicht einmal mehr träumen« – und sie schenkte sich eine zweite Tasse ein.

»Ich trinke auch noch einen«, sagte ihr Ehemann; aber statt Kaffee schenkte er sich Rotwein in seine Tasse.

»Ich hoffe doch, mein Lieber, du trinkst nach dem Kaffee keinen Wein.«

»Wo es doch aber kein Mokka ist …«, sagte er entschuldigend. Und an Senyora Picó gewandt fügte er hinzu: »Der große Letamendi war ungeheuer schlagfertig. Man kann sagen, was man will, er war ein echtes Original. Als er um die Hand seiner Liebsten anhielt …«

»Mein Lieber«, unterbrach ihn Merceditas, »wir sprachen gerade nicht von Letamendi.«

»Aber Senyora«, rief Senyora Picó verwundert, »Ihr Mann wollte doch gerade eine Tonsille aus dem Leben von Letamendi erzählen …«

»Sie meint wohl eine Postille«, korrigierte die Doktorin nachsichtig, an Lluís gewandt.

»Eine Tonsille, ganz recht, davon wollte ich erzählen: von den Tonsillen des großen Letamendi«, rief der Doktor energisch aus: »Letamendi hatte nämlich Tonsillen wie ein Stier!«

»Hör auf, dummes Zeug zu reden, mein Lieber.«

Woraufhin der Doktor noch energischer ausrief:

»Jawohl, wie ein Stier!«

Dieser alberne Satz sollte berühmt werden, und von dieser Zeit an war in der Brigade viel von Tonsillen die Rede. Merceditas zuckte leicht mit den Schultern und zündete sich eine Zigarette an; Lluís hatte ihr ein Paket *Camel* geschenkt, das er ebenfalls im »Niemandsland« aufgetrieben hatte.

»Verdammtes ›Niemandsland‹«, murrte der Arzt, »anscheinend wachsen dort ganze Wälder von Tabakpflanzen … riesige Bäume, aus denen man Zigarren machen könnte. Irgendetwas daran ist faul. Ja, faul!«, wiederholte er und sah seine Frau herausfordernd an, »darf man denn in dieser Brigade von nichts mehr reden? *Los cuernos de Roldán* sollte Pflichtlektüre in jeder Nonnenschule werden, vielleicht gäbe es dann in dieser Welt weniger Dummchen! Ein großartiges Buch, dieses *Los cuernos de Roldán*! Auf Seite drei bekommt der Held schon Hörner aufgesetzt. Das ist ein Buch nach meinem Geschmack, da wird keine Zeit mit Landschaftsbeschreibungen vergeudet. Und in Kapitel sechs, das den Titel *Wüste Zweifel* trägt, herrscht bereits ein so gewaltiges Durcheinander, dass der arme Roldán ausruft: ›Bei Jupiter, es besteht nicht der geringste Zweifel: Ich habe mir selbst Hörner aufgesetzt!‹ Sie müssen nämlich wissen, Senyora Picó, dass die Frau, die er für das Weib eines anderen hielt, seine eigene Ehefrau ist: ein Familiendrama, das zu erklären jetzt zu weit führen würde. Der unglückselige Roldán hatte nämlich einen Stellvertreter zu seiner Hochzeit geschickt, ohne das Mädchen, das er heiratete, jemals zu Gesicht bekommen zu haben. So wusste er nicht, dass es sich um ein hinreißendes Mädchen handelte, ein geradezu umwerfendes Mädchen. Man muss sagen, dass dieser Roman keine Landschaftsbeschreibungen enthält, aber die Beschreibung dieses Mädchens … mmm … was für eine Beschreibung … Vor allem gibt es da ein

Kapitel, in dem das Mädchen sich anzieht – große Literatur, ohne Zweifel! Da wird kein Detail ausgelassen! Dramatisch aber wird es in Kapitel elf mit dem Titel *Der Wolf beißt den Wolf*! Da wird das allgemeine Chaos, das entstanden ist, weil beide Familien sich gegenseitig Hörner aufgesetzt haben, so groß, dass der arme Roldán Hände und Augen zum Himmel erhebt und ausruft: ›Hat die Welt schon jemals so gewaltige Hörner gesehen wie die meinen?‹«

»Vielleicht hältst du jetzt besser den Mund«, unterbrach ihn seine Frau, »du weißt ja schon nicht mehr, was du da zusammenredest.«

»Ich weiß es nicht? Ich weiß nicht, was ich da zusammenrede? Ich weiß es ganz genau! In Kapitel fünfzehn, *Der Friedensvertrag von Cornwall*, dem letzten Kapitel des Buches, hat sich Roldán in sein Schicksal gefügt und sagt bei einem Bankett, das zu Ehren des Friedensvertrags veranstaltet wird: ›Was für ein Durcheinander, bei meiner Seele, was für ein Durcheinander! Ich stand kurz davor, mein eigener Schwiegervater zu werden oder doch zumindest mein eigener Schwager, und selbst wenn Sherlock Holmes von den Toten auferstünde, könnte er dieses Wirrwarr nicht auflösen.‹« Und dann sagte er, völlig übergangslos, zur Hauptmännin:

»Wenn Sie Merceditas auf die Palme bringen wollen, brauchen Sie nichts anderes zu tun, als in ihrer Gegenwart ›Schinkenspeck‹ zu sagen.«

Seine Frau war gerade in ein Gespräch mit Lluís vertieft und hatte ihn nicht gehört. Der Ofen, bis obenhin gefüllt mit Eichenholzscheiten, glühte rot. Es war heiß.

»Papà«, rief Ramonet, »warum darf ich nicht neben Marieta sitzen?«

»Das Kind hat völlig recht«, stimmte die Kommandantin zu, die neben ihm saß. »Er spricht wie ein richtiger kleiner Mann.«

»Möchten Sie noch einen Mokka?«, fragte der Kommandant Merceditas, die sich bereits zum dritten Mal einschenkte. »Es gibt doch nichts Besseres als Kaffee aus Mokka. Vielleicht wissen Sie nicht, wo das liegt; denken Sie nur, es ist eine Stadt in Arabien!«

»Das weiß ich doch, dort liegt Napoleon begraben.«

Diese Bemerkung seiner Frau ließ den Doktor zusammenfahren; verwirrt schielte er auf seine eigene Nasenspitze, fing sich aber gleich und nahm sein Gespräch mit Senyora Picó wieder auf:

»Diese Geschichte von Letamendi, die ich Ihnen erzählen wollte, ist eine Liebesgeschichte, müssen Sie wissen. Aber in dieser Brigade darf man den Mund nicht aufmachen. Ich werde sie noch der Plattfußbrigade erzählen müssen, dort wird sie den gebührenden Anklang finden.«

»Wenn es eine Liebesgeschichte ist …«, sagte die Hauptmännin und sah den Arzt mit neu erwachtem Interesse an. »Ich dachte, Ärzte würden niemals über Liebe reden.«

»Wir – und nicht über Liebe reden, Senyora? Wir tun nichts anderes!«

»Es gibt nichts, was der Bildung gleichkäme«, verkündete Picó kategorisch, an die Doktorin gewandt. »Ich habe eine Schwäche für Napoleon Bonaparte.«

»Wenn wir über Liebe reden«, fuhr der Doktor fort, »betrachten wir das Thema normalerweise unter seinen beiden Aspekten: der Theorie und der Praxis.«

»Ich glaube, hier geht einiges durcheinander«, sagte der Kommandant. »Napoleon Bonaparte? Mmm … Glauben Sie nicht, dieser Tote in Mokka sei der … mmm … Man soll mich hängen, wenn ich jetzt auf den Namen komme.«

»Und wer sollte es sonst sein?«, fragte Picó, während er sich seine Pfeife anzündete und den Kommandanten von der Seite ansah.

»Lassen wir die beiden diskutieren, Senyora Picó«, flüsterte der Doktor der Hauptmännin zu, »ob Napoleon und Bonaparte ein und dieselbe Person waren oder nicht – eines der größten Rätsel der Geschichte. Außer Zweifel steht allerdings, dass Napoleon gewaltige Hörner aufgesetzt wurden, und zwar in vielerlei Hinsicht. Zu meiner Studentenzeit sangen wir ein französisches Couplet über Napoleon und Josephine. Zu schade, dass ich es vergessen habe, es war höchst amüsant.«

»Hören Sie nicht auf diesen Kurpfuscher«, unterbrach ihn der Kommandant, der sich nun seinerseits von der anderen Seite her Senyora Picó zuwandte. »Alle Ärzte sind Scharlatane. Ich traue ihm zu, dass er eines Tages zur Plattfußbrigade überläuft, nur um dort mit seinen Zoten Eindruck zu schinden. Dieses Couplet, das er zu seinen besten Zeiten sang, ist auch mir bekannt, und ich kann Ihnen versichern, dass es nicht für Damen geeignet ist. Sicherlich haben Sie schon die Schrift an der Wand bemerkt: *Fluchen erlaubt*; ich wollte das *erlaubt* ausstreichen und stattdessen *verboten* hinschreiben lassen, aber er hier, der Arzt, ist dagegen, und zwar im Namen der Freud'schen Lehre, wissen Sie? Er sagt, die *refoulements* müssen bekämpft werden, und ich kann Ihnen versichern, dass er zumindest in dieser Hinsicht mit gutem Beispiel vorangeht. Er hat keine Ahnung von Kinderstube oder Bildung!«

Bei dem Wort »Bildung« spitzte Picó die Ohren. Er sah zu seiner Frau und dem Kommandanten hinüber, die angeregt miteinander plauderten, und sagte galant zur Kommandantin:

»Und wenn wir Sie dem Talionsprinzip unterzögen, Senyora?«

Er war sehr stolz darauf, diesen Ausdruck zu kennen, den er für besonders gebildet hielt und im Titel eines der Romane im Koffer gefunden hatte. Die Kommandantin nickte; sicher hatte sie keine Ahnung, was das »Talionsprinzip« war, aber sie stimmte immer jedermann zu und war überdies nach dieser üppigen Mahlzeit schläfrig. Normalerweise hielt sie jeden Tag ein Mittagsschläfchen, aber an diesem Tag hatte sie es wegen des »Galadinners« nicht gewagt, und man sah ihr an, dass sie Mühe hatte, die Augen offen zu halten. Inzwischen waren wir beim Kognak angelangt, und der Schielende servierte uns echten *Fundador*. Der Kommandant und der Arzt schenkten sich unter dem Vorwand, auf die glorreiche Schutzheilige der Infanterie anzustoßen, ein Glas nach dem anderen ein, und die Situation spitzte sich rasch zu.

»Zu meiner Zeit«, setzte Doktor Puig an, »gab es ein Bestattungsinstitut, das neben einem gewissen Haus lag, das wir Studenten nur allzu gut kannten. Zu meiner Zeit gab es nämlich noch richtige Bestattungsunternehmen, da war man nicht wie heute, wo die Leute verscharrt werden wie die Hunde. Was für wunderbare Zeiten haben wir in diesem Institut doch erlebt! Nein, ich irre mich, die wunderbaren Zeiten haben wir nicht in dem Bestattungsinstitut verlebt, sondern im Haus nebenan. Es war ein sehr schönes Haus, ein herrschaftliches Haus; in einem der Zimmer hing sogar ein großes Foto des Dichters Guimerà in einem goldenen Rahmen. Ein höchst ehrenwertes Haus, wie ihr seht, und gar nicht weit von der Universitätsklinik entfernt. In bester Lage und allen Studenten bekannt. Vielleicht wisst ihr nicht, dass die manchmal Leichenteile aus dem Krankenhaus mitgehen lassen, um dumme Scherze zu treiben. Nun gut, einmal habe ich ohne den geringsten Respekt vor

Guimerà das Bein eines armen Teufels, der an Krebs gestorben war, zwischen den Laken des Bettes in diesem Zimmer versteckt.«

»Sind das die Liebesgeschichten, die Ärzte erzählen?«, fragte die Hauptmännin tief enttäuscht.

»Aber nein, die Liebesgeschichte ist die Geschichte von Letamendi. Er hatte, mmm ..., wie soll ich sagen, Dinge mitgehen lassen, die man vor Damen nicht erwähnen darf.«

»Was für eine Freude anzusehen, wie wohlerzogen diese Brigade doch ist«, sagte der Kommandant. »Aber was hat Letamendi denn nun gemacht?«

»Vielleicht Panzer gebaut«, rief Senyora Picó lachend. »Baut Panzer, Panzer, Panzer‹. Wisst ihr, dass in Barcelona Tausende Plakate mit dieser Aufschrift hängen? Schade, dass ich nicht so geschickt bin wie mein Mann, sonst würde ich auf der Stelle damit anfangen.«

»Dieses Plakat«, sagte Senyora Rosich in aller Unschuld, »hat mich auf die Idee gebracht, meinem Mann den grau gestreiften Pullover zu stricken.«

»Du solltest keine Pullover stricken, sondern lieber Panzer bauen«, sagte der Kommandant vorwurfsvoll zu ihr und rief dann dem Arzt zu: »Jetzt lass uns doch endlich wissen, ob Letamendi Panzer gebaut oder Pullover gestrickt hat!«

»Letamendi, mmm«, murmelte Doktor Puig und schenkte sich noch ein Glas *Fundador* ein. »Letamendi hatte Pullover und Panzer ...«

»... in rauhen Mengen, das wissen wir bereits«, unterbrach ihn der Kommandant ungeduldig. »Wir wollen jetzt endlich die Geschichte mit dem Schwiegervater hören.«

»Als dieser Schwiegervater, der wie gesagt stinkereich war, Letamendi die Hand seiner Tochter verweigerte, legte dieser ihm ein sorgfältig verpacktes Päckchen auf den Tisch und sagte: ›Nun gut, da ich jetzt dafür keine Verwendung mehr habe ...‹«

Der Kommandant und Picó lachten, bis ihnen Tränen kamen. Dieser dumme Witz war schuld daran, dass wir auf Soleràs zu sprechen kamen. Er war verschwunden, »unbekannt verzogen«, wie der Kommandant sagte. Damals nahmen wir an, dass er sich einer anderen republikanischen Brigade angeschlossen habe, und einige gingen aufgrund seiner Exzentrik sogar davon aus, dass er zu den Anarchisten übergelaufen sei. Als der Kommandant sich wieder unter Kontrolle hatte, rief er aus:

»Da wollen wir den Tag unserer Schutzpatronin feiern und reden nur über Leichen. Sind wir uns denn wenigstens einig darüber, wer in Mekka begraben liegt?«

»In Mekka?«, fragte der Doktor.

»Ja, in Mekka. War vorhin nicht von Mekka die Rede?«

»Also, eines kann ich euch versichern: Letamendi liegt jedenfalls nicht in Mekka begraben.«

»Einverstanden«, schaltete sich Picó ein, »aber wir sprachen nicht von Letamendi, sondern von Bonaparte.«

»Was für eine Leiche!«, warf der Kommandant energisch ein. »Er ist tot und begraben wie die berühmten Aase.«

»*Åses Tod*«, erklärte Picó der Kommandantin, »ist eine Melodie, die ich auf der Trompete spielen kann. Die Bataillonskapelle spielt sie auch.«

Und um sein musikalisches Talent unter Beweis zu stellen, auf das er zu Recht stolz war, blies er die Backen auf und tat, als spiele er auf der Trompete *Åses Tod*.

»Uff«, protestierte der Kommandant, »genug von *Åses Tod*. Diese Aase haben mich immer an Soleràs erinnert; nicht dass er ausgesehen hätte wie Aas, aber doch wie eine Leiche. Ihr müsst doch zugeben, das Soleràs aussah wie eine Leiche …«

Überrascht blickte Trini auf. Sie hatte während des ganzen Essens kaum ein Wort gesprochen. Niemand außer mir bemerkte, dass sich in ihren Augen eine Träne bildete, eine einzige, glänzende Träne der Verwunderung. Dieser verwunderte Blick sollte mir für immer in Erinnerung bleiben. Noch jetzt, viele Jahre später, meine ich, ihre weit geöffneten Augen mit dem glänzenden Punkt darin zu sehen. Die Unterhaltung ging weiter und lief immer mehr aus dem Ruder; unmöglich, den Kommandanten und den Arzt zu stoppen, die immer schneller immer sinnloseres Zeug redeten. Senyora Puig, ganz in ihr Gespräch mit Lluís vertieft, stieß Wolken von Zigarettenrauch aus, während sie mit resignierter Märtyrermiene an die Decke starrte:

»Ja, er stellt sich gerne dümmer, als er ist, um mich zu ärgern, weil er genau weiß, wie überempfindlich ich bin.«

»Das spürt man sofort, Senyora«, erwiderte Lluís.

»Stellen Sie sich nur vor, Lluís, wie sensibel ich bin: Ich kann nicht einmal den Vollmond betrachten, ohne dass mir die Tränen kommen.«

»Na sowas! Ausgerechnet den Vollmond!«, rief Lluís aus. »Wenn ich den sehe, könnte ich mich immer totlachen.«

»Das erstaunt mich bei Ihnen«, sagte die Doktorin, »wer noch nie den Vollmond gesehen hat, kann nicht behaupten, dass er sensibel wäre. Ich hätte mir nichts sehnlicher gewünscht, als dass mein Mann mich in den Vollmondnächten in der Altstadt von Barcelona spazieren führt …«

In diesem Augenblick übertönte die Stimme ihres unsensiblen Mannes, dessen Diskussion mit dem Kommandanten immer aufgeregter geworden war, wie Donnerhall den allgemeinen Gesprächslärm:

»Mag sein, dass Soleràs ein Idiot war, aber er hatte recht.«

»Und das perfide Albion?«, schrie der Kommandant. »Davon war schon lange nicht mehr die Rede.«

»Was ist denn das für ein Tier?«, fragte die Hauptmännin den Arzt.

»Das kann ich Ihnen mit einem Lied erklären«, antwortete er und begann, mit kräftiger Baritonstimme zu singen:

In England schreiben sich die Liebsten
jeden Monat viele Briefe.

»Vielleicht wussten Sie bisher nicht, Senyora Picó«, erklärte der Kommandant, »dass bei Regen keine Stierkämpfe stattfinden können, weil die Stiere dann zu gefügig sind. Und nun stellen Sie sich vor, dass es in England ständig regnet! Eine Katastrophe! Einmal kam zu Beginn des Krieges ein Abgeordneter der Labour-Partei unsere Stellungen besichtigen und hatte an allem etwas auszusetzen. Die Gewehre waren schlecht geölt, die Truppen undiszipliniert, die Offiziere unrasiert … Schließlich hat Soleràs ihn zum Teufel geschickt: ›Jedes Volk hat das Klima, das es verdient‹, hat er ihm gesagt.«

Dieser Satz Soleràs' gefiel der Hauptmännin, die sich, dunkelhäutig und klein, wie sie war, für eine »feurige Südländerin« hielt. Sie wollte das Couplet gleich lernen, summte *In England schreiben sich die Liebsten* vor sich hin und schnipste dabei mit den Fingern, als hielte sie Kastagnetten. Der Arzt rief laut, damit alle ihn vom Ende des Tisches her hören konnten:

»Picó, du hast uns nie erzählt, dass dein brünettes Weibchen so heiß ist, verdammt! Das nennt man *Sex Appeal*, mmm …«

»Wollen Sie mich etwa anmachen?«, rief Senyora Picó und wollte sich ausschütten vor Lachen, während der MG-Hauptmann am Tischende lächelte, höchst geschmeichelt von dem Lob, mit dem der Arzt seine Frau bedachte. Senyora Puig flüsterte Lluís empört zu: »Es ist ein Trauerspiel. Haben Sie das gehört, Lluís? Anmachen …«

»Anmachen!«, rief der Arzt. »Dazu fällt mir eine andere Tonsille ein. Einmal gab es in Mekka einen Leichnam. Ja, Merceditas, schau nicht so angewidert drein; haben wir vorhin nicht über Mekka geredet?«

Die Kommandantin hatte schon lange nichts mehr gesagt, sie war todmüde und folgte dem Gespräch von Weitem, wie im Traum. Von Zeit zu Zeit fuhr sie zusammen, richtete sich auf, um ihre Schläfrigkeit abzuschütteln, und lächelte unbestimmt denjenigen an, der gerade sprach. Marieta und Ramonet stritten:

»Es ist Mohammed, der in Mekka begraben liegt«, sagte Marieta.

Dummerweise sagte sie es so laut, dass alle sie hörten. Es wurde still, alle verstummten verblüfft. Senyora Rosich, von der merkwürdigen Stille jäh geweckt, schreckte hoch und vermutete, dass ihre Tochter etwas Unpassendes gesagt hatte:

»Und was verstehst du davon, Kind? Du hast doch noch gar keine Erfahrung.«

»Es steht aber in dem Buch, das wir gerade in der Schule lesen.«

»In dem Buch, das ich gerade lese«, sagte Ramonet, »ist ein Bild, darauf ist es ganz das Gegenteil.«

»Ganz das Gegenteil, mmm …«, brummte der Kommandant. »Das Gegenteil von was?«

»Das Gegenteil von gehörnt«, sagt der Arzt. »Wir wären schön angeschmiert, wenn in den Büchern immer ganz das Gegenteil stünde.«

»Und wenn Soleràs nach Mekka gegangen wäre?«, fragte der Kommandant.

»Soleràs in Mekka!«, rief Doktor Puig aus. »Das hätte uns gerade noch gefehlt!«

»Das ist nur eine Hypothese«, sagte der Kommandant, wie um sich für diese gewagte Annahme zu rechtfertigen.

»Wer ist denn dieser Soleràs, von dem hier ständig die Rede ist?«, fragte Senyora Puig Lluís.

»Das frage ich mich auch«, antwortete er, »wer ist Soleràs eigentlich? Vielleicht eine Hypothese? Ein schwer zu lösendes Rätsel? Ich gäbe sonst was dafür, es zu wissen.«

»Soleràs, Senyora«, mischte sich der Kommandant ein, »ist jemand, der verschwindet, ohne Spuren zu hinterlassen; ein Hirngespinst.«

»Angenommen, Soleràs ist nicht mehr als ein Hirngespinst«, stimmte der Doktor zu, »aber das Kölnisch Wasser, das gewisse beflissene Leutnants im ›Niemandsland‹ finden, ist eine unleugbare Realität. Etwas ist faul im Staate Dänemark.«

»In Dänemark?«, fragte seine Frau verwundert. »Was hat Dänemark denn mit Mekka zu tun?«

»Und was hat der Arsch mit dem Quatember zu tun?«, explodierte ihr Mann.

Entrüstung färbte Merceditas Wangen rot, aber sie beherrschte sich. Lluís beeilte sich, ihr eine dritte *Camel* anzustecken. »Danke«, sagte sie mit zitternder Stimme.

»Jawohl, Dänemark«, nahm ihr Mann, an die Hauptmännin gewandt, den Faden wieder auf. »In Dänemark findet man einfach alles, von den Flaschen mit *Fundador* und Kölnisch Wasser bis hin zu gemahlenem Kaffee und Päckchen mit *Camel*. Ausnahmslos alles! Sogar riesengroße Töpfe voll mit *Polierotikol*; anscheinend wird das überall in Dänemark gemacht. Es ist alles faul im Staate Dänemark.«

»Was dort gemacht wird, du Wunderdoktor«, unterbrach ihn Picó ruhig und spöttisch, »ist ›Sauternes Jahrgang 1902‹ für Ärzte, die das Berufsgeheimnis nicht wahren. Ich glaube, du bekommst keinen *Fundador* mehr, wenn du jetzt nicht endlich den Schnabel hältst.«

In diesem Augenblick knöpfte sich der Kommandant Jacke und Hemd auf, als sei ihm unerträglich heiß. Er stand auf, heischte mit einer Geste Ruhe und verkündete feierlich:

»Offiziere, Kameraden und Soldaten, Helden Kataloniens und der Republik: Ich bin total besoffen!«

Seine Frau lief zu ihm hin; er schlug sich an die Brust.

»Was ist los mit dir? Geht es dir nicht gut?«

»Total besoffen!«, wiederholte er, fiel ihr um den Hals und brach in Tränen aus. »Ich hatte geschworen, nicht zu trinken, solange du hier bist; und nun sieh mich an: total besoffen ...«

»Einmal ist keinmal«, sagte sie tröstend. »Es ist keine Schande, sich bei einem so rauschenden Fest zu betrinken. Schließlich ist es das Fest der Schutzheiligen der Infanterie!«

Ehemann und Ehefrau beschlossen, dass es das Beste sei, hinaufzugehen und Mittagsschlaf zu halten. Marieta und Ramonet hatten sich weit entfernt vom Ofen, der zu viel Hitze ausstrahlte, zum Spielen niedergelassen. In dem Maße, in dem der Tisch sich leerte, sank die Stimmung.

»Es ist ein Trauerspiel, mein Lieber«, murmelte Merceditas und sah ihren Mann an. »Und du wolltest, dass ich die Kinder mitbringe ... Dabei wimmelt es hier von schlechten Vorbildern!«

»Da haben Sie völlig recht, Senyora«, sagte Picó. »Dass so gebildete Männer ...«

»Und du, Picó? Was mischst du dich da ein?«, rief der Arzt. »Die Bildung? Die Bildung, die schieb ich mir in den ...«

»Mein Lieber, du solltest auch lieber deinen Rausch ausschlafen.«

»Ich habe aber keine Lust dazu! Ich schieb mir die Bildung ... Seht ihr denn nicht? Da steht es doch in riesigen Buchstaben: *Fluchen erlaubt.* Ihr seid alle Zeugen! Der Rausch? Pah, den vertreibt man mit einer Spritze! Eine Spritze, zack, und schon ist alles gut, schon ist der Rausch vorbei!«

»Was denn für eine Spritze, mein Lieber?«

»Mit Schinkenspeck, meine Liebe.«

Merceditas erbleichte. Sie warf die Zigarette fort und erhob sich. Ihr Mann schenkte sich seelenruhig ein weiteres Glas *Fundador* ein. Sie öffnete den Mund, um etwas zu sagen, dann schloss sie ihn wieder und ging türenknallend hinaus.

»Na, endlich«, sagte er und schielte auf seine Nasenspitze, »endlich kann ich reden, wie mir der Schnabel gewachsen ist. Armer Letamendi, was hat er für einen Korb erhalten! Eigentlich erstaunlich, dass mein Schwiegervater mir nicht einen Riesenkorb gegeben hat, wo er doch stinkreich ist. Merceditas hat ihn weichgekocht, müsst ihr wissen; sie hatte gerade einen Film über einen armen Arzt gesehen, der eine Stadt vor der Cholera rettete, und dachte, ich sei wie dieser Arzt aus dem Film. Aber ich habe weder die Cholera noch einen roten Heller noch Patienten … Wenn man bedenkt, dass ich in den Krieg gezogen bin, um ein bisschen Frieden zu finden!«

IV

Und das ganze Leben ist ein Weg der Einsamkeit.

Màrius Torres

Die gesamte Brigade war zum Nichtstun verdammt, während wir darauf warteten, dass man uns die Waffen und die Rekruten schickte, die nötig waren, uns neu zu formieren. Da im Sanitätsdienst nichts zu tun war, verbrachte ich mehr und mehr Zeit in Santa Espina und blieb häufig auch über Nacht dort. In Notfällen konnte Doktor Puig mich mittels des Feldtelefons, das die beiden Dörfer verband, zurückbeordern, aber das geschah nie.

Wenn ich in Santa Espina übernachtete, schlief ich in dem Raum unter dem Dach, in dem immer noch die drei Strohsäcke lagen, auch wenn ich das Zimmer seit der Ankunft der Frauen für mich allein hatte. Dort bewahrte ich auch den bereits erwähnten Messkelch auf, den Picó im »Niemandsland« gefunden hatte; vor ihm verrichtete ich immer mein Abendgebet. Ich betete vor einem windschiefen Tisch, den ich irgendwo aufgetrieben hatte und auf dem jetzt der Kelch stand. In meinen Gebeten kam all das zur Sprache, was ich sonst für mich behielt. In diesen Augenblicken dachte ich oft an Doktor Gallifa; ich hatte nichts von ihm gehört, wusste nicht einmal, ob er noch lebte oder tot war, und wandte mich manchmal in meiner Not mit meinen Gebeten an ihn; nicht wie an einen Heiligen, eher so, als würde ich im Geiste zu ihm sprechen und ihn um Rat fragen. Damals glaubte ich Trottel, dass er gutheißen würde, was ich getan hatte. Und wie dringend hätte ich seines Rates bedurft, um auf diesem steilen Hang nicht ins Gleiten zu geraten! Doktor Gallifa, so fern ihm die banalen Alltagsangelegenheiten auch sein mochten, besaß ein seltenes Gespür für die wichtigen, entscheidenden Dinge. Er hätte unter meinen scheinbar hehren Absichten das Schuldgefühl erahnt, das mich antrieb, ohne dass ich mir dessen bewusst war. Und nicht etwa deshalb, weil Doktor Gallifa zu den

Beichtvätern gehörte, die jeder kleinsten Verfehlung nachgehen, ganz im Gegenteil. Bis zum Krieg war ich regelmäßig von bösen Träumen geplagt gewesen und hatte Gott oft um die Gnade angefleht, nicht mehr träumen zu müssen; zugleich hatte ich meine Träume regelmäßig bei Doktor Gallifa gebeichtet. »Mein Sohn«, hatte er mich unterbrochen, »vergeude meine Zeit nicht, hinter dir warten noch viele andere.« Tatsächlich war er ein begehrter Beichtvater; oft reichte die Schlange vor seinem Beichtstuhl bis zur Kirchentür. Und ich behielt meinen Traum wie Falschgeld, das keiner haben will; ich wurde ihn einfach nicht los.

Trotzdem sind die Träume nicht bedeutungslos: Von dem Moment an, in dem wir sie träumen, tragen wir sie auf die eine oder andere Weise mit uns herum. Die Träume eines jeden Menschen sind Teil seiner selbst, ein äußerst merkwürdiger, zusammenhangloser Teil, aber dennoch ein Teil. Seine Bedeutung verschließt sich uns. Die Deutung, die die Freudianer uns liefern, ist oberflächlich und armselig, unsere Träume sind viel bunter und phantastischer, manchmal auch viel krimineller als alles, was jemals darüber gesagt wurde! Ihre Bedeutung verschließt sich uns und erscheint uns doch seltsam klar in dem Augenblick, in dem wir träumen. Erst danach verstehen wir sie nicht mehr. Wenn wir wach sind, verstehen wir den schlafenden Menschen nicht mehr, der wir wenige Augenblicke zuvor noch waren. Daher rührt die unbestimmte Scham, die der wache Mensch dem schlafenden Menschen gegenüber empfindet, diesem Menschen, der er selbst ist und zugleich ein anderer; die Scham darüber, unsere Träume, diesen anderen Teil unserer selbst, nicht kontrollieren zu können. »Der Traum ist ein Niemandsland zwischen Leben und Tod«, hat Soleràs einmal zu mir gesagt, »zwischen dem Obszönen und dem Makabren.«

Was bedeutet es, verliebt zu sein? Ein Vierteljahrhundert ist seither vergangen, und ich weiß es immer noch nicht! Vielleicht hat mein Herz nie gewagt, sich selbst diese Frage zu stellen. Ähnelt das Verliebtsein nicht vielleicht dem Wunsch, das Geheimnis mit jemandem zu teilen, um sich von diesem zu befreien? Das Geheimnis von Leben und Tod, des Obszönen und des Makabren; ein Wunsch, der nur vage umrissen ist, auch wenn wir ihn deutlich und schmerzhaft verspüren, ja, nur sehr vage umrissen, der vielleicht nur in unseren tiefsten Träumen wunderbar klar Gestalt annimmt, aber uns wieder entgleitet, sobald wir erwachen. In all dem liegt etwas, das nicht viel klarer ist als die Phänomene, von denen Soleràs mir in jener unvergesslichen Nacht erzählte. Selig sind jene, die es den Vögeln unter dem Himmel gleichtun, die leben und sterben, ohne sich um Leben und Tod zu kümmern. Aber ich, der ich mein Leben lang von bösen Träumen geplagt war, vom Schlafwandeln, von Gewissensbissen … ich Armer … Ich wäre so gerne am helllichten Tag geflogen! Mein Gott, wie sehr bedrückt uns doch die Finsternis. Wie gerne würden wir einfach leben, im hellen Tageslicht, in wahrhaft freier Luft. Wie gerne würden wir leben, wie Du selbst es uns geheißen hast, wie die Kinder, zufrieden mit der Welt, wie sie ist, mit den Dingen und den Menschen, wie sie sind, denn schließlich hast Du alles erschaffen. Alles hinnehmen, wie es ist, wie es kommt, in geistiger Armut und Schlichtheit; in Schlichtheit leben, mit ihr.

Wenn ein Mann und eine Frau sich lieben, wird die kleinste Hütte zum Palast, das ist ein uraltes Geheimnis. Selbst Don Juan wusste das ganz genau, obwohl er von der Liebe nur das kannte, was am flüchtigsten an ihr ist. Denn das ist unser größtes Hemmnis, o Gott: unsere Flüchtigkeit. Könnten wir diesen oder jenen Moment, der uns entflieht, für immer festhalten … dann wäre die Welt ein wunderbarer Ort … Denn das Glück liegt nicht in den Dingen, sondern in der Liebe; und die Gier nach Reichtum entsteht aus der Leere, die wir mangels Liebe mit Dingen zu füllen versuchen. Die Gier nach Reichtum ist relativ, man trachtet danach zu haben, was andere nicht haben. Aber die Liebe ist absolut, es gibt keine Liebe, die nicht absolut wäre – und sie ist es, selbst wenn sie flüchtig ist, wenn sie sündig ist, sogar wenn sie verbrecherisch ist. Denn es ist wahrhaftig ein Verbrechen, »die Frau deines Nächsten zu begehren«. Auch wenn die Liebe noch so kurz war, weil sie schuldhaft war, verbrecherisch, so war sie doch ein absoluter Augenblick! Don Juan wusste das ganz genau, und mit ihm alle, die im Guten wie im Bösen geliebt haben, für einen Augenblick oder für immer, heilig oder verbrecherisch, aber mit ganzer Seele.

Dieser Hauch des Absoluten genügt, um Leben und Tod zu verwandeln! Unter dem Hauch der Liebe wird alles großartig. Das heilige Haus von Nazareth mag ärmlich gewesen sein, kaum mehr als eine Hütte.

Und doch kommt es uns als Erstes in den Sinn, wenn wir uns ein glückliches Heim vorstellen, das Sinnbild reinen Glücks! Diese leuchtenden Tage von Galiläa mit ihrem bescheidenen, heimlichen Frieden, der Jesus, Joseph und Maria umgibt … Das Evangelium der Passion hätte seine volle Bedeutung nicht ohne dieses andere Evangelium, das der Kindheit. Es mag uns mehr als einmal wie eine Reihe kindischer Märchen geklungen haben, die der kritischen Vernunft kaum standhalten – aber kann die kritische Vernunft jemals die Liebe verstehen? Die schreckliche Kreuzigung wäre sinnlos, wäre es nicht derselbe Jesus von Galiläa, dieselbe Liebe, dieselbe Poesie. Das Evangelium lehrt uns, das Kreuz auf uns zu nehmen, wenn die Stunde gekommen ist – aber lehrt es uns nicht auch, das Glück anzunehmen? War das nicht das große Verbrechen: die Liebe zu verschmähen, das Glück, die Poesie, sie ans Kreuz zu schlagen? Das Glück ist heilig, es ist die gottgewollte Bestimmung des Menschen; es zu verschmähen, ist schrecklich.

Und trotz allem werden wir alle gekreuzigt. Alles Leben endet unweigerlich im Tod.

Wir alle werden gekreuzigt. Doch still! Lass die Kinder das nicht hören. Erzählen wir ihnen lieber von der zukünftigen Menschheit, die großartig sein wird. Und warum sollte sie großartig sein, die zukünftige Menschheit? Arme Menschheit, wie kann sie je zukünftig sein? Sie ist immer gegenwärtig, entsetzlich gegenwärtig, zerrissen zwischen zwei Lockrufen: dem Ruf des Glücks und dem Ruf der Kreuzigung.

Der Ruf der Kreuzigung … Was sind die Kriege anderes? Da werden lauthals Vorwände verkündet, klar; hehre Beweggründe, große Worte – und wie hohl und unverständlich und gar lächerlich wirken sie in den Augen der nächsten Generation! Können wir nachvollziehen, wieso unsere Urgroßväter einander mit großem Eifer abschlachteten, weil die männliche Linie der Bourbonen gegen die weibliche stand? Jetzt lachen wir darüber, aber unsere Urgroßväter gaben ihr Leben dafür. Unsere Urenkel werden lachen, wenn sie hören, wie wir einander umbrachten, weil die Proletarier gegen die Bourgeoisie standen oder die Arier gegen die Semiten. Und doch wurden im Namen dieser hohlen, lächerlichen Worte die Konzentrationslager Stalins und Hitlers errichtet. Lächerliche Worte, hohle Kleingeistigkeit; aber die Massen folgen ihnen.

Deutet dem Hass der Menge einen Bösen heraus, und sie werden euch folgen. Was schert es sie, dass der Böse nicht mehr ist als ein Wort? Der Aristokrat, der Bourgeois, der Priester, der Semit, der Faschist, der Rote, das ist ganz egal. Er ist der Böse, also trägt er die Schuld. Die Schuld woran? An allem! Tod dem Bourgeois, dem Priester, dem Juden, dem Faschisten, dem Roten! Es lebe der Tod! Verbrennt, tötet, besauft euch am Blut: *qu'un sang impur abreuve vos sillons* – unreines Blut tränke eure Furchen. Es ist immer das Gleiche. Ein Gemetzel.

Als wir einmal in Santa Espina allein waren, sie und ich, fragte ich sie, warum ihrer Meinung nach all diese so unterschiedlichen Menschen an die Front gegangen waren: Lluís, Picó, Soleràs, der Kommandant, der Arzt, alle, die Unsrigen und die anderen, die »Roten« und die »Faschisten«. Sie antwortete, wie erstaunt über meine Frage:

»Ich nehme an, um für die Sache zu kämpfen.«

»Für die Sache!«, rief ich aus, »die Sache ist sicher für jeden eine andere … aber was ist die Sache jedes Einzelnen? Nein, es ist nicht wegen der ›Sache‹; sie sind gekommen, um sich kreuzigen zu lassen, die einen wie die anderen, um einander zu kreuzigen. Es ist die gleiche Geschichte wie in allen Kriegen, und darum wird es immer Krieg geben, immer und immer wieder. Weil der Mensch, der dazu geschaffen wurde, neben einem geliebten Menschen am Feuer zu sitzen, trotzdem das Bedürfnis verspürt, sich kreuzigen zu lassen. Wenn Sie sie nur gesehen hätten, all diese erbärmlichen Wichte, diese Irren, diese Narren vom ›Galadinner‹! Sie haben ja keine Ahnung, was sie erdulden und andere erleiden lassen können, wenn die Stunde schlägt! Und sie schreiten voran und fallen, einer nach dem anderen, aber sie schreiten unaufhaltsam voran.«

Was treibt sie an? Nicht die »Sache«, von der keiner weiß, was sie ist, sondern der Glanz, den jeder spürt. Aber was für ein Glanz ist das, mein Gott, welcher Glanz soll das sein, wenn nie ein Mensch die Namen der zahllosen Soldaten erfahren wird, die in zahllosen Schlachten gefallen sind? Die Nachwelt? Blödsinn! Wenn die Nachwelt sich an jeden erinnern sollte, der irgendwann einmal in einer der zahllosen Schlachten gefallen ist, die in den Sand geschrieben wurden … Selbst seine nächsten Kameraden werden ihn nach einiger Zeit vergessen haben, manchmal schon nach wenigen Wochen. Es sind so viele! Also suchen sie nach einem Glanz, den kein Mensch verleihen kann; sie wollen sich kreuzigen lassen. Der Krieg hat keinen anderen Sinn – aber dieser Sinn ist so gewaltig! Kein Opfer ist vergebens, ganz gleich, wer gewinnt oder verliert. Der Gekreuzigte gewinnt, der Henker verliert, wer auch immer es ist. »Nimm dein Kreuz und folge mir nach.« Und sie haben es genommen und sind Ihm nachgefolgt, ohne es zu wissen, vielleicht ohne an Ihn zu glauben oder im Glauben, nicht zu glauben, einige sogar, indem sie Ihn lästerten.

Und so liegt die Antwort auf alle Geheimnisse des Lebens und des Todes im gekreuzigten Jesus! Wenn man nur liebt: Was bedeutet es da schon, dass die Liebe unerwidert und man selbst unverstanden und einsam bleibt! Welcher Dummkopf hat das Wort von der hoffnungslosen Liebe geprägt? Wo Liebe ist, da ist auch Hoffnung, und wo Hoffnung ist, da ist Glaube! Wie viele von denen, die glauben, nicht zu glauben, werden durch die Liebe gerettet, wie viele andere durch die Hoffnung ... Aber Soleràs in all seiner Hellsichtigkeit beging einen gewaltigen Irrtum. Vielleicht ohne es zu merken landete er mal bei der Aufklärung – dem abstoßendsten aller Irrglauben –, mal beim Pessimismus, der ihm nur den allerkleinsten Hauch übernatürlicher Hoffnung ließ. Dann wieder sah er so klar! Am meisten sind immer die Sieger zu bedauern, wer immer sie sein mögen. »Ich bedaure den von ganzem Herzen, der den Sieg in den Händen hält«, pflegte er zu sagen. Was die Besiegten betrifft, die Besiegten aller Jahrhunderte, ganz gleich, wofür sie gekämpft haben: Die Niederlage selbst ist ihre Erlösung. Sie haben den Durst nach Glanz verspürt – und es ist dieser Durst und nichts sonst, der die Menschen dazu treibt, sich kreuzigen zu lassen –, den Durst nach dem Großen, Heldenhaften, Absoluten; sie haben in den Sand geschrieben, und der Wind der Jahrhunderte hat ihre Worte vollständig verweht, das Gedächtnis der Menschen scheint sie vergessen zu haben, als hätten sie nie existiert, aber »jedwede Sünde wird vergeben außer der Blasphemie wider den Heiligen Geist«, und verkündet nicht jeder Mensch, der sich für eine Sache kreuzigen lässt, die er für gerecht hält, den Heiligen Geist? Niemand setzt sein Leben aufs Spiel, wenn er nicht an eine Sache glaubt, für die es sich zu sterben lohnt, und was ist diese Sache anderes als der Heilige Geist?

Er hat in den Sand geschrieben und wurde gekreuzigt, und Du, Besiegter, wer auch immer Du sein magst, brauchst nur die Augen zu heben,
und Du wirst Ihn sehen, wie wir Ihn in jenen letzten Tagen sahen, den
wirren Tagen unserer letzten Niederlagen, als ganze Armeen, aufgerieben von Artillerie, Panzern und Fliegern, endlose Märsche antraten, eine
Spur von Toten, Sterbenden, Kranken und erschöpften Zurückgebliebe-
nen hinter sich lassend. Oft glaubte ich bei Sonnenuntergang zwischen
den Soldaten, die unter der Last der MGs gebeugt gingen, auf den Berg-
gipfeln am Horizont Seine Silhouette zu erkennen, die sich gegen den
Abendhimmel abzeichnete. Auch Er ging gebeugt unter einer Last, der
des Kreuzes, und Er ging vor uns her als Besiegter unter den Besiegten,
als wolle Er uns den Weg der Niederlage weisen und alle unsere Schmerzen, alle Niederlagen, alle Scham mit uns teilen. Müde schleppte Er seine
nackten, blutigen Füße, und ich war nicht der Einzige, der Ihn in jenen
Tagen sah; wie viele Augen öffneten sich damals und erblickten Ihn! Wie
könnte ich je den Moment vergessen, in dem wir, an den Hängen der Pyrenäen angelangt, einen letzten Blick zurück auf die große Ebene voller
rauchender Dörfer und Städte warfen und wie zum Abschied von unserer gekreuzigten Heimat, die wir nun verließen, das *Virolai* anstimmten,
das Loblied auf die Muttergottes von Montserrat! Alle sangen, selbst die
Anarchisten: denn in diesen letzten Tagen hatten wir uns alle im unbeschreiblichen Durcheinander der endgültigen Niederlage vermischt.

Ja, Soleràs war hellsichtig, aber er vergaß, dass ein Ideal fortbesteht,
auch wenn es triumphiert, selbst wenn es danach noch so sehr verzerrt
wird. Wir hätten triumphieren können und hätten dann die Schande
aller unglückseligen Sieger tragen müssen, aber unsere Ideale hätten
fortbestanden, wie Seine Ideale fortbestehen. Unsere Mittel sind kläglich, die Saiten der Violine sind aus Katzengedärm hergestellt, aber Bach
besteht fort; die Liebe besteht fort und ist unermesslich wie die Große
Fuge, so sehr unsere Mittel kläglich sind. Und Gott selbst? Ist Er uns als
jugendlicher Sieger erschienen, umgeben von Glanz? Um Himmels willen … Natürlich war es wieder Soleràs – immer Soleràs! –, der mir in
jener Nacht ausführlich davon berichtete:

»Wir haben keine klare Vorstellung mehr davon, was eine Kreuzigung
bedeutete; unsere Kruzifixe vermitteln keine Vorstellung davon«, sagte

er und fügte hinzu: »Gott ist in Seinem Glanz ebenso unerträglich anzusehen wie in Seiner Schande.«

Ich schwieg und lauschte ihm in der Dunkelheit, auf meinem Strohsack zusammengerollt. Er erzählte mir von Konstantin, der die Kreuzigung abgeschafft und durch den Galgen ersetzt hatte:

»Wenn er es aus Mitleid getan hätte, um den Verurteilten unendliche Qualen zu ersparen, hätte er ewigen Dank verdient, aber er hat es getan, damit die Verbrecher nicht starben wie Er – wie Er, der doch gerade wie die Verbrecher sterben wollte! Weißt du, Cruells, dass die Christen in den ersten vier Jahrhunderten den gekreuzigten Jesus nicht abbildeten? Sie wussten einfach zu gut, was das bedeutete. Erst lange nach Konstantin, als alle es schon vergessen hatten, tauchten die ersten Kruzifixe auf. Und die vermittelten schon keine Vorstellung mehr …«

Ich lauschte ihm mit offenem Mund, unfähig, diesen Schwall grausamer Schilderungen zu unterbrechen, die ich kaum ertrug:

»Die Verurteilten wurden splitternackt ausgezogen. Welcher Dummkopf könnte schon glauben, dass die Henker damals Rücksicht auf irgendein Schamgefühl genommen hätten? Und es gab auch nichts wie diese hölzerne Fußstütze; die Füße wurden direkt ans Holz genagelt, und dazu musste man die Knie beugen und die Oberschenkel spreizen …«

»Sei still«, sagte ich. »Ich ertrage das nicht.«

»Ich auch nicht. Sich das Kreuz vorzustellen ist unerträglich! Da siehst du, armer Cruells, was wir alles mit unserem Schöpfer haben anstellen können, nachdem er einmal in unserer Gewalt war …«

Aber Soleràs lag ganz und gar falsch, weil er sich weigerte, bescheiden unsere kläglichen Mittel anzuerkennen. Wie groß auch immer unser Elend sein mag – das Leben ist gewaltig! Es mag feige sein, sich vor der Kreuzigung zu drücken, wenn Gott uns zu ihr ruft, aber es ist ein Verbrechen, das Glück zu verweigern, wenn Gott uns glücklich sehen will. Und Soleràs verweigerte es aus Stolz; er floh es. Unablässig, wie gebannt, starrte er auf das Obszöne und das Makabre, er, der besser als viele wusste, dass Gott unsere gesamte Scham auf sich genommen hat – denn ist das nicht das Christentum? Diese Absurdität, der Wahnsinn des Kreuzes? Das Christentum ist seltsam, das Christentum ist absurd – und so seltsam und absurd es auch ist, es ist die einzige Antwort. Gott, der unser unermessliches Elend auf sich nimmt und sich dadurch seines unermesslichen Glanzes begibt, der sich in einem obszönen und makabren Schauspiel kreuzigen lässt, um uns vom Obszönen und Makabren zu erlösen ... *Eli, eli, lama sabachthani*. Wie kann ich mich beklagen, einsam und verlassen in dieser Welt zu sein, wenn Er noch viel einsamer war?

V

In der Nacht vom 21. auf den 22. Dezember, als wir in Santa Espina alle längst schliefen, riss uns die Bataillonskapelle, die unangekündigt aus Villar angerückt war, mit den schrillen Klängen des Weckrufs *Diana florida* unsanft aus dem Schlaf. Sie hatten die zehn Kilometer auf dem Karrenweg zu Fuß zurückgelegt, nur um uns auf diese Weise zu wecken! Fluchend rappelte ich mich von meinem Strohsack hoch, überzeugt davon, dass es sich mal wieder um einen der dummen Streiche handelte, die wir einander zu spielen pflegten, ein wahrhaft dummer Streich bei dieser Eiseskälte! Als ich vom Dachboden herunterkam, traf ich auf dem Treppenabsatz im ersten Stock Picó und Lluís mit ihren Frauen, alle völlig verschlafen und verfroren und aus Leibeskräften auf diese »verdammten Kerle aus Villar« schimpfend, »die uns keine Minute in Frieden lassen«. Im Essraum hatten »die aus Villar« inzwischen einen unbeschreiblichen Hexenkessel entfacht: Einige tanzten auf dem großen Tisch, andere hatten sich singend oder schreiend auf den Eckbänken niedergelassen, wieder andere bliesen aus voller Lunge auf Hörnern und Trompeten. Ein paar leerten hemmungslos die Rum- und Kognakflaschen, die wir im Schrank aufbewahrten.

Kommandant Rosich und der Arzt mit ihren beiden Frauen waren der Kapelle gefolgt, allerdings im Ford. Ausgerechnet der Kommandant und der Doktor gehörten übrigens zu denen, die auf dem Tisch tanzten; sie steppten, dass die Wände wackelten. An ihren verzerrten Mienen, den glänzenden Augen und den wilden Gesten war schon von Weitem zu erkennen, dass sie hoffnungslos betrunken waren.

»*Gloria in excelsis Deo*«, schrie der Kommandant, sobald er uns in der Tür zur Treppe erspähte, »und scheiß auf die Plattfußbrigade!«

In einer Ecke des Raumes, weit weg vom Feuer, hielt sich Senyora

Puig ostentativ von den anderen fern und beobachtete das Geschehen voller Abscheu und Empörung. Als ich zu ihr hinüberging, um sie zu begrüßen, sagte sie nur – und ich zitiere wörtlich:

»Die führen sich schlimmer auf als die Herren Sodom und Simorra.«

Aus einigen ziemlich zusammenhanglosen Bemerkungen reimten wir uns nach und nach zusammen, dass es sich diesmal nicht um einen jener durch nichts motivierten üblen Scherze handelte, von denen sie uns schon so viele gespielt hatten, sondern dass es in dieser Nacht tatsächlich einen Grund für die Aufregung gab. Es war nicht leicht, in Erfahrung zu bringen, was genau los war, aber schließlich verstanden wir, dass man in Villar dank der Telefonverbindung mit der Brigadeleitung von der Einnahme Teruels durch die republikanischen Truppen erfahren hatte. Wir feierten die Neuigkeit zusammen und sangen und schrien und tranken bis in den frühen Morgen, als sie unter dem Klang von Hörnern und Schall von Trompeten nach Villar zurückkehrten.

In der Stille und im blassen Licht des eisigen Morgens kam mir ein anderer Tag in den Sinn, jener Junitag, der nun genau sechs Monate zurücklag. Ich war auf der Suche nach Soleràs nach Parral del Río gekommen; Lluís war am Tag zuvor zur Brigade gestoßen, aber ich kannte ihn noch nicht, und Soleràs war an diesem Tag nicht in Parral. Hauptmann Picó brachte mich zu dem Vorposten, wo wir ihn zu finden glaubten; von dort aus konnte man die geschlängelte Linie der Weiden erkennen, die den Fluss säumten, und dahinter den Backsteinkirchturm und die Häuser von Vivel, einem Dorf, das in den Händen der Faschisten war. Während wir noch in die Betrachtung der Landschaft versunken waren, begannen die Glocken von Vivel Sturm zu läuten, und wir hörten eine Blaskapelle, Freudenrufe und Salutschüsse. Picó und ich schwiegen und taten beide so, als hätten wir nichts bemerkt, obwohl der Lärm nicht zu überhören war. Beide dachten wir das Gleiche, ohne es auszusprechen: »Sie feiern die Einnahme von Bilbao.« Wenige Tage darauf lasen wir dann in der Zeitung, die uns immer verspätet erreichte, dass wir richtig vermutet hatten. Und nun, sechs Monate später, waren wir es, die die Eroberung von Teruel feierten. Damals wussten wir noch nicht – das erfuhren wir erst viel später –, wie fürchterlich die Schlacht gewesen war. Dabei war das Schlimmste nicht einmal die Einnahme der Stadt, sondern der feindliche Gegenangriff, der Wochen und Monate dauern sollte.

Doch das konnten wir zu diesem Zeitpunkt noch nicht ahnen, und so feierten wir in diesem Jahr das Weihnachtsfest fröhlich und voller Hoffnung. Der Morgen des 24. brachte den heftigsten Schneefall des ganzen Winters mit sich. Bis zum Abend schneite es ununterbrochen. Mich hatte der Schnee in Santa Espina überrascht. Während meiner Aufenthalte im Haus von Don Andalecio hatte ich es mir zu Gewohnheit gemacht, »Kinovorstellungen« zu geben, um Ramonet die langen Abendstunden zu verkürzen. An diesem Tag verließ wegen des Schnees niemand das Haus, und auch die Erwachsenen, die nichts Besseres zu tun hatten, sahen sich die Vorstellung an. Die »Kinovorstellungen« fanden im Zimmer von Lluís und Trini statt, das sehr groß war und einen Alkoven hatte, der vom Rest des Raums durch einen Bogen abgetrennt war. Ich saß versteckt im Alkoven und warf mit der Kutschlampe einen Lichtkreis auf ein Bettlaken, das vor dem Bogen aufgespannt war; vor dem Glas der Lampe bewegte ich aus Pappe ausgeschnittene Figuren hin und her, sodass sie, um ein Vielfaches vergrößert, wie bei einem Schattenspiel auf dem Bettlaken erschienen. Das Publikum, das normalerweise nur aus Ramonet und seiner Mutter bestand, verfolgte das Schauspiel vom Zimmer aus.

An diesem Abend erwartete uns nach der Vorstellung ein üppiges Mahl am großen Kamin. Wir hatten eigentlich vorgehabt, nach Villar zu fahren, wo der Kommandant zum Christfest ein »Galadinner« für uns hatte ausrichten wollen, aber durch den Schnee waren wir von der Außenwelt abgeschnitten. Nach dem Abendessen packte Lluís den Jungen sorgfältig in eine dicke Wolldecke – keine Militärdecke, denn die waren aus Baumwolle, sondern eine Decke, die er in einem der Häuser des Dorfes gefunden hatte – und wollte mit ihm draußen spazieren gehen, um ihm das ungewöhnliche Schauspiel tief verschneiter Straßen zu zeigen.

Es hatte aufgehört zu schneien, die Wolkendecke war in über den ganzen Himmel verstreute Fetzen gerissen, durch die man ab und zu Sirius funkeln sah. Es kam zum Streit, weil Trini es »völlig idiotisch« fand, dass Lluís mit dem Jungen in einer so kalten Nacht hinauswollte. Es war eines der wenigen Male, dass sie offen vor den anderen stritten.

Lluís beharrte jedoch auf seinem Entschluss, und so entschied Trini, die beiden zu begleiten. Der Schnee war ganz trocken und locker, sodass unsere Stiefel tief einsanken, ohne nass zu werden, und knirschte sacht wie dicker Seidenstoff, den man zusammenfaltet. Trini trug Soldatenstiefel, die der Hauptmann ihr überlassen hatte und die ihr zu groß waren. Damit sie ihr nicht von den Füßen fielen, musste sie dicke Wollsocken über ihre Strümpfe ziehen. Sie hatte Mühe, in diesen viel zu weiten, viel zu schweren Schuhen zu laufen, doch seltsamerweise standen sie ihr gut. Andererseits: Ihr stand alles, egal, was sie trug.

Ich sah ihnen von der Tür aus nach, wie sie die Hauptstraße hinuntergingen, vorbei an den Häusern im am wenigsten zerstörten Teil des Dorfes, in denen die Soldaten wohnten. Die Männer spielten die Drehorgel und sangen Weihnachtslieder. Sie hatten mitten auf der Straße ein großes Feuer entfacht, dessen Flammen im unter ihm schmelzenden Schnee knisterten, und veranstalteten ein großes Getöse. Die mondlose Nacht war ruhig und bitterkalt.

Als Trini, Lluís und der Junge hinter einer Wegbiegung verschwunden waren, ging ich ebenfalls los, allein. Ich ging in den unteren Teil des Dorfes hinunter, wo alles in Trümmern lag. Die Gesänge der Soldaten und die schrillen Töne der Drehorgel verklangen allmählich hinter mir.

In der Mitte einer Straße lag der große Blasebalg der Dorfschmiede; halb vom Schnee bedeckt, sah er aus wie der nachlässig in ein Leichentuch gehüllte Kadaver eines Riesen. Es war nicht der einzige merkwürdige Gegenstand, der lag, wo er eigentlich nicht hingehörte; unterwegs stieß ich auf eine Tischlerbank, eine Kirchenglocke, eine Ölpresse, eine Federkernmatratze und anderes Gerümpel. Ich stakste, fast bis zu den Knien im Schnee einsinkend, zwischen diesen Gegenständen hindurch wie durch das Treibgut eines Schiffbruchs. In einer Ecke des Vorplatzes der Kirche, die im Unterdorf lag, ganz am Ortsrand, fand ich die Überreste des Harmoniums. Offenbar hatte man das Rosettenfenster der Kirche eingeschlagen und dann das Harmonium durch das Fenster hinunter auf die Straße geworfen. Da lag es nun, reglos, vom Sturz in tausend Teile zerbrochen.

Die Kirche hatte keine Tür mehr und gähnte wie ein großes, pech-

schwarzes Maul, aus dem einem der Eiseshauch des Jenseits entgegen-
schlägt. Ich bekreuzigte mich, dann trat ich ein.

Vom Inneren war nichts geblieben als das nackte Mauerwerk. Ich
stellte den Kelch auf dem Hauptaltar ab, zündete zwei geweihte Kerzen
an und betete.

Mir war, als gefröre die Stille, die so schneidend war wie die Kälte,
nach und nach zu Eis. Dann drang durch diese beinahe kristallene Stille
ein Laut an mein Ohr. Glocken. Kaum vermochte ich zu sagen, ob ich
sie wirklich hörte oder nur träumte. Ich hielt mit dem Beten inne und
lauschte. Weihnachtsgeläut. Manchmal klangen sie näher, obwohl sie
sehr fern sein mussten, so fern und so rein, dass auch sie aus Eis oder
Kristall zu sein schienen. Ich war sehr erstaunt, sie zu hören; waren es
Himmelsglocken? Wie konnten es irdische Glocken sein, wenn seit
Kriegsbeginn keine Glocken mehr geläutet wurden – ja, es kaum noch
welche gab?

Plötzlich verstand ich: Das Geläut kam aus dem feindlichen Gebiet.
Feindlich? Welche Bedeutung hatte dieses Wort in einer solchen Nacht?

Ich verstand, dass in irgendeinem Dorf im feindlichen Gebiet hinter
dem »Niemandsland« zur Christmette geläutet wurde. Die eisige Luft
war so ungewöhnlich still und dicht, dass sie das Läuten bis zu mir herüber trug. Das war das ganze Geheimnis. Jetzt bimmelten die Glöckchen, und ich musste an das Geflöte der Kröten in jener Sommernacht
denken.

Verzaubert vom Klang jener fernen Glocken ging ich hinaus. Nun
stand ich auf dem Karrenweg, der am Ufer des zugefrorenen Flusses
entlang aus dem Dorf hinausführte. Das Grölen der Soldaten und die
Musik der Drehorgel waren nicht mehr zu hören, nur die fernen Glocken, mal lauter, mal leiser, je nachdem, wie der Wind wehte. Der Schnee
war so blendend weiß, dass man weithin sehen konnte wie im Mond-
schein. Ich ging einen mit Pinien bewachsenen Hügel hinauf; der trockene Schnee knirschte unter meinen Stiefeln.

Die Äste der Pinien bogen sich unter der Last des Schnees; Eiskristalle, die sich an den Nadeln gebildet hatten, glitzerten im schwachen Ster-
nenlicht und erinnerten mich an den Kristalllüster, klein wie ein Spielzeug, den ich in Trinis Salon gesehen hatte, als ich sie besuchte. Auch die

Sterne glitzerten wie Eiskristalle. Sirius, immer wieder Sirius, versprühte zwischen den Wolkenfetzen lebendige Funken, blaue Funken im Herzen dieser vor Kälte erstarrten Welt. Ich war auf der Spitze der Anhöhe angekommen, konnte aber nichts erkennen. Zu gerne hätte ich kleine Lichtpünktchen geschen, die Lagerfeuer der Soldaten, die mir hätten zeigen können, wo das Dorf lag, aus dem das Glockenläuten zu mir herüberdrang. Noch immer hörte ich es von Zeit zu Zeit, sah aber nichts.

Langsam kehrte ich nach Santa Espina zurück. Zu meiner Verwunderung brannte in der Kirche ein schwaches Licht. Ich ging hinein.

Es waren die beiden Kerzen, die ich auf dem Hauptaltar vergessen hatte; sie waren fast völlig heruntergebrannt. Zwischen ihnen schimmerte schwach der vergoldete Silberkelch. Ich kniete nieder und betete lange Zeit.

Ich betete zu Doktor Gallifa. Zum ersten Mal betete ich wirklich zu ihm, wie man zu einem Heiligen betet, obwohl ich damals nicht wusste, ob er lebte oder tot war. Ich wusste oder glaubte zu wissen, dass *er* es war – der alte Jesuit aus dem Carrer de l'Arc del Teatre; das war mir inzwischen zur Gewissheit geworden. Ich betete lange zu meinem ehemaligen Lehrer aus dem Priesterseminar und bat ihn, mir zu helfen, mich an dieser Wegkreuzung, vor der mir graute, nicht allein zu lassen.

Zuletzt hatte ich ihn im Haus seines Bruders gesehen, eines reichen Rentiers aus der Hochebene von Vic, der den größten Teil des Jahres in Barcelona in einer Wohnung im Carrer de la Riera del Pi wohnte. Es war eine große Altbauwohnung mit hohen Decken. Doktor Gallifa hatte mich in seinem Zimmer empfangen, dessen Wände vollständig von Regalen verdeckt waren, die bis zur Decke reichten und nur Platz für Tür und Fenster ließen; das Bett stand verborgen in einem winzigen Alkoven. Er saß mit dem Rücken zum Fenster an einem Tisch voller Bücher und ungeordneter Papiere. Außer dem Tisch gab es nur noch den Rohrstuhl, auf dem er saß, und einen Stuhl, der ihm auf der anderen Seite des Tisches gegenüberstand. Die Luft war erfüllt vom Geruch nach alten Büchern und Schnupftabak, denn mein Lehrer war eines der wenigen noch verbliebenen Exemplare aus der Gattung der Tabakschnupfer. Während er las – und er las viele Stunden am Tag – nahm er eine Prise

Schnupftabak nach der anderen aus einem Döschen, das offen neben dem Buch stand. Noch heute sehe ich dieses Döschen aus angelaufenem Silber vor mir. Der Duft nach Schnupftabak war untrennbar mit ihm verbunden, als wäre er ihm in die Haut eingedrungen.

1934, als die Antijesuitengesetze Makulatur waren, hätte er ins Kloster zurückkehren können, zog es aber auf Grund seines hohen Alters und der angeschlagenen Gesundheit vor, bei seinem Bruder wohnen zu bleiben. Er lebte also bei seiner Familie wie ein weltlicher Priester und ging jeden Tag ins Seminar, um seinen Unterricht in Moraltheologie zu erteilen. Seit er das Kloster verlassen hatte, schnupfte er stärker denn je, und vielleicht rührten sein häufiges Unwohlsein und seine Migräneanfälle von der chronischen Vergiftung durch den eingeatmeten Tabakstaub her. Er war damals um die achtzig.

Der Duft nach Schnupftabak und alten Büchern wurde vom gleichmäßigen Ticken einer uralten Standuhr untermalt, die man nicht sah, weil sie neben dem Bett im Alkoven stand.

Er selbst hatte sie dort neben dem Bett aufstellen lassen, denn er litt an Schlaflosigkeit und behauptete, das Ticken des Pendels vertreibe ihm die Nachtstunden, wenn er nicht schlafen konnte und die Zeit sich, wie er sagte, ins Unendliche dehnen würde, während er im Bett lag und in die Finsternis starrte, wäre da nicht das gleichmäßige Tick-Tack gewesen. Er liebte es auch, die Uhr die halben und vollen Stunden schlagen zu hören, konnte so ein Zeitgefühl bewahren. All diese – im Grunde genommen unwichtigen – Details schildere ich nur, um eine Vorstellung von der Atmosphäre zu vermitteln, die Doktor Gallifa in den letzten Monaten seines Lebens umgab; eine Atmosphäre wie aus einem anderen Jahrhundert. Es war beruhigend in diesem Winkel im Carrer de la Riera del Pi, wo man das Gefühl hatte, im achtzehnten Jahrhundert gelandet zu sein, und das in unmittelbarer Nähe der Rambla, im Herzen der fiebernden Stadt. Ich verbrachte dort lange Stunden im Gespräch mit ihm. Damals – vor dem Krieg – hatten die Menschen noch Zeit zum Reden.

Unsere letzte Begegnung war zwei Tage vor Kriegsausbruch, aber das ahnten wir nicht im Entferntesten. Besser gesagt, ihm waren durch einen Neffen, einen gewissen Lamoneda, Gerüchte zu Ohren gekommen. Dieser Neffe machte ihm Sorgen, und das aus gutem Grund. Er erzählte mir von dem Neffen, den ich schon seit Jahren kannte, und er erzählte mir lange von ihm, denn er machte sich wirklich große Sorgen um ihn.

An dieser Stelle sollte ich etwas ausführlicher über ihn berichten, über diesen Lamoneda, der mit der Zeit zu meinem Hausgeist werden sollte. Dieser merkwürdige Neffe Doktor Gallifas war wie sein Schatten, und obwohl ich ihn ziemlich gut kannte, ahnte ich nicht, dass er mit der Zeit auch zu meinem Schatten werden würde. Wenn ich sage, dass er sein Schatten war und jetzt der meine ist, meine ich damit etwas, das Dir überallhin folgt, als ob es Dir entströme und doch zugleich Deine Verneinung sei, so wie man manchmal das Böse als den Schatten Gottes bezeichnet. Auf mich – ich war noch keine zwanzig – wirkte er schon damals wie ein alter Hagestolz; laut seinem Onkel hatte er die vierzig überschritten, obwohl er selbst immer nur ausweichend sagte: »Ich bin paarunddreißig.« Er trieb sich immer noch in der Universität herum, wo er in der pharmazeutischen Fakultät eingeschrieben war. Seit wie vielen Jahren mochte er wohl studieren? Doktor Gallifa glaubte es zu wissen, aber alles, was diesen Neffen betraf, blieb nebulös. Er hatte sich in verschiedenen Fächern versucht: Recht, Philosophie, Medizin, aber nichts richtig studiert. Als ich ihn kennenlernte, arbeitete er als Apothekengehilfe im Carrer de Sant Pau. Ich war schon ein paar Mal in der Apotheke gewesen, es war ein kleines, bescheidenes Geschäft, eher wie der Laden eines Kräutermischers. Dort verhaftete ihn eines Abends die Polizei wegen des Verdachts auf Kokainhandel. Man konnte ihm nicht nachweisen, dass er das Kokain ohne Rezept verkauft hatte, und so ließ man ihn nach einiger Zeit wieder laufen, aber der Apotheker wollte ihn nicht länger beschäftigen. Lamoneda wollte uns immer von seiner Unschuld überzeugen und behauptete stets, das Opfer eines Missverständnisses zu sein, und sein Onkel glaubte ihm oder tat zumindest so.

Ich hingegen habe immer geglaubt, dass die Polizei recht hatte. Mehr noch: Häufig kam mir der Verdacht, Lamoneda selbst könne dem Kokain verfallen sein.

Manchmal, wenn man ihn sah, war sein Gesicht so leblos, dass man erschrak. Der halb offene Mund, die blicklos auf einen weit entfernten Punkt gerichteten Augen, der verdatterte Gesichtsausdruck – so ganz anders als bei einem Betrunkenen –, all das war mir immer verdächtig erschienen. Manchmal besaß er Unmengen an Geld, dessen Quelle mir unklar war, und es war in diesen guten Zeiten, da ich mir so gut wie sicher war, dass er heimlich kokste. Normalerweise aber hatte er kaum Geld, vor allem, seit er seine Stelle bei der Apotheke im Carrer de Sant Pau verloren hatte.

Der Vater dieses Lamoneda, ein Witwer, lebte das ganze Jahr über auf dem Land; Doktor Gallifas Schwester, die Mutter seines Neffen, hatte den Erben einer Bauernfamilie geheiratet, die ebenso wohlhabend war wie die Gallifas. Sie war kurz nach der Geburt des Jungen gestorben. Er lebte ganz allein in Barcelona von dem Geld, das sein Vater – dessen einziges Kind er war – ihm regelmäßig zukommen ließ, und da er nun mal das einzige Kind war, schien sein Vater sich damit abgefunden zu haben, ihm das Leben eines endlosen Studenten zu ermöglichen. Er war das, was man einen ewigen Jungen nennt, und obwohl er den Berechnungen seines Onkels zufolge schon über vierzig sein musste, sprach er auffallend hartnäckig immer von »uns jungen Leuten«. Er war groß und hager, und sein Gesicht war von Pickeln und Mitessern übersät; wenn er durch die Straßen ging, hielt er sich kerzengerade und bewegte sich auf eine Art, die er für militärisch hielt, indem er die Arme gleichmäßig und steif schwang. Außerdem tat er immer sehr geheimnisumwittert, so als wäre er in ebenso bedeutende wie geheime Angelegenheiten verstrickt. Er lebte zur Untermiete, hatte aber auch eine Dachkammer im Carrer de Tallers gemietet, die er »la garçonnière« nannte. Manchmal bat er mich dort hinauf und las mir Auszüge aus seinen selbst verfassten Texten vor. Ich weiß noch, wie er eines Nachmittags rätselhafte Tiraden von sich gab, in denen der Baron von König eine Rolle spielte, eine undurchsichtige Gestalt aus der Zeit des Großen Europäischen Kriegs, von der ich, in den letzten Kriegsjahren geboren, nur eine sehr ungefähre Vorstellung hatte. Seinerzeit war er in Barcelona in aller Munde gewesen – aber wer war er? Wer war dieser Baron wirklich gewesen? »Ein Genie«, versicherte mir Lamoneda an jenem Nachmittag, »ein Mann, der seiner Zeit weit voraus war. Er verstand vor jedem anderen, sich die Anarchisten zunutze zu machen. Die Anarchisten haben im Namen der Akratie und des Kampfes des Proletariats die katalanischen Industriellen liquidiert, die die Alliierten mit Kriegsgütern versorgten. Noch heute haben viele Leute nicht verstanden, dass hinter den anarchistischen Revolverhelden der Kaiser steckte …« Ich schenkte damals den seltsamen Behauptungen, die Lamoneda von sich gab, keine weitere Beachtung und hielt sie für Ausgeburten seiner überspannten Phantasie. Erst Jahre später stellte ich überrascht fest, dass sie keineswegs aus der Luft gegriffen waren.

Und trotzdem wusste ich schon damals, dass er ungeahnte Verbindungen pflegte; ich wusste (im Gegensatz zu seinem Onkel), dass er Beziehungen zu Anarchisten unterhielt. Er selbst erzählte mir einmal, es seien Revolverhelden, wenn er auch nicht näher ausführte, warum er mit ihnen verkehrte. Weder sein Onkel noch ich hatten uns jemals besonders für Politik interessiert, geschweige denn für geheime, terroristische Gruppierungen. Jetzt weiß ich (ich erfuhr es erst viele Jahre später), dass Lamoneda bereits damals heimlich Kontakt zu Llibert Milmany unterhielt, aber zu dieser Zeit waren es keineswegs seine politischen Aktivitäten, die mir Sorge bereiteten: Sein Onkel hielt ihn definitiv für einen »Hohlkopf«, der in Wolkenkuckucksheim lebte, und glaubte, seine geheimnisvollen Andeutungen, er sei in bedeutende, mysteriöse Aktivitäten verstrickt, entsprängen einzig und allein seiner krankhaften Wichtigtuerei. »Ein armer Kerl ist er«, sagte er, »weiter nichts.«

Doch der Neffe besaß eine Facette, von der mein Lehrer nichts ahnte, sonst hätte er ein anderes Bild von ihm gehabt. Lamoneda glaubte an nichts; seinem Onkel aber spielte er vor, dass er katholisch sei, sogar gläubig. Und er war süchtig nach erotischen Abenteuern. Er hielt sich für einen Stendhal und schrieb. Doktor Gallifa wusste nichts von diesen literarischen Ergüssen, aber mir hatte er an manchen Nachmittagen, wenn er mich in seine »garçonnière« im Carrer de Tallers hinaufgebeten hatte, lange Teile daraus vorgetragen. Im Grunde genommen waren sie nichts anderes als Pornographie, auch wenn er es mir als »Literatur für ein ausgesuchtes Publikum« verkaufen wollte. Er las es mir mit der beschränkten Miene dessen vor, der sich für unglaublich schlau hält. Schaurig, dieses Gesicht eines verwelkten, ewigen Junggesellen, der sich einbildet, ein Don Juan zu sein – und wie das Ganze nach der erbärmlichsten Einsamkeit stank!

Wurde er seinem Onkel zum Judas? Jedes Mal, wenn mich dieser Verdacht befällt, überläuft es mich eiskalt; doch Lamoneda war in der Tat einer der Wenigen (einer von zweien oder dreien), die Doktor Gallifas Versteck kannten. Ich selbst habe es nie erfahren. Das letzte Mal, als ich Doktor Gallifa sah, erzählte er mir lang und breit von seinem Neffen, als wäre er in größerer Sorge um ihn denn je. Er erzählte mir, Lamoneda sei am Vortag bei ihm vorbeigekommen, um ihn vor einer unmittelbar bevorstehenden »großen Gefahr« zu warnen: »Ich habe nicht so ganz verstanden, worum es ging«, sagte Doktor Gallifa, »ich weiß nicht, was er jetzt wieder vorhat; er steht im Kontakt mit irgendwelchen konspirativen Komitees und ich weiß nicht was.«

Wie immer glaubte er, dass das nichts weiter seien als Hirngespinste seines Neffen, wilde Geschichten, die vom Nichtstun kamen: »Er lebt mehr denn je in einem Spionageroman, allmählich fürchte ich um seinen Verstand …« Das war es, was ihm Sorgen machte, und nicht die »große Gefahr«, vor der Lamoneda ihn gewarnt hatte. »Er wollte mir einreden, ich müsse mich verstecken, weil ich angeblich in höchster Lebensgefahr schwebe – aber wer würde mir schon Böses wollen? Ich fürchte eher, dass ihm sein ausschweifendes Leben den Geist verwirrt hat.«

Keine Woche später erkannte ich Lamoneda in einer Gruppe von Brandstiftern, die gerade Feuer an eine Kirche im Stadtteil Sant Gervasi legten.

»Faschist«, brüllten sie mir entgegen, als ich versuchte, sie daran zu hindern. Ich hatte Lamoneda trotz seiner Verkleidung erkannt. Ein Dreitagebart verdunkelte sein Gesicht – ich vermutete, dass er sich seit dem letzten Gespräch mit seinem Onkel nicht mehr rasiert hatte –, er trug einen Monteursoverall, und sein Gesicht war halb von einem großen schwarz-roten Tuch verdeckt. Er kam auf mich zu und schrie ebenfalls: »Faschist!« »Lamoneda«, sagte ich leise zu ihm, »schämst du dich nicht?« »Faschist!« Er packte mich am Arm und zog mich hinter sich her, zerrte mich mitten durch die dicht gedrängte Meute von Brandstiftern. Der Rauch, der das Innere der Kirche erfüllte, ließ uns husten, das Feuer breitete sich rasch auf den Haufen Stühle aus, den sie in der Mitte des Kirchenschiffs aufgetürmt hatten. Die Brandstifter, schwarz gefärbt vom Ruß, liefen fluchend auseinander; er zog mich aus der Kirche hinaus, aus der funkensprühend die Flammen schlugen.

»Schämst du dich nicht?«, wiederholte ich.

»Ich habe euch gewarnt«, antwortete er mir im Flüsterton. »Und jetzt hau ab, die Typen hier würden dich lynchen. Ist es meine Schuld, wenn ihr nie auf mich hört?«

Die Brandstifter begannen, sich um uns zu scharen, offenbar neugierig, wer ich war. Ich trug keine Soutane, oh nein, im Sommer, in der Ferienzeit, trug ich sie nie. Aber ich war der Einzige, der nicht als Proletarier verkleidet war: Ich trug meinen gebügelten Sommeranzug aus weißem Piqué, und allein das genügte in dieser Zeit bereits, um Aufmerksamkeit zu erregen. Einige dieser Lumpen begannen schon, untereinander zu murmeln: »Wenn er ein Faschist ist, warum legen wir ihn dann nicht um?« Als Lamoneda das hörte, winkte er mit den Armen, um Schweigen zu gebieten, und sagte dann: »Genossen, der Kerl, den ihr hier seht, war ein Geistlicher, aber er ist es nicht mehr. Soeben hat er mir gestanden, dass er es bereut, jemals einer gewesen zu sein, und er wird jetzt mit uns rufen: ›Es lebe die Anarchie! Es lebe die freie Liebe! Jugend vor!‹ Mir fiel auf, wie viel Einfluss er auf die zerlumpte Meute hatte; sie lauschten ihm mit offenem Mund, als wäre er ihr Orakel, und erwiderten donnernd jeden seiner Hochrufe. Der letzte ist mir am stärksten in Erinnerung geblieben: »Jugend vor!« Wie oft habe ich diesen Satz in anderen Situationen später noch gehört, in Situationen, die ebenso seltsam waren wie diese oder noch seltsamer, wie oft ... Als es mir endlich gelungen war, mich davonzustehlen (und ich muss sagen, dass ich Lamoneda mein Leben verdanke), lief ich zu der Villa in Sarrià, wo ich damals mit meiner Tante lebte; ich konnte es kaum erwarten, mir Barcelona von der Dachterrasse aus durch mein Teleskop anzusehen. Von dort oben überblickt man fast die ganze Stadt, und tatsächlich sah ich, wie gleichzeitig von allen Kirchen Rauch aufstieg. Von allen gleichzeitig.

An jenem Abend erfuhren wir auch, dass sie sich nicht damit zufriedengaben, die Kirchen niederzubrennen; sie ermordeten auch die Priester. Am nächsten Tag lief ich, kaum dass es hell geworden war, zum Carrer de la Riera del Pi. Doktor Gallifas Bruder sagte mir, er wohne nicht mehr bei ihm und sie wollten aus Vorsicht niemandem, der nicht zum engsten Familienkreis gehöre, verraten, wo er sich versteckt hielt.

Nun ja, ich gehörte nicht zum »engsten Familienkreis«, aber Lamoneda schon; er kannte sein Versteck. Barcelona loderte und rauchte unter dem drückend heißen Sommerhimmel, und Truppen von Ausländern, zerlumpt, die Gesichter rußgeschwärzt, durchkämmten die Stadt auf der Suche nach Priestern, um sie umzubringen.

Diese gnadenlose Treibjagd dauerte mehrere Monate, und Lamoneda, der Kopf einer dieser Banden, wusste, wo Doktor Gallifa sich aufhielt. Ich bin sicher, dass er ihn anfangs retten wollte, wie er zweifellos mich gerettet hat; aber wer weiß, was später in seinem kranken Hirn vor sich ging? Ob er zuletzt seinen Onkel in einem schwachen Moment verkauft hat?

Und so betete ich in dieser Christnacht zum ersten Mal zu ihm, obwohl ich nicht wusste, jedenfalls nicht mit Gewissheit, ob er tot war. Ich betete lange in der Kirche von Santa Espina, die nackt und kalt war wie ein Grab; ich weiß nicht, wie lange ich zu meinem ehemaligen Lehrer betete, wo auch immer er sein mochte, in dieser Welt oder jener. Als ich die Kirche verließ, war das Glockengeläut verstummt. Am Eingang der Kirche hielt ich einen Moment lang inne, weil ich etwas Ungewöhnliches bemerkte: Neben meinen Fußstapfen waren im Schnee noch die Abdrücke zwei weiterer Stiefelpaare zu sehen. Während ich gebetet hatte, mussten zwei Leute gekommen und wieder gegangen sein, denn ich erinnerte mich, dass es außer meinen Spuren keine weiteren gegeben hatte, als ich die Kirche zum zweiten Mal betrat. Zwei Unbekannte waren in der Kirche gewesen, während ich betete, und ich hatte sie nicht gehört.

VI

Senyora Puig und Senyora Picó kehrten am Tag nach Dreikönig nach
Barcelona zurück; die Kommandantin und Trini hingegen hatten beschlossen, noch ein paar Wochen länger zu bleiben, da die Luft in dieser Gegend und die gute Verpflegung den beiden Kindern sichtlich bekamen. Überdies wurde Barcelona von Mallorca aus immer häufiger
von Fliegerstaffeln bombardiert, und der Hunger wurde immer schlimmer. Deshalb waren wir uns alle einig, dass es besser war, wenn Ramonet und Marieta bei uns blieben, solange unsere »tote Front« noch unter dem Schnee begraben lag. Dass die Schlacht von Teruel trotz des
Schnees stattgefunden hatte, sprach für uns nicht dagegen, denn die An-
greifer hatten ja gerade den Schnee als Überraschungsmoment genutzt.
Also bat Trini die Universität um zwei Monate Urlaub, und ich weiß
noch, dass der Dekan sie in dem Brief, in dem er ihr den Urlaub gewährte, spaßeshalber beglückwünschte, dass sie »die Ruhe und den Luxus an
der Front genießen durfte.«

Unsere »tote Front« war nicht die einzige; in vielen Sektoren ging
es genauso ruhig zu wie bei uns, und der Fall von Trini und der Kommandantin war nicht so außergewöhnlich, wie man meinen könnte.
In diesem Winter war diese ununterbrochene Ruhe schleichend über
uns gekommen wie eine chronische Krankheit, an die man sich schließlich so gewöhnt, dass man sie gut ertragen kann. Auf jeden Fall glaubte
trotz Teruel – das uns so fern erschien, so außergewöhnlich – keiner
von uns, dass es in der gesamten Bergregion zu Kämpfen kommen würde, bevor der Schnee geschmolzen war. Wie um uns in dieser trügeri-
schen Hoffnung zu bestärken, schickte uns die oberste Heeresleitung
niemals die Waffen oder die Rekruten, die nötig gewesen wären, um
die vielen Bataillone, die vielen Brigaden wieder aufzurüsten, die bei

485

den Operationen im vergangenen Sommer völlig aufgerieben worden waren; und so versanken wir alle in den eisigen Bergen in eine Art Winterschlaf. Ich schildere das hier so ausführlich, um mich vor mir selbst zu rechtfertigen, denn mein Rat trug entscheidend zu Trinis Entschluss bei, noch bis Frühjahrsanfang bei uns zu bleiben, einem Entschluss, der dramatische Folgen haben sollte.

Kurz nach Dreikönig unternahm ich einen Tagesausflug nach Santa Espina. Das tat ich manchmal, ohne mich vorher telefonisch anzukündigen, und so war es auch an diesem Tag. Es stellte sich heraus, dass Picó und Lluís auf einer ihrer Expeditionen ins »Niemandsland« unterwegs waren, in das verlassene Tal, das sie immer häufiger besuchten, und so war Trini mit dem Jungen allein im Haus von Don Andalecio zurückgeblieben.

Tags zuvor hatte sie einen Fund gemacht, den sie mir jetzt zeigen wollte, einen Armsessel aus Mahagoni, offenbar aus der Zeit Ludwigs XVI. Sie hatte ihn in einer Dachkammer des zerstörten Pfarrhauses entdeckt und in ihrem Zimmer vor dem Fenster aufgestellt, durch das um diese Tageszeit die Sonne in breiten Strahlen hereinfiel. Durch das Fenster sah man auf die Obstgärten entlang des Purroy hinaus, die jetzt unter drei oder vier Handbreit Schnee begraben lagen. Ein großes barockes Kohlebecken – ein weiterer ihrer Funde – wärmte den Raum; wir hatten in den Häusern beider Dörfer Säcke mit Pinienholzscheiten im Überfluss gefunden, sodass es kein Problem war, in allen Zimmern Kohlebecken zu heizen. Ramonet war damit beschäftigt, in ein Heft zu malen, als ich eintrat; als Einzelkind war er es gewohnt, sich alleine zu beschäftigen, und redete manchmal laut vor sich hin, ja diskutierte und stritt sich sogar mit sich selbst wie mit einem anderen Kind.

Ich nahm in dem Armsessel mit Blick aufs Fenster Platz, und Trini setzte sich auf einen Schemel mir gegenüber, sodass ich sie im Gegenlicht sah. Die Sonnenstrahlen – erstaunlich, wie blendend die Januarsonne in dieser klirrenden Kälte sein konnte – ließ ihr Haar aufleuchten; an diesem Tag sah ich zum ersten Mal, dass es rot war. Es war von einem so sanften Rotton, dass man es nur im vollen Sonnenlicht wahrnahm, deshalb hatte ich es bisher noch nicht bemerkt. Ramonet kam zu mir und bat mich, ihm eine Pappfigur auszuschneiden, aber seine

Mutter sagte ihm, er solle uns in Ruhe lassen, sie wolle sich mit mir unterhalten.

Ich verstand, dass sie das Bedürfnis hatte, mit mir zu reden, und das erfüllte mich mit tiefer Zufriedenheit. Ich fühlte mich so wohl in diesem Raum, in ihrer Nähe.

»Ich bin froh«, sagte sie. »Der Junge hat nie so gesund ausgesehen. Diese ›tote Front‹ bekommt ihm bestens.«

»Ihnen auch«, sagte ich.

»Ach, was mich betrifft …«

Es entstand eine Stille, die ich in meiner Ungeschicklichkeit nicht zu füllen wusste. Ich verstand nicht, worauf sie hinauswollte, warum sie mich unbedingt allein sprechen wollte. Ich fühlte mich wohl in diesem Raum, in ihrer Nähe. In einem der verlassenen Häuser musste sie Ochsenblutfarbe gefunden haben, denn die Bodenfliesen leuchteten nun tiefrot, und dieses leuchtende Rot bildete einen hübschen Kontrast zu den blendend weiß gekalkten Wänden. Wie sehr sich hier alles verändert hat, seit sie hier ist, dachte ich. Am erstaunlichsten war die Veränderung an ihren Fundstücken, den Überbleibseln vergangener Jahrhunderte; an den hochlehnigen Stühlen, der Kommode, dem Barocktisch, der Hochzeitstruhe. Trini hatte das alles in ihre Schlafkammer hinaufbringen lassen, die, wie ich ja schon gesagt habe, sehr weitläufig war und aus einem Zimmer mit Alkoven bestand. Sie hatte die Holzwurmlöcher mit Wachs verstopft und die Möbel wieder und wieder mit einem rauhen Wolltuch poliert, bis das alte Nussholz in einem warmen Schimmer erglänzte, der eine wahre Augenweide war. Die kupfernen Mörser, Kerzenhalter, Leuchter, Schokoladenkännchen und viele andere Dinge, die sie aufgetrieben hatte, waren auf die verschiedenen Möbel verteilt. Auch sie hatte Trini unermüdlich gewienert, bis sie vom Grünspan befreit waren und nun glänzten wie Rotgold. Wenn die schrägen Wintersonnenstrahlen, die nun fast waagerecht durchs Fenster strömten, auf einen dieser Gegenstände fielen, schien dieser Funken zu versprühen. Nicht alle waren nur zum Schmuck da; die Kerzenhalter und Leuchter wurden genutzt. Wenn die Nacht anbrach – und sie brach früh an –, zündete sie überall Kerzen an, und der lange Winterabend verlor seine Düsternis. Ich dachte: Es ist fast, als hätte sie diesen Raum mit einem Zauberstab berührt, so gemütlich ist er geworden ... in diesem Schlafzimmer fühlte man sich wie in einem wohlhabenden, rustikalen, patriarchalischen Bauernhaus. Es war von einem intensiven Lavendelduft erfüllt, denn sie hatte kleine Lavendelsträuße gebunden und sie im ganzen Raum verteilt. Der Duft nach Feldern und Wäldern, dachte ich, ein Duft wie auf einem Gutshof mit junger Herrin – das wurde mir zum ersten Mal bewusst: dass Trini, ohne es zu merken, zur Herrin eines großen, alten, vornehmen Guts geboren schien. Ich fühlte mich so wohl in diesem Raum, in ihrer Gesellschaft, selbst wenn wir beide schwiegen. Man muss jemandem sehr nahestehen, um mit ihm schweigen zu können, ohne sich dabei unwohl zu fühlen ...

»Was mich betrifft«, brach sie schließlich das Schweigen, »so bin ich nicht mehr als eine gescheiterte Existenz.«

»Gescheitert?«, rief ich überrascht aus, denn damit hatte ich nun wirklich nicht gerechnet. »Gescheitert? Das hängt doch wohl nur von Ihnen ab.«

»Glauben Sie, ich sage das, weil ich mit Lluís Schluss gemacht habe? Ich bitte Sie ... Das Leben ist absurd, aber so absurd nun auch wieder nicht. Lluís ist mir völlig egal.«

Ihr Blick war hart wie Metall, und ich senkte den meinen. Dann fragte sie mich plötzlich, ebenso unerwartet:

»Kennen Sie meinen Bruder?«

»Llibert?«, rief ich, konnte mich aber gerade noch bremsen. Zu dieser Zeit wusste ich so gut wie nichts über Trinis Bruder, was ich nicht ihren Briefen entnommen hatte.

»Lluís hasst ihn, und in diesem Punkt hat er recht. Ich hasse ihn genauso wie er. Wenigstens darin sind Lluís und ich uns einig.«

»Lluís hat mir einiges über ihn erzählt.« Das war gelogen, denn Lluís hatte nie oder so gut wie nie über seinen Schwager gesprochen. »Und Soleràs auch ... und entschuldigen Sie, wenn ich Soleràs erwähne.«

»Entschuldigen? Ich habe Sie doch genau deshalb hier heraufgebeten, um mit Ihnen über Soleràs zu reden; ich möchte so gerne mit Ihnen über ihn reden ... Aber das machen wir später; eben sprachen wir über meinen Bruder Llibert, der das genaue Gegenteil von Soleràs ist. Llibert gehörte zu der Rasse derjenigen, die nur an den Erfolg glauben.«

»Ich kenne diese Rasse«, sagte ich. »Aber wer weiß, ob Llibert …«

»Bitte lassen Sie einmal die christliche Barmherzigkeit beiseite: Wenn wir über Llibert reden müssten, ohne die christliche Barmherzigkeit beiseitezulassen, wäre das ein sehr langweiliges Gespräch. Llibert gehört, wie ich schon sagte, ganz und gar zur Rasse der Siegertypen. Für ihn ist jede Art von Glauben, sei er religiöser oder anderer Natur, nichts weiter als der Trost der Gescheiterten, ›Opium für das riesige Heer der Gescheiterten‹, hat er einmal wörtlich zu mir gesagt. Er kann nämlich sehr überschwänglich sein, müssen Sie wissen, er gehört zu denen, die sich selbst gerne reden hören.«

»Alle Angehörigen dieser Rasse sind so. Die Rhetorik frisst sie auf.«

»Nun, und ich hasse die Rasse der Siegertypen ebenso sehr, wie ich die Rasse der Gescheiterten liebe. Wenn ich sage, ›ich bin eine gescheiterte Existenz‹, dann meine ich damit: ›Ich gehöre der gleichen Rasse an wie Soleràs‹. Sehen Sie, ich selbst gebe Ihnen das Stichwort.«

»Aber Lluís ist doch ganz anders als Llibert, er hat so gar nichts von einem ›Sieger‹, wie Sie das nennen. Er ist weder ein Rhetoriker noch überschwänglich.«

»Lluís? Da kennen Sie ihn aber schlecht! Sie täuschen sich in Lluís, Cruells; ich habe mich leider auch in ihm getäuscht. Zurzeit interessiert sich Lluís mehr für Frauen als für Banknoten; seine ›Erfolge‹ feiert er auf anderem Gebiet, aber ist das nicht im Grunde dasselbe? Warum sollten wir den Erfolg nur am Geld messen? Die Welt ist so groß und bunt, und es gibt so viele andere Ziele, die genauso egoistisch sind. Lluís … uff … andererseits muss man bedenken, dass er im Gegensatz zu Llibert noch nie Not leiden musste. Warum sollte er hinter dem Geld her sein, wenn er es nicht braucht? Lluís ist noch sehr jung, und im Augenblick interessieren ihn vor allem die Frauen. Warten Sie's nur ab, und Sie werden überrascht sein. Wer weiß, in ein paar Jahren ist er vielleicht der bedeutendste Nudelsuppenfabrikant Europas …«

Das sagte sie in einem unangenehm sarkastischen Ton; sie wiederholte nur Onkel Eusebis ungewöhnliche Prophezeiung, wie ich aus meiner heimlichen Lektüre wusste. Ich sah mich genötigt, Lluís zu verteidigen:

»Jetzt hassen Sie ihn … Aber Hass ist wie ein kaputter Spiegel, der alles verzerrt …«

»Eines Tages werden Sie mir recht geben müssen. Lluís verbirgt tief in seinem Inneren eine raubtierhafte Gier, die bisher nur bei den Frauen zutage getreten ist. Aber hören wir auf; über Lluís zu reden, deprimiert mich. Ich wollte nicht über Lluís oder Llibert im Konkreten reden, sondern über ihre Rasse im Allgemeinen, über diese Rasse von Siegern, die mich anwidert. Alles, was nicht Erfolg ist, ist in ihren Augen Spinnerei; für sie kann es keinen Erfolg geben außer hier auf Erden und zwar gefälligst sofort, er soll sich bloß beeilen, nicht auf sich warten lassen. Sie wissen ja, dass ich Geologin bin, oder, bescheidener gesagt, Geologielehrerin. In der Geologie sind die Jahrhunderte nicht mehr als ein Hauch und die Jahrtausende ein Traum; erst ab einer Million Jahren fangen wir an, die Sache ein wenig ernst zu nehmen. Nein, ich will Sie jetzt nicht mit irgendwelchen Geologiegeschichten langweilen; ich frage mich nur, wie viel für uns Geologen der Erfolg dieser Siegertypen wert ist. Vielleicht weniger als der einer Mücke aus dem Karbon, der es gelungen ist, in einem Tropfen Bernstein zu versteinern?«

Ich sah aus dem Fenster und schwieg, während ich mir den Kopf zerbrach, was ich darauf erwidern sollte, wie ich das Gespräch dahin lenken konnte, wo ich es haben wollte. Ich muss mich auf Umwegen dahin vorarbeiten, dachte ich, aber wo fange ich an?

»Eine Mücke?«, fragte ich. »Eine Mücke aus dem Karbon? Ich bitte Sie … Lluís ist doch keine Mücke! Nicht einmal Llibert … Ich will ja gar nicht leugnen – denn es ist zu offensichtlich –, dass wir aus eigener Anstrengung niemals mehr erreichen können, als zu Staub zu werden, den der Wind der Jahrhunderte verweht, weniger als eine versteinerte Mücke in einem Tropfen Bernstein. Ich weiß, dass es ein unglaubliches Glück ist zu versteinern. Deshalb ist für die Ungläubigen der Tod die ultimative Niederlage. Deshalb sind sie vom Erfolg besessen. Und wir müssten so viel Verständnis mit ihnen haben, so nachsichtig mit den armen Ungläubigen sein! Für sie kann es nichts anderes geben als den Erfolg, den Erfolg in dieser Welt, den schnellstmöglichen Sieg, nur das kann ihrem Leben einen Sinn verliehen. Sie nennen sie die Siegertypen, aber Sie könnten sie auch die Zufriedenen nennen, denn sie alle täuschen Zufriedenheit vor. Sie tun so, als wären sie zufrieden, um uns glauben zu machen, sie hätten gewonnen. Wie sehr sollten wir jene

bedauern, die mit zufriedener Miene durch die Welt spazieren, alle diejenigen, die, wenn sie vor die Frage gestellt wären, am liebsten mit dieser
zufriedenen Miene bis in alle Ewigkeit versteinern würden. Aber sind
sie denn wirklich so zufrieden, wie sie vorgeben zu sein? Ganz sicher
nicht, im Gegenteil. Besser gesagt: Sie sind zufrieden mit sich selbst,
nicht mit den anderen oder den Dingen. Eines dürfen Sie nämlich nie
vergessen, Trini: So lächerlich es ist, mit sich selbst zufrieden zu sein –
mit den anderen und den Dingen zufrieden zu sein, ist nicht nur gut,
sondern heilig.«

»Darüber habe ich nicht gesprochen«, hielt sie mir entgegen. »Ich
habe nicht von Heiligen gesprochen, sondern von Lluís und Llibert.«

»Ich kenne Ihren Bruder nicht und will daher nichts über ihn sagen.
Es ist immer gewagt, ein Urteil über eine bestimmte Person zu fällen.
Ich wollte mich nur über einen bestimmten Wesenszug äußern, ohne
ihn einer konkreten Person zu unterstellen. Ich sprach von denjenigen
im Allgemeinen, die vom Erfolg geradezu besessen sind, die einen Erfolg vortäuschen, den jeder Augenblick in eine Niederlage verwandelt,
da jeder Augenblick sie dem Tod einen Schritt näher bringt, und der
Tod für sie – da sie ungläubig sind – die unwiderrufliche Niederlage
bedeutet. Glücklich derjenige, der sich für gescheitert hält! Das Gefühl
unseres Scheiterns ist der Beginn des einzig möglichen Erfolgs. Wo
bleibt also der Erfolg der Zufriedenen – der Selbstzufriedenen, meine
ich? Sie sind es, die am meisten scheitern, deshalb sind sie vom Erfolg
besessen. Was Ihren Bruder Llibert betrifft, so enthalte ich mich jeder
Bemerkung; Gott bewahre uns davor, andere zu verurteilen! Nur Gott
kennt jede einzelne Seele bis auf den Grund, nur er kann sie beurteilen.
Sicher haben Sie, genau wie ich, schon einmal im Leben die Erfahrung
gemacht, dass ein Mann oder eine Frau, die einen für einen Moment
bis auf den Grund ihrer Seele blicken lassen, nichts als Sympathie oder
Mitleid erwecken. Wir alle sind bedauernswert! Und weil eben kaum
jemand sich gern bedauern lässt, lassen wir die anderen nur so selten bis
auf den Grund unserer Seele blicken.«

»Ja, wir würden eher platzen, als den anderen zu zeigen, dass wir unglücklich sind.«

»Reden wir also nicht weiter von Llibert. Was Lluís betrifft …«

In diesem Augenblick unterbrach uns Ramonet, um mir das Haus zu zeigen, das er in sein Schreibheft malte. »Das ist das Haus der Wölfe«, erklärte er mir, »und die Wölfe haben dort alles, Paprika, Hämmer, Scheren und Omas.« Ich schlug ihm vor, noch einen Kochtopf zu malen, damit die Wölfe Suppe kochen konnten. Das kurze Gespräch mit dem Jungen war wie eine Erlösung, denn der Mutter gegenüber fühlte ich mich verlegen. Allmählich flößte Trini mir eine unbestimmte Angst ein, und das merkte sie. Sie sagte:

»Kürzlich musste ich wieder an unser ›Galadinner‹ in Villar denken. Dort hatten Sie mir gesagt, dass es Menschen gibt, ›die unglücklich sind, sich das aber nicht eingestehen wollen. Es gibt viele von ihnen‹, haben Sie gesagt, ›und es ist ihnen lieber, man hält sie für unverschämt als für unglücklich. Viele gelten lieber als dreist, sogar als gemein, als sich anmerken zu lassen, dass sie unglücklich sind. Überlegen Sie nur‹, sagten Sie, ›wie despektierlich alle Begriffe sind, mit denen wir ausdrücken, dass jemand bemitleidenswert ist: erbarmungswürdig, unglücklich, unselig, bedauernswert … Wir schämen uns unseres Unglücks, als würden wir uns damit entsetzlich lächerlich machen!‹ Das haben Sie im Laufe unseres Gesprächs während des ›Galadinners‹ zu mir gesagt, und gestern ist es mir wieder eingefallen. Sie haben mir auch viel von Ihrem Lehrer aus dem Priesterseminar erzählt, dessen Name mir gerade nicht einfällt. Ich glaubte herauszuhören, dass Sie ihn sehr schätzen. Sagten Sie nicht, dieser Lehrer sei der gleiche Jesuit gewesen, der die katholische Jugendgruppe leitete, bei der Lluís war? Lluís hatte ihn mir gegenüber einmal erwähnt, diesen Pater Garrofa oder Pellissa oder wie auch immer er heißt. Aber er hat so ganz anders über ihn geredet als Sie …«

»Dieses ›Galadinner‹ hat ein ziemlich klägliches Ende genommen«, sagte ich, »aber gerade sprachen wir über etwas anderes. Im Grunde bin ich Ihrer Meinung, wir sollten bloß nicht übertreiben. Manche Erfolge sind durchaus berechtigt; als guter Christ sollte man eine Niederlage klaglos hinnehmen, aber sie ausdrücklich zu suchen, ist so ähnlich wie Selbstmord. Und das war einer der Fehler von Soleràs: Er schien absichtlich in allem scheitern zu wollen, und das ist nicht christlich, weil es nicht menschlich ist. Gelobt sei das Scheitern, wenn es denn in Form von Armut, Krankheit, Unverständnis oder unerwiderter Liebe kommt, als Niederlage oder als großer Wunsch, der uns als Erfüllung unseres Lebens schien und uns verwehrt bleibt. Gelobt sei das Scheitern, wenn es kommt, denn es macht einen besseren Menschen aus uns – aber das Scheitern absichtlich zu suchen, ist nicht legitim. Gelobt sei der Tod, wenn er uns ereilt, aber es ist nicht zulässig, ihn vorwegzunehmen! Hier – wie in anderen Dingen – irrte Soleràs gewaltig. Einmal hat er sogar zu mir gesagt: ›Wenn ich mich bisher noch nicht umgebracht habe, so deshalb, weil ich es vorziehe, ein gescheiterter Selbstmörder zu sein, ein Versager sogar beim Selbstmord!‹ Ja, das hat er einmal wörtlich zu mir gesagt. Vielleicht war es nicht mehr als einer dieser dummen Sprüche, die er so gerne von sich gab, aber oft verbarg sich in seinem sinnlosen Gerede ein Körnchen Wahrheit. Und verzeihen Sie bitte, dass ich schon wieder so viel von Soleràs spreche.«

»Ihnen verzeihen? Aber ich sagte Ihnen doch schon, dass ich mit Ihnen eben gerade über Soleràs reden wollte. Ist es denn verboten, über Soleràs zu reden?«

»Bei diesem ›Galadinner‹ hatte ich den Eindruck, Sie wollten nicht, dass ich über ihn spreche.«

Sie sah mich schweigend an, dann sagte sie:

»Was, glauben Sie, ist zwischen ihm und mir?«

»Ach, ganz bestimmt gar nichts. Nur meine ich, in Ihren Ideen seinen Einfluss zu erkennen, was mich nicht wundert, denn schließlich hat er uns alle beeinflusst. Unmöglich, einen Burschen wie Soleràs kennenzulernen, ohne von ihm beeinflusst zu werden. Seltsam, dass wir uns in dieser Brigade gefunden haben: drei mutter- und vaterlose junge Männer, Lluís, Soleràs und ich. Drei Waisen, die bei ihren jeweiligen Tanten aufgewachsen sind. Lachen Sie nicht; wer als Kind zur Waise geworden ist, bleibt es ein Leben lang. Die Kindheit prägt uns für das ganze Leben. Soleràs pflegte zu sagen, jeder hat die Tante, die er verdient. Nun ja, und wenn Sie meine Tante kennen würden ... Tante Llúcia ... wenn Sie sie kennen würden! Habe ich Ihnen schon erzählt, dass es mein sehnlichster Wunsch war, Pfarrer in irgendeinem Arbeiterviertel zu werden? Nun ja, seit ein paar Wochen bin ich mir meiner selbst nicht mehr sicher, ich weiß nicht mehr genau, was ich will. Wenn Sie meine Tante Llúcia kennen würden, das genaue Gegenteil von Soleràs'

Tante ... Und ich habe keinerlei andere Familienwärme erfahren, ich erinnere mich nur noch sehr vage an meine Mutter; als sie starb, war ich vier. Und bei meiner Tante findet man Familiensinn, so viel man will, aber Wärme ... Ich habe die Familie gehasst, den Familiensinn, sie hat ihn mir verhasst gemacht mit ihrer Besessenheit. Manchmal habe ich mich schon gefragt, ob sie vielleicht aus Familiensinn unverheiratet geblieben ist. Jeder Mann, der nicht zur Familie gehört, jagt ihr Angst ein. Natürlich ist sie sich dessen nicht bewusst, aber ihr Instinkt würde sie zum Inzest treiben – undenkbar, den Schoß der Familie zu verlassen! Schon als kleines Kind fühlte ich, dass diesem Familiensinn, der mir den Atem nahm wie die abgestandene Luft eines nie gelüfteten Schlafzimmers, etwas Perverses anhaftete. Mein Gott, wie sehr selbst die heiligsten Dinge pervertiert werden können! Denn die Familie ist heilig; Jesus hat dreißig Jahre im Schoß einer Familie gelebt. Jetzt sehe ich, dass es die Tante war, die mir die Familie verdorben hat, und erst in den letzten Wochen ist mir plötzlich bewusst geworden, dass ich dazu geschaffen bin, eine Familie zu gründen.«

Ich seufzte tief auf, dann herrschte Stille.

»Aus all dem, was Sie mir soeben erzählt haben«, sagte sie, »glaube ich zu schließen, dass Sie nicht länger Pfarrer werden wollen. Aber für jemanden, der nicht katholisch ist ... ist die Frage, ob Sie Pfarrer werden oder nicht ... ich meine, was bedeutet schon ...«

»Aber Sie sind doch katholisch«, rief ich verwirrt.

»Ich wäre es gerne. Ich wollte es gerne sein, aber vielleicht nur, weil er es ist. Und ich rede natürlich nicht von Lluís, das wäre ja dumm. Und jetzt ... Wo ist er? Ohne ihn ... Katholisch! Was heißt das, katholisch? Ist das so etwas wie buddhistisch, spiritistisch, moslemisch, mormonisch? Es gibt so viele Religionen ... Warum sollten wir eine den anderen vorziehen? Katholisch ... was bedeutet das? Nennen wir es nicht katholisch, nennen wir es christlich, das ist weiter gefasst. Und dennoch: Was heißt das, ein Christ zu sein? Das weiß niemand! Hingegen wissen einige Leute sehr wohl, wo Soleràs steckt.«

Ich wusste es in diesem Augenblick ganz und gar nicht, und Trinis Bemerkung kam für mich völlig überraschend und unerwartet. Was sollte das heißen? Wie sollte irgendjemand wissen, wo Soleràs steckte, wenn wir keinerlei Nachricht von ihm hatten? Es stimmte: Ich hatte mich schon so manches Mal gewundert – wie übrigens auch Doktor Puig –, was Picó und Lluís im »Niemandsland« so alles auftrieben, aber wenn ich auch den Verdacht hatte, nein eigentlich sicher war, dass sie sich regelmäßig mit den Faschisten trafen und Tauschhandel mit ihnen betrieben, war mir nie in den Sinn gekommen, dass das irgendetwas mit dem Verschwinden von Soleràs zu tun haben könnte.

»Ja, tun Sie nicht so unschuldig«, rief Trini mit beißendem Spott, »die wissen ganz genau, wo Soleràs ist, aber sie verraten es nicht. Vielleicht erinnern Sie sich noch an den Weihnachtsabend, als Lluís und ich mit dem Jungen einen Spaziergang unternommen haben. Lluís hatte ihn warm eingepackt und trug ihn auf dem Arm. Wegen des Schnees kamen wir nur langsam voran, und mit den Soldatenstiefeln, die der Hauptmann mir überlassen hatte, sank ich fast bis zum Knie ein. Da hörten wir plötzlich weit in der Ferne, beinahe unhörbar, Glocken läuten, und da ist es Lluís herausgerutscht: ›Vielleicht hört Soleràs gerade die Christmette.‹ ›Du willst doch nicht etwa behaupten, dass Soleràs in der faschistischen Zone ist?‹, rief ich aus, empört über Lluís' Unterstellung. ›Bei Soleràs ist alles möglich, vielleicht ist er im Grunde nichts weiter als ein Verräter.‹ Das hat Lluís zu mir gesagt, und mehr wollte er nicht sagen, so sehr ich ihn auch bedrängte. Dieses ständige Kommen und Gehen im ›Niemandsland‹, all diese unerwarteten Dinge, die sie dort finden, und dann diese Geheimniskrämerei …«

»Was meinen Sie damit?«

»Nichts Konkretes, weil ich es selbst ja nicht so richtig verstehe. Sie erzählen uns wieder und wieder, dass Soleràs eines schönen Tages aus der Brigade verschwunden ist und man nie wieder etwas von ihm gehört hat; und trotzdem, ich sage es Ihnen noch einmal, habe ich das Gefühl, dass Sie alle ganz genau wissen, wo er steckt.«

Ich wusste es damals nicht und beteuerte meine Unschuld.

»Versuchen Sie nicht, mich zu beschwindeln, Cruells. Genau deshalb wollte ich heute, wo die anderen nicht da sind, in aller Ruhe unter vier Augen mit Ihnen reden. Ich will, dass Sie mir sagen, wo Soleràs ist, ich will nicht, dass Sie sich über mich lustig machen, ja, Sie alle!«

Merkwürdig: Während sie mir von Soleràs erzählte, musste ich an

Lamoneda denken, aber was hatte der mit Soleràs und dessen Verschwinden zu tun, was mit Trini? Ich dachte an Lamoneda und das Verschwinden von Doktor Gallifa, von dem wir seither, wie von Soleràs, nie wieder etwas gehört hatten.

»Ich weiß nicht, wo er ist«, sagte ich, »und ich weiß nicht, ob er noch lebt oder tot ist.«

»Soleràs ist nicht tot!«, rief sie.

»Ich meinte nicht Soleràs, sondern Doktor Gallifa. Vielleicht wurde er von einem Judas verkauft; ja, er hatte einen Judas an seiner Seite, er war wie sein Schatten und hieß Lamoneda.«

»Sie machen sich über mich lustig«, unterbrach sie mich ärgerlich. »Was hat das, was Sie sagen, denn mit Soleràs zu tun?«

Ja, was?, hätte ich am liebsten zurückgefragt. Was weiß denn ich! Das ist alles so undurchsichtig … Wenn ich Ihnen nur erklären könnte, warum Lamoneda mir manchmal wie eine Karikatur von Soleràs erscheint. Eine monströse Karikatur zugegebenermaßen! Wahrscheinlich haben sie überhaupt nichts miteinander gemein, aber irgendwie kann ich nie an den einen denken, ohne dass mir der andere in den Sinn kommt.

All das hätte ich ihr gerne erwidert, aber ich schwieg. Ihr Blick sagte mir überdeutlich, dass sie mir auf diesem verschlungenem Pfad, auf dem selbst ich mich verlor, nicht würde folgen können.

»Wenn Sie wüssten«, murmelte ich, »dass dieser Lamoneda mir zum ersten Mal die Augen für gewisse ungeheuerliche Tatsachen geöffnet hat … Ich weiß nicht, ob Sie, da Sie ja aus einer Familie von Anarchisten stammen, jemals vom Baron von König gehört haben …«

»Jetzt auch noch der Baron von König?«, rief sie, und ihr Blick wurde spöttisch, beinahe grausam. »Was geht mich der Baron von König an! Warum erzählen Sie mir nichts von Soleràs?«

»Soleràs ist ein echtes Rätsel, genau wie Lamoneda, wie wir alle. Aber das Rätsel Soleràs ist komplexer als andere; man verliert sich darin. Im Fall Soleràs gibt es viel beunruhigendere Fragen als das, was Sie beschäftigt, denn wäre er tatsächlich zu den Faschisten übergelaufen, wäre das immerhin verständlich. Wie viele andere haben das vor ihm getan. Wenn ich sagen würde, dass ich selbst einmal … Nein, das Rätsel Soleràs ist nicht so simpel wie diese Frage. Ich muss ganz offen mit Ihnen reden,

Trini; ich muss Ihnen von einem unserer letzten Gespräche berichten. Ich muss es Ihnen ganz offen sagen: Mag sein, dass Soleràs Ihnen bisher gut getan hat, Trini, aber von jetzt an kann er Ihnen nur noch schaden. Und zwar unwiderruflich. Soleràs ist ein Rätsel, und Sie würden sich rettungslos darin verlieren. Mit ihm können Sie nur Schiffbruch erleiden.«

Ihre grünen Augen leuchteten von einem Verlangen, das mir wehtat, sie lauschte mir mit offenem Mund; mehr als das, sie trank meine Worte.

»Was ist das schon, ein Adoptivvater‹, hat er bei unserem letzten langen Gespräch gesagt, und ich hatte damals keine Ahnung, wovon er sprach. ›Der Geist des anderen‹, fuhr er dann fort, ›würde immer zwischen uns stehen …‹ Ich verstand ihn damals nicht. Stellen Sie sich vor, er sagte, ein Kind zu adoptieren, sei Ketzerei! ›Wäre Jesus nichts weiter gewesen als der Adoptivsohn Gottes‹, sagte er zu mir, ›hätte der andere Gott in den Schatten gestellt, und wir wären übel dran.‹ Das waren seine Worte. Sein ewiges, wirres Gerede, Sie wissen schon, aber allmählich verstehe ich, wovon er sprach. Ich muss es Ihnen ganz offen sagen, das ist meine Pflicht: Soleràs hat einige äußerst merkwürdige Seiten. Ein anderes Mal – das ist schon länger her – erzählte er mir in den endlos langen Stunden einer Novembernacht, wie er im Hause seiner Tante zwischen Mitternacht und vier Uhr morgens … Nun, er hatte ein paar Dinge getrieben, die jedermann erstaunen würden. Oder hatte er sich das alles nur ausgedacht? Das glaube ich eigentlich nicht: Es schien ihm so peinlich zu sein! Solche Geschichten sind einem eigentlich nur peinlich, wenn sie wahr sind. Und selbst wenn er sie sich nur ausgedacht hätte – alles ist möglich –, wäre eine so zügellose Phantasie … seine ewigen Extravaganzen … Er hat voller Spott gemurmelt: ›Der Geist des anderen würde immer zwischen uns stehen. Reicht es nicht schon, dass wir unseren eigenen Geist ertragen müssen? Und da wollt ihr uns noch den eines anderen anhängen?‹ Nehmen Sie das Gute an, Trini, das er Ihnen getan hat, und hüten Sie sich vor dem Leid, das er Ihnen von nun an zufügen könnte. Ja: Soleràs könnte Ihnen sehr viel Leid zufügen. Leid, das nicht wiedergutzumachen wäre.«

In ihrem Blick schwebte nun eine regengeschwängerte Wolke.

»Mehr als Leid, besser als Leid«, murmelte sie in dumpfem Zorn. »Manches versteht man erst, wenn man es erlebt hat. Was kümmert mich das Leid, wenn es von ihm kommt? Es gibt ein Leid, das man allem Glück der Welt vorzieht, aber das können Sie nicht verstehen, weil Sie noch nie verliebt waren!«

»Noch nie verliebt? Und warum nicht? Bilden Sie sich etwa ein, wir angehenden Pfarrer gehörten einer anderen Spezies an? Wir Armen sind auch nur ganz gewöhnliche Männer …«

»Waren Sie denn schon einmal verliebt?«

»Und warum nicht? Um die Wahrheit zu sagen … Ich hätte Ihnen nie von diesen Dingen erzählt, aber wenn Sie mich nun einmal dazu auffordern … das tun Sie sicher nur, um sich über mich lustig zu machen. Ich bin von Natur aus schüchtern, das weiß ich und leide darunter. Das Schlimmste für uns Schüchterne ist, dass wir wissen, dass wir es sind. Das Wissen ist das, was uns Kummer macht. Da wir wissen, dass wir schüchtern sind, wissen wir nie, was man sagen und was man besser verschweigen sollte; es fällt uns so schwer, das zu sagen, was wir sagen müssen, dass wir schließlich auch das sagen, was wir besser verschweigen sollten.«

»Warum sagen Sie nicht einfach alles, wozu Sie Lust haben? Das ist immer das Beste.«

»Wozu ich Lust habe?«

»Klar, das ist doch kinderleicht!«

»Manchmal hat man auch Lust, etwas zu sagen, was der andere nicht hören will …«, bemerkte ich eingeschüchtert.

»Sagen Sie es trotzdem.«

»Was ich sagen will … Nun gut, ich sage es Ihnen: Ich will Ihnen sagen, dass nichts außer der Liebe die Mühe lohnt. Gäbe es nicht die Liebe, die uns Männer und Frauen in den Augen der anderen verwandelt, dann wären wir so wenig … Aber die Träume führen uns weit weg von der Liebe, sie stürzen uns in die finstersten Abgründe …«

»Welche Träume?«, fragte sie.

»Ich habe mein Leben lang unter Albträumen gelitten und bin ein paar Mal sogar geschlafwandelt, ich glaube, das habe ich Ihnen schon einmal erzählt. Diese Dinge (und damit meine ich nicht nur das Schlafwandeln, sondern auch die ganz gewöhnlichen Träume) sind so selten, dass man sie wohl zu gewissen Phänomenen rechnen kann, von denen mir Soleràs eines Nachts erzählt hat, in jener bereits erwähnten langen

Novembernacht. Ich weiß über diese Phänomene wenig mehr als das, was Soleràs mir über sie erzählt hat, und das, was in einem Buch stand, das im Seminar umging. Anscheinend sind diese Phänomene, die alle Welt so sehr in Erstaunen versetzen, eng verwandt mit Schlafwandelei und Hypnose. Fast jeder leugnet, dass es jene Phänomene gibt, während er die Existenz Letzterer bereitwillig anerkennt, und das entbehrt jeder Logik. Mehr noch: Man muss gar nicht den Somnambulismus oder die Hypnose betrachten – sind denn die ganz gewöhnlichen Träume, jene, die so gut wie jeder träumt, nicht gleichfalls unerklärlich? Und trotzdem würde niemand leugnen wollen, dass wir sie haben! Wir haben sie, ja, aber wer könnte uns sagen, woher sie kommen?«

»Ich träume nie«, sagte sie. »Oder jedenfalls so gut wie nie.«

»Sie wissen ja nicht, was für ein Glück Sie da haben! Dieses Päckchen unerklärlicher Dinge ist nämlich eine schwere Last. Wir wissen nichts über uns selbst, unser Inneres ist von Dingen erfüllt, die wir nicht mal ahnen. Wir sind für uns selbst am unbegreiflichsten.«

Trini sah nicht aus, als könne sie mir folgen.

»Bitte verzeihen Sie mir! Andererseits haben Sie mich ja gerade aufgefordert, alles zu sagen, wozu ich Lust habe; waren das nicht Ihre Worte? Also zurück zum Anfang: Was bedeutet es, verliebt zu sein? Das weiß auch niemand. Man sagt, man sei Katholik, Spiritist, Mormone, Faschist, Republikaner, verliebt – aber was haben diese Wörter zu bedeuten? Was bedeutet das alles? Sind all diese Namen denn genauer als die Träume? Was sind die Träume? Was ist der Glaube, was sind die Ideale, was ist die Liebe? Alles, alles ist so undurchsichtig … Jeder von uns hat in sich einen Brunnen, dessen Grund uns unbekannt ist, wenn er denn überhaupt einen Grund hat. Selten, ganz selten nur steigen wir in ihn hinab, aber nur im Traum. Einmal erwacht, verstehen wir nichts mehr. Verzeihen Sie« – sie sah nach wie vor aus, als verstünde sie nicht, wovon ich sprach – »aber Sie haben mich dazu aufgefordert, Ihnen ganz einfach alles zu sagen.«

»Na, wenn Sie das ganz einfach nennen …«, sagte sie.

»Nun gut, dann sage ich es Ihnen ganz einfach: Genau wie der Glaube, ist auch die Liebe ein Baum; sein Laub wächst und gedeiht in Luft und Sonnenlicht, doch seine Wurzeln bohren sich tief in den Schlamm.

Ich sage es Ihnen ganz einfach: Wir alle tragen in uns eine unbegreifliche und unerträgliche Doppelnatur: Auf der einen Seite locken uns Luft und Licht, auf der anderen der Schlamm der Erde. Sie haben mich gefragt, ob ich wüsste, was es heißt, verliebt zu sein. Ich weiß es nicht, aber Sie wissen es auch nicht.«

Es entstand eine Stille, in der sie über meine letzten Worte nachzudenken schien.

»Ich hätte es nie gedacht«, sagte sie schließlich, »aber möglicherweise haben Sie recht, Cruells. Doch was schert es mich? Wenn Sie wüssten, wie wenig es mich interessiert zu wissen, was verliebt sein bedeutet, solange ich es bin. Das Gefühl existiert, so einfach ist das.«

»Doktor Gallifa …«

»Kommen Sie mir schon wieder mit Doktor Gallifa?«

»Aber …«

Ich war niedergeschlagen und erschöpft. Es war Doktor Gallifa gewesen! Es konnte kein anderer gewesen sein, dieser Blick ohne Überzeugung, aber voller Glauben, dieser unbedeutendste aller Apostel, der Achtzigjährige, der gebeugt ging unter der Last der Jahre und der Wunden, besiegt und doch unbesiegbar. Es war er, es konnte kein anderer gewesen sein, aber wie sollte ich ihr das sagen? Würde ich jemals den Mut finden, ihr zu gestehen, dass ich ihre Briefe gelesen hatte?

Sie haben ihn gesehen, er war es, es kann kein anderer gewesen sein, hätte ich ihr am liebsten zugerufen, wie in einem Albtraum, in dem wir rufen wollen, uns aber die Stimme im Halse stecken bleibt. Wieder hielt ich mich gerade noch rechtzeitig zurück. Ihr alles sagen, was ich sagen wollte? Unmöglich! Ich hätte so furchtbar gerne mit ihr über ihre Briefe an Solerás gesprochen und konnte es doch nicht. Ich spürte, wie mir die Scham brennend heiß bis in die Stirn stieg, die Scham darüber, sie gelesen zu haben.

Als ich sah, dass sie meine Schamröte mit einem spöttischen Blick quittierte, riss ich mich zusammen:

»Ich weiß nicht, wie offen ich mit Ihnen sein darf, aber wenn Sie selbst mich dazu auffordern … dann schließe ich Ihnen mein Herz auf und sage Ihnen, dass ich seit ein paar Wochen glaube, dass das Priestertum für mich nicht der Weg zum Glück ist. Unterbrechen Sie mich nicht. Ich bin verliebt. Das war ich nie zuvor, deshalb ist es nicht weiter verwunderlich, dass ich wenig Übung darin habe.«

Ich hatte die Augen geschlossen. Eine Zeitlang stand ich so da, ohne etwas zu sagen, dann sagte ich langsam, ohne die Augen zu öffnen (ich fürchtete ihren Blick):

»Ich bin frei zu heiraten: Ich müsste nur etwas anderes studieren. Aber sie ... ist sie frei? Ja, sie ist es. Sie lebt im Konkubinat, wie das laut kanonischem Recht heißt. Verzeihen Sie den Ausdruck: Ich mag ihn auch nicht, aber es ist der exakte juristische Begriff und hilft uns, einander zu verstehen. Die Ehe ist ein Sakrament, oder sie ist nichts. Damit meine ich, dass ihre Heiligkeit das Einzige ist, was sie unauflösbar macht, und diese Heiligkeit entsteht nicht aus der äußerlichen Zeremonie, wie so viele Leute glauben, die vom kanonischen Recht keine Ahnung haben, sondern aus dem ausdrücklichen Willen der Ehegatten. Könnte man sagen, dass im vorliegenden Fall dieser Wille zum Ausdruck gebracht wurde? Nein. Ich habe lange darüber nachgedacht, bis ich zu diesem negativen Schluss gekommen bin. Wenn Sie wüssten, wie oft wir in den moraltheologischen Stunden bei Doktor Gallifa uns den Kopf über subtile und kniffelige Fragen dieser Art zerbrochen haben ... Aber keine Angst, ich werde nicht mehr von Doktor Gallifa reden, um ihn geht es nicht. Kurz gesagt: Nachdem ich lange darüber nachgegrübelt habe, ob die Person, die mich interessiert, frei ist oder nicht, bin ich zu dem Schluss gelangt, dass sie es ist und immer war; und zwar nicht, weil nie irgendeine äußerliche Zeremonie stattgefunden hat, sei es nun kirchlich oder zivil, denn das ist in der Tat völlig bedeutungslos, sondern weil zwischen ihr und ihm nie der Wille zu einer dauerhaften Bindung bestand.«

In diesem Moment zupfte Ramonet seine Mutter am Rock:

»Mamà, ich habe Hunger ...«

»Spiel noch ein bisschen weiter. Siehst du nicht, dass ich mit dem Herrn hier rede?«

Beleidigt darüber, dass wir ihn nicht beachteten, kehrte Ramonet zu seinem Schreibheft am Kohlebecken zurück, kam aber gleich wieder und sagte:

»Das ist doch kein Herr, das ist Cruells.«

»Stör uns jetzt nicht, Ramonet. Reden Sie weiter. Alles, was Sie gerade gesagt haben, interessiert mich brennend. Sie sagten gerade, dass die fragliche Person nach den Begriffen des kanonischen Rechts im Konkubinat lebt ...«

»De facto tut sie das nicht mehr, selbst dieses Hindernis ist beseitigt! Sie hat mit ihm gebrochen und ist so frei wie ich. Zwar versuchen beide, nach außen hin den Schein zu wahren und so zu tun, als wären sie noch ein Paar. Wie absurd! Lohnt es sich, den Schein eines Konkubinats aufrechtzuerhalten?«

»Nein, in der Tat, das lohnt sich nicht.«

»Das Besondere an diesem Fall ist, dass sie kürzlich Christin geworden ist. Von dem Moment an, in dem sie Christin ist, muss sie sich entscheiden: Entweder heiligt sie ihre Verbindung, oder sie löst sie für immer. Und dann ...«

»Dann können Sie mit ihr ...«

Ihre grünen Augen musterten mich enttäuscht, als wäre die Lösung des Problems allzu einfach. Dieser enttäuschte Blick traf mich hart, trotzdem ließ ich mich nicht aus der Ruhe bringen.

Im Gegenteil: Ich atmete auf, wie von einer erdrückenden Last befreit:

»Mein Roman ist enttäuschend, ja; die Geschichte taugte, wenn überhaupt, nur für einen Groschenroman für Backfische. Aber es ist mein Roman. Einen anderen habe ich nicht. Und für mich ... für mich ist er mitreißend. Allein der Traum, eines Tages, an einem Herbst- oder Winternachmittag mit ihr zusammen am Kamin zu sitzen ... Denn manchmal sollte man sich setzen, der Mensch ist nicht dazu geschaffen, immer nur zu stehen. Neuerdings verlangt man auf beiden Seiten immer von uns zu stehen; beide Seiten befehlen uns unablässig, stramm zu stehen: ›Stcht aufrecht, Spanier!‹, sagen die einen auf Spanisch, ›Steht aufrecht, Katalanen!‹, die anderen auf Katalanisch. Und doch muss man sich ab und zu mal setzen; man kann nicht ein Leben lang stehen. Der Mensch ist dazu geboren, an Winterabenden am Feuer zu sitzen, neben sich eine geliebte Frau. Mein Roman ist, wie Sie sehen, schrecklich naiv; die Handlung ist kurz und dürftig und schnell erzählt. Aber mich berührt sie zutiefst.«

»Aber sie …«

»Sie! Sollte sie nicht entscheiden, sich ganz von ihm zu lösen, da sie doch sowieso hoffnungslos zerstritten sind? Überlegen Sie selbst. Die Beziehung zwischen ihnen kann nicht bis in alle Ewigkeit so weitergehen; es ist eine unerträgliche Schmierenkomödie. Es ist … dumm.«

»Da stimme ich Ihnen zu.«

»Allerdings gibt es da etwas, was die Sache schwierig macht.« Ich fühlte, wie meine Hände zitterten. »Und zwar, dass ich ein guter Freund von ihm bin.«

Die Enttäuschung in ihrem Blick verstärkte sich.

»Was für ein Zufall«, sagte sie spöttisch.

»Und er liebt sie immer noch, er hat nie aufgehört, sie zu lieben; er liebt sie mehr als je zuvor und ist ihretwegen todunglücklich.«

»Ja, ihretwegen; wegen der Carlana.«

»Ich flehe Sie an, lassen Sie die Scherze.«

»Wegen der Doktorin also?«

»Bitte lassen Sie die Scherze«, wiederholte ich. »Die Doktorin? Was hat die Doktorin mit dem ganzen Schlamassel zu tun … Die Doktorin! Dieses Dummchen.«

»Eben darum. Für das, was er will, braucht er keine Madame Curie. Flaschen mit Kölnisch Wasser, Päckchen mit *Camel* … Was würde er ihr nicht alles aus dem ›Niemandsland‹ mitbringen.«

»Lassen Sie die Scherze. Ich rede ganz im Ernst mit Ihnen. Mein Freund hat einen Fehler gemacht, das passiert jedem mal. Nur dass sie ihm nicht vergibt. Und das, obwohl sie Christin ist, wissen Sie …«

»Christin …«

»Sie hat noch nicht verstanden, dass das gesamte Christentum sich in einem Wort zusammenfassen lässt: Vergebung.«

»Das ist gut zu wissen.« Ihre grünen Augen füllten sich mit Tränen, und sie musste sich schneuzen.

»Glauben Sie, dass ich eine Untat begehe und meinen Freund betrüge, wenn ich der Person, von der ich spreche, meine Gefühle offenbare? Was sollte ein Mann in meiner Situation tun?«

Trini schneuzte sich lautstark und schob Ramonet beiseite, der sie wieder am Rock zupfte, um ihr ein neues Bild zu zeigen.

»Machen Sie sich keine falschen Hoffnungen, Cruells. Sie können sich nicht vorstellen, welches Leid Lluís mir zugefügt hat. Und dabei habe ich nur für ihn und seinen Sohn gelebt … Er hatte mich an seiner Seite und nahm mich gar nicht wahr; ganze Tage lang hat er kein Wort mit mir geredet …« Trini redete sich in Rage, immer wieder musste sie sich schneuzen. »Wochenlang, monatelang hat er mir keine einzige Zeile geschrieben … Es ist nicht dieses lächerliche Abenteuer in Olivel, wie Sie anscheinend glauben. Lassen Sie mich ausreden, widersprechen Sie mir nicht. Was wissen Sie über meine Geschichte? Sie haben ja keine Ahnung, wie es um mich bestellt ist! Sie sind – verzeihen Sie, wenn ich das sage – ein sehr zerstreuter Mann, Sie scheinen immer in den Wolken zu schweben. Bitte nehmen Sie mir das nicht übel, ich sage das nicht, um Sie zu beleidigen, deshalb lassen Sie es mich ganz freiheraus sagen: Sie sind ein Träumer, Cruells! Haben Sie denn nicht gesehen, wie er die ganzen letzten Wochen mit der Doktorin geflirtet hat? Ja, er und die Doktorin … Und bilden Sie sich nicht ein, ich hätte die beiden nicht genau beobachtet! Uff, armer Cruells, Sie verstehen wirklich gar nichts von Frauen! In Fällen wie diesem entgeht uns nichts, das können Sie mir glauben. Die Carlana, die Doktorin und viele andere, von denen ich nie erfahren werde … Sie haben mir eine hübsche Predigt gehalten, Cruells, und es geschafft, dass ich sie mir bis zu Ende angehört habe, aber jetzt bin ich dran. Und ich muss Ihnen sagen, dass Sie sich in mir täuschen. Diese Schweinereien, die Soleràs Ihren Andeutungen nach angeblich begangen haben soll … Ja, Schweinereien … Sie … genau wie Lluís … wie alle … Warum nur, warum hasst ihr ihn alle so? Warum? Darum, weil er tausend Mal besser ist als ihr alle zusammen, als diese ganze dreckige Brigade, als das ganze Universum …«

Und zu Ramonets größter Überraschung brach sie in Tränen aus.

VII

Mitte Februar kehrten einige Bauern, ermutigt von der seit Wochen, ja Monaten anhaltenden Ruhe in diesem Sektor, in die beiden Dörfer zurück. Jeder richtete sein zerstörtes Haus her, so gut er konnte, gerade genug, um ein Lager und eine Feuerstelle für die Gemüsesuppe zu haben; dann pflügten sie ein paar Felder am Flussufer, gleich am Dorfrand. Sie pflügten sie mit Eseln, da sie ihre Maultiere verloren hatten – sie waren von der einen oder anderen Armee konfisziert worden. Da sie klüger waren als wir, hatten sie ihre Frauen und Kinder vorsichtshalber noch nicht mitgebracht.

Und so kam es, dass zwischen den rauchgeschwärzten Ruinen wieder die halb vergessenen Stimmen des Friedens zu hören waren: Eselsgeschrei, das Meckern von Ziegen und Schafen, das Gackern der Hühner. Diese allmähliche Wiederauferstehung, so kurz sie auch war, erschien uns wie ein Traum und trug zweifellos entscheidend zu dem Gefühl tiefer Ruhe bei, aus dem die Ereignisse uns eines Tages brutal aufschrecken sollten.

Teruel war weiter entfernt denn je, denn die Neuigkeiten erreichten uns über die Zeitungen mit tage- und manchmal wochenlanger Verspätung, noch dazu natürlich verzerrt von der Kriegszensur. Unser Bataillon – oder besser gesagt, das, was davon übrig war – lebte in diesem aus zwei Dörfern bestehenden verlorenen Winkel der Welt gemütlich vor sich hin, als gäbe es nichts anderes. Wir hatten kaum Kontakt zum Rest des Heeres; die Waffen und Rekruten waren immer noch nicht eingetroffen. Sie sollten nie bei uns ankommen. Später erfuhr ich, dass es vielen anderen Bataillons genauso ergangen war wie uns, dass sie rechts und links von uns weite Gebiete besetzt hielten, die ebenfalls als »tote Fronten« galten. Hunderte Kilometer der katalanischen Front – der aragonesischen Front – waren auf diese Weise ungeschützt, und die Soldaten wurden in der völligen Tatenlosigkeit unter der dicken Schneedecke dieses endlos langen Winters immer träger.

Wir hatten die Abreise Trinis und der Kommandantin immer weiter hinausgeschoben, da wir nach wie vor der Überzeugung waren, die Kinder seien bei uns viel besser aufgehoben als in Barcelona. Inzwischen hatten wir Anfang März, es fehlten noch zwanzig Tage bis Frühlingsanfang, und wir hatten beschlossen, dass sie am vierten März endgültig ihre Rückreise antreten sollten. Sie waren seit nunmehr fast drei Monaten bei uns.

Aber am Tag der Abreise erwachte Ramonet mit Fieber. Das war nicht weiter beunruhigend, schließlich kommt das bei Kindern schnell mal vor.

»Eine ganz gewöhnliche Grippe«, diagnostizierte Doktor Puig, »aber er sollte ein paar Tage im Bett bleiben. Mit neununddreißigeinhalb Grad Fieber sollte er nicht so eine lange und gefährliche Reise antreten, noch dazu bei dieser Kälte.«

Also stieg die Kommandantin mit Marieta allein in den Ford; sie wollte die Reise nicht länger aufschieben, da sie schon alles gepackt hatte. Am nächsten Tag ging ich nach Santa Espina, um nach Ramonet zu sehen. Ich wollte gerade die Tür zu seinem Zimmer öffnen, da hörte ich drinnen Trini und Lluís halblaut und mit nur mühsam unterdrückter Wut heftig streiten.

»Du willst mich einfach nicht verstehen«, sagte Trini leise.

»Ich weiß nicht, warum die Leute immer verstanden sein wollen«, entgegnete Lluís. »Wahrscheinlich hast du ihm deshalb so viele und so ellenlange Briefe geschrieben. Er hat dich ja anscheinend bestens verstanden.«

»Halt den Mund.«

Einen Moment lang blieb es still. Ich wollte gerade mit den Knöcheln an die Tür klopfen, als Lluís wieder anhob:

»Was bringt einem das schon, dass man versteht? Wenn du glaubst, du würdest mich verstehen ... Du bildest dir ein, wir würden uns im Krieg köstlich amüsieren. Wenn du wüsstest ... Der Krieg ist manchmal langweiliger als der Frieden!«

»Und ich? Glaubst du vielleicht, dass ich Spaß daran hatte, in Barcelona zu hungern, während du zur heldenhaften Eroberung sämtlicher hochherrschaftlicher, eingebildeter Gänse aufbrichst, die …«

»Eingebildete Gänse? Hochherrschaftlich? Was redest du denn da?«

»Und ärztlich. Jawohl, hochherrschaftlich und ärztlich.«

»Hör auf mit diesen Geschichten, das ist doch dummes Zeug.«

»Dummes Zeug? Da bin ich völlig deiner Meinung.«

»Wir haben beide gelitten, Trini, jeder auf seine Weise. Sollen wir jetzt darum streiten, wer schlimmer dran war? Wir haben beide gelitten, und es geht jetzt nicht darum, wer die Schuld daran trägt. Angenommen, es war ganz allein meine Schuld – sollen wir uns darum für den Rest unseres Lebens quälen? Kann man denn in dieser Welt nicht Ehemann und Ehefrau sein und sich trotzdem lieben?«

»Wir sind nicht Ehemann und Ehefrau«, erwiderte Trini prompt.

»Wir könnten es werden, das ist ganz einfach.«

»Zu spät.«

Wieder schwiegen beide.

»Mach dir keine falschen Vorstellungen von Soleràs«, hörte ich schließlich Lluís sagen. »Er ist nichts weiter als ein Neurastheniker. Ich könnte dir Geschichten von ihm erzählen … aber du würdest mir ja sowieso nicht glauben.«

»Genau.«

»Er ist einfach bloß ein Verräter.«

»Wenn du das sagst …«

»Ich könnte dir genau die faschistische Einheit nennen, der er jetzt angehört.«

»Du lügst. Warum sollte er ein Verräter sein?«

»Und warum nicht? Er ist immer einer gewesen! Er hat mich verraten, seinen Kameraden und besten Freund! Oder wie würdest du das nennen, was er hinter meinem Rücken mit dir versucht hat zu tun? Und nachdem er mich verraten hatte – hat er dich nicht noch viel schlimmer verraten? Sobald es auch nur entfernt nach Hochzeit roch, war er über alle Berge! Du musst schon zugeben: Als Liebhaber oder Zukünftiger oder wie auch immer du es nennen willst, ist Soleràs in vielerlei Hinsicht bemerkenswert. Ihn interessiert nur die unmögliche Liebe!

Wenn die Liebe auch nur die geringsten Aussichten auf Erfolg hat, macht er sich davon. Würde ich ihn nicht schon seit Ewigkeiten kennen und wüsste nicht, dass es nicht stimmt, müsste ich aus seinem absonderlichen Verhalten schließen, dass er ... nun ja, dass bei ihm was fehlt ... Aber ich kenne ihn; uff, ich kenne ihn nur allzu gut! Bei ihm ist einfach ein Sparren locker. Er hat sie nicht mehr alle. Und er wäscht sich nie die Füße, du kannst den MG-Hauptmann fragen.«

»Zwischen uns beiden ist es aus«, fiel Trini ihm ins Wort. »Du brauchst hier gar nicht herumzuschreien und mich zu beschimpfen und zu beleidigen. Und du brauchst mir auch nicht deinen Botschafter zu schicken.«

»Meinen Botschafter? Welchen Botschafter, wenn man fragen darf?«

»Ja, deinen Botschafter: Cruells.«

Ich spitzte die Ohren.

»Ich weiß nicht, was du dir da zusammenreimst.«

»Und trotzdem hast du mich in der Christnacht auf ihn aufmerksam gemacht, als wir von unserem Spaziergang zurückkamen.«

»Ich?«

»Ja, du. Du hast gesehen, dass in der Kirche Licht war, und hast leise zu mir gesagt: ›Lass uns reingehen, du wirst sehen, da ist Cruells. Er wird dort knien und beten und so ins Gebet vertieft sein, dass er uns gar nicht bemerkt.‹ Du hast mich überredet, in die Kirche zu gehen, und ich gebe zu, ich war beeindruckt, ihn so ins Gebet vertieft zu sehen, ganz allein in dieser kalten, dunklen Kirche.

Ja, das hat mich beeindruckt, ich war tief bewegt. Damals wusste ich noch nicht, dass ihr beide die Szene miteinander abgesprochen hattet, um mich zu beeindrucken, damit du mir ihn ein paar Tage später als Botschafter schicken könntest. Er ist nämlich an dem Tag aus Villar angereist. Als ich ihn sah, hatte ich Lust, mit ihm zu reden, aber ich hatte ihn nicht herbestellt. Er war von allein gekommen, und du warst mit Picó im ›Niemandsland‹ unterwegs – was für ein Zufall, nicht wahr? Und danach, nachdem Cruells mir seine vollständige Nachricht hinterbracht hatte, seine erbauliche Predigt, war mir plötzlich alles klar. Wie widerlich. Ja, ich verstand, warum du darauf gedrängt hattest, dass wir in der Christnacht in die Kirche gehen sollten. Ich sollte ihn dort beten sehen. Er spielte seine Rolle wirklich gut, er wirkte völlig ins Gebet versunken, als würde er gar nicht bemerken, dass wir da waren und ihn beobachteten ... Ihm liefen sogar Tränen über die Wangen ... was für ein Theater ... wie widerlich ...«

»Nichts von dem, was du sagst, stimmt. Du hast Fieberträume. Du bildest dir Absurdes ein, Trini, ich bitte dich, beruhige dich. Du bist ja völlig außer dir...«

»Das habt ihr euch hübsch ausgedacht, damit ich das schlucke, was er mir predigt. Sehr hübsch ausgedacht, das muss ich zugeben. Ich bin voll und ganz darauf hereingefallen! Bis zum Ende habe ich ihn mir angehört.«

»Du weißt nicht, was du sagst, Trini, ich habe keine Ahnung, von welcher Predigt du redest. Ich weiß nichts von alledem, ich verstehe nicht, was du sagen willst. Ich weiß nur, dass ... du kannst sicher sein, dass ... Ja, dessen kannst du dir sicher sein. Sollte Soleràs jemals ... Hättest du jemals mit einem anderen ...«

»Was?«

»Wenn du jemals ...«

»Bleib mir vom Leibe! Wenn du mich anrührst, schreie ich!«

Dann war das Klatschen einer Ohrfeige zu vernehmen. Ich klopfte an. Trinis Augen waren gerötet. Das Fieber des Jungen war seit dem Vortag nicht gesunken. Er lag in seinem Bettchen, vertrieb sich die Zeit damit, Männchen in sein Heft zu malen, und verstand nicht, worum seine Eltern sich stritten. Lluís sah aus dem Fenster.

»Mach mir einen Räuberhauptmann«, bat mich Ramonet, »und dann ein Räuberhaus, mit einer Tür, damit der Räuberhauptmann hinein- und hinausgehen kann.«

Ich setzte mich mit Pappkarton und Schere ans Kopfende des Bettes. »Mamà ist böse«, flüsterte Ramonet mir zu, »sie haut Papà wie die böse Stiefmutter.«

»Was halten Sie von seinem Zustand?«, fragte mich Trini.

»Er hat noch Fieber, aber es ist nichts Ernsthaftes, der normale Verlauf einer Grippe. Man weiß ja, dass Kinder sofort Fieber bekommen.«

Aber ich war ein wenig beunruhigt. Irgendetwas am Aussehen des Jungen wollte mir nicht zu einer gewöhnlichen Grippe passen. Vor allem seine Stimme hatte mich überrascht, sie klang viel stärker verändert, als das bei einer Grippe üblich war. Sie war nicht einfach nur heiser, er war nicht mehr oder weniger stimmlos, wie man das von einer Erkältung kennt. Sie klang seltsam, und meine medizinischen Kenntnisse reichten nicht aus, um zu sagen, woran das lag. Ich bestand darauf, gleich wieder nach Villar zurückzukehren, sehr zum Erstaunen meiner Freunde, die dachten, dass ich gekommen sei, um wie üblich mit ihnen zu Abend zu essen und bei ihnen zu übernachten. Ich jedoch wollte so bald wie möglich mit dem Arzt sprechen.

Schon an der Tür zum Sanitätsraum drangen von hinten im Souterrain, dumpf wie aus weiter Ferne, die Geigenklänge des *Voi che sapete* an mein Ohr. Doktor Puig hatte seine alte Geige wieder hervorgekramt, kaum dass seine Frau abgereist war, die das Instrument offenbar nicht ausstehen konnte. Nun spielte er Stunden um Stunden in der Einsamkeit seines Souterrains auf einem zerbrochenen Sessel, den wir auf irgendeinem Dachboden gefunden und neben den Holzofen gestellt hatten. Noten brauchte er keine, denn er besaß ein phantastisches musikalisches Gedächtnis. Auf einem Tischchen neben dem Ofen stand stets griffbereit eine Flasche *Fundador*. Er spielte Geige und trank, stundenlang und ganz allein, seit seine Frau abgereist war, während die Frau des Kommandanten – seines alten Saufkumpans – noch in Villar war. Andererseits war Kommandant Rosich einer der glühendsten Wagnerianer, denen ich je begegnet bin, und konnte Chopin und Mozart sowieso nicht ausstehen. Eines Morgens waren Doktor Puig und ich allein im Souterrain gewesen, er hatte die Melodie von *Cherubino alla vittoria* gespielt und ich hatte dazu gesungen (manchmal bat er mich, die Opernarien zu singen, die er spielte), als der Kommandant – barfuß, um keinen Lärm zu machen – die Treppe hinunter bis zur Tür geschlichen kam und eine Handgranate in den Sanitätsraum geworfen hatte, natürlich nicht dahin, wo wir waren, sondern nahe an die Wand, in die Ecke, in der wir die leeren Flaschen stapelten. Die Detonation der Granate und das Klirren des berstenden Glases hatten im Kellergewölbe widergehallt, dass wir dachten, es bräche über uns zusammen. Der Kommandant war die Treppe hinaufgerannt und hatte geschrien: »Das mache ich jetzt so lange, bis ihr Wagner spielt wie jedermann«, und der Arzt hatte ihm mit dem Zitat des Götz von Berlichingen geantwortet. Üble

Streiche wie dieser waren in unserem Bataillon an der Tagesordnung, und wir regten uns nicht mehr darüber auf.

Zu dieser Zeit hatte mein Vorgesetzter im Sanitätsdienst einen dermaßen hohen Alkoholpegel, dass ein Schluck Kognak genügte (er trank ihn direkt aus der Flasche), um ihn schon morgens halbwegs betrunken zu machen. Er brauchte den Alkohol, um eben diesen angeregten Zustand zu erreichen, denn er war an einem Punkt angelangt, an dem er sich ohne Alkohol – wie er selbst mir einmal gestand – nicht mehr in der Lage fühlte, irgendetwas zu tun. »Ich wache auf«, erklärte er mir, »und fühle mich von der Last des gesamten Universums niedergedrückt, und das bleibt so, bis mich der erste Schluck Kognak wieder aufrichtet.« Ich selbst habe erlebt, dass ab einem bestimmten Grad von Trunkenheit sein Geigenspiel schöner und beseelter klang. Jahre später habe ich mich oft gefragt, wie ein Mann wie er dem Alkoholismus verfallen konnte, ein so feiner, gütiger, begabter Mensch. Ich bin davon überzeugt, dass er ohne dieses Laster, das aus ihm eine verkrachte Existenz machte, ein ausgezeichneter Arzt geworden wäre, einer der besten Barcelonas. Schließlich bin ich zu dem Schluss gelangt, dass er wohl einer jener Studenten war – von denen es ja viele gibt –, die ihre Jugend in fröhlicher Sorglosigkeit verleben und denen es dann nicht gelingt, sich an die eintönigen, prosaischen Ansprüche zu gewöhnen, die das Leben an einen erwachsenen Menschen stellt. Er hatte Merceditas in ihrem wunderschönen Abendkleid bei dem glänzenden Fest kennengelernt, das die Metzgerinnung zu Ehren ihres Schutzheiligen Sant'Antonio Abate am Namenstag eben dieses Heiligen, dem 17. Januar 1923, veranstaltet hatte. Ich weiß das Datum so genau, weil er mir so oft von diesem Tag erzählte, dem wichtigsten seines Lebens. Als er sie dann heiratete, unsterblich verliebt, war er schon weit über dreißig – er war fünfzehn Jahre älter als sie –, beruflich aber immer noch erfolglos. Zwar hatte er sein Studium schon vor langer Zeit abgeschlossen, seither aber sein fröhliches, sorgloses Studenten- und Bohemeleben weitergeführt und sich nicht ernsthaft darum bemüht, sich einen Patientenstamm aufzubauen. Da seine Frau reich war, hatte er sich schnell daran gewöhnt, sich auf ihre Kosten ein schönes Leben zu machen, doch hinter dem scheinbaren »Was kostet die Welt?« versteckte er die Scham über seine Unfähigkeit.

Vielleicht um dieser Scham zu entgehen, hatte er sich gleich in den ersten Kriegstagen freiwillig als Sanitäter bei der katalanischen Armee gemeldet; jedenfalls klang das in dem – übrigens reichlich banalen – Satz an, den er häufig von sich gab: »Ich bin in den Krieg gezogen, um ein bisschen Frieden zu finden.« Trotzdem glaube ich, dass hinter seinen Gemütsschwankungen noch mehr steckte als seine Unzufriedenheit darüber, als Arzt versagt zu haben.

Es gab da noch etwas – aber was? Eine andere Unzufriedenheit, aber eine undurchsichtigere, schwerer zu begreifende und in Worte zu fassende. Würde ich es »sein Versagen als Ehemann« nennen, würde jeder verstehen, was ich meine, und doch träfe es nicht den Kern der Sache. Trotz allem, was Trini gesagt hatte – und was, nebenbei bemerkt, auch Picó vermutete, aber Picó war in dieser Hinsicht stets bereit, das Schlechteste zu glauben, weshalb man ihn besser nicht allzu ernst nahm –, glaube ich, dass Merceditas dem Doktor immer treu gewesen war. Zwar war sie ziemlich dumm, aber sie war auch eine untadelige Ehefrau und Mutter und ihrem Mann und ihren Kindern von ganzem Herzen ergeben. Ich glaube sogar, dass ihr scheinbarer Flirt mit Lluís ein Beweis ihrer Unschuld war; eben weil sie dabei keinerlei Hintergedanken hegte, gab sie sich keine Mühe, es vor den anderen zu verbergen. Lluís gestand mir einmal, sie sei die »nichtssagendste Frau«, die ihm je begegnet sei – und das bei Lluís, der eine Frau, wenn sie nur attraktiv war, selten nichtssagend fand. Wenn ich jetzt darüber nachdenke, glaube ich zu erkennen, dass Doktor Puig an einer Enttäuschung litt, die ich damals nur schwer verstehen konnte und die über seine Frustration über Merceditas' »Frigidität« hinausging, wie er es nannte (denn so weit gingen tatsächlich seine berühmten »intimen Geständnisse«, wenn wir ganz alleine waren). Oh nein, das wäre ja noch leicht zu verstehen gewesen. Aber was weiß ich Armer schon von den haarfeinen Verletzungen, die einen Mann schließlich zugrunde richten? Das meinte er jedenfalls, wenn er – in allzu blumigen Ausdrücken – darüber klagte, sie habe »das genaue Gegenteil eines Gehörnten« aus ihm gemacht. Hinter diesem idiotischen Ausdruck erahnte ich eine schmerzliche Enttäuschung; aber Gott allein weiß, welch ein Durcheinander von Widersprüchen und Komplikationen ein jeder von uns in sich trägt. Ich weiß nur – und das kann ich bezeugen –, dass er nie, zu keiner Zeit, nicht einmal wenn er stockbesoffen war, eine andere Frau erwähnte. Immer redete er mit quälerischer Besessenheit von Merceditas, als gäbe es auf der ganzen Welt nur sie allein.

An diesem Tag war ich mit dem Ford nach Santa Espina gefahren und fuhr mit ihm auch wieder zurück. Der Kommandant hatte ihn mir wegen Ramonets Krankheit überlassen, und der Abend dämmerte schon, als ich zurückkam. Wie ich schon sagte, traf ich den Arzt ganz allein und Geige spielend an; auf dem Tisch stand, neben der unvermeidlichen Kognakflasche, eine brennende Kerze. Er hörte auf zu spielen und warf mir einen trunkenen Blick zu.

»Ich dachte, du wolltest in Santa Espina übernachten.«

»Ramonets Fieber ist gestiegen«, unterbrach ich ihn. »Ich finde, er sieht seltsam aus. Und seine Stimme klingt ganz anders als sonst.«

»Die Grippe ist ihm auf die Mandeln geschlagen. Das passiert so oft, dass wir es als ganz normale Nebenwirkung betrachten. Mandelentzündung«, und bei diesen Worten hob er die Flasche an den Mund und nahm einen Schluck. »Nur eine Mandelentzündung, Mann. Schade, dass man dem Jungen nicht eine ordentliche Ladung von dem hier verpassen kann, das hilft gegen Mandelentzündung wie nichts anderes!«

»Ramonet hat keine Mandeln.«

»Was redest du denn da? Ich habe sie doch gesehen. Sie waren entzündet. Eine so gewöhnliche Entzündung, dass ich mich gar nicht weiter darum gekümmert habe, eine ganz ordinäre Angina.«

Und damit war das Thema für ihn erledigt. Er achtete gar nicht auf das, was ich sagte, so sehr war er überzeugt davon, die entzündeten Mandeln gesehen zu haben. Er pfiff, summte, erzählte mir von Merceditas:

»Seit sie weg ist, träume ich jede Nacht von ihr. Ich trinke, um zu vergessen, verstehst du?«

»Wir müssen über Ramonet reden«, beharrte ich.

»Einen Augenblick«, sagte er, »lass doch deinen Ramonet mal in Ruhe. Komm mir nicht mit Ramonet, dafür ist später noch Zeit. Jetzt gerade habe ich Lust, dir ein ›intimes Geständnis‹ zu machen. Nur eines; das letzte, ich schwör's. Du kannst beruhigt sein, ich werde dir nie wieder eines machen«

Er war schwer betrunken an jenem Abend, das merkte ich an seinem trüben, schweren, unsteten Blick, an seiner Unfähigkeit, dem Gespräch zu folgen. Er sprang von einem Thema zum nächsten:

»Ich weiß nicht, ob ich dir je von einem gewissen Schönheitsfleck erzählt habe. Merceditas ist stolz auf ihn, und das zu Recht. Aber da sie sich nun mal in den Kopf gesetzt hat, dass sie überempfindlich ist und an den Nerven leidet, kann sie nicht zu Bett gehen, ohne eine Tasse Lindenblütentee mit ein paar Tropfen Schlafmittel zu trinken. ›Ich habe ein Nervenleiden und bin geradezu krankhaft sensibel‹, behauptet sie. ›Ohne das Schlafmittel wäre ich verloren.‹ Aber ich versichere dir, sie leidet genau am Gegenteil; ein eindeutiger Fall weiblicher Frigidität! Na, und wenn du da noch den Lindenblütentee und das Schlafmittel dazu nimmst … wenn du über die Frigidität noch den Lindenblütentee gießt … uff, ich sage dir, das ist der Nordpol!«

»Ich versichere Ihnen, dass Ramonet keine Mandeln hat«, wiederholte ich, »seine Mutter hat sie ihm vor über einem Jahr entfernen lassen. Ich weiß das, bitte, Doktor Puig, so hören Sie mich doch an.«

»Wir haben nicht von Mandeln geredet, sondern von Schönheitsflecken. Ein Studienkollege von mir, Psychiater noch dazu, hat mir einmal geraten, mich abzulenken. ›Du hast einen Schönheitsfleckkomplex‹, hat er zu mir gesagt. ›Klar‹, erwiderte ich. ›Den musst du loswerden.‹ ›Nur zu gerne! Aber wie?‹ ›Na ja … mit anderen Frauen.‹ Mit anderen Frauen! Was für ein Schwachsinn! Als ob es für mich jemals eine andere geben könnte als Merceditas! Ich sag dir, Cruells, die Psychiater sind ein Haufen Quacksalber …«

Keine Chance, seine Aufmerksamkeit auf den Fall von Ramonet zu lenken; als er das nächste Mal die Flasche ansetzen wollte, nahm ich sie ihm weg.

»Ich bitte Sie, Doktor Puig, reißen Sie sich zusammen und hören Sie mich an. Ramonet kann gar keine Mandelentzündung haben, weil er nämlich keine Mandeln mehr hat.«

»Keine Mandeln? Das wäre ja etwas Ungeheueres! Alle Kinder werden mit Tonsillen geboren. Wie die Stiere. Die Stiere werden auch mit Tonsillen geboren; deshalb sagen wir ja hier in der Brigade von jemandem, der ein toller Kerl ist, dass er Tonsillen wie ein Stier hat.«

Er war aus dem Sessel aufgestanden und tastete nun im Schrank nach der Flasche herum, die ich zwischen den Arzneiflaschen versteckt hatte. Mit einem Taschenspielertrick zauberte ich ihm eine Hustensaftflasche in die Hand.

»Unter Ehemännern sollte größere Solidarität herrschen, mehr Kameradschaft; es war nicht anständig von Lluís, der auch zur Innung der Ehemänner gehört, sich so schamlos an Merceditas heranzumachen. Ehemänner aller Dummchen, vereinigt euch! Das sollte unsere Losung sein. Das hat schon Soleràs gesagt. Und er sagte auch – erinnerst du dich? –, dass sich die beiden Fronten gegen die beiden Seiten hinter der Front zusammenschließen sollten. Vielleicht wäre das gar keine üble Idee. Was ist denn das für ein süßer, zähflüssiger Kognak? Davon muss man ja schrecklich husten!« Und er fing an zu husten, bis er fast erstickte. »Die beiden Fronten … mmm … also, manche Fronten sind ja … da gibt es Hörner, die … mmm … was ist denn mit diesem *Fundador* los? Früher war das ein erstklassiger faschistischer Kognak, und jetzt möchte ich ihn am liebsten ausspucken. Ist er etwa zu den Republikanern übergelaufen?«

Er stolperte über die Geige, die er auf dem Boden abgelegt hatte, und der Resonanzkasten gab ein langgezogenes, beinahe menschlich klingendes Ächzen von sich. Plötzlich hörte er auf, Unsinn zu reden; er verstummte und sah mich an, als ob ihm plötzlich klar würde, worum es ging:

»Hast du gerade etwas über Ramonet gesagt?«

»Er hat keine Mandeln!«, schrie ich ihn an. »Ganz einfach deshalb, weil man sie ihm vor über einem Jahr herausgenommen hat! Das weiß ich von seiner Mutter!«

»Schrei nicht so, ich höre dich ja. Er hat keine Mandeln …«

»Seine Mutter hat mir das vor einiger Zeit mal erzählt«, log ich, da ich es ja nicht von ihr wusste, sondern aus den Briefen. »Sie haben ihn kurz nach Kriegsbeginn operiert. Bitte hören Sie doch auf das, was ich Ihnen sage; reißen Sie sich zusammen, Doktor Puig, ich flehe Sie an! Im Namen des barmherzigen Gottes! In dieser verlorenen Gegend gibt es doch außer Ihnen keinen Arzt!«

Er starrte mich unablässig mit seinen Trinkeraugen an, als würde er langsam von einem unbestimmten Entsetzen erfüllt. Er sah mich an und sagte nichts. Jetzt stand in seinen Augen eine Furcht, als sähe er in meinem Gesicht irgendetwas Schreckenerregendes. Er ließ sich in den Sessel fallen.

»Uff«, sagte er, »bist du sicher? Es sind nicht die Mandeln?«

Bleierne Stille, dann sagte er mit gesenktem Blick:

»Und ich habe diese Entzündungsherde leichtfertig für vereiterte Mandeln gehalten …«

Er zögerte und sagte dann nur ein Wort:

»Diphtherie.«

»Diphtherie?«, rief ich aus. »Unmöglich! Hier gibt es kilometerweit kein anderes Kind! Wie soll er sich da angesteckt haben?«

»Die Kuh«, gab er knapp zur Antwort.

Tatsächlich hatte Picó kurz nach der Ankunft der Frauen aus dem »Niemandsland« eine Kuh mit zwei Kälbern mitgebracht. »Milch aus eigener Ernte«, hatte er uns triumphierend gesagt. Der Erwerb der Kuh war damals als glückliches Ereignis gefeiert worden: Dank der Kuh würden Frauen und Kinder während ihres Aufenthalts bei uns frische Milch im Überfluss haben.

»Dieser verdammte Picó mit seiner Vorliebe für Kuhmilch«, sprach Doktor Puig vor sich hin. »War es Napoleon oder Papst Alexander VI., der jeden Morgen in Kuhmilch badete? Jetzt besteht kein Zweifel mehr: Die Kuh hatte Diphtherie. Weißt du noch, wie ihr der Speichel aus dem Maul troff und wie schwer sie atmete? Ich bin kein Tierarzt, verdammt, man kann ja nicht über alles Bescheid wissen! Ich glaube, eines der Kälber hat auch pfeifend geatmet; ich habe es nicht genau beobachten können, schließlich haben wir Kalbsbraten aus ihm gemacht und es verschlungen.«

»Diphtherie ist eine schlimme Krankheit.«

»Sie war es einmal. Heute gibt es ein Serum.« Und als ob ihn der Gedanke an das Serum beruhigte, fuhr er in fröhlichem Tonfall fort: »Diese Krankheit wurde durch die Wissenschaft überwunden.

Heute macht die Wissenschaft Fortschritte,
dass es zum Fürchten ist«,

summte er und zwinkerte mir zu, von einer merkwürdigen Euphorie ergriffen.

»Die Diphtherie gehört der Geschichte an, Cruells! Dass diese Kuh an Diphtherie gelitten hat, steht für mich außer Zweifel. Leider habe ich nicht gut genug aufgepasst, man kann ja nicht auf alles ein Auge haben, nicht wahr? Und am Ende ist die Kuh gestorben und hat ihr Geheimnis mit ins Grab genommen.«

»Aber sind Sie sicher, dass der Junge …«

»Jetzt bin ich ganz sicher! Die diphtherischen Pseudomembranen, das ist allgemein bekannt, sehen manchmal aus wie entzündete Mandeln. Wenn man Ramonet gründlich abhören würde – was ich nicht getan habe, ich Idiot –, könnte man den pfeifenden Atem hören, der nur mühsam durch den Kehlkopf geht.«

Er warf mir einen listigen Seitenblick aus seinen trüben Augen zu, und ich merkte, dass er sich große Mühe gab, seine Gedanken zu ordnen:

»Vor dem Serum haben die Pseudomembranen zuletzt die Atemwege verschlossen, weißt du, und die Kinder sind erstickt. Manche sind auch nicht gestorben; alles ist möglich. In diesem Fall blieben sie allerdings aufgrund der Giftstoffe, die sich im ganzen Körper ausbreiteten, gelähmt. Was haben wir doch für einen schweinischen Beruf, überall Giftstoffe und Schweinereien.«

»Wir müssen Lluís Bescheid sagen.«

»Ach, Cruells, warum sollten wir ihn verrückt machen? Heutzutage ist die Diphtherie ein Klacks, harmloser als die Grippe! Es gibt das Serum, wir leben im Jahrhundert der Wissenschaft. Du nimmst den Ford und fährst gleich nach Barcelona.«

Zwei Tage später schickte ich Doktor Puig aus Barcelona ein Telegramm, das über das Feldtelefon den Weg bis nach Villar fand: »Im gesamten republikanischen Gebiet gibt es kein Serum.«

VIII

Ich hatte ganz Barcelona abgeklappert, vom Hospital de la Santa Creu zum Hospital de Sant Pau, vom militärischen Dienst zum zivilen; danach war ich in sämtlichen Privatkliniken gewesen. In einer dieser Kliniken hatte mich der Direktor, nachdem er mich angehört hatte, wortlos an das Krankenbett eines dreijährigen Mädchens geführt. Sie musste einmal hübsch gewesen sein mit ihren weichen, braunen Locken und den großen, schwarzen Augen, aber jetzt bot sie einen Anblick ...

Ihre Eltern saßen neben ihrem Bettchen und lauschten schweigend auf den pfeifenden Atem, der sich seinen Weg durch den verengten Kehlkopf bahnte.

»Sie klingt wie eine Dampflok«, murmelte der Vater.

Damals wurden die Züge noch von Dampflokomotiven gezogen. Das Gesicht des Mannes zeigte jenen stupiden Ausdruck, den wir angesichts des Absurden haben. Die Mutter saß stocksteif da, wie zu Eis erstarrt. Ich dachte, sie sei vielleicht in ein Gebet versunken, aber als sie bemerkte, dass der Arzt und ich direkt neben ihr standen, sagte sie, ohne sich zu regen oder uns anzusehen:

»Warum musste es unter all den vielen Kindern auf der Welt ausgerechnet unseres treffen?«

»Und Sie lassen dieses Kind einfach sterben?«, fragte ich den Direktor, als wir wieder in seinem Büro waren.

»Ich kann keine Wunder vollbringen.«

Er war um die fünfzig Jahre alt, mager und resolut. Sein Haar wurde an den Schläfen grau, und er sah aus, als habe er Probleme mit der Leber.

»Ich kann keine Wunder vollbringen. Wir haben strikte Anweisung, die Situation zu vertuschen, es absolut niemandem zu erzählen, aber Ihnen gegenüber will ich offen sein: Es gibt im ganzen republikanischen

Gebiet kein Serum. Ich bin bis zum Minister gelaufen, um welches zu erbitten; wir sind Freunde und alte Studienkollegen. Alles umsonst. Sie werden nirgendwo welches finden! Vergeuden Sie keine Zeit mit der Suche. Das ist alles eine unglaubliche Scheiße, das können Sie mir glauben.«

Als ich herauskam, war es völlig dunkel. Die Kegel der Scheinwerfer vom Montjuïc kreuzten sich mit denen vom Tibidabo, und dieses Lichtkreuz zeichnete sich gegen den tiefhängenden Regenhimmel ab. Sie fanden die Flieger nicht, denn die flogen so hoch, dass man sie nur als leises Brummen hörte. Schon seit drei Nächten wurde die Stadt ungewöhnlich heftig bombardiert.

Ich ging durch diese undurchdringliche Dunkelheit, in der sich Hunderte von anderen geisterhaften Erscheinungen wie ich vorantasteten. Der Verkehr war zusammengebrochen, man musste zu Fuß gehen. Als ich über das Brachland entlang der Bahngleise ging, hörte ich Züge vorbeifahren, konnte sie aber in der Dunkelheit nicht sehen. Manchmal fühlte ich mich wie ziellos umhertreibende Gischt auf dem offenen Meer, dann wieder hatte ich das Gefühl, mich auf einem riesigen sterbenden Körper fortzubewegen. Die Flugzeuge waren Schmeißfliegen, bereit, sich auf die Stadt zu stürzen, die noch lebte, aber bereits den Leichengestank der Verwesung verströmte.

So irrte ich durch breite Straßen, die in völliger Dunkelheit lagen, rannte gegen Telefon- und Strommasten oder versank in Müllhaufen, die in der Finsternis einen merkwürdig süßlichen Geruch verströmten. In mir brannte die Traurigkeit: Ich sah immer das Gesicht der reglosen Mutter vor mir und erkannte nun deutlich, dass sie keineswegs ins Gebet versunken gewesen war, sondern vor Fassungslosigkeit versteinert. Ihr starrer Blick klagte das ganze Universum an. Selbst Gott? Waren die Augen der Jungfrau Maria unter dem Kreuz nicht ebenso eisig und erstarrt gewesen? Ich dachte: bis zum Minister! Aber manchmal geschehen die seltsamsten Dinge, dachte ich dann, das sagt jeder. Es heißt, es gäbe sehr viel mächtigere Männer als die Minister; es heißt, die katalanische Regierung habe nichts zu sagen, ebenso wenig wie die der Republik. So sagt man. Alle sagen es. Warum sollte ich es nicht versuchen? Schließlich ist er sein Onkel!

Und so fand ich mich, ehe ich mich's versah, im Vorzimmer des großen Mannes wieder. Der große Mann kam heraus, bat mich vor allen
anderen Wartenden herein und legte mir schützend die Hand auf den
Rücken. Wir betraten sein Büro.

Es war ein prächtiges Büro, würdig des großen Mannes. Ich kam mir
verloren darin vor. Und er war ein so gutaussehender junger Mann,
braungebrannt, kräftig, freundlich, optimistisch, dynamisch, bedeutend.
In seinen schwarzen Augen lag ein gefühlvoller Schimmer, der ihren
energischen Ausdruck abmilderte; es war allgemein bekannt, dass er in
seinen Reden an die Massen des Öfteren in Tränen ausbrach, was ebenso
zu seinem Erfolg beitrug wie die Tatsache, dass seine Stimme bebte und
manchmal brach. Ein wunderbarer Bariton, eine kräftige Stimme, die,
je nach Anlass kraftvoll toben oder bewegt vibrieren konnte. Das also ist
der große Mann, dachte ich, endlich lerne ich den großen Mann kennen.
Es war das erste Mal, dass ich ihn sah, das erste Mal, dass ich sein Büro
betrat. An den Wänden hingen die berühmtesten der Meisterwerke, die
wir seiner Umtriebigkeit zu verdanken hatten, das »Baut Panzer!«, die
»Eierschlacht« und das »Und was hast du für den Sieg getan?«, Dutzen-
de und Aberdutzende riesiger, grellbunter, unübersehbarer Plakate. Als
ich eintrat, betrachteten zwei junge Männer in untadeligen Uniformen
gerade den noch feuchten Probedruck eines neuen Plakats, das auf dem
großen Schreibtisch ausgebreitet lag: Es zeigte einen vier- oder fünfjäh-
rigen Jungen in der Uniform eines republikanischen Soldaten, der fröhlich mit einem Maschinengewehr auf den Betrachter zielte. Der große
Mann lächelte mich nachsichtig an: Während er mir zuhörte und mit
mir redete, nahm er das neue Plakat unter die Lupe und erteilte seinen
Untergebenen Anweisungen: »Das Rot hier muss stärker werden, das ist
zu blass; achtet darauf, beim Druck das stärkste Rot zu nehmen ...« Er
duftete nach Kölnisch Wasser, und seine halb militärische, halb zivile
Uniform war hochelegant und aus feinster Wolle. Nachdem er mit dem
neuen Plakat fertig war, führte er mich zu seinem Schreibtisch:

»Ich habe immer so viel um die Ohren ... aber ich höre dir zu.«

Während er mit mir redete, öffnete er unablässig Briefe und Telegramme, studierte Zahlen und Notizen. Ja, er war sehr beschäftigt, die
ungeheure Bandbreite seiner Verantwortlichkeit erdrückte ihn, aber er

war mit jedermann per du, seine höchstwichtigen Funktionen hinderten ihn nicht daran, der Freund und Kamerad eines jeden zu sein, der kam, um ihn sehen.

Er nannte mich »Kamerad Cruells« und duzte mich, als kennten wir uns schon ein Leben lang, dabei sahen wir uns zum ersten Mal. Allerdings musste er jedes Mal, bevor er mich bei meinem Nachnamen nannte, verstohlen auf das Blatt in seinem Terminkalender sehen, auf dem sein Adjutant nicht nur meinen Namen notiert hatte, sondern auch den Grund meines Besuchs und wie lange er schätzungsweise dauern würde.

»Er ist mein Neffe, und trotzdem kann ich absolut nichts für ihn tun, wie du siehst. Weder für ihn noch für Tausende anderer Proletarierkinder! Es ist traurig, Kamerad Cruells« – einen Moment lang ließ er seine Papiere, seine Zahlen und seine Telegramme unbeachtet, um mich mit seinem feucht schimmernden, freundlichsten Blick zu bedenken – »das alles ist sehr traurig für mich. Mein ganzes Leben habe ich dem Kampf für das Proletariat geopfert, und jetzt kann ich nichts für die Kinder der Proletarier tun, die an Diphtherie leiden. Es gibt kein Serum! Sie haben unsere Grenzen abgeriegelt, die ausländischen Mächte lassen uns im Stich und bringen uns damit in ernsthafte Schwierigkeiten. Ich arbeite mich tot, wie du siehst, aber wir bekommen nichts von draußen. Nichts! Weder Dünger für die Landwirtschaft noch Grünfutter für unser Vieh oder Schwefel für unsere chemische Industrie … Ich bin Chemiker, Kamerad Cruells, und ich könnte dir die Statistiken der letzten Wochen zeigen: Die Produktion befindet sich im freien Fall …«

»Ich bitte Sie doch nur um ein wenig Serum gegen die Diphtherie«, murmelte ich.

»Aber habe ich dir nicht gerade gesagt, Kamerad, dass zurzeit absolut nichts zu uns durchdringt? Sie haben die Grenze in den Pyrenäen dichtgemacht und versenken alle Schiffe, die versuchen, an unseren Küsten zu landen. Sie isolieren uns von der Außenwelt, als hätten wir die Pest. Wir durchleiden eine der größten Tragödien der Weltgeschichte. Was ist dagegen schon die Tragödie der Kleinen? Was sind dagegen die kleinen Tragödien? Wir führen einen Kampf von kosmisches Dimensionen, da muss man das private Leid in Kauf nehmen, es ist der Preis, den wir für die Erlösung des weltweiten Proletariats bezahlen müssen. Er ist mein

Neffe, das weißt du, und ich kann mich meiner Tränen nicht erwehren …«, und tatsächlich wurden die schönen Augen des großen Mannes feucht, und in seiner verführerischen Baritonstimme schwang ein leises Tremolo. »Aber wir müssen Männer sein, unsere Schwächen überwinden, unsere egoistischen Interessen opfern. Das große Ganze sehen!« Jetzt klang seine Stimme kraftvoll, heroisch. »Ich rate dir jetzt, was ich allen Genossen raten würde: Wir müssen das Schicksal des einzelnen Proletariers ignorieren und dürfen nur die proletarischen Massen im Ganzen betrachten. Ich weiß nicht, ob ihr, die Kameraden an der Front, euch voll und ganz der Gefahren bewusst seid, denen wir hier im Hinterland ausgesetzt sind – aber zum Glück sind wir ja da, um allem zu trotzen, was da kommen mag. Während ihr dem Feind an der Front standhaltet, würde euch der Feind aus dem Hinterland hinterrücks erdolchen, wenn wir nicht da wären, um ihm heldenhaft zu widerstehen. Du musst nämlich wissen, dass uns jetzt gerade in Barcelona höchste Gefahr droht: die klerikale Verschwörung. Ja, es gibt tatsächlich Verschwörer, die dreist genug sind zu fordern, dass man die Kirchen wieder öffnen solle. Und unter ihnen, so unwahrscheinlich das klingen mag, befinden sich einige Räte der Autonomen Regierung und einige Minister der Republik. Deiner Miene entnehme ich, dass du das kaum glauben kannst, aber ich sage dir, es stimmt. Die Verschwörung existiert. Doch zum Glück wachen wir; wir schlafen nicht. Die Kirchen wieder öffnen? Dann wäre unser ganzes Heldentum umsonst gewesen! Unsere Opfer, das Blut, das wir in Strömen vergossen haben – alles vergebens! Aber seid ohne Furcht, ihr Kameraden an der Front, fürchte dich nicht, Kamerad Cruells. Hier sind wir, um allen Drohungen zu trotzen …«

Kamerad Cruells, Kamerad Cruells … Ich verspürte den ungeheuren, unergründlichen Drang zu weinen und zu pinkeln.

IX

Ich nahm Lluís beiseite; er verstand mich nicht.

»Du machst wohl Scherze …«, sagte er und sah mich hasserfüllt an: »Also hat der große Llibert …« Er packte mich am Arm und zog mich aus dem Dorf hinaus. In den letzten Tagen hatte der Schnee zu schmelzen begonnen, und unsere Stiefel versanken im Matsch. Wir kamen zu dem Heuschober am Dorfrand, in dem die berühmte offene Kutsche stand, und er spannte, ohne ein Wort zu sagen, das Maultier davor.

»Was hast du vor?«

»Steig ein.«

Mit einem Peitschenhieb trieb er das Tier zum Galopp und lenkte es in Richtung des verlassenen Tals. Hoffte er, in einem der menschenleeren Dörfer das Serum gegen die Diphtherie zu finden? Während der ganzen Fahrt gab er keinen weiteren Laut von sich als die Flüche, mit denen er das Tier antrieb; immer wieder schlug er auf es ein, damit es weitergaloppierte, und die Peitsche pfiff durch die Luft, dass es klang wie zerreißender Stoff. Nur einmal richtete er das Wort an mich; hasserfüllt wiederholte er: »Also hat Llibert … der geniale Genosse …«

Ein paar Kilometer lang führte der Weg steil bergauf. Auf der Spitze des Hügels angelangt, wo sich einem jäh der Blick ins nächste Tal auftat, das verlassene Tal, das »Niemandsland«, stürzte das Maultier, angetrieben von Flüchen und Peitschenhieben, wie beim Kavallerierennen hangabwärts, und es erschien mir wie ein Wunder, dass die alte Kutsche nicht an den Felsbrocken am Wegesrand zerschellte. In weniger als einer Stunde waren wir in Cruyllas, das noch hinter Nogueras lag. So weit war ich noch nie in dieses Tal vorgedrungen, in dem ich übrigens seit Monaten nicht mehr gewesen war – seit es von der Kommandantur der Brigade den Befehl gab, dass nur Picó und Lluís es betreten dürften. Kurz hinter dem Dorf begann der Wald; zwischen den Baumstämmen, auf halber Höhe des Hangs, schimmerte der Stacheldrahtverhau im schrägen Licht der aufgehenden Sonne.

Wir hatten die Kutsche und das Maultier auf dem Platz vor der Kirche stehen gelassen und gingen nun schweigend die Hauptstraße entlang. Dieses Dorf war nicht zerstört, sondern noch unbeschädigt. Obwohl es weder bombardiert noch in Brand gesetzt worden war, hatten seine Bewohner es anscheinend verlassen, als es sich zwischen den beiden Fronten und nahe an den feindlichen Positionen befunden hatte. Mit seinen unzerstörten Häusern wirkte dieses Dorf viel gespenstischer als Villar und Santa Espina. Die aufgehende Sonne lag auf den schneebedeckten Dächern wie eine dünne Schicht Honig auf einer Scheibe weichen Brots, und in den Straßen atmete man den Geruch nach großem, verlassenem Haus. Unzerstört und leer wirkte das Dorf seltsam, fast wie ein Körper, der noch voller Leben, aber ohne Seele ist. Dieser beunruhigende Eindruck wurde dadurch verstärkt, dass alle Häuser, selbst die bescheidensten, blendend weiß waren, so als hätten ihre Bewohner sie kurz vor den Kämpfen, die sie unerwartet zur Flucht gezwungen hatten, noch frisch gekalkt.

Wir hatten das Dorf hinter uns gelassen und gingen nun hangaufwärts in Richtung des Verhaus. Lluís machte so lange Schritte, dass ich ihm kaum folgen konnte. Nachdem wir eine Viertelstunde lang zwischen Buchsbäumen und Stechpalmen hindurchgegangen waren, bedeutete er mir mit einer Handbewegung anzuhalten; vor uns, noch etwa hundert Meter entfernt, glänzte der Stacheldraht.

»Keine Angst«, sagte er, »wir haben ihnen die Kuh gestohlen, aber sie sind nicht nachtragend.«

An den Stacheldrahtverhauen hingen Glöckchen aller Größen und Arten, und auf dem Wall waren Ziegenschädel abwechselnd mit menschlichen Schädeln auf Pfähle gespießt. Ich hatte schon früher Schädel wie diese gesehen, glattpoliert wie Elfenbein und auf Stacheldrahtverhaue gesetzt. Unsere Soldaten hatten es sich, wie die der Gegenseite, zur Gewohnheit gemacht, an den Orten, an denen Monate zuvor gekämpft worden war, alle Schädel aufzulesen, die sie fanden, und so zur Schau zu stellen. Ich glaube nicht, dass sie das taten, um die Toten zu verhöhnen, im Gegenteil, es war eine Art Hommage an die unbekannten Gefallenen – die eigenen wie die feindlichen. Eine absonderliche Hommage, zugegeben, und sicher schwer nachzuvollziehen, aber ich glaube trotzdem, dass das der Grund war, warum sie es taten. Neu war in diesem Fall, dass sich zwischen den menschlichen Schädeln Ziegenschädel befanden. Das hatte ich bisher noch nie gesehen. Unter jedem Schädel war am Pfahl ein Pappschild befestigt, auf dem auf Spanisch historische Sätze standen wie: »Von diesen Pyramiden schauen vierzig Jahrhunderte auf euch herab.« Ich verstand noch nicht ganz – obwohl es mir allmählich dämmerte –, warum Lluís mich hierhergebracht hatte, und betrachtete voller Verblüffung die Schilder und die Ziegenschädel; ihm hingegen schienen sie nicht neu zu sein.

»Das sind seine Ideen«, sagte er.

»Die Garde stirbt, aber sie ergibt sich nicht«, stand auf einem anderen Schild. Das Licht der aufgehenden Sonne fiel so schräg ein, dass die Pfähle endlos lange Schatten warfen und die Schädel zu grinsen schienen. Ich entdeckte einen, der sehr klein war, fast wie ein Spielzeug, und einem etwa anderthalb Jahre alten Kind gehört haben mochte. Auf dem Schild darunter stand: »Lasset die Kindlein zu mir kommen«.

Lluís legte seine behandschuhten Hände trichterförmig um den Mund und begann zu rufen. Als keine Antwort kam, rüttelte er am Stacheldraht. Einige der Schädel purzelten herunter, und die Glöckchen stimmten ein grotesNes Gebimmel an. So seltsam es klingen mag: Niemand ließ sich blicken; wir hätten auch den Stacheldraht durchschneiden und einfach weitergehen können. Er stellte sich mitten ins Licht, damit sie ihn sehen konnten, brüllte und bimmelte wie ein Verrückter; ich hatte mich im Unterholz versteckt und rief nach ihm, voller Angst, er könnte jeden Augenblick eine MG-Salve mitten in den Unterleib bekommen. Doch er hörte mich gar nicht.

Endlich tauchten vier Soldaten in zerlumpten Uniformen und mit vom Schlaf verklebten Augen auf, sichtlich ungehalten über die Störung ihrer Nachtruhe. Lluís schrie ihnen auf Spanisch entgegen, er wolle mit ihrem Leutnant sprechen, worauf einer der vier wegging und nach einer Weile wiederkam, in Begleitung eines Mannes, der ebenso abgerissen war wie die anderen. Auf der Brust seiner Pelzjacke blinkten zwei kleine goldene Sterne.

Es war Soleràs.

»Es gibt kein Serum«, rief Lluís ihm zu. »Hörst du? Cruells kann es dir erklären ... Ich verstehe nichts davon ... ein Mittel gegen Diphtherie ...«

Ich war ein paar Schritte entfernt stehen geblieben, ein wenig ruhiger, wenn auch noch nicht ganz beruhigt; immerhin waren wir zwei gegen fünf. Lluís winkte mich heran, aber ich rührte mich nicht.

»Ach, jetzt willst du auf einmal Serum?«, fragte Soleràs. »Du hast vielleicht Einfälle! Immer verlangst du die ausgefallensten Sachen von mir ... und jetzt Serum? Für wen willst du es denn haben? Für dein neues Liebchen, wie das Kölnisch Wasser? Hat sie sich die Diphtherie eingefangen, die Doktorin?«

»In der ganzen republikanischen Zone ist keins aufzutreiben, Cruells kann es dir erklären. Es geht um Ramonet!«

Soleràs sah ihn überrascht an:

»Ramonet ist hier?«

»Hier war es ruhiger für sie als in Barcelona. Seit deine Leute Bomben werfen ...«

»Willst du damit etwa sagen ...« – Soleràs hatte sich von seiner Verblüffung noch nicht erholt – »willst du damit etwa sagen, dass Trini auch bei euch ist? Habt ihr sie zusammen mit der Doktorin hergebracht? Sie und Ramonet? Du spinnst! Bring sie sofort von hier weg! Es könnte ihnen etwas zustoßen!«

»Ich habe dich nicht um deinen Rat gebeten.«

»Es könnte ihnen etwas zustoßen!«, wiederholte Soleràs.

Vom Meer kam Wind auf und blies in heftigen Böen von mir in ihre Richtung, sodass ich nicht alles hören konnte, was sie sagten. Ich sah sie gestikulieren und den Mund bewegen: Als der Wind sich legte, hörte ich sie wieder.

»Es könnte ihnen etwas zustoßen«, sagte Soleràs zum dritten Mal; er schrie jetzt wegen des Winds. »Du musst sie sofort von hier wegbringen, vor morgen!«

»Ich bin nicht gekommen, um Befehle von dir entgegenzunehmen.«

»Und da behauptet ihr, ich wäre verrückt! Du zwingst mich noch, dir zu sagen … Ich sage es dir später. Lass uns erst mal über die Kuh sprechen. Wir hatten vereinbart, dass ihr sie uns nicht stehlen würdet; ihr habt euer Wort gebrochen.«

»Jetzt ist nicht der richtige Zeitpunkt, um über die Scheißkuh zu reden.«

»Anscheinend bist du nicht nachtragend, Lluís: Du verzeihst mir die Kühe, die du mir klaust, genauso großzügig wie die Ohrfeigen, die du mir gibst.«

»Dass du mir ausgerechnet jetzt mit dieser Ohrfeige kommst …«

»Glaubst du denn, ich kann Wunder vollbringen? Bildest du dir ein, ich mache das Serum gegen die Diphtherie jetzt gleich hier im Schützengraben? Vielleicht denkst du ja, ich mache es aus getrockneter Scheiße?«

»Und du, Kretin, wenn du dir einbildest … Ohne Serum muss ihm der Arzt den Hals mit einem glühenden Eisen ausbrennen!«

Doktor Puig hatte uns erzählt, dass man vor der Erfindung des Serums versucht hatte, die Pseudomembranen mit kochendem Wasser oder »besser noch, mit einem glühenden Eisen« zu zerstören. »Es gibt ein Bild von Goya, auf dem das zu sehen ist«, hatte er gesagt. »Früher gab es keine andere Möglichkeit, um zu verhindern, dass die Kinder erstickten. Goya hat alles gemalt, wirklich alles!« Der Wind blies für eine Weile so stark, dass ich nicht verstehen konnte, was sie sagten.

»Du machst es wie immer, stürzt dich kopfüber in eine Angelegenheit, wenn du etwas haben willst, ohne vorher zu überlegen; deshalb hast du bei den Frauen so viel Erfolg … Warum hast du mir nicht erzählt, dass Trini in Santa Espina ist?«

»Das kannst du dir ja wohl denken … Nach diesem Kartenspiel … Nun, reden wir jetzt nicht darüber, das ist nicht der richtige Augenblick. Ich würde dich nur wieder ohrfeigen wie das letzte Mal, und das wäre nicht gut. Darum geht es jetzt nicht. Vergessen wir das Ganze!«

Aus ihren Worten schloss ich, dass Lluís Soleràs ein paar Wochen zuvor eine Ohrfeige verpasst hatte. Warum? Das habe ich nie erfahren und würde nie wieder Gelegenheit haben, danach zu fragen. Jetzt, nach all den Jahren, interessiert es mich auch nicht mehr, aber ich vermute, dass Trini und ihre Briefe nicht der Grund gewesen waren, sondern eine unverschämte Bemerkung, die Soleràs über die Doktorin gemacht hatte. Schließlich war, wie ich jetzt erfuhr, er derjenige, der die Flaschen Kölnisch Wasser und die Päckchen *Camel*-Zigaretten aufgetrieben hatte, die Lluís dann der Doktorin schenkte, während sie bei uns in Villar weilte. Deshalb wusste Soleràs auch über sie Bescheid, sogar, dass wir sie die »Doktorin« nannten – aber all das interessierte mich in dieser Notlage herzlich wenig.

»Komm näher, Mann; ich will dir ein Geheimnis anvertrauen, das zwischen uns beiden bleiben muss, und ich will nicht, dass Cruells es mitbekommt. Ja, ein Geheimnis. Sie könnten mich dafür erschießen, dass ich es dir sage, aber ich sage es dir trotzdem.«

»Siehst du nicht den Stacheldraht?«

»Hab ein wenig Geduld. Es gibt da eine Lücke, durch die wir immer geschlüpft sind, um die Kuh zu melken. Ihr klaut uns die Kühe, und dann erwartet ihr noch …«

Er verschwand, tauchte aber gleich darauf auf unserer Seite des Verhaus wieder auf. Seine vier Männer, die keine Lust hatten, das Ende dieser auf Katalanisch geführten Unterhaltung abzuwarten, von der sie kein Wort verstanden, hatten sich auf dem Boden ausgestreckt und schienen zu dösen. Soleràs flüsterte Lluís etwas ins Ohr, und aus Lluís' Miene schloss ich, dass es sich um unerwartete Neuigkeiten handelte.

»Was hast du dir bloß dabei gedacht?«, fragte Soleràs dann mit lauter Stimme. »Hast du geglaubt, das würde ewig so weitergehen?«

»Du selbst hast mir doch irgendwann einmal gesagt, dass es an dieser Front niemals Operationen geben würde.«

»Und du hast mir geglaubt? Für so dämlich hätte ich dich nicht gehalten. Männer sind doch immer viel dämlicher, als sie aussehen; die Frauen hingegen …«

Wieder tuschelten sie miteinander. Plötzlich rief Lluís laut aus:

»Du willst mir doch nicht etwa weismachen, dass sie eine Spionin ist!«

»Wenn du es so nennen willst … Mir persönlich ist das völlig schnurz! Sie sieht zu, wo sie bleibt, das ist alles, was ich dir dazu sagen kann; sie ist ausgekochter als du und ich und wir alle zusammen. Diese Art Weiber hat das im Blut, sie sind unglaublich raffiniert. Sie musste für den

Fall, dass sich die Lage ändert, ihre Vorkehrungen treffen. Eine Spionin? Was heißt das schon, eine Spionin? Die Burg und die Ländereien, das ist es, was sie will, alles andere interessiert sie nicht die Bohne. Außerdem käme ihr ein Machtwechsel höchst gelegen; alles würde sich für sie zum Besten wenden. Als müsste sie nur den Topf aufstellen, und die Wachteln würden von ganz allein hineinfliegen, schon gerupft und alles. Vielleicht weißt du noch nicht, dass der Hosenscheißer vor Kurzem bei einem Scharmützel gefallen ist.«

»Trini wird ganz und gar nicht damit einverstanden sein.«

»Du phantasieloser Mensch«, sagte Soleràs, »wie sollte sie damit nicht einverstanden sein, wenn es darum geht, Ramonet zu retten? Und selbst wenn das Kind nicht wäre: Du bist ganz schön unbedarft, wenn du glaubst, Trini und sie würden nicht darauf brennen, einander kennenzulernen ... Selbst wenn das Kind nicht wäre, würde Trini voller Begeisterung ja sagen: ›Es freut mich, Sie kennenzulernen, Senyora‹. Ich kann es kaum fassen, dass du so wenig verstehst, wie sie ticken: Du kannst dir sicher sein, dass beide es kaum abwarten können, einander zu begegnen. Sie sind Frauen, sie haben die Neugier im Blut. Und außerdem ist da noch das Kind, das ist kein Spaß! ›Lasset die Kindlein zu mir kommen‹, ich nehme an, du kennst den Satz und hast das Schild gesehen ...«

Soleràs holte tief Atem, als wolle er seine Lungen mit Luft füllen, um dann aus vollem Halse zu schreien:

»Das ganze Universum ist nichts gegen das Leben eines Kindes!«

Und dann fuhr er übergangslos in völligem normalem Tonfall fort:

»Der Hosenscheißer ist eine andere Sache, den hatten sie schon vor einiger Zeit in die Pfanne gehauen, den großen Hosenscheißer. Wie er zu Tode gekommen ist, ist natürlich ziemlich undurchsichtig; es war einer dieser Todesfälle, die zehn Kilometer gegen den Wind stinken. Eine feindliche Kugel? Klar doch! Jede Kugel, die uns in den Kopf trifft, ist zwangsläufig als feindlich zu erachten, zumal, wenn sie von hinten kommt. Und dass sie ihn von hinten getroffen hat, kann ich dir versichern. Glaub mir, diese Frau hat es faustdick hinter den Ohren. Du bist so unbedarft, du stellst sie dir weniger romanhaft vor, als sie sind. Sie wird alles tun, was in ihrer Macht steht, weil sie dir dankbar ist. Du hast ihr einen großen Gefallen erwiesen, trotzdem hegt sie keinen Groll gegen dich. So viel Großzügigkeit habe ich noch nie zuvor erlebt. Sie ist wirklich hochherzig. Und mehr denn je eine Eule, fest entschlossen, in der Burg hocken zu bleiben, komme, was da wolle! Sie wird noch zur Herrin der ganzen Gemeinde werden, es wird schon heimlich gemunkelt: ›Eine große Dame aus dem ältesten Herrschergeschlecht von Aragonien, Waisentochter eines Helden und Witwe eines Märtyrers.‹ Schon rankt sich um sie eine Legende. Was sagst du? Darum geht es jetzt nicht? Die Carlana interessiert dich nicht mehr? Das Einzige, was dich jetzt interessiert, ist das Serum gegen Diphtherie? Mann, Mann, Mann … Hast du es denn immer noch nicht kapiert? Ich kümmere mich darum, im Haus der Carlana werdet ihr welches finden. Wie deutlich soll ich es dir denn noch sagen? Nicht jeder, der will, wird zur Legende, glaub mir; und mit ein bisschen Legende kannst du es heutzutage weit bringen. Das sind die Leute, die den Kuchen unter sich aufteilen. Wir von der Front? Igitt! Jeder wird uns meiden wie die Pest. Dich haben sie genauso betrogen wie mich, mein armer Lluís, nicht mehr und nicht weniger. Ja: nicht mehr und nicht weniger, denn auch wenn man sich noch so sehr abmüht – glaub nicht, es wäre einfach, ein perfekter Schweinehund zu sein, oh nein! Das alles will gelernt sein.«

Er bemühte sich nicht länger, leise zu reden, er schien meine Anwesenheit vergessen zu haben. Lluís sagte etwas zu ihm, was ich nicht verstand, und er erwiderte heftig:

»Die Kuh? Also hatte sie tatsächlich Diphtherie? Was kann ich dafür, alter Knabe? Wie hätte ich darauf kommen können, dass ihr sie uns klauen würdet, wie hätte ich darauf kommen können, dass Ramonet bei dir ist … Lass uns nicht mehr darüber reden, vergiss es einfach; möge das Viech in Frieden ruhen! Was kann man von einer Kuh schon anderes erwarten? Sie hingegen wird es weit bringen, denn jetzt fängt ihr Leben erst an! Diese Art Weiber machen sich erst ein schönes Leben, wenn sie die fünfzig überschritten haben.«

»Die fünfzig? Blödsinn!«

»Sag bloß, du schaffst es nicht einmal zu erkennen, wie alt diese Weiber in Wirklichkeit sind. Ich habe sie vor ein paar Wochen um ihre Taufbescheinigung gebeten, unter dem Vorwand, ich bräuchte sie, um ihrer gefälschten Heirat *in articulo mortis* auch dann noch Gültigkeit zu verschaffen, wenn das Blatt sich wenden würde. Sie wurde exakt im Jahr 1888 geboren, eine Jahreszahl, die man sich leicht merken kann. Und nun rechne mal nach, nimm die Finger zu Hilfe, wenn du es anders nicht kannst. Dann wirst du auf genau fünfzig Jahre kommen, fünfzig runde Jahre, noch ganz neu, weil sie nämlich genau am ersten März geboren ist. Fünfzig Jahre, das ist bei diesen Weibern das Goldene Zeitalter! Und sie wird es richtig krachen lassen, sie hat gerade erst angefangen. Es ist ein mühsamer Weg bis hin zur Witwe eines Märtyrers … Es gibt Ehemänner, die wollen partout keine Märtyrer sein, denen muss man heimlich einen Schubs geben. Auch Llibert wird es noch weit bringen, der ist nicht auf den Kopf gefallen, der große Llibert! Der geniale Genosse … Was sagst du? Was fragst du? Na klar, Mann! Das auch! Ich habe es dir bloß deshalb noch nicht gesagt, weil ich eigentlich dachte, du hättest es längst geahnt … Natürlich, Mann! Was dachtest du denn? Was sagst du? Das glaubst du nicht? Ach, mein Freund, hast du mir überhaupt jemals geglaubt? 1888 ist leicht zu merken: das Datum der ersten Weltausstellung in Barcelona! Die große Attraktion war damals der Fesselballon, die Leute standen Schlange, um einmal in den Korb zu steigen … Wie? Du glaubst nicht, dass die Carlana noch zu Lebzeiten von Rius i Taulet geboren wurde? Nun, Junge, ich schwöre es dir: Ich habe die Taufurkunde gesehen! Was kann ich dafür, dass du mir nie glauben willst. Ich prophezeie dir schon jetzt – und du wirst irgendwann einmal an mich zurückdenken: Das sind die Leute, die eines Tages den Kuchen unter sich aufteilen werden, nicht du und ich! Wir haben zu viele Läuse mit uns herumgeschleppt, zu viele Kadaver gerochen und zu oft die Krätze gehabt. Der Schützengraben hinterlässt eine Narbe, die nicht verblasst, jedermann wird uns meiden. Der geniale Genosse Llibert hingegen … Wenn ich dir sagen würde, dass er schon jetzt … Du hast nie an meine Prophezeiungen geglaubt, aber mit der Zeit wirst du deine Meinung schon noch ändern. Wenn du siehst, wie die Schaufenster auf der Ronda Sant Antoni voller isabellinischer Möbel stehen … Ja, ich habe es dir schon mehrfach prophezeit: Sobald der Krieg vorbei ist, werden die isabellinischen Möbel in Mode kommen. Was die mit dem Krieg zu tun haben? Was weiß denn ich? Ich prophezeie es nur, das reicht. Isabellinische Möbel und das Gesamtwerk von

Eugeni d'Ors! Ja, nach dem Krieg wird man überall das Werk von Eugeni d'Ors finden, an jeder Ecke! Was ziehst du so ein Gesicht? Hast du noch nie von einem gewissen Eugeni d'Ors gehört? Das hat nichts mit der Diphtherie zu tun? Aber, alter Knabe, wir müssen doch nicht immer nur über die Diphtherie reden; jetzt gerade rede ich über Eugeni d'Ors, so eine Scheiße …«

Zurück in Santa Espina, schloss Lluís sich mit Picó in einem Zimmer ein. Dann begann er zu packen; ich half ihm. Trini weinte hemmungslos.

»Sie werden beide Augen zudrücken«, sagte Picó, nachdem er über die Feldleitung ein Gespräch geführt hatte, »wir werden dich als vermisst melden. Aber du musst dich beeilen.«

Trini, das warm eingepackte Kind auf dem Arm, stieg in die Kutsche; Lluís umarmte Picó.

»Du weißt genau, dass ich nicht …« Er ließ den Satz unvollendet, vielleicht aus Angst, rührselig zu werden. Dann sprang er in die Kutsche und nahm die Zügel auf. Picó und ich standen am Wegesrand, aber er sagte nichts und sah uns nicht an. Trini auch nicht. Sie war in eine große Decke gewickelt und drückte das Kind an ihre Brust. Die Kutsche stürmte in wildem Galopp davon und war bald hinter der ersten Kurve verschwunden.

Ich blieb über Nacht in Santa Espina.

Am nächsten Morgen wurde ich kurz vor Tagesanbruch von einem Höllenlärm aus dem Schlaf gerissen. Es war der 9. März 1938.

Die feindliche Artillerie hatte entlang der gesamten »toten Front«, die von unserer Brigade und den Brigaden nördlich und südlich von uns besetzt war, das Feuer eröffnet. Wenigstens glaubten wir das von einem der Wachttürme aus mit bloßem Auge zu erkennen. Picó, der in der Nacht kaum geschlafen hatte, weil er zu sehr mit Vorbereitungen und Telefonaten mit der Kommandantur des Bataillons beschäftigt gewesen war, hatte die Maschinengewehre auf die Maultiere verladen lassen und war mit der gesamten Besatzung zu den Stellungen am Berghang aufgebrochen. Mir hatte er befohlen, zu schlafen und bei Tagesanbruch nach Villar zu gehen, um mich mit meinem Leutnant zu treffen. Aber anstatt den Weg nach Villar einzuschlagen, begab ich mich ebenfalls zu den Stellungen.

Ich fand Picó auf einer der Anhöhen, die wir Beobachtungspunkte nannten; von dort oben sahen wir eine Reihe von Explosionen entlang der geschlängelten Linie der republikanischen Vorhut bis weit in den Norden und in den Süden hinein; im Süden war der Bombenhagel am dichtesten, verdoppelt durch die Fliegerstaffeln, die immer zahlreicher kamen, je heller es wurde.

»Das trifft die Plattfußbrigade«, sagte Picó. Seine Stimme klang ungewohnt: Er trug sein Gebiss nicht.

Eine Stunde später erschien der Kommandant und beobachtete durch seinen großen Feldstecher das massive Bombardement, deren Ziel die Plattfußbrigade war. Der Arzt und ein paar Feldwebel und Soldaten vom Offiziersstab waren bei ihm. Bisher war noch keine einzige Granate auf die Befestigungen unseres Bataillons gefallen, es war, als hätten sie uns vergessen. Wir sahen die sich schlängelnde Linie aus Rauch und Staub und hörten den Geschützdonner, als ginge uns das nichts an.

Unsere Soldaten nannten eine ultraschnelle Kanone, die damals neu war und beim Feind immer häufiger zum Einsatz kam, die »Irre«; kein besonders großes Kaliber, aber eine Schussfrequenz, die der eines MGs kaum nachstand. Überflüssig zu sagen, dass die »Irre« und die Flieger, kaum dass sie die Verhaue und Brustwehr der Plattfußbrigade niedergemacht hatten, über uns herfielen. Bomben und Granaten fielen wie Hagelkörner auf unsere Schützengräben; an vielen Stellen stürzten diese ein, und die überlebenden Soldaten kletterten, über und über mit Erde bedeckt, hinaus, so schnell sie konnten. Die Flugzeuge flogen sehr tief – wir hatten keinerlei Flugabwehr – und ließen Rosenkränze kleiner Bomben auf uns herabgehen, während die großen Bunkerbrecher der schweren Artillerie Sandsäcke und Pfähle nach allen Seiten fliegen ließen. Noch vor Mittag war die Arbeit erledigt.

Unsere Befestigungen waren vollständig zerstört, die Brustwehr pulverisiert, die MG-Nester von Mörsern und Bomben zerfetzt. Unsere Männer versuchten noch, das Terrain zu halten, indem sie sich verschanzten, wo sie konnten: hinter Baumstämmen, Felsen, verstreuten Sandsäcken. Sie glaubten, wenn die höllische Vorarbeit durch die Artillerie beendet sei und endlich die feindliche Infanterie auftauchte, könnten wir sie leicht mit unseren Handgranaten in die Flucht schlagen. Wie oft schon hatten wir sie in der Vergangenheit ohne weitere Hilfsmittel vertrieben!

Jetzt wandte sich das Feuer der »Irren« und die Fliegerstaffel Richtung Norden; von einem Augenblick auf den anderen hörte es auf, Bomben und Granaten auf uns herabzuregnen. Das war die Stille, die dem Sturm der feindlichen Infanterie vorausgeht; wir mussten diese Pause nutzen, um die Verwundeten zu bergen. Der Arzt, die Träger und ich waren gerade damit beschäftigt, als der Feind auftauchte.

Aber vor ihm fuhren Panzer her. Eine Masse von Gebirgspanzern deckte den Vormarsch der Infanterie; bis dahin hatten wir nicht einmal gewusst, dass es überhaupt Panzer gab, die leicht genug waren, um Berge zu erklimmen. Ihr Erscheinen traf uns völlig unerwartet. Und dann setzte eine heillose Flucht ein ...

Ich rannte wie die anderen. In der Luft lag ein erregender Geruch nach feuchtem Wald, Schweiß und Pulver. Gruppen von Artilleristen flohen wahllos in alle Richtungen. Neben mir schrie jemand: »Eine Haubitze hat ihm den Kopf abgerissen«, und ein anderer: »Hast du die vielen Panzer gesehen?« Ich hatte Doktor Puig aus den Augen verloren; ich hatte mich verirrt, und nun wusste ich nicht, wo der Arzt und die Träger mit den Verletzten waren; es herrschte ein fürchterliches Durcheinander wie in einem wirren Albtraum. Ich setzte mich, überwältigt von dem Wunsch zu weinen; denn ich musste an einen der zurückgelassenen Verwundeten denken, der nach seiner Mutter geschrien hatte.

Plötzlich tauchte ein sehr kleiner Panzer vor mir auf; es musste einer von denen sein, die den anderen weit voraus waren, vielleicht hatte er sich in diesen Wäldern verfahren. Er kroch den kleinen Hügelkamm entlang, der vor mir lag, wie eine Raupe einen Zweig, ganz langsam; ich schaute ihm gebannt zu. Er wirkte so seltsam in dieser Landschaft, deplaziert wie eine Straßenbahn. Erst jetzt bemerkte ich, dass ich ganz alleine war; außer mir und dem Panzer war niemand zu sehen. In einer Bodensenke zu meiner Rechten blühte schneeweiß ein großer Mandelbaum; der Panzer schoss aus seinem Spielzeugrohr, und das vorbeizischende Geschoss riss ein Büschel Rosmarin aus dem Boden zu meinen Füßen, bevor es viel weiter hinten explodierte. Der Panzer war etwa hundert Schritt von mir entfernt. Ich begann zu rennen.

Ich rannte lange, so lange, bis ich keine Luft mehr hatte, dann ließ ich mich ins Gras fallen.

»Da siehst du's, wie sie fliehen«, sagte jemand hinter mir. »Es waren die Panzer, die Panik verbreitet haben. Und was zählen die schon? Maschinen, nichts weiter als Maschinen! Wären wir ein wenig kaltblütiger, dann hätten wir sie in die Flucht geschlagen, wir hätten ihnen Handgranaten unter die Ketten legen sollen. Wenn es hier mehr Bildung gäbe …«

Ohne sein Gebiss sah sein Gesicht aus wie das eines schlitzohrigen, alten Bauern. Er stopfte seelenruhig seine Pfeife. Am unteren Ende einer Böschung sah ich die Maultiere und die bereits auf die Lafetten montierten Maschinengewehre.

»Auf dem Hügel ist keiner mehr am Leben«, sagte er, nachdem er ein paar Mal an seiner Pfeife gezogen hatte. »Da sind nur noch Leichen. Die Schützen haben uns keine Deckung gegeben, sie sind wild auseinandergelaufen. Rette sich, wer kann! Wir müssen Kontakt zum Kommandanten aufnehmen, vorausgesetzt, dass …«

In diesem Augenblick sahen wir die Panzer wieder; plötzlich zeichneten sich sechs oder sieben von ihnen gegen den Himmel ab. Sie eröffneten das Feuer auf die Maultierkolonne; es war Zeit zum Rückzug.

Den Kommandanten finden … das war nicht leicht. Es war, als hätte die Erde das kopflos fliehende Bataillon verschluckt. Stundenlang wanderten wir umher, Männer und Maultiere, ohne jemanden zu finden, Stunden um Stunden. Die Nacht brach schon herein, als wir in der Nähe eines Dorfs namens Castelforte Gemurmel hörten. Es kam aus einer Höhle und klang, als würde eine Gemeinschaft von Mönchen den Rosenkranz beten.

In der Höhle fanden wir den Kommandanten. Er saß auf der Erde, umringt vom Arzt und den Soldaten des Generalstabs; eine Öllampe erhellte die merkwürdige Szene. Eine sehr merkwürdige Szene, denn sie beteten in der Tat den Rosenkranz, während aus der Ferne, Richtung Norden, immer noch unablässig das dumpfe Dröhnen der Kanonen erklang.

»Könnt ihr das *Ora pro nobis*?«, rief uns der Kommandant zum Gruß entgegen, und ohne unsere Antwort abzuwarten, setzten sie mit lauter Stimme ihre Litanei fort.

Picó schob mich aus der Höhle; er sagte nichts, aber man sah ihm an, dass er furchtbar wütend war. Er führte mich bis zum Gipfel einer kleinen Anhöhe, von wo aus wir weit im Süden eine Linie aus Staub erblickten, die vielleicht sieben oder acht Kilometer lang war und nicht von den Bomben herrührte. Durch mein Teleskop konnte ich in der letzten Helligkeit der Abenddämmerung eine motorisierte Kolonne erkennen, umgeben von einer Staubwolke, die im ersterbenden Licht wie ein phantastischer Heiligenschein wirkte.

Eine endlose Reihe von Lastwagen, beladen mit Soldaten; aus dieser Entfernung wirkten sie klein wie Spielzeuglaster voller Bleisoldaten … Sie kamen nur sehr langsam voran.

»Dieser gewagte Vorstoß könnte sie teuer zu stehen kommen, wenn unsere Brigaden nur in der Lage wären, nach einem gemeinsamen Plan vorzugehen. Es wäre so einfach, ihnen den Rückzug abzuschneiden! Aber du hast es ja gesehen, hoffnungslose Säufer …«

Vom Eingang der Höhle aus rief der Kommandant uns zu:

»Befehl von der Division: Es geht nach Lomillas!«

Zu dieser Zeit funktionierte die Feldleitung noch, und über sie standen wir mit der Division in Verbindung. Lomillas war ein Dorf im Hinterland, ziemlich abgelegen, und wir marschierten durch, bis wir dort waren.

Wir waren gerade fest eingeschlafen, als der Weckruf uns aufschreckte. Kommandant Rosich, der noch vor Tagesanbruch einen Schützengraben ausheben lassen wollte, stieg auf den Kirchturm des Dorfes hinauf, um sich mit der Topographie des Gebiets vertraut zu machen, begleitet vom Doktor und zwei Schreibern des Generalstabs. Alle vier, der Kommandant, der Arzt und die Schreiber, stanken nach Rum und redeten und gestikulierten erregt.

Ich blieb bei Picó, der nach einem günstigen Platz suchte, um die Maschinengewehre in Stellung zu bringen. Die Sonne ging gerade auf; vor uns lag eine Ebene, an deren hinterem Ende in diesem Augenblick eine Staubwolke aufstieg.

»Die Kavallerie«, sagte Picó, der durch seinen Feldstecher sah. »Wenn wir noch Zeit haben, die MGs aufzustellen, mähen wir sie alle nieder, eine erstklassige Angelegenheit!«

Er begann, Befehle zu erteilen, doch es war zu spät. Die maurische Kavallerie näherte sich im Sturm; dass es Mauren waren, konnten wir sogar ohne Feldstecher erkennen. Wieder flohen unsere Männer; alles war voller Geschrei, Staub, Durcheinander, widersprüchlicher Befehle. Gruppen von Soldaten liefen hin und her, und wir wussten nicht mehr, ob es unsere Männer waren oder der Feind. Ich wäre davongerannt wie alle, wäre da nicht Picó gewesen, dessen unerschütterliche Ruhe mich ansteckte. Er ließ die Maschinengewehre wieder auf die Maultiere laden, als triebe ihn einzig und allein seine Obsession, keines seiner Geräte zu verlieren.

Wieder einmal wussten wir nicht, wo der Kommandant steckte. Picó und ich gingen an der Spitze der Maultierkolonne und sagten uns, es sei nicht anzunehmen, dass der Kommandant auf dem Kirchturm geblieben sei, da er von dort oben die maurische Kavallerie rechtzeitig gesehen haben musste. Picó, ruhig und schlau, ließ sich von seinem Instinkt leiten: Er entdeckte ein enge, tiefe Klamm, durch die wir uns »außer Sicht- und Schussweite« aus Lomilla davonstehlen konnten. Nach und nach schlossen sich uns verstreute Grüppchen von Artilleristen an; sie riefen uns in aufgeregtem Durcheinander zu: »Sie haben unseren Leutnant erschossen« oder »Sie haben uns umzingelt« oder »Kein Einziger ist davongekommen«. Picó nahm die Nachrichten gelassen auf: »Wenn sie euch umzingelt hätten, wäret ihr jetzt nicht hier.« Er lauschte den schrecklichsten Nachrichten, die uns die Flüchtenden zutrugen, als würde er sie schon kennen, ja als wären sie Teil seines Plans. In einem Tonfall, als wäre nichts geschehen, erteilte er knappe Befehle, und wer ihn so sah und hörte, hätte glauben können, er hätte das alles schon seit langem vorhergesehen, und nichts könnte ihn überraschen. Seine Gelassenheit war ansteckend; die Gruppen, die bei ihrer Ankunft orientierungslos und voller Panik waren, wurden allein durch seinen Anblick und seine Worte diszipliniert und vertrauensvoll. Sie ließen sich von ihm ausschimpfen wie Schuljungen vom Lehrer und schlossen sich unserer Kolonne an, die dadurch von Stunde zu Stunde wuchs. Ein von Panik ergriffenes, kopfloses Bataillon ist etwas so Wirres wie einer dieser schweren Träume, die uns bei vierzig Grad Fieber heimsuchen; aber nach und nach gelang es Picó, ein wenig Ordnung in dieses Chaos zu bringen. Sein Instinkt hatte ihn nicht getrogen, er trog ihn nie: Die Klamm war in der Tat sehr langgestreckt und endete keineswegs in einer Sackgasse, wie ich befürchtet hatte; wie Picó vermutet hatte, erwies sie sich als echter Ausweg. An einer bestimmten Stelle angekommen, teilte er die Männer, die uns folgten, auf, es mochten vielleicht hundert sein, und ließ die Maschinengewehre in Stellung bringen:

»Wir müssen eine Ruhepause einlegen, wir sind seit zwölf Stunden unterwegs und haben letzte Nacht nicht geschlafen. Aber die Ruhepause muss man sich verdienen.«

Tatsächlich dauerte es nicht lange, bis der Feind sich blicken ließ. Es war aber offenbar nicht mehr als ein Spähtrupp, und ein Scharmützel, ein kleines Konzert aus unseren Maschinengewehren genügte, damit er verschwand und uns ein paar Stunden lang ausruhen ließ.

Picó wollte den Rückzug fortsetzen, noch bevor der Tag anbrach.

»Wir werden den Kommandanten in Malluelo antreffen«, sagte er zu mir, »dort müssen die anderen Kräfte des Bataillons sich sammeln.«

Doch in Malluelo war keine Menschenseele zu sehen, weder Militärs noch Zivilisten. Stattdessen ein Wirrwarr von auf die Straße geworfenen Gegenständen – darunter zu unserer Überraschung ein riesiges, elektrisches Pianola –, leere Häuser mit weit offenstehenden Türen. Während wir sie in der Hoffnung durchstöberten, etwas Essbares zu finden, fielen die ersten vereinzelten großkalibrigen Mörsergranaten auf das Dorf; die recht bescheidenen Häuser flogen durch die Luft. Picó gab den Befehl, das Dorf zu räumen, dem Protest der Soldaten zum Trotz, die vom Hunger gequält lieber weiter die Speisekammern durchwühlt hätten.

Als wir gerade die letzten Häuser hinter uns ließen, kam ein völlig abgerissener Soldat mit der Miene eines Irren aus einem Stall gelaufen und warf sich Picó zu Füßen:

»Hauptmann, um Gottes willen«, schrie er. »Endlich bekannte Gesichter! Ich hatte mich hier unter dem Misthaufen versteckt!«

Es war einer der Schreiber vom Generalstab, die mit dem Kommandanten in Lomillas auf den Kirchturm gestiegen waren.

»Und der Kommandant?«, fragte Picó.

»Fertig!«

»Fertig? Was meinst du damit?«

»Erledigt!«

Er kratzte sich heftig, als wäre in dem Misthaufen im Stall eine ganze Brigade von Wanzen und Zecken über ihn hergefallen.

»Erledigt? Drück dich gefälligst verständlich aus! Von wem redest du?«

»Vom Kommandanten!«

»Du kannst mich mal«, entgegnete Picó, der Schreiber nicht ausstehen konnte und diesen, einen Feldwebel, der früher einmal einer der Wortführer der »Buddelrepublik« gewesen war, schon gar nicht. Der Mann wirkte verwirrt, er war ganz rot und hatte einen schwarzen, stacheligen Dreitagebart.

»Sie haben uns eingekreist, das Dorf umzingelt«, schrie er aufgeregt, »Lomillas, ihr wisst schon, welches Dorf ich meine. Die Kavallerie, ihr wisst schon, welche ich meine, die maurische Kavallerie, diese gottverdammten Hurensöhne ... Wir waren oben auf dem Kirchturm, was für ein Chaos! Was für eine Sauerei! Der andere Schreiber und ich hatten uns auf den Boden geworfen, aber der Kommandant hob den Kopf über die Balustrade und schoss mit der Pistole, und der Arzt auch. Von unten haben die anderen mit ihren Mausern das Feuer erwidert, und die Kugeln prallten von den Glocken ab, dass es klang, als würden sie zur Kirchweih läuten!«

»Und der Kommandant?«

»Der hatte bald seine Munition verschossen.«

»Und dann?«

»Dann ist er auf die Balustrade geklettert«, dem Mann gelang es, sich eine fette Zecke von der behaarten Brust zu reißen, »indem er sich am Glockenschwengel festgehalten hat, und ...«

Er konnte nicht weitersprechen, weil ihn urplötzlich ein Lachkrampf überkam; er krümmte sich vor Lachen, bis ihm die Tränen kamen.

»Was gibt's denn da zu lachen, du Idiot?«

Aber auch Picós Gezeter konnte das krampfhafte Lachen des Mannes nicht stoppen; mühsam stieß er die Worte hervor:

541

»Jahrgang 1902.«

Picó sah mich an und tippte sich an die Stirn.

»Jahrgang 1902? Was soll denn das nun wieder heißen?«

»Sauternes, Hauptmann! Sauternes, Jahrgang 1902! Ich schwöre es Ihnen! Weil er doch keine Kugeln mehr hatte ... Er schrie: ›Von diesen Pyramiden schauen vierzig Jahrhunderte auf euch herab!‹, bis er vom Turm stürzte, die Hände vor dem Bauch.«

Wieder sah Picó mich schweigend an.

»Und der Arzt?«

»Von dem weiß ich nichts, der ist oben geblieben. Er und der Kommandant hatten zum Frühstück eine ganze Flasche Rum geleert. Eine Mörsergranate ist zwischen den Glocken explodiert, als der andere Schreiber und ich schon auf allen vieren die Wendeltreppe bis zur Sakristei heruntergekrochen waren. Dort haben wir uns im Hostienschrank versteckt ...«

»Hör auf, dummes Zeug zu erzählen.«

Nacht für Nacht, Dorf um Dorf, setzte das, was vom vierten Bataillon noch übrig war, geführt vom MG-Hauptmann seinen Rückzug fort. Wir hatten keine Ahnung, wie die allgemeine Lage war, wir wussten nicht, wo sich die anderen Kräfte unserer Brigade oder unserer Division befanden. Man hätte glauben können, dass sich das gesamte republikanische Heer in Luft aufgelöst hatte bis auf die hundert Mann, die uns folgten. Wir begriffen, dass fast entlang der gesamten Front eine überstürzte Flucht stattgefunden haben musste, weil zum Beispiel die Brücken, auf die wir trafen, unversehrt waren. Dies ließ sich entweder nur durch eine ungeheure Nachlässigkeit erklären oder dadurch, dass die Ingenieure nicht genug Zeit gehabt hatten, sie zu sprengen; unsere Linien mussten völlig zusammengebrochen sein.

Wir erahnten, dass eine Katastrophe ungeheuren Ausmaßes die katalanische Front in Aragonien an ihren Schwachstellen gesprengt haben musste, diese »toten Fronten«, die durch den langen Winter ihre ganze Lebenskraft eingebüßt hatten; wir erahnten es, aber wir irrten verloren umher wie ein Häuflein Ameisen in einer endlosen Wüste. Nirgendwo fanden wir auch nur die geringste Spur der übrigen Kräfte unserer Armee. Wir wanderten nachts und schliefen am Tag. Eines Morges kampierten wir todmüde am Rande einer Ortschaft, verlassen wie alle, neben einer alten Brücke mit Rundbögen. Es wurde allmählich hell, wir wollten ein paar Stunden unter den Silberpappeln am Flussufer schlafen, denn wir waren völlig erledigt. Kaum waren wir eingeschlafen, da blies Picó ins Horn.

»Eine Vorahnung«, sagte er leise zu mir.

Wir marschierten fast eine halbe Stunde bis zu einer von Pinien bewachsenen Anhöhe; von dort aus sahen wir die Ortschaft und die Brücke und die Silberpappeln am Flussufer. Die aufgehende, schräg einfallende Sonne beleuchtete all das; die Burg und die Kirche aus rötlichem Stein zeichneten sich hochaufragend gegen den westlichen Himmel ab, der noch tiefblau war, und die Sonne schien voll auf sie. Wir hatten uns gerade zwischen den Pinien niedergelassen, als wir ein Brummen vernahmen, erst fern, dann immer deutlicher. Wir sahen sie nicht, wir hörten sie nur; jetzt mussten sie genau über unseren Köpfen sein.

Plötzlich stieg über der Brücke lautlos eine Wolke aus schwarzem Staub auf, stieg höher und höher, bis über die Pappeln, bis über den Ort, bis über die Burg und die Kirche. Und dann drang das schreckliche Krachen der Explosionen zu uns herüber. Neue Rauchsäulen, neue Explosionen; schon konnten wir weder den Ort noch die Brücke oder die Pappeln sehen. Alles lag unter einem dichten, schwarzen, widerlichen Nebel begraben.

»Die scheißen genau da hin, wo wir geschlafen haben«, war alles, was Picó sagte; dann schlief er wieder ein.

Am nächsten Tag marschierten wir, als es anfing hell zu werden, über eine Ebene, auf der weit und breit nichts wuchs. Wir waren auf der Suche nach einem Unterschlupf, bevor die Sonne zu hoch stieg, als ein *Xivato* erschien – eine »Petze«, wie die Soldaten die Aufklärungsflugzeuge nannten – und über uns kreiste. »Wir müssen einen Wald finden, bevor die Jagdflugzeuge kommen«, sagte der Hauptmann; die kamen früher als erwartet. Es waren drei; mehr als genug, um uns mit ihren Maschinengewehren niederzumähen, um die hundert Männer zu erledigen, die wir insgesamt noch waren. Genau in diesem Augenblick erhob sich der Seewind und ließ Nebel über der Ebene aufsteigen; lange, vielleicht für Stunden, wanderten wir durch diesen Nebel, der uns unsichtbar machte und uns wie eine feine, kalte Dusche durchweichte. Wir verloren nicht einen einzigen Mann.

Um nicht zu verhungern, nahmen wir aus den verlassenen Dörfern mit, was wir fanden. Einmal hatten wir das Glück, auf ein Backhaus zu treffen, in dem noch die – inzwischen trockenen – Brote vom letzten Backtag lagen, die die Einwohner in ihrer Eile hatten liegen lassen. Die Häuser waren immer leer, die Leute hatten alles mitgenommen, was sie tragen konnten. Auch die letzte Olivenernte lag noch unter den Bäumen, auf Planen aufgehäuft oder halb in Säcke gefüllt. Es waren große, schwarze, bittere, sehr nahrhafte Oliven.

Dann begann die Steppe. Zuerst hatten die Berge aufgehört, dann die Wälder und schließlich die Olivenhaine; nun befanden wir uns in einer monotonen Ödnis, in der nichts weiter wuchs als hier und da ein paar verkümmerte Ginsterbüsche und Thymian, der sich bis an den Horizont erstreckte. Tagsüber lagen wir, möglichst ohne uns zu regen, im wenigen Schatten, den diese Gegend ohne Erhebungen und Bäume bot. Regelmäßig flogen Flugzeuge über uns hinweg, ohne uns jedoch zu sehen, so geübt waren wir bereits in der Kunst der Tarnung. Hätten wir nicht die Maultiere dabei gehabt, dann hätten sie uns nie entdeckt.

Picó hatte so sehr darauf gedrungen, die Tiere – die für den Transport der MGs und der Munitionskisten unentbehrlich waren – mitzunehmen, als hinge seine Ehre davon ab. Eines Mittags, die Sonne stand fast im Zenit, tauchten unerwartet die Flieger auf; wir hatten das Brummen nicht kommen hören, und als wir es bemerkten, waren sie schon über uns. Ich kauerte mich unter eine einsame Stechpalme, versuchte, mich zu einer Kugel zusammenzurollen, damit kein Teil von mir aus dem Schatten herausragte, während die Männer an den Maschinengewehren die Maultiere zwangen, sich in den wenigen anderen Schatten, die die Landschaft bot, hinzulegen und still zu halten. Eines der Tiere sprang auf, vom Brummen der Motoren erschreckt, und trottete zu meinem Versteck hinüber. Direkt neben mir blieb es stehen. Dieses ungeschützt in der Sonne stehende Tier fiel einem der Flieger ins Auge, und er begann, »die Uhr zu machen«, wie wir das nannten. Die anderen folgten ihm. Sie stießen bis zur Erde herab, gaben eine Salve aus ihren Maschinengewehren ab und stiegen dann wieder gen Horizont hinauf, wo sie einen Kreis beschrieben und zurückkehrten; und so ging das immer weiter, bis ihnen die Munition oder der Treibstoff ausging. Dieses Mal dauerte »die Uhr« einige Stunden, die mir wie Jahrhunderte erschienen.

Auch wenn die Bomber uns jagten: Am Boden hatten wir schon vor vielen Tagen jeglichen Kontakt zum Feind verloren, ebenso wie zu unseren eigenen Leuten, und ohne das ständige Brummen der Junker und Jagdbomber hätten wir glauben können, die einzigen Überlebenden im Universum zu sein. Die Steppe nahm kein Ende; wir marschierten nicht geradeaus, sondern beschrieben eine weite Zickzacklinie, immer Picós Eingebungen folgend. So liefen wir zum Beispiel – immer nachts – sechs Stunden lang in Richtung Norden, dann vier Stunden nach Osten; am nächsten Tag nahmen wir, kaum dass es dunkel geworden war, unseren Marsch wieder auf und liefen fünf Stunden nach Süden und wieder fünf nach Osten; einmal gingen wir sogar zurück in Richtung Westen, ohne jemals zu verstehen, wovon sich Picó bei diesen seltsamen Azimuten leiten ließ. Auf meine Fragen antwortete er stets nur mit einem Schulterzucken und sagte: »Vorahnungen.« Das Einzige, was ich sagen kann, ist, dass sein Instinkt ihn nie im Stich ließ, dass er diese hundert Männer, die sich ihm anvertraut hatten und ihm folgten wie einem Vater, stets davor bewahrte, eingeschlossen und vernichtet zu werden. Wir wateten durch Flüsse weitab der häufig benutzten Wege und daher auch weitab der Brücken, die Picó mied, wo er konnte. Manchmal sahen wir in der Ferne eine unzerstörte Brücke. Ab und an fanden wir zurückgelassenes Material aller Art, ungewöhnliche Gegenstände wie Heliographen, Goniometer und andere Geräte, von denen wir keine Ahnung hatten, was sie waren; oft ganze Haufen unbenutzter Sprenggranaten mit leuchtenden Messinghülsen; eines Tages eine Fünfzehneinhalber-Kanone, die riesig und einsam mitten in der kargen Landschaft stand.

Gleichgültig gingen wir an all diesen Resten des gewaltigen Schiffbruchs vorbei, die wir natürlich nicht mitnehmen konnten. Rund um die Kanone verstreut fanden sich – einige in beträchtlichem Abstand – Teile menschlicher Körper, Wind und Wetter ausgesetzt; offenbar von den Kanonieren, die von einer Fliegerbombe in die Luft gejagt worden waren. Kurz darauf fanden wir einen Stapel sorgfältig in Wachspapier eingeschlagener Päckchen, die man für Toilettenseife hätte halten können. Picó nahm eines in die Hand.

»TNT«, sagte er, »mit diesem Teufelszeug hätten die gottverdammten Ingenieure vor ihrem Rückzug sämtliche Brücken sprengen können. Aber wie du siehst: Sie haben es weggeworfen, als wäre es Scheiße!«

Ein paar Tage, nachdem wir das TNT gefunden hatten, versperrte uns einer der breitesten Flüsse Aragoniens den Weg. Er war zu tief, um hindurch zu waten, und Picó sandte Spähtrupps flussauf und flussab auf die Suche nach einer Brücke. Als sie zurückkamen, berichteten sie, dass sie nicht weit von uns, vielleicht vier Kilometer entfernt, eine wunderbare Brücke gefunden hatten, und dass sie gerade dort auf eine Gruppe Ingenieure gestoßen waren.

»Sie haben uns gesagt, wenn wir hinüberwollen, sollten wir uns beeilen. Sie arbeiten schon seit drei Tagen an ihr und rechnen damit, sie noch heute zu sprengen.«

Es war eine moderne, wirklich großartige Brücke, und sie war unzerstört wie alle, auf die wir bisher gestoßen waren. Etwa zwanzig Männer unter der Leitung eines Ingenieursleutnants machten sich, bis zu den Hüften im Wasser stehend, an ihr zu schaffen. Am anderen Flussufer konnte man in etwa zwei Kilometern Entfernung eine kleine, mit Wacholder und verkümmerten Pinien bewachsene Anhöhe erkennen. In der grauen Weite, die sich vor uns erstreckte, waren das die einzigen Bäume. Picó sprach mit dem Leutnant, dann sagte er zu mir, ich solle mit der Truppe zu diesem Wäldchen aufbrechen, während er mit fünf erfahrenen Männern zurückbleiben wollte, um den Ingenieuren bei dieser heiklen Aufgabe zur Hand zu gehen. Diese waren, um die Wahrheit zu sagen, keineswegs auf Picós Hilfe angewiesen, aber er – ich kannte ihn ja schon – starb vor Neugier, aus der Nähe zu sehen, wie eine große Brücke gesprengt wurde. Um nichts in der Welt hätte er sich dieses Schauspiel entgehen lassen.

Im Osten zeigte sich über dem Horizont die erste Morgendämmerung; vom Gipfel der Anhöhe aus, der einzigen weit und breit, schien die Ebene um uns herum ohne Ende; es herrschte tiefe Ruhe, völlige Einsamkeit. Picó hatte mir aufgetragen, von dort oben mit meinem

Teleskop, das um einiges besser war als sein Feldstecher, den Horizont in Richtung Westen abzusuchen. Ich sah nichts weiter als die Steppe, grau und eintönig wie die Verzweiflung, durchzogen von einer verlassenen Landstraße. Plötzlich glaubte ich ein Brummen zu hören, aber weit in der Ferne. Das Tageslicht war noch zu schwach, um von meinem Beobachtungsposten mit dem Teleskop in fünfundzwanzig oder dreißig Kilometer Entfernung irgendetwas deutlich zu erkennen, und ich hatte keine Lust, Picós Spott auf mich zu ziehen, indem ich aufgrund einer vagen Unruhe Alarm schlug – einer vagen Unruhe, die ich jedoch immer stärker fühlte.

Dann ging nahezu von einem Moment zum nächsten die Sonne auf, riesig und rot wie eine in der Mitte zerteilte Wassermelone, und ich sah auf der Landstraße, weit entfernt, fast am Horizont, etwas, das sich bewegte.

Es war unmöglich auszumachen, was es war; mit meinem Marinefernrohr – das ich auf einen Ast aufgelegt hatte, um es ruhig zu halten – erkannte ich nicht mehr als ein paar kleine Flecken, die im Schneckentempo vorankrochen und mich an kaum wahrnehmbare Bazillen erinnerten, durch ein Mikroskop betrachtet. Ich versuchte, sie im Auge zu behalten, aber zwischendurch verschwanden sie immer wieder für lange Zeit, als wären sie nie da gewesen. Während ich in meine Beobachtungen vertieft war, waren die zwanzig Männer vom Ingenieurskorps unter der Brücke hervorgekommen und überquerten sie nun, in aller Seelenruhe und weit verstreut. Der Leutnant kam zu mir und richtete mir höflich aus, dass Picó und die fünf Soldaten unter der Brücke bleiben würden: »Sie wollten die Aufgabe übernehmen, sie im passenden Moment in die Luft zu jagen«, sagte er, »wir haben alles soweit vorbereitet, man muss nur den Elektrodraht betätigen, der den Zünder auslöst.« »Ist das nicht schwierig?«, fragte ich. »Es ist einfach«, antwortete er, »ganz einfach. Und wir machen uns auf den Weg, wir haben anderswo noch zu tun.«

Ich wandte mich erneut meinem Teleskop zu und entdeckte zu meiner Überraschung wieder die Flecken, die zuvor schon meine Neugier erregt hatten, jetzt aber reglos waren. Sie waren so reglos, dass ich zu zweifeln begann, ob sie sich jemals bewegt hatten, und sie waren zu weit entfernt, als dass ich hätte erkennen können, ob sie mehr waren als ein paar Teerflecken auf dem Asphalt der Landstraße oder vielleicht Schatten. Aber was sollte in dieser kahlen Einöde Schatten werfen? Während ich weiter angestrengt durch mein Teleskop starrte, kamen die fünf MG-Veteranen; unter der Brücke war jetzt nur noch Picó zurückgeblieben. Auf ein Stück Papier hatte er geschrieben: »Warte mit der Truppe, rühr dich nicht vom Fleck; die Soldaten können solange schlafen. Behalt alles im Auge und melde mir alles, was du siehst. Mit Bildung und Geduld können wir hier erstklassige Arbeit leisten.« Die Soldaten berichteten, er habe sich im Schilf am Flussufer verborgen, zwei-, dreihundert Meter von den Brückenpfeilern entfernt; von dort aus, so sagten sie mir, könne er nicht mehr sehen als die Spitze der Anhöhe. Ich gab mir alle Mühe, das Teleskop auf die Flecken oder Schatten gerichtet zu halten, die es sich offenbar in den Kopf gesetzt hatten, sich nicht zu rühren; erst als der Mittag schon vorbei war, setzten sie sich wieder in Bewegung. Es waren etwa ein Dutzend – aber ein Dutzend wovon? Aus der Entfernung schienen sie sich äußerst langsam zu bewegen, sie gingen in einer Reihe hintereinander her. Eine Zeitlang waren sie in einer langgestreckten Senke verschwunden, erst gegen zwei Uhr mittags tauchten sie wieder auf.

Jetzt konnte ich auch erkennen, was sie waren: zehn oder elf Panzerwagen, sehr schwer, die fast so langsam waren wie ein Mann zu Fuß.

Wie schon andere Male, war ich fasziniert davon, dass diese Fahrzeuge aus der Ferne betrachtet wie Spielzeug aussahen: eine Kolonne von zehn oder elf gepanzerten Spielzeuglastern, die ohne jede Vorsichtsmaßnahme – vor wem hätten sie sich auch hüten sollen? – über die Landstraße herangefahren kamen. Jetzt sah ich auch die Männer: Sie sahen aus wie Bleisoldaten. Zwei weitere Stunden vergingen; anhand eines Boten, der ständig zwischen uns hin- und herlief, hielt ich Picó über alles auf dem Laufenden, und durch mein Teleskop hatte ich die Lastwagen ständig im Blick. Gerade kehrte der Bote mit präzisen Anweisungen zurück: »Wenn der erste gepanzerte Lastwagen die Brücke erreicht, entzünde mit trockenem Gras ein Feuer, sodass ich den Rauch sehen kann.« Eine weitere gute halbe Stunde lang waren sie stehen geblieben, aber jetzt nahmen sie ihren sehr langsamen Marsch wieder auf. Sie waren halb Lastwagen, halb Panzer, sehr dick, sehr schwerfällig, sicherlich ein älteres Modell. Ihre Besatzungen, vertrauensvoll und sorglos, waren nun deutlich in den Fahrzeugen aus schwerem Stahl von der Taille aufwärts zu sehen. Als ich sechs oder sieben war, hatte ich einen solchen Spielzeugpanzer besessen, das gleiche Modell mit Soldaten, die auf Bänken saßen und aus dem Panzer herauslugten. In den Bänken waren Löcher gewesen, und die Hinterteile der Soldaten waren mit Zapfen versehen, sodass man sie in die Bänke stecken konnte ... Mit einem Mal waren sie erneut hinter einer grauen Bodenwelle verschwunden, dann tauchten sie näher am Fluss wieder auf. »Warte auf mich, bis es Nacht wird«, hatte Picó auf das letzte Stück Papier geschrieben, das er mir durch den Boten hatte zukommen lassen, »wenn ich bei Anbruch der Dunkelheit noch nicht da bin, ziehst du mit der Truppe weiter, ohne noch länger auf mich zu warten.«

Wie in einem Traum erinnere ich mich an das trockene, halb verfaulte Gras, das ich aufgehäuft hatte, und an den dichten Rauch, der erst weiß war und dann schwarz und so beißend wurde, dass ich husten musste; an die Männer, die um mich herum nach und nach erwachten und mich ansahen, als hätte ich den Verstand verloren (sie wussten ja nicht, dass das ein mit dem Hauptmann verabredetes Zeichen war, sie wussten nichts von dem, was vor sich ging); ja, als hätte ich den Verstand verloren, denn wer kam schon auf die Idee, ein Feuer anzuzünden, wie um möglichen Bombern unseren Aufenthaltsort zu verraten? Und dann rissen sie alle verdutzt die Augen auf, als sie plötzlich die Panzerkolonne auf der Brücke entdeckten – der erste war kurz davor, sie auf unserer Seite des Flusses zu verlassen, während der letzte auf der anderen Seite gerade auf die Brücke gefahren war. Als wäre die Brücke für diese Panzerkolonne gemacht! Es war Spätnachmittag, die Sonne stand schon tief am Himmel, als zwischen den Brückenbögen lautlos eine schwarze Rauchwolke aufstieg und Teile der Bleisoldaten und Eisenstücke und Steinbrocken in wildem Durcheinander durch die Luft flogen; alles lautlos, einige Sekunden der Stille, dann ertönte ein lauter Knall, eine so gewaltige Erschütterung, dass unser Hügel erbebte und die Äste der Pinien erzitterten.

Ich erinnere mich wie in einem Traum an die wilde Freude, die mich ergriff, als ich die Bruchstücke durch die Druckwelle in alle Richtungen fliegen sah. Volltreffer! Wie in einem Traum sehe ich die Bruchstücke vor mir, die nicht von Bleisoldaten stammten, sondern von Männern, deren Freund und Kamerad ich hätte sein können, deren Freund und Kamerad ich vor nicht allzu langer Zeit einen Moment lang hatte sein wollen und beinahe auch geworden wäre, und trotzdem war ich trunken von dieser wilden Freude, sie durch die Luft fliegen zu sehen. »Volltreffer!«, murmelten um mich herum die Soldaten, außer sich vor Bewunderung, »eine Wucht, dieser Treffer.« Und in diesem Moment, ja genau in diesem Moment hatte ich diesen merkwürdigen Traum mit weit offenen, wachen Augen. Plötzlich war alles verschwunden, die gesprengte Brücke, die Soldaten um mich herum, die starr vor Bewunderung immer wieder murmelten: »Eine Wucht, dieser Treffer!«, die endlose Steppe, die untergehende Sonne. Ich sah nichts weiter als das Antlitz von Doktor Gallifa, als würde es den ganzen Horizont ausfüllen.

Und sein schmerzliches Lächeln war vorwurfsvoll, aber dann löste sich das Antlitz im strahlenden Licht des Sonnenuntergangs auf, und ich sah nur noch einen Kerker; wie finster er war, dieser Kerker – und genau in diesem Augenblick berührte die Sonne den Horizont und war wieder die rote Wassermelone, und er stand am hinteren Ende des Kerkers, denn es war eben jener rote Fleck der Sonne, der zum schwarzen Kerker wurde, und am Ende des Kerkers sah ich erneut sein Antlitz, und es war blutbespritzt.

Und in einer Ecke des Kerkers bewegten sich Männer wie ein Haufen Ratten, der um einen Kadaver herumwimmelt, und mitten unter ihnen, als versuchte er, sich unsichtbar zu machen, sah ich ihn, und erkannte ihn. Ja, ich sah Lamoneda, das Gesicht zur Hälfte hinter einem schwarzroten Tuch verborgen, ich sah ihn ungewöhnlich deutlich, in meinem ganzen Leben hatte ich nichts deutlicher gesehen!, als Picó mich aus meinem Traum aufrüttelte: »He, genug geschlafen; die Sonne ist schon untergegangen, los geht's!«

An einem anderen Abend, zur Stunde eines anderen traumhaften Sonnenuntergangs in der endlosen Steppe, entdeckten wir in der Ferne ein üppiges Laubdach, eine Oase in der Wüste. Nach so vielen Tagen begegneten wir hier endlich einem Zivilisten, einem einzigen nur – aber was für einem! Vielleicht ein Irrer, auf jeden Fall ein Geist. Zwischen hohen Ahorn- und Lorbeerbäumen, zwischen Magnolien und Lebensbäumen lag versteckt ein großes Gebäude; dieser Park und dieses Gebäude waren für uns so unerwartet, dass wir sie fast für eine Fata Morgana gehalten hätten. Von dem Zivilisten, den wir hier antrafen, erfuhren wir, dass es sich um ein Kurhaus handelte, es gab hier eine berühmte Mineralquelle. Wir traten ein wie verzaubert. Es war eine Art riesiges Schweizer Chalet, und alles war ordentlich hergerichtet, als erwarteten sie die üblichen Gäste, aber natürlich war niemand da. Außer ihm.

Hinter dem Tresen im Speisesaal stand, ganz allein, ein Mann mittleren Alters, der nicht im Mindesten überrascht schien, als hätte er auf unsere Ankunft gewartet.

»Bitte kommen Sie doch herein, setzen Sie sich.«

Es war gemütlich und feierlich. Die Tische waren gedeckt, Teller und Besteck an ihrem Platz; Geschirr, Silber und Gläser waren vom Feinsten, ebenso das Tischtuch und die Servietten. Es war ein luxuriöses Kurhaus, das in früheren Zeiten berühmt gewesen war, und wir sahen einander sprachlos an, verblüfft über so viel Ordnung, Sauberkeit und Luxus. Durch ein großes Fenster sah man auf den dichten, dunklen Park hinaus, auf das letzte Licht des Tages. Auf inständiges Bitten des Herrn hin nahmen wir schließlich in Vierer- und Fünfergruppen an den Tischen Platz. Er schaltete die Lampen ein; die Elektrizität erschien uns wie Magie. Der Herr sagte uns, dass der Strom dank eines Wasserfalls vor Ort erzeugt wurde, und erklärte in allen Einzelheiten, wie der Dynamo funktionierte. Picó, der ständig zwischen dem Herrn und mir hin- und hersah, musste unwillkürlich lachen:

»Elektrizität aus eigener Ernte!«, sagte er, verstummte aber sofort. Der Gedanke an den Kommandanten stimmte uns zu traurig; und so saßen wir in diesem eleganten Speisesaal mit hängenden Schultern in unseren Lumpen, und plötzlich fiel uns auf, dass unsere Bärte schwarz und stachelig und unsere Hemden völlig zerschlissen und hart vom getrockneten Schweiß und unsere Köpfe und Achselhöhlen voller Läuse waren. Plötzlich rochen wir, wie entsetzlich wir nach altem Schweiß stanken. Aber der Herr bemerkte nichts von alledem:

»So essen Sie doch, meine Herren, ich bitte Sie, nur keine Scheu.«

Und er sprach Katalanisch! Dass ein Zivilist Katalanisch mit uns redete, erhöhte noch das Gefühl von Unwirklichkeit, das allem innewohnte.
»Essen Sie«, wiederholte er. »Das Geschirr ist national, das Menü
republikanisch.«

Es war das erste Mal, dass wir hörten, wie jemand »national« statt
»faschistisch« sagte. Natürlich kam das Menü nicht, es gab kein Menü;
wahrscheinlich nannte der Besitzer des Kurhauses es deshalb »republikanisches Menü«. Auf Picós Zeichen hin holten wir aus unseren Ruck-
säcken die steinharten Brotlaibe und die schwarzen, verschrumpelten
Oliven, und da setzte der Herr sich zu Picó und mir an den Tisch und aß
mit uns von unserem Proviant. Er schlang wie ein hungriger Wolf und
gab in pompösem Tonfall wirres Gerede von sich. Wie wir hatten auch
die Soldaten allen Proviant, den sie besaßen, auf die Tische gepackt; es
war nicht viel, alle trockenen Brotlaibe und alle Oliven, die wir noch
hatten. Und wir waren so verdutzt darüber, hier an diesen schön gedeck-
ten Tischen zu essen, dass wir die harten Brotkrumen und die Oliven,
die aussahen wie Ziegenköttel, schweigend vertilgten und uns dabei verwundert ansahen. Eine großkalibrige Mörsergranate, die im Park explodierte, unterbrach dieses außergewöhnliche Mahl; kurz darauf folgte
der ersten Mörsergranate eine zweite, dann noch eine und noch eine.

»Vier: eine volle Ladung der Fünfzehneinhalber«, sagte Picó. »Bitte
löschen Sie das Licht.«

Aber der Herr beachtete ihn gar nicht; er redete feierlich weiter, als
hielte er uns für reiche Stammkunden des Kurbads.

»Wissen Sie, ich habe nichts zu befürchten«, erklärte er mit einem unbeschreiblichen Lächeln. Wir setzten rasch die Rucksäcke auf, bevor die
zweite Ladung von vier Mörsergranaten einschlug, die mit ziemlicher
Sicherheit das Schweizer Landhaus treffen würde.

»Kommen Sie mit uns«, sagte Picó zu dem Besitzer, doch der stand
weiterhin am Eingang zum hell erleuchteten Speisesaal, am oberen
Ende der drei Stufen, die zum Park führten.

»Gehen Sie, meine Herren, gehen Sie, nur keine Umstände«, sagte er
ein ums andere Mal freundlich, »nur keine Umstände, meine Herren.«

Picó sah mich verblüfft an, während die zweite Ladung explodierte,
dieses Mal am anderen Ende des Kurbads. Im dichten und vollkommen

dunklen Park warteten die Soldaten auf die Befehle ihres Hauptmanns. Die Kolonne setzte sich in Marsch, und der Herr, der noch im Eingang stand, im vollen Licht, winkte uns zum Abschied nach:

»Gute Nacht, Republikaner. Denkt immer daran: Das Geschirr ist national, das Menü ...«

Er konnte seinen Satz nicht beenden; die dritte Ladung traf mitten ins Gebäude und ließ mit einem fürchterlichen Knall Scheiben, Dachziegel und Wände durch die Luft fliegen. Trotz allem blieb das Licht an, und wir machten, dass wir davonkamen und das Landhaus möglichst weit hinter uns ließen. Noch hörten wir die Stimme des Mannes, der, als der Lärm verklungen war, fröhlich hinter uns herrief:

»Macht euch um mich keine Sorgen, ich gehöre zu denen und nicht zu euch, die wollen mir nichts Böses!«

Vier neuerliche Explosionen, und alles, was vom Landhaus noch übrig war, fiel in sich zusammen, plötzlich völlige Dunkelheit, kurz darauf gefolgt von Funken und dem Knistern eines Feuers. Bald hatten wir den Ort hinter uns gelassen; wir befanden uns wieder mitten in der kahlen Steppe. Es war eine mondlose, kalte, anregende Nacht. Das Kurhaus und sein Besitzer, der mitsamt dem Gebäude in die Luft geflogen war, waren rasch vergessen. Wir schliefen den ganzen nächsten Tag verborgen in einer Klamm; am Abend entdeckten wir ein Bauernhaus.

Es schien verlassen zu sein, was ja unter den gegebenen Umständen auch nicht verwunderlich war. Also durchsuchten wir es auf der Suche nach Essbarem und fanden zu unserer Freude in der Speisekammer einen Schinken, eine große Speckschwarte und vier dicke Bratwürste, die von der Decke hingen. In einer Ecke stand ein Krug voller Öl, in dem eingelegte Schweinefleischstücke schwammen. Picó erteilte Anweisungen, die Beute gerecht aufzuteilen. Ich fungierte als Sekretär. Als wir uns daran machten, den Krug mit dem Schweinefleisch fortzuschleppen, der so groß war, dass vier Mann ihn tragen mussten, als wir schon vor der Tür des Bauernhofs angelangt waren, wo wir seinen Inhalt an die hundert Männer verteilen wollten, sahen wir die Erscheinung.

Starr vor Schreck stellten wir den Krug ab. Sie war fast noch ein Kind, vielleicht vierzehn Jahre alt, groß und sehr mager, sehr bleich, mit pechschwarzem Haar und pechschwarzen Augen. In Trauerkleidung stand sie reglos am oberen Ende der Treppe, die zu den Wohnräumen führte, und starrte vorwurfsvoll schweigend auf uns herab. Der schwache Schein des Öllichts, das sie in der Hand hielt, beleuchtete ihr Gesicht, sodass es aus der Dunkelheit hervortrat.

»Schämt ihr euch nicht?«

Ihre Stimme schien von weit her zu kommen. Sie sprach katalanisch wie der Herr im Kurhaus, aragonesisches Katalanisch. Wir standen reglos da, wie gebannt, und lauschten.

»Ihr seid zu feige, um uns zu verteidigen, und jetzt bestehlt ihr uns auch noch? Auf diesem Gebiet, das ihr eigentlich als eures betrachten solltet? Wir haben euch erwartet wie Brüder, und endlich seid ihr gekommen – aber was habt ihr getan? Wo ist die Muttergottes, wo sind die Heiligenfiguren? Zu wem sollen wir jetzt beten, ihr schamlosen Kerle? Jeder flieht vor euch wie vor der Pest, ich bin allein im Haus. Ihr könnt alles stehlen, schließlich bin ich allein gegen euch alle …«

In dieser Nacht marschierten wir hungrig weiter.

Kurz vor Tagesanbruch stießen wir auf einen Fluss, der breiter war als alle, an denen wir bisher vorbeigekommen waren. Wir wussten es damals nicht, aber es war der Cinca. Picó wollte ihm nicht folgen, um eine Brücke zu suchen, »denn jetzt«, sagte er zu mir, »müssen wir Brücken und Landstraßen mehr denn je meiden, wir nähern uns der neuen Frontlinie.« Während wir versuchten hindurchzuwaten – das Wasser stand uns bis zum Hals –, sahen wir flussauf und flussab weitere Grüppchen herankommen, ähnlich der unseren, kleine zerstreute Gruppen, die sich wie wir auf den wenigen Kilometern sammelten, an denen der Fluss passierbar war. Der Anblick anderer katalanischer Soldaten nach so vielen Tagen munterte uns auf; wir waren nicht mehr allein auf der Welt! Die wilden Fluten rissen ein Maultier und einige Männer mit sich fort. Das gegenüberliegende Ufer war steil und zerklüftet.

Dort, am anderen Ufer des Cinca, direkt oberhalb der hohen Böschung, trafen wir endlich Truppen, die sich hier verschanzt hatten. Sie hatten, so gut sie konnten, Schützengräben ausgehoben und Verhaue und MG-Nester errichtet, um den Feind an der Überquerung des Flusses zu hindern. Es war die erste Verteidigungslinie, die wir nach drei Wochen Flucht sahen. Man sagte uns, dass unsere Kräfte sich hinter dieser improvisierten Befestigung langsam wieder neu ordneten, sich erholten, um die Gegenoffensive vorzubereiten; die verstreuten Grüppchen, die sich wie wir nach und nach einfanden, wurden aufgenommen und den neu geschaffenen Einheiten zugeteilt.

Auf einem Hügel drei Kilometer im Hinterland Richtung Osten sahen wir eine große Ortschaft liegen, gekrönt von einer alten Kirche mit einem Glockenturm, den man fast für den Turm einer Burg hätte halten können. Die Silhouette zeichnete sich schwarz gegen den Himmel ab, der sich allmählich golden färbte wie der Hintergrund einer Altarretabel. Auf dem Glockenturm war ein Storchennest; durch das Teleskop konnte ich es genau erkennen, es war groß wie ein Wagenrad. Das Storchenpaar, Vater und Mutter, flog unermüdlich zwischen Nest und Fluss hin und her; im Schnabel trugen sie Fische, die in den ersten Sonnenstrahlen aufblitzten, wenn sie mit den Schwanzflossen schlugen, und die die Jungen gierig verschlangen.

»Es ist Frühling«, sagte Picó, »der Frühling ist da. Die Störche sind die Ersten, die fortziehen, und die Ersten, die wiederkommen. Jetzt beginnt die schöne Jahreszeit.«

Ich musste an die Störche denken, die Lluís und ich am Ende des Sommers beobachtet hatten, als sie in Richtung Süden aufbrachen. Wie viel war seither geschehen!

Eines Nachmittags nutzte ich die Ruhe an der Front (der Feind hatte seine Offensive endlich eingestellt), um dem Ort einen Besuch abzustatten. Er war voller versprengter Soldaten der unterschiedlichsten Brigaden und Divisionen und voller Zivilisten, meist Bauern, die die Offensive aus ihrer Heimat vertrieben hatte. Sie alle bildeten einen wirren Haufen, der dicht gedrängt rund um den Ort in zusammengeschusterten Baracken, Höhlen oder im Freien kampierte. Alte, Frauen und Kinder, Verwundete und Kranke. Die Flieger hatten sie beschossen und bombardiert, während sie mit ihren Karren die Straßen entlangzogen. Die armen Leute hatten nicht die geringste Ahnung, wie man sich tarnt. Sie waren am helllichten Tag ohne jede Deckung unterwegs gewesen, immer auf der Straße über baumlose Ebenen. Hinter sich, so erzählten sie, hatten sie eine Spur zerschossener Karren, verstümmelter Tiere, Toter und Kranker, die nicht mehr weiterkonnten, zurückgelassen.

Mein Gott, was für ein Elend. Sie lebten von den Essensresten der Soldaten.

Picó hatte Lluís mir gegenüber nicht mehr erwähnt, zwischen uns fiel sein Name nie. Warum hätten wir auch über ihn reden sollen? Eine alte Frau aus Castel de Olivo erkannte mich wieder; sie stand mit zahlreichen anderen vor der Militärküche an, um sich einen Teller Suppe zu erbetteln.

»Wir haben den Leutnant Don Luisico gesehen, einen Tag, bevor es losging«, sagte sie. »Er hat uns nicht gesehen, der hat niemanden angeguckt. Er fuhr in einem Karren und hatte eine Frau dabei, die war ganz in einen Umhang gehüllt wie die Schmerzensmadonna. Sie sind bloß durch Castel durchgefahren ohne anzuhalten; sie fuhren Richtung Olivel de la Virgen.«

Olivel war gleich am ersten Tag, wenige Stunden nach Beginn der Offensive, ohne nennenswerten Widerstand gefallen.

NACHWORT

Es gibt Werke, denen erst nach langen Jahren der verdiente Nachruhm zuwächst. Zu ihnen gehört auch *Flüchtiger Glanz*. Anfänglich – es waren die fünfziger Jahre des 20. Jahrhunderts – sollte das Buch überhaupt nicht erscheinen. Die franquistische Zensur in Spanien wachte streng darüber, was in Druck gehen sollte, und die Zensoren waren meist ungebildete Handlanger des Regimes, die allein darauf sahen, ob das Buch den engen Normen einer Gesellschaft folgte, die ein merkwürdiges Amalgam aus Faschismus und stockkonservativem Katholizismus eingegangen war. Zunächst lehnte die Zensur die Publikation also ab, weil das Buch angeblich gegen Kirche, Dogma und Moral verstoße und eine unanständige Sprache spreche. Mittlerweile sind sich die Literaturhistoriker nicht nur einig, dass dieser Roman einen der Höhepunkte der neueren katalanischen Literatur darstellt, sondern auch dass ihm ein Ehrenplatz innerhalb des universellen Panoramas des modernen Romans zukommt. Bei Erscheinen der Übersetzung in Frankreich war die Kritik begeistert und verglich den Autor mit Malraux, Hemingway, Bernanos, Orwell, Stendhal, Dostojewski und Proust.

Als Joan Sales 1912 in Barcelona geboren wird, wächst er in eine gesellschaftliche Situation hinein, die von Aufbruchsstimmung geprägt ist. Nachdem Katalonien über Jahrhunderte hinweg unter dem Diktat der spanischen Zentralregierung gestanden und seine Institutionen, die eine katalanische Selbstverwaltung garantierten, eingebüßt hat, gewinnt das Land allmählich wieder ein Selbstbewusstsein für seine geschichtlichen und kulturellen Besonderheiten zurück. Bereits seit dem 19. Jahrhundert erscheinen Bücher und Zeitungen wieder auf Katalanisch – eine eigenständige romanische Sprache mit einer bis ins Mittelalter zurückreichenden Dichtungstradition. Im frühen 20. Jahrhundert setzen sich die Tendenzen zu politischer und kultureller Wiedererstarkung fort. Die Einrichtung der Mancomunitat de Catalunya stellt einen ersten Schritt zu einer künftigen Autonomie Kataloniens dar. Ihr Präsident, Prat de la Riba, verfolgt neben politischen auch kulturelle Anliegen und begründet das Institut d'Estudis Catalans, das die katalanische Kultur wissenschaftlich erforscht. Nachdem die katalanische Sprache durch das Spanische weitgehend verdrängt und nur dem regelfernen Hausgebrauch überlassen worden ist, unternimmt es zur selben Zeit der Ingenieur Pompeu Fabra, ihre Orthographie wieder zu vereinheitlichen, ihre Grammatik zu fixieren und ihren Wortschatz zu sammeln. Die Hinwendung zu den eigenen kulturellen Wurzeln – und das gibt dem historischen Augenblick eine besondere Tiefe – geht einher mit einer Öffnung nach Europa. In Barcelona hört man begeistert Richard Wagner, und Maler wie Joan Miró und Salvador Dalí finden Anschluss an avantgardistische Strömungen, die in Paris ihr Zentrum haben.

Sales besucht zunächst eine Schule des Piaristen-Ordens, der – wie er sich später gerne erinnert – liberale und katalanistische Positionen vertritt. Die Jahre 1925–26 verbringt er in Lleida. Nach dem Abitur fängt er fünfzehnjährig an, Jura zu studieren. Die Winter verbringt er in Barcelona, die Sommer in dem Dorf Vallclara in der Provinz Tarragona. Er arbeitet an der Tageszeitung *La Nau* mit, die von dem linken Republikaner Antoni Rovira i Virgili 1927 gegründet worden ist. Er tritt dem 1928 gegründeten Partit Comunista Català bei, der bestrebt ist, Kommunismus und katalanischen Nationalismus miteinander zu verbinden. Als die Partei 1930 mit der Federació Comunista Catalanobalear fusioniert und mit ihr den Bloc Obrer i Camperol bildet, kann sich Sales mit der neuen Formation nicht mehr identifizieren, denn während die katalanische Sache, wie er in einem Interview angibt, im Partit Comunista Català dem Marxismus übergeordnet gewesen sei, habe es sich im Bloc Obrer i Camperol genau umgekehrt verhalten. Trotz solcher Distanzierung gilt er in dieser Zeit, wie er in einem Brief schreibt, als »Skandal der Familie, als Gottesleugner und Subversiver«. Derweil nimmt die politische Situation eine Wendung, die für die Unabhängigkeit Kataloniens bedeutungsvoll ist: Im Jahre 1931 gewinnt die linksgerichtete Volksfront die Wahlen, der König dankt ab, die spanische Republik wird ausgerufen und kurz darauf ein Autonomiestatut für Katalonien und die (Wieder-) Einrichtung der Generalitat – des Verbunds politischer Institutionen, die mit der Selbstverwaltung des Landes betraut sind – erreicht. Damit haben die Katalanen wieder eine eigene Regierung. Bald vertiefen sich aber die Spannungen zwischen rechten und linken Fraktionen in Spanien dramatisch, bis General Franco 1936 schließlich mit seinen Truppen gegen die Republik putscht. Der Spanische Bürgerkrieg ist ausgebrochen.

Sales besucht zu dieser Zeit die Escola Popular de Guerra, die für die einzelnen linken Parteiungen Freiwillige zu Offizieren ausbildet. Er wird anschließend zu der bei Madrid kämpfenden Kolonne Durruti eingezogen, die zur Gänze aus Anarchisten besteht. Unter ihnen fühlt sich Sales jedoch nicht wohl. Die Brutalität stößt ihn ab: »Das waren alles Anarchisten, und mit ihnen verband mich nur der Umstand, dass wir ein und denselben Feind hatten. Es gab dort anständige Leute, aber eben auch vulgäre Mörder.« Später verlässt er den Trupp und kommt zur Kolonne Macià-Companys, die an der aragonesischen Front kämpft – an eben jener Front, die dem Leser aus *Flüchtiger Glanz* bekannt ist. Auch der spanischen KP steht er kritisch gegenüber; er rügt, dass Dolores Ibárruri, die »Pasionaria«, die innerhalb der Partei als Stalinistin gilt, geäußert hat, alle Nationalismen – also auch der katalanische – seien kleinbürgerlich, und ihre Vertreter gehörten an die Wand gestellt. Sales ist bewusst, dass sich im Bürgerkrieg nicht nur die Linke und die Rechte gegenüberstehen, sondern auch Zentralspanien und Katalonien. 1939 enden die Kriegshandlungen, die Republik – und mit ihr Katalonien – hat die Auseinandersetzung verloren. Sales geht ins Exil nach Frankreich, wo er zunächst in dem dicht an der spanischen Grenze gelegenen Konzentrationslager Prats de Molló interniert wird und dann nach Paris weiterreist. Hier erlebt Sales den Ausbruch des Zweiten Weltkriegs, er hofft auf einen Sieg der Alliierten und darauf, dass sie General Franco aus Spanien vertreiben – letzteres vergeblich. 1940 begibt er sich mit seiner Familie nach Haiti, zwei Jahre später nach Mexiko, wo er sich in Coyoacán niederlässt und den Beruf des Linotypesetzers ergreift. 1943 holt er mit seiner Frau die kirchliche Eheschließung nach. Er hat inzwischen den katholischen Glauben wieder angenommen. Vom mexikanischen Exil aus gibt er eine katalanische Zeitschrift sowie die Bücher verschiedener katalanischer Autoren heraus. Im Jahre 1948 kehrt Sales nach Barcelona zurück und nimmt die Arbeit an *Flüchtiger Glanz* auf. Er arbeitet als literarischer Berater im Verlag Ariel. 1955 ruft Sales zusammen mit Jaume Aymà die in katalanischer Sprache erscheinende Romanreihe »El Club dels novel·listes« ins Leben, außerdem gründet er den katalanischen Verlag Club Editor. Er übersetzt selbst mehrere Bücher – Nikos Kazantzakis, Fjodor Dostojewski, Gustave Flaubert und François Mauriac –, und leitet bis zu seiner Pensionierung die Oficina de Català der Diputació de Barcelona, die für die sprachliche Korrektur offizieller Texte verantwortlich ist. Sales stirbt im November 1983.

Die Protagonisten von *Flüchtiger Glanz* sind vier junge Erwachsene: Lluís, Trini – die mit Lluís zusammen einen Sohn hat, aber nicht mit ihm verheiratet ist –, Juli Soleràs und Cruells, der ein Priesterseminar besucht hat. Während sie sich selbst noch im Prozess der Selbstwerdung befinden, sind sie schon mit einem Krieg konfrontiert, den ihnen eine heillos zerstrittene Gesellschaft auferlegt. Trini erlebt die Auseinandersetzung von Barcelona aus mit, die drei jungen Männer kämpfen als Soldaten an der Front. Im Roman sind die Kriegserfahrungen unauflöslich verwoben mit betörend schöner Naturerfahrung, etwa bei der Safranernte in den Dörfern, bei der die weggeworfenen Blütenblätter – nur die Stängel werden gesammelt –, in den Fluss geworfen werden, der sich daraufhin violett verfärbt, oder beim Anblick des nächtlichen Sternenhimmels über der weiten Landschaft. Von welchem Lebenshunger die handelnden Figuren umgetrieben sind, verdeutlicht auch eine nachträgliche Notiz von Sales: »Mit Scham gestehe ich, dass ich niemals meine Jugend und meinen Krieg auskuriert habe. Ich habe sie jetzt und für immer im Blut wie eine Infektion. Ich sehne mich nach dem einen wie dem andern mit einer ebenso schuldhaften wie unüberwindlichen Trauer … diesen Geruch nach Jugend und Krieg, nach brennenden Wäldern und regennassem Gras, dieses Wanderleben, diese Nächte unterm Sternenhimmel, in denen wir mit seltsamem Frieden einschliefen; Unbekümmertheit herrscht in Ungewissheit, ungewisse Herrlichkeit des Herzens und des Krieges, wenn man zwanzig Jahre alt ist, und Krieg und Herz frisch sind und voller Hoffnung!« Eine zentrale Rolle kommt hier auch der Erotik zu: Lluís, der mit Trini liiert ist, verliebt sich in dem Ort, an dem er stationiert ist, in eine mysteriöse, um Jahre ältere Schlossbesitzerin; Trini, die vergeblich auf Post von Lluís wartet, richtet sich in ihrer Liebesbedürftigkeit in Briefen an Soleràs. Auch den Fragen nach Weltanschauung und Glauben wird glühende Aufmerksamkeit geschenkt.

Die faszinierendste Gestalt des Romans ist zweifellos Juli Soleràs. Alle, die mit ihm zu tun haben, werden von ihm wegen seiner außergewöhnlichen Bildung, der mit Entschiedenheit vorgetragenen Ansichten und der einzigartigen Weise, Individualität zu leben, in den Bann gezogen. Die meisten seiner Mitmenschen sind von der Beharrlichkeit, mit der er sich am Rand der Gesellschaft bewegt, vor den Kopf gestoßen, ahnen aber zugleich, dass er etwas ganz Entscheidendes weiß. Bei der Annäherung an diese Figur tut man gut daran, der Spur zu folgen, die Sales mit seinen Hinweisen auf die Philosophie Sören Kierkegaards gegeben hat. Soleràs bezeichnet sich an einer Stelle selbst als »allerbescheidenstes Huhn aus dem Gehege Kierkegaards«, als welches er aber unbekümmert um die Attacken hegelianischer oder nietzscheanischer Adler sei. Kierkegaards Philosophie wendet sich vor allem gegen die Hegels, die die stufenweise Selbstentfaltung des absoluten Geistes durch die Geschichte hindurch zu verfolgen beansprucht – die Idee des Staates fasst Hegel schließlich als Selbstverwirklichung der Vernunft auf. Kierkegaard fordert stattdessen ein Denken der Existenz: »Eines der Unglücke der Moderne ist es gerade, das ›Ich‹, das persönliche Ich abgeschafft zu haben« (Sören Kierkegaard, *Die Dialektik der ethischen und der ethisch-religiösen Mitteilung*. Bodenheim 1997, S. 58). Der dänische Philosoph stellt nicht mehr die Frage nach objektivem Wissen, sondern sucht das Ich in dem Augenblick zu erfassen, in dem es sich als auf sich selbst zurückgeworfen erfährt. Er schreibt: »… die Schwierigkeit der Existenz ist das Interesse des Existierenden, und der Existierende ist unendlich interessiert am Existieren« (Sören Kierkegaard, *Philosophische Brosamen und Unwissenschaftliche Nachschrift*. München 1976, S. 461). Die Suche nach Erkenntnis stellt bei Kierkegaard eine Erfahrung dar, die betroffen macht, da in ihr die Sache des Subjekts verhandelt wird. Dieser inneren Angerührtheit entspricht sodann ein Pathos des Handelns – ein Pathos, das zum hegelianischen Systemdenken quersteht: »Aber in eminentem

Sinne zu handeln, gehört wesentlich mit dazu, qua Mensch zu existieren; und wenn man handelt, wenn man im Äußersten seiner subjektiven Leidenschaft mit dem vollen Bewusstsein einer ewigen Verantwortung das Entscheidende wagt [...], bekommt man etwas anderes zu wissen, sowie dass das Menschsein etwas anderes ist, als jahraus jahrein etwas zu einem System zusammenzuschustern« (a.a.O., S. 464). Es ist klar, dass Kierkegaards Denken dabei vorrangig theologisch motiviert ist. Die Entscheidung, die der Mensch treffen muss, ist eine transzendente und der Sprung, zu dem er sich aufgefordert fühlt, ist der Sprung in den Glauben. Für Kierkegaard ist der Moment, in dem das Ich die Aufforderung vernimmt, in allem seinem Handeln zuerst nach dem Reich Gottes zu trachten, die existentielle Situation schlechthin.

Sales hat nicht versäumt, die Verpflichtung seiner Figur Soleràs dem dänischen Philosophen gegenüber deutlich zu machen. Soleràs existiert unbeschadet seiner Freundschaften als Einzelner; er lehnt es ab, die Anderen in seine Überlegungen einzubeziehen, und trifft seine Entscheidungen selbständig – die Gesellschaft ist für ihn bloße Phantasmagorie. Dass er gegen Ende des Romans plötzlich einmal die republikanischen Truppen verlässt und auf Seiten der Faschisten kämpft, bezeugt ein politisch schwankendes Urteil, aber auch die Leidenschaft, sich jederzeit als entscheidungsfreudige Person zu erweisen. Seine Distanz gegenüber den Marxisten rührt aus derselben Quelle. Zwar stellt Marx die Philosophie Hegels vom idealistischen Kopf auf die materialistischen Füße, doch hält er an der Konzeption einer zwingenden Logik der Geschichte fest. Soleràs warnt vor den Marxisten und wirft ihnen einen Mangel sowohl an Imagination als auch an Humor vor. Beide Fähigkeiten sind für Kierkegaard unverzichtbar. Nur der Spießbürger ist für ihn phantasielos, und er notiert: »In Bezug auf die Existenz steht das Denken gar nicht höher als die Phantasie und das Gefühl, sondern ist diesen nebengeordnet« (zitiert nach Annemarie Pieper, *Sören Kierkegaard*. München 2000, S. 52). Und der Humor muss geradezu als Ausweis für eine Geistigkeit gelten, die die Welt im Gelächter zu relativieren vermag: »Der Humorist setzt immerzu [...] die Gottesvorstellung mit etwas Anderem zusammen und treibt den Widerspruch hervor ...« (*Philosophische Brosamen und Unwissenschaftliche Nachschrift*, S. 698 f.). Der Gegensatz von Sinnlichkeit und frommer Reflexion, den Kierkegaard zur Darstellung bringt, findet sich auch bei Soleràs. Der junge Mann bekennt sich trotz seiner Zweifel zu einer starken Gläubigkeit, aber er liest auch pornographische Bücher und besucht das Rotlichtviertel Barcelonas. Dass er zudem entschieden ist, sich sämtlichen Ehevorhaben zu widersetzen – obwohl er zu erotischen Annäherungen durchaus in der Lage ist, wie sich in dem Verhältnis zu Trini zeigt –, verbindet ihn ebenfalls mit dem philosophischen Vorbild. Genies wie er taugen seiner Meinung nach zur Ehe nicht.

Der Autor lässt in der Figur Soleràs geschickt das Denken Kierkegaards in seiner Attraktivität hervortreten, ohne dass er selbst zum Ideologen werden und einen belehrenden Gestus annehmen müsste, der der Weite und Offenheit des Erzählens Abbruch tun würde. Trotzdem übernimmt er auch ein zentrales Motiv des Philosophen: die Konzentration auf den Augenblick. »Man lebt im Augenblick und allenfalls mit dem nächsten Augenblick als Perspektive. Man kann keine Distanz bekommen«, heißt es bei Kierkegaard (*Die Dialektik der ethischen und der ethisch-religiösen Mitteilung*, S. 31). Aus dieser Fixierung auf den Augenblick als entscheidenden Modus des Erlebens zündet Sales seine literarischen Funken. Er konfrontiert Lluís mit der Erfahrung des Todes, als der junge Soldat ein Erdloch entdeckt, in welches die Bewohner des aragonesischen Dorfs, wo die Truppe stationiert ist, kranke Tiere hinabstoßen, um sie dort verenden zu lassen; diese erschreckende Konfrontation führt in Lluís zu einer unbändigen Bejahung seines eigenen Lebenswillens. Vor allem kommt es im Roman immer wieder zu Szenen, in denen Sales seine Meisterschaft zeigt, eine bestimmte Situation in all ihren Gegebenheiten zu erfassen und auszumalen. Trinis heimliche Taufe ist ein Beispiel dafür: Der historische Augenblick ersteht filmreif in einer großbürgerlichen Wohnung, wo die Damen – unterbrochen nur von einem alten Marquis, der eine untergegangene Spezies aristokratischer Liberalität und Individualität verkörpert – ebenso am Katholizismus festhalten wie an ihrer Sympathie für den franquistischen Aufstand, während Trinis Entscheidung für den Glauben von Soleràs, also einem »roten« Kombattanten, angeregt worden ist, und sie, die Tochter von Anarchisten, mit dem selbstsicheren Gehabe des Priesters nicht zurechtkommt.

Und schließlich das Galadinner an der Front, das einen weiteren Höhepunkt darstellt: Auf unübertreffliche Weise zeichnet Sales die tragikomische Situation von Militärs, die zu Ehren ihrer Schutzpatronin ein üppiges Gelage geben wollen, während der Krieg nur bescheidene Mittel zulässt. Sie sind sich bewusst, dass ihre Kinder jederzeit zu Waisen werden können; in Gegenwart ihrer Ehefrauen wollen sie sich als kultiviert plaudernde Herren erweisen, während sie sich doch gleichzeitig derbe Zoten erzählen, und alles in einem großen Besäufnis endet. In solchen Augenblicken erreicht Sales, dass der Lauf der Geschichte stillsteht. Kierkegaard hatte notiert, der Augenblick sei jenes Zweideutige, in dem sich Zeit und Ewigkeit berühren. In den von ihm beschriebenen Momenten visiert der Autor ein Jenseits des bloß Historischen an. Wo Hegel das Ende der Kunstperiode einläuten wollte – Kunst galt bei ihm nicht länger als bevorzugtes Medium der Erkenntnis von Wahrheit –, da zeigt Sales noch einmal auf einzigartige Weise, was Kunst zu leisten vermag.

Was die Religion betrifft, so erweist sich der Autor als Vertreter einer engagierten, toleranten Position. Soleràs darf getrost von Zweifeln heimgesucht werden, sich eher als Adept des Durstes als der Quelle bezeichnen und sich damit eher dem subjektiven Bedürfnis als objektiven Glaubenssätzen zuneigen. Trini darf der Kirche gegenüber skeptisch bleiben und Kritik an den Sakramenten äußern. Trotz allem hält sich Sales im Umfeld des zeitgenössischen katalanischen Katholizismus auf, der sowohl das soziale Engagement als auch das Eintreten für eine gewisse Eigenständigkeit Kataloniens verteidigte. Sales orientiert sich in dieser Hinsicht an dem Priester Carles Cardó (1884–1958), den er persönlich kennengelernt und dessen Werk er in seinem Verlag betreut hat. Cardó, der gegen die Franco ergebene zentralspanische Kirche eingestellt war, sah zwar den Glauben als unverrückbare Hauptsache an, erkannte aber in sozialer und zwischenstaatlicher Gerechtigkeit deren zwingende Folgen: »Indem man das Reich Gottes sucht, wird man das Reich der irdischen Gerechtigkeit finden, der Gerechtigkeit unter den Individuen, den Klassen und den Völkern« (Joan Maragall/Carles Cardó/Joan B. Manyà/Bartomeu Xiberta, *Pensament cristià i Catalunya*. Barcelona 2009, S. 144). Er wies überdies darauf hin, dass die katalanische Kirche gerade auch während der langen Zeit der politischen Ohnmacht und des kulturellen Niedergangs theoretisch und praktisch auf dem Recht der Völker auf ihre eigene Sprache bestanden hat; Katalanisch blieb ihm zufolge Sprache von Unterricht und Predigt. Vor allem ist das Christus-Bild Cardós in diesem Zusammenhang von Relevanz. Cardó erkannte im Martyrium den höchsten Beweis der Liebe, und Jesus war für ihn der Leidende; er verehrte ihn nicht als Weltenherrscher und strahlenden Sieger, sondern als den Gekreuzigten. Sales übernimmt diese Theologie des Kreuzes, wenn er Soleràs die entscheidende Alternative zwischen dem Weg zum Kreuz und dem Weg in die Absurdität sehen lässt. Mit dieser Theologie hätte er übrigens auch abermals an Kierkegaard anknüpfen können, der an einer Stelle bemerkt hat, dass der Mensch Christus niemals zuerst in der Herrlichkeit kennenlerne, sondern stets zuvor in der Niedrigkeit. Indem sich für ihn Gott allein im Gekreuzigten mitteilt und nicht in seiner göttlichen Allmacht, wird er zum Repräsentanten eines aufgeschlossenen Katholizismus. Mit der Figur von Monsenyor Pinell de Bray, der ein verbürgerlichtes Christentum vertritt und Sympathisanten der politischen Reaktion segnet, hat er eine Gegenfigur zu seinen eigenen Vorstellungen geschaffen.

Der Gekreuzigte wird zum Leitbild einer fortschrittlichen, sozialen Idealen zugeneigten katalanischen Gesellschaft, die dabei ist, die kriegerische Auseinandersetzung zu verlieren und von Ausradierung bedroht zu werden. Einmal will man Jesus sogar gesehen haben, wie er, das Kreuz tragend, vor der geschlagenen Truppe herging, ein Besiegter unter den Besiegten, »als wolle Er ... alle unsere Schmerzen, alle Niederlagen, alle Scham mit uns teilen«. Bezeichnend ist, dass Trinis Vater, der überzeugte Anarchist, sich an einer Stelle über die Figur dieses Jesus von Nazareth seine Gedanken macht. Er glaubt nicht an den Gottessohn, und hegt für ihn, den »Gran Vençut«, den Großen Besiegten, zugleich doch eine eigentümliche Sympathie, ganz als hätte er sich mit ihm über gemeinsame Ideale verständigen können. An dieser Stelle werden Anarchismus und Christentum gleichsam enggeführt, und es blitzt – unbeschadet des Umstands, dass Sales einzelne Vertreter beider Formierungen scharf kritisierte –, so etwas wie ein Vermächtnis des Autors auf.

Nachdem die Zensur sich dem Buch zunächst verweigert hatte, konnte es nach dem positiven Befund und dem »Nihil obstat« des Jesuitenpaters Joan Roig i Gironella sowie dem »Imprimatur« des Erzbischofs von Barcelona in einer frühen Fassung 1956 ohne besondere Verstümmelungen in den Druck gehen. Sechs Jahre später kam die erste französische Übersetzung heraus, bei der der Autor noch beträchtliche Erweiterungen des Texts vornahm, die im katalanischen Original damals nicht zu veröffentlichen gewesen wären. Der Weg zur Anerkennung als eines der klassischen Werke der katalanischen wie der Bürgerkriegsliteratur war steinig. Da die Kritik an Franco und seinem Regime lange Monopol der kommunistischen Opposition war, Kommunisten im Roman aber kaum eine Rolle spielen und der Marxismus kritisch dargestellt wird, stieß *Flüchtiger Glanz* auf seinem ureigensten Territorium zunächst auf eine Mauer des Schweigens. Mercè Rodoreda, die große Dame der katalanischen Literatur, schrieb Sales jedoch 1963 aus ihrem Genfer Exil und gab ihrer tiefen Bewunderung Ausdruck – in dem Roman spiegele sich die gesamte Epoche: »Das ist ein Roman, den man mindestens zweimal lesen muss. Die erste Lektüre, und vielleicht drücke ich mich ein wenig zu plastisch aus, hat auf mich wie ein Schlag in die Magengrube gewirkt. Es ist ein Roman, der alle Achtung verdient: nichts fehlt ihm, er ist brillant und überreich. Ganz anders als die triste, verlogene Literatur, die derzeit in unserer Heimat geschrieben wird … Ich habe mich von dieser Lektüre immer noch nicht ganz erholt« (Mercè Rodoreda/Joan Sales, *Cartes completes 1960–1983*. Barcelona 2008, S. 157). Juan Goytisolo lernte das Buch noch zu der Zeit kennen, als er Lektor bei Gallimard war. »Trotz meiner noch unvollkommenen Kenntnisse des Katalanischen begriff ich sofort, dass es sich um einen großen Roman handelte, nicht nur wegen seiner sorgfältigen, komplexen Ausarbeitung, sondern auch wegen des einzigartigen Standpunkts, von dem aus er sein Thema, den Bürgerkrieg von 1936–1939, in Augenschein nahm«, schrieb er im Vorwort zur zweiten, 2007 erschienenen französischen Ausgabe. Wenn Sales darin die Fahne der Wahrheit gegen die Lügen der einen wie der anderen Seite, wie er einmal formuliert hat, hochhält, dann verleihe dies seinem Buch besondere moralische Strenge und Stichhaltigkeit. Goytisolo fügt hinzu: »Die Stärke von *Flüchtiger Glanz* übersteht jeden Gang der Zeit; man begegnet heute im Roman derselben Intensität wieder, mit der er geschrieben wurde.« Auch die internationale Leserschaft kann sich nun vom hohen literarischen Rang des Werkes überzeugen. Der Kritiker Àlex Susanna kommt zu dem Schluss: »Obwohl der Roman voller Moralismus steckt, funktioniert er wie ein Uhrwerk und erweist sich von einer erzählerischen Effizienz, welche den Gang der Zeit überdauert. Ein beachtlicher Monolith ... *Flüchtiger Glanz* wird man noch auf unabsehbare Zeit lesen müssen.«

Eberhard Geisler

INHALT

Danilo Kiš

Familienzirkus

Die großen Romane und Erzählungen
Herausgegeben und mit einem
Nachwort von Ilma Rakusa
2014. 912 Seiten

In seiner Heimat Jugoslawien zunächst heftig bekämpft, wurde Danilo Kiš bald als einer der größten Erzähler der europäischen Nachkriegsliteratur anerkannt. Mit seinem einzigartigen literarischen Werk schrieb er gegen das Vergessen und den Tod an. In seiner Trilogie *Frühe Leiden, Garten, Asche, Sanduhr*, die er selbst auch »Familienzirkus« nannte, hat er dem in Auschwitz ermordeten Vater und der Kultur Mitteleuropas ein Denkmal gesetzt. Seine *Enzyklopädie der Toten*, die jetzt endlich in einer Neuübersetzung vorliegt, ist sein bekanntestes Buch geworden. Zu seinem 25. Todestag erscheinen seine wichtigsten Werke in einem Band – eine Einladung, diesen Autor immer wieder und immer neu zu lesen.

Die großen Romane und Erzählungen Danilo Kišs »gehören zum Anrührendsten in der Literatur des 20. Jahrhunderts.« Urs Widmer, *Die Zeit*

»Ein ästhetisches Monument, das in seiner genauen, sinnlichen Sprache etwas Zeitloses hat.« Helmut Böttiger, *Süddeutsche Zeitung*

»Der 900-Seiten-Band mit den Romanen und Erzählungen von Danilo Kiš ist eine großartige Einladung, diesen Autor wieder zu lesen und neu zu entdecken.« Claus-Ulrich Bielefeld, *Die Welt*

»Wie Mahnmale wider die Ungeheuerlichkeit des Vergessens, des Vergessenwollens nehmen sich Kišs hinterlassene Prosawerke aus: Wie hoch aufgerichtete Erinnerungstafeln in einer Gedächtnislandschaft, in der die Zeichen von Schuld und Verantwortung immer wieder von der Gleichgültigkeit der Geschichtslosen eingeebnet werden.« Oliver vom Hove, *Die Presse*